Clive Cussler
& Justin Scott

UNBESTECHLICH

Autoren

Seit **Clive Cussler** 1973 seinen ersten Helden Dirk Pitt erfand, ist er auch auf der deutschen *Spiegel*-Bestsellerliste ein Dauergast. 1979 gründete er die reale NUMA, um das maritime Erbe durch die Entdeckung, Erforschung und Konservierung von Schiffswracks zu bewahren. Er lebt in der Wüste von Arizona und in den Bergen Colorados.
Justin Scott ist ein Bestsellerautor von Thrillern, Krimis und historischen Romanen. Er wurde für seine Krimis bereits mehrmals für den renommierten Edgar-Allan-Poe-Preis nominiert. Er lebt mit seiner Frau Amber in Connecticut, USA.

Liste der lieferbaren Isaac-Bell-Romane:

1. Höllenjagd (37057)
2. Sabotage (37684)
3. Blutnetz (37964)
4. Todesrennen (38167)
5. Meeresdonner (38364)
6. Die Gnadenlosen (0144)
7. Unbestechlich (0320)

Clive Cussler
& Justin Scott

UNBESTECHLICH

Ein Isaac-Bell-Roman

Aus dem Englischen
von Michael Kubiak

blanvalet

Die englische Originalausgabe erschien unter dem Titel
»The Bootlegger« bei G.P. Putnam's Sons, New York.

MIX
Papier aus verantwortungsvollen Quellen
FSC
www.fsc.org
FSC® C014496

Verlagsgruppe Random House FSC® N001967

1. Auflage
Oktober 2016 bei Blanvalet, einem Unternehmen
der Verlagsgruppe Random House GmbH,
Neumarkter Str. 28, 81673 München

Umschlaggestaltung und -motiv: © Johannes Wiebel | punchdesign,
unter Verwendung eines Motivs von Shutterstock.com
Redaktion: Jörn Rauser
HK · Herstellung: kw
Satz: Uhl + Massopust, Aalen
Druck und Einband: GGP Media GmbH, Pößneck
Printed in Germany
ISBN: 978-3-7341-0320-9

www.blanvalet.de

Für Janet

BUCH EINS

RUMROW

1921

1

Zwei Männer in teuren Anzügen, ein Bootlegger und sein Leibwächter, ließen einen Pagen über die Dachbrüstung des Gotham Hotels baumeln.

Der Leibwächter hielt ihn an den Füßen fest, neunzehn Stockwerke über der 55th Street. Es war Nacht. Niemand sah etwas, und die Hilfeschreie des Jungen gingen im Lärm der Busse auf der Fifth Avenue, im Rattern der Elevated über der Sixth und im Scheppern der Straßenbahnglocken auf der Madison unter.

Der Bootlegger rief zu ihm hinab: »Jeder Page im Hotel verkauft mein Zeug. Welche Probleme hast du?«

Kirchtürme und Hauskamine ragten ihm wie gierige Zähne entgegen.

»Das hier ist deine letzte Chance, Sonny.«

Ein großer Mann in einem leichten Sommeranzug huschte lautlos über das Dach. Er zog eine Browning Automatic aus der Manteltasche und ein Wurfmesser aus dem Stiefelschaft, dann schwang er sich auf die Brüstung und drückte die Pistolenmündung gegen die Schläfe des Leibwächters.

»Halt ihn gut fest.«

Der Leibwächter erstarrte. Der Bootlegger zuckte zusammen, als die Spitze seinen Hals berührte.

»Wer zum …«

»Isaac Bell. Van Dorn Agency. Bei Zwei ist er wieder auf festem Boden.«

»Wenn Sie schießen, lassen wir ihn fallen.«

»Ehe er das achtzehnte Stockwerk passiert, hat jeder von euch ein Loch im Kopf… Ich zähle: Eins! Zieh ihn hoch. Zwei! Über die Brüstung… Leg ihn aufs Dach… Bist du okay, mein Sohn?«

Der Page hatte Tränen in den Augen, nickte aber. Dabei wackelte sein Kopf wie der einer Puppe.

»Geh nach unten«, sagte Isaac Bell zu ihm, schob das Messer in seinen Stiefel und wechselte die Automatik in die linke Hand. »Bestell deinem Boss von Chefermittler Bell, dass er dir dafür, dass du dich nicht von Bootleggern hast kaufen lassen, eine Woche Urlaub und einen Fünfzig-Dollar-Bonus spendieren soll.«

Der Leibwächter hatte nur auf den richtigen Zeitpunkt gewartet. Als sich der große Detektiv bückte, um dem Pagen auf die Beine zu helfen, schlug er mit einer schweren, dicht beringten Hand zu. Gekonnt und mit der geballten Kraft des massigen Schlägers auf die Reise geschickt, wurde die Faust gestoppt, ehe sie auch nur zehn Zentimeter zurückgelegt hatte.

Ein Knochen brechender Konter schüttelte den Mann durch. Seine Knie gaben nach, und er sackte auf die Teerpappe. Blitzartig streckte der Bootlegger seine leeren Hände zum Nachthimmel. »Okay, okay.«

Die Van Dorn Agency – ein Unternehmen mit Geschäftsstellen in jeder größeren Stadt des Landes und zahlreichen Städten in Übersee – unterhielt freundschaftliche Beziehungen zur Polizei. Doch als er das Reviergebäude in der 54th Street betrat, witterte Isaac Bell Ärger.

Der diensthabende Polizist konnte ihm nicht in die Augen blicken.

Bell reichte trotzdem über das Empfangspult, um ihm die Hand zu schütteln. Der Vater dieses Polizisten, der ehemalige Streifenpolizist Paddy O'Riordan, besserte sich seine Pension als Teilzeitnachtwächter bei den Van Dorn Protective Services auf.

»Wie geht es Ihrem Dad?«

Paddy sei wohlauf, sagte der andere.

»Besteht eine Chance, mit dem Bootlegger, den wir im Gotham geschnappt haben, zu reden?«

»Der große Kerl ist im Krankenhaus, wo sie ihm den Unterkiefer verdrahten.«

»Mich interessiert aber der kleine, der Boss.«

»Die Kautionsagentur hat für ihn gebürgt.«

Bell traute seinen Ohren nicht. »Er wurde auf Kaution freigelassen? Bei Mordversuch?«

»Sie erwarten nun mal, dass sie den Schutz kriegen, für den sie bezahlt haben«, sagte Sergeant O'Riordan, ohne die Miene zu verziehen. »An Ihrer Stelle, Mr. Bell, würde ich die Kerle sofort in den Fluss werfen, anstatt uns zu rufen.«

Aufmerksam beobachtete Bell den Cop, als er erwiderte: »Ich nehme an, dann würde die Küstenwache sie rausfischen.«

O'Riordan pflichtete ihm mit einem schicksalsergebenen »Yeah« bei und bestätigte damit die Gerüchte, dass sogar einige Beamte der United States Coast Guard – der Abteilung des Schatzamtes, die für die Einhaltung der Prohibitionsvorschriften auf See sorgen sollte – von den Bootleggern fürs Wegschauen bezahlt wurden.

Ab heute Nachmittag, dachte Bell, würden die Van Dorns alles tun, um dem einen Riegel vorzuschieben.

Eine starke Hand am Gashebel seiner Loening-S-1-Flying-Yacht, die andere auf dem Handrad des Seitenruders, raste Isaac Bell den East River hinunter, um das Flugzeug in die Luft zu bekommen. Er wich einem Eisenbahnprahm aus und nahm direkten Kurs auf eine sich zügig verengende Lücke zwischen einem Schlepper, der einen Verband Kohleleichter vor sich herschob, und einem anderen Schleppschiff, das einen signalroten, mit Dynamit beladenen Leichter am Haken hatte. Joseph Van Dorn, der stattliche und dank seines feuerroten Backenbarts unverwechselbare Gründer der Detektei, saß in Gedanken versunken neben ihm im offenen Cockpit des Wasserflugzeugs.

Die Greenpoint-Fähre legte vom Terminal am Ende der 23rd Street ab und schob sich ihnen direkt in den Weg. Der Anblick des massigen Schiffsrumpfs, der plötzlich ihre Windschutzscheibe ausfüllte, bewirkte, dass sich Joseph Van Dorn ruckartig kerzengerade aufrichtete. Unerschrocken und durch kaum etwas aus der Ruhe zu bringen, fragte er: »Können wir noch rechtzeitig anhalten?«

Bell gab Vollgas.

Der Lärm des Liberty-Motors, der in Pusher-Konfiguration hinter ihnen auf der Tragfläche montiert war, steigerte sich zu einem ohrenbetäubenden Dröhnen.

Bell riss das Handrad mit einem heftigen Ruck herum.

Die Loening S-1 hielt den aktuellen Geschwindigkeits- und Höhenrekord, war jedoch dafür berüchtigt, nur äußerst träge auf die Steuerimpulse zu reagieren. In der Hoffnung, die Wendigkeit der Maschine zu verbessern, hatte Bell den Steuerknüppel und die Pedale durch ein von Louis Blériot entwickeltes kombiniertes Seiten- und Höhenruderhandrad ersetzt.

Passagiere auf der Greenpoint-Fähre zogen die Köpfe ein und wichen von der Reling zurück.

Bell drehte das Rad bis zum Anschlag weiter.

Die Flying Yacht hob von der Wasseroberfläche ab und schwang sich mit nicht mehr als dreißig Zentimetern Abstand über die Fähre hinweg.

»Ihre Art zu fliegen sollte verboten werden«, sagte Van Dorn.

Bell flog unter der Williams Bridge und zwischen den Ausguckmasten eines Kriegsschiffes hindurch, das an einem Pier des Brooklyn Navy Yards lag. »Tut mir leid, Sie aus Ihren Gedanken gerissen zu haben.«

»Wenn Sie so weitermachen, reißen Sie uns noch beide ins Verderben.«

Bell zischte mit hundertachtzig Stundenkilometern über das dicht begrünte Brooklyn hinweg.

Van Dorn grübelte weiterhin darüber nach, wie sich die augenblickliche Krise am besten überstehen ließ.

Der Weltkrieg hatte der Agentur heftig zugesetzt. Einige seiner besten Detektive waren in den Schützengräben Europas umgekommen. Andere waren erschreckend jung von der Grippeepidemie dahingerafft worden. Eine Nachkriegsrezession in der Geschäftswelt hatte zahlreiche Klienten in den Bankrott getrieben. Und gestern erst hatte Isaac Bell hautnah erfahren müssen, dass Bootlegger, die sich durch Bestechung von Polizisten und Politikern an der Prohibition bereichert hatten, zwei seiner besten Hausdetektive des Gotham Hotels auf ihrer Lohnliste führten.

Bell stieg auf dreitausend Fuß, ehe sie die Rockaways erreichten. Dort, wo sich der Sandstrand wie ein Häutungsmesser in den Ozean schob, machte er kehrt und folgte der Kette vorgelagerter Inseln, die Long Island vor der zerstörerischen Wucht des Atlantiks schützten, nach Osten. Ein Paradies aus versteckten Buchten und Marschen, Wasserläufen, Tümpeln und Kanälen – wie für Alkoholschmuggler geschaffen – erstreckte sich im Windschatten dieser Inseln, so weit sein Auge reichte.

Dreißig Meilen von New York entfernt lenkte er die Maschine aufs offene Meer hinaus und ging in den Sinkflug über.

»Darf ich mit auf die Barkasse, Chief?«

Seaman Third Class Asa Somers, der jüngste Matrose auf dem Coast-Guard-Kutter CG-9, war vollkommen aus dem Häuschen. Endlich befand er sich wirklich auf See, dazu noch auf einem Schiff mit Kanone und Maschinengewehren, das vor der Küste von Fire Island Jagd auf Alkoholschmuggler machte. Und in diesem Augenblick schwebte das schnellste Flugboot der Welt – ein von einem Druckpropeller angetriebener Hochdecker – in weitem Bogen vom Himmel herab. Und als wäre das Dröhnen seines Vierhundert-PS-Motors nicht schon aufregend genug, saß in der Maschine auch noch ein berühmter Kämpfer gegen das Verbrechen, von dem er bereits einiges in *Boy's Life* und der *Police Gazette* gelesen hatte – Mr. Joseph Van Dorn, dessen Armee von Privatdetektiven als Leitsatz auf ihre Fahnen geschrieben hatte: »Wir geben nicht auf! Niemals!«

»Weshalb so aufgeregt?«, knurrte der weißhaarige Hauptbootsmann.

»Ich möchte Mr. Van Dorn begrüßen, wenn er gelandet ist.«

»Er wird aber nicht landen.«

»Weshalb nicht?«

»Mach die Augen auf, Junge. Siehst du den Seegang? Anderthalb Meter hohe Wellen würden das Flugboot sofort zum Kentern bringen.«

»Vielleicht versucht er es trotzdem«, sagte Somers ohne viel Hoffnung. Im *Flight Magazine* wurde die Geschwindigkeit der S-1 weitaus mehr gelobt als ihre Manövrierbarkeit.

»Wenn er es tut«, erwiderte der Chief, »kannst du auf der Barkasse mitkommen, um die Leichen aufzufischen.«

Oben auf der Brückennock äußerte der Skipper von CG-9 die gleiche Einschätzung.

»Enterhaken bereithalten.«

Das Flugboot blieb im Sinkflug und beschrieb einen engen Kreis. Als es in geringer Entfernung das Küstenwachboot passierte und dabei die Wellenkämme zu berühren schien, erkannte Somers sein Idol, Joseph Van Dorn, der neben dem Piloten in dem rundum verglasten und oben offenen Cockpit saß, und zwar sah er den roten Backenbart, der im Flugwind flatterte.

Das Getöse des großen Zwölfzylindermotors sank zu einem Flüstern herab.

»Völlig verrückt«, brummte der Chief.

Aber der junge Somers beobachtete die Querruder des Flugboots. Die Landeklappen flatterten schneller, als das Auge sehen konnte, während der Pilot sich bemühte, die Maschine ruhig zu halten. Die Höhenruder des Schwanzleitwerks senkten sich in den Luftstrom, und die Maschine kam so gleichmäßig und glatt herunter wie eine Lokomotive auf Schienen. Der lange V-förmige Rumpf setzte auf dem Wasser auf und wirbelte einen hauchfeinen Gischtschleier auf. Die Schwimmer unter den Tragflächen tauchten leicht in die Dünung ein, und die Maschine kam zur Ruhe.

»Somers! Fass die Bugleine!«

Der Junge sprang in die kleine Barkasse, und dann überwanden sie die hundert Meter, die den Kutter vom Flugboot trennten, in zügiger Fahrt. Der riesige vierflügelige Propeller hinter der Tragfläche stoppte, und der Pilot, der die nahezu unmögliche Landung so kinderleicht hatte aussehen lassen, kletterte aus dem Cockpit auf das Laufbrett hinunter, das vor dem Cockpit über den schwankenden Rumpf hinausragte. Er war groß, schlank, hellblond, und sein attraktives Gesicht hatte einen ernsten Ausdruck. Seine golden schimmernde Haarmähne und der buschige Schnurrbart waren vollendet gestutzt. Der maßgeschneiderte Anzug und der breitkrempige Hut, den er auf dem Kopf trug, strahlten weiß.

Somers ließ die Bugleine fallen.

»Was zum Teufel fällt dir ein?«, bellte der Chief.

»Ich wette, das ist Isaac Bell!«

»Ist mir vollkommen egal, und wenn es Mary Pickford persönlich wäre! Kümmer dich gefälligst um die Leine!«

Der Junge bückte sich und ordnete das dünne Seil, wobei er den Piloten nicht aus den Augen ließ. Er musste es sein. Keine Zeitung brachte ein Bild von ihm, aber in Reportagen über die Van Dorn Agency wurde stets der weiße Anzug des Chefermittlers erwähnt, und Somers begriff schlagartig, dass sich der kamerascheue Detektiv, wenn er seine Kleidung wechselte, im Handumdrehen unsichtbar machen konnte.

»Wirf eine Leine, mein Sohn!«, rief er jetzt. »Mach schon, du schaffst es – schnell, schnell!«

Somers ließ die Leine durch seine Hand gleiten, so wie

der Chief es ihm beigebracht hatte. Zu seiner unendlichen Erleichterung landete das dünne Seil in Bells Hand.

»Guter Wurf!« Er zog an der Leine, sodass Flugzeug und Boot aufeinander zuglitten.

Somers brannte nur eine einzige Frage auf der Zunge. »Sind Sie Isaac Bell?«

»Ich bin sein Butler. Nicht weitersagen – Bell schläft gerade in einem Speakeasy seinen Rausch aus. Und jetzt sollten wir Mr. Van Dorn in dein Boot schaffen, ohne ihn in den Bach fallen zu lassen. Bist du bereit?«

Bell streckte die Hand aus, um Van Dorn behilflich zu sein. Immerhin war er ein gewichtiger Mann Mitte fünfzig, mit ausgeprägter römischer Nase und schweren Augenlidern. Van Dorn ignorierte Bells Hand. Bell ergriff seinen Ellbogen und dirigierte ihn mit einem verschwörerischen Lächeln in Somers' Richtung.

»Halt ihn gut fest, mein Sohn, er ist nicht so rüstig, wie er aussieht.«

Hinter seinem Lächeln wirkten Bells blaue Augen kalt und hart. Er beobachtete wachsam, wie der ältere Mann auf das heftig schwankende Boot umstieg, und entspannte sich erst, als Somers ihn sicher an Bord geholt hatte.

»Wie heißen Sie, Seemann?«, fragte Van Dorn mit einem kaum wahrnehmbaren irischen Akzent.

»Seaman Third Class Asa Somers, Sir.«

»Sie haben auf die Frage nach Ihrem Alter gelogen, nicht wahr?«

»Woher wissen Sie das?«, flüsterte Somers erschrocken.

»Ich habe damals das Gleiche gemacht, um zur Marine zu kommen.« Er blickte zum Heck und gab mit dem Daumen das Okay-Zeichen. »Alle an Bord, Chief. Zurück zum Schiff.«

»Aye, Sir.«

Das Boot entfernte sich vom Wasserflugzeug.

Van Dorn winkte Bell zu. »Halten Sie im Gotham die Augen offen. Vergessen Sie nicht, dass diese dreisten Hurensöhne das Messer für Sie geschliffen haben.«

Wenn ein Berglöwe lachen könnte, dachte Asa Somers, er würde so lachen wie Isaac Bell, als dieser erwiderte: »Vergessen? Niemals.«

Mit skeptischem Blick betrachtete Joseph Van Dorn das Küstenwachboot mit der Dienstbezeichnung CG-9, einen außer Dienst gestellten U-Bootjäger, den die US Navy der Küstenwache für ihre Patrouillenfahrten zur Abwehr von Alkoholschmugglern untergejubelt hatte. Mit einem Krähennest über einer Brückennock, Sechszylindermotoren zum Antrieb von drei Propellern und einer 3"/23 Kaliber Poole Gun auf dem Vorderdeck war das Schiff gebaut worden, um vergleichsweise langsame deutsche Unterseeboote zu orten, zu verfolgen und zu versenken – und keine schnellen Rumrunner.

Der Kutter war während des Krieges stark beansprucht und seitdem nur unzureichend gewartet worden. Das ständige unterschwellige Brummen von Pumpen verriet ihm, dass in dem Holzrumpf zahlreiche Leckagen klafften. Selbst bei halber Kraft klapperten die Ventile der Motoren tatsächlich beängstigend laut. Mit der Poole Gun auf dem Vorderdeck und zwei Kaliber .30-06-Lewis-Maschinengewehren auf den Brückennocks konnte das Patrouillenboot noch immer kräftig zuschlagen. Aber selbst wenn der Kutter es schaffen sollte, sich bis auf Schussweite einem Rumrunner zu nähern, wer auf dem Schiff war denn entsprechend ausgebildet, um die Waffen zu bedienen?

Der Skipper des Küstenwachboots war bereits in vorgerücktem Alter, hatte dicke Tränensäcke unter den Augen, und seine rote Nase ließ vermuten, dass er mit dem, was die Boote, die er aufhalten sollte, transportierten, eine enge freundschaftliche Beziehung pflegte. Der ebenfalls schon ältere Hauptbootsmann sah wie ein Veteran des Spanisch-Amerikanischen Krieges aus. Und die Mannschaft – mit Ausnahme des jungen Asa Somers, der diensteifrig am Mast zu seinem Ausguckposten im Krähennest hinaufgeklettert war, sobald die Barkasse an Bord gehievt worden war – hatte etwa die Klasse, die Van Dorn von Rekruten erwartete, deren Sold nicht mehr als die obligatorischen einundzwanzig Dollar im Monat betrug.

Der Skipper begrüßte ihn reserviert.

Van Dorn vertrieb sein offensichtliches Misstrauen mit einem entwaffnenden Lächeln, das bewirkt hatte, dass sich so mancher Kriminelle während seiner Fahrt zum nächsten Gefängnis den Kopf über die Frage zermarterte, weshalb er es zugelassen hatte, dass ihm dieser freundliche Herr dicht genug auf die Pelle rückte, um ihn mit stählernem Griff beim Schlafittchen zu nehmen. Ein fröhliches Augenzwinkern und der entspannte Tonfall unterstrichen den Eindruck eines absolut friedlichen und wohlwollenden Zeitgenossen.

»Ich nehme an, Ihr Oberkommando hat Sie davon in Kenntnis gesetzt, dass das Schatzamt meine Detektei engagiert hat, um seine ausführenden Organe bei ihrem Kampf gegen den illegalen Schnapshandel zu beraten. Aber ich wette, da sind Gerüchte im Umlauf, wir würden untersuchen, wer mit den Bootleggern unter einer Decke steckt und geschmiert wird, um wegzuschauen.«

»Sie brauchen uns nicht zu schmieren. Sie hängen uns ab, und sie sind in der Überzahl. Oder irgendjemand – ich sage nicht wer, weil ich es nicht weiß – versorgt sie mit Tipps, wo wir unsere Patrouillenfahrten machen. Oder sie senden per Funk falsche Notrufe. Da wir Leben retten sollen, dampfen wir los, um zu helfen, und verlassen unsere vorgeschriebene Position, sodass sie sich frei bewegen können. Und wenn wir sie tatsächlich schnappen, dann lassen die Gerichte sie wieder laufen, und sie holen sich bei der nächsten amtlichen Versteigerung ihre Schnellboote zurück.«

Van Dorn betrachtete den Skipper auf einmal mit anderen Augen. Vielleicht hatte er seine rote Nase nur einer Erkältung zu verdanken. Doch egal ob Trinker oder nicht, er klang aufrichtig verärgert und bedient. Und wer konnte es ihm übel nehmen?

In den Jahren seit Beginn der Prohibition – dem Verbot, Alkohol zu verkaufen, verfügt durch den achtzehnten Zusatz zu der Verfassung und den Volstead Act – schien es, als habe sich die halbe Nation darauf geeinigt, das Gesetz zu brechen. Wenn man nicht gerade Öl oder Gold in seinem eigenen Garten fand, gab es keine Möglichkeit, schneller reich zu werden als mit dem Verkauf von Fusel. Alles, was man brauchte, war ein Boot, um ein paar Meilen aufs Meer hinauszufahren, um zu einer Flotte ausländischer Frachter und Schoner zu kommen, die außerhalb des amerikanischen Hoheitsgebiets in internationalen Gewässern vor Anker lagen. In diesem Zusammenhang hatten die Zeitungen Bill McCoy, Kapitän eines Schoners, der unter der Flagge der British Bahama Islands fuhr, in den Rang eines Helden erhoben. Er hatte als Erster die Idee gehabt, wie man das Gesetz umgehen konnte, wodurch jeder Versuch, das allgemeine Alkoholverbot durchzusetzen, zu einer Farce wurde.

»Wie es in dem Song heißt« – zitierte Van Dorn eine Textzeile aus dem letzten Gassenhauer von Irving Berlin – »›You cannot make your shimmy shake on tea.‹ Wie schnell sind die Taxis?«

Während Fischer und Jachtbesitzer zur Rumflotte hinausfuhren, um ein paar Flaschen zu kaufen, wurde das große Geschäft mit »Taxis« oder »Kontaktschiffen« betrieben. Diese waren mit Hochleistungsmotoren ausgestattete flachkielige Boote, in denen professionelle Rumrunner bei jeder Tour mehrere hundert Kisten Alkohol an Bootlegger auf dem Festland lieferten, die dafür fürstlich bezahlten.

»Sie bauen von Tag zu Tag schnellere Boote.«

Van Dorn schüttelte den Kopf und mimte den Bestürzten. Isaac Bell hatte ihn bereits davon überzeugt, dem Schatzamt zu empfehlen, die Küste mit Flugbooten zu überwachen, wobei allerdings in den Sternen stand, wer die Kosten dafür übernehmen würde. Der Kongress machte sich zwar für das Alkoholverbot stark, zeigte jedoch wenig Bereitschaft, auch das Geld zur Verfügung zu stellen, um das Verbot durchzusetzen.

»*Taxi!*«

Alle Augen blickten zum Krähennest hinauf.

Joseph Van Dorn zauberte einen Feldstecher aus seinem weiten Mantel und schaute damit in die Richtung, die Asa Somers mit seinem Teleskop anpeilte. Tief im Wasser liegend und so grau gestrichen wie das Meer und der Himmel, war das Schnapsboot in etwa eintausend Metern Entfernung kaum zu erkennen.

»Volle Kraft!«, befahl der Skipper und stürmte die Leiter zur Brückennock über dem Ruderhaus hinauf. Van Dorn kletterte schwerfällig hinter ihm her.

Die Maschinen brachten das gesamte Schiff zum Vibrieren. Das Klappern der Ventile wurde lauter. Der U-Boot-Jäger tauchte mit dem Heck tiefer ins Wasser und erzeugte eine schäumende Heckwelle. »Fünfzehn Knoten«, verkündete der Kapitän.

U-Boot-Jäger schafften gewöhnlich mindestens achtzehn Knoten, aber der fette blaue Qualm, der aus den Auspuffrohren herauswallte, machte Van Dorn schmerzlich klar, dass die ausgeleierten Maschinen bis an die Grenze ihrer Leistungsfähigkeit belastet wurden. Ihre Jagdbeute überlud ihr Gefährt derart, dass die Seitendecks beinahe überspült wurden, aber sie stampfte weiterhin mit siebzehn oder achtzehn Knoten durch die Wellen und wurde in der Ferne immer kleiner.

»Verpasst den Mistkerlen einen Schuss vor den Bug«, rief der Kapitän den Matrosen zu, die das Geschütz auf dem Vorderdeck bedienten.

Die Poole Gun bellte und ließ das Deck erzittern. Durch Van Dorns starkes Fernglas war nicht zu erkennen, wo genau das Geschoss landete, aber ganz sicher nicht in Bugnähe des Schnapstransporters. Das zweite Geschoss schlug näher ein. Van Dorn sah die Wasserfontäne unweit des Rumpfs, aber das Boot setzte seine Fahrt unbeirrt fort und vergrößerte den Vorsprung stetig.

Plötzlich, als der Rumrunner schon im Begriff schien, von der abendlichen Dunkelheit verschluckt zu werden, ergab sich ein Lichtblick für die Verfolger. Das Taxi wurde langsamer. Offenbar war es auf ein Unterwasserhindernis aufgelaufen, vermutete der Skipper, oder ein Propeller war abgebrochen oder ein Zylinder geplatzt. Ganz gleich, was dem schwer beladenen Schmuggelschiff zugestoßen war, es hatte zur Folge, dass der U-Boot-Jäger allmählich aufholte.

»Sie trennen sich von dem Schnaps und machen sich aus dem Staub«, sagte der Skipper.

Van Dorn justierte das Fernglas. Aber er konnte keine hektisch agierenden Gestalten entdecken, die Schmuggelgut über Bord warfen. Das Boot setzte seine Flucht in die Nacht fort.

»Achtung an der Kanone! Schickt ihnen noch eine Ladung vor den Bug.«

Die Poole Gun erschütterte abermals das Deck, und ein Projektil klatschte dicht vor dem Rumrunner in den Ozean. »Jetzt werden sie wohl anhalten.«

Der Warnschuss hatte jedoch keinerlei Wirkung, und der Rumrunner blieb weiterhin auf seinem Fluchtkurs.

Van Dorn zählte schnell die Whiskykartons, die auf dem Deck gestapelt waren, schätzte die Menge, die möglicherweise unter Deck Platz fand, und errechnete eine Fracht von mindestens fünfhundert Kartons. Wenn die Flaschen den wahren Jakob enthielten – also echten Scotch, der nicht gestreckt oder mit billigem Kornbranntwein verschnitten worden war –, dann hatte die Ladung des Bootes einen Wert von dreißigtausend Dollar. Für die Mannschaft des Schnapstransporters, die vor der Prohibition mit dem Fischfang kaum ihren Lebensunterhalt hatte bestreiten können, war es ein Vermögen, das sie eher tollkühn anstatt vernünftig handeln ließ. Für dreißigtausend Dollar konnten sich sechs Bootlegger einen Cadillac oder einen Rolls-Royce, einen Marmon oder einen Minerva kaufen. Für die Familien der Fischer bedeutete diese Einnahme ein gemütliches Häuschen und regelmäßig etwas zu essen auf dem Tisch.

Der Kapitän schaltete eine elektrische Sirene ein. CG-9 kreischte wie eine tollwütige Furie. Das Schnapsboot machte auch weiterhin keinerlei Anstalten anzuhalten. »Die sind verrückt. Feuert noch einmal!«, rief der Kapitän zu dem Schützenteam auf dem Vorderdeck hinunter. »Macht sie nass!«

Und die Granate landete tatsächlich nahe genug beim Schiff, sodass dessen Mannschaft durch die Explosion mit Meerwasser überschüttet wurde. Das Schnapsboot stoppte abrupt und wendete, um den U-Boot-Jäger zu erwarten, der in einer blauen Abgaswolke heranrauschte.

»Achtung bei den Lewis-Gewehren.«

Grinsende Soldaten der Küstenwache kauerten hinter den aus Tellermagazinen gespeisten Maschinengewehren, die auf drehbaren Lafetten rechts und links neben dem Ruderhaus platziert waren. Van Dorn rechnete damit, dass der gesunde Menschenverstand am Ende siegen würde. Das Lewis-Gewehr war eine perfekte Waffe – schnell feuernd, nahezu störungsfrei und extrem präzise. Man konnte davon ausgehen, dass Alkoholschmuggler bereits die Hände hoben, ehe sich die Entfernung weiter verringerte, und es ihren Anwälten überließen, sie freizubekommen. Stattdessen begannen sie, als sich der Kutter bis auf einhundert Meter genähert hatte, aus allen Rohren zu schießen.

Überraschte Warnrufe hallten über das Deck des Küstenwachboots.

Eine Gewehrkugel sirrte nur dreißig Zentimeter von Van Dorns Kopf entfernt am Beobachtungsmast vorbei. Eine andere prallte gegen ein Lüftergehäuse, traf als

Querschläger die Kanone auf dem Vorderdeck und zwang das Schützenteam, sich flach auf die Decksplanken zu werfen und schnellstens Deckung zu suchen. Van Dorn zog seinen Colt .45 aus der Manteltasche, stemmte sich mit der Schulter gegen den Mast, um die Rollbewegungen des Kutters auszugleichen, und suchte sich ein Ziel für einen Pistolenweitschuss. Im selben Moment, als er den Gewehrschützen auf dem Schnapsboot fest im Visier hatte, traf eine dritte Gewehrkugel den Soldaten hinter dem Steuerbordgewehr und warf ihn nach hinten, sodass er über das hintere Geländer der Brückennock aufs Hauptdeck hinabstürzte.

So schnell er konnte, kletterte der massige Detektiv die Leiter hinunter und bewegte sich geduckt auf die Brückennock hinaus. Mit der linken Hand zog er den Spannhebel des Maschinengewehrs zurück und löste mit der rechten eine Dreier-Salve aus. Dem Schützen auf dem Taxi flogen Holzsplitter der Kabinenwand – die sich hinter ihm befand – um die Ohren. Ein weiterer Feuerstoß, und ihm wurde das Gewehr aus den Händen geprellt.

»*Zweites Taxi!*«, erklang Asa Somers' helle Stimme aus dem Krähennest. »Es kommt von achtern!«

Van Dorn konzentrierte sich darauf, das Cockpit des Rumrunnerboots zu evakuieren. Er lenkte eine Salve Kaliber .30-6-Projektile mitten ins Ziel, sodass der Rudergänger gezwungen war, das Ruder fahren zu lassen und schnellstens auf Tauchstation zu gehen.

Somers meldete sich wieder. »Das Taxi ist dicht hinter uns!«

Der ängstliche Unterton in Somers' Stimme ließ Van Dorn herumfahren.

Ein langes schwarzes Boot holte zügig zu ihnen auf.

Van Dorn hatte noch nie ein derart schnelles Boot gesehen. Es war mit mindestens vierzig Knoten unterwegs, was fünfzig Meilen in der Stunde entsprach. Ein kehliges Röhren drang aus den vielfach gekrümmten Auspuffrohren. Aus drei Dutzend geraden Endrohren züngelten orangefarbene Flammen zum abendlichen Himmel empor. Drei Liberty-Motoren, in einer Reihe angeordnet und jeder einzelne so stark wie der turboaufgeladene L-12 von Isaac Bells Flugboot, erzeugten den gebündelten Feuerschweif.

Die Geschützmannschaft auf dem Vorderdeck konnte von dem Boot nichts sehen.

Von hinten heranrasend, dabei die Wellen mit seinem messerscharfen Bug zerschneidend, imitierte das schwarze Boot jedes Manöver des U-Boot-Jägers und hielt sich auf diese Weise im toten Winkel der Bordkanone. Der an Backbord postierte Maschinengewehrschütze konnte das Boot ebenfalls nicht sehen, weil ihm das Ruderhaus die Sicht versperrte. Aber Joseph Van Dorn hatte den Verfolger deutlich vor sich. Er drehte das Lewis-Gewehr auf seiner Lafette und eröffnete das Feuer.

Das Schiff fuhr Schlangenlinien. Geschickt und schnell wie eine Libelle wich es mit scharfen Kurswechseln nach rechts und links aus.

Van Dorns Gesicht verzog sich zu einem kalten Lächeln.

»Okay, Leute. Wenn ihr es nicht anders wollt.« Er zielte mit dem Lewis-Maschinengewehr auf die Mittelachse des Schlängelkurses, feuerte kurze Salven ab und überschüttete das schwarze Boot innerhalb von zehn Sekunden mit gut einhundert Geschossen. Fast die Hälfte der Kugeln traf das Ziel. Aber zu van Dorns Verblüffung prallten sie ab, und er begriff zu spät, dass das Gefährt ihres Gegners mit Stahlplatten gepanzert war.

Er beharkte die Windschutzscheibe, hinter welcher der Rudergänger kauerte. Ein dichtes Netz von Sprüngen durchzog das Glas, aber es zerschellte nicht. Kugelsicher. Diese Leute waren auf alles vorbereitet. Dann schoss das schwarze Boot zurück.

Es war ebenfalls mit einem Lewis-Maschinengewehr ausgerüstet. Unter Deck verborgen, fuhr es auf seiner Drehlafette hoch, und Van Dorn erkannte auf Anhieb, dass der Bursche, der es bediente, sein Geschäft verstand. Serienweise durchbohrten Gewehrkugeln den Holzrumpf des U-Boot-Jägers direkt unterhalb der Position, die er mit seinem Gewehr einnahm, und zerfetzten die brusthohe Segeltuchverkleidung, die die Brückennock vor Wind und Gischt schützte. Van Dorn antwortete mit langen Feuerstößen. Dabei wunderte sich ein analytischer, leidenschaftsloser Teil seines Gehirns, dass er von dem vernichtenden Gewehrfeuer ihres Verfolgers nicht getroffen worden war.

Etwas schlug so hart wie ein geworfener Pflasterstein gegen seine Brust.

Plötzlich rollte er über das Geländer der Brückennock und stürzte auf das Hauptdeck hinab. Der analytische Teil seines Gehirns registrierte, dass sich das Taxi, hinter dem sie herjagten, im Feuerschutz des schwarzen Bootes entfernte und dass das Küstenwachschiff, während er stürzte, drehte, um die Poole Gun einsetzen zu können. Als das Schiff für einen kurzen Moment parallel zu den Wellen lag, wurde es seitlich von einem Brecher getroffen und legte sich so weit nach Steuerbord, dass er, als er schließlich landete, nicht auf dem schmalen Deck aufschlug, sondern auf der Sicherheitsreling, die es umsäumte. Das straff gespannte stählerne Geländerseil bremste seinen Sturz und schleuderte ihn über Bord in das bitterkalte Wasser. Das Letzte, was er hörte, war Asa Somers' schriller Schrei *»Mr. Van Dorn!«*

2

»Besprechung auf dem Hof. Hancock, Sie sorgen dafür, dass wir ungestört sind.«

Isaac Bell schlenderte scheinbar lässig und ohne ein bestimmtes Ziel durch das luxuriöse Foyer des Gotham Hotels. Vier elegant gekleidete Hausdetektive folgten ihm unauffällig – ein geräuschloser Exodus, von dem die zahlenden Gäste nichts mitbekamen. Als sich die fünf Männer in der schmalen dunklen Gasse hinter der Hotelküche versammelt hatten, sprach Bell zwei von ihnen mit Namen an.

»Clayton. Ellis.«

Tom Clayton und Tom Ellis waren typische Hausdetektive der Van Dorn Protective Services – baumlange, breitschultrige Schwergewichte, vielleicht nicht ganz so clever wie vollwertige Detektive, aber jeder so gut aussehend wie das männliche Modell der Arrow-Hemdkragen-Werbung. Ausstaffiert mit korrektem Anzug, sauberem weißem Oberhemd, auf Hochglanz polierten Schuhen und Krawatte mit Four-in-hand-Knoten wirkte keiner der ehemaligen Eisenbahndetektive der Southern Pacific Railroad in einem eleganten Hotel fehl am Platz. Aber Taschen- und Gelegenheitsdiebe sowie Trickbetrüger erkannten sie auf Anhieb und hielten sich von ihnen fern.

»Was gibt's, Mr. Bell?«

»Sie sind gefeuert.«

»Weshalb?«, wollte Clayton wissen.

»Sie haben den Namen der Van Dorn Agency in den Dreck gezogen.«

»In den Dreck gezogen?« Clayton sah seinen Kollegen feixend an. »In den Dreck gezogen?«

Ellis nickte. »Stimmt. Würd ich auch gern wissen. Was heißt, ›in den Dreck gezogen‹?«

Bell unterdrückte den Impuls, beide zu Boden zu strecken. Die anderen Angehörigen ihrer Truppe hatten sich nicht bestechen lassen. Stets um den guten Ruf der Agentur besorgt, nutzte er die Gelegenheit, um die ehrlichen Angestellten daran zu erinnern, was auf dem Spiel stand, und sie darin zu bestärken, jeden Bestechungsversuch zurückzuweisen. Daher beantwortete er die spöttische Frage ruhig und sachlich.

»Mr. Van Dorn hat ein erfolgreiches Unternehmen aufgebaut, das den gesamten Kontinent überspannt. Wir haben in jeder Stadt Büros, die durch private Telegrafen- und Telefonfernleitungen miteinander verbunden sind. Hunderte erstklassige Detektive – fähige Männer, die ihr Geschäft beherrschen – und Tausende von Angehörigen der Protective Services beschützen Banken und Juwelierläden, begleiten Werttransporte und halten in den exklusivsten Hotels Wache. Aber die Firma ist keinen Cent wert, wenn sich die Kunden nicht auf unseren guten Ruf verlassen können. Van Dorns nehmen keine Schmiergelder an. Was *Sie* jedoch getan haben. Sie haben unseren guten Namen beschmutzt. Und nicht nur ein Mal. Deshalb werden Sie gefeuert.«

»Hören Sie, Mr. Bell, es liegt in der menschlichen Natur, Gewinne zu teilen. Und die Bootlegger scheffeln das Geld.«

Ellis ergriff das Wort. »Die Pagen kriegen ihren Schnitt

dafür, dass sie den Gästen die Flaschen aufs Zimmer bringen. Da ist es doch nur fair, wenn wir dafür bezahlt werden, den Schnaps ins Haus zu lassen.«

»*Nicht jeder Page.*«

Clayton und Ellis wechselten einen vielsagenden Blick. Sie wussten, was geschehen war.

»Der Bootlegger, von dem Sie sich haben schmieren lassen, wollte in der vergangenen Nacht einen Pagen vom Dach werfen. Der Arbeitgeber des Jungen, das Gotham Hotel, bezahlt dafür, dass wir sein Eigentum, die Gäste und die Angestellten beschützen. Sie beide haben den Jungen jedoch im Stich gelassen. Lassen Sie sich nie wieder in der Nähe dieses Hotels blicken.«

»Soll das eine Drohung sein?«

»Sie haben es erfasst, Mister. Verschwinden Sie.«

Clayton und Ellis kamen näher. Sie bewegten sich für Männer ihrer Größe erstaunlich geschmeidig. Die ehrlichen Hausdetektive sahen einander fragend an. Sie überlegten, ob sie dem Chefermittler zu Hilfe kommen sollten. Bell hielt sie mit einer knappen Geste auf. Ein kaum wahrnehmbares Zucken seiner Schulter kündigte einen rechten Schwinger an, der die Auseinandersetzung abbrechen sollte, ehe sie richtig begonnen hatte.

Clayton sah ihn kommen. Er machte einen federnden Schritt nach rechts. Dieses lehrbuchmäßige Ausweichmanöver hatte die unerwartete Folge, dass sein Kinn genau in die Bahn von Bells linkem Haken geriet, der aus Kniehöhe hochkam wie eine Abrissbirne und den Hoteldetektiv nach hinten schleuderte.

Ellis machte bereits weiteren Druck und feuerte mit der Linken einen blitzschnellen Schwinger ab, den Bell nicht mehr vollständig abblocken konnte. Er lenkte ihn über die Schulter ab und konterte mit einer geraden Rechten, die Ellis rechts am Kopf erwischte und ihn quer über die Gasse gegen Clayton warf, der noch immer benommen an der gegenüberliegenden Hauswand klebte.

Seine Wut im Zaum haltend, sagte Isaac Bell mit gefährlich ruhiger Stimme: »Wenn ich einem von euch hier in New York jemals wieder begegnen sollte, werfe ich ihn in den Hudson River.«

»Mr. Bell! Mr. Bell!«

Ein Van-Dorn-Lehrling – ein Bürschlein von achtzehn Jahren – kam durch die Küchentür herausgestürzt. »Mr. Bell! Auf Mr. Van Dorn wurde geschossen!«

»*Wie bitte?*«

Isaac Bell fuhr entsetzt zu der schrillen Stimme herum. Er war derart erschrocken, dass er den warnenden Ausdruck in den Augen des Jungen, als er eine plötzliche Bewegung wahrnahm, nicht registrierte.

Ellis hatte sich von dem Treffer erholt und griff nun mit einem mächtigen rechten Haken an. Bell schaffte es so zurückzupendeln, dass die Faust ihn lediglich streifte, ihn jedoch trotzdem von den Füßen holte. Er landete auf dem fettigen Zementboden. Wie ein Kicker beim Football nahm Clayton Anlauf und zielte mit dem Stiefel nach Bells Kopf. Bell versuchte, den Tritt mit der Hand abzuwehren, aber die Hand wurde beiseitegewischt, und der Fuß raste direkt auf sein Gesicht zu. Bell erwischte Claytons Knöchel mit der anderen Hand, packte mit aller Kraft zu und kam mit einer fließenden Bewegung, angetrieben von Wut und äußerster Not, auf die Füße.

Er stemmte Claytons Bein bis über Schulterhöhe, stieß ihn rückwärts zu Boden und wirbelte zu Ellis herum, dessen Linke wie eine Dampframme auf sein Kinn zuraste.

Bell duckte sich instinktiv, und Ellis Knöchel rasierten über seinen Schädel. Bell ging leicht in die Knie, riss ihn an seiner Jacke herum, nutzte den Schwung des deutlich schwereren Mannes aus und lenkte ihn in Claytons Richtung, der soeben im Begriff war, sich aufzurichten. Die Gesichter der Hoteldetektive kollidierten Nase gegen Nase. Knorpel wurde zerquetscht, und Knochen brachen. Bell ließ Ellis los, der wimmernd zusammensank, und packte die Schulter des Lehrlings mit stählernem Griff.

»Wo ist er?«

»Im Bellevue.«

Bell machte einen tiefen Atemzug und wappnete sich für das Schlimmste. »Krankenhaus? Oder Leichenschauhaus?«

»Krankenhaus.«

»Dann nichts wie hin! Die anderen zurück an die Arbeit. Bestellen Sie Hancock, dass er das Kommando hat.«

Der Junge war so schlau gewesen, bereits ein Taxi zu rufen.

Bell löcherte ihn mit Fragen, während sie durch Midtown rasten. Aber alles, was man bisher wusste, war, dass Joseph Van Dorn, kurz nachdem Isaac Bell ihn zum Kutter der Küstenwache gebracht hatte, während einer Schießerei mit Alkoholschmugglern verwundet worden war. Bell kam kurz in den Sinn, dass er wahrscheinlich gerade damit beschäftigt gewesen war, seine Loening auf dem Air Service Terminal an der 31st Street zu vertäuen, als es geschah.

»Wie konnten sie ihn so schnell an Land bringen?«

Gerettet hatte ihn das, was Joe das Glück der Iren genannt hätte. Ein aufmerksamer Funker auf dem Festland hatte die Meldung der Küstenwache zum New York

Police Department weitergeleitet, und die Harbor Squad hatte eine schnelle Barkasse alarmiert, die bereits vor Sandy Hook patrouillierte und nach Schnapsbooten Ausschau hielt. Sie war mit dem erheblich langsameren Kutter zusammengetroffen, hatte Van Dorn aufgenommen und ihn den East River hinauf zum Bellevue Hospital gebracht. Bell wäre eine Klinik mit besseren Ärzten zwar lieber gewesen als das überlastete, unterbesetzte städtische Krankenhaus, aber die Hafenpolizisten hatten sich für die Notaufnahme entschieden, die dem Fluss am nächsten war.

»Sobald du mich abgesetzt hast, kehrst du mit dem Taxi zum Büro zurück. Bestell Detective McKinney von mir, er soll dafür sorgen, dass die gesamte Truppe Jagd auf die Kerle macht, die Mr. Van Dorn angegriffen haben.« Darren McKinney war ein vielversprechender junger Agent, den Van Dorn aus Washington abgezogen und mit der Leitung des New Yorker Außenbüros betraut hatte.

»Sag ihm außerdem, sie sollen sich jeden Bootlegger in der Stadt, der uns etwas schuldig ist, vorknöpfen und ihm auf die Zehen treten; einer von ihnen wird sicher irgendwo aufschnappen, wer es getan hat. Unsere Leute sollen nach Schnapsbooten mit Einschusslöchern Ausschau halten. Außerdem sollen sie sich in den Krankenhäusern nach Personen mit frischen Schusswunden erkundigen.«

Das Taxi bremste quietschend und mit qualmenden Reifen.

»Und ab mit dir! Schnell, schnell!«

Bell stürmte in die Eingangshalle des Krankenhauses.

Am Empfangspult informierte man ihn, dass Joseph Van Dorn auf dem Operationstisch lag.

»Wie schlimm ist es?«

»Drei unserer besten Chirurgen kümmern sich gerade um ihn.«

Bell durchfuhr nicht nur ein Schreck, sondern Panik keimte in ihm auf. Drei? Wie schwer mussten die Verletzungen sein, dass gleich drei Ärzte nötig waren? »Wurde seine Frau benachrichtigt?«

»Mrs. Van Dorn sitzt im Wartezimmer. Wollen Sie zu ihr?«

»Natürlich.«

Eine Empfangsdame geleitete Bell mit ernster Miene zu einem privaten Warteraum.

Dorothy Van Dorn sprang auf und ließ sich an Bells Brust sinken. »Oh Isaac. Das kann alles doch nicht möglich sein.«

Beträchtlich jünger als Joe, war die wohlerzogene und gebildete schwarzhaarige Schönheit die Tochter des legendären Schiffsgeschützbauers Arthur Langner, der über die Grenzen des Navy Yard in Washington hinaus berühmt war, und die Witwe des Schiffsbauingenieurs Farley Kent. Dorothy hatte zusammen mit Joes erster Ehefrau, die an einer Lungenentzündung gestorben war, das Smith College besucht. Bell hatte voller Freude verfolgt, wie eine aus praktischen Erwägungen geschlossene Freundschaft zwischen verwitweten Eltern halbwüchsiger Kinder aufblühte und in eine Hochzeit mündete, die das Leben des eher steifen und gelegentlich überkorrekten Joe Van Dorn mit unerwarteter Leidenschaft füllte und der lebhaften und unternehmungslustigen Dorothy Stabilität und Beständigkeit bescherte.

»Isaac, was hat ein Mann in seinem Alter bei einer Schießerei zu suchen?«

Darauf gab es mehrere Antworten, aber keine wäre

jetzt hilfreich. Es hätte wenig Sinn, seiner entsetzten Ehefrau zu versichern, dass Joe Van Dorn im Fall einer Schießerei einer der zuverlässigsten Kämpfer war, stets eiskalt, wachsam und hochgefährlich. Außerdem erachtete Bell es in dieser Situation als zwecklos zu erwähnen, dass er, als er ihn zu dem mit zwei Maschinengewehren und einem Geschütz bewaffneten Kutter der United States Coast Guard brachte, schlimmstenfalls ein unfallbedingtes Sinken für möglich gehalten hatte. Nun hingegen wünschte er sich, darauf bestanden zu haben, dass Joe sich von einem seiner Agenten begleiten ließ. In der Kabine der Loening wäre für einen dritten Passagier ausreichend Platz vorhanden. Er hätte sogar einen vierten Mann mitnehmen können.

»Noch weiß ich nicht, was geschehen ist.«

»Wer hat auf ihn geschossen?«

»Das untersuchen wir bereits. In Kürze wissen wir sicher mehr.«

Er drückte die Frau kurz an sich, dann ließ er sie los, um Joes ältestem Freund, der Dorothy ins Krankenhaus begleitet hatte, die Hand zu schütteln. Kapitän Dave Novicki, massig und stabil wie ein Vertäupoller, war ein pensionierter Seefahrer. Er hatte Joe Jahre zuvor unter seine Fittiche genommen, als er als junger Offizier auf einem Einwandererschiff gedient hatte, mit dem Van Dorn als Halbwüchsiger nach Amerika gekommen war. Bell war mit Novicki des Öfteren anlässlich traditioneller Thanksgiving-Dinner im Stadthaus der Van Dorns in Murray Hill zusammengetroffen. Joe schrieb einen Großteil seines Erfolgs dem ständigen Einfluss des bärbeißigen alten Seemanns zu, so wie Bell seinem Boss Van Dorn für dessen Unterstützung dankbar sein konnte.

»Danke, dass Sie gleich hergekommen sind«, sagte er zu Bell.

Bell winkte Novicki beiseite und fragte mit leiser Stimme: »Wie schlimm steht es?«

»Er ist auf der Kippe. In einer Stunde will der Chefarzt einen Zwischenbericht abgeben. Das hat er vor zwei Stunden angekündigt.«

Eine sorgenvolle Stunde verstrich. Alle schauten hoch, als eine Krankenschwester hereinkam. Sie teilte Isaac Bell im Flüsterton mit, dass in der Eingangshalle ein Telefongespräch auf ihn warte. Als er zum Empfangspult kam, wurde ihm der Hörer gereicht. »McKinney?«

»Am Apparat, Mr. Bell.«

»Was haben wir?«

»Ed Tobin hat das Boot gefunden, das die Männer der Küstenwache verfolgt haben. Halb abgesoffen in der Nähe der Chelsea Piers. Das ist aber nicht das Boot, von dem aus auf ihn geschossen wurde. Sondern das Taxi, hinter dem sie zuerst her waren.«

Tobin war ein Veteran der Gang Squad des New Yorker Büros. Er stammte aus einer der Familien von Staten-Island-Fährleuten und Kohlepiraten. Daher kannte Ed Tobin den Hafen besser als die Harbor Squad.

»Von dem Schnaps war kaum noch was da. Sieht so aus, als hätten sie ihn in kleinere Boote umgeladen. Ed meint, die Polizei habe eins der Boote im East River geschnappt.«

»Hat sich jemand mit einer Schusswunde in einem Krankenhaus gemeldet?«

»Wir überwachen jedes Hospital von Bay Shore, Long Island, bis nach Brooklyn, nach Staten Island, nach Manhattan. Bisher aber Fehlanzeige.«

»Nirgendwo eine Schusswunde?«

»Jedenfalls keine ohne einleuchtende Begründung.«

»Erzählen Sie mal.«

»Zwei Typen haben sich gegenseitig eins auf den Pelz gebrannt, als sie sich stritten, wer den Speakeasys in Bensonhurst Bier verkaufen darf. Ein Bursche in einer Spelunke am Herald Square wurde von seiner Freundin aufs Korn genommen, weil er fremdging. Und im Roosevelt Hospital liegt jemand, den es an der Elevated erwischt hat. Das ist bis jetzt alles, aber die Nacht ist ja noch jung.«

»Wer hat auf den Kerl an der Elevated geschossen?«

»Der Schütze konnte verschwinden. Der Verletzte war allein, als die Cops ihn fanden.«

»An welcher El? In der Ninth Avenue?«

»Genau. Die Cops brachten ihn ins nächste Krankenhaus.«

»Die Cops? Warum kein Krankenwagen?«

»Er konnte aus eigener Kraft gehen. Die Cops entdeckten ihn, als er die Treppe von der Haltestelle Saint Paul's Church herunterstolperte. An der 59th.«

»Ich weiß, wo das ist.«

Die Ninth Avenue Elevated Line, die am Roosevelt Hospital vorbeiführte, begann an der South Ferry am Rand des Hafens und verlief quer durch Chelsea. Ein verletzter Schnapsschmuggler konnte durchaus an einem der Punkte an Land gegangen und bis zur Hochbahn gelangt sein.

McKinney sagte: »Ich schick die Jungs zurück zum Roosevelt.«

»Nein. Ich fahre hin.« Es war nur eine vage Chance. Aber es war besser, als untätig herumzusitzen und nichts für Van Dorn zu tun.

»Wie geht es dem Boss?«, fragte McKinney.
»Das weiß ich noch nicht. Sie operieren noch.«
»So was völlig… Verrücktes.«
»Was meinen Sie?«
»Dass Mr. Van Dorn sich ausgerechnet während einer Patrouillenfahrt auf diesem Kutter aufhielt. Wie viele Bootlegger würden es denn wagen, sich auf eine Schießerei mit der Küstenwache einzulassen? Jeder mit einem letzten Rest Hirn im Schädel weiß doch, dass es sicherer ist, zu kapitulieren und es seinem Anwalt zu überlassen, einen freizubekommen.«
»Interessante Frage«, sagte Bell. Er kehrte eilig ins Wartezimmer zurück und dachte, dass Joe tatsächlich unwahrscheinliches Pech gehabt hatte. Wie McKinney angedeutet hatte, wussten die meisten Schnapsschmuggler, dass es sich nicht lohnte, sein Leben in einem Feuergefecht mit der Coast Guard zu riskieren.
Die Ärzte hatten noch immer nichts verlauten lassen. »Kommen Sie einigermaßen zurecht?«, wollte Bell von Dorothy wissen. »Ich muss etwas Wichtiges nachprüfen.« Sie war totenblass, und er konnte sehen, dass sie fast am Ende ihrer Kräfte war.
Kapitän Novicki legte einen starken Arm um ihre Schultern und brummte: »Schnappen Sie sich das Ungeziefer, das auf ihn geschossen hat, Isaac. Ich kümmere mich um Dorothy und Joe wie eine Bärenmutter um ihre Jungen.«

Isaac Bell hielt ein Taxi an und fuhr quer durch die Stadt. Dank des nur spärlichen Nachtverkehrs brauchte er keine Viertelstunde vom Bellevue bis zum Roosevelt Hospital, einem imposanten roten Klinkerbau mit dreihundertfünfzig Betten. Das Krankenhaus und die festungsgleiche katholische Apostel-Paulus-Kirche standen zwischen den vorwiegend von Iren und Schwarzen bewohnten Slums von Hell's Kitchen im Süden und San Juan Hill im Norden. Sogenannte »Blind Pigs«, fensterlose illegale Schnapskaschemmen, verdunkelten die Erdgeschosse zahlreicher Mietskasernen. Ein Zug ratterte über die Gleise über seinem Kopf, während er zwischen den Pfeilern der Elevated hindurch und ins Krankenhaus rannte. Er gestattete dem Mann am Empfang einen kurzen Blick auf seine Dienstmarke, die ihn als Chefermittler der Van Dorn Agency auswies, schob diskret einen Fünfdollarschein über das Empfangspult und fragte nach dem soeben aufgenommenen Patienten mit der Schusswunde.

»Oberste Etage«, erklärte der Krankenhausangestellte. »Das letzte Zimmer am Ende des Flurs. Ein Polizist hält vor der Tür Wache.«

»Wie schlimm ist seine Verletzung?«

»Er kam aus eigener Kraft herein.«

Im Fahrstuhl faltete Bell einen Zehndollarschein für den Cop zusammen.

Als sich die Fahrstuhlkabine öffnete, drang der seifige Geruch eines frisch gewischten Fußbodens herein. Der Flur war menschenleer, die Bodenfliesen glänzten feucht.

Bell eilte durch den Korridor. Hinter ihm schloss sich klirrend das Scherengitter der Liftkabine.

Vor ihm, am Ende des Flurs, erklang der scharfe Knall einer kleinkalibrigen Pistole.

Er sprintete los, angelte seine Browning aus dem Schulterhalfter und bog um die Ecke des Ganges. Links von ihm führte eine Tür ins Treppenhaus. Die Zimmertür zu seiner Rechten stand halb offen. Er hörte ein lautes Stöhnen und sah auf dem Fußboden blaue Hosenbeine und abgewetzte schwarze Arbeitsschuhe. Polizistenschuhe. Er trat über die Schwelle. Ein Beamter des New York Police Department lag auf dem Rücken, hielt sich den Kopf und hatte die Augen geschlossen. Er stöhnte wieder. »Diese Schmerzen!«

Auf dem Bett entdeckte Bell einen Mann mit blondem Haar in einem Krankenhausnachthemd. Er lag auf der Seite, zusammengerollt wie ein Fötus, das Kinn fast auf dem Brustbein. Der Schuss, den Bell gehört hatte, war aus kürzester Entfernung abgefeuert worden. Ein kleines rundes Loch, halb so groß wie ein Zehncentstück und mit blutigem Rand, klaffte in seinem Nacken.

3

Das Fenster stand offen.

Bell streckte den Kopf hinaus. Die rechteckige Spitze des Südturms von St. Paul befand sich auf der anderen Straßenseite in Augenhöhe. Unter dem Fenster fiel die Fassade des Krankenhauses zwölf Stockwerke zur Straße ab.

Er rannte zum Treppenhaus, riss die Feuerschutztür auf und lauschte auf Schritte. Stille. Hatte der Killer einige Etagen tiefer angehalten? Unmöglich konnte er bereits das Erdgeschoss erreicht haben. War er aus dem Treppenhaus in einen der unteren Korridore geflohen? Oder war er die Stufen bis zum Dach hinaufgestürmt?

Mit der Pistole in der Hand rannte Bell die schmale Treppe hinauf und gelangte durch eine Tür auf das teergedeckte Dach. Ein bewölkter Himmel und vereinzelte Rauchschwaden reflektierten das matte Licht der Straßen in der Nachbarschaft. Aufzugmaschinenhäuser, Treppenhauszugänge und Schornsteine lauerten als mögliche Verstecke in der Dunkelheit. Durch Oberlichter drang elektrisches Licht aus den darunterliegenden Räumen und bildete helle Inseln. Er strengte den Gehörsinn an. Tief unten in der Straßenschlucht ratterte ein weiterer Zug der Elevated vorbei. Ein Schatten bewegte sich durch den Lichtschein eines Oberlichts, und Bell startete durch.

Er rannte schweigend und verursachte auf dem weichen Teerbelag kaum ein wahrnehmbares Geräusch. Dann sah er, wie der Schatten das nächste Oberlicht passierte und sein Tempo steigerte. Er hatte sich dem Flüchtenden bis auf gut fünf Meter genähert, als die Gestalt abrupt anhielt und sich umdrehte.

Bell katapultierte sich vorwärts, zog die Schultern hoch, während er durch die Luft segelte, presste die Pistole an seine Brust und rollte sich ab, sobald er das Teerdach berührte. Zwei Schüsse fielen in schneller Folge, und Blei flog durch den Raum, den er noch Sekundenbruchteile zuvor ausgefüllt hatte.

Der Killer kauerte hinter einem Fahrstuhlmaschinenhaus.

Bell sprintete auf der anderen Seite um den Dachaufbau herum. Für einen kurzen Moment gewahrte er einen hellen Lichtschein. Eine Treppenhaustür schwang weit genug auf, um einen Mann durch den Spalt schlüpfen zu lassen. Bell feuerte einen Schuss auf die kräftige, sich schlangengleich bewegende Silhouette ab, aber sie verschwand mit einer eleganten Körperdrehung und zog die Tür hinter sich zu.

Bell war mit wenigen Schritten an der Tür und riss sie auf. Er hörte die Schuhe des Mannes die Stufen hinunterpoltern und folgte ihm zwei Treppenfluchten hinab. Eine etwa dreißig Zentimeter lange Messingdüse flog ihm entgegen. Sie hing am Ende eines mit Textil umhüllten Löschschlauchs, der wie ein Lasso geschwungen wurde. Bell tauchte darunter hinweg. Die Düse prallte mit lautem Klirren gegen das Stahlgeländer der Treppe und federte zurück. Bell konnte sich im letzten Moment zur Seite drehen, ehe die schwere Düse sein Gesicht traf, verlor dabei jedoch seinen sicheren Stand und sackte auf ein Knie. Für einen kurzen Moment desorientiert, spürte er, wie der Mann an ihm vorbeihuschte. Zwei Schüsse fielen im engen Treppenschacht und hallten aufs Dach hinaus und bis in den Keller hinab. Zwei Kugeln schlugen dicht neben seinem Kopf in den Wandverputz.

Bell kam auf die Füße und blieb dem Killer auf den Fersen.

Plötzlich hatte er ein freies Schussfeld. Für einen ausreichend langen, unbezahlbaren Moment blickte er direkt auf die Schlägermütze des Mannes hinab. Er brachte seine modifizierte Browning No. 2, die er seit Jahren bei sich trug, in Anschlag. Auf diese Distanz konnte er unmöglich sein Ziel verfehlen. Dabei drehte er sich langsam, um den Killer im Visier zu behalten. Sanft, fast genussvoll legte er den Finger um den Abzug. Während er sich weiter drehte und dem Fliehenden mit der Laufmündung folgte, schob sich ein schneeweißes Gebilde in sein Sichtfeld.

Es war eine hohe, ausladende Haube aus gefälteltem weißem Leinen. Die Frau, die sie auf dem Kopf trug, war eine Krankenschwester in makellos weißer Tracht und Schürze. Er riss die Waffe hoch und ließ den Abzug los, eine Haaresbreite davon entfernt, ein unschuldiges Leben auszulöschen. Zwei unschuldige Leben, erkannte er, als er die Treppe hinunterhetzte: das Leben der Krankenschwester und das Leben des Arztes, der sie im lauschigen Halbdämmer des Treppenhauses umarmte und nun mit seinem Körper abschirmte.

»Es ist nicht so, wie Sie denken!«, rief der Arzt.

Bell hörte ein oder zwei Stockwerke weiter unten Glas klirren und rannte an ihnen vorbei.

Nach drei Treppenfluchten tauchte er in vollkommene Dunkelheit ein. Glasscherben knirschten unter seinen Schuhsohlen. Der Killer hatte die Deckenlampen zertrümmert. Unbeirrt setzte Bell seinen Weg abwärts fort. Er stolperte über einen Löschschlauch, der in Schienbeinhöhe zwischen den Geländerstäben aufgespannt war. Rechtzeitig bekam er ein Geländer zu fassen, fand sein Gleichgewicht wieder und stürmte weiter.

Wegen der Dunkelheit gezwungen, sein Tempo zu drosseln, hörte er, wie eine Tür ins Schloss fiel, und tastete sich weitere Treppenfluchten hinab. Das Licht am Ende des zweiten Treppenabschnitts markierte den Punkt, wo der Killer die Deckenbeleuchtung verschont und das Treppenhaus verlassen hatte. Bell trat durch eine Tür und stand plötzlich unter freiem Himmel in einer Gasse zwischen dem Krankenhaus und einem Mietstall – der zu den vielen auf der West Side von Manhattan Island gehörte, die noch nicht in eine Automobilgarage umgewandelt worden waren. Der beißende Geruch von Pferdemist, gemildert durch den süßen Duft von Stroh und Heu, lag in der Luft.

Die Gasse führte auf die 58th Street, die von tristen Mietshäusern gesäumt wurde. Die Gehsteige waren um diese Uhrzeit verwaist und die meisten Fenster der Gebäude dunkel. Der Flüchtige konnte in einem der mehreren Dutzend Hauseingängen Schutz gesucht oder in einem Blind Pig auf der Ninth Avenue im Osten oder der Tenth Avenue im Westen verschwunden sein. Die Stalltür stand weit offen. Dort versuchte er sein Glück. Ein Nachtwächter und ein Pferdeknecht saßen auf Bierfässern und beugten sich über ein Dame-Spielbrett, das zwischen ihnen auf einem Whiskyfass lag. Um sich im Stall zu verstecken, hätte der Killer sie passieren müssen.

Bell klatschte den Zehndollarschein, der für den Cop bestimmt gewesen war, auf das Spielbrett. »Ist hier soeben ein Mann mit einer Pistole vorbeigerannt?«

»Nee«, antwortete der Stallbursche.

»Hab noch nicht mal jemanden ohne Knarre gesehen«, meinte der Nachtwächter. Der Blick, mit dem er Bells Waffe musterte, sprach Bände. »Ein Freund von Ihnen?«

»Gehen Sie ihm aus dem Weg und geben Sie Laut, wenn Sie ihn sehen.«

Drüben in der Ninth Avenue rollte der nächste El-Zug mit quietschenden Bremsen in die Church Station. Bell war sich darüber im Klaren, dass – wenn der Killer bereits die Treppe hinaufrannte, um in den Zug einzusteigen – er ihn niemals würde einholen können, ehe der Zug die Haltestelle verließ. Zumindest vorübergehend außer Gefecht gesetzt und zur Tatenlosigkeit verdammt, ging er zur Straße und sah sich suchend um. In etwa zwanzig Metern Entfernung bot sich ihm ein unerwarteter Anblick – eine Packard Twin Six Limousine. Der Chauffeur war soeben im Begriff, die Kühlerhaube zu schließen. Er stieg in den Wagen und startete den Motor.

Bell verstaute seine Pistole im Holster, eilte zu dem Wagen hinüber und strich gleichzeitig seinen Mantel glatt.

Da er um diese Uhrzeit in dieser Gegend mit einem reichen alten Mann rechnete, der mit seiner Mätresse verabredet war oder ein Bordell besuchte, war Bell überrascht, im Wagen selbst eine bildschöne junge Frau in einem schulterfreien Etuikleid zu sehen. Eine Bernsteinkette zierte ihren Hals, eine lange Zigarettenspitze wippte zwischen ihren Fingern, und ein Glockenhut bedeckte ihr kurz geschnittenes kastanienbraunes Haar.

Automatisch hob er die Hand, um seinen Hut zu ziehen. Er hatte ihn jedoch während der Verfolgungsjagd verloren.

Ein schalkhaftes Lächeln funkelte in ihren mandelförmigen Augen, und wie sich herausstellte, hatte sie eine einschmeichelnde Altstimme. Der Gin, den er in ihrem Atem roch, war von bester Qualität und keineswegs billiger Fusel. »Sie sehen aus wie jemand, der dringend ein Taxi braucht.«

»Haben Sie während der letzten Minute einen Mann vorbeirennen sehen?«

»Nein.«

»Niemanden? Auf keiner Straßenseite?«

»Ich will mal meinen Fahrer fragen. Er hat gerade am Motor herumgebastelt.« Sie führte ein Sprachrohr an ihre sinnlich gewölbten Lippen. »Haben Sie vielleicht vor Kurzem einen Mann über die Straße laufen sehen?«

Sie hielt das Rohr an ein Ohr, dann wandte sie sich zu Bell um. »Tut mir leid. Ihm ist auch nichts aufgefallen. Ich wünschte, ich könnte Ihnen helfen. Obwohl …« Sie lächelte abermals. »Der Motor läuft wieder. Wenn Sie tatsächlich ein Taxi brauchen, kann ich Ihnen meine Dienste anbieten.«

Bell ließ den Blick die Straße hinauf- und hinunterschweifen. Er hatte keine Hoffnung, den Mann noch zu finden. Das Beste war, ins Krankenhaus zurückzukehren in der Hoffnung, dass der Cop denjenigen, der ihm eins auf den Schädel gab, hatte genauer betrachten können.

»Falls ich ihn sehe, soll ich …«

»Halten Sie sich von ihm fern!«

»Das werde ich tun«, versprach sie. »Ich meine, falls ich ihn sehen sollte, werde ich Ihnen Bescheid sagen. Sie dürfen mir Ihre Visitenkarte geben.«

Bell reichte ihr eine Karte der Van Dorn Detective Agency und stellte sich vor. »Isaac Bell.«

»Ein Detektiv? Dann war der Mann wohl ein Krimineller.«

»Er hat eben einen Menschen erschossen.«

»Was Sie nicht sagen!« Sie angelte eine eigene Visitenkarte aus einer kleinen Unterarmtasche und streckte ihm eine Hand entgegen. »Ich freue mich, Sie kennenzulernen, Mr. Bell. Ich bin Fern Hawley.«

Bell konnte sich erinnern, ihren Namen sowie den ihrer Familie schon des Öfteren in den Gesellschaftsspalten gelesen zu haben. Sie hatte in New Haven das College besucht und war die Universalerbin eines in Connecticut ansässigen Industriemagnaten, der Werkzeug und Waffen herstellte. Und er kannte ihren Frauentyp recht gut, da er sich gegen Kriegsende in Frankreich aufgehalten hatte, als unabhängige unternehmungslustige amerikanische Erbinnen, die von ihren Vätern verwöhnt wurden – oder über das Vermögen ihrer Mütter verfügen konnten und somit von keinem Mann abhängig waren –, in Scharen in Paris einfielen. Viele kamen, um sich nützlich zu machen und Verwundete zu pflegen oder hungernde Flüchtlinge mit Nahrung zu versorgen. Viele waren jedoch gekommen, um ihr Leben zu genießen, mit europäischen Aristokraten herumzuscharwenzeln und die Miete für bedürftige Maler und Schriftsteller zu bezahlen.

Er fragte sich, was sie in dieser heruntergekommenen Straße zu suchen gehabt hatte, als ihre Limousine streikte. Aber Tatsache war nun mal, dass die jungen Reichen New Yorks ihre eigenen Launen hatten und fast überall anzutreffen waren. Wahrscheinlich hatte sie der West 54th Street einen Besuch abstatten wollen, wo die Park-Avenue-Clique die Säufer und Krakeeler begaffte, die in Schnellverfahren vom Stadtgericht abgefertigt wurden. Oder sie hatte das Krankenhaus durch einen Seitenausgang verlassen, nachdem sie einen Patienten besucht hatte.

»Sind Sie sicher, dass ich Sie mit meinem Angebot, Sie mitzunehmen, nicht locken kann?«

»Vielen Dank, Miss Hawley, aber nicht heute Abend.« Er ließ den Blick abermals die Straße hinauf- und hinunterwandern. Er dachte nur daran, schnellstens ins Krankenhaus zurückzukehren, um den Polizisten zu befragen, ehe sein Sergeant erschien.

»Gute Nacht.« Fern Hawley tippte mit der Zigarettenspitze gegen die Trennscheibe zwischen ihr und dem Chauffeur. Der Packard Twin Six lenkte vom Bordstein weg und bog in die Tenth Avenue in Richtung Uptown ab.

Fern Hawley öffnete die Trennscheibe zum Fahrerabteil und sagte: »Ich hab's versucht. Der Mann wollte einfach nicht einsteigen.«

»Lässt du etwa nach?«

»Mach dich nicht lächerlich ... Ist Johann wohlauf?«

»Er ist tot.«

»*Tot?* Wie kann Johann tot sein? Er hat es doch aus eigener Kraft ins Krankenhaus geschafft.«

Marat Zolner nahm die mit einem Visier versehene Chauffeursmütze ab und legte sie neben die Pistole auf den Beifahrersitz. Sein Haar war schweißnass, und nach seiner Flucht war er noch immer außer Atem.

»Der Detektiv hat ihn erschossen«, sagte er.

4

Der Polizist, der als Wache für den ermordeten Schnapsschmuggler abkommandiert worden war, hatte den Mann, der ihn niederschlug, nicht gesehen. Das war alles, was Bell aus den verärgerten Polizeidetektiven, die im Krankenhaus umherschwärmten, herausholen konnte. Ein uniformierter Beamter überreichte ihm seinen Hut, den er im Treppenhaus gefunden hatte. Sein Derringer, der hinter dem Schweißband versteckt war, befand sich noch an Ort und Stelle. Bell bedankte sich mit einem doppelten Zehner und kehrte auf schnellstem Weg ins Bellevue Hospital zurück.

Joe Van Dorn hatte endlich den Operationssaal verlassen.

Die erschöpften Chirurgen ließen sich keinerlei voreilige Prognosen entlocken. »Wenn er die nächste Stunde übersteht, hat er eine reelle Chance, auch die nachfolgende Stunde zu schaffen. Wenigstens hat er eine kräftige Konstitution. Ich kann mich nicht erinnern, jemals einen Patienten gesehen zu haben, der so fit ist.«

»Er hat ein Herz so stark wie eine Kirchenglocke!«, polterte Kapitän Novicki mit einem aufmunternden Blick zu Dorothy Van Dorn.

Dorothy fragte: »Wie viele Kugeln?«

»Madam«, sagte der Arzt, »Dies ist weder der geeignete Zeitpunkt noch der Ort, noch ist es das Thema, um mit einer Frau darüber zu diskutieren.«

»Mein Vater war Wissenschaftler und Ingenieur. Wir haben uns täglich über seine Arbeit unterhalten. Ich möchte von Ihnen wissen, von wie vielen Kugeln mein Mann getroffen wurde, wo sie ihn trafen und welche Auswirkungen die Verletzungen auf seinen augenblicklichen Zustand haben.«

Der Chefchirurg sah Isaac Bell fragend an.

Bell nickte. »Antworten Sie.«

»Na schön. Er wurde dreimal getroffen. Eine Kugel streifte seinen Kopf und hat höchstwahrscheinlich eine Gehirnerschütterung verursacht. Hinzu kommen zwei Durchschüsse. Eine Kugel durchbohrte seinen Oberarm, verfehlte aber glücklicherweise den Knochen, verletzte jedoch die Arterie. Die andere Kugel durchbohrte seine Brust. Es waren kleinkalibrige Projektile mit gehärteter Oberfläche, um den Drall im gezogenen Lauf zu erhöhen, wodurch die Durchschlagskraft gesteigert wurde. Daher ist keine der Kugeln stecken geblieben … Soll ich fortfahren?«

»Wie konnte er trotz verletzter Arterie überleben?«

»Der Petty Officer auf dem Küstenwachboot hat den Arm abgebunden und die Blutung gestoppt.«

»Und die Kugel, die ihn in der Brust erwischt hat?«

Der Arzt schüttelte den Kopf. »Wir haben getan, was wir konnten. Beim Eindringen hat die Kugel bis zu einem gewissen Grad Blutgefäße, Sehnen und Bänder beiseitegeschoben. Durch den Kontakt mit Salzwasser wurde die Gefahr einer Sepsis allerdings erheblich verringert. Außerdem hat der Petty Officer reichlich Jod auf den Wunden und drum herum verteilt. Wir haben den Eindruck, als habe die Kälte des Meerwassers seinen Herzschlag verlangsamt, wodurch der Blutdruck in diesem kritischen

Moment absackte. Das könnte das Wunder erklären, dass er überhaupt noch am Leben ist.«

»Vielen Dank, Doktor. Darf ich jetzt zu ihm?«

»Sie können sich ans Bett setzen. Ich bezweifle aber, dass er schon sprechen kann. Wenn er etwas sagt, stellen Sie bitte keine Fragen. Bedrängen Sie ihn nicht.«

Dorothy betrat das Krankenzimmer. Eine Krankenschwester erhob sich mit missbilligendem Blick und zog von ihrem Platz neben dem Bett auf einen anderen Stuhl in einer entfernten Ecke des Zimmers um.

Bell und Novicki warteten draußen.

»Doktor?«, rief Bell, als der Arzt Anstalten machte, sich zu entfernen. »Sie haben gesagt, er sei ins Meer gestürzt. Haben Sie eine Ahnung, wie er auf den Kutter gelangt ist?«

»Es hieß, ein Mann von der Küstenwache sei hinterhergesprungen.«

Kapitän Novicki schaute hinter dem Arzt her, der mit müden Schritten durch den Flur schlurfte. »Ich glaube, was unser guter Doc jetzt am dringendsten braucht, sind ein anständiger Drink und eine Mütze Schlaf. Hatten Sie Glück?«

»Habe einen Angehörigen der Mannschaft des Schnapsboots aufgestöbert, das sie verfolgt haben. Als ich zu ihm kam, war er schon tot.«

»Gut.«

Überhaupt nicht gut, dachte Bell. Der Tote konnte keinerlei Informationen über seine Bande liefern. Er sagte: »Wir haben das Boot gefunden. Es war von Kugeln durchsiebt. Das war alles. Ich werde morgen mit den Leuten von der Küstenwache reden. Vielleicht erfahre ich noch etwas mehr.«

»Gehen Sie lieber schlafen, Isaac! Ich bleibe hier.«

»Das hat noch Zeit.«

»Isaac! Er ist aufgewacht! Er fragt nach Ihnen.«

Leise traten Bell und Novicki ins Zimmer. Van Dorn lag auf dem Rücken, die Augen geschlossen, die Wangen seltsam schlaff, und es dauerte einen Moment, bis Bell erkannte, dass man ihm Schnurrbart und Backenbart abrasiert hatte. Sein Kopf war bis hinunter zu den Augenbrauen bandagiert. Der Bizeps seines linken Arms war ebenfalls mit einer Bandage umwickelt wie auch die Beuge seines rechten Ellbogens, wo man den Zugang für die notwendigen Bluttransfusionen angelegt hatte. Unter dem Laken nur zu erahnen war der breite Verband um seinen Oberkörper. Seine Augen blieben geschlossen. Aber die Lippen bewegten sich.

»Beugen Sie sich zu ihm hinunter«, flüsterte Dorothy. »Er will offenbar mit Ihnen reden.«

Bell bückte sich und brachte sein Ohr dicht an den Mund seines Chefs.

»Isaac.«

»Ich bin hier, Sir.«

»Hören Sie zu.«

»Ich bin hier.«

»Sie müssen …«

Bell sah Dorothy warnend an. »Wir sollten ihn nicht zu sehr strapazieren. Er braucht Ruhe.«

»Hören Sie zu!«, fauchte sie. »Er gibt ohnehin nicht eher Ruhe, bis er mit Ihnen gesprochen hat!«

Isaac Bell verfiel in einen normalen Tonfall. »Ich bin hier, Joe. Was soll ich tun?«

»Schützen Sie die Agentur«, flüsterte Van Dorn.

»Ja, Sir.«

»Sie ist in einem schlimmeren Zustand, als ich es bin.«

»Sie erholen sich wieder.«

»Lügen Sie nicht. Ich bin auf der Kippe. Und das ist die Agentur auch … ich habe die Justiz verloren.«

Bell wusste, dass der langfristige Vertrag mit dem Justizministerium gekündigt worden war, aufgrund dessen die Agentur dem Ministerium half, Bankräuber, Autodiebe und Mädchenhändler über Staatsgrenzen hinweg zu verfolgen. Das überraschte ihn nicht. Das Bureau of Investigation hatte seine Truppe Spezialagenten während des Krieges enorm verstärkt und war infolgedessen nicht mehr bereit, eine transkontinentale Detektei für die Durchführung nationenweiter Ermittlungen zu bezahlen.

Bell sagte: »Wir wussten, dass es irgendwann dazu kommen würde.«

Van Dorn flüsterte: »Das Schatzamt hat mich geködert.«

Er meinte natürlich den Vertrag mit der Küstenwache, der ihm diese Schusswunden letztlich eingebracht hatte. Der Vertrag war eine Gefälligkeit vonseiten eines der zahlreichen Freunde, die Joe in Washington gewogen waren, würde jedoch mit Sicherheit schon am nächsten Tag gekündigt werden, wenn amtliche Stellen Auskunft verlangten, weshalb ein Privatdetektiv in eine Schießerei auf einem Küstenwachschiff verwickelt worden war. Auch wenn eine Untersuchung, welche Angehörigen der Küstenwache sich von Bootleggern bestechen ließen, dem öffentlichen Dienst zugutekam, wäre der Vertrag hinfällig.

Aber das war von den Problemen der Agentur noch das geringste.

Bell beugte sich weiter vor.

»Wie sind Sie mit Ellis und Clayton verfahren?«

»Die beiden verlassen die Stadt.«

»Eisberg«, flüsterte Van Dorn.

Die Krankenschwester sprang auf. »Das reicht jetzt. Er phantasiert.«

»Nein, das tut er nicht«, widersprach Bell. Er gab Novicki mit einem knappen Kopfnicken ein Zeichen, die Krankenschwester zurückzuhalten. Van Dorn sagte, dass er sein Lebenswerk durch die im Zuge der Prohibition immer weiter um sich greifende Korruption bedroht sah. Zwei Hoteldetektive, die Schmiergelder annahmen, seien nur die Spitze des Eisbergs. Die neuen Männer, die als Ersatz für diejenigen Detektive nachrückten, die im Krieg gefallen oder von der grassierenden Grippeepidemie dahingerafft worden waren, wären für Bestechungsversuche erheblich anfälliger. Und wenn sich erst einmal herumspräche, dass er Ellis und Clayton gefeuert hatte, blieb abzuwarten, wie viele Angehörige der Protective Services zu anderen Detekteien mit weniger strengen Verhaltensnormen abwandern würden.

»Isaac.«

»Ich bin hier.«

»Ich verlasse mich auf Sie … Schützen Sie die Agentur.«

»Seien Sie ganz ruhig«, sagte Bell. Aber er wusste, dass er alle Hände voll zu tun hätte. Es ging weniger darum, die Agentur zu schützen, als sie vor dem Untergang zu retten.

5

Haig & Haig Scotch Whisky – zwanzigtausend Kisten in einem Frachter aus Glasgow – wurden auf englischem Kolonialgebiet im Hafen von Nassau auf den Bahamas gelöscht. Nach Zahlung des Einfuhrzolls wurde der Whisky in Zolllagern eingeschlossen. Sechstausend Kisten wurden an den Kapitän des auf den Bahamas registrierten Stagsegelschoners *Ling Ling* verkauft. Er entrichtete den Ausfuhrzoll, legte sofort ab und nahm Kurs auf die Long Island Rum Row.

Während das Schiff in glatter und zügiger Fahrt von Golfstrom und Wind nach Norden getragen wurde, arbeitete seine Mannschaft auf dem Deck. Der Inhalt von zwölftausend Flaschen wurde gestreckt – genau genommen auf vierundzwanzigtausend Flaschen verdoppelt –, indem der echte Haig & Haig mit Kornbranntwein und destilliertem Wasser gemischt und mit Tee nachgedunkelt wurde. Sie klebten gefälschte Etikette auf die zusätzlichen Flaschen und verschlossen sie mit Korken, die einige Zeit in Tee gekocht worden waren, damit sie alt aussahen. Dann verpackten sie jeweils sechs Flaschen in schinkenförmigen Jutesäcken und polsterten diese mit Stroh aus, um einfacher und sicherer mit ihnen hantieren zu können.

Die *Ling Ling* erreichte die Gewässer um Fire Island in einer mondlosen Nacht, während der Küstenwachkutter CG-9 den Schoner *Aresthusa* bewachte und ständig umkreiste, um zu verhindern, dass Taxiboote seine Schnapsladung übernahmen. Ein paar Meilen entfernt gingen Flachboote an der *Ling Ling* längsseits. Sie luden jeweils eintausend »Schinken« und nahmen eilig Kurs auf Fire Island, wobei sie wachsam nach Patrouillen der »Prohibition Navy« und nach Piraten Ausschau hielten. In Ufernähe warteten sie, bis die Lichter einer Fußstreife wieder von der Dunkelheit verschluckt wurden. Erst dann wagten sie sich durch die Brandung und gingen mehrere Meilen östlich der Blue Point Coast Guard Station an Land.

Die Haig & Haig-Schinken wurden in Karren umgeladen, die Männer auf einem Bohlenweg, der im weichen Sand ausgelegt worden war, quer über die schmale Insel schoben. Fischerboote mit überdimensionierten Motoren transportierten sie in schnellster Fahrt fünf Meilen weit über die Great South Bay, einen unbeleuchteten Kanal hinauf und in eine schmale Bucht hinein. Personen- und Lastwagen warteten an einem Kai außerhalb des Lichtscheins eines aus Holz erbauten weitläufigen Strandhotels. Musik und Gelächter hallten über das Marschland, aus dem die Bucht ausgebaggert worden war.

Der Haig & Haig wurde eilig von den Booten in die Personenwagen und die Trucks geschafft. Der Hausdiener und der Tellerwäscher des Hotels betätigten sich bei dieser Aktion als tatkräftige Helfer und wurden mit je einer Flasche belohnt. Farmlaster, Wäschereiwagen und Lieferwagen, die gewöhnlich Milch und Lebensmittel transportierten, entfernten sich in alle vier Windrichtungen. Kleinere Fahrzeuge folgten, zumeist Fords und Chevrolets mit versteckten Abteilen, in denen ihre Eigentümer dutzendweise Schnapsflaschen schmuggelten.

Als Letzte starteten die großen Wagen, die von professionellen Bootleggern gelenkt wurden. Buicks, Packards und Cadillacs, deren Sitze ausgebaut worden waren, um mehr Platz für den Haig & Haig zu schaffen. Außerdem waren sie mit stärkeren Federungen versehen, um das höhere Gewicht zu kaschieren. Alle zusammen bildeten sie auf dem Montauk Highway einen Konvoi, der sich nach Westen in Richtung New York City, siebzig Meilen entfernt, bewegte.

Die zweispurige befestigte Straße war dunkel. Die Ortschaften, durch die der Konvoi rollte, wirkten winzig und bestanden aus kaum mehr als einer weiß getünchten Kirche und einem mit Fensterläden verrammelten Gemischtwarenladen oder einer Tankstelle. Sie waren schnell unterwegs, mit gelöschten Scheinwerfern, und begnügten sich mit dem Lichtschein des Sternenhimmels und einer dünnen Mondsichel.

Ein Stadtpolizist und zwei Prohibitionsagenten orteten den Konvoi und verfolgten ihn in einem Ford. Die Bootlegger im Buick, der das Ende des Konvois sicherte, bemerkten die Scheinwerfer.

»Cops?«

»Piraten?«

Egal wer oder was, anhalten kam nicht infrage.

Die Prohibitionsagenten hatten ihre Revolver gezogen und schossen gleich los.

»Piraten!«, riefen die Bootlegger.

»Achtung! Festhalten!« Der Fahrer trat auf die Vierradbremse des Buicks. Abrupt kam der Wagen zum Stehen. Der Ford, der nur mit Zweiradbremsen ausgestattet war, schlitterte vorbei, während die Agenten aus allen Rohren feuerten, was das Zeug hielt. Überzeugt, dass sie es mit Piraten und nicht mit Polizisten zu tun hatten, schossen die Insassen des Buicks mit Maschinenpistolen zurück und verwundeten den Polizisten.

Vor ihnen lag Patchogue, eine größere Ortschaft mit einer Tüllweberei und Maschinenstickerei, Straßenlaternen und einem Geschäftsviertel entlang der Schnellstraße, die innerhalb der Stadtgrenze in Main Street umbenannt worden war. Die Women's Christian Temperance Union hatte eine außerplanmäßige Versammlung einberufen, um dem Sheriff des Suffolk County ihr Missfallen darüber kundzutun, dass er es bisher versäumt hatte, die Bootlegger dingfest zu machen, die mit ihrer Schmuggelware nachts auf den Straßen Long Islands unterwegs waren. Die Versammlung dauerte erheblich länger als geplant. Der Gastredner – ein wohlhabender Entenzüchter und führendes Mitglied des Ku-Klux-Klan, der den Schnapsschmugglern und Bootleggern den Krieg erklärt hatte – hatte den Sheriff soeben als »unamerikanischen Bolschewiken« beschimpft, als er von einem Telefonanruf unterbrochen wurde, der die Versammelten darüber informierte, dass während der Verfolgungsjagd auf einen Schnapskonvoi ein Polizist zu Tode gekommen sei.

»Männer!«, brüllte der Entenzüchter. »Wenn der Sheriff sie nicht aufhält, dann tun wir es!«

Mit einem Trupp entschlossener Bürger verließ er den Versammlungsraum, um den Bootleggern einen gebührenden Empfang zu bereiten. Auf seine Anweisung hin sperrte die Freiwillige Feuerwehr mit Spritzenwagen und Fahrleiter die Straße ab.

Die Bootlegger, immerhin noch fünfzig Meilen von der Stadt entfernt, rechneten in einer größeren, heller erleuchteten Ortschaft mit weiteren Schwierigkeiten, blieben am Straßenrand stehen und schickten einen Kundschafter voraus. Dieser kam zurück und berichtete, dass die Feuerwehr die Straße blockiert habe und Bürger mit Eichhörnchen-Gewehren auf der Lauer lägen. Die Lkw-Fahrer versammelten sich um ihren Boss – einen ehemaligen Straßenräuber aus Brooklyn, der für seine dortigen Geschäftspartner das Bargeld vorgeschossen hatte, um den Fischern den Haig & Haig abzukaufen – und hofften, dass er einen Plan hatte.

Sein Name lautete Steven Smith. Aber seine Männer und die New Yorker Polizei nannten ihn Professor Smith, weil er ausgiebig nachdachte und man sich gewöhnlich darauf verlassen konnte, dass er in einer verfahrenen Situation wie dieser am Ende einen Ausweg fand.

»Gibt es in der Stadt eine Kirche?«, erkundigte sich der Professor.

»Sogar mehrere«, antwortete der Kundschafter.

Professor Smith entschied sich für eine Kirche in größerer Entfernung von der Main Street und schickte zwei seiner Cousins dorthin, damit sie auf den Eingangsstufen Benzin verschütteten und das Gebäude anzündeten. Die auflodernden Flammen drohten schon bald, den Glockenturm in Brand zu setzen. Während die Feuerwehr anrückte, um zu löschen, gefolgt von den Bürgern, die sich dieses Spektakel nicht entgehen lassen wollten, setzten drei Buicks, ein Cadillac und ein Packard mitsamt ihrer Ladung Haig & Haig die Fahrt nach New York fort.

Als Stunden später New York in Sicht kam und das Ziel unmittelbar vor ihnen lag, atmeten die Bootlegger aus Brooklyn erleichtert auf. Bis zu der Garage unter den Gleisen der Elevated in der Fulton Street, die der Professor vorsorglich angemietet hatte, mussten sie weniger als eine Meile zurücklegen.

Marat Zolner verfügte über einen Fünftonner-Militärlastwagen, der mit einem stärkeren Motor und Ballonreifen ausgestattet worden war. War er voll beladen, schaffte er zwar nicht mehr als fünfzig Stundenkilometer, aber jeder, der ihn verfolgte, bekäme es mit fünf bewaffneten Männern in blauen Uniformen zu tun, die in dem Oldsmobile saßen, das hinter dem Truck herfuhr.

»Warum brauchen sie so lange?«, fragte Zolners Fahrer, ein Angehöriger der einstmals mächtigen, mittlerweile aber zunehmend unbedeutenden West-Side-Gang namens Gophers. Der Fahrer kannte den hochgewachsenen, schlanken Marat Zolner nur als Matt, der ihn des Öfteren für gut bezahlte Jobs engagierte.

Sie hatten im Schatten der El geparkt und standen dort schon seit mehreren Stunden. Der Fahrer war nervös. Marat Zolner dagegen war die Ruhe selbst, ein menschlicher Eisberg in der Nacht, vollkommen reglos, aber angespannt wie eine Stahlfeder.

»Vielleicht hatten sie eine Panne. Oder ihnen sind Cops in die Quere gekommen. Oder ihnen hat jemand aufgelauert, der sich für ihre Fracht interessiert.«

»Wie wir«, murmelte der Fahrer kichernd.

»Da sind sie.«

Fünf große Limousinen näherten sich. Gleichzeitig gaben die Fahrer Blinkzeichen, damit das Garagentor geöffnet wurde. Sie ahnten nicht, dass der Mann in der Garage gefesselt war und einen Knebel im Mund hatte. Zolner winkte den Männern in dem Oldsmobile, und sie stiegen mit gezogenen Maschinenpistolen aus.

Der Fahrer des Cadillacs stutzte und fuhr herum. »Das sieht nicht gut aus.«

»Entspann dich«, sagte Professor Smith. »Das sind nur Cops.«

»Ich dachte, du hättest sie geschmiert.«

Plötzlich kamen auch Smith Bedenken. Er sagte: »Das habe ich.«

»Sieht so aus, als verlangten sie einen Bonus.«

»Ich glaube, das sind keine Cops«, sagte er zu spät. Der Anblick der Uniformen hatte die Bootlegger davon abgehalten, ihre Waffen zu ziehen. Nun zielten Pistolen auf ihre Gesichter, und Laufmündungen wurden gegen ihre Schläfen gepresst. Smith wollte in diesem Moment kein Ausweg einfallen. Selbst wenn sie es schaffen sollten, eine Schießerei auf der Straße für sich zu entscheiden, würde der Lärm bestenfalls die echten Cops herbeirufen. Obgleich sie bereits sein Schmiergeld eingesackt hatten, hätten sie keine andere Wahl, als den Haig & Haig zu beschlagnahmen, wenn durch die Schießerei die gesamte Nachbarschaft geweckt würde.

Smith hob die Hände und signalisierte seinen Leuten, ebenfalls zu kapitulieren. Sie mussten aussteigen und wurden gefilzt. Ihnen wurden die Waffen abgenommen. Einer der falschen Cops deutete auf einen Fünftonner, der auf der anderen Straßenseite parkte.

»Den Truck beladen!«

Abermals hatte Smith keine Idee, wie er sich aus dieser Klemme befreien könnte. Der Schnaps war verloren. Aber der Hitzkopf im letzten Buick – es war der Mann, der auf Long Island auf den Polizei-Ford geschossen hatte – streckte die Hand nach der nächsten Pistole aus. Er war massig und schnell. Dann legte er eine Pranke um das

Handgelenk des falschen Cops und drückte so heftig zu, dass der Mann halblaut aufschrie und seine Waffe in die andere Hand des Buick-Fahrers fallen ließ. Ein Pirat trat hinter ihm hervor, rammte einen Pistolenlauf gegen die Wirbelsäule des Fahrers und drückte ab. Der Körper des Fahrers dämpfte den Knall, aber er war immer noch ziemlich laut.

»Beladet den Truck!«

Smith' Männer beeilten sich, den Befehl auszuführen, ehe jemand anders erschossen wurde oder die Polizei anrückte. In weniger als zehn Minuten waren alle Limousinen entladen, und der Fünftonner entfernte sich rumpelnd mit ächzender Federung, gefolgt von einem Oldsmobile, dessen Insassen sich gegenseitig zu dem erfolgreichen Verlauf ihres Überraschungscoups beglückwünschten.

Marat Zolner und sein Fahrer lenkten den Lastwagen über die Brooklyn Bridge, trennten sich von drei der unzuverlässigsten Revolvermänner und fuhren weiter in Richtung Uptown. Unterwegs hielten sie zweimal an, um Haig & Haig zu verkaufen: zuerst einem Speakeasy im alten Tenderloin Distrikt und dann einem Speisehaus, dessen Inhaber mit allen Mitteln versuchte, die Gäste zurückzulocken, die er an die Etablissements verloren hatte, die illegalen Alkohol ausschenkten. Der größte Teil von Zolners Beute war für beliebte Speakeasys in der 52nd und der 53rd Street bestimmt, deren Gästen die Zeitungen das Etikett »die Reichen und Schnellen« verpasst hatten.

Der Himmel hellte sich auf. Es war fast sieben Uhr morgens, und die Bürgersteige bevölkerten sich allmählich mit Menschen, die zur Arbeit gingen. Vor Tony's wartete ein Polizist.

Um Rücksichtnahme auf Passanten zu demonstrieren, sagte Marat Zolner: »Officer, wir haben eine Lieferung für diesen Betrieb. Könnten Sie vielleicht so nett sein und den Verkehr um den Wagen herumleiten, damit es auf der Straße nicht zu einem Stau kommt?«

Unauffällig drückte er dem Cop einen Fünfzigdollarschein in die Hand, und der Cop murmelte: »Wo seid ihr geblieben? Meine Schicht ist gleich zu Ende.«

Unter der Aufsicht des Polizisten reichten Marat Zolners Männer einen Schinkensack Haig & Haig nach dem anderen über den Gehsteig und hinunter zum Kellereingang des Speakeasy. Zolner trug eine lederne Schultertasche mit goldenen Schnallen zu der massiven Eingangstür und klopfte an. Ein Guckloch wurde geöffnet.

»Joe schickt mich.«

Die Tür schwang auf. »Hey, Kumpel, wie geht's?«

»Das war eine lange Nacht. Wie läuft's bei euch?« Er gab dem Rausschmeißer einen Zehndollarschein.

»Bei uns gab es was ganz Besonderes. Eine Park-Avenue-Lady hat auf der Tanzfläche ihre Perlenkette verloren. Wir haben alles abgesucht – Servietten, Tischdecken und Fußboden. Fehlanzeige.« Er senkte die Stimme. »Da ist so ein Typ beim Boss. Ich würde an deiner Stelle wachsam sein.«

Zolner holte eine Flasche Haig & Haig aus seiner Tasche, um sich bei dem Rausschmeißer für die Warnung zu bedanken. Dann ging er durch den leeren Gastraum, wo ein schläfriger Kellner die Stühle auf die Tische stellte, und klopfte an die Tür zum Büro des Inhabers. Tony öffnete höchstpersönlich. Seine Miene wirkte besorgt. »Na endlich«, sagte er. »Komm rein. Wie ist es gelaufen?«

»Störe ich?«

»Nein. Nein. Bei mir ist jemand, der mit dir reden will.«

Zolner erwiderte so leise, dass nur Tony ihn hören konnte: »Ich weiß, dass es nicht deine Schuld ist.«

»Nett von dir«, sagte Tony ebenfalls im Flüsterton.

»Tu mir einen Gefallen. Zähl durch, was ich geliefert habe, und halte vorn mein Geld bereit.« Er machte einen Schritt zur Seite, um Tony vorbeigehen zu lassen, dann betrat er das Büro und schloss die Tür hinter sich. Das Büro war nur ein kleiner schäbiger Raum, allerdings mit Teppich und einer Ledercouch neben Tonys Schreibtisch komfortabel möbliert. Ein korpulenter Mann in elegantem Anzug erhob sich von der Couch. Er trug einen Hut.

»Wie läuft's?«

»Die Nacht war lang«, sagte Zolner, während er die Tasche auf den Schreibtisch legte.

»Sie sind mich in einer Minute los.«

»Wie viel?«, fragte Zolner.

»Die Hälfte.«

»Die Hälfte? Damit wären Sie der reichste Dry Agent im Lande.«

»Ich bin kein Prohibitionsagent. Ich bin Geschäftsmann, und Sie machen Ihre Geschäfte in meinem Block. Das kostet die Hälfte.«

»Sie sind nicht bei der Regierung?«, fragte Zolner.

»Das habe ich doch gerade gesagt.«

»Ich wollte mich nur vergewissern«, erwiderte Zolner. »Die Hälfte, sagten Sie?« Er schob eine Hand in die Schultertasche und die andere in seine Hosentasche.

»Die Hälfte … hey!«

Zolner hatte den Abstand zwischen ihnen mit einem einzigen schnellen Schritt überwunden. Er zertrümmerte die Zähne des Mannes mit einem Totschläger in seiner rechten Hand und schmetterte mit der Linken ein dreißig Zentimeter langes Bleirohr gegen seine Schläfe. »Geschäftsmann?«

Der Mann schwankte, die Augen weit aufgerissen, die Füße auf dem Boden wie festgefroren, während Blut aus seinem Mund sickerte. Zolner schickte ihn mit einem zweiten Schlag mit dem Bleirohr auf den Teppich. Der Knochen war gebrochen.

Am Eingang des Speakeasy zählte er das Geld, das Tony bereithielt, stopfte es in die Schultertasche und holte fünfzig Dollar wieder heraus.

»Wofür ist das?«

»Du brauchst einen neuen Teppich.«

Ehe er den Central Park auf dem Weg zu Ferns Stadthaus durchquerte, machte Zolner einen Abstecher zur Upper West Side, wo er einem Prohibitionsagenten im Bretton Hall Hotel ein Frühstück spendierte. Für fünfhundert Dollar informierte ihn der Bundesbeamte über eine von der Regierung geplante Durchsuchung des in der Innenstadt gelegenen Lagerhauses eines führenden Whiskyschmugglers.

»Wohin wird der Schnaps gebracht?«

»Zum Zoll. Ins Prüflager unten im Village.«

Zolner steckte dem Agenten unter dem Tisch eine in Jute eingewickelte Flasche zu.

»Was ist das?«

»Der echte Stoff. Haig & Haig.«

6

»Hier unten betet jeder für Mr. Van Dorn … na ja, vielleicht nicht jeder, aber Sie wissen schon, was ich meine.«

Dr. Shepherd Nuland, der Chefpathologe des New York County, deutete auf eine Reihe bislang nicht abgeholter Leichen, die aufrecht in einer Kühlkammer hingen, und schüttelte anschließend Isaac Bells Hand. Von Joe Van Dorns Krankenzimmer bis zur Leichenhalle des Bellevue waren es nur eine Fahrstuhlfahrt und ein kurzer Fußmarsch gewesen.

»Wie geht es ihm?«

»Die Ärzte halten sich bedeckt«, sagte Bell.

»Und wie geht es Ihnen, Isaac?«

»Ich werde mich besser fühlen, wenn ich den Schnapsschmuggler gesehen habe, der im Roosevelt Hospital erschossen wurde.«

»Das dachte ich mir. Ich untersuche ihn selbst. Sie schreiben mit.«

Er reichte Bell eine weiße Schürze und eine mit Nelkenöl getränkte Gesichtsmaske und führte ihn zu einem Autopsietisch, auf dem der Leichnam des ermordeten Schmugglers unter einem Laken wartete. Ein Stenograf hielt sich neben dem Tisch bereit. Nuland schickte ihn in die Mittagspause und zog das Laken weg.

Die lässige Haltung, mit der sich der Chefpathologe über sämtliche amtlichen Verfahrensregeln hinwegsetzte, erinnerte schmerzlich an Joe Van Dorns einzigartige Gabe,

Freundschaften zu schließen. Reiche, mächtige und in vielen Bereichen führende Männer waren stets bereit, ihm behilflich zu sein. Stimme sie dir gewogen und sammle Gefälligkeiten, aber stelle sie niemals bloß und brüste dich damit, hatte er Bell bereits am ersten Tag seiner Lehrzeit eingebläut. Verzeih kleine Sünden. Biete Hilfe an. Zeige Entgegenkommen, man wird sich dafür revanchieren.

Isaac Bell schlug sein Notizbuch auf, um Nulands Kommentar aufzuzeichnen.

»Hellhäutige männliche Person. Fünfundzwanzig bis dreißig Jahre alt. Kräftige Statur. Muskulös.«

Bell sah einen breiten Verband um den linken Oberschenkel des Mannes, der am Abend zuvor vom Bettlaken bedeckt worden war. Der Chefpathologe schnitt den Verband mit einer Schere auf und stieß einen erstaunten Pfiff aus. »Ein harter Bursche, wenn er damit noch laufen konnte.«

Zwei Kugeln waren ins Fleisch eingedrungen. Mit einem Maßband ermittelte der Pathologe einen Abstand von fünf Zentimetern zwischen den Einschusslöchern. »Ziemlich dicht beieinander.«

»Ein Lewis-Maschinengewehr.«

Bell schrieb eilig in Vollschrift mit, während Nuland fortfuhr, zahlreiche verheilte Schuss- und Stichwunden an Gliedmaßen und Oberkörper sowie eine gebrochene Nase und fehlende Zähne zu beschreiben. Der Pathologe stellte fest, dass einige Narben schon sehr alt waren und offensichtlich aus der Kindheit des Toten stammten.

»Das klassische Mitglied einer Straßenbande… na schön, sehen wir uns mal an, was ihn schließlich zur Strecke gebracht hat.«

Nuland erwähnte das Fehlen einer Austrittswunde an

Hals, Mund und im Gesicht, dann drehte er den Leichnam auf den Bauch. Auf der Rückseite des Oberkörpers waren weitere Narben zu sehen sowie eine einzelne große Wunde in der Rückseite des Oberschenkels, wo die beiden Kugeln der Lewis Gun gemeinsam ausgetreten waren. Schließlich beschrieb er die winzige Wunde, halb so groß wie eine Zehncentmünze, die Bell sofort dicht unterhalb des Haaransatzes im Nacken des Toten entdeckt hatte.

»Schuss aus nächster Nähe, kleines Projektil… wahrscheinlich Kaliber .25… Verbrennungen durch Schießpulver im Bereich der Mündungsflamme… Schießpulvereinschlüsse in der epidermalen Hornschicht… Schießpulvereinschlüsse im tieferen Bereich…«

Er kratzte die Schießpulverpartikel von der Haut und aus dem Wundkanal und strich sie auf Glasplatten.

»Dichteres Einbrennmuster von Schießpulverpartikeln unterhalb der Wunde…« Er schaute zu Bell hoch. »Dieser Franzose hat während des Krieges ein System entwickelt, anhand dessen sich feststellen ließ, ob eine Schusswunde von deutscher Munition stammte oder selbst beigebracht wurde… Die Armee wünschte sich eindeutige Beweise, um Selbstverstümmler, die versuchten, dem Grabenkrieg zu entgehen, indem sie sich selbst ins Bein schossen, vors Kriegsgericht stellen zu können. Wenn wir Monsieur Chavigny glauben können, deutet das Einbrennmuster unterhalb dieser Wunde daraufhin, dass die Kugel von unten nach oben eingedrungen ist. Reichen Sie mir diese Knochensäge – gehen wir mal auf die Suche… Wie halten Sie sich, Isaac, brauchen Sie einen Eimer?«

»Ich bekomme allmählich Hunger… Soll ich uns schnell ein paar Sandwiches besorgen?«

»Mit Corned Beef … Aber vorher sollten wir die Kugel finden.«

Bell hielt ihm einladend Hammer und Meißel hin.

»Danke … Wo …? Oh, danke.« Er nahm Bell die Zange aus der Hand. »Aha! Deshalb ist sie nicht aus seinem Mund ausgetreten. Sie steckt noch in seinem Gehirn! … Da ist sie ja. Eine kleine .25er, genau wie ich vermutet habe.«

Isaac Bell betrachtete die geschundenen Überreste des Mannes, der entweder Joe Van Dorn mit der Maschinenpistole getroffen hatte oder ein Komplize des Schützen gewesen war.

»Weshalb?«, fragte er.

»Weshalb was?«, fragte Nuland, während er das Projektil ans Licht hielt.

»Weshalb ist die Kugel nicht aus seinem Mund ausgetreten?«

»Gute Frage … Ich finde, es sieht so aus, als ob der Kopf des Mannes nach vorn geneigt gewesen wäre – und zwar in einem scharfen Winkel – mit dem Kinn tief nach unten.« Nuland demonstrierte, was er meinte, indem er sein eigenes Kinn auf die Brust drückte. »Die Kugel dringt unter oder durch das Hinterhauptbein – in diesem Fall Letzteres – und aufwärts in den Schädel ein. Für das Opfer beinahe angenehm. Sofortiger Eintritt des Todes, keine Schmerzen.«

»Auch angenehm für den Mörder«, sagte Isaac Bell.

»Wie meinen Sie das?«

»Kein Todeskampf, kein Blut.«

»Haben Sie wirklich Zeit, mich zu verabschieden, Isaac?«, fragte Pauline Grandzau.

Die Ärzte gestatteten niemandem außer Dorothy, Kapitän Novicki und Isaac Bell den Zutritt zu Joe Van Dorns Krankenzimmer, was die Detektive jedoch nicht davon abhielt, ins Bellevue zu eilen, um seiner Frau ihre Anteilnahme auszudrücken, dem Boss gute Besserung zu wünschen und – für den Fall, dass weitere Operationen durchgeführt werden müssten – Blut zu spenden. Die bei Weitem aufregendste Erscheinung unter den Besuchern war die Privatdetektivin Pauline Grandzau, die Leiterin des Außenbüros der Van Dorn Detective Agency in Berlin.

Die bildschöne junge Deutsche hatte sich die Sporen als Detektivin vor dem Krieg verdient, als sie als studentische Hilfskraft in der Bibliothek ihrer Universität gearbeitet und Isaac Bell geholfen hatte, den Akrobaten, einen deutschen Meisterspion, zur Strecke zu bringen.

»Möchten Sie schon wieder zurück in die Heimat?«, fragte Isaac Bell. Er wollte schnellstens zum Polizeilabor, wo, wie er soeben erfahren hatte, eine Patronenhülse untersucht wurde, die man im Krankenzimmer des ermordeten Schnapsschmugglers gefunden hatte. »Mir kommt es so vor, als seien Sie gerade erst hier angekommen.«

»Ich fürchte, ich muss. Die *Nieuw Amsterdam* lichtet heute Nachmittag den Anker.«

Automatisch griff er nach seiner Taschenuhr, dann schob er den Ärmel hoch, um nachzusehen, wie spät es war. An seinem Handgelenk prangte der perfekte Zeitmesser für jemanden, dessen Hände die Steuerinstrumente eines Flugzeugs, eines Motorboots oder eines Automobils bedienten – eine Cartier »Tank«, die Marion, seine Frau, ihm zum Hochzeitstag geschenkt hatte.

»Ich gebe mir alle Mühe, rechtzeitig am Schiff zu

sein«, versprach er. Schließlich hatte Pauline ihr Leben aufs Spiel gesetzt, um ihm zu helfen, hinter die deutschen Linien zu gelangen.

Die Schiffe der Holland America Line legten gewöhnlich von einem Pier in Hoboken ab.

Bell schaffte es nur wenige Minuten vor der Abfahrt, und als er an Bord der *Nieuw Amsterdam* mit Ziel Rotterdam ging – das Schiff war ein betagter Siebzehntausendtonner –, traf er zwei Van-Dorn-Detektive an, die bereits in Paulines kleiner Kabine für drangvolle Enge sorgten. Der Chef der Rechercheabteilung, Grady Forrer – ein gelehrter Riese von einem Mann, mit den Proportionen eines Kaffernbüffels – und der junge bleichgesichtige Bantamgewichtler James Dashwood – der beste Pistolenschütze der Agency –, die ihr Blumen mitgebracht hatten. Der Riese und der schmächtige junge Mann hielten die Blumensträuße, als seien es Schlagstöcke.

Pauline schien sich ihrer betörenden Wirkung auf die beiden nicht im Geringsten bewusst zu sein.

»Isaac! Wie schön, dass Sie es noch geschafft haben. Das freut mich riesig.« Sie wandte sich an Dashwood und Forrer. »Jungs, vielen Dank, dass ihr gekommen seid. Und danke für die wunderschönen Rosen, Grady, und die reizenden Päonien, James. Wir sehen uns, wenn ich im Herbst wieder herkomme. Auf Wiedersehen. Vielen Dank. Good-bye.«

Grady und Dashwood schlurften mit sichtlichem Widerstreben hinaus, und Bell hatte Mühe, ein Grinsen zu unterdrücken. Die magere kleine deutsche Studentin mit den blonden Zöpfen, den Sommersprossen, hellblauen Augen und der Tatkraft einer Berliner Straßengöre war erwachsen geworden. Ein modischer Bubikopf hatte die Zöpfe verdrängt. Ihre strahlenden Augen wirkten ozeantief. Und Gott allein wusste, wohin die Sommersprossen verschwunden waren. Aber die Energie, die sie antrieb, war noch vorhanden, versteckt wie eine Taschenpistole und sofort abrufbar und einsatzbereit, wenn sie gebraucht wurde.

Einige Sekunden lang standen sie nur da und schauten sich in die Augen.

Bell brach das Schweigen und sagte etwas auf Deutsch – teils weil ständig Leute auf dem Korridor an der Kabinentür vorbeigingen, teils um der alten Zeiten willen. Es war das Hochschuldeutsch, das lebendig zu erhalten sie ihm geholfen hatte.

»Ich war bei der Autopsie des Rumrunner zugegen.«

»Was haben Sie erfahren?«

»Die Art und Weise, wie der Mörder ihn erschossen hat, scheint mir ziemlich seltsam. Es war ein Schuss aus nächster Nähe. Nicht zwischen die Augen oder in die Schläfe, wie man es in einem solchen Fall erwarten würde, sondern in den Nacken.«

Pauline sah ihn fragend an. »Wo genau in den Nacken?«

»Dicht unterhalb des Haaransatzes.«

»Ins Genick?«

»Ja.«

»Als Nächstes werden Sie mir erzählen, dass die Kugel nicht ausgetreten ist.«

»Woher wissen Sie das?«

»Ist sie ausgetreten?«

»Nein. Sie steckte in seinem Gehirn.«

»War er Amerikaner?«

»Ich nehme es an. Er verriet dem Arzt, dass sein Name Johnny laute. Warum?«

»Könnte er aus Übersee hierhergekommen sein?«

»Warum fragen Sie?«

»Sie haben soeben einen Genickschuss beschrieben.«

»Einen Genickschuss? Was ist das? Ein Schuss in den Nacken?«

»Eine Kugel ins Genick.«

»Offenbar gibt es für alles ein deutsches Wort«, staunte Bell.

»Eigentlich ist es ein russischer Begriff. Das Wort ist zwar deutsch, aber die Russen benutzen es für die bevorzugte Exekutionsmethode der kommunistischen Tscheka.«

»Die russische Geheimpolizei?«, fragte Bell, gleichermaßen fasziniert und überrascht. Tscheka war die Abkürzung für Außerordentliche Allrussische Kommission zur Bekämpfung von Konterrevolution, Spekulation und Sabotage.

»Ein langer und hochtrabender Name für die Techniker des Roten Terrors«, sagte Pauline. »Der Genickschuss ist die Methode, mit der sie töten. Schnell, sauber, wirkungsvoll.«

»Der Pathologe fand es tatsächlich äußerst wirkungsvoll«, sagte Bell. »Wie kommt es, dass eine russische Hinrichtungsmethode einen deutschen Namen hat?«

Pauline erinnerte ihn an die Millionen deutscher Bürger, die vor dem Krieg in Russland gelebt hatten. »Sie haben sich mit den Einheimischen gemischt. Und viele Deutsche haben an der Russischen Revolution mitgewirkt. Wenn Sie so wollen, sogar angefangen mit Karl Marx.«

»Sehr seltsam, dass ein Rumrunner auf diese Weise den

Tod findet... Was hat die Tscheka in New York zu suchen?«

»Genau genommen war es nicht die Tscheka, sondern die Komintern, die in Russland gegründete Kommunistische Internationale, ein Zusammenschluss aller kommunistischen Parteien weltweit. Die Komintern dürfte in New York aus den gleichen Gründen aktiv sein wie in Deutschland. Um die Revolution voranzutreiben.«

Bell schüttelte den Kopf. »Sie nennen es Revolution, dabei wollen sie in Wirklichkeit die alten Machtgefüge, die der Krieg zerstört hat, durch neue ersetzen.«

»Was für eine Waffe hat der Mörder benutzt?«, wollte Pauline wissen.

Bell sah sie ein wenig irritiert an. »Die Leute im Polizeilabor sind sich ziemlich sicher, dass es eine Mann-Taschenpistole war.«

»Also eine deutsche Waffe. Weshalb tippen sie auf eine Mann?«

»Die Cops fanden eine Patronenhülse, in der Dehnungsspuren der Kammerfuge zu erkennen waren.«

»Dann kann es sich nur um das neue Modell gehandelt haben. Die 1920. Oder die 21.«

»Das haben auch die Cops gesagt. Offenbar hat das Modell 1920 eine kreisrunde Nut zur Aufnahme eines ultraleichten Schlittens. So ein Exemplar ist mir bisher noch nicht unter die Augen gekommen.«

»Die Waffe wird Ihnen gefallen«, sagte Pauline.

Sie griff unter ihren Rock. Bell erhaschte einen flüchtigen Blick auf einen wohlgeformten alabasterweißen Oberschenkel, umhüllt von schwarzer Spitze. Sie drückte ihm eine winzige halbautomatische Pistole in die Hand, die kleiner als ein Kartenspiel war, mit liebevoller Sorgfalt bearbeitet und verblüffend schlank – nämlich weniger als zwei Zentimeter dick. Für seine Hand war sie zu klein, für ihre absolut perfekt.

»Fünf Schuss«, sagte sie. »Ist sie nicht eine Schönheit?«

Die Griffschalen aus Aluminium waren warm von ihrer Haut, und Bell fragte sich nicht zum ersten Mal, weshalb ein so schönes Mädchen weder verheiratet war noch einen festen Freund hatte.

»Sie ist heimlich in dich verliebt«, hatte Marion ihm offenbart.

»Sie weiß, dass mein Herz vergeben ist«, hatte Bell erwidert. Er bewunderte Paulines Mut und den messerscharfen Verstand, und dass sie einen reizvollen Anblick bot, war nicht im Mindesten zu leugnen. Aber, wie er Marion bereits erklärt hatte, in seinem Leben gab es bereits eine Frau, die er liebte.

»Ist sie genau?«

»Bis auf zehn Meter kann ich mich hundertprozentig auf sie verlassen.«

Bell gab die Pistole zurück.

Pauline verstaute sie wieder in ihrem Holster. Sie richtete sich lächelnd auf. »Ist es zuletzt nicht doch so, dass unser ermordeter Schnapsschmuggler auf eine erheblich kompliziertere Art und Weise zu Tode gekommen ist als ein gewöhnlicher Prohibitionsgangster?«

»Da ist was dran«, gab Bell zu. »Allerdings locken die enormen Profite, die sich mit der Prohibition erzielen lassen, alle möglichen fragwürdigen Zeitgenossen an.«

Die mächtige Dampfpfeife des Ozeandampfers erklang über ihren Köpfen.

Pauline begleitete Isaac Bell zur Gangway, wo Offiziere Besucher aufforderten, sich beim Verlassen des Schiffes zu beeilen. »Auf Wiedersehen, Isaac. Es war wunderbar, Sie wiederzusehen. Danke, dass Sie noch zur Abfahrt gekommen sind.«

»Ich bin froh, dass ich es geschafft habe. Allein wegen Ihres Genickschusses hat sich die Fahrt nach Hoboken gelohnt. Ganz abgesehen davon, dass ich mit Ihrer kleinen Mann Bekanntschaft machen durfte.«

Sie stellte sich auf die Zehenspitzen, gab ihm einen Kuss auf die Wange und wechselte ins Englische. »Bitte, bestellen Sie Ihrer Frau herzliche Grüße von mir.«

»Das werde ich tun, sobald ich sie sehe. Zurzeit dreht sie in Los Angeles einen Film.«

Tief in Gedanken versunken stand Bell auf dem Oberdeck der Hoboken Ferry, als sie den Hudson River hinaufdampfte. Er drehte sich um, während sie an der Landungsbrücke am Ende der 23rd Street anlegte. Die Schleppschiffe zogen die *Nieuw Amsterdam* soeben in die Strommitte. Für einen kurzen Moment entdeckten seine scharfen Augen Pauline unter den Passagieren, die sich an der Reling drängten. Zwischen ihnen war ihr blondes Haar ein golden funkelnder Fleck.

Wenn Marion recht hatte, musste er irgendeine Möglichkeit finden, Pauline auf andere Gedanken zu bringen.

Er eilte in den Fährenterminal und suchte einen Münzfernsprecher.

»Leichenhalle.«

»Dr. Nuland, bitte… Shep, ich habe gesehen, wie Sie Schießpulverproben entnommen haben.«

»Rauchloses Pulver hinterlässt nur wenig Überreste.«

»Reichen sie aus, um seine Herkunft zu bestimmen?«

»Möglicherweise.«

»Würden Sie Ihre Laboranten bitten zu untersuchen, um was für ein Pulver es sich handelt?«

Die Zusammensetzung des rauchlosen Schießpulvers wurde ständig verfeinert. Zu den jüngsten Sorten gehörten Ballistit, Kordit, Rifleite und das französische Poudre B. Eingedenk seines Gesprächs mit Pauline fragte er sich, ob das während der Autopsie gesammelte Schießpulver vom deutschen Militär benutzt wurde, oder ob es aus russischer Produktion stammte.

7

Newtown Storms, Seniorpartner von Storms & Storms, eine Maklerfirma an der Wall Street, die von seinem Großvater gegründet worden war, um Aktien der Erie-Canal-Gesellschaft zu verkaufen, und in nachfolgenden Generationen vergrößert, um den Bau von Eisenbahnstrecken und die Einrichtung von Telegrafenlinien zu finanzieren, hieß Fern Hawley in seinem Büro überschwänglich willkommen. Sie war eine schwierige Person mit einem ständigen überheblichen Grinsen, das den Eindruck vermittelte, als wäre sie in Geheimnisse eingeweiht, die gewöhnlichen Sterblichen für immer verschlossen blieben. Aber fraglos war sie eine Schönheit, dazu war sie reich, und ihr Vater hatte seinerzeit verfügt, dass Storms & Storms ein Drittel des Hawley-Vermögens verwalten dürfe. Begleitet wurde sie von einem großen schlanken Russen in einem eleganten dunkelblauen Anzug, den Miss Hawley mit »Das ist mein Freund Prinz André. Wir haben uns vor Jahren in Paris kennengelernt,« vorstellte.

Prinz André – »bis vor kurzem noch von Sankt Petersburg«, wie der Russe es ausdrückte – hatte eine teure lederne Schultertasche mit goldenen Schnallen bei sich. Als er sie abstellte, um dem Börsenmakler die Hand zu schütteln, sah Storms, dass seine Manschettenknöpfe mit Diamanten besetzt waren. Er behielt seine reservierte Haltung jedoch bei. Seit der Revolution in der Wall Street hatte er genug Russen herumflanieren sehen, um zu wissen, dass sie trotz ihrer äußeren Erscheinung gewöhnlich knapp bei Kasse waren. Daher stellte Storms nach einigem zwanglosen Geplauder – um Miss Hawley zu demonstrieren, dass er nicht vergessen hatte, dass sie eine geschätzte Kundin war – die obligatorische Frage: »Welchem Umstand verdanke ich das außerordentliche Vergnügen Ihres Besuchs?«

»Prinz André kann nicht auf seine Güter in Russland zurückkehren … zumindest nicht zu diesem Zeitpunkt«, sagte sie.

Storms mimte tiefes Mitgefühl, während er sich im Stillen beglückwünschte, die Nummer des Russen durchschaut zu haben. Er hätte seinen Hintern darauf verwettet, dass Miss Hawley diese Manschettenknöpfe bezahlt hatte. Und den Anzug ebenfalls. Er machte sich im Geiste eine Notiz, Privatdetektive zu beauftragen, diskrete Informationen darüber zu beschaffen, wie viel der Prinz ihr abzuknöpfen versuchte. Weshalb ansonsten intelligente, hart arbeitende Väter diesen dummen Frauen ungehinderten Zugriff auf ihr Geld gestatteten, war ein Rätsel, über das in seinem Club bei diversen Cocktails regelmäßig diskutiert wurde.

Storms sagte: »Ich verstehe. Falls ein Kredit gewünscht wird, gibt es einige Leute, mit denen ich Sie bekannt machen kann.«

Prinz André wandte sich an Fern Hawley und fragte mit schwerfälligem russischem Akzent: »Kredit? Was ist Kredit?«

Fern lachte. »Mr. Storms. Ich fürchte, Sie sind ein wenig auf dem Holzweg. Prinz André möchte investieren. Nicht leihen.«

»Investieren?« Storms legte beide Hände flach auf seinen Schreibtisch und richtete sich in seinem Sessel kerzengerade auf.

»Da er keinen Zugriff auf seinen Gutsbesitz hat«, sagte Miss Hawley, »war Prinz André gezwungen, andere Werte zu veräußern. Vorwiegend Juwelen und einige französische Besitztümer. Einiges davon in der Hoffnung, ein neues Leben in New York beginnen zu können. Zeig's ihm, André.«

Zolner öffnete die Schnallen der Ledertasche und klappte sie auf.

»Oh?« Storms schaute hinein und erblickte Bündel von banderolierten Banknoten. »Oh. Wie viel hatten Sie denn im Sinn?«

»Prinz André dachte daran, ein Konto mit einer Einlage von zehntausend Dollar zu eröffnen, um zu sehen, wie gewinnbringend Sie es verwalten.«

»Ich denke, dass wir sicherlich zu einer allseits zufriedenstellenden Einigung kommen werden.«

Plötzlich schaltete sich Prinz André selbst in das Gespräch ein, sein Akzent war kaum noch wahrnehmbar und sein Blick hellwach, wenn nicht sogar herausfordernd. »Miss Hawley meint, dass der Erwerb von Aktien eine gute Idee ist. Aber ist es nicht so, dass die Aktienkurse zurzeit im Sinken begriffen sind?«

»Der Aktienmarkt kann sich jeden Tag erholen«, sagte Miss Hawley.

»Aber die Kurse sinken mittlerweile schon seit anderthalb Jahren«, sagte der Russe. »Seit Weihnachten 1919, wenn ich mich nicht irre, oder?«

Newtown Storms beeilte sich, die günstige Einschätzung zu bestätigen. »Miss Hawley, die sich auf dem Aktienmarkt sehr gut auskennt, hat recht. Die Kurse müssen steigen.«

»Weshalb?«

»Ungewöhnlich starke, durch gewagte Spekulationen ausgelöste Kursschwankungen bei traditionellen Börsenwerten haben einen vorübergehenden Wertverlust ausgelöst. Dies führen viele Experten auf eine neue, extrem risikobereite Klientel zurück, die das Investment erst seit Kurzem betreibt und mit seinen Regeln und Gepflogenheiten noch nicht allzu vertraut ist. Glücklicherweise arbeiten Präsident Harding und Finanzminister Mellon daran, diese Missstände im System auszumerzen, indem sie Steuern senken und die Regierung effizienter machen.«

»Aber die Arbeitslosenrate ist noch immer hoch«, sagte Prinz André. »Menschen in zerlumpter Kleidung bevölkern die Straßen.«

»Weil die exorbitanten Kosten der Regierung die Gewinne der Industrie aufzehren. Vergessen Sie nicht, dass sich die Arbeiterschaft still verhält und das auch in Zukunft tun wird. Der Streik in der Stahlindustrie hat sie empfindlich getroffen, desgleichen der Streik der Seeleute im Frühjahr. Ich kann mit einiger Sicherheit prophezeien, dass die Löhne unten bleiben und die hohen Lebenshaltungskosten sinken werden. Die Menschen werden mehr arbeiten und ein weniger lasterhaftes Leben führen. Das Unternehmertum wird zu neuer Blüte gelangen. Die allgemeine Unsicherheit hat ein Ende, und die Wirtschaft wird einen Aufschwung erleben. Der Laden wird wieder brummen, Prinz André. Für Sie bietet sich die einmalige Chance, gleich zu Anfang mit einzusteigen und an dem Boom teilzuhaben.«

Marat Zolners Miene blieb ernst, obgleich Fern ihn mit einer hochgezogenen Augenbraue neckte. Er sagte zu dem Börsenmakler: »Ihre Argumente klingen sehr überzeugend.«

»Und vergessen Sie eines nicht, Hoheit, sobald Sie ein Konto eröffnet haben, können Sie es beleihen, sollten Sie weitere Geldmittel brauchen.«

»Weshalb sollte ich Geldmittel brauchen, wenn die Kurse steigen?«

Storms reagierte auf diese von Naivität strotzende Frage mit einem nachsichtigen Lächeln. »Ich meinte, dass Sie Ihr Konto beleihen können, um weitere Aktien zu kaufen.«

»Sie haben mich überzeugt«, entschied Marat Zolner. Er warf Fern Hawley ein hoheitsvolles Lächeln zu und schob die Tasche über Storms' Schreibtisch.

»Sie können mich beim Wort nehmen«, sagte der Börsenmakler. »Dies ist erst der Anfang, und Sie sind dabei. Falls Sie beabsichtigen, weitere Juwelen zu verkaufen, wissen Sie, an wen Sie sich wenden können.«

»Wir wollen erst einmal sehen, was Sie aus dieser Einlage machen.«

»Keine Angst«, sagte Newtown Storms, der nicht den geringsten Zweifel hatte, dass Präsident Harding und Minister Mellon einen gigantischen Bullenmarkt in Gang setzen würden, ehe man in der Wall Street begriff, was die Stunde geschlagen hatte. »Sie werden schnell ein reicher Mann sein.«

»In diesem Fall«, sagte der Prinz und unterstrich seine Ankündigung mit einem überraschend kräftigen Händedruck, »werden wir uns schon bald wiedersehen.«

Während Storms sich erhob, um sie hinauszugeleiten,

sagte Fern Hawley mit ihrem scheinbar allwissenden Lächeln: »Wenn wir Sie das nächste Mal aufsuchen, können Sie uns einen Drink anbieten«, und holte aus Marat Zolners Tasche eine Flasche Haig & Haig hervor und stellte sie auf seinen Schreibtisch.

Isaac Bell stampfte wie ein gefangener Löwe durch den Bereitschaftsraum der Van Dorn Agency, durchmaß ihn mit langen Schritten, machte abrupt kehrt und kam mit ebenso langen Schritten zurück, machte dann abermals kehrt und wiederholte das Ganze noch einmal. Sein Blick schweifte ständig durch den Raum, und jeder Detektiv hatte das Gefühl, dass die hart glänzenden Augen des Chefermittlers ausschließlich auf ihn gerichtet waren.

»Mittlerweile sind vier Tage verstrichen, seit auf Mr. Van Dorn geschossen wurde. Wer war es?«

Die Truppe ausgesuchter Männer, die Bell abkommandiert hatte, um die Rumrunner zu suchen, die auf Van Dorn geschossen hatten, hatte sich selbst den Spitznamen »Boss Boys« verliehen. Sie deckten die gesamte Bandbreite unterschiedlichster Van-Dorn-Agenten ab: von tödlichen Messerspezialisten, die man für biedere Buchhalter hätte halten können, bis hin zu kriminalistischen Schreibtischtüftlern, die wie berittene Hafenpolizisten aussahen, mit jeder Variante in Größe und Gestalt dazwischen. Anscheinend hatten nur wenige während der letzten Stunden Schlaf bekommen. Alle Anwesenden schienen gleichzeitig die Köpfe zu senken, als Isaac Bell seine Frage wiederholte. »Vier Tage. Dies ist eure Stadt, Männer. Was ist los?«

Das Köpfesenken löste sich zu verlegenem Achselzucken und zu verstohlenen Blicken auf, die nach jemandem Ausschau hielten, der etwas Nützliches zu sagen hatte. Schließlich wagte sich der tapferste der Boss Boys, der grauhaarige Harry Warren, der seit der Glanzzeit der Gophers die New Yorker Gang Squad leitete, in die Löwengrube.

»Tut mir leid, Isaac. Ob auf der West Side, der East Side oder in Brooklyn – keine der Banden hat eine Ahnung, wer diese Kerle sind. Ich habe mit Peg Leg Lonergan gesprochen, aber nicht einmal er weiß es.«

Detektive starrten Harry erstaunt und voller Bewunderung an. Sie fragten sich, wie er es gedeichselt hatte, sich mit dem gewöhnlich absolut schweigsamen Lonergan zu einem Gespräch zu treffen und dann auch noch lebendig aus Brooklyn zurückzukehren.

Harry quittierte ihre Hochachtung mit einem bescheidenen Kopfnicken. »Wenn der Anführer der White Hands nichts über diese Burschen weiß, dann kennt sie keiner von den Iren.«

»Was ist mit den Italienern?«, fragte Bell.

Harry, der seinen Namen geändert hatte, war in Little Italy bekannt und wurde geachtet. »Mit den Leuten von der Black Hand ist es das Gleiche. Masseria, Cirillo, Yale, Altieri – keiner weiß etwas.«

»Was ist mit Fats Vetere?«

»Der auch nicht.«

»Was bringt dich zu der Überzeugung, dass sie die Wahrheit sagen?«

»Das Bootlegging-Geschäft heizt sich auf. Gangster und andere Kriminelle drängen die Amateure hinaus. Damit lässt sich immens viel Geld verdienen. Wenn die White Hand oder die Black Hand über diese Typen Bescheid wüssten, würden sie eher den Kontakt mit ihnen suchen, um entweder von ihnen zu kaufen oder sie zu überfallen und ihnen die Ware abzunehmen. Aber als ich anfing, Fragen zu stellen, kamen keine Gegenfragen. Die Tatsache, dass sie nicht versucht haben, mich auszuquetschen, sagt mir, dass die Kerle, die auf den Boss geschossen haben, den Banden absolut fremd sein müssen.«

Bell nahm seine Wanderung wieder auf. »Was ist mit den Bootleggern?«

Mehrere Männer räusperten sich und antworteten kurz nacheinander.

»Die Bootlegger, die ich kenne, wissen nichts, Isaac.«

»Ich habe den Lagerhäusern einen Besuch abgestattet. Die Leute dort schwören, dass sie keine Ahnung haben.«

»Das Gleiche gilt für die Piere, Isaac.«

»Und auch für die Speakeasys. Sie haben keinen Grund, uns anzulügen, Isaac. Sie müssen nicht befürchten, dass wir sie verhaften.«

»Sie müssen nicht mal befürchten, dass überhaupt jemand sie verhaftet.«

Bell beschleunigte seine Schritte. Seine Stiefelabsätze erzeugten ein lautes Stakkato auf dem Fußboden. »Was ist mit dem schwarzen Boot?«

»Na ja, die Küstenwache sagt, dass sie das Boot gesehen hat. Sonst hat es offenbar niemand zu Gesicht bekommen.«

»Außer vielleicht Mr. Van Dorn. Redet er schon wieder, Isaac?«

»Nicht so viel wie am ersten Tag«, antwortete Bell und fügte leise hinzu: »Tatsächlich redet er zurzeit überhaupt nicht.« Seine Ärzte befürchteten inzwischen, dass sich in seiner Brust eine Infektion festgesetzt hatte. Dorothy war außer sich vor Angst, und sogar Kapitän Novicki verlor jede Hoffnung.

»Die Wasserratten«, sagte Bell und wandte sich an den massigen Ed Tobin. Im Verlauf einer brutalen Tracht Prügel, verabreicht von einer Bande der Gophers während seiner Zeit als Lehrling, war Tobins Gesicht durch einen gebrochenen Wangenknochen und ein hängendes Augenlid für immer entstellt worden. »Ed, hat keiner von den Männern auf dem Wasser das Boot gesehen?«

»Jedenfalls keiner von denen, die bereit sind, mit mir zu reden.«

»Haben Sie auch Onkel Darbee gefragt?« Donald Darbee, Tobins Großonkel, war ein Kohlepirat von Staten Island, der im Nebenberuf Fracht aufsammelte, die von den Docks ins Wasser gefallen war, und außerdem brachte er Personen, die vor der Polizei auf der Flucht waren, von New York nach New Jersey.

»Ihn habe ich zuerst gefragt. Onkel Donny hat das schwarze Boot nicht gesehen und noch nie davon gehört. Obwohl ihm gefiel, was er darüber gehört hat, und er fragte mich, ob ich für ihn in Erfahrung bringen könne, ob es mit Liberty-Motoren ausgerüstet ist, und wenn ja, dann mit wie vielen, und ob sie in Reihe oder nebeneinander eingebaut wurden.«

Unterdrücktes Gelächter erklang im Bereitschaftsraum, und als sogar Bell mit dem Anflug eines Grinsens reagierte, sagte Tobin: »Darf ich fragen, wie Sie bei der Coast Guard weiterkommen?«

Bells Lachen verflog wie das Leuchten einer Signallampe, deren Lichtschlitze geschlossen wurden. »Ich versuche weiterhin, an die Kuttermannschaft heranzukommen, um sie zu befragen.« Bisher hatte er damit aber kein Glück gehabt. Das CG-9-Boot war ständig auf See im Einsatz. Als Bell anbot, mit seinem Flugzeug hinzufliegen, um die Mannschaft zu interviewen, wurde sein Angebot abgelehnt.

»McKinney!« Bell wandte sich an den neuen Chef des New Yorker Filialbüros. Darren McKinney war klein von Wuchs, drahtig und so geschmeidig wie eine Raubkatze. »Sie haben berichtet, dass die Cops einen Leichter im East River geschnappt haben, der von dem sinkenden Rumrunner den Schnaps übernommen hat. Was für einen Schnaps hatte er an Bord?«

»Dewar's blended Scotch Whisky. Und zwar den echten.«

»Von der *Arethusa*?« Die *Arethusa* war der berühmteste Schnapsschoner, der in den internationalen Gewässern vor Fire Island kreuzte.

»McCoy ist gerade mit einer Schiffsladung von Nassau gekommen. Aber die Burschen, die die Cops im East River verhaftet haben, schwören, dass sie das Zeug von woanders erhalten haben, auf keinen Fall von dem versenkten Rumrunner – durchaus verständlich, wenn man die Begleitumstände berücksichtigt.«

»Haben sie, oder haben sie nicht?«

»Die Harbor Squad behauptet, sie sei ihnen von dem sinkenden Schmuggelboot aus gefolgt. Diese Typen, die das Gegenteil behaupten, haben verständlicherweise nicht das geringste Interesse, mit einer Schießerei in Verbindung gebracht zu werden, bei der der Boss möglicherweise get…«

Ein drohendes Flackern in Isaac Bells Augen brachte den Detektiv mitten im Wort zum Schweigen.

»Soll heißen, die dazu geführt hat, dass der Inhaber der Van Dorn Detective Agency verwundet wurde.«

Bell sagte: »Ich möchte, dass sich jeder Bootlegger in

dieser Stadt genauso bedroht fühlt. Versucht herauszubekommen, ob sie die Besatzung des versenkten Rumrunners kannten.«

»Die Männer des Schnapsschmugglers sitzen im Knast.«

»Nein, das tun sie nicht«, sagte der Detektiv der Gang Squad, während er den Bereitschaftsraum betrat. »Jemand hat sie auf Kaution herausgeholt.«

»Das ist unsere Chance, es zu ermitteln. Hängt euch an ihre Fersen.«

»Tut mir leid, Isaac, das wird nicht möglich sein.«

»Weshalb nicht?«

»Sie wurden soeben aus dem Fluss gefischt… Deshalb komme ich so spät.«

Die Van Dorns reagierten auf die Nachricht von den ermordeten Zeugen mit bestürztem Schweigen. Verbrecher, die den elektrischen Stuhl fürchteten, töteten ihre Komplizen zuweilen, aber doch keine gewöhnlichen Rumrunner und Bootlegger.

Bell wandte sich an Detektiv Tobin. »Ed, suchen Sie sich ein Boot und fahren Sie zur *Arethusa* hinaus. Fragen Sie McCoy, an wen er an diesem Tag verkauft hat. Und wenn er selbst nicht der Verkäufer war, dann hat er vielleicht eine Idee, wer es gewesen sein könnte.«

»Ich bin mir nicht sehr sicher, ob er übermäßig daran interessiert ist, uns zu helfen, Mr. Bell.«

Bell sagte: »Wenn er darauf besteht, den Käufer zu schützen, dann erklären Sie ihm, dass wir ihm ein Lewis-Maschinengewehr kaufen – er wird es, so wie die Dinge liegen, zu seinem Schutz dringend brauchen. Erzählen Sie ihm, was Harry Warren soeben berichtet hat, dass kriminelle Elemente ins Bootlegging-Geschäft drängen. Wenn das nicht seine Kooperationsbereitschaft weckt, dann machen Sie ihm unmissverständlich klar, dass ich ihm das Leben auf der Rum Row unendlich schwer machen werde, indem ich die Küstenwache dazu bringe, einen Kutter hinauszuschicken, der seinen Schoner einen Monat lang Tag und Nacht ständig umkreist.«

Tobin ging zur Tür. »Warten Sie«, sagte Bell. »Nehmen Sie zwei Jungs und jede Menge Feuerkraft mit. Und warnen Sie McCoy, dass er in Gefahr ist, wenn er mit dem schießwütigen Verein Geschäfte gemacht hat. Wer immer es sein mag, hinter dem wir her sind, er scheint eine ausgeprägte Aversion gegen Zeugen zu haben.«

Tobin wandte sich auffordernd zu Harry Warren um. Der Chef der Gang Squad kommandierte mit einem knappen Kopfnicken zwei seiner härtesten Agenten ab, und Tobin begab sich mit ihnen zur Waffenkammer.

»Wir versuchen es mit einer neuen Taktik«, erklärte Bell den restlichen Männern. »Der Schmuggler, der im Roosevelt Hospital erschossen wurde, hat den Ärzten erklärt, er heiße Johnny. Johnny war etwa fünfundzwanzig Jahre alt, mittelgroß und von kräftiger Statur. Das blonde Haar trug er kurz geschnitten. Und er hatte zahlreiche Narben. Möglicherweise ist er kein Amerikaner. Mit zwei Einschusslöchern in seinem Bein hat er nicht allzu viel geredet, daher konnte niemand hören, ob er einen Akzent hat. Zieht los und sucht seine Freunde.«

Die Detektive rückten eilig ab, und innerhalb weniger Sekunden war Bell allein und zerbrach sich den Kopf darüber, was er sonst noch in die Wege leiten könnte. Der Mann am Empfang meldete sich per Telefon.

»Hier vorn ist eine Lady, die zu Ihnen möchte, Mr. Bell.«

»Wie heißt sie?«

»Das will sie nicht sagen«, flüsterte der Detektiv am Empfangspult. Gewöhnlich war er ein ruhiger Zeitgenosse mit einer Pistole unter seiner Jacke und einer Schrotflinte mit abgesägtem Lauf unter dem Pult neben seinem Knie, aber jetzt klang er völlig aus dem Häuschen. »Sie ist eine absolute Granate.«

Bell ging zum Empfangsraum.

Die schönste Frau, die er je gesehen hatte, blickte lächelnd zur Tür. Sie trug ein Reisekostüm mit offener Jacke und einem glatten schmalen Rock, der bis zur Mitte atemberaubender Beine herunterreichte. Sie hatte strohblondes Haar, seekorallengrüne Augen und eine melodische Stimme.

»Ich bin keine Lady. Ich bin deine Frau.«

»Marion!«

Bell schloss sie in die Arme. »Ich bin ja so glücklich, dich zu sehen.« Er drückte sie so sehr an sich, dass er spürte, wie ihr Herz raste. »Was treibst du hier? Natürlich, du wolltest bei Dorothy sein. Sie ist im Krankenhaus.«

»Dorothy kommt später an die Reihe. Aber wie geht es *dir*?«

»Ich arbeite daran, der Bande auf die Spur zu kommen, die auf Joe geschossen hat. Schwer zu sagen, wie es ihm geht, aber irgendwie hält er durch.«

»Ich meinte, wie kommst du voran?«

»Mühsam«, antwortete er schnell und wiederholte sich, was für ihn völlig untypisch war. »Ich sehe zu, dass ich den Überblick behalte. Die Jungs sind sensationell. Jeder gibt sein Bestes, alle machen Überstunden.«

Marion Morgan Bell war dreitausend Meilen weit gereist, um ihren Mann mit einem klaren, kühlen Blick zu begutachten. In seinen Augen sah sie einen Schatten von Angst um den Freund, der zugleich sein Mentor war. Sie bemerkte die kalte Entschlossenheit, Joes Angreifer zu jagen und zur Strecke zu bringen. Und sie spürte, dass der Mann, den sie von ganzem Herzen liebte, von einer unerschöpflichen Hoffnung angetrieben wurde.

»Gut«, sagte sie zutiefst erleichtert. »Jetzt kann ich zu Dorothy fahren.«

Sie hielt Bells Hand, während er sie ins Erdgeschoss und auf die Straße begleitete, um sie in ein Taxi zu setzen.

»Ich habe dir meinen Besuch nicht angekündigt, weil ich nicht mit Sicherheit sagen konnte, wann ich eintreffen würde – und weil ich genau wusste, dass du alle Hände voll zu tun hast.«

»Wie hast du es so schnell geschafft?«

»Ich hatte das Glück, dass ich Prestons und Josephines Special nach Chicago benutzen konnte.« Preston Whiteway besaß mehrere Tageszeitungen. Seine Frau, Josephine, war eine berühmte Flugpionierin. Ihr Privatzug, mit einer 4-8-2-ALCO-Lokomotive grotesk übermotorisiert, hatte erst vor kurzem den jüngsten Geschwindigkeitsrekord für die Strecke von Los Angeles nach Chicago aufgestellt. »Dafür ist mir der Twentieth Century Limited vor der Nase weggefahren, daher habe ich Josephine gebeten, mich in das Postflugzeug eines befreundeten Piloten zu schmuggeln. Kennst du die neue De Havilland? Du hättest dich auf Anhieb in sie verliebt. Wir haben einen Durchschnitt von einhundertneun Meilen pro Stunde geschafft.«

»Ich wusste gar nicht, dass in Postflugzeugen auch noch Platz für Passagiere übrig ist.«

»Es war auch eine ziemlich enge Angelegenheit. Ich

habe praktisch auf dem Schoß des Piloten gesessen, aber er hat es mannhaft ertragen.«

»Das kann ich mir vorstellen.«

»Wir haben den Twentieth Century um vier Stunden geschlagen!«

»Wie lange kannst du in New York bleiben?«, wollte Bell wissen.

»Die vier Marx Brothers haben mich gebeten, in Fort Lee bei einer Komödie Regie zu führen.«

»Treten die vier denn nicht sonst im Varieté auf?«

»Sie hoffen, dass sie es mit einem erfolgreichen Kurzfilm auf den Broadway schaffen.«

Der Portier des St. Regis winkte ein Taxi heran. Bell half Marion beim Einsteigen. Er beugte sich hinein und küsste sie. Sie flüsterte: »Ich habe oben eine Suite gebucht«, und erwiderte seinen Kuss.

Der Taxifahrer räusperte sich laut. »Hören Sie, Mister, warum steigen Sie nicht ein und fahren mit?«

»Halt mal die Luft an«, sagte der Portier. »Oder hast du was dagegen, wenn zwei sich lieben?«

Unter dem Fährenterminal am Ende der West 23rd Street wurde Marat Zolner der Blick auf den Hudson River durch eine ununterbrochene Mauer aus Lagerhäusern, Trennwänden und Hafengebäuden versperrt. Auf der anderen Seite dieser Mauer ankerte ein holländischer Frachter aus Rotterdam. Ein Mannschaftsmitglied hatte die Absicht, heimlich abzuheuern.

Zolner kehrte in einem der billigen Speisehäuser in der West Street ein, die vorwiegend von Seeleuten frequentiert wurden. Es befand sich gegenüber einer Tür in der Mauer, neben der ein Wachhäuschen stand. Jeder Seemann, der herauskam, musste seine Papiere vorzeigen, um nachzuweisen, dass er offiziell auf einem Schiff arbeitete. Zolner bestellte eine Tasse Kaffee und wartete.

Antipov kam mit drei anderen Männern durch die Tür heraus. Er war ebenso wie seine Begleiter mit einem Caban und einer flachen Mütze bekleidet, aber seine hagere Silhouette und die Stahlbrille waren unverwechselbar. Die Männer zeigten ihre Papiere vor und überquerten die West Street. Die drei verschwanden in einem Blind Pig. Antipov wartete draußen. Er nahm seine Brille ab, putzte sie mit einem Halstuch, das er aus einer Tasche seines Cabans zog, dann schlang er sich das Tuch um den Hals.

Zolner gesellte sich zu ihm, und sie gingen durch eine Seitenstraße an unbeleuchteten Garagen und verschlossenen Lagerhäusern vorbei landeinwärts.

Antipov sprach ein Englisch mit starkem Akzent. »Wo ist Johann?«

»Tot. Ich bin froh, dass du gekommen bist. Ich hatte mich auf ihn verlassen.«

»Wie ist er gestorben?«

»Er wurde von der Küstenwache verwundet. Die Polizei brachte ihn ins Krankenhaus. Er wusste zu viel.«

»Pech«, sagte Antipov.

»Unnötig zu erwähnen, dass Fern glaubt, er sei von einem Detektiv erschossen worden.«

»Natürlich. Wer sind diese Männer, die uns verfolgen?« Keiner der beiden Russen schien sich irgendwann umgesehen zu haben.

»Schlägertypen aus der Nachbarschaft«, antwortete Zolner. »Sie rauben Immigranten aus, die sich von den Schiffen wegschleichen.«

Antipov blieb an einer Stelle stehen, wo die Schatten

der umstehenden Häuser besonders dunkel waren. »Hast du eine Zigarette?«

»Natürlich.« Zolner schüttelte eine Lucky Strike aus der Packung. Antipov zündete ein Streichholz an, ließ zu, dass der Wind es ausblies, zündete ein zweites Streichholz an und hielt es an die Zigarette, während er die Flamme diesmal geschickt abschirmte. Diese Scharade verschaffte den Schlägern genug Zeit, um aufzuholen. Drei Iren, stellte Zolner fest, zwei von ihnen waren halb betrunken, aber nicht so stark, dass sie nicht trotzdem gefährlich gewesen wären. Der dritte bewegte sich mit der Grazie eines erfahrenen Boxers. Wortlos griffen sie an.

Zolner wich nach rechts zurück, Antipov nach links. Für die Schläger sahen sie wie furchtsame Männer aus, die einander anrempelten, während sie versuchten, sich in Sicherheit zu bringen. Aber ihre Wege kreuzten sich so glatt wie Teile einer Maschine, und als sie die Platzwechsel wie bei einem Tanz, so präzise wie verwirrend, vollzogen hatten, hatte der Schläger, der Zolner angriff, plötzlich Antipov vor sich, und der Schläger, der es auf Antipov abgesehen hatte, hatte in Zolner einen neuen Gegner. Zolner streckte seinen Mann mit einem Totschläger zu Boden. Antipov schaltete seinen Widersacher mit einem langen dünnen Dolch aus.

Der Boxer trat den Rückzug an. Zolner und Antipov raubten ihm jede Hoffnung, zurück zur West Street oder vorwärts zur Tenth Avenue zu flüchten. Er öffnete die Hände und spreizte die Finger, um zu zeigen, dass er nicht bewaffnet war.

Antipov redete, als ob er keine zwei Meter von ihm entfernt war. »Wäre es nicht eine absolute Ironie, gemeinen Kriminellen in die Hände zu fallen?«

»Eigentlich nicht«, sagte Zolner.

Der Boxer, der erkannte, dass jeder Fluchtversuch hoffnungslos war, ballte die Hände zu schinkengroßen Fäusten und tänzelte auf den Fußspitzen.

»Er hat Mut«, sagte Antipov.

»Und er kann sich bewegen«, sagte Zolner. »Wie heißt du?«

»Was geht es euch an?«

»Wir überlegen gerade, ob wir dich töten sollen. Oder dich bezahlen.«

»Mich bezahlen? Für was?«

»Was immer wir von dir verlangen. Verrate mir, wo du dich rumtreibst, und ich bezahle dich, wenn irgendein Job erledigt werden muss. Leicht verdientes Geld.«

»Spinnst du?«

»Wir sind Bootlegger. Wir zahlen für zusätzliche Muskelkraft. Also, wie heißt du?«

»Ricky Newdell.«

»Wie nennen dich deine Kumpel?«

»Sie nennen mich Hooks. Wegen meines linken Hakens.«

Marat Zolner starrte ihn verständnislos an.

»Mein bester Schlag«, erklärte Ricky Newdell.

»Wo bist du meistens anzutreffen?«

»Im Lunchroom an der Ecke 18th und Tenth.«

»Okay, Hooks. Du hörst von uns. Ich bin Matt. Er ist Jake. Mach jetzt kehrt und geh zur West Street zurück.«

»Was ist mit diesen beiden?« Der Mann, den Zolner niedergeschlagen hatte, war immer noch weggetreten. Der Mann, den Antipov mit dem Dolch attackiert hatte, lag, seit er zusammengebrochen war, reglos auf dem Pflaster.

Zolner und Antipov wischten ihre blutbeschmierten Waffen an den Jacken der Männer ab.

Ricky Newdell sagte: »Diese Burschen sind Gophers.«

Antipov sah Zolner fragend an. »Goofers?«, wiederholte er und sprach den Namen der Bande genauso aus, wie Hooks es getan hatte. »Was sind Goofers?«

»Gangster aus dieser Gegend. Sie hatten mal in den Slums von Hell's Kitchen das Sagen. Jetzt sind ihre Anführer tot oder sitzen im Knast.«

Antipov zuckte die Achseln. »Was interessiert uns das?«

»Die Gophers lassen sich diese Sache nicht tatenlos gefallen«, warnte Newdell.

»Hooks«, sagte Zolner. »Dies ist deine letzte Chance. Wenn du leichtes Geld verdienen willst, mach kehrt und verschwinde.«

Ricky Newdell gehorchte und entfernte sich in Richtung West Street. Hinter sich hörte er erst Gelächter und dann den Mann mit dem starken Akzent fragen: »›Goofers‹? Klingt irgendwie lustig.« Hooks sah sich nicht um. Irgendetwas sagte ihm, dass die Tage der Gophers gezählt waren, wenn sich diese Kerle in der Nachbarschaft niederließen.

8

Marat Zolner dirigierte Yuri Antipov in Richtung Tenth Avenue.

»Wohin gehen wir?«

»Ich habe ein Automobil.«

Wie Zolner erwartet hatte, presste Antipov beim Anblick des Packard Twin Six die Lippen zusammen. Wie würde er wohl reagieren, wenn er erst das Anwesen zu Gesicht bekam, das Fern als Versteck angemietet hatte?

Zolner fuhr über die Brooklyn Bridge und folgte für zwei Stunden der Brooklyn-Strecke nach Osten bis ins Nassau County, dann auf der Merrick Road quer durch Nassau bis nach Suffolk und durch ein Dutzend Dörfer am Montauk Highway. Die Ortschaften waren dunkel, die Einwohner schliefen. Die Farmen und Wälder zwischen den Dörfern erschienen noch finsterer, außer auf den Straßenabschnitten, wo Rasthäuser – wie Luxusdampfer auf hoher See – die Nacht mit bunten Lichterketten, Leuchtreklamen und den Scheinwerfern teurer Automobile auf Parkplätzen erhellten.

Musik drang aus den strahlend hellen Fenstern.

»Ein Varieté!«, sagte Antipov und brach das Schweigen, das zwischen ihnen lastete.

»Auf dem Land werden sie Rasthäuser genannt, in der Stadt heißen sie Varietés.«

»Mitten im Nirgendwo?«

»Ihre Gäste besitzen Automobile.«

»Und trinken ganz offen Alkohol!«

»Amerikaner sind passionierte Gesetzesbrecher.«

Zolner bog vom Highway in eine schmale, dunkle und verlassene Straße ab. Er fuhr etwa eine Meile weit, bis die Straße vor einem massiven Steingebäude mit einem hohen, breiten, eisenbeschlagenen Holztor in der Mitte endete. Ein warmer feuchter Wind roch nach Marschland und Salzwasser. Über ihnen, durch vereinzelte Lücken in den Baumkronen zu erkennen, funkelten Sterne an einem dunstigen Himmel.

»Du wohnst luxuriös«, stellte Antipov fest.

»Das ist nur das Torhaus.«

Zolner schaltete die Innenbeleuchtung des Wagens ein und betätigte die Hupe. Nichts geschah.

»Wirst du nicht erwartet?«

»Sie haben Befehl, sich zu vergewissern, dass wir keine Piraten oder Prohibitionsagenten sind.«

Schließlich tauchte ein großer Mann mit Ledermütze und einer Hand in der Hosentasche aus den Schatten auf. »Alles klar, Boss.«

Zolner stellte vor. »Das ist Yuri. Er kann sich auf dem Anwesen frei bewegen und hat überall Zugang. Yuri, das ist Trucks O'Neal. Man kann sich hundertprozentig auf ihn verlassen.«

Trucks O'Neal beugte sich vor, um einen Blick in den Wagen zu werfen, dann sagte er: »Ihr Gesicht merke ich mir, Yuri.«

Die eisenbeschlagene Tür schwang auf, und Zolner lenkte den Packard hindurch.

»Warum hast du ihm gesagt, dass ich ›Yuri‹ bin, und nicht ›Jake‹?«

»Trucks ist ein amerikanischer Armeeveteran und Schieber, der sich aufs Bootlegging verlegt hat. Er ist eine treue Seele.«

»Wie kannst du dir da so sicher sein? Er ist doch kein Genosse.«

»Ich habe ihm in Deutschland die Haut gerettet und verhelfe ihm hier zu Reichtum und Macht. Dafür ist Trucks O'Neal absolut loyal. Besser noch, er ist intelligent genug, um auch loyal zu bleiben.«

Er lenkte den Wagen auf eine geschwungene, mit Blaustein gepflasterte Auffahrt. Die Scheinwerferstrahlen strichen über Zierhecken und Gärten, Tennisplätze und Gewächshäuser.

»Daran hätte Zar Nikolaus seine Freude«, bemerkte Antipov mit Missfallen in der Stimme.

»Zar Nikolaus ist nicht mehr im Geschäft«, schoss Zolner zurück. Er verließ die Auffahrt, die zum Gutshaus führte, dessen Dach als dunkle Fläche vor den Sternen zu erkennen war, und die Räder rumpelten über Eisenbahnschienen. »Dies ist ein privates Nebengleis, das mit der Hauptstrecke nach New York verbunden ist.«

»Ist das ein Eisenbahnwaggon?« Das Sternenlicht wurde von geschliffenen Glasfenstern reflektiert.

»Ein privater Salonwagen.«

»Gehört er Fern?«

»Natürlich nicht. Wir wollten auf keinen Fall, dass es irgendeine Verbindung zu Fern gibt. Alles wurde von Agenten gemietet, und die Miete wurde bar bezahlt. Für den Fall, dass wir unsere Zelte überstürzt abbrechen müssen, gibt es nichts, was auf sie hinweist oder bis zu ihr zurückverfolgt werden könnte.« Er ließ den Packard ausrollen, stieg aus und reckte und streckte sich nach der langen Fahrt. Antipov kam um den Wagen herum und blieb neben Zolner stehen. »Was ist das?«, fragte er und deutete auf die Silhouette eines hohen, schlanken Turms.

»Der Treibhaus-Schornstein«, sagte Zolner. »Er dient als Tarnung für eine Funkantenne. Ihr Signal leitet unsere Boote an Land.«

»Was befindet sich hier draußen? Ich sehe keine Lichter.«

»Die Great South Bay. Vierzig Meilen lang, fünf Meilen breit. Auf der anderen Seite erstreckt sich der Fire Island Inlet, und durch diesen Meeresarm erreicht man den Atlantischen Ozean.«

»Und was ist ringsum auf dem Land?«

»Andere Anwesen und Gutshöfe von ähnlicher Größe. Alle in Privatbesitz.«

Er ging mit Antipov zu einer großen Garage und führte ihn durch eine Seitentür hinein. Dann schaltete er die Beleuchtung an, und zum Vorschein kamen ein Lastwagen mit einem mit Plane bespannten Rungenaufbau sowie sechs Packard- und Pierce-Arrow-Limousinen. »Die Wagen haben eine verstärkte Federung, damit sie nicht durchhängen, wenn sie beladen sind.«

»Weshalb liefert ihr nicht per Eisenbahn? Über euer Nebengleis?«

»Hast du vergessen, dass Eisenbahnzüge an Schienen gebunden sind? Gleisverbindungen lassen sich schnell und einfach lahmlegen. Den Prohibitionsagenten wäre nichts lieber als eine Gelegenheit, einen Eisenbahnwagen voller Alkohol zu beschlagnahmen. Wir verteilen den Schnaps lieber auf die Schnellstraßen. Wenn sie Glück haben, erwischen sie gerade mal einen von zehn Lastwagen.«

»Aber hier ist alles auf einem Fleck konzentriert.«

»Viele Meilen vom eigentlichen Markt entfernt und an einem dunklen und einsamen Ort.«

»Wie schafft ihr die Ware her?«

»Mit Booten.«

Er schaltete die Garagenbeleuchtung aus und ging über einen Schotterweg zu einem anderen großen Gebäude, das am Ufer eines nur träge fließenden Baches stand. Das Bootshaus hatte keine Fenster, sodass Antipov erst in dem Moment, als Zolner die Tür öffnete, erkannte, dass es im Innern hell erleuchtet war. Zwei große Boote waren in separaten, mit Wänden abgetrennten Slips vertäut. Eins, ein vierzig Fuß langes Frachtboot, war breit und mit zwei starken Motoren ausgestattet.

»Es fasst eintausend Kisten und schafft fünfundzwanzig Knoten«, sagte Zolner. »Der Preis richtet sich nach der Nachfrage, aber gewöhnlich bringt uns die Ladung fünfzigtausend Dollar ein. Eine Menge Geld für eine einzige Nacht Arbeit.«

»Offenbar betreibst du das Bootlegging mit großem Erfolg.«

»Die Boote kommen beim sogenannten Rumrunning, dem Schmuggel, zum Einsatz. Das eigentliche Bootlegging umfasst die Verteilung und den Verkauf der hochprozentigen Ware. Auch in diesem Bereich bin ich recht erfolgreich.«

»Was hat es mit diesem anderen Boot auf sich?« Es war deutlich länger als das Frachtboot und auch wesentlich schlanker.

»Das ist mein ganzer Stolz«, sagte Zolner. »Auch dieses Boot transportiert eintausend Kisten, aber mit fünfzig Knoten in der Stunde. Und falls jemand es aufhalten will, sollte er sich in Acht nehmen, dann wird er nämlich versenkt. Der Name des Bootes ist *Black Bird.*«

»Dein ganzer Stolz?«

Zolner ignorierte den spöttischen Unterton in Antipovs Stimme.

»Die Mannschaft besteht aus Russen – den besten Seeleuten der Welt.«

»Warum wurden die Motoren zerlegt?«

Von allen drei Liberty-Motoren waren die Zylinderköpfe abmontiert worden. Karborund rieb sich kreischend an Stahl und erzeugte einen gleißenden Funkenregen, als ein Mechaniker Ventile einschliff.

»Der Preis der Geschwindigkeit«, meinte Zolner achselzuckend. »Diese Motoren sind die reinsten Ventilfresser.«

»Einlass oder Auslass?«, fragte Antipov.

»Ich hatte ganz vergessen, du hast ja eine Mechanikerlehre gemacht. Auslass, natürlich. Es ist die Wärme, die ihnen den Rest gibt. Bis jetzt hat niemand eine wirkungsvolle Methode gefunden, sie ausreichend zu kühlen, und welche Tricks sind nicht schon ausprobiert worden, darunter sogar hohle Ventile, die mit Quecksilber oder Natrium gefüllt wurden. Glücklicherweise hat die amerikanische Regierung siebzehntausend Liberty-Motoren bauen lassen, von denen die meisten im Krieg gar nicht gebraucht wurden. Wir kaufen sie für einen Bruchteil des ursprünglichen Preises.«

Er deutete auf Holzkisten, die vor der hinteren Wand des Bootshauses aufgestapelt waren. »Ob du es glaubst oder nicht, aber oft ist es viel sinnvoller, den gesamten Motor auszutauschen, als die Zeit mit dem Ersetzen und Einrichten der Ventile zu vergeuden.«

»Im Augenblick glaube ich fast alles.«

Antipovs Stimme klang leise, beinahe sanft, aber innerlich kochte er vor Wut.

Nun war der geeignete Moment für ein offenes Wort, entschied Zolner.

»Was ist los?«, fragte er. »Was passt dir nicht, Yuri?«

»Was ist mit der Revolution?«

»Was soll mit der Revolution sein?«

»Du bist ein Agent der Komintern, Genosse Zolner. Du wurdest hierhergeschickt, um den bolschewistischen Umsturz in Amerika voranzutreiben.«

9

»Was genau hast du unternommen, um die bolschewistische Machtübernahme in Amerika einzuleiten?«

Der Mechaniker im Bootshaus schaltete seine elektrische Schleifmaschine aus. Für lange Sekunden hörte Marat Zolner als einziges Geräusch das Plätschern des Wassers.

Die Kommunistische Internationale – kurz »Komintern« – war das weltweite Spionagenetzwerk der Sowjetunion. Die Kommunistische Partei Russlands hatte sie als ihren ausländischen Ableger ins Leben gerufen, als sie die Kontrolle über die Revolution übernahm, in deren Verlauf Zar Nikolaus II. abgesetzt wurde. Die Aufgabe der Komintern bestand darin, diesen Sieg überall auf der Welt zu wiederholen und die Herrschaft der internationalen Bourgeoisie mit dem Einsatz aller Mittel – Spionage, Sabotage und Waffengewalt – zu brechen.

Marat Zolner war ein kampferprobter Soldat der Revolution. Während des Krieges hatte er ganze Regimenter aufgestachelt, ihre Offiziere zu erschießen. Er hatte die sowjetische Kampfeinheit angeführt, die den Eisenbahnzug des Zaren überfallen hatte, er hatte aufseiten der Bolschewisten gekämpft, um die demokratische Übergangsregierung zu stürzen, und er hatte sich in Kavalleriescharmützeln mit Weißen Loyalisten während des russischen Bürgerkriegs durch außergewöhnliche Tapferkeit hervorgetan. Außerhalb der Grenzen Russlands erwies er sich zudem als vielseitig verwendbar, als er mit Berliner Straßenkämpfern Barrikaden errichtete und verteidigte. Antipov hatte an seiner Seite gekämpft.

»Mach eine Pause und hol dir was zu essen!«, rief er dem Mann mit der Schleifmaschine zu, der ebenfalls ein Russe war. Als sie allein waren, forderte er Antipov auf: »Komm her!«

Er ging zu den an der Wand in Kisten verpackten Reservemotoren. Auf einer dieser Kisten stand eine große stählerne Geldkassette.

»Öffne sie!«

Antipov klappte den Deckel auf. Die Kassette war vollgestopft mit Bündeln von Hundert- und Tausenddollarscheinen.

»Woher hast du das?«

»Einnahmen«, sagte Zolner.

»Einnahmen?«

»Geld, das mit dem Alkoholschmuggel von der Rum Row zu den Rasthäusern auf Long Island und den Speakeasys in New York verdient wurde.«

»Ich stelle Fragen über die Revolution, und du antwortest wie ein Bankier. Einnahmen? Profite?«

»Was ich tue, kostet Geld.«

»Und was genau tust du?«

Marat Zolner erwiderte: »Ich tarne unser Komintern-Netzwerk von Attentätern und Saboteuren als Alkoholschmuggel-Syndikat.«

»Diese Tarnung scheint dir wirklich zu gefallen. Du platzt ja geradezu vor Stolz und brüstest dich mit Gangstern, Schmugglern und Bootleggern. Wo sind die Genossen?«

»Die Matrosen der *Black Bird* sind Genossen – loyale

russische bolschewistische Soldaten der roten Arbeiter- und Bauernflotte. Auch Johann war ein Genosse. Du bist ein Genosse.«

»Und was bist du?«

»Meine Schmuggler und Gangster gehorchen mir. Ich bin ihr Bootlegger-Boss. Sie wissen nicht, dass ich für die Komintern arbeite. Sie werden auch nicht wissen, weshalb ich nach Detroit und Miami expandiere – und auch nicht, weshalb unser Einflussgebiet den Süden und den Mittleren Westen einschließt und bis zur Pazifikküste reicht.«

»Bist du ein Genosse?«

»Hast du mir nicht zugehört? Natürlich bin ich ein Genosse.«

Antipov schüttelte den Kopf.

»Was ist nicht in Ordnung, Yuri? Was gefällt dir nicht?«

»Die Komintern hat dich nach New York geschickt, um den Geist der Revolution zu verbreiten. Um den Umsturz vorzubereiten.«

»Und genau dies wird meine Organisation erreichen.«

»Welche Rolle hast du bei dem Streik der Werftarbeiter in Seattle gespielt? Auf welche Weise hast du den Streik der Polizei in Boston unterstützt? Inwieweit warst du an der Organisation der Bergarbeiterstreiks beteiligt? Welche Gruppierungen hast du während des landesweiten Streiks der Stahlarbeiter als Verbündete gewinnen können? Was war mit dem Streik der Hafenarbeiter am 1. Mai? Hast du Kontakt zu den IWW aufgenommen? Steht die amerikanische kommunistische Partei mittlerweile unter unserer Kontrolle?«

Zolner lachte.

»Ich weiß nicht, was daran so witzig ist«, sagte Antipov ungehalten.

»Die Wobblies und die amerikanische kommunistische Partei und die Gewerkschaften sind im Niedergang begriffen. Der Kongress, die Zeitungen und die American Legion schüren eine allgemeine Panik vor den ›Roten‹. Tatsache ist jedoch, wie du heute Nacht in den Raststätten beobachten konntest, dass die Amerikaner jeder gesellschaftlichen Klasse viel zu sehr damit beschäftigt sind, gegen die Vorschriften der Prohibition zu verstoßen, um sich über Politik geschweige denn den Klassenkampf den Kopf zu zerbrechen. Gangster sind zurzeit die bewunderten Helden. Deshalb benutzt die amerikanische Komintern in ihrem Kampf gerade den Alkoholschmuggel als Tarnung.«

»Wahrscheinlich denkst du sogar daran, die erzielten Gewinne an der Wall Street zu investieren«, sagte Antipov sarkastisch.

»Das habe ich längst getan.«

»Wie bitte?«

»Weshalb soll ich unsere Aktivitäten nicht auch auf die Wall Street ausdehnen? Auf diese Weise lassen sich umfangreiche Operationen wesentlich leichter finanzieren. Waffen sind nicht billig. Desgleichen Trucks, Personenwagen, Boote und Schiffe. Von Schmiergeldern ganz zu schweigen. Geld schafft Einfluss. Geld ermöglicht den Kontakt mit mächtigen Verbündeten. Ich habe einen Börsenmakler, der interessante Investitionen für uns tätigt.«

»Einen Börsenmakler?«

»Der Aktien kauft. Um Geld zur Durchführung unseres Plans zu beschaffen.«

»Deine Taktik ist zu sprunghaft und schwerfällig.«

»Ich lasse mich nicht hetzen.«

»Schlimmer, du vergisst das eigentliche Ziel – die Revolution.«

Marat Zolner schaute Antipov mit einem Ausdruck nur mühsam unterdrückten Zorns an. »Hör mir gut zu, Yuri. Ich habe mich hier etabliert. Du hingegen bist gerade erst angekommen. Ich werde dir erklären, wie die Dinge hier liegen. Die Vereinigten Staaten von Amerika sind seit dem Weltkrieg die neuen Führer des internationalen Kapitalismus, nicht wahr?«

Antipov musste einräumen, dass die deutsche und englische Nation im Zuge des Krieges an Bedeutung eingebüßt hatten.

»Den Kapitalismus der industriell mächtigsten Nation zu Fall zu bringen ist ein viel zu wichtiges Projekt, um sein Scheitern durch überstürzte Aktionen zu riskieren.«

»Du bekämpfst den Kapitalismus nicht, sondern du frönst ihm.«

»Du vergisst unsere Niederlagen. Wir sind in Ungarn gegen die internationale Bourgeoisie in den Kampf gezogen und haben verloren. Wir haben den Kampf in die Straßen Deutschlands getragen. Und verloren. Zum zweiten Mal. Bei allen Kämpfen, die ich ausgefochten habe, gab es für mich nichts Hoffnungsloseres als den Rückzug.«

»Wen interessiert eine verlorene Schlacht, wenn wir am Ende den Krieg gewonnen haben?«

»Wir hatten keine Festung, in der wir hätten Schutz suchen können, kein Krankenhaus, um unsere Wunden zu verbinden, kein Waffenlager, um uns mit neuer Munition zu versorgen. Ich habe versucht, einer jungen Frau zu helfen, der das halbe Gesicht weggeschossen wurde. Marodeure des Freikorps zogen durch die Straßen und erschossen die Verwundeten. Ich stellte mich tot. Die Frau stöhnte vor Schmerzen. Das hörten sie. Und töteten sie. Ich kauerte mich unter ihre Leiche, um meine eigene Haut zu retten, und in diesem Moment schwor ich mir, dass ich einen besseren Weg finden würde, um die internationale Bourgeoisie in die Knie zu zwingen.«

»Indem du dich ihr anschließt?«

»Indem ich sie in ihrem eigenen Spiel besiege«, erwiderte Zolner.

»Du wurdest hierhergeschickt, um den Staat zu bekämpfen!«, erhob Antipov die Stimme. »Nicht um dich mit irgendwelchen Spielen zu verzetteln!«

»Die Prohibition ist die Achillesferse Amerikas«, fuhr Zolner ruhig und mit Nachdruck fort. »Die Prohibition – dieses absurde Gesetz, das die Menschen hassen – schwächt den Staat und macht Bootlegger reich.«

Er lächelte Antipov an, vom Erfolg seines Plans vollkommen überzeugt.

»Ich habe in Kriegen gefochten, die ich verlor, und in Kriegen, in denen ich siegte. Es gibt in Amerika nicht einen Bootlegger, der es mit mir aufnehmen kann. Am Ende werde ich der reichste von allen sein. Meine ›Profite‹, die du verabscheust, werden es letztlich der Komintern ermöglichen, die amerikanische Regierung wirkungsvoll anzugreifen. Meine Profite werden die Moral der Staatsbediensteten untergraben, die Polizei korrumpieren und am Ende auch den Staat zerstören.«

Yuri änderte seine Taktik. Sein Tonfall wurde von nun an beschwörend. »Genosse Zolner – Marat – du weißt, weshalb Moskau mich hierhergeschickt hat. Muss ich dir den Roten Terror ins Gedächtnis rufen? Muss ich dich daran erinnern, dass die Tscheka Konterrevolutionäre beseitigt?«

»Ich bin kein Konterrevolutionär.«

»Ein Misserfolg ist auf Grund seiner Auswirkungen als konterrevolutionär einzustufen.«

»Einen Misserfolg wird es nicht geben.«

»Ob Misserfolg oder nicht, das entscheidet Moskau.«

»Moskau soll sich um Russland kümmern. Ich kümmere mich um die Vereinigten Staaten und werde Amerika der Komintern auf einem Silbertablett präsentieren.«

»Ich glaube, sie wären auch zufrieden, wenn es nur ein Blechteller ist.«

Sekundenlang schauten die beiden Männer einander schweigend an, dann brachen sie in schallendes Gelächter aus, überrascht, dass Antipov einen Witz gemacht hatte.

»Und auch bereit, mir zu verzeihen?«, fragte Zolner.

Sie lachten abermals.

Aber es war kein echtes Lachen. Beide Männer kannten die Wahrheit. Die Komintern verzieh Freidenkertum niemals.

Zolner vermutete etwas viel Schlimmeres: Sein einstmals mutiger und tapferer Genosse, ein Blutsbruder in vielen Straßenschlachten, war müde geworden. Yuri Antipov hatte sich für die Funktionärsrolle entschieden. Er war ein Apparatschik geworden, der sich nur noch für bedeutungslose Details interessierte, anstatt das große Ziel im Auge zu haben und sich dafür einzusetzen. Wie viele würden Yuris Beispiel folgen und die Kontrolle über die Revolution an sich reißen, ehe sie die Revolution vollends zum Erliegen brachten?

»Fern kann es kaum erwarten, dich zu sehen«, sagte er.

Antipovs Miene hellte sich auf. »Sie ist hier?«

»Im Haus.« Er griff zu einem Telefon. »Ich rufe sie an und sage ihr, dass du angekommen bist.«

Das Gutshaus war eine imposante Villa aus Kalkstein, die ein Eisenbahnmagnat dreißig Jahre zuvor im Goldenen Zeitalter erbaut hatte. Zolner führte Antipov durch ein skulptiertes Portal in eine geräumige Eingangshalle mit prachtvollen Deckenmalereien, in denen die historische Entwicklung des Transportwesens dargestellt wurde, von ägyptischen Streitwagen bis hin zu modernen Expresszügen, die durch die Rocky Mountains donnerten. Antipov betrachtete die Gemälde und biss die Zähne zusammen.

Aber als Fern Hawley die breite, geschwungene Treppe herunterschwebte, schmolz er genau so dahin, wie er es in ihrer Nähe immer zu tun pflegte. Ein strahlendes Lächeln hellte seine Miene auf, und er streckte beide Hände aus und rief: »Zwerge!«

Fern ergriff seine Hände und lachte. »Wenn es nach dir ginge, würde ich das nie vergessen, nicht wahr?«

»Niemals.«

Sie mit dem Ausruf »Zwerge!« zu begrüßen, sollte sie an ihre politische Missionierung an einem schönen Sommertag in Paris erinnern. Regimenter der siegreichen Alliierten marschierten die Champs-Élysées hinunter. Kapellen musizierten, Zuschauer jubelten, und die Sonne strahlte von einem wolkenlosen Himmel. Damals hatte sie plötzlich einen erstaunten Ruf ausgestoßen: »Zwerge!«

»Was meinst du?«, fragte Zolner, während er ihre Hand hielt.

Ein englisches Regiment marschierte soeben vorbei – die Gewehre auf der Schulter, die Uniformen makellos –, aber die Soldaten waren sehr klein von Wuchs, keiner größer als einen Meter fünfzig.

»Sie sind so zierlich«, sagte sie. »Winzige Soldaten.«

»Das sind sie wohl«, sagte Zolner. »Trotzdem haben sie die Deutschen besiegt.«

Yuri Antipovs Blick hingegen signalisierte ihr die tiefste Verachtung.

»Was ist los?«, fragte sie. »Habe ich etwas Falsches gesagt?«

»Weißt du nicht, weshalb sie so kleinwüchsig sind?«

»Nein. Was meinst du?«

»Es ist ein Lancashire-Regiment. Aus dem englischen Kohlerevier.«

»Yuri, wovon redest du?«

»Seit vier Generationen betreiben sie Bergbau. Für einen Hungerlohn. Weder sie noch ihre Väter, Großväter und Urgroßväter haben jemals genug zu essen gehabt, um zu wachsen.«

Sogar an diesem Abend, drei Jahre und dreitausend Meilen vom Ort des Geschehens entfernt, krümmte sich Fern Hawley innerlich, wenn sie an diese Ignoranz und Gefühllosigkeit dachte. »Sie haben Hunger«, hatte sie geflüstert, und Antipov hatte um Zolner herum gefasst, eine Hand mit eisernem Griff um ihren Oberarm gelegt und gesagt: »Und sie werden bis zur Revolution weiter hungern.«

Dank Antipov war sie von ganzem Herzen davon überzeugt, dass die internationale Revolution der Proletarier die Regierung stürzen sollte. Dank Antipov unterstützte sie den aufstrebenden neuen Staat des russischen Proletariats von ganzem Herzen – die Sozialistische Republik der Arbeiter, Bauern und Soldaten.

»Hast du schon gegessen?«, fragte sie und zog an einer Glockenschnur. Ein Butler erschien.

»Was hättest du gern, Yuri? Champagner? Kaltes Geflügel?«

»Brot und Wurst.«

Später, im oberen Stockwerk, allein in ihrem luxuriösen Schlafzimmer, fragte sie Zolner: »Warum hast du mir nicht gesagt, dass Yuri kommt?«

Marat Zolner hatte Fern Hawley in Aktion gesehen, und er bewunderte ihren Mut und ihre Gelassenheit, wenn sie in der Schusslinie stand. Sie geriet nicht in Panik, wenn die Polizei mit Pistolen und Gummiknüppeln angriff. Wenn die Barrikaden mit Minenwerfern beharkt wurden, konnte sie den Rückzug antreten, ohne dass ihre Bereitschaft, sich bedingungslos für das große Ziel einzusetzen, darum nachließ – wahrlich, eine seltene Gabe. Die Revolution brauchte Helfer wie sie, um in den Kampf zu ziehen. Aber bei alldem war sie eine naive Romantikerin. Wenn die Komintern sich etablierte, sobald der Krieg schließlich gewonnen war, würden naive Romantiker im Interesse der Stabilität erschossen werden. Denn Romantiker wurden als genauso gefährlich betrachtet wie Freidenker.

Bis dahin erachtete er es als nützlich, sie als Verbündete an seiner Seite zu haben.

In Europa hatte sie ihm bereits geholfen, der Hinrichtung zu entgehen, indem sie Polizisten mit ihrem selbstsicheren Auftreten ebenso überlistet hatte wie den Privatdetektiv vor dem Roosevelt Hospital. In Amerika hatte sie ihn mit allem Wesentlichen vertraut gemacht und als hervorragende Tarnung gedient. Gemeinsam hatten sie Verkleidungen entwickelt, die es ihm gestatteten, sich vollkommen frei zu bewegen. Er hatte gelernt, das arrogante

Auftreten eleganter weißrussischer Emigranten zu imitieren, die nach New York, San Francisco und Los Angeles geflohen waren. Oder Arbeiterkleidung zu tragen, sodass er zwischen den gesichtslosen Ausländern nicht auffiel, die sich in den Docks, den Bergwerken und den Fabriken abrackerten. Und um sich unter ihre Bosse zu mischen, brauchte er nur mit Fern Hawley an seiner Seite die Oper oder ein elegantes Speakeasy zu besuchen.

»Ich habe dir nichts von Yuris Kommen erzählt, weil Informationen, die du nicht zu wissen brauchst, dich und unsere Mission nur gefährden würden. Stell dir vor, du würdest gezwungen werden preiszugeben, was du weißt.«

»Was redest du da? Dies ist doch nicht Russland oder Deutschland. Wir befinden uns hier in den Vereinigten Staaten.«

»Glaubst du denn, dass es hier keine Folter gibt?«

Fern Hawley lachte. »Sie werden wissen, was Folter ist, wenn meine Anwälte mit ihnen fertig sind.«

Marat Zolner zuckte die Achseln. »Tut mir leid. Alte Gewohnheiten legt man nicht so leicht ab.«

»Ich bitte dich doch nur, dass du mir vertraust. Du hättest es mir sagen sollen. Yuri ist mein Freund.«

»Yuri Antipov ist niemandes Freund.«

»Er ist *dein* Freund.«

»Wir haben Seite an Seite gekämpft. Wir sind Blutsbrüder. Aber er ist nicht mein Freund. Er ist Komintern vom Scheitel bis zur Sohle.«

»Das weiß ich. Deshalb mag er mich. Er weiß, dass ich mich genauso leidenschaftlich wie er dem Kampf für das Proletariat verschrieben habe.«

»Er ist ein Vertreter der Komintern«, wiederholte Zolner. »Wenn Moskau ihm befiehlt, dich ins Feuer zu werfen, würde er es tun, ohne auch nur eine Sekunde nachzudenken.«

»Du bist auch Komintern.«

»Ich benutze mein Gehirn zum Denken. Sie hassen ein Denken, das sie nicht kontrollieren können.«

»Würde Yuri auch dich in dieses Feuer werfen?«

Zolner lächelte knapp und löschte das Licht. »Nur wenn sie es befehlen.«

»Marat«, flüsterte sie in der Dunkelheit. »Ich bin Yuri Antipov dankbar, und ich bewundere ihn. Aber ich könnte ihn niemals genauso lieben, wie ich dich liebe.«

»Weshalb bist du ihm dankbar?«

Sie richtete sich in dem Baldachinbett auf und schlang die Arme um ihre Knie. Der Himmel hatte sich geklärt, und durch das Fenster der Balkontür sah sie eine Mondsichel am Firmament über der Bucht. »Yuri hilft mir, eine Welt zu verstehen, die ich nicht kannte, ehe ich euch beide kennenlernte. Er ist wie ein weiser Onkel. Aber du bist meine Muse. Yuri war meine Leitfigur. Aber du bist mein Kampfgenosse.«

»Warte ab, bis sie dich zwingen, eine Wahl zu treffen«, sagte Zolner düster.

»Ich werde immer an deiner Seite kämpfen.«

10

In der Morgenpost befand sich ein Brief vom Sekretariat des Chefpathologen an das Van-Dorn-Regionalbüro.

Lieber Isaac,
das Schießpulver in Johnnys Schusswunde wurde von der Aetna Explosives Company in Mt. Union, Pennsylvania, hergestellt. Ich hoffe, das hilft Ihnen weiter.
Herzliche Grüße
(gez.) Shep

Bell kannte die Schießpulverfabrik, eine ausgedehnte Industrieanlage, die er schon oft aus dem Broadway Limited auf der Hauptstrecke der Pennsylvania Railroad zwischen Altoona und Harrisburg gesehen hatte.

»Lieber Shep«, antwortete er.

Soviel zu Geistesblitzen. Dieser russische Genickschuss brachte mich auf die Idee, dass das Schießpulver aus Deutschland oder Russland stammen könnte. Wenn es mich das nächste Mal in die Fifth Avenue verschlägt, lade ich Sie zu einer starken Tasse Tee ein.
Herzliche Grüße
(gez.) Isaac

Isaac Bell eilte vom Bahnhof in Sayville zu einem einstöckigen weißen, mit Schindeln verkleideten Haus mit ionischen

Säulen am Eingang, die ein Giebeldreieck im neoklassischen Stil stützten. Das mit schwarzer Farbe gestrichene Schriftrelief in der dreieckigen Giebelfläche verkündete:

THE SUFFOLK NEWS

Unter dem Arm hatte er mehrere Ausgaben jüngeren Datums der Long-Island-Wochenzeitung, die er sich von der Van Dorn'schen Rechercheabteilung hatte schicken lassen. Er betrat das Gebäude und entdeckte sofort die Person, der sein Besuch in der am Montauk Highway gelegenen Ortschaft galt, einen pensionierten Privatdetektiv namens Scudder Smith. Smith war in Hemdsärmeln, die er bis zum Ellbogen hochgeschoben und mit Gummibändern fixiert hatte, und trug eine rote Fliege um den Hals. Er saß hinter seinem Schreibtisch und korrigierte gerade eine lange gelbe Textfahne, die nach frischer Druckerschwärze roch.

Anstelle einer Begrüßung sagte Bell: »Die Jungs in unserer Rechercheabteilung haben mir deine Berichte über Schnapsschmuggler herausgesucht. Faszinierend.«

Smith schaute hoch, ließ die Druckfahne fallen und sprang auf. »Isaac! Wie zum Teufel geht's dir?«

»Scudder.« Bell schüttelte ihm die Hand. »Wir haben uns eine Ewigkeit nicht mehr gesehen.«

Die beiden Männer musterten sich prüfend.

Bell, dachte Smith, sah so jung und unerschütterlich aus wie eh und je, und zwar trotz der Jahre und der Narben des Krieges, der so viele gezeichnet hatte. Smith, dachte Bell, sah aus, als habe er schon seit Jahren keinen Drink mehr gehabt, und erschien infolgedessen weitaus weniger angeschlagen als bei ihrer letzten Begegnung.

»Was verschlägt dich denn hierher?«, fragte Scudder. »Etwas Dienstliches? … Warte einen Moment. Woher wusstest du überhaupt, dass ich hier bin? Ich wüsste nicht, dass die *Suffolk County News* auch in New York gelesen werden.«

»Mr. Van Dorns Frau hat mir die Nachricht gezeigt, die du ins Krankenhaus geschickt hast.«

»Wie geht es ihm?«

»Er hält durch, so gut wie möglich. Ich vertrete ihn und habe alle Hände voll zu tun, die Agentur in Gang zu halten. Aber ich weiß, dass er hofft, du mögest nicht nachtragend sein.«

»Verdammt, nein! Dass er mich wegen meiner Trinkerei rausgeworfen hat, war das Beste, was mir passieren konnte. Hab das Saufen aufgegeben und bin jetzt trocken. Hab die Frau meiner Träume geheiratet. Helen hat die Zeitung geerbt. Daher bin ich wieder in meinem alten Gewerbe tätig und versorge die Welt mit Nachrichten. Das ist tausend Mal besser, als mich mit Gaunern herumzuschlagen, die halb so alt sind wie ich. Und ich brauche nicht mehr im Presseraum des Schnellgerichts herumzuhängen und mir den Magen mit Kaffee zu verderben, der zu Holzkohle geröstet wurde. Ich gehe zum Mittagessen nach Hause zu meiner schönen Frau und kann schreiben, was mir gefällt. Und du wirst staunen, ich bin jetzt Mitglied der Bull Moose Party und Freimaurer, und die Leute, die hier einen Lions Club gegründet haben, wollen mich sogar in ihren illustren Kreis aufnehmen.«

»Ist es hier nicht ein wenig zu ruhig für dich?«, fragte Bell. Als ehemaliger Reporter war Scudder Smith in seiner Zeit als Detektiv in der Van Dorn Agency dafür berühmt gewesen, in der City jede Straße, jeden Saloon und jedes

Bordell zu kennen. Außerdem wusste er, wo die nächste Opiumhöhle zu finden war.

»Ruhig?«, sagte Scudder. »Von wegen. Nicht seit der Prohibition.«

Bell nickte. »Wenn mich nicht alles täuscht, wurde sie allgemein freudig begrüßt. Ich habe auf meiner Fahrt hierher im Seewind mehr Fusel als Salz gerochen.«

»Die halbe Stadt hat zu Hause eine Destille stehen. Die Einzigen, die von der Brennerei nichts mitbekommen, sind die Cops.« Er hielt die Druckfahne hoch. »Dies ist mein Leitartikel über diejenigen Cops, die in teuren Raststätten mit Revuegirls beim Dinner gesehen wurden. Ich weiß nicht, wer das alles liest. Der gesamte South Shore feiert eine Riesenparty.«

»Arbeitet deine Frau auch bei der Zeitung?«

»Sie könnte es. Schließlich hat sie den Laden jahrelang für ihren Dad geleitet.«

»Das hörte ich.«

»Du hast es gehört? Was meinst du damit?«

»Könnte sie deinen Job eine Zeit lang übernehmen?«

»Weshalb?«

»Damit du nach New York kommen und mir helfen kannst, bis ich alles auf die Reihe gebracht habe.«

»Isaac, alter Junge«, sagte Texas Walt Hatfield gedehnt. »Ich würde dir liebend gern helfen, aber Hollywood hat mich strammer an der Leine als ein gefesseltes Kalb.«

Texas Walt Hatfield, ein weiterer ehemaliger Van-Dorn-Detektiv, war mittlerweile ein Kinoheld, der in hunderten Westernfilmen auftrat. Sein Akzent war noch breiter geworden und seine Wortwahl noch cowboymäßiger, aber er wirkte nach wie vor so drahtig und gefährlich wie ein

Comanchen-Skalpiermesser. Bell hatte ihn im Palmengarten des Plaza Hotels aufgestöbert. Die Gäste an anderen Tischen gafften, und mehrere Leute waren herübergekommen, um Walt um ein Autogramm zu bitten, das er auch bereitwillig gab, begleitet von einem Händedruck für die Männer und einem verheißungsvollen Wir-sehen-uns-später-Lächeln für die Ladys.

»Ich meine, wenn ich aus meinem Vertrag herauskäme, wäre ich stante pede bei dir.«

»Ist das dein Ernst?«, fragte Bell.

»Verdammt, ja. Bin richtig heiß drauf, mir mal wieder echte Kugeln um die Ohren fliegen zu lassen.«

Bell nickte dem Empfangschef, der nur auf sein Zeichen wartete, unauffällig zu.

Walt wechselte das Thema. »Ich bin mächtig froh, dass der Boss durchhält. Wie kommst du mit der Suche nach dem Ungeziefer voran, das auf ihn geschossen hat?«

»Die Küstenwache mauert, was das Zeug hält, und lässt mich nicht an die Schiffsbesatzung heran, daher konnte ich noch keinen einzigen Zeugen ausquetschen, und die Cops halten sich bedeckt, weil ihnen peinlich ist, dass ein Killer in ein Krankenzimmer mit einem Zeugen vordringen konnte, den sie bewacht hatten. Aber die Autopsie des Toten förderte etwas Interessantes zutage …« Er setzte Walt über den Genickschuss ins Bild.

»So eine Nummer solltest du auf keinen Fall mit einer .45er versuchen«, sagte Hatfield. »Da müsstest du anschließend eine Putzkolonne zusammentrommeln, um das Blut von den Wänden zu waschen … Wie geht's der liebreizenden Marion? Entschuldige, dass ich nicht früher gefragt habe.«

»Sie dreht grad drüben in Fort Lee eine Komödie.«

»Dann kannst du ja dein Girl sehen, wann immer du willst. Einfach großartig.«

Der Empfangschef kam mit einem Kellner zurück, der ein Sticktelefon mit endlos langer Schnur trug.

»Verzeihen Sie, Gentlemen. Ich habe ein Ferngespräch aus Los Angeles, Kalifornien, für Mr. Texas Walt Hatfield.«

»Einen Moment, Isaac. Wie ich schon sagte, sie haben mich an der Leine und lassen mir keine Ruhe.«

Er nahm das Telefon und hielt die Hörmuschel ans Ohr. »Yup. Hier ist Texas Walt. Mit wem spreche ich?«

Er richtete sich ruckartig auf, deckte die Sprechmuschel zu, indem er sie gegen seine Brust drückte, und meinte murmelnd zu Bell: »Es ist Mr. Andrew Rubenoff. Ihm gehört das Filmstudio … Ja, Sir, Mr. Rubenoff. Ja, Sir. Ja, Sir … Was Sie nicht sagen … Ich verstehe. Okay. Ich danke Ihnen … Wie bitte? Bleiben Sie dran, er sitzt hier neben mir.«

Bell nahm das Telefon entgegen und sagte: »Danke, Onkel Andy«, und hängte die Hörmuschel an den Haken.

Texas Walt starrte ihn an. Dann erschien ein Grinsen in seinem verwitterten Gesicht. »Isaac. Du alter Gauner.«

»Ich dachte, du wärst so scharf auf eine richtige Schießerei.«

»Ist er wirklich dein Onkel?«

»So nenne ich ihn nur, um ihn zu ärgern. Er ist ein alter Freund und Bankkollege meines Vaters.«

»Nun, du kannst also über mich verfügen. Was soll ich tun?«

»In deinen alten Job zurückkehren.«

Sie wurden schon wieder unterbrochen, diesmal von

einigen Ladys, die sich ein Autogramm von Walt wünschten. Der kritzelte seinen Namen in ihre Notizbücher und verzauberte die Ladys mit einem Lächeln. Als sie weitergegangen waren, sagte er zu Bell: »Ich hoffe, du verlangst nicht von mir, mich zu verkleiden. Diese alte Visage ist mittlerweile viel zu bekannt, um inkognito auftreten zu können.«

»Ich werde dich für alle sichtbar verstecken.«

»Wie?«

»Warst du schon mal in Detroit?«

»Detroit? Was zum Teufel gibt es denn in Detroit? Außer einem Haufen Automobile?«

»Bootlegger«, antwortete Bell. »Dort wimmelt es von denen.«

»Klar. Bis nach Kanada ist es nur eine Meile. Was hat das mit mir zu tun?«

Bell blickte Hatfield beschwörend in die Augen und sagte ernst: »Walt, ich habe vor kurzem erfahren, dass unser Außenbüro in Detroit durch und durch korrupt ist. Unsere Jungs kassieren Schmiergelder, um Schnapslieferungen zu beschützen und Pagen aufzumischen.«

»Unsere Jungs?«, fragte der Texaner mit eisigem Blick. »Bist du sicher, Isaac?«

»Ich weiß nicht, wer noch sauber ist. Ich möchte, dass du ihnen einen Besuch abstattest.«

Walt ging direkt zur Garderobe, legte einen Vierteldollar auf die Theke, ließ sich von einer Angestellten seinen J. Stetson geben und setzte ihn auf. Bell erwartete ihn am Hoteleingang.

»Hier ist dein Eisenbahnticket. Ich habe ein Abteil im Detroiter gebucht.«

»Ich kann mir ein eigenes Abteilticket leisten.«

»Nicht von dem Gehalt eines Detektivs. Schick mir morgen ein Kabel.«

Ein Telegramm wartete auf Isaac Bell im New Yorker Außenbüro, das sich vom Plaza drei Blocks entfernt die Fifth Avenue hinunter im zweiten Stock des St. Regis Hotels befand.

PARIS CHEF VERWUNDET.
PRIVATE STREITIGKEITEN.
NICHT SEINE FRAU.
KLÄRE AUF.
ARCHIE.

Bell zerknüllte das Telegramm in der Faust. Er hatte fest damit gerechnet, dass sein bester Freund, Archibald Angell Abbott IV., aus Europa zurückkehrte, wohin Van Dorn ihn abkommandiert hatte, um die Büros in Paris, Rom und London auf Vordermann zu bringen. Damit war er gezwungen, sich als rechte Hand einen neuen Mann zu suchen, der ihm half, die Agentur straffer zu organisieren. McKinney hatte genug damit zu tun, das New Yorker Büro zu beaufsichtigen. Harry Warren leitete die Gang Squad, und selbst wenn er frei gewesen wäre, verfügte ein Detektiv, der jeden Gangster in New York kannte, nicht über das die Grenzen der Bundesstaaten übergreifende Wissen, das Bell dringend brauchte. Das traf auch auf Scudder Smith zu. Tom Holian, in Los Angeles im Einsatz, und Horace Bronson, der aus Paris auf seinen angestammten Posten in San Francisco zurückgekehrt war, würden gebraucht, um die Staaten an der Westküste unter Kontrolle zu halten.

»Wo ist Dashwood?«

»Auf dem Schießstand, Mr. Bell.«

Bell marschierte eilig die Park Avenue hinauf zur Seventh Regiment Armory und dort sofort in den Keller hinunter. Die Scharfschützen und Zielfernrohrschützen des Eliteschützenteams des Regiments trainierten im zweistöckigen Langwaffenschießstand für einen Wettkampf. Er wartete hinter der Schusslinie und atmete den typischen, leicht stechenden Geruch rauchlosen Schießpulvers ein, bis das Knattern der .22er Gewehre verstummte. Die Zielscheiben wurden eingeholt. Die Schützen begutachteten sie und gaben sie dann an den Schießstandkommandeur, einen Captain, weiter.

Der Captain verglich die Scheiben miteinander, bestimmte das dichteste Treffermuster um die Zwölf und hielt dann die Scheibe des Siegers hoch. In der Mitte des schwarzen Zwölferfeldes befand sich ein Loch, dessen Ränder so sauber waren, als wäre die Zielscheibe zweimal zugefaltet und eine Ecke mit einer Schere halbmondförmig abgeschnitten worden. »Nummer 14? Nummer 14? Wo sind Sie, Sir?«

Detektiv James Dashwood kam von der oberen Etage herunter. Er sah bleicher aus als sonst, dachte Bell. Seine Haut war leichenblass, und er war dünn wie ein Besenstiel. Sein Anzug flatterte um seine Gestalt.

»Natürlich«, sagte der Schießstandkommandeur. »Ich hätte es mir eigentlich denken können. Gentlemen, darf ich Sie mit dem ehemaligen Lieutenant James Dashwood bekannt machen?«

Der Name rief ein respektvolles Murmeln bei den Zielfernrohrschützen und Scharfschützen hervor. Über seine Dienstzeit als Scharfschütze des Amerikanischen Expeditionskorps in den Schützengräben während des Weltkriegs erzählte man sich wahre Legenden.

»James«, sagte der Captain mit einem verschmitzten Lächeln. »Würden Sie ihnen Ihr ›Gewehr‹ zeigen?«

Dashwood zuckte mit den Achseln und nickte unsicher. Er hatte eine jungenhafte Stimme. »Das muss doch nicht sein, Captain.«

»Bitte, James. Ihr Gewehr.«

Dashwood schaute sich um, sichtlich unglücklich, der Mittelpunkt der allgemeinen Aufmerksamkeit zu sein. Er bemerkte Bell, der von hinten zusah. Ein amüsiertes Grinsen umspielte seine Lippen. Er gab seinem ehemaligen Lehrling mit dem Daumen ein stolzes Okay-Zeichen.

Dashwood zog eine Pistole aus seiner Jackentasche, hielt sie hoch, damit jeder sie sehen konnte, und zog, als Applaus aufbrandete, den Kopf ein.

Nachdem sie den Schießstand verlassen hatten und über die Park Avenue gingen, erkundigte sich Bell: »Wie fühlen Sie sich?«

»Ich bin okay.«

»Ich frage aus einem bestimmten Grund«, sagte Bell. »Wie steht es mit Ihrer Gesundheit?« Dashwood war in einen deutschen Giftgasangriff geraten, und das Chlorgas hatte seine Lunge heftig in Mitleidenschaft gezogen.

»Ich habe gute und schlechte Tage. Im Augenblick fühle ich mich ganz wohl.«

»Wann hat Sie das letzte Mal der Husten außer Gefecht gesetzt?«

»Im vergangenen Monat. Ich hab's aber überstanden. Was liegt an, Mr. Bell?«

»Ich denke, Sie sollten mich von nun an Isaac nennen.«

»Okay, Isaac«, erwiderte Dashwood langsam und musste

sich erst mit dieser ungewohnten Art, mit seinem Boss, der sein Lehrer, Berater und auf gewisse Art auch Schutzengel in einer Person gewesen war, anfreunden. »Weshalb erkundigen Sie sich nach meinem Gesundheitszustand?«

»Ich habe Mr. Van Dorn versprochen, mich um die Agentur zu kümmern, bis er wieder genesen ist. Und ich brauche eine rechte Hand und einen Problemlöser, den ich auf dem Kontinent überall hinschicken kann.«

»Warum nicht Archie Abbott?«

»Archie hängt in Frankreich fest.«

»Gibt es keinen anderen?«

»Niemanden, der mir lieber wäre.« Bell blieb stehen, schaute Dashwood in die Augen und streckte seine Hand aus. »Sind wir uns einig?«

»Telefon, Mr. Bell. Mr. Nuland in der Leichenhalle.«

»Hallo, Shep. Danke für die Information über das Schießpulver.«

»Suchen Sie zufälligerweise einen Russen?«

Bell spürte einen Adrenalinstoß. »Es ist sehr wahrscheinlich, dass der Schuss in den Nacken von einem Russen abgegeben wurde. Warum?«

»Als ich Ihre Notiz erhielt, bin ich der Sache ein wenig intensiver auf den Grund gegangen. Was Ihren Geistesblitz betrifft – wie sich herausstellte, hat die Aetna Explosives Company in den Jahren 1914, 1915 und 1916 umfangreiche Verträge über die Lieferung großer Mengen rauchlosen Schießpulvers an die russische Regierung erfüllt.«

Nachdem Bell den Hörer wieder eingehängt hatte, rief er einen Bekannten im Labor des New Yorker Police Department an. Es war ein Ballistikexperte, der fürstlich und regelmäßig dafür bezahlt wurde, private Aufträge für die Van Dorn Detective Agency auszuführen. »Ich rufe wegen der Patronenhülse an, die man im Roosevelt fand, wo jemand mit einer Schussverletzung lag und … ermordet wurde. Ich meine die Hülse mit dem Spreizring einer Mann-Pistole. Haben Sie irgendeine Vorstellung, wo sie angefertigt wurde? … Wie bitte?«

Es klang für Bell, als ob der Experte die Sprechmuschel mit der Hand abdeckte, während er antwortete.

»Wie ich Ihnen bereits andeutete, Mr. Bell, sie stehen ziemlich dumm da, und es wird mich den Job kosten, wenn ich irgendwas verlauten lasse. Es tut mir wirklich leid, Mr. Bell. Aber sie feuern mich, wenn ich erwischt werde.«

»Ich nehm's Ihnen nicht übel«, sagte Bell und hängte ein. Es überraschte ihn ganz und gar nicht, und er hatte beinahe schon mit einer solchen Reaktion gerechnet, aber es war einen Versuch wert gewesen. Ähnliche Zurückhaltung war ihm auch bei der Küstenwache begegnet. Jedes Mal, wenn er versuchte, die Mannschaft des CG-9 zu befragen, wurde ihm mitgeteilt, sie sei soeben bei einem Einsatz auf See, oder das Funkgerät sei defekt. In Wahrheit war der Küstenwache Van Dorns Schussverletzung genauso peinlich wie der Polizeiführung der unzureichende Zeugenschutz im Krankenhaus.

Er hatte es geschafft, einen Blick auf den Bericht über die Kugel, die Sheperd Nuland aus Johnnys Schädel herausgeholt hatte, werfen zu können. Aber das Papier hatte keinen Hinweis auf den Herstellungsort enthalten. Womit die mögliche russische Quelle des rauchlosen Schießpulvers die einzige halbwegs glaubhafte Information darstellte, die er hatte beschaffen können.

Er setzte ein Marconigramm in Van-Dorn-Chiffre auf. Die Radio Corporaton of America würde es von der ehemaligen Marconi Wireless Station in New Jersey zum Ozeandampfer *Nieuw Amsterdam* senden.

GENICKSCHUSSPULVER WAHRSCHEINLICH RUSSISCH.

Viel war das nicht, aber es reichte aus, um Pauline Grandzau auf dem Schiff intensiv nachdenken zu lassen. Und wenn sich Pauline über irgendetwas ausgiebig den Kopf zerbrach, kam häufig etwas Sinnvolles dabei heraus.

11

Hooks Newdells neue Bosse, Matt und Jake, hatten ehrgeizige Ziele, ehrgeizigere, als sie jeder andere hatte, dem Hooks jemals begegnet war, ehrgeizigere auch, als es die der Gophers waren, ehrgeizigere als die der White Hand, sogar noch ehrgeizigere als die der Italiener, die gerade im Begriff waren, die Kontrolle über die Docks an sich zu reißen. Allein der Anblick des imposanten Regierungsgebäudes, in das sie einbrechen würden, machte ihn schon nervös.

Matt und Jake saßen im Fond eines Marmon, der im Village in der Greenwich Street unter der Ninth Avenue Elevated parkte, drei Blocks von den Pieren entfernt. Hooks saß vorn am Lenkrad. Der Regierungsbau, ein Backsteinmonster, das auf die El herabschaute, ragte zehn Stockwerke hoch in die Nacht und füllte den gesamten Block, der von Christopher Street, Greenwich Street, Barrow Street und Washington Street begrenzt wurde. Hooks hatte den Bau stets nur Customs Building genannt, aber man kannte ihn auch als Appraisers' Stores and Samples Office, ein riesiges Lagerhaus, in dem die Zollbehörde Proben importierter Waren lagerte, um sie eingehend zu prüfen und zu bestimmen, in welcher Höhe sie bei der Einfuhr besteuert werden sollten. Einer Festung gleichend, diente der Bau auch als Lager, in dem die Regierung beschlagnahmten Alkohol, geschmuggelte Diamanten, Antiquitäten und alle anderen Güter von Wert aufbewahrte, die ihr in die Hände fielen, wie zum Beispiel in der vorangegangenen Woche eine Ladung Maschinenpistolen, die aus Irland stammte und für die Sinn Féin bestimmt war. Es war jene Art von Örtlichkeit, in die unbemerkt hineinzugelangen, um sich dort von dem reichhaltigen »Warenangebot« zu bedienen, der Traum eines jeden lichtscheuen Geschäftemachers war.

Matt und Jake waren tatsächlich entschlossen, es zu riskieren. Ein Alkohol-Coup, der alles bisher Dagewesene in den Schatten stellte.

Matt hatte einen Prohibitionsagenten bestochen. Der Agent hatte ihm verraten, wann eine umfangreiche Beschlagnahmeaktion geplant war und wo die konfiszierte Ware, die den Prohibitionsagenten in die Hände fiel, deponiert wurde – im Erdgeschoss in der Nähe des Eingangs in der Christopher Street. Wie Matt erklärt hatte, vereinfachte das alles. In dem Gebäude befanden sich jede Menge Lagerräume. Es verfügte über zehn Fahrstühle und drei Meilen Flure und Korridore. Tagsüber arbeiteten dort siebenhundert Beamte und Angestellte. Dank der Nähe zum Eingang wäre das Unternehmen ein Kinderspiel. Einfach und schnell hinein ins Gebäude und ebenso schnell wieder heraus. Nachts wäre es noch unproblematischer. So hatte Matt sich geäußert.

Aber die Vorstellung machte Hooks nervös, und er konnte nicht aufhören zu reden. Während sie auf das Signal von Matts Helfershelfer im Gebäude warteten, versuchte er, mit seinem Geplapper die lastende Stille zu vertreiben, die sie wie ein undurchdringlicher Panzer umhüllte.

»Die Typen im Wagen haben davon gesprochen, dass du möglicherweise einen Detektiv erschossen hast, Matt.«

Matt gab keine Antwort.

»Hast du?«

Marat Zolner überlegte, ob er mit Hooks Newdell einen guten Griff gemacht hatte. Er brauchte einen Amerikaner, der ihn vertreten konnte, wenn er nicht wollte, dass man sein Gesicht wiedererkannte oder sein Akzent auffiel. Ihm kamen jedoch Zweifel, dass gerade Hooks dieser Mann war. »Hab ich was getan?«

»Was dieser Typ erzählt hat. Dass du einen Privatdetektiv erschossen hast.«

»Hooks, ist dir schon mal in den Sinn gekommen, dass derjenige, der das behauptet, gute Chancen hat, selbst erschossen zu werden?«

Hooks Newdell machte einen hastigen Rückzieher. »Niemand hat so etwas von sich gegeben. Sie haben bloß eine Vermutung geäußert. Es ist nur so, dass wir – *sie* – überlegt haben, ob ihr die Typen seid, die Joseph Van Dorn erschossen haben.«

Zolner blieb stumm, und der nervöse Hooks besiegelte sein Schicksal. Der Narr begriff einfach nicht, wann es besser war, den Mund zu halten.

»Seid ihr total bescheuert?«, platzte er heraus. »Ihr habt Joe Van Dorn erschossen? Wisst ihr, wer das ist?«

»Nur ein Detektiv.«

»Es ist schon schlimm genug, irgendeinen Van Dorn zu erschießen. Und wenn es nur ein Hoteldetektiv ist. Aber ihr habt ihren Boss erwischt.«

»Es ist doch nicht so, als wäre er ein Cop.«

»Die Van Dorns haben ein Motto: ›Wir geben nicht auf! Niemals!‹«

»Leeres Gerede.«

»Nur dass man noch nie gehört hat, dass sie aufgeben … Also, hast du ihn erschossen?«

Yuri reagierte blitzartig, und plötzlich bohrte sich die Spitze seines Dolchs in das weiche Fleisch unter Ricky Newdells Kinn. »Halt die Klappe!«

»Okay! Okay!«

»Schnau-ze!«

Hooks Newdell presste die Lippen zusammen und saß stocksteif da.

Antipov sah Zolner an. Zolner schüttelte den Kopf. Hooks wäre lebend noch für ein paar Stunden nützlich. Antipov ließ den Dolch verschwinden.

Zolner holte eine Waltham-Eisenbahneruhr aus der Tasche und hielt sie ins Licht der Straßenlaterne. »Lass den Motor an.«

Eine Minute später erschien ein Mann, gekleidet wie ein Bürohengst in Anzug, Krawatte und Melone, der aus Richtung Barrow die Greenwich Street heraufkam. Er warf einen verstohlenen Blick auf den Marmon, zog den Kopf ein und eilte weiter.

»Langsam«, sagte Zolner. »Behalt ihn im Auge.«

Der Mann bog nach links in die Christopher Street ein.

»Fahr rechts ran und komm mit uns.«

Yuri hatte den Wagen bereits verlassen, ehe er zum Stehen kam. Zolner war dicht hinter ihm und gab Hooks ein Zeichen, in der Nähe zu bleiben. Sie bogen um die Ecke. Der Büromensch klopfte an die Eingangstür, hielt den Kopf gesenkt und vermied es, in ihre Richtung zu blicken. Licht drang hinaus auf den Gehsteig, als die Tür aufgeschlossen wurde und nach innen schwang. Der Büromensch sagte: »Danke. Ich arbeite heute Nacht im Büro des Inspektors.«

Der Nachtwächter antwortete: »Ja, Sir, Mr. Knowles… Hey!«

Antipov schubste Knowles gegen den Nachtwächter. Marat Zolner schlug Knowles zu Boden und machte für Hooks Newdell den Weg frei, damit Hooks den Wächter mit einem Schwinger von den Füßen holte, ehe er seinen Revolver ziehen konnte, und mit einem Kinnhaken ausschaltete.

Zolner schloss die Tür bis auf einen schmalen Spalt. Sein Fünftonner kam um die Ecke der Washington Street, bremste quietschend und rollte mit röhrendem Motor rückwärts über den Bürgersteig bis zum Eingang. Hafenarbeiter sprangen unter der Plane hervor, die die Ladefläche überdeckte, und rannten schnurstracks zu dem Raum, in dem der beschlagnahmte Alkohol aufbewahrt wurde. Keine Minute später schleppten sie Kisten mit kanadischem Whisky zum Lastwagen.

»Hooks! Komm mit mir und Jake!«

Zolner rannte zu den Fahrstühlen. Um diese Uhrzeit waren alle Kabinen dunkel, bis auf eine einzige, in welcher der Fahrstuhlführer gerade ausgiebig gähnte. Es dauerte einen kurzen Moment, bis der Mann begriff, dass etwas nicht stimmte. Zu spät. Auf Zolners Zeichen schlug Hooks ihn mit einem Totschläger nieder. Sie drängten sich hinein, und Zolner fuhr die Kabine ins Tiefparterre, wo sich, wie Knowles beschrieben hatte, die Telefonzentrale befand. Hooks schlug den Mann, der den nächtlichen Bereitschaftsdienst versah, bewusstlos. Zolner und Antipov unterbrachen die Hauptleitungen. Dann kehrten sie im Laufschritt zum Fahrstuhl zurück. Zolner drehte das Steuerrad, und die Kabine fuhr mit einem heftigen Ruck aufwärts.

»Hey, wo wollt ihr hin?«, fragte Hooks, als sie den ersten Stock passierten.

»Halt die Klappe«, sagte Yuri.

Zolner fuhr mit dem Fahrstuhl bis in den obersten Stock, den zehnten. Er und Yuri traten mit gezogenen Pistolen aus der Kabine. Hooks folgte ihnen mit seinem blutbeschmierten Totschläger. Der Flur, leer und unbewacht, war mit glänzenden Stahltüren gesäumt. Zolner blieb vor der vierten Tür stehen.

»Hoffentlich habt ihr einen Schlüssel«, sagte Hooks, der hinter ihnen hertrabte.

Antipov schubste ihn zur Seite und zog das Viertel einer Dynamitstange aus der Tasche. Er befestigte es mit Isolierband am Türknauf und hielt eine Streichholzflamme an eine kurze Zündschnur. Hooks rannte durch den Flur. Antipov und Zolner folgten ihm eilig. Die Ladung explodierte mit dem Knall eines sehr großen Kanonenschlags und sprengte die Tür in einen Raum, der mit knapp anderthalb Meter langen Leinensäcken gefüllt war.

Antipov schlitzte einen der Säcke mit seinem Dolch auf. Er zog eine Waffe heraus, die aussah wie ein kurzes Gewehr oder eine Schrotflinte mit zwei Handgriffen und einem Stabmagazin, das nach unten herausragte, und ohne Kolben.

»Was ist das?«, wollte Hooks Newdell wissen.

»Ein Vernichter«, sagte Zolner und brachte es probeweise an der Hüfte in Anschlag. Er raffte mehrere Säcke mit Waffen und Reservemagazinen zusammen.

»Was ist ein Vernichter?«

»Ein Maschinengewehr.«

»Ein Maschinengewehr, das man tragen kann?« Hooks konnte nur staunen. Männer, die aus dem Krieg zurückgekommen waren, berichteten von Lewis-Maschinengewehren. Aber diese waren schwer – dreißig Pfund – und anderthalb bis zwei Meter lang, außerdem musste man sie auf einem stabilen Gestell befestigen. Dieses Ding hier konnte man unter einem Mantel verstecken.

»Es verfeuert .45er-Pistolenmunition. Das Magazin fasst zwanzig Schuss. Es lässt sich innerhalb von Sekunden nachladen.«

»So etwas habe ich noch nie gesehen.«

»Das hat niemand hier in New York. Schnapp dir so viele, wie du tragen kannst, und lass uns verschwinden.«

»Hey, einen Moment mal. Das sind die Thompson Guns, die die Zollagenten auf dem Schiff gefunden haben. Sie gehören der Sinn Féin.«

»Nein«, sagte Yuri Antipov. »Sie gehören uns.«

»Ja, aber …«

»Hooks, was hast du gerade fallen lassen?«

Hooks senkte den Kopf und schaute auf seine Füße. »Was?«

Yuri Antipov drückte die Mündung seines Revolvers in den Nacken des Boxers und drückte ab. Hooks brach zusammen.

Zolner schüttelte den Kopf. »Warum hast du das getan?«

»Du wolltest ihn doch sowieso töten, oder etwa nicht?«

»Du hättest damit noch warten sollen. Er hätte uns helfen können, die Gewehre zu tragen.«

12

»Ich tippe auf die Iren.«

»Wobei? Bei den Gewehren oder beim Schnaps?«

»Bei beidem. Der Schnaps war nur ein Deckmantel der Sinn Féin, um ihre Maschinenpistolen zurückzuholen.«

»Schöner Deckmantel. Bester Canadian Club für fünfundsiebzigtausend Dollar. Die Sinn Féin sollte den Bürgerkrieg vergessen und ein Speakeasy eröffnen.«

Dies war der Tenor der Gespräche zwischen den Detektiven, die den Van-Dorn-Bereitschaftsraum bevölkerten, während Isaac Bell, der einen Schreibtisch in der Mitte des Raums aufgestellt hatte, um alle auf Trab zu halten, einen nichtssagenden Bericht nach dem anderen über die Schießerei mit dem Küstenwachschiff überflog.

Es war der Morgen nach dem dreisten und perfekt durchgeführten nächtlichen Überfall auf die Appraisers' Stores. Die Zeitungen, die weniger als die Hälfte jener Geschichte gedruckt hatten, die die Privatdetektive zusammengebastelt hatten, machten sich einen Spaß daraus, die Prohibition, die Vertreter des Prohibitionsbüros, die Prohibitionsagenten, die Zollbehörde, das Finanzministerium und die New Yorker Stadtpolizei nach Kräften schlechtzumachen.

»Wartet nur ab«, sagte Darren McKinney, »bis sie von den Maschinenpistolen Wind bekommen.« Die New Yorker Polizei und der Zoll hatten über den Waffendiebstahl bislang nichts verlauten lassen, aber irgendwann würde eine entsprechende Information an die Öffentlichkeit dringen.

Harry Warren stürmte herein. »Isaac! Warte ab, bis du das Neueste gehört hast. Ich habe eben mit einem Zollagenten gesprochen, und er…«

»Wenn es nichts mit Joe Van Dorn zu tun hat, will ich es gar nicht hören…« Aber noch während er sprach, überlegte Bell es sich anders. Jeder Hinweis zu dem Überfall, der im Van-Dorn-Netzwerk hängen blieb, konnte ihre Position gegenüber der Bundesregierung verbessern. »Moment, das nehme ich zurück. Was ist los?«

Harry beugte sich vor und senkte die Stimme. »Hier ist irgendetwas seltsam. Sie haben im Aufbewahrungsraum der Maschinenpistolen einen Toten gefunden. Name Newdell, Ricky ›Hooks‹ Newdell. Ein Westentaschenschläger, der mal von großen Kämpfen geträumt hat.«

»Was ist daran seltsam?«

»Er hing meistens in einem Lunchroom in der 18th herum. Der Zollagent wusste es nicht, aber das ist ein Gopher-Laden. Hooks war ein Gopher.«

»Das soll wohl ein Witz sein! Was hatte ein Gopher bei diesem Coup zu suchen?«

»Das frage ich mich auch. Die Gophers sind seit den Zeiten vor dem Krieg aus dem Geschäft. Die Reste der Bande, die sich nach Chelsea zurückgezogen hat, wären noch zu dämlich, um ihre Namen in den Schnee zu pinkeln, sogar wenn ihnen jemand die Hände führen würde.«

»Könnten sie von der Sinn Féin angeheuert worden sein?«, fragte Bell zweifelnd.

»Die Sinn Féin sind doch nicht blöd, und sie haben selbst genug Revolvermänner und müssen die Gophers nicht als Helfer engagieren.«

»Wie ist er gestorben?«

»Er wurde erschossen.«

»Ich höre zum ersten Mal, dass es zu einer Schießerei kam.«

»Nein, nein, nein, nicht durch Zollagenten. Nein, es klingt, als hätte ihn einer seiner eigenen Kumpane umgenietet.«

Bell schüttelte mit skeptischer Miene den Kopf. »Das ergibt keinen Sinn. Nach allem, was wir bisher erfahren haben, war es eine glatte Operation. Typen, die einen derart perfekten Coup planen, erschießen sich nicht gegenseitig, während sie ihn durchziehen.«

»Ich gebe dir recht, aber ein Gopher ist tot, und er wurde an einem Ort gefunden, an dem ein Gopher eigentlich nichts zu suchen hat. Irgendetwas ist hier los.«

Bell und Harry Warren wurden von Ed Tobin unterbrochen. Der Chef der Boss-Boys-Truppe sah aus, als hätte er unter einer Brücke geschlafen. Sein Anzug war zerknittert, sein Hut zerknautscht, sein Gesicht grau. Aber seine Augen funkelten triumphierend.

»Ich bin mir ziemlich sicher, einen Freund von deinem Johnny gefunden zu haben«, sagte er.

Isaac Bell schoss aus seinem Schreibtischsessel hoch. »Wo?«

»Ein Austernfischer, dem ich einen Drink spendiert habe – ein Typ von Staten Island namens Tom Kemp –, erzählte, ein Bootlegger, den er kannte, verschwand ausgerechnet in dem Augenblick, als er anfing, sich Hoffnungen zu machen, dass der Kerl sein Boot mieten würde, um Schnaps zu transportieren. Der Bootlegger entsprach deiner Beschreibung von Johnny, und er hatte einen deutschen Akzent.«

»Und hieß er auch Johnny?«

»So weit sind wir nicht gekommen. Kemps Kumpel kam ins Blind Pig und erkannte mich. Sobald er verlauten ließ, dass ich ein Detektiv bin, gab er keinen Piep mehr von sich.«

»Ich werd's schon aus ihm rausholen«, sagte Bell.

»Er redet nicht mit Detektiven. Für ihn sind wir dasselbe wie Cops. Kann ich ihm eigentlich auch nicht verübeln, wenn er die Absicht hat, seinen Lebensunterhalt mit Bootlegging zu bestreiten ... Hey, wohin wollen Sie, Mr. Bell?«

»Sagen Sie in der Garage Bescheid, sie sollen mir einen Stutz Bearcat schicken.«

Der groß gewachsene Detektiv ging zum Kostümzimmer, zog sich aus und schlüpfte in einen dunkelblauen Einhundertdreißigdollar-Anzug mit Nadelstreifen, der im Kleiderschrank hing. Das Jackett war stark tailliert und entsprechend geschnitten, um seine breiten Schultern zu betonen. Hinzu kamen eine seidene Krawatte und ein Seidentuch, das er kunstvoll faltete und in die Brusttasche des Jacketts steckte. Dann leerte er die Taschen des abgelegten Anzugs und verteilte ihren Inhalt auf die Taschen seines neuen Outfits. Von einem Hutständer wählte er nach kurzem Nachdenken einen dunklen Borsalino, dann begutachtete er seine äußere Erscheinung in einem bodenlangen Spiegel. Er schnürte Gamaschen über seine Schuhe und betrachtete sich noch einmal.

Irgendetwas fehlte.

Er knöpfte das Jackett auf und arrangierte den Inhalt seiner Taschen neu. Dann schloss er das Jackett wieder, zog die Krempe des Borsalino tief über die Augen und kehrte in den Bereitschaftsraum zurück. »Los. Gehen wir.«

Tobin nickte verstehend. »Also deshalb wollten Sie den Stutz. Damit sehen Sie wie ein hochkarätiger Bootlegger aus.«

»Deshalb und weil er einen Sechslitermotor hat, der achtzig PS leistet«, sagte Bell. »Dieses ganze Drum und Dran müsste Ihren Mann eigentlich überzeugen, dass ich tatsächlich die Absicht habe, sein Boot zu mieten.«

»Mir gefällt die Beule, die von Ihrer Pistole stammt.«

»Sagen Sie das bloß nicht meinem Schneider.«

Bell schlug sein Jackett auf und zeigte Tobin das Notizbuch, das er hinter sein Schulterhalfter geschoben hatte, und zwar mit voller Absicht, sodass sich an dieser Stelle der Stoff wölbte, den sein Schneider sorgfältig verarbeitet hatte, um die Browning zu verbergen.

Sie fuhren mit dem Stutz zum Battery Park und benutzten von dort die Fähre nach Staten Island. Von St. George's Landing aus fuhren sie am Kill Van Kull entlang, einem schmalen gewundenen Wasserarm, der Staten Island von New Jersey trennte und in beiden Richtungen zum New York Harbor führte. Am Bridge Creek stieg Tobin aus und zeigte Bell den Weg zu Tom Kemps Liegeplatz.

Bell lenkte den Wagen bis in Sichtweite des Bootes und parkte am Straßenrand, wo er Kemp sofort ins Auge fallen würde, wenn er von dem Motor aufschaute, an dem er soeben arbeitete. Dann stolzierte er über die Gangway zu einem baufälligen Schwimmsteg hinunter. Kemps Fahrzeug war für die Arbeitsboote der New Yorker Austernfischer typisch, die zum Teil schon vor dem Krieg von Segel- auf Motorantrieb umgebaut worden waren. Es war breit und flach und zehn Meter lang. Der Motor ruhte in einer rechteckigen Öffnung im Deck, und Bell erkannte auf Anhieb, dass er alles andere als ein typischer Schiffsantrieb war. Er identifizierte ihn als Sechszylinder-Pierce-Arrow mit dreizehneinhalb Litern Hubraum, den Tom offenbar aus einem Unfallwagen ausgebaut hatte. Ein wahres Labyrinth von Schläuchen und Rohrleitungen verriet, dass er eine besonders leistungsfähige Ölpumpe hinzugefügt hatte, um eine ausreichende Schmierung zu gewährleisten, wenn sich der Bug des Bootes bei voller Fahrt voraus aufrichtete.

»Wie schnell ist dieser Kahn?«, fragte er die Gestalt, die sich inmitten eines Sammelsuriums verschiedenster Werkzeuge über die Maschine beugte.

»Wer will das wissen?«, fragte Kemp, ohne den Kopf zu heben.

Bell betrat das Boot, ohne dazu aufgefordert worden zu sein – eine Sünde, hatte Tobin ihm erklärt, die ein Fahrensmann mit dem Verbrennen der amerikanischen Flagge oder einer Beleidigung seiner Mutter gleichsetzte. Ruckartig richtete Kemp sich auf. Er war eine imposante Erscheinung mit Armen und Schultern, die mit Muskeln bepackt waren, da er seit frühester Jugend mit zentnerschweren Austernkörben herumhantierte. Bell trat bis auf einen halben Meter an den Mann heran, so nahe, dass dieser sein Rasierwasser riechen konnte und den Kopf in den Nacken legen musste, um ihm in die eisigen Augen zu blicken.

»Ich möchte es wissen. Wie schnell ist Ihr Boot?«

Tom Kemp versuchte, Bells Gesichtsausdruck zu deuten. Sein Blick blieb an der Wölbung unter seinem Jackett hängen. »Dreißig Knoten.«

»Wie viele Meilen in der Stunde sind das?«

»Mein Gott, Mister, keine Ahnung. Fünfunddreißig?«

»Wie schnell, wenn es beladen ist?«

»Kommt drauf an, womit.«

»Schnaps.«

»Mister, Schnaps ist…«

»Profitabel«, sagte Bell, ehe Tom seinen Satz beenden konnte, »ich habe zwei unterschiedliche Geschichten über Sie gehört, Mr. Kemp. Die eine handelt davon, dass Sie frei sind, um Schnaps zu transportieren. Die andere sagt, dass Sie bereits engagiert wurden. Welche Geschichte trifft nun zu? Sind Sie frei oder nicht?«

»Ich bin frei.«

»Sind Sie sicher?«

»Ja… Glauben Sie mir nicht?«

»Was ist mit dem Deutschen passiert?«, konterte Bell. Jetzt musste er abwarten. Würde Kemp mit der Frage antworten, welchen Deutschen er meine? Würde er erwidern, der Deutsche ist verschwunden?

»Woher wissen Sie von dem Deutschen?«, fragte Kemp.

Bell wiederholte eisig: »Was ist mit dem Deutschen passiert?«

»Das weiß ich nicht. Er kam hierher und suchte ein freies Boot. Ich dachte, wir hätten eine Abmachung. Aber er ließ sich nicht mehr blicken.«

»Wann war das?«

»Was geht Sie das an?«

Bell sagte: »Wenn ich einiges über jemanden erfahre, dem ich Schnaps im Wert von zehntausend Dollar anvertrauen will, dann erfahre ich auch, welche Fragen ich ihm stellen muss, um herauszubekommen, ob er mich belügt. Wann wollte der Deutsche herkommen?«

»Am Sonntag.«

Bell nickte. Johnny war am Samstag gestorben. Er

konnte durchaus beabsichtigt haben, am Sonntag eine zweite Fahrt zu machen.

»Wann hat er sich für Sonntag angesagt?«

»Vergangene Woche.«

»Okay. Bis jetzt machen Sie Ihre Sache gut. Nächste Frage: Wie heißt er?«

»Er nannte sich Johnny.«

»Ich weiß, dass er sich Johnny nannte. Aber wie lautet sein richtiger Name?«

»Was meinen Sie? Er lautet Johnny.«

»Deutsche nennen sich nicht Johnny.«

»Oh doch. Na ja, Johann. Oder so ähnlich. Ja, er hieß Johann.«

»Sie machen sich gut, Tom. Nennen Sie mir seinen Nachnamen, und wir sind im Geschäft.«

Tom Kemp befeuchtete die Lippen. Bell vermutete, dass der Austernfischer Johanns Nachnamen kannte, ihn aber nicht verraten wollte. Er fragte sich, weshalb es für ihn wichtig war.

»Tom, ich dachte, wir wären ehrlich zueinander.«

»Koslow. Johann Koslow.«

»Gut«, sagte Bell. »Sehr gut.« Endlich, ein Durchbruch, aber er fragte sich noch immer, weshalb Tom zögerte, Koslows Namen zu verraten. Er holte eine dicke Rolle Dollarscheine aus der Hosentasche und pellte einen Hunderter herunter.

»Ein Vorschuss«, sagte er. Als Tom Kemp die Hand nach dem Geld ausstreckte, fragte Bell: »Kannten Sie ihn schon länger?«

»Nee.«

»Wie haben Sie ihn dann kennengelernt?«

Tom leckte sich wieder über die Lippen.

Bell hielt den Dollarschein fest. »Woher wusste Johann, wo Sie zu finden waren?«

»Keine Ahnung. Er hat mich einfach gefunden.«

»Warum hat er Ihnen vertraut?«

»Ich habe einen Onkel, der auf den Schiffen arbeitet. Als Heizer. Er freundete sich mit Johann Koslow an, als die Wobblies versuchten, die Seemannsgewerkschaft zu verstärken.«

»Johann Koslow war ein Wobbly?« Bell konnte seine Überraschung nicht verbergen. Die Wobblies, die Industrial Workers of the World, träumten leidenschaftlich davon, dass die Arbeiterschaft die Kontrolle über die Produktionsmittel übernahm. Sie setzten sich dafür ein, dass die etablierten Gewerkschaften höhere Forderungen stellten und einen wirkungsvolleren Kampf führten – gewöhnlich ohne Erfolg.

»Der Streik im Frühjahr?«, fragte Bell. Die International Seamen's Union hatte am 1. Mai in jedem Hafen des Landes zugeschlagen und war dabei so jämmerlich gescheitert, dass sie eine Kürzung ihres Lohns um ein Viertel hinnehmen musste.

»Die Gewerkschaften hielten die Wobblies außen vor, und ohne die Unterstützung durch die Wobblies waren sie zu schwach, sodass die Schiffseigner den Streik niederschlagen konnten.«

Etwa so gründlich, fragte sich Bell, dass ein leidenschaftlicher Arbeiterführer das Handtuch warf und stattdessen in den Alkoholschmuggel einstieg? Den Wobblies hatte man schon vieles vorgeworfen, aber niemals Geldgier.

»Wo ist Ihr Onkel?«

»Unterwegs nach Singapur. Das war das Letzte, was ich gehört habe.«

»Auf welcher Linie?«

Kemp schaltete wieder auf stur. »Was, zum Teufel, sollte es einen Bootlegger interessieren, auf welcher Schifffahrtslinie mein Onkel als Heizer mitfährt?«

Der Detektiv schlüpfte in seine Bootlegger-Rolle zurück. »Ich bezahle keinen Mann, solange ich nicht weiß, auf welcher Seite er steht«, sagte er kühl und machte Anstalten, die Geldrolle wieder in die Hosentasche zu stecken. »Zu welcher Linie gehört das Schiff, auf dem Ihr Onkel arbeitet?«

»Seit dem Streik will ihn keine Linie mehr einstellen. Er hat auf einem Trampdampfer angeheuert.«

»Johann Koslows Name«, sagte Grady Forrer, der Chef der Rechercheabteilung von Van Dorn, als er Isaac Bell am nächsten Morgen Bericht erstattete, »deutet sowohl auf russische als auch auf deutsche Abstammung hin. Tatsächlich ist er ein in Deutschland geborener ausländischer Radikaler gewesen.«

»War er ein Wobbly?«

»Bisher haben wir keine Verbindung zu den IWW gefunden. Aber er trat der Kommunistischen Partei bei, unter deren Mitgliedern sich auch zahlreiche Wobblies befanden. Koslow wurde Mitglied beider Flügel gleichzeitig, was ziemlich seltsam ist, weil die Kommunistische Arbeiterpartei und die Kommunistische Partei von Amerika einander feindlich gesinnt waren. Moskau befahl ihnen, sich zu vereinigen, aber dazu kam es erst in diesem Frühjahr, als sie schließlich zur sogenannten Vereinigten Kommunistischen Partei verschmolzen. Du kannst dir sicher vorstellen, wie heftig sie sich bei ihren Versammlungen gegenseitig anbrüllen.«

»Könnte Koslow von Moskau nach Amerika entsandt worden sein, um den Befehl zur Zusammenlegung zu überbringen?«

»Interessanter Gedanke«, meinte Grady nachdenklich, »wenn auch nicht sehr wahrscheinlich.« Er machte sich eine Notiz. »Ich werde in dieser Richtung mal nachhaken.«

»Aber hast du keinen Hinweis auf eine direkte Verbindung zu den IWW gefunden? Vergiss nicht, dass mir erzählt wurde, er habe während des Seemannsstreiks die Wobblies unterstützt.«

Grady zuckte die Achseln. »Wir haben nichts gefunden, was seine Beteiligung am Seemannsstreik nahelegen würde. Und keinerlei Aufzeichnungen darüber, dass er den IWW beigetreten ist. Was auch gar nicht überraschend ist, wenn man bedenkt, dass er deportiert wurde.«

»Deportiert? Wann?«

»Koslow wurde während der ersten Phase der Red-Scare-Verhaftungswellen – den sogenannten Palmer Raids – Ende 1919 festgenommen. Das Justizministerium schickte ihn anschließend in sein Geburtsland Deutschland zurück.«

Der Zugriff der Regierung auf die Haushalte, die Schulen und die Wirtschaftsbetriebe ausländischer Radikaler wurde Ende 1919 durch den Generalbundesanwalt Mitchell Palmer befohlen, nachdem italienische Anarchisten einen Bombenanschlag auf Palmers Haus in Washington verübt hatten. Bell sagte: »Ich weiß nicht, wie ich das einordnen soll. Ein solcher Werdegang ist für einen Schnapsschmuggler verdammt seltsam.«

Dann dachte er über diese Ungereimtheit nach. Wie

groß war der Sprung von einem politischen Extremisten zum Kriminellen? Er hatte so manchen radikalen Arbeitskämpfer kennengelernt, und er dachte, dass es durchaus ein Riesenschritt für jene wäre, die sich mit Herzblut für eine Sache einsetzten. Andererseits musste man fragen, wie viele Akteure im Bootlegging-Geschäft sich überhaupt als Kriminelle betrachteten. Sie rechtfertigten sich schließlich damit, dass sie eine Dienstleistung anboten. Oder, wie Scudder Smith es ausgedrückt hatte, dass sie »Spaß hatten«. Zumindest bis die echten Kriminellen anfingen, sie zu verprügeln, um ihnen ihre Gewinne abzunehmen.

»Wie viele Menschen sind während der Palmer Raids verhaftet worden?«

»Mindestens zehntausend.«

»Wie viele wurden deportiert?«

»Achthundert.«

»Nur jeder zwölfte? Damit gehört Herr Koslow zu einer wahrlich erlauchten Gesellschaft.«

»Oder er hatte nur Pech.«

»Wieso?«

»Er wurde sehr früh deportiert, ehe Palmers politische Mitstreiter ihn beschuldigten, hinter jedem Gebüsch einen Roten zu wittern. Palmer hatte die Absicht, Zigtausende zu deportieren. Aber schon sehr bald flaute die Rote Angst wieder ab.«

Ein wenig ratlos schüttelte Bell den Kopf. Wie sollte ihn das alles näher an die Bande der Schnapsschmuggler heranbringen, deren Mitglieder auf Joe Van Dorn geschossen hatten?

Grady raffte seine Notizen zusammen. »Wie geht es dem Boss?«

Bells Miene hellte sich auf. »Besser. Viel besser. Die Infektion hat sich nicht in seiner Brust festgesetzt. Dorothy hat gerade eben angerufen und mir bestellt, dass er mich sprechen möchte. Die Ärzte meinen, dass sie mich morgen zu ihm lassen, wenn seine Genesung weiterhin so gute Fortschritte macht.«

»Gott sei Dank. Übrigens, Isaac, dieser Schuss in den Nacken – dieser *Genickschuss*, von dem du mir erzählt hast –, wir haben das überprüft. Pauline hatte wirklich recht. Es war die Tscheka, die diese Methode entwickelt und perfektioniert hat.«

»Bisher habe ich noch nicht erlebt, dass sie sich jemals geirrt hat«, sagte Bell und schickte auf Grund dieser Information ein weiteres Marconigramm zur *Nieuw Amsterdam*.

JOHNNY IST JOHANN KOSLOW.
WURDE WÄHREND DER ROTEN ANGST NACH DEUTSCHLAND DEPORTIERT.
ZU WEM HATTE KOSLOW KONTAKT?
WIE KEHRTE KOSLOW IN DIE VEREINIGTEN STAATEN ZURÜCK?

Für den Fall, dass das Schiff bereits in den Hafen eingelaufen war, schickte er per Seekabel Kopien an den Pier der Holland America Line in Rotterdam und an das Van-Dorn-Außenbüro in Berlin.

»Ich habe einen Mann aufgestöbert, der Johann Koslow persönlich kannte«, berichtete Isaac Bell. Gemeinsam mit Marion nahm er einen Mitternachtsimbiss aus Käsetoast und einer Flasche Mumm Champagner aus Archie

Abbotts Weinkeller ein, den dieser, kurz bevor der Volstead Act in Kraft trat, in seiner Stadtvilla auf der East Side großzügig aufgefüllt hatte. Sie hatten es sich in ihrer Suite im St. Regis gemütlich gemacht, Bell ausgestreckt in einem komfortablen Sessel, Marion halb auf der Couch liegend. Sie genoss den Feierabend nach einem langen Tag, der vorwiegend daraus bestanden hatte, Varietékünstler in Fort Lee herumzuscheuchen, und war dann in einen seidenen Hausmantel geschlüpft, der die gleiche Farbe wie ihre grün schimmernden Augen hatte.

»Unglücklicherweise befindet er sich gegenwärtig mitten im Pazifischen Ozean auf einem Trampdampfer, der über kein Funkgerät verfügt.«

Bell besprach seine Fälle häufig mit seiner Frau, deren Urteil ihm stets sehr wichtig war. Marion hatte an der Stanford University Jura studiert, besaß einen scharfen analytischen Verstand und eine besondere Fähigkeit, Indizien unter einem ungewöhnlichen Aspekt zu betrachten und zu beurteilen. Sie war ungewöhnlich aufmerksam, was die Analyse der jeweiligen Begleitumstände betraf. Und sie war eine Optimistin.

»Wenigstens hast du einen Namen. Und Gradys Recherchespezialisten sagen, dass Koslow der Kommunistischen Partei beitrat. Du kannst mit einiger Sicherheit davon ausgehen, dass er ein Wobbly war.«

»Aber ich kann nicht begreifen, wie ein Antikapitalist, der das Lohnsystem abschaffen will, sich entschließen kann, sich als Rumrunner zu betätigen.«

»Vielleicht war er gar kein so leidenschaftlicher Antikapitalist.«

»Immerhin war er leidenschaftlich genug, um deportiert zu werden«, gab Bell zu bedenken.

»Die Palmer Raids sind abscheulich gewesen«, sagte Marion, die im Filmgeschäft viele ausländische Freunde hatte.

Bell meinte: »Die meisten wurden freigelassen.«

»Ein Freund von mir – ein französischer Schauspieler – war schon nach einer Woche wieder draußen. Ein anderer – ein brillanter russischer Kameramann – saß dagegen drei Monate lang in einem dreckigen Gefängnis.«

»Wenigstens bekam Mr. Palmer seine Quittung, als seine Partei entschied, dass er nicht der ideale Kandidat für die Präsidentschaftswahl sei.«

»Eigentlich lustig. Nicht wahr?«

»Was ist daran lustig?«

»Dass dein Herr Koslow als Letzter gelacht hat, als er nach New York zurückkehrte, um die Seemannsgewerkschaft zu radikalisieren.«

»Bis er Schnapsschmuggler wurde.«

»Was du«, sagte Marion, »nach wie vor für einen seltsamen Berufswechsel hältst.«

Sie wartete auf eine Reaktion, aber er blieb stumm.

Bell fiel es zunehmend schwer, sich auf den Fall zu konzentrieren. Marions Morgenmantel schmiegte sich verführerisch um ihre Rundungen, und sie hatte ihr Haar gelöst, das sie gewöhnlich hochsteckte, damit es sie nicht störte, wenn sie durch den Kamerasucher blickte. In diesem Augenblick umwallte es ihr schönes Gesicht wie ein mit Blattgold verzierter Bilderrahmen.

»Hältst du es denn nicht für ungewöhnlich?«

»Was?«

»Seinen Berufswechsel.«

»Ich finde, wir sollten darüber schlafen«, sagte er.

Über den Rand ihres Champagnerglases warf sie ihm

einen vieldeutigen Blick zu. »Ja, du hast recht. Wir haben beide einen anstrengenden Tag vor uns.«

»Dann sollten wir es für heute gut sein lassen«, sagte Isaac Bell, »und zu Bett gehen.«

»Sehr vernünftig«, pflichtete Marion ihm bei, stellte ihr Glas ab und ging voraus ins Schlafzimmer.

Bell folgte ihr auf dem Fuße.

»Aber!«, sagte Marion, und in ihren Augen lag ein Funkeln.

»Aber was?«

»Johann Koslow hat riskiert, verhaftet und ins Gefängnis gesteckt zu werden, und er hat sich sogar in Lebensgefahr gebracht, als er in dieses Land zurückgekehrt ist. Danach hat er den Seemannsstreik organisiert und in Kauf genommen aufzufliegen. Angehörige der Arbeiterbewegung werden automatisch verhaftet. Er war bereit, das Risiko einer Verhaftung einzugehen. Das dürfte doch beweisen, dass er mit Leib und Seele bei der Sache war.«

Bell nickte. »Aber das ändert nichts an der Tatsache, dass Johann Koslow weniger als zwei Monate später beim Schnapsschmuggeln verwundet wurde.«

»Aber heißt das auch, dass er den Beruf gewechselt hat? Vom politischen Agitator zum gemeinen Kriminellen?«

»Das«, sagte Bell, »ist eine hochinteressante Frage. Willst du damit andeuten, dass er sich möglicherweise aus einem vollkommen anderen Grund auf den Schnapsschmuggel verlegt hat, als reich zu werden?«

Marion schlüpfte unter das Laken. »Willst du nicht endlich ins Bett kommen?«

13

Eilig schritt Pauline Grandzau die Gangway der *Nieuw Amsterdam* hinunter, in einer Hand ihren Koffer und in der anderen Isaac Bells Funktelegramm. Im Kopf dechiffrierte sie den Van-Dorn-Code.

Isaacs letzte Frage ließ sich am einfachsten beantworten.

WIE KEHRTE KOSLOW IN DIE VEREINIGTEN STAATEN ZURÜCK?

Mit einem Schiffsticket und einem falschen Pass, sofern er über die ausreichenden Mittel verfügte. Oder indem er versuchte, auf einem Schiff anzuheuern und es heimlich zu verlassen, sobald es angelegt hatte, was angesichts Zehntausender arbeitsloser Seeleute, die in den Häfen herumlungerten und darauf warteten, dass sich die Handelsschifffahrt von den Kriegswirren erholte, schwierig gewesen sein dürfte. Oder wenn Herr Koslow für die Kommunistische Partei von besonderem Wert war, hätte auch eine Passage von der für die Seefahrt zuständigen Abteilung der Komintern arrangiert werden können. Sie organisierte nicht nur die jeweiligen Meutereien und Streiks der Seeleute, sondern bediente sich darüber hinaus ihres Netzwerks, um ihre Agenten, als Schiffsoffiziere und Matrosen getarnt, über die Ozeane zu den Brennpunkten ihrer weltweiten Arbeitskämpfe und Propagandakriege zu schicken.

Koslows Exekution durch einen Genickschuss ließ vermuten, dass er ein Agent gewesen war, der zu viel wusste, als dass man das Risiko hätte eingehen dürfen, dass er bei einem polizeilichen Verhör Interna der Partei verriet.

Die Deportation von Angehörigen der »Roten Gefahr« und die Suche nach Koslows Kontakten beabsichtigte sie, bei ihren Kontaktpersonen in der Politik und im Auslandsdienst äußerst behutsam und unter vier Augen zur Sprache zu bringen. Eine Kopie des Funktelegramms wurde ihr zusammen mit ihrem Überseekoffer vom Chef-Zahlmeister der Holland America Line übergeben. Damit wurde ihr klar, für wie wichtig Isaac Johann Koslow hielt. Eine dritte Kopie erwartete sie im Berliner Büro der Van Dorn Agency.

Mit dem nächsten Zug fuhr sie nach Amsterdam und von dort weiter nach Berlin, wo sie bei Einbruch der Dunkelheit ankam. Als sie den Bahnhof verließ, stellte sie fest, dass die Straßen des Regierungsviertels in Tiergarten und Berlin-Mitte von Tausenden jungen Männern verstopft wurden, die die »Internationale« sangen und in einem einzigen riesigen Sprechchor »Auf in den Kampf! Auf in den Kampf!« brüllten.

Sichtlich nervöse Angehörige der Sicherheitspolizei bewachten Banken, Zeitungsredaktionen und öffentliche Gebäude.

Die Lichtkegel von Suchscheinwerfern wanderten über die Häuserfassaden. Bewaffnete Fahrradfahrer in Uniformen des antikommunistischen Freikorps patrouillierten in den Straßen. Schlagzeilen in den Aushängen der Zeitungskioske dokumentierten die Forderungen und Ängste der verschiedenen politischen Lager, die im Nachkriegsdeutschland um die Macht rangen:

KOMMUNISTEN SPRENGEN DENKMÄLER
ULTRAREAKTIONÄRE OFFIZIERE PLANEN UMSTURZ
BÜRGERLICHE ZEITUNGEN VON BRANDSTIFTUNG BEDROHT
FREIKORPS FORDERT UNTERSTÜTZUNG DURCH POLIZEI
ROTE BANDEN HORTEN WAFFEN IN BERGWERKEN

Provokateure beherrschten das Straßenbild. In Sachsen brachen bereits erste Unruhen aus, in Halle fanden zahlreiche Demonstrationen statt, die das öffentliche Leben zum Erliegen brachten, und Gerüchte kamen auf, dass die Kommunisten im Begriff waren, in Hamburg, der zweitgrößten Stadt Deutschlands, über den Werften die rote Fahne zu hissen.

Pauline gab den Versuch auf, sich bis zu ihrem Büro durchzuschlagen, und kehrte in den Bahnhof zurück, um mit dem Polizeipräsidium zu telefonieren. Alle Fernsprechzellen waren besetzt. Wieder zurück auf der Straße, musste sie erfahren, dass Autobusse und Straßenbahnen den Verkehr eingestellt hatten. Sie ließ sich jedoch davon nicht beirren. Berlin war ihre Vaterstadt, in der sie, wie sie mit nicht geringem Stolz für sich in Anspruch nahm, jedes Viertel, ja, beinahe jede Straße kannte. Sie hatte von allen Van-Dorn-Geschäftsstellenleitern die kürzeste Lehre absolviert, aber sie hatte ihren Ausbilder, Art Curtis, im Einsatz erlebt und an seinem Beispiel gelernt, mit hochrangigen und weniger einflussreichen Personen Freundschaften zu schließen und diese zu pflegen.

Sie schlängelte sich durch die wogenden Menschenmassen und zerbrach sich den Kopf, wer in ihrem Netzwerk von Freunden und Informanten in der Regierung und sonstigen Organisationen behilflich sein könnte, wenigstens den Anfang von Koslows Spur aufzunehmen.

Sie bog auf die Allee *Unter den Linden* ein und folgte der Prachtstraße etwa anderthalb Kilometer weit, immer wieder aufgehalten von Menschenansammlungen, die ihr den Weg versperrten. Das Polizeipräsidium auf dem Alexanderplatz war von armen und chaotischen Wohnvierteln umgeben, in denen sich Rote und Antikommunisten erbitterte Kämpfe um die Vorherrschaft lieferten. Umgeben von einem Wall hintereinandergeparkter Lastwagen des Freikorps und gepanzerter Polizeifahrzeuge machte das Gebäude den Eindruck einer belagerten Burg.

Sie kehrte fast im Laufschritt zum Bahnhof zurück, um Telegramme an ihre Kontaktpersonen bei der Polizei zu schicken. Glücklicherweise hatte das Telegrafenbüro geöffnet und nahm ihre Aufträge entgegen. Aber nur einer ihrer Freunde und Bekannten antwortete ihr.

PRATER

Sie begab sich, so schnell es ging, zum Pratergarten, einem Biergarten auf dem Prenzlauer Berg, in dem mächtige Kastanien den Gästen reichlich Schatten spendeten. Er war weit genug von Berlin-Mitte entfernt, um wenigstens für kurze Zeit den Tumult vergessen zu lassen, der das Stadtzentrum erschütterte. In der Ferne waren Polizeisirenen zu hören, begleitet vom dumpfen Motorenlärm zahlreicher Panzerwagen. Aber zumindest war von den Demonstrationen und den Straßenkämpfen an diesem weitgehend friedlichen Ort nichts zu sehen.

Sie entdeckte einen blassen und ausgezehrten Mann an einem Tisch unter den Bäumen und ließ sich ihm gegenüber auf einem Stuhl nieder. Die Polizeiverbände in Berlin-Mitte hatten einst unter seinem Kommando gestanden, bis er sich den Forderungen des Freikorps widersetzte. Um seine alte Position mit ihren Machtbefugnissen wiederzuerlangen, war er für jede Information dankbar. *Geben Sie*, hatte Isaac Bell sie gelehrt, *und Ihnen wird gegeben.*

»Danke, dass Sie hierhergekommen sind«, sagte Pauline Grandzau.

Er musterte sie mit trübem Blick und blies den Rauch einer Zigarette aus, die in seinem Mundwinkel klebte. Schließlich murmelte er: »Das Schlimmste an meiner vorzeitigen Teilpensionierung ist, dass mich hübsche Privatdetektivinnen nicht mehr um Gefälligkeiten bitten.«

»Das muss für Ihre Frau eine große Erleichterung sein, nicht wahr?«

Fritz Richter lachte schallend. »Pauline, Pauline, Sie waren immer der reinste Sonnenschein und haben mir den Tag aufgehellt!«

Pauline antwortete gewollt förmlich: »Bedenken Sie bitte, Herr Polizeikommandeur, dass ich um Informationen gebeten habe – nicht um Gefälligkeiten –, und ich revanchiere mich dafür meinerseits stets mit Informationen.«

»Es ist lange her, seit wir uns das letzte Mal getroffen haben, Fräulein Privatdetektiv.«

»Ich bin erst heute Abend aus den USA zurückgekommen. Sie sind der erste alte Bekannte, bei dem ich mich gemeldet habe.«

»Gehen Sie wieder dorthin zurück, rate ich Ihnen. Fangen Sie in einem anderen Land ein neues Leben an.

Unser Deutschland steht wieder einmal kurz vor der Explosion.«

»Ich möchte aber in kein anderes Land gehen.«

»Es kommt sowieso ein neues Land, ob Sie es wollen oder nicht. Unsere verfeindeten Nationalisten und Kommunisten und Sozialdemokraten und Nationalsozialisten und das Freikorps und die Roten Hundertschaften – zum Teufel mit diesem Volk – kämpfen gar nicht für ihre angeblichen Ideale. Sie streiten sich um die Beute aus dem Weltkrieg.«

»Unser Chefermittler hat mir das Gleiche vor nicht einmal zehn Tagen in New York gesagt.«

»Wie ungewöhnlich. Ich hätte gar nicht erwartet, dass die Amerikaner so weitblickend sind. Hat er Ihnen auch erzählt, dass der Sieger – derjenige, der am besten organisiert und am skrupellosesten ist – die Zukunft der einfachen Leute bestimmen wird, die nichts anderes wollen, als sich aus den Kämpfen herauszuhalten?«

»Die vorzeitige teilweise Pensionierung hat offensichtlich den schwermütigen Philosophen in Ihnen geweckt.«

»Es wird keine großherzigen Sieger geben, keine Ritter in strahlender Rüstung.« Er gab dem Kellner ein Zeichen. »Darf ich Sie zu einem Bier einladen, junge Dame?«

»Nein. Das kann Van Dorn bezahlen.«

Sie bestellte Bier und wurde plötzlich durch ein Magenknurren daran erinnert, dass sie bohrenden Hunger hatte. »Ich habe den ganzen Tag noch nichts gegessen. Leisten Sie mir Gesellschaft?«

Richter nickte und zündete sich an der Glut seiner nahezu vollständig aufgerauchten Zigarette eine frische an. Er wollte nichts essen, aber für sich bestellte sie etwas. »Eine Bockwurst.«

Richter hob sein Glas. »Prost!«

»Zum Wohle! Ich suche Informationen über einen Mann namens Johann Koslow, der im vorigen Jahr von den Amerikanern deportiert wurde. Er kehrte nach Amerika zurück, wo er dann nach Art der Tscheka erschossen wurde.«

»Komintern, nicht wahr?«

»Ich denke ja. Mit wem kann ich sprechen?«

Er sah sie lauernd an. »Was ist es Ihnen wert?«

Sie reagierte mit einem Blick, der Fritz Richter frösteln ließ. Dann sagte sie: »Wenn ich nicht einmal mit einem wichtigen aktiven Polizeioffizier schlafen will, um Informationen zu bekommen, warum sollte ich dann mit einem degradierten, vorübergehend vom Dienst suspendierten alten Bock ins Bett steigen?«

Ehe er über eine Antwort nachdenken konnte, verzog sich ihr Gesicht zu einem Lächeln, das ihm keine andere Wahl ließ, als zurückzulächeln, den Kopf zu senken und zu murmeln: »Sie können einem alten Lustmolch einen Versuch nicht übel nehmen.«

Am Ende erfuhr sie den Namen eines Mannes im Außenministerium, den sie noch nicht kannte.

Als Isaac Bell ins Bellevue Hospital kam, saß Joseph Van Dorn von Kissen gestützt aufrecht im Bett und schaute erwartungsvoll zur Tür. Seine Wangen bedeckte der frische Bartwuchs einer ganzen Woche, der ihn ein wenig gesünder aussehen ließ. Seine Augen waren klarer, aber sein Blick war alles andere als durchdringend, und Bell hatte große Mühe, ein Lächeln auf sein Gesicht zu zaubern. Der Gründer der Van Dorn Detective Agency sah zum einen alt, aber auch sehr, sehr müde aus.

»Da sind Sie ja endlich«, flüsterte Van Dorn.

»Ich bin gekommen, sobald die Ärzte mir den Zutritt gestattet haben. Wie geht es Ihnen?«

Dorothy Van Dorn und David Novicki wichen ihm nicht von der Seite. Novicki sagte: »Ich habe unseren alten Freund eben gerade mit ein paar Geschichten über meine Pensionierung unterhalten, nicht wahr, Joe? ›Barnacle Bill‹, wie es in dem alten Gassenhauer so schön heißt, ist endlich an Land gegangen. Joe will nicht glauben, dass ich auf Long Island einen Bus gefahren habe.«

Van Dorn flüsterte: »Die Passagiere haben ja keine Ahnung, wer sie manchmal durch die Gegend kutschiert.«

»Der Bus ging pleite«, sagte Novicki. »Ich werde wohl aufs Taxifahren umsatteln.«

»Dorothy«, flüsterte Van Dorn, »möchtest du nicht mit Dave eine Kleinigkeit essen gehen? Ich muss mit Isaac reden.«

»Aber nicht zu lange«, warnte sie.

»Wir sind ganz brav. Keine Sorge.«

Dorothy hauchte ihm einen Kuss auf die Stirn und richtete ihre silbergrauen Augen auf Bell. »Gehen Sie behutsam mit ihm um. Er ist noch nicht über den Berg. Aber er hat ständig nach Ihnen gefragt.«

»Kein Sorge. Ich nehme ihn nicht zu sehr in Anspruch.«

Van Dorn wartete, bis seine Frau und sein Freund die Tür hinter sich geschlossen hatten. Dann fragte er Bell mit heiserer Stimme: »Wie sieht es in Detroit aus?«

»Schlimmer, als wir ahnten.«

Bell schilderte, dass das gesamte Personal des Außenbüros von Korruption verseucht war, inklusive des angeblich so loyalen Detektivs, dem Van Dorn die Leitung der Außenstelle übertragen hatte.

»Wir müssen sie alle rausschmeißen und die Filiale von Grund auf neu aufbauen.«

»Schicken Sie Eddie Edwards aus Kansas City hin«, erwiderte Van Dorn mit einer derart leisen Stimme, dass Bell ihn kaum verstehen konnte. »Er bringt sie auf Vordermann.«

»Eddie wird auch nicht jünger«, sagte Bell. »Und in Detroit weht ein rauer Wind. Ich habe Texas Walt in Marsch gesetzt.«

»Hatfield? Ist er nicht irgendwo im Westen und dreht Kinofilme?«

»Walt hat sich für einige Zeit freigenommen.«

»Ich hoffe, dass er nicht weich geworden ist bei diesem Luxusleben in Hollywood.«

»Sollte er tatsächlich weich geworden sein, dann sieht man es ihm auf jeden Fall nicht an.«

Van Dorn schloss die Augen. Er lehnte sich zurück und schwieg für einige Zeit, während sich seine Brust mit seinem Atem langsam hob und senkte. Als er die Augen schließlich wieder aufschlug, sagte Bell: »Über die Protective Services habe ich bessere Neuigkeiten.«

»Und welche?«

»Es ist vollkommen verrückt, aber als sich herumgesprochen hat, dass Clayton und Ellis entlassen wurden, wurde dies von unseren Hoteldetektiven im ganzen Land aufmerksam zur Kenntnis genommen.«

»Woher wissen Sie das?«

»Ich habe ein paar Agenten als Bootlegger verkleidet auf die Reise geschickt. Sie sollten mit Schmiergeld winken.«

»Gute Idee.«

»Die Jungs meinten, sie sollten schnellstens verschwinden. Eine ganze Reihe von ihnen war sogar so entrüstet, dass sie mit Prügel drohten oder sogar zugeschlagen haben.«

»Das tröstet mich ein wenig. Wie kommen wir bei der Küstenwache weiter?«

»Tut mir leid, Joe. Sie haben den Vertrag gekündigt.«

»Verdammt!«, fluchte Van Dorn und bekam einen Hustenanfall. Bell reichte ihm ein Taschentuch und schenkte ihm anschließend ein Glas Wasser ein. Van Dorn atmete tief durch. »Ich hatte wirklich gehofft, wir könnten aus dieser Sache weitere Regierungsaufträge herausschlagen. Ich bin angeschossen worden und habe außerdem einen Klienten verloren. Es gibt keine Gerechtigkeit in dieser Welt.«

Bell gewahrte zu seiner Erleichterung ein schiefes Lächeln in Van Dorns stoppeligem Gesicht. Er sagte: »Ich versuche zu sondieren, wie unsere Chancen stehen, wenn ich zum Chef der Küstenwache vordringen kann.«

»Okay… Wie kommen wir bei der Bande weiter, die den Kutter beschossen hat?«

»Ein Mann von der Bootsbesatzung kam verwundet ins Roosevelt Hospital. Aber ehe ich ihn ausfragen konnte, hat ihn jemand getötet.«

»Weshalb?«, flüsterte Van Dorn.

»Keine Ahnung. Vielleicht nahmen sie an, dass Sie tot sind, und rechneten mit einer Mordanklage, wenn sie den Zeugen nicht vorher töteten. Auf jeden Fall hätte ich den Kerl, der ihn erschossen hat, beinahe geschnappt, aber dann ist er mir doch entkommen. Ich bezweifle, dass ich ihn erkennen würde, selbst wenn er durch diese Tür da hereinkäme. Aber wir kennen den Namen des Toten. Ein ausländischer Radikaler. Er wurde nach Deutschland ausgewiesen und war heimlich zurückgekommen. Pauline versucht herauszukriegen, wer drüben seine Freunde waren.«

»Das ist ein guter Anfang.«

»Ich hatte gehofft, dass Sie mir helfen und sich vielleicht noch an mehr erinnern können.«

»Schießen Sie los«, sagte Van Dorn matt.

»Die Küstenwache will noch immer nicht mit mir reden. Alles, was ich darüber weiß, was da draußen geschehen ist, habe ich aus zweiter Hand von den Hafencops. Und im Hafen kochen die Gerüchte hoch. Welche Erinnerungen an das Boot haben Sie?«

»Es ging verdammt schnell. Das schnellste Boot, das ich je gesehen habe, Isaac. Es hatte mindestens fünfzig Knoten in der Stunde drauf. Es war mit einer Lewis Gun bewaffnet, und auf dem Boot befand sich ein Mann, der wusste, wie man damit umgeht. Und es war gepanzert.«

»Ein gepanzertes Schnellboot?«

»Außerdem hatte es eine Windschutzscheibe aus kugelsicherem Glas. Ich dachte, ich hätte den Schützen ausgeschaltet. Aber die Kugeln prallten von dem Boot ab wie Regentropfen. Die einzigen Männer, die ich erwischt habe, waren auf dem anderen Boot. Diesem Schnapstaxi.«

»Hat das schwarze Boot das Taxi beschützt?«

»Das war gewiss der Sinn dieser Operation. Und jetzt kommt der Clou.« Van Dorn richtete sich weiter auf, seine Augen glänzten.

»Ganz ruhig. Es gibt keinen Grund zur Eile. Überanstrengen Sie sich nicht. Okay?«

»Okay«, flüsterte Van Dorn. »Ich sehe wieder alles vor mir. Mein Kopf wird immer klarer, und ich kann mich jetzt erinnern, dass es eine verdammt heftige Schießerei gewesen ist – eine regelrechte Schlacht.«

»Mit Maschinengewehren und kugelsicherer Panzerung … das will ich wohl meinen.«

Van Dorn brachte ihn mit einer Handbewegung zum Schweigen. »Ich war schon in viele Scharmützel verwickelt, aber noch nie in ein solches. Ich kam mir vor wie damals in Panama. Wissen Sie, was ich meine?«

Bell nickte. Vor einigen Jahrzehnten war Van Dorn als junger US-Marineinfanterist während der Revolution auf dem Isthmus von Panama gelandet, als gerade eine Revolution stattfand.

»Die Boys auf dem schwarzen Boot kannten ihr Geschäft. Sie nutzten ihre Geschwindigkeit so geschickt aus, dass die Küstenwache mit ihrer Kanone nichts ausrichten konnte. Auseinandersetzungen dieser Art waren ihnen nicht neu. So wie sie reagierten, sind sie nicht zum ersten Mal in ein solches Gefecht verwickelt gewesen.«

14

Wie Newtown Storms seinem neuen Kunden, Prinz André – oder Marat Zolner –, prophezeit hatte, zog der Aktienmarkt allmählich an.

»Ich kann nicht versprechen, dass jede Woche genauso aufregend sein wird wie diese, Prinz André«, erklärte ihm Storms am Telefon. »Wir hatten ausgesprochenes Glück mit einem Posten der New York Central. Drücken wir es so aus, die Firma verfügte über gewisse Informationen. Ihre Zehntausend sind jetzt das Doppelte wert.«

»Ich brauche zehntausend sofort«, sagte Zolner.

»Darf ich Ihnen dringend empfehlen, mit diesem Geldregen Ihr Konto aufzufüllen? Jeden Tag ergeben sich neue Gelegenheiten.«

»Für mich hat sich eben gerade eine solche ergeben«, sagte Zolner ausweichend. »Fern wird das Geld heute Nachmittag abholen.«

An diesem Abend begab sich Marat Zolner mit den Zehntausend in die Bronx und kaufte damit dem Eigentümer von Morrison Motor Express eine Mehrheitsbeteiligung an einer Flotte von Mack-AC-»Bulldog«-Siebeneinhalbtonnenlastwagen ab. Vier dieser robusten Ferntrucks schickte er sofort dreihundertfünfzig Meilen weit nach Champlain, New York, an die kanadische Grenze.

Zolner vertraute das Kommando über den Konvoi dem athletisch gebauten Trucks O'Neal an, dessen Spitzname, wie es der Zufall wollte, auch noch perfekt zu seiner Aufgabe passte. Neben jedem Fahrer saß ein Begleiter, ausgestattet mit Bargeld für den Schnaps, den Namen der Zollbediensteten, die geschmiert werden mussten, und einer Thompson-Maschinenpistole, um entweder den Konvoi zu verteidigen, oder, falls sie auf eine für New York bestimmte Lieferung treffen sollten, den Zwei-Tage-Abstecher nach Kanada abzukürzen und diese Ladung zu rauben.

Trotz – oder vielleicht auch gerade wegen – einer Empfehlung des pensionierten Polizeikommandanten Richter ließ der Angehörige des Auslandsdienstes Pauline Grandzau nicht in sein Büro kommen. Pauline schlug vor, dass sie sich im Kronprinzenpalais trafen, in dem die Nationalgalerie ein wunderschönes Museum für Moderne Kunst etabliert hatte.

»Das wäre ideal«, sagte er, und seine aufrichtige Begeisterung erinnerte sie daran, dass es für jeden, der Gemälde, Bildhauerei und Fotografie liebte, eine paradiesische Zeit war, um in Deutschland zu leben. Für die Künstler war die Vergangenheit endgültig vorbei und die Zukunft eine aufregende Verheißung.

Sie nahmen in der mit geschäftigem Treiben erfüllten Eingangshalle Augenkontakt auf – er so attraktiv, wie Richter es beschrieben hatte, sie so aufregend, wie Richter es dem Mann versprochen hatte. Und er folgte Pauline in die oberste Etage, wo eine vorübergehende Sonderausstellung auf Besucher wartete. Sie schlenderten getrennt durch die Ausstellungsräume, bis sie, wie durch einen Zufall, beide vor einer bedeutenden Collage Hannah Höchs standen. Es war eine Fotomontage, deren Titel den Betrachter an die Gewalt in den Straßen der Stadt erinnerte.

Pauline las den Titel laut vor: »›Schnitt mit dem Küchenmesser. Dada durch die letzte Weimarer Bierbauchkulturepoche Deutschlands‹.«

»Sollte das ironisch gemeint sein?«, fragte der Mann vom Auslandsdienst.

»Eigentlich kann man es nur hoffen.«

Sie setzten ihre Unterhaltung halblaut fort.

»Wir hatten Koslow von dem Moment an, als wir seinen Pass abstempelten, ständig im Auge.«

»Gehört er zur Komintern?«

Der Mann vom Auslandsdienst erwiderte, dass in den Akten seiner Behörde keinerlei Hinweise darauf zu finden seien, ob Koslow für die russische Komintern tätig gewesen war. Aber alle Mitglieder seiner Abteilung seien sich darin einig, dass der soeben zurückgekehrte Emigrant eine wichtige Quelle für aktuelle Informationen über die Aktivitäten radikaler Kreise in den USA war und daher als potentieller Agent betrachtet wurde, den zurückzuschmuggeln sich gewiss lohnte.

»Wir fragten uns, wer wohl mit ihm, diesem Revolutionär, der Amerika kannte, Verbindung aufnehmen würde. Lange brauchten wir nicht zu warten. Sie trafen sich im Zoo. Der Name des Agenten lautete Valtin.«

»Ist Valtin Mitglied der Komintern?«

»Natürlich.«

»Wohin sind sie gegangen? Was haben sie getan?«

Die Antwort war nur wenig erhellend, sein Tonfall neutral, der Gesichtsausdruck nichtssagend: »Die Sicherheitspolizei traf die fatale Entscheidung, nur zu beobachten, aber nicht einzugreifen. Ich nehme an, sie hofften, nicht nur zwei Männer, sondern ein ganzes Netzwerk aufdecken und verhaften zu können. Als sie wenig später

Koslow aus den Augen verloren, entwischte Valtin ihnen ebenfalls.«

Die Straßenreiniger waren scharenweise im Einsatz und säuberten die Straßen in der näheren und weiteren Umgebung des Alexanderplatzes von allen Spuren der Demonstrationen und Protestmärsche, als Pauline einen guten Freund bei der Sicherheitspolizei anrief. Sie trafen sich zu einer Tasse Kaffee und einem Stück Kuchen.

»Du weißt, dass ich nicht darüber sprechen darf.«

»Natürlich darfst du das nicht«, sagte sie. »Aber eines muss ich dich fragen« – das Klirren und Klappern von Geschirr und Besteck in der rege besuchten Konditorei gewährleistete, dass nicht einmal das Liebespaar, das Händchen haltend am benachbarten Tisch saß, ihr Gespräch belauschen konnte. Aber sie senkte trotzdem die Stimme, um die dramatische Wirkung ihrer Worte zu erhöhen – »trifft es zu, dass sich Valtin und Koslow der Überwachung entziehen und verschwinden konnten?«

»Verschwinden?« Er richtete sich mit einem Ruck kerzengerade auf. »Hat dir das Auslandsbüro das erzählt? Pauline, wie konntest du das auch nur einen winzigen Augenblick lang glauben?«

»Ich hielt es nicht für sehr wahrscheinlich. Ich dachte mir, dass ihr diese Version mit Absicht verbreitet hättet, um neugierige Fragen abzuwürgen.«

»Du hast richtig gedacht. Wir haben Koslow und Valtin auf Schritt und Tritt verfolgt. Wir hatten sie ständig im Auge und haben uns zurückgehalten. Sie haben uns nicht bemerkt.«

»Hat Valtin Koslow auf ein Schiff nach Amerika geschmuggelt?«

Er zögerte. »Dazu darf ich mich nicht äußern.«

Das klang, als hätte sie der Mann vom Auslandsdienst richtig informiert, fand Pauline. Die Sicherheitspolizei hatte Koslow und seinen Kontakt von der Komintern aus den Augen verloren. »Wo hält sich Valtin auf?«

»Wir überwachen ihn zurzeit durch eine junge Frau, die entweder für die Komintern Kurierdienste leistet oder mit ihm liiert ist oder beides. Wir halten uns zurück, um in Erfahrung zu bringen, mit wem sie sich außerdem noch trifft.«

Wahrscheinlich, dachte Pauline, hofften sie, die Frau werde sie wieder zu dem Agenten führen, der ihnen entwischt war. »Wie lautet ihr Name?«

»Sie heißt Anny.«

»Anny?« Pauline nahm einen kleinen Bissen von ihrem Mohnkuchen. Ihre Zunge huschte über die Lippen, um einen Kuchenkrümel zu entfernen, dann tupfte sie den Mund mit ihrer Serviette ab und betrachtete ihr Gegenüber lockend über den Rand des Leinentuchs hinweg.

Der Atem des Polizeileutnants beschleunigte sich.

»Wie lautet Annys Nachname?«

»Sie sind eine wahre Teufelin, Fräulein Privatdetektiv Grandzau. Ich habe schon viel zu viel verraten. Du weißt genau, dass ich dir ihren Nachnamen nicht nennen darf.«

»Du kannst mir nicht übel nehmen, dass ich es trotzdem versucht habe… Wenn du mir ihren Nachnamen nicht nennen darfst, dann kannst du mir wenigstens die Farbe ihres Haars und ihrer Augen verraten… oder vielleicht sogar, wo sie wohnt oder arbeitet…«

Als Marat Zolner aus der Bronx nach Manhattan zurückkehrte, erfuhr er, dass Yuri Antipov bei Fern Hawley eine dringende Nachricht für ihn hinterlassen hatte.

»Er möchte, dass du dich in der Stadt mit ihm triffst. Er sagte, du wüsstest wo.«

Zolner begab sich in ein Blind Pig in der Vesey Street unweit des Washington Market. Antipov trank gerade einen kleinen Schluck von dem Fusel, der in dem Etablissement als Gin angeboten wurde.

»Wie läuft es mit deinem ›Unternehmen‹?«, fragte er mit kaum verhohlenem Sarkasmus.

Zolner sagte: »Du solltest wissen, dass ins Bootlegging einzusteigen ursprünglich nicht meine Idee gewesen ist. Finnland hat mich darauf gebracht. Erinnerst du dich noch an den Plan der Komintern, Geld für den Kauf von Waffen zu beschaffen, indem sie Schnaps am finnischen Zoll vorbeischmuggelte? Das galt damals als besonders innovativ, bis sich die gesamte finnische Abteilung des Komintern von der Schmuggelware bediente und volllaufen ließ. Am Ende konnte niemand mehr stehen.«

Antipov fand das nicht zum Lachen.

»Was willst du von mir?«, fragte Zolner.

»Ich möchte, dass du in Lower Manhattan einen Stall oder Schuppen anmietest.«

»Für was?«

»Komm mit.« Antipov führte ihn um die Ecke in die Barclay Street, wo er einen altmodischen Kohlewagen geparkt hatte, wie sie zu Tausenden durch die engen Straßen von Lower Manhattan ratterten und die Lastwagenfahrer zur Weißglut brachten. Gezogen wurde der Wagen von einem kräftigen Pferd, das mit seiner Nase in einem leeren Hafersack schnüffelte.

»Woher hast du das Fuhrwerk?«

»Ich bin damit auf der Fähre von New Jersey herübergekommen. Es ist höchste Zeit, um zu erledigen, weshalb wir hergeschickt wurden.«

»Was ist in dem Wagen?«

»Dynamit.«

Zolner sah ihn einige Sekunden lang schweigend an, während er überlegte, wie er darauf reagieren sollte. Es war eindeutig ein Ultimatum. Antipov erwiderte seinen Blick ohne eine Gefühlsregung wie ein Mann, der entschlossen war, seiner Sache absolut sicher und unerbittlich.

»Woher hast du das Dynamit?«

»Ich bin die Moskauer Liste der Steinbrüche durchgegangen, in denen Genossen arbeiten«, antwortete Antipov. »Wenn du mir nicht hilfst, erledige ich es allein.«

»Ich helfe dir natürlich. Es gibt keinen Grund, weshalb wir nicht etwas aufbauen und gleichzeitig angreifen können.«

»Ich brauche einen sicheren Stall für das Fuhrwerk.«

»In einer Stunde hast du, was du brauchst.«

Antipov musterte ihn mit seltsamem Ausdruck. »Du überraschst mich, Marat. Ich hätte erwartet, dass du mir sagst, ich solle zur Hölle fahren.«

»Wir sind beide Komintern-Agenten, Yuri. Wir haben das gleiche Ziel. Die Zerschlagung der internationalen Bourgeoisie mit allen Mitteln. Komm, wir führen das Pferd am Zaumzeug, während wir reden.«

»Wohin?«

»Ich habe einen solchen Stall, wie du ihn suchst. Zehn Blocks entfernt.«

»Es muss ein sicherer Ort sein, um den Angriff vorzubereiten.«

»Trucks O'Neal sorgt dafür, dass er sicher ist.«

»Hervorragend.« Antipov erkannte mittlerweile den Wert des Amerikaners, der ein hartgesottener, klar denkender Gangster war und ähnlich vertrauenswürdige Männer rekrutieren konnte, wenn sie gebraucht wurden.

Zolner ergriff einen der Gurte des Zaumzeugs und dirigierte das Pferd, um den Wagen auf der Washington Street zu wenden. »Wohin geht's?«

»Zur Wall Street.«

BUCH ZWEI

HIJACK

15

Ein geflicktes Segel aus verblichenem Leinen sah eher alltäglich aus, dachte Kapitän Novicki. Sogar harmlos. Und wenn das Segel zu einem langsamen, altmodischen, katgetakelten Arbeitsboot gehörte und an der Pinne ein weißbärtiger Barnacle Bill saß und gemütlich seine Pfeife rauchte, dann war es so gut wie unsichtbar. Zumindest für jeden, der sich für die Amateure interessierte, die von dem schnellen Reichtum träumten, der über Nacht kam.

Zumindest hatte Novicki diese Hoffnung, während er sein Katboot über die Great South Bay lenkte. Eine steife Brise erzeugte einen heftigen Wellengang mit gelegentlichen Schaumkronen. Der alte Fahrensmann segelte unbekümmert durch die kabbelige See, passierte den Fire Island Inlet und nahm Kurs auf den offenen Atlantik.

Nach acht Meilen und in internationalen Gewässern fand er eine Reihe hölzerner Schoner und rostiger Trampdampfer, die im flachen Wasser ankerten und auf den Wellen schaukelten. An Rümpfen und Segelmasten hingen Reklametafeln, die für echten schottischen Whisky, englischen Gin und französischen Champagner warben. Kapitän Novicki machte an dem Schoner fest, den in Zukunft regelmäßig zu beliefern er sich vor Kurzem vertraglich verpflichtet hatte, und übergab Post und frisches Obst und Gemüse für den Kapitän und seine Familie und Limonade für die Kinder. Der älteste Junge kletterte mit einem Fernglas auf den Mast, um nach der Coast Guard

Ausschau zu halten, während die Familie half, so viele Kisten umzuladen, wie Novickis Boot transportieren konnte.

Er war nicht der einzige unbescholtene Bürger, der Alkohol an Land brachte. Das war offensichtlich, wenn man die privaten Jachten und Motorboote betrachtete, die zwischen den Schiffen kreuzten und mit ihren Kapitänen um den Alkohol feilschten, der von ihnen verkauft wurde. Doch weder sie noch jedes Schnaps schmuggelnde Taxiboot hatte eine wertvollere Fracht – den feinsten Single Malt Scotch Whisky von derart dunkler Farbe und würzigem Raucharoma, dass er im Verhältnis von fünf zu eins mit Kornbranntwein gemischt und immer noch als echter Stoff verkauft werden konnte.

Der Schonerkapitän und seine Frau machten einen nervösen Eindruck. Novicki erkundigte sich, was sie so sehr beunruhigte.

»Letzte Nacht kam es zu einem weiteren Hijacking. Zumindest nehmen wir das an. Das Boot kam nicht zurück und war voll beladen, als es ablegte. An Ihrer Stelle würde ich die Augen offen halten.«

»Niemand interessiert sich für ein kleines altes Katboot.«

»So klein ist es auch wieder nicht, und außerdem ist es so breit wie ein Lastkahn«, gab der Schonerkapitän zu bedenken. »Jeder Gangster, der sich auf sein Gewerbe versteht, wird erkennen, dass Sie einhundert Kisten geladen haben.«

Novicki hatte es zeitlich dergestalt eingerichtet, dass er nach Einbruch der Dunkelheit in Richtung Küste startete. Acht Meilen vor dem Fire Island Inlet und bei leichtem Gegenwind machte er glatte und zügige Fahrt, unterstützt von nachfolgenden Seen. Er legte in einer halben Stunde zwei Meilen zurück, während derer er ständig nach dem Lärm starker Bootsmotoren lauschte. Zwei Taxis, fünfmal so schnell wie er, rasten an ihm vorbei.

Plötzlich hörte er das charakteristische Rumpeln von einer Dreifachbatterie Benzinmotoren. Sich an einer Spannleine festhaltend, hangelte er sich eilig zum Mast, reffte das Segel und schaffte es in der letzten Sekunde, das Tuch auf dem Deck zusammenzufalten, ehe der Kutter der Küstenwache die Wasseroberfläche mit einem Scheinwerfer absuchte. Schließlich setzte er seine Patrouillenfahrt fort. Kapitän Novicki hisste das Segel und lauschte weiterhin in die Nacht.

Er hatte den Inlet fast wieder erreicht, als er glaubte, einen fernen Donner wahrzunehmen. Er schätzte seine Position als zu weit entfernt ein, um die Brandung am Strand hören zu können. Es war auch kein Sturm. Der Himmel klärte sich auf, und die ersten Sterne erschienen und durchdrangen mit ihrem Funkeln den Dunstschleier über dem Ozean. Novicki streckte sich über den Bootsrand und tauchte die Pfeife ins Wasser, um die rötlich schimmernde Tabaksglut zu löschen.

Der Donner kam näher.

Feuer schnellte über das Wasser, eine Formation dichter Flammen, deren vom Wasser reflektierter Lichtschein die Konturen eines langen schwarzen Bootes enthüllte.

Novicki zurrte die Ruderpinne fest und hechtete zum Mast, um abermals das Segel einzuziehen. Aber diesmal kam er zu spät. Das schwarze Boot hatte einen Suchscheinwerfer, der größer und stärker war als der des Küstenwachtschiffs. Der gleißend helle Lichtstrahl wischte über die See, hüpfte von Wellenkamm zu Wellenkamm und traf wie hundert Sonnen auf das Segel. Geblendet und verwirrt stolperte der alte Mann zur Ruderpinne, als gäbe es irgendeine Möglichkeit, sich aus diesem Schlamassel hinauszumanövrieren.

Ein Maschinengewehr ratterte. Seine Mündung spuckte Feuer, fast genauso hell wie die Auspuffgase des Bootes und fast ebenso laut. Kugeln schlugen in Novickis Deckplanken ein und schleuderten ihm Holzsplitter ins Gesicht. Der Bleiregen, der das Holz pulverisierte, das Segel zerfetzte und mit schrillem Pfeifen an seinen Ohren vorbeiraste, lähmte ihn regelrecht. Seine Hand krampfte sich um die Ruderpinne, unfähig, sie auch nur einen Millimeter zu bewegen. Der Maschinendonner erstarb, als Gas zurückgenommen wurde und das Boot näher herantrieb. Aber das Stakkato der Maschinengewehrsalven hielt an, und auch der Kugelregen versiegte nicht. Zwischen den Feuerstößen hörte er laute Männerstimmen. Bei diesem Lärm und in seiner Verwirrung dauerte es einige Sekunden, bis Novicki begriff, dass er keine Amerikaner vor sich hatte. Sie verständigten sich in einer fremden Sprache. Viel vermochte er bei dem Stakkato der Gewehrsalven nicht zu hören, aber es konnte Russisch sein, eine Sprache, der er während seiner Zeit auf See des Öfteren begegnet war.

Diese Ungereimtheit hatte den völlig unerwarteten Effekt, in seinem Kopf Platz für klare Gedanken zu schaffen. Die Bedeutung der Worte verstand er zwar nicht, aber gleichgültig, zu welcher Sprache sie gehörten, ihre Übersetzung lautete ganz gewiss nicht »Feuer einstellen!« Darauf vertrauend, dass im Ozean keine schlimmeren Gefahren lauerten, füllte der alte Seemann seine Lunge mit salziger Meerluft und rollte sich über den Bootsrand ins Wasser.

Es war erschreckend eisig, kalt genug, um seinen Herzschlag beinahe zu stoppen. Das Gewicht seiner Jacke, die er zum Schutz vor der kühlen Nachtluft zugeknöpft hatte, zog ihn nach unten. Er kämpfte nicht dagegen an, sondern ließ sich davon abwärtstragen, weg von dem Chaos über seinem Kopf. Das Wasser dämpfte den Motorenlärm des schwarzen Bootes und das Brüllen des Maschinengewehrs. Aber er hörte deutlich das sich nähernde Rauschen mehrerer Propeller.

Allmählich wurde ihm die Luft knapp. Er riss an den Knöpfen, kämpfte sich aus der Jacke und schwamm in schrägem Winkel zur Wasseroberfläche hinauf, um sich so weit wie möglich von dem Ort des Geschehens zu entfernen. Schließlich tauchte er auf, zog gierig Luft ein und blickte sich um. Die Piraten waren nur zehn Meter von ihm entfernt, hatten sein Boot geentert und luden seinen Schnaps um. Sie hatten den Suchscheinwerfer ausgeschaltet und begnügten sich mit dem spärlichen Licht einer Stablampe. Er schwamm einige Meter weiter weg, um sicherzugehen, dass sie ihn nicht entdeckten. So verharrte er Wasser tretend und mit den Zähnen klappernd. Sobald sie die Beute übernommen hatten, attackierten sie den Boden des Segelboots mit Äxten und schlugen große Löcher in die Planken. Abwärtsgezogen vom Gewicht seines Kielschwerts, begann das Boot zu sinken.

Das schwarze Phantom startete seine Motoren und donnerte in die Nacht.

Ein gepanzerter Wagen, bemalt mit Totenschädeln und gekreuzten Knochen, bildete die Vorhut einer Gruppe von Antikommunisten, die in eine Gasse in Berlin einbogen. Sie waren polizeilich ausgebildet und mit Pistolen und Gummiknüppeln bewaffnet. Die Männer, die in der kommunistischen Bombenfabrik eingesperrt waren, gerieten in Panik. Die Roten verfügten nur über eine einzige Waffe, einen von Rost zerfressenen Revolver. Die Lieferung nagelneuer .7.65er Ortgies Pistolen, die das Zentralkomitee angekündigt hatte, war nicht eingetroffen. Anny, die junge Frau, die für sie kochte, wandte sich entsetzt an Pauline Grandzau.

Pauline ergriff ihre Hand.

Die Bombenwerkstatt befand sich versteckt im Erdgeschoss eines Wohnblocks im Wedding, einem Arbeiterviertel mit engen Straßen und gewundenen Gassen. Wenn ihr irgendjemand helfen konnte, die Wahrheit über Johann Koslow herauszufinden, dann war es diese junge Frau, die Pauline bis hierher verfolgt hatte. Anny glaubte leidenschaftlich an die Anliegen der Arbeiterschaft und konnte sich nur schwer mit der gewalttätigen Seite der Revolution anfreunden, die sie jedoch als eine historische Notwendigkeit betrachtete.

Obgleich hochintelligent, hatte sie nichts davon bemerkt, dass sie von der Sicherheitspolizei beobachtet wurde. Sie wäre längst verhaftet und eingesperrt worden, hätte nicht die Hoffnung bestanden, dass sie ihre Verfolger zum Komintern-Agenten Valtin führte, der mit Johann Koslow Kontakt gehabt hatte. In diesem entscheidenden Moment, vermutete Pauline, hatten sie ihre Spur aber verloren und wussten nicht, dass ihr ahnungsloser Lockvogel in Gefahr schwebte, jeden Moment schwer verwundet oder gar getötet zu werden.

Die Tür des Produktionsraums erzitterte, als die Antikommunisten mit Knüppeln und Gewehrkolben dagegenhämmerten. Die Bombenbauer stemmten sich mit den Schultern gegen die Tür, um sie geschlossen zu halten.

»Hilf mir mal, den Teppich beiseitezuziehen«, sagte Pauline zu Anny.

Die Bombenbauer waren offenbar in einer weitaus weniger ärmlichen Umgebung als dieser aufgewachsen, und keiner von ihnen vermutete, dass sich unter dem schmuddeligen Teppich eine Falltür befand. Sie bildete den Zugang zu einem feuchten Erdverlies. Der Keller war Jahrzehnte zuvor von Hausbewohnern, die vom Land in die Stadt umgezogen waren, angelegt worden – in der vergeblichen Hoffnung, dort Gemüse frisch zu halten, das in Hinterhofgärten angebaut wurde.

»Woher wusstest du von dieser Tür?«, flüsterte Anny.

»Als Kind habe ich mit meiner Mutter im Wedding gewohnt.«

Wenn sich dieser Rübenkeller von anderen, die Pauline kannte, nicht grundlegend unterschied, verfügte er über eine zweite Tür, die, wie sie hoffte, nach draußen auf einen Hinterhof mit einem Zaun führte, durch den sie sich hindurchzwängen und flüchten könnten. Ihre Hoffnung wurde nicht enttäuscht. Anny an der Hand hinter sich herziehend, trat sie in den dichten Regen hinaus, der vom grauen Himmel herabrauschte.

Auf allen vier Seiten ragten triste Gebäude in die Höhe. Nur eines hatte eine Tür.

»Was ist mit den anderen in der Werkstatt?«, fragte Anny.

»Wenn sie halbwegs vernünftig sind, folgen sie uns.«

Aber ehe die Bombenbauer durch den Keller flüchten konnten, erschütterte eine Explosion den Untergrund. Eine Staubwolke wallte aus der Kellertür heraus. Pauline spürte, wie die Erde unter ihren Füßen erbebte, während die gesamte Straßenfassade des baufälligen Wohnblocks zusammenbrach. Mauerwerk und Teile des Dachstuhls begruben die Antikommunisten mitsamt ihrem gepanzerten Wagen in der Gasse und die Bombenbauer in ihrer als Wohnung getarnten Fabrik.

Isaac Bell sah Kapitän Novicki stirnrunzelnd an. »Was ist mit Ihrem Gesicht passiert, Dave?«

»Nur ein paar Holzsplitter.«

»Sieht aus, als ob es ein ganzer Baum gewesen sei.«

»Hören Sie, Isaac, ich muss was gestehen.«

»Was haben Sie getan?«

»Ich wurde beim Schnapsschmuggeln erwischt.«

Bell musterte ihn genauer. Die Wangen über seinem Bart und seine Stirn waren mit kleinen Schnitten übersät, und an einer Ohrmuschel prangte eins dieser neuartigen Heftpflaster. Er konnte von Glück reden, dass er kein Auge verloren hatte. Ansonsten sah er so robust aus wie eh und je, ein unternehmungslustiger alter Mann, der sich nicht im Mindesten schwach und gebrechlich fühlte. »Beim Schnapsschmuggeln erwischt? Oder überfallen?«

»Überfallen.«

»Wo ist es passiert?«

»Sie haben eine halbe Meile vor dem Fire Island Inlet gelauert. Haben mein Boot zu Klump geschossen und die … Fracht gestohlen. Dann haben sie Löcher in den Boden gehackt, um das Boot zu versenken.«

»Das klingt, als hätten Sie Glück gehabt, noch am Leben zu sein.«

»Sogar ein Riesenglück. Ich bin froh, dass ich es Joe nicht sofort erzählen muss. Schlimm genug, Ihnen zu beichten, dass ich gegen das Gesetz verstoßen habe.«

»Ich bin kein Cop«, sagte Bell. »Und ich bin auch kein Priester.«

»Sie sind ein Van Dorn, das ist viel schlimmer. Joe versteht in solchen Dingen keinen Spaß. Er hat verdammt hohe moralische Ansprüche. Es wäre einfacher, mit einem Cop oder mit einem Priester zu sprechen. Verdammt peinliche Angelegenheit, das Ganze. Aber Ihnen erzähle ich es aus einem bestimmten Grund.«

»Was ist sonst noch passiert?«

»Ich habe dieses schwarze Boot gesehen, das zurzeit in aller Munde ist.«

Bells Augen leuchteten auf. »Beschreiben Sie es!«

Wie zu erwarten, war der alte Schiffskapitän ein hervorragender Zeuge. Er hatte genau hingeschaut und auf Details geachtet. Er schätzte die Länge des Bootes auf sechzig bis siebzig Fuß. »Schlank. Es lag recht tief im Wasser, ist aber dank des geweiteten Bugs besonders seegängig. Drei Libertys im Motorengehäuse. Und im Gehäuse war sogar noch Platz für einen vierten als Reserve, falls einer den Geist aufgibt. Steuerstand im Bug, Besatzung vier oder fünf Mann. Es sah ziemlich klein aus, weil es so elegant geschnitten war, aber tatsächlich ist es ein großes Boot. Ich wette, es kann eintausend Kisten laden.«

»Gewehre?«

»Oh ja. Es klang wie die Lewis Gun, wie die Navy sie auf ihren U-Boot-Jägern einsetzt. Und ein Riesensuchscheinwerfer. So groß wie der eines Zerstörers.«

»Panzerung?«

Novicki zuckte mit den breiten Schultern. »Keine Ahnung, ich habe nicht zurückgeschossen.«

»Wie schnell ist es? Joe meinte, es könnten fünfzig Knoten gewesen sein.«

»Diese Libertys waren so laut, als brächten sie diese Leistung wirklich zustande.«

»Was Sie erzählen, klingt genauso wie Joes Beschreibung. Wie haben Sie es geschafft, am Leben zu bleiben?«

»Bin auf Tauchstation gegangen.«

»Sie sind an Land geschwommen?«, fragte Bell staunend. Das Meer war kalt und rau, und Novicki musste auf die siebzig zugehen.

»Nein. Ich kletterte wieder ins Boot, stopfte Segeltuch in die Löcher, die sie hineingehackt hatten, und schöpfte wie ein Irrer, bis wir an den Strand trieben. Die Küstenwachstation im Inlet hat mir geholfen. Glücklicherweise haben die Diebe jeden Schinkensack Schnaps mitgenommen, darum habe ich kein Gesetz übertreten.«

»Eine verdammt knappe Angelegenheit«, stellte Bell fest.

Der alte Mann ließ den Kopf hängen. »Ich komme mir wie ein verdammter Narr vor. Ich hatte keinen Job. War pleite. Jemand bot mir Geld für die Taxifahrt. Es klang, als wäre es leicht verdient.«

»Wie viele Fahrten haben Sie gemacht?«

»Es war meine erste.«

»Wollen Sie einen Rat?«

»Ja, ich weiß. Tun Sie es nie wieder.«

»Die Schnapsfahrten werden Sie das Leben kosten. Das Schmuggelgeschäft verändert sich, und zwar rasend schnell – es wird mehr und mehr von Gangstern übernommen.«

»Nach der vergangenen Nacht«, erwiderte Novicki mit einem schiefen Grinsen, »kann ich dem nicht widersprechen.«

Bell nickte. »Vielleicht sollte Barnacle Bill wieder zur anständigen Seefahrt zurückkehren.«

»Isaac, das würde ich liebend gern tun. Nur sind verdammt wenige Windjammer übrig, nachdem dermaßen viele im Krieg gesunken sind. Niemand würde jemandem, der so alt ist wie ich, einen Dampfer anvertrauen.«

»Ich wette, ich kann Sie auf einem Windjammer unterbringen«, sagte Bell. »Ich habe mit Leuten gesprochen, die im Alkoholgeschäft auf den Bahamas tätig sind – ich gehe aus allen Blickwinkeln an diesen Fall heran –, und sie bewegen sich ausschließlich auf der gesetzlichen Seite und transportieren Scotch und Gin von England und Rum von Hispaniola nach Nassau. Das ist vollkommen legal, ein ehrliches Geschäft – zumindest bis die Rumrunner die Ware aus Nassau abholen. Wie fänden Sie es, wenn ich Ihnen einen Job verschaffte, einen Schnapsschoner von den Karibischen Inseln zu den Bahamas zu steuern?«

»Falls die einen alten Mann anheuern – okay.«

»Sie nehmen jeden qualifizierten Mann. Er muss bloß fit sein und sein Handwerk beherrschen. Ein großes Segelschiff kann man nur wenigen jungen Kapitänen anvertrauen. Und seetüchtige alte Fahrensleute sind knapp, nachdem so viele Kapitäne ins Schnapsgeschäft abgewandert sind. Was meinen Sie?«

»Ich wäre Ihnen riesig dankbar.«

Isaac Bell streckte die Hand aus. »Abgemacht. Schlagen Sie ein. Und keine Sorge, Joe wird nichts erfahren.«

»Ich erzähle es ihm, sobald er sich so weit erholt hat, dass er es ertragen kann. Einen Freund belüge ich nicht. Aber, Isaac, da ist noch etwas, das ich Ihnen erzählen sollte.«

Bell lächelte. »Ich hoffe, Sie haben keinen Opferstock geknackt.«

»Ich habe auch keine Kirche angezündet«, erwiderte

Novicki grinsend. »Ich weiß nicht mal, was es zu bedeuten hat, aber ich glaube, dass sich die Piraten auf Russisch verständigt haben.«

»Auf Russisch? Sind Sie sicher?«

»Die Lewis Gun hat zwar alles übertönt, aber ich bin mit Russen zur See gefahren – verdammt gute Seeleute, wenn sie nüchtern sind –, und ich schwöre, es könnten russische Worte gewesen sein, die sie sich zugerufen haben. Sie waren ganz sicher nicht englisch.«

Bei dieser Nachricht hielt Isaac Bell seine Erregung im Zaum. Er wollte Novicki nicht animieren, seinen Bericht weiter auszuschmücken und zu irgendwelchen eigenen abenteuerlichen Schlussfolgerungen zu gelangen. »In der Rum Row trifft man alle möglichen Ausländer an. Wäre es nicht möglich, dass sie aus der Karibik kommen?«

»Nein, den karibischen Dialekt erkenne ich auf Anhieb.«

»Im Schnapsgeschäft tummeln sich auch viele italienische Gangster. Vielleicht war es ein Schiff von dort?«

»Nein, das waren keine Italiener. Deutsche vielleicht, aber je mehr ich darüber nachdenke, desto sicherer bin ich mir, Russisch gehört zu haben. Oder Polnisch. Nur dass Russisch keinen Sinn ergibt. Nun ja, ich könnte mir vorstellen, dass Russen in der Rum Row ankern, um Schnaps zu verkaufen, aber nicht, dass sie ihn auch an Land bringen. Das ist nur etwas für die Einheimischen, die sich in den Gewässern auskennen.«

»Ich bin froh, dass Sie zu mir gekommen sind, Dave.«

»Könnte Ihnen das helfen, die Kerle festzunageln, die auf Joe geschossen haben?«

»Schon möglich«, sagte Bell. Und zwar in Anbetracht der Tatsache, dass ein deutsch-russischer Rumrunner auf die grausige Tscheka-Methode mit einer Kugel erschossen wurde, deren Treibsatz aus russischem rauchlosem Schießpulver bestand. »Verabschieden Sie sich von Joe und Dorothy und packen Sie Ihre Seekiste.«

»Ich lasse sie nur ungern allein.«

»Sie kommen schon zurecht. Ich bin hier, Dorothy ist ohnehin stark, und mit ein wenig Glück wird Joe sich weiter erholen.«

»Falls er sich nicht noch eine zweite Infektion einfängt.«

»Aber Ihre Anwesenheit hier könnte eine Infektion ganz gewiss auch nicht verhindern«, sagte Bell mit Nachdruck. Er holte seine Brieftasche hervor. »Kaufen Sie sich ein Eisenbahnticket nach Miami. Ich weiß aus einem Telegramm, dass wahrscheinlich dort ein Schiff auf Sie wartet. Je nachdem, wo sich das Schiff gerade befindet, brauchen Sie vielleicht einen Platz auf einem Dampfer nach Nassau oder nach Jamaika oder Hispaniola.«

»Ich kann Ihr Geld nicht annehmen.«

Bell überraschte Novickis ablehnende Reaktion überhaupt nicht – und er hatte sich darauf vorbereitet. Er reichte dem Kapitän ein ansehnliches Bündel Dollarscheine. »Das ist nicht mein Geld, sondern es ist Van-Dorn-Geld. Und ich engagiere Sie, mir einen ausführlichen Bericht über den Schnapsschmuggel zwischen Nassau und Miami zu schicken, ehe Sie in Richtung Karibik in See stechen.«

Novicki schob trotzig das Kinn vor.

»Es ist kein Almosen«, beharrte Bell. »Ich bin davon überzeugt, dass sich das illegale Alkoholgeschäft zu einem landesweiten kriminellen Wirtschaftsunternehmen entwickelt. Wenn ich mit meiner Vermutung recht habe, locken der Alkoholschmuggel und der Handel damit an Ausgangspunkten wie Detroit und Florida dieselben Kriminellen an, die sich mit ihren Geschäften in New York eine goldene Nase verdienen. Ich habe bereits einen Spitzenmann nach Detroit geschickt. Dass Sie nach Miami gehen sollen, hat den Grund, dass Sie mir da unten eine große Hilfe sein können.«

»Ich mache die Reise trotzdem auf eigene Rechnung.«

Bell ergriff seine Hand und stopfte das Geld hinein. »Ich brauche Sie dort so bald wie möglich. Sie sind wachsam und können beobachten, Dave. Ich brauche jede Unterstützung, die Sie mir geben können.«

Er begleitete Kapitän Novicki hinaus und eilte in den Bereitschaftsraum zurück, wo er mit gebieterisch ausgestrecktem Finger nacheinander auf drei bebrillte Detektive deutete. Bekleidet mit Westen, Fliegen und hochgerafften und mit Gummibändern fixierten Hemdsärmeln sahen sie weniger wie Privatermittler aus als wie strenge, humorlose Buchhalter.

Adler, Kliegman und Marcum versammelten sich um seinen Schreibtisch.

»Das gepanzerte Hochleistungsboot, das den Boss mit einem Maschinengewehr beschossen hat, kreuzt wieder vor der Küste«, begann Bell. »Grady Forrer wird eine Liste mit Schiffswerften in Long Island, New York und New Jersey zusammenstellen, die ein solches Boot bauen können. Sie werden dort herumschnüffeln, um rauszukriegen, auf welcher Werft das Boot vom Stapel gelaufen ist. Treten Sie wie erfolgreiche Bootlegger auf und bieten Sie einen Haufen Dollar an, um ein solches Boot zu kaufen – es muss nur schneller sein. Rufen Sie mich an, sobald Sie es gefunden haben, und ich komme sofort mit dem Geld dorthin.«

Etwas anderes, das ihm der kaltblütige alte Knabe von dem schwarzen Boot berichtet hatte, geisterte in seinem Hinterkopf herum. Obgleich ihm die Kugeln um die Ohren geflogen waren und er um sein Leben geschwommen war, hatte Dave Novicki sich daran erinnert, eine lange Reihe von drei Motoren gesehen zu haben, die sich in einem Gehäuse am Heck befunden und Feuer gespuckt hatten. Und dass ein vierter Motor, der kein Feuer spuckte, darauf hindeutete, dass er entweder defekt war oder, was ihm weit wahrscheinlicher vorkam, für den Fall bereitgehalten wurde, dass einer der drei regulären stehen blieb.

Niemand außer einem Flugzeugpiloten wusste besser, dass Liberty-Motoren sehr oft streikten. Ein wichtiger Punkt, als er seine Loenig Air Yacht kaufte, war ihre spezielle Konstruktion gewesen, bei welcher der Motor auf der Tragfläche saß, wodurch ein schneller Ausbau und Austausch des gesamten Antriebs möglich wurde. Er hatte den Kaufvertrag erst dann unterschrieben, als Loening Aeronautical die Lieferung eines Ersatzmotors und einer Kiste Zylinderventile zugesagt hatte.

»McKinney?«

»Zur Stelle, Mr. Bell.«

»Arbeiten irgendwelche Ihrer Freunde für die Verkaufsabteilung des Kriegsministeriums?«

»Ich kenne einige, die damit zu tun haben.«

»Suchen Sie einen Beamten des Ministeriums, der uns verraten kann, wer Liberty-Motoren und Ersatzteile in größeren Mengen erwirbt.«

»Ich möchte Ihnen nicht vorgreifen, Mr. Bell, aber bei der letzten Inventur hatte die Regierung dreizehntausend Liberty-Motoren auf Halde.«

»Deshalb sind die Bootlegger auch so scharf darauf. Sie sind schnell, billig und reichlich vorhanden. Bestellen Sie Ihrem Kontaktmann, dass er vor allem auf Motoren- und Ersatzteilkäufe im Umkreis von einhundert Meilen um New York achten soll.«

Die Detektive eilten hinaus.

Dann schickte Bell ein Seekabeltelegramm an Pauline Grandzau.

WEITERE RUSSEN VERWICKELT.
WAS IST MIT KOSLOW?

Als der Zug nach Hamburg in den Bahnhof einer Kleinstadt, fünfzehn Kilometer von der Hafenstadt entfernt, einfuhr und zum Stehen kam, schüttelte Pauline Grandzau Anny, die junge Kommunistin, wach. Sie verließen den Zug und wanderten aus der Stadt hinaus in ein Waldgebiet, in dem Annys Freund, Valtin, eine Truppe von einhundert Kommunisten für den Einsatz bei einem geplanten bewaffneten Aufstand in Hamburg drillte.

»Ist Valtin dein Freund oder dein Geliebter?«, wollte Pauline wissen.

»So läuft das nicht bei uns. Wenn einer Frau ein Mann gefällt, dann sagt sie ›Komm mit mir‹. Wenn er will, kommt er mit. Aber das heißt nicht, dass man jeden Tag mit ihm zusammen ist.«

»Und wenn man jeden Tag mit ihm zusammen sein möchte?«

»Dann kann man es tun. Aber wenn eine andere Frau zu ihm sagt ›Komm mit mir‹, wäre es falsch, ihn daran zu hindern. In der Revolution ist kein Platz für Eifersucht.«

Pauline fand diese utopische Vorstellung absolut unbegreiflich, als Anny ihr den hochgewachsenen, attraktiven dunkelhaarigen Valtin zeigte. Selbst von Weitem und durch die Bäume betrachtet, sah er aus wie ein Mann, der mit nur einem Lächeln wahre Eifersuchtsanfälle auslösen konnte.

Momentan konzentrierte er sich darauf, mit einhundert zu allem entschlossenen Matrosen der Handelsmarine zu exerzieren. Bewaffnet waren sie mit altertümlichen Gewehren der zaristischen Armee, mit verschiedenen Pistolen, darunter einer Handvoll moderner Ortgies, einigen Stabgranaten aus dem Weltkrieg und zahlreichen altmodischen Eierhandgranaten. Von den einhundert Männern waren mindestens zwanzig noch blutjung, kaum mehr als Halbwüchsige, und hantierten mit Messern und Schlagstöcken.

Sie übten Angriffs- und Rückzugsaktionen, während sie sich auf Waldwegen bewegten, die städtische Straßen darstellten, und sich um Baumgruppen versammelten, die Wohnhäuser und Fabrikgebäude repräsentierten. Ein großer Haufen abgestorbener Bäume und Äste wurde zu einer Straßensperre umfunktioniert.

Valtin ordnete eine Pause an. Die Männer ließen sich auf den Waldboden sinken und zündeten Zigaretten an. Valtin kam herüber und begrüßte Anny mit einem Kuss auf den Mund, während er gleichzeitig Pauline neugierig betrachtete. »Und wer bist du?«

»Das ist Pauline«, stellte Anny vor. »Sie hat mich vor der Bürgerwehr gerettet.«

»Wie?«

Anny schilderte, wie sie in der Bombenwerkstatt in der Falle gesessen hatte. Pauline sagte: »Ich habe lediglich einen Fluchtweg gefunden.«

»Warum warst du dort?«

»Sie sucht jemanden namens Koslow.«

»Johann Koslow«, präzisierte Pauline. »Ich hatte gehofft, dass irgendwer in der Werkstatt ihn kennen würde, aber die Bürgerwehr griff an, ehe ich nach ihm fragen konnte.«

»Was willst du von Koslow?«

Pauline hatte sich eine unverfängliche Antwort zurechtgelegt. »Mein Bruder sitzt in Amerika im Gefängnis. Koslow hat versucht, der Deportation zu entgehen, indem er Fritz denunzierte. Ich möchte, dass Koslow seine falsche Anschuldigung zurücknimmt.«

»Warum sollte er das?«

»Um einem fälschlich beschuldigten ehrlichen Kameraden zur Freiheit zu verhelfen.«

»Hast du den Verstand verloren? Koslow ist ein Revolutionär. Er kann sich keine moralischen Schwachheiten leisten.«

Valtin hatte offenbar keine Ahnung, dass Koslow in Amerika den Tod gefunden hatte. Pauline kam das sehr seltsam vor, wenn Koslow sein Rekrut gewesen war. Natürlich, Valtin hatte sich versteckt und sich auf den Angriff auf Hamburg vorbereitet und war von sämtlichen Informationen abgeschnitten gewesen. Aber ihr kam der Gedanke, dass Valtin Koslow gar nicht für die Komintern angeworben haben musste. Was wäre, wenn Koslow ein Komintern-Agent war und Valtin geschickt worden war, um seine Gefolgschaftstreue nach seiner Verhaftung in Amerika zu überprüfen oder um ihm Instruktionen aus Moskau zu überbringen?

Valtin betrachtete sie misstrauisch. »Wer bist du? Was treibst du? Wovon lebst du?«

»Ich arbeite als Bibliothekarin.«

»Wo?«

»In Berlin.« Sie reichte ihm eine Visitenkarte.

»Preußische Staatsbibliothek«, las er laut vor. »Du hast studiert. Du bist eine Spezialistin. Wo bist du aufgewachsen?«

Sie nannte ihm die letzte Adresse ihrer Mutter im Wedding. Er runzelte die Stirn. »Du hast einen langen Weg hinter dir.«

»Bildung lässt einen weit herumkommen.«

»Du hast keinen Berliner Akzent.«

Pauline zuckte mit den Achseln. »Ich wollte all das hinter mir lassen.«

»Aber nicht sehr weit, wenn du in einer Bombenwerkstatt im Wedding warst. Und jetzt stehst du in einem Lager der Roten.«

»Ich gehe dorthin, wo ich meinem Bruder helfen kann. Ich frage noch einmal, wo finde ich Koslow?«

»In Berlin. Er hat an den Straßenkämpfen teilgenommen.«

»Wo waren seine Kameraden?«

»Er hat neben Zolner gekämpft«, antwortete Valtin beiläufig, als sei Zolner ein Name, der ihr bekannt sein sollte. Ein Held und berühmter Anführer. Exkommandant Richter wäre der Name sicherlich geläufig. Sie könnte Richter aus Hamburg anrufen und ihn fragen, was die Polizei über Zolner wusste.

»Weißt du, wo Zolner sich zurzeit aufhält?«

»Ich hoffe, dass das Zentralkomitee Zolner abkommandiert, um den Kampf in Hamburg zu organisieren. Warum kommst du nicht mit uns?« Er sagte es wieder nur beiläufig, aber es war eine eindeutige Aufforderung. Oder ein Test.

»Wie lautet Zolners Vorname?«

»Warum fragst du ihn das nicht in Hamburg?«

Es war schon dunkel, als sich die Hundertschaft entlang einer Eisenbahnstrecke auf den Marsch nach Hamburg machte und sie mit Anny allein zurückblieb. Die Frauen hatten die Aufgabe, der Kampftruppe mit Erste-Hilfe-Material zu folgen.

»Wie heißt Zolner mit Vornamen?«

»Das weiß ich nicht«, sagte Anny leise. »Es wird erzählt, dass er früher beim Ballett war.«

16

»Oh, es tut mir aufrichtig leid, Mr. Bell. Wie es aussieht, hatte die CG-9 neue Befehle erhalten. Sie ist von der letzten Patrouille nicht zurückgekehrt.«

Der Leutnant der Küstenwache, der abkommandiert worden war, um Isaac Bells Befragung des Kapitäns von Kutter CG-9 beizuwohnen, schien nicht im Geringsten zu bedauern, dass der Liegeplatz auf Staten Island, wo, wie man Bell mitgeteilt hatte, der Kutter vertäut sein sollte, verwaist war. »Zu schade, dass Sie den weiten Weg hierher umsonst zurückgelegt haben.«

»Nicht schlimm«, sagte Bell. »Ich habe einen Freund auf Staten Island – und es ist ein schöner Tag. Ich glaube, wir machen eine Bootsfahrt.«

Bell fuhr zu den Docks von Richmond Terrace und charterte für zweihundert Dollar ein Boot, das von Detektiv Ed Tobins Großenkel Donald Darbee gelenkt wurde. Es war eine breite, niedrige Schute mit flachem Rumpf. Aber im Gegensatz zu einem Boot, das gewöhnlich benutzt wurde, um Austernkörbe zu transportieren, war es mit einem gewaltigen Peerless V-8 Vierzylindermotor ausgestattet, um bei Bedarf die Harbor Squad abzuhängen. Seit der Ratifizierung des Volstead Acts hatte der langhaarige ergraute Darbee einen modernen Funktelegrafen installiert, um stets die Wege der Prohibitionspatrouillen verfolgen zu können. Das Funkgerät wurde von seiner hübschen halbwüchsigen Enkelin Robin bedient. Robin war die Ruhe selbst und beherrschte das Morsealphabet.

Bell erläuterte dem alten Mann seinen Plan, und gemeinsam entfernten sie alles von dem Boot, das als illegal eingestuft werden konnte. Zurück blieben auf Darbees Kill-Van-Kull-Pier die Reste Schnaps, Opium und Munition, die sich in der Bilge angesammelt hatten. »Ohne Schmuggelware an Bord«, erklärte Bell, »kann uns die Küstenwache kaum verhaften, wenn sie uns schnappt.«

»Die Vorstellung, geschnappt zu werden, gefällt mir gar nicht«, knurrte Darbee.

»Großvater«, sagte Robin und verdrehte die Augen. »Mr. Bell hat dir doch gerade erklärt, weshalb.«

»Ich weiß schon selbst, weshalb. Ich bin nicht dumm. Er will auf diesen Kutter. Aber ich mag es nicht, geschnappt und herumkommandiert zu werden. Es geht gegen meine Natur.«

Bell steuerte das Austernboot auf die andere Seite des geschäftigen Hafens, durch die Narrows zwischen Staten Island und Brooklyn, aus der Lower Bay hinaus und am Ambrose Lightship vorbei auf den offenen Ozean. Darbee und die kleine Robin kauerten unter dem vorderen Schutzdach und tauschten per Funk mit anderen Bootskapitänen von Staten Island, die bereits auf See und zur Rum Row unterwegs waren, laufend Informationen aus. Verwandte und Freunde halfen Darbee, die Position des Kutters CG-9 aufzuspüren, der sich nur wenige Meilen entfernt befand.

Bell schob den Gashebel nach vorn und schwenkte in Richtung Ost-Nordost. Eine Stunde später, zehn Meilen vor Long Beach, entdeckte er das charakteristische Profil – hoher Bug und abfallendes Heck – des ehemaligen

U-Boot-Jägers. Das Küstenwachschiff behielt seinen Kurs bei, da seine Beobachter das niedrige graue Austernboot nicht ausmachten.

»Okay, Mr. Darbee, jetzt zeigen Sie ihnen, dass wir hier sind.«

Darbee schüttete Motorenöl in eine speziell für diesen Zweck installierte Rohrleitung. Das Öl tropfte auf den glühend heißen Auspuffkrümmer, woraufhin das Boot eine dichte schwarze Qualmwolke hinter sich herzog.

»Das ist das erste Mal, dass ich meine eigene Nebelwand als Köder benutze.«

Der Kutter wendete und hielt mit schäumender hoher Bugwelle auf sie zu. Bell nahm Gas zurück, bis er gerade noch genug Fahrt machte, um das Boot manövrieren und seine Fahrtrichtung beibehalten zu können. Der Kutter kam näher. Vom niedrigen Austernboot aus betrachtet, wirkte er riesig, sein Deckgeschütz Respekt einflößend und die beiden Lewis Guns tödlich.

Isaac Bell, Onkel Donny und die kleine Robin streckten die Hände in die Luft. Der Kutter kam längsseits, prallte heftig gegen ihren Bootsrumpf, und Männer mit gezückten Gewehren sprangen mit einem Satz an Bord. Sie machten das Boot sofort mit Leinen am Kutter fest und begannen mit der Durchsuchung.

Bell sah, dass der weißhaarige Petty Officer zu ihnen herabblickte. Sicher würde es nur wenige Sekunden dauern, bis er ihn als den Piloten erkennen würde, der seinerzeit Joseph Van Dorn in einer Flying Yacht zum Schiff gebracht hatte. Doch ehe das geschah, müsste er an Bord des Kutters gelangen, sonst wäre das Spiel aus.

»Onkel Donny«, murmelte er. »Könnten Sie irgendetwas tun, um sie ein wenig in Rage zu bringen?«

Donald Darbee, der Autorität allgemein verachtete und die Küstenwache sogar noch niedriger einstufte als die Harbor Squad des New Yorker Police Department, verzog die Lippen, um seine gelben Zähne zu einem spöttischen Grinsen zu entblößen.

Der Seemann, der sie mit seiner Waffe in Schach hielt, rief wütend: »Was gibt es zu lachen?«

»Ich habe nicht mehr so viel Spaß gehabt wie kürzlich in einer nebligen Nacht, als ich einem Polizeiboot ›half‹, die Freiheitsstatue zu rammen.«

»Seien Sie still, alter Mann. Passen Sie auf, was Sie sagen.«

Jetzt erhob Bell in gerechtem Zorn die Stimme. »Passen lieber Sie auf, was Sie sagen, Seemann! So redet man nicht mit einem Gentleman, der viermal so alt ist wie man selbst!«

»Halten Sie den Mund, oder Sie werden verhaftet.«

Bell rief, diesmal um einiges lauter: »Sie können mich nicht verhaften!«

»Ach nein? Sie sind verhaftet. Marsch!«

Bell ließ sich von dem Seemann aufs Achterdeck des Kutters hinaufziehen. Der Petty Officer kam eilig von der Kommandobrücke herunter, um ihn in Empfang zu nehmen, hielt jedoch abrupt inne und sagte: »Ich kenne Sie von irgendwoher.«

Bell blickte ihm in die Augen. »Ich glaube, Sie sind der Mann, der Joseph Van Dorn das Leben mit einem Druckverband gerettet hat. Wenn Sie es sind, dann bin ich Ihnen etwas schuldig.«

»Jetzt weiß ich, wer Sie sind.«

»Ich frage mich, ob Sie mir noch einen weiteren Gefallen tun und Ihrem Skipper bestellen können, dass ich ihn sprechen möchte.« In diesem Moment meldete das Enterkommando, dass auf dem Austernboot kein Schnaps zu finden sei.

Der Skipper, der mit wachsamem Blick das Geschehen von der Brückennock aus verfolgt hatte, kam aufs Achterdeck herab. »Was sollte dieses Theater mit der Nebelwand? Sie haben gar keinen Alkohol an Bord.«

»Ich wusste, dass Ihr Klotzköpfe uns ohne unsere Hilfe niemals finden würdet«, rief Darbee.

Der Kapitän ignorierte ihn und sagte zu Bell: »Sie haben mich von meiner Position weggelockt, damit Ihre Kumpane mit ihren Taxis passieren konnten. Es ist ein Verbrechen, eine Patrouille zu behindern.«

Isaac Bell streckte die Hand aus. »Käpt'n, ich bin Van-Dorn-Chefermittler Isaac Bell. Ich bin ganz sicher, dass Sie mir nicht übel nehmen werden, dass ich aufklären möchte, wer auf meinen Boss geschossen hat, während er sich auf Ihrem Schiff aufhielt. Oder täusche ich mich?«

»Warum diese Scharade?« Der Kapitän deutete mit einem Daumen auf Darbee und dessen Boot

»Die Küstenwache weicht mir aus. Sie lässt nicht zu, dass ich Sie oder Ihre Mannschaft befrage.«

»Das hat mich auch schon gewundert«, sagte der Kapitän und nickte. »Deshalb halten sie uns also hier draußen. Der Koch hat nur noch Baked Beans und Wasser, und unser Treibstoff geht zur Neige.«

»Sobald Sie meine Fragen beantwortet haben«, versprach Bell, »falle ich Ihren Vorgesetzten nicht mehr zur Last, und man lässt Sie und Ihre Leute wieder in den Hafen zurückkehren.«

»Ich habe nichts zu verbergen.«

»Was ist denn für Sie das Auffälligste an dem schwarzen Boot gewesen?«

»Seine Geschwindigkeit. Ich habe noch nie ein so schnelles Boot gesehen.«

Genau das hatte auch Joseph Van Dorn berichtet. »Was sonst noch?«

»Die Taktik«, sagte der Kapitän. »Wie sie ihr Tempo sehr wirkungsvoll genutzt haben. Sie zogen ihren Vorteil aus den Schwächen meines Schiffes, indem sie sich hinter uns setzten und durch geschickte Manöver bewirkten, dass wir unsere Poole Gun nicht einsetzen konnten.«

Bell nickte. »Mr. Van Dorn meinte, es sei so ähnlich gewesen wie damals, als er mit den Marines in Panama gelandet ist.«

»Ich kam mir jedenfalls vor wie im Krieg«, sagte der Kapitän.

»Uns ist das Blei nur so um die Ohren geflogen«, fügte der Petty Officer hinzu.

»Das auch, aber was ich meine, ist, dass sie den ganzen Angriff inszeniert haben wie ein Marinemanöver. War es nicht so, Chief?«

»Aye, Sir. Die Rumrunner haben wie Kriegsveteranen agiert.«

»Das waren keine gewöhnlichen Kriminellen.«

Genau das, dachte Bell, hatte auch Van Dorn berichtet.

In diesem Moment, während das Deck des Kutters unter seinen Füßen rollte, formulierte Isaac Bell in Gedanken die Frage, die ihn beschäftigte, seit er den Mörder verfolgte, der Johann Koslow getötet hatte: Wenn sie keine gewöhnlichen Gangster waren, keine ordinären Whiskyschmuggler, welche Absichten verfolgten sie mit ihren Bootlegging-Aktivitäten dann?

»Das ist alles, was ich weiß«, sagte der Kapitän. »Chief, bringen Sie ihn wieder auf sein Boot zurück.«

»Eine Sache noch«, sagte Bell. »Wer hat Mr. Van Dorn aus dem Wasser gezogen?«

Der Kapitän und sein Offizier wechselten unbehagliche Blicke.

Der Kapitän ergriff das Wort. »Seaman Third Class Asa Somers.«

»Ich würde ihm gern die Hand schütteln.«

Der Chief sah aufs Meer hinaus. Der Kapitän antwortete: »Somers wurde entlassen.«

»Weshalb? Er ist doch ein Held.«

»Der Befehl kam direkt vom Oberkommando. Jemand beklagte sich über den sinnlosen Einsatz, zu dem wir losgeschickt wurden – er meinte, jemand habe ihnen einen Tipp gegeben. Die Lametta-Träger entschieden, dass Somers der Tippgeber gewesen sein müsse. Er war der Letzte, der aufs Schiff kam. Sie haben ihn mit einer Barkasse abgeholt.«

»War er derjenige, der sich beklagt hat?«

»Keine Ahnung, aber ist eigentlich ein anständiger Kerl.«

»Ein gescheiter Bursche«, bestätigte der Chief.

»Wo kann ich ihn finden?«

»Lang lebe Sowjet-Deutschland!«

Als die Revolutionskompanie Hamburg erreichte und sich im Schutz der Nacht in die Stadt schlich, ging der heiser geflüsterte kommunistische Schlachtruf von Mund zu Mund. Valtin befahl seinen Männern, in Läden einzubrechen und Petroleum zu stehlen. Das Zentralkomitee hatte die Lieferung von Stielhandgranaten zugesagt. Bis diese eintrafen, würden die roten Kampfverbände Petroleum benutzen, um Brände zu entfachen. Woraufhin Pauline nur noch wenig Hoffnung hatte, dass das Zentralkomitee Zolner wie versprochen entsenden werde. Aber sie befand sich jetzt mittendrin: als unfreiwillige Mitwirkende bei einem ihrer Einschätzung nach zum Scheitern verurteilten Angriff von eintausend Männern gegen eine Stadt mit mehr als einer Million Einwohnern.

Aber während sie tiefer in die Stadt eindrangen, erhielten sie Unterstützung durch weitere Hundertschaften Revolutionstruppen und kampfbereite Bürger, die aus den Mietshäusern auf die Straßen strömten. Ihre Anzahl nahm sprunghaft zu. Das erste Polizeirevier, das sie angriffen, kapitulierte schnell. Sie führten verwirrte Polizisten, mit ihren eigenen Handschellen gefesselt, auf die Straße – potenzielle Geiseln, wenn nötig –, plünderten das Reviergebäude und holten aus der Waffenkammer Gewehre und Pistolen, Munition und ein wassergekühltes MG 08/15 Maschinengewehr auf einem Dreibein. Valtin beauftragte vier Kriegsveteranen, das Maschinengewehr auf das Dach eines Wohnhauses zu schleppen, von dem aus sich die gesamte Straße kontrollieren ließ.

Sie marschierten weiter zu den Werften, die Nacht war still und dunkel, die Straßen menschenleer. Die Überraschung war gelungen. Nirgendwo Widerstandsgruppen, keinerlei Bürgerwehrkommandos, keine Freikorpsverbände. Gerade rückten sie leise auf ein weiteres Polizeirevier vor, als dessen Beleuchtung erlosch.

»Angriff!«, brüllte Valtin, und sie stürmten das Gebäude.

Mit Gewehren und Pistolen eröffneten die Polizisten das Feuer. Rote und gelbe Blitze zuckten in der Dunkelheit. Männer brachen auf der Straße zusammen.

Valtin warf eine Stielhandgranate. Sie zertrümmerte die Scheibe eines Fensters und blieb in einem Maschendraht hängen. Die Granate war jedoch ein Blindgänger und explodierte nicht. Die Revolutionskrieger verstärkten ihre Bemühungen. Das Pistolenfeuer wurde heftiger. Die Polizei antwortete mit einem Maschinengewehr. Begleitet von ohrenbetäubendem Lärm, züngelte grelles Mündungsfeuer aus dem Lauf. Anny taumelte mit rudernden Armen gegen Pauline, die versuchte, sie vor einem Sturz zu bewahren. Sie fing die junge Frau mit den Armen auf. Die schwere Last brachte sie ins Schwanken.

Von einer schrecklichen Ahnung befallen, zwang sich Pauline, der jungen Frau in ihren Armen ins Gesicht zu blicken. Zu ihrem namenlosen Schrecken gewahrte sie ein dunkles Loch zwischen ihren Augen. Anny war auf der Stelle tot gewesen. Und unsere Köpfe waren doch nur wenige Zentimeter voneinander entfernt gewesen, dachte Pauline, während sie die Tote noch einige Seekunden länger anstarrte.

Drei halbwüchsige Jungen, mutig bis zur Selbstaufgabe, rannten auf das Gebäude zu und warfen mit Petroleum gefüllte Flaschen und Marmeladengläser gegen die Hausfassade. Mutiger, als sie es sicherlich gewesen wären, wenn sie neben Anny gestanden hätten, dachte Pauline. Maschinengewehrkugeln mähten sie nieder. Glas zerschellte, Petroleum ergoss sich über das Mauerwerk. Ein vierter Junge folgte mit einem Bündel brennender Lumpen. Eine Gewehrkugel warf ihn zurück, und er stürzte auf den brennenden Stofflappen. Ein alter Mann, der sich nur wenige Sekunden vor der Attacke zu ihnen gesellt hatte, machte einige Schritte vorwärts. Kugeln pfiffen an ihm vorbei. Pauline erwartete, dass er jeden Moment getroffen wurde. Er schnippte eine brennende Zigarette über die Straße. Sie segelte wie eine rot glühende Sternschnuppe durch die Dunkelheit. Von der Eingangstreppe zum Polizeirevier loderten Flammen hoch und leckten an den Fensterscheiben im ersten Stockwerk des Gebäudes.

Die Reviertür flog auf. Polizeibeamte stürmten heraus, schlugen mit bloßen Händen auf ihre glimmenden Uniformen, warfen sich aufs Pflaster und wälzten sich hin und her, um die Flammen, die aus ihrer Kleidung hochzüngelten, zu ersticken. In ihrer augenblicklichen Verwirrung glaubte Pauline, dass die Roten den Polizisten halfen, die Flammen zu löschen. Ihre Augen offenbarten ihr jedoch die grässliche Wahrheit. Sie setzten über die Körper der gefallenen Jungen hinweg, um die Polizisten mit tödlichen Fußtritten endgültig auszuschalten.

In diesem Augenblick erkannte Pauline, dass ihre Hoffnung auf ein besseres Deutschland in die falschen Hände gelangt war und sich genauso zerschlagen hatte, wie Exkommandant Richter es prophezeit hatte: keine großherzigen Sieger, keine Ritter in strahlender Rüstung.

Sie bettete Annys Leichnam behutsam auf die Pflastersteine, bedrückt von der ernüchternden Erkenntnis, dass die Schlechtesten die Oberhand behielten und die Träumer auf der Strecke blieben. Valtins Rote Hundertschaft ließ vom brennenden Polizeirevier ab und stürmte in Richtung Schiffswerft. Aus Furcht, schutzlos zurückgelassen zu werden, rannte Pauline hinter den Revolutionären her.

Auf Plakaten, die auf Hauswände gepappt waren, drohte die Regierung mit der Todesstrafe für illegalen Waffenbesitz. Die Kämpfer rissen die Plakate unter triumphierendem Geheul herunter. Sie überquerten eine breite Hauptverbindungsstraße, die, wie Pauline nach kurzer Überlegung erkannte, zu dem zentral gelegenen Hauptbahnhof führte, von wo aus sie mit Richter in Berlin telefonieren könnte. Bisher hatte sie den geheimnisvollen Zolner nicht zu Gesicht bekommen, und in diesem Kampfgetümmel könnte er durchaus den Tod gefunden haben. Sie verlangsamte den Schritt und ließ sich von Nachzüglern überholen. Als sie schließlich Anstalten machte, sich von den Revolutionskämpfern zu trennen, reichte sie dem letzten Mann der Formation ihren Erste-Hilfe-Rucksack.

Dabei blickte er über ihre Schulter, und seine Augen weiteten sich vor Entsetzen.

Eine Kolonne wuchtiger grauer Panzerwagen näherte sich mit hohem Tempo auf der breiten Straße.

»Rennt!«

Im Laufschritt zerstreuten sich die Überlebenden der Roten Hundertschaft in den engen gewundenen Straßen der Nachbarschaft, deren Häuser vorwiegend von Werftarbeitern bewohnt wurden. Die Arbeiter, die sich seit Tagen im Streik befanden, hatten die Straßen mit massiven, wehrhaften Barrikaden aus umgekippten Pferdefuhrwerken, Lastwagen und Möbeln abgesperrt. Verstärkt wurden Hindernisse durch Pflastersteine, und Schutz erhielten sie von Gewehrschützen auf den Hausdächern.

Die gepanzerten Wagen griffen an. Maschinengewehre feuerten durch schmale Schlitze in den mit Stahlplatten gepanzerten Fahrzeugfronten. Wie Pauline bereits in Berlin hatte beobachten können, waren sie mit Totenschädeln und gekreuzten Knochen bemalt. Stielhandgranaten wirbelten von den Dächern herab. Ihre Explosionen rissen die Panzerplatten von den angreifenden Wagen ab und machten die Fahrzeuginsassen und die Maschinengewehrschützen zu leichten Zielen für die Gewehrschützen auf den Dächern. Mehrere Wagen wurden lahmgelegt und blieben stehen. Ein Fahrzeug fing Feuer. Und die restlichen traten den Rückzug an.

Arbeiter und Mitglieder der Roten Hundertschaften fielen einander jubelnd um den Hals.

Nur Sekunden später kam es mitten in der Hauptbarrikade zu einer mächtigen Explosion, die das Straßenhindernis zerriss und Menschen und Trümmer durch die Luft wirbelte.

»*Minenwerfer!*«, erklang ein vielstimmiger Warnruf.

Eine weitere zehn Pfund schwere Mörsergranate stürzte heulend vom Himmel herab. Und dann eine dritte.

»Zur Werft!«

Wer unverletzt geblieben war, verließ die zerstörte Barrikade und stürmte in Richtung Schiffswerft.

Die Streikenden öffneten die Werkstore, um ihre Schicksalsgefährten hereinzulassen. Pauline tauchte aus dem Labyrinth der engen Straßen auf, von den Granatenexplosionen hatte sie noch ein lästiges Klingeln in den Ohren. Durch das Tor konnte sie das Stahlgerippe eines im Bau befindlichen Dampfers sehen, das seine zahllosen Arme in den Himmel reckte. Der Lichtkegel eines Suchscheinwerfers sprang über Schuppendächer und hohe Bockkräne, wanderte über das halb fertige Schiff und verharrte plötzlich strahlend hell auf einer großen roten Fahne, die sich im Wind bauschte.

Das Triumphgeschrei der Arbeiter ging in dem Gewehrfeuer unter, das vom Fluss herüberklang.

Einheiten der Hamburger Polizei jagten in gepanzerten Motorbooten über das Wasser heran und entfesselten ein mörderisches Trommelfeuer aus Schrotflinten und Maschinengewehren, die auf Dreibeinen ruhten. Die Polizisten stürmten an Land. Pauline sah, wie die rote Fahne, angestrahlt vom Suchscheinwerfer, schnellstens am Mast heruntergezogen wurde und verschwand. Sekunden später zog die Polizei dieses Symbol des Kampfes gegen die Bourgeoisie wieder hoch, diesmal mit Benzin getränkt und in hellen Flammen stehend.

17

Während des Rückzugs herrschte Chaos. Es galt, jedermann sorgte für sich selbst. Die Roten warfen sämtliche verbotenen Waffen weg und verteilten sich im dichten Straßengewirr der ältesten Armenviertel in der Hoffnung, sich darin verstecken zu können und von den dort residierenden Kriminellen beschützt zu werden. Pauline suchte den Schatten der Häuser, hielt den Kopf gesenkt, die leeren Hände stets sichtbar, die Augen offen und Ausschau nach der Polizei haltend. Ein Mann, der noch immer eine Pistole in der Hand hielt, überholte sie. Während die Unruhen abflauten, hatten die Polizisten die Hausdächer besetzt, und dann streckte ein Scharfschütze den Mann einfach nieder.

Sie entdeckte Valtin in einem Hauseingang. Er war von einem Schuss getroffen worden. Sein Mantel war mit Blut durchtränkt. Er brauchte einen kurzen verwirrten Moment, um sie wiederzuerkennen.

»Wo ist Anny?«, wollte er wissen.

»Anny ist tot. Leg einen Arm auf meine Schulter. Ich bringe dich ins Krankenhaus.«

»Bist du verrückt? Die Wunden verraten ihnen sofort, wer wir sind.«

»Wo ist Zolner?«

Valtin hatte Mühe, Luft zu holen. »Mag sein, dass ihn das Zentralkomitee tatsächlich hierher entsandt hat, ich habe ihn jedenfalls nicht gesehen.«

»Wie lautet sein Vorname?«

»Warum willst du … Oh, verstehe, dein armer denunzierter Bruder.«

»Sein Vorname.«

»Marat. Marat Zolner.«

»Marat Zolner.«

»Das ist nur sein Tarnname.«

»Und wie heißt er richtig?«

Valtin schloss die Augen. »Manchmal Dima Smirnov, geschrieben mit einem *v*. Oder Dmitri Smirnoff mit zwei *f*. Gelegentlich auch … Ach, wer weiß das schon? Wen interessiert es?« Er sackte gegen die Tür. Sein Kinn sank auf die Brust. Die Füße rutschten unter ihm weg. Pauline kniete sich neben ihn. Was sie in seinen Augen sah, als er sie wieder aufschlug, sagte ihr, dass er nicht mehr zu retten war. Er flüsterte noch etwas, das sie nicht verstehen konnte. Eine Blutblase schwoll zwischen seinen Lippen an. Pauline beugte sich tiefer hinab.

»Was ist?«

Die Blase platzte mit einem winzigen feuchten Knall dicht an ihrem Ohr. »Lauf weg!«

Sein Hut war von seinem Kopf gerutscht und lag neben ihm. Pauline deckte ihn auf sein Gesicht und eilte weiter.

Plünderer brachen in Läden ein und kamen wieder heraus, beladen mit Brot, Milchflaschen, Bierkästen, Jacken, Mänteln und Hüten. Nun war es die Polizei, die Barrikaden errichtete und die breiteren Straßen mit Stacheldraht absperrte. Pauline drückte sich in einen Hauseingang, um abzuwarten, bis ein Panzerwagen die Straßenkreuzung unmittelbar vor ihr in schleichender Fahrt überquert hatte. Die Männer, als sie sich nicht mehr bedroht fühlten, stießen die Lukenöffnungen auf. Der Wagen verschwand außer Sicht.

Eine leere Flasche zerschellte vor ihren Füßen. Zwei Plünderer taumelten auf sie zu. Ehe sie reagieren konnte, drängten sie die junge Frau tiefer in den Hauseingang. Sie waren betrunken und rochen nach Alkohol.

Einer packte sie von hinten, der andere streckte die Hände nach ihren Beinen aus. Sie trat um sich. Sie musste an ihre Pistole herankommen, ehe die Kerle sie fanden. Das war ihre einzige Chance. Eine verschwitzte Hand tastete ihren Oberschenkel ab. Der Mann hinter ihr drückte sie an sich. Sie wurde schlaff.

»Gut so«, lachte er. »Es wird dir Spaß machen.«

Er ließ ihre Arme los, um sie zu sich herumzudrehen, doch während er sich vorbeugte und seinen stinkenden Mund auf ihren presste, griff sie mit beiden Händen unter ihren Rock, holte die Mann hervor und zog den Schlitten zurück. Sie schoss auf den Mann, der ihr Bein gepackt hatte, zuerst. Er kippte mit überraschtem Gesichtsausdruck nach hinten. Der andere, von der wilden Schießerei vorher offenbar noch immer so gut wie taub, hatte nichts bemerkt und versuchte weiter, sie zu küssen. Sie drehte die Pistole zwischen ihren Leibern und drückte ab. Er sank auf das Pflaster, von der kleinkalibrigen Pistole verwundet, wenn auch nicht tödlich.

Ehe Pauline sich zehn Schritte weit entfernen konnte, wurde sie von behelmten Polizisten angehalten, als sie die Waffe entdeckten, die sie wieder unter ihrem Rock zu verstecken versuchte. Sie forderten sie auf stehen zu bleiben und erklärten sie für verhaftet.

»Sie wollten mich vergewaltigen«, protestierte sie. »Ich musste mich schützen.«

»Auf den Besitz von Waffen steht die Todesstrafe.«

»Ich habe einen Waffenschein.« Sie zeigte ihnen ihren amtlichen Ausweis und eine Van-Dorn-Visitenkarte. Während die Polizisten beides inspizierten, beruhigte sie sich.

»Im Namen Gottes, was hat eine Privatdetektivin während seines solchen Aufstands in Hamburg zu suchen?«

Pauline setzte die selbstsichere Miene einer Vertreterin des preußischen Adels auf. »Die Van Dorn Agency beabsichtigt, sich in der zweitgrößten Stadt Deutschlands mit einem Außenbüro niederzulassen.«

»Hören Sie auf meinen Rat. Warten Sie lieber, bis wir das Ungeziefer hier ausgeräuchert haben.«

Sie deutete mit einem knappen Kopfnicken in Richtung der Plünderer, die sie niedergeschossen hatte. »Ich würde es begrüßen, wenn Sie diese beiden als meinen Beitrag zu Ihren Bemühungen betrachten und mich zum Hauptbahnhof geleiten.«

Verblüfft über diese Unverfrorenheit, betrachtete der Polizeioffizier die junge Frau ein wenig genauer. Sie war klein und zierlich und dabei ungewöhnlich hübsch. Aber sie hatte die harten, eisigen Augen eines Feldmarschalls. Er händigte ihr die Pistole aus, bot ihr seinen Arm und eskortierte sie zum Bahnhof.

Die Telefone waren in Betrieb. Sie brauchte nicht lange zu warten, bis Richter sich meldete. Deutschland besaß das technisch höchstentwickelte Fernsprechnetz in Europa, und die Verbindung war trotz der weiten Entfernung so klar, als säße er ihr wieder am Tisch im Prater Garten gegenüber.

»In Hamburg sind Sie? Geht es Ihnen gut? Wir haben Meldung von heftigen Kämpfen erhalten.«

»Es ist vorbei«, sagte sie.

»Wie schlimm war es?«

»Schlimmer, als sogar Sie sich vorstellen können. Wie sieht es in Berlin aus?«

»Still wie auf dem Friedhof. Die Komintern hat sich gründlich verrechnet. Sie hat die Aufmärsche in Berlin und Bremen abgesagt. Die Spinner in Hamburg wurden im Regen stehen gelassen.«

»Wer ist Marat Zolner?«

Sie lauschte. Sekundenlang hörte sie in der Leitung nur ein leises Rauschen wie von einem Wasserfall. Schließlich fragte Richter: »Wie haben Sie von Zolner erfahren?«

»Johann Koslow war seine rechte Hand.«

»Das wusste ich nicht.«

»Habe ich Ihnen nicht versprochen, Informationen zu liefern?«

»Sehr gute Informationen sogar«, gab Richter zu.

»Jetzt sind Sie an der Reihe. Wer ist Marat Zolner?«

»Hier ist jemand, der Sie besuchen möchte, Mr. Van Dorn«, sagte Isaac Bell.

Mit einem matten Lächeln hellte sich Van Dorns ausgezehrtes Gesicht auf. Der Junge stand in der Türöffnung. Er trug Zivilkleidung und drehte seine Mütze in der Hand hin und her. »Seaman Somers! Herein mit dir, mein Sohn. Lass dich nicht von diesem Drachen von einer Krankenschwester abschrecken. Komm zu mir ans Bett, wo ich dich besser sehen kann! Dorothy, dieser Junge hat mir das Leben gerettet.«

»Geht es Ihnen besser, Sir?«

»Tipptopp«, log Van Dorn. »Wurdest du schon zum Kapitän befördert?«

Somers ließ den Kopf hängen. »Sie haben mich entlassen.«

»*Wie bitte?*« Der wütende Ausruf löste einen heftigen Husten aus, der seine Brust zu sprengen drohte und ihn vor Schmerzen totenbleich werden ließ. Als er endlich wieder halbwegs gleichmäßig atmen konnte, verscheuchte er die Krankenschwester, die an sein Bett geeilt war, mit einer herrischen Geste und wandte sich an Bell: »Isaac? Was ist da los?«

Bell erklärte, wie und weshalb Somers bei den hohen Tieren der Coast Guard in Ungnade gefallen war.

»Das ist unfassbar! Eher hätten sie ihm einen Orden verleihen sollen. Demnach … brauchst du jetzt einen Job, oder?«

»Ja, Sir, den brauche ich. Aber wer würde mich einstellen, nachdem ich gerade erst entlassen wurde?«

»Wer dich einstellen wird? *Ich* stelle dich ein. Von diesem Augenblick an bist du ein Van-Dorn-Jungdetektiv in Ausbildung. Isaac, erledigen Sie die entsprechenden Formalitäten.«

»Ja, Sir, Mr. Van Dorn«, sagte Bell, der von der Wende der Ereignisse nicht im Mindesten überrascht war, hatte er sie doch selbst in die Wege geleitet. Er hatte keine Zweifel, dass der junge Somers alles an Tapferkeit, Wagemut und Unternehmungsgeist mitbrachte, was nötig war, um ein echter Van Dorn zu werden.

Und was den Boss betraf, so klang dieser plötzlich wie mit neuem Leben erfüllt.

»Willkommen an Bord, Somers. Natürlich müssen wir noch einiges mit deinen Eltern klären.«

»Ich bin Waise, Sir. Meinen Vater habe ich niemals kennengelernt. Und meine Mutter ist an Tuberkulose gestorben, nachdem sie lange in einer Weberei gearbeitet hat.«

»Durch den Todeskuss?«, fragte Van Dorn.

»Ja, Sir.« Um Geld zu sparen, wurden in den Webereien nach wie vor die alten Schützen verwendet, an deren Auslassöffnungen beim Einfädeln kräftig mit dem Mund gesaugt werden musste, um den Faden durch die winzige Öse zu ziehen.

»Bei wem soll er anfangen, Isaac?«

»Grady Forrer.«

»In der Recherche?«

»Wenn man sich länger mit Asa unterhält, weiß man sofort, dass er jedes Magazin gelesen hat, das je gedruckt wurde. Bei Grady hat er einen guten Start, und anschließend kann er die Runde durch sämtliche Abteilungen machen.«

Bell wandte sich um, als er ein Geräusch an der Tür vernahm. Ein Van-Dorn-Bote klopfte leise. »Mr. Bell? Ein Telegramm aus Deutschland.«

KOSLOW KÄMPFER WÄHREND KOMMUNISTISCHEM AUFSTAND IN BERLIN.
RECHTE HAND VON KOMINTERN-AGENT MARAT ZOLNER
ALIAS DMITRI SMIRNOFF
ALIAS DIMA SMIRNOV.
ZOLNER NACH TODESURTEIL GEFLOHEN.
DA KOSLOW TOT VERFOLGE ICH ZOLNER.

Endlich ein Name.

Isaac Bell kehrte auf schnellstem Weg zum St. Regis zurück, stürmte in die Van-Dorn-Büros und rief nach Grady Forrer. Der Recherchespezialist kam sofort zu Bells Schreibtisch in der Mitte des Bereitschaftsraums. Unter einem seiner massigen Arme klemmte ein Pappordner, der fast bis zum Platzen mit Dokumenten gefüllt war.

»Schon wieder Russland«, sagte Bell. »Pauline ist auf eine weitere Verbindung zu den Bolschewisten gestoßen. Schaff alles heran, was du über einen Komintern-Agenten namens Marat Zolner zutage fördern kannst. Außerdem wünsche ich einen vollständigen Bericht über die Komintern.«

»Die Komintern ist die ausländische Spionageabteilung der Russischen Revolution«, sagte Grady Forrer. Er wuchtete den Aktenordner auf Bells Schreibtisch, wo er wie der Amboss eines Hufschmieds mit einem Krachen landete.

»Was ist das?«

»Der Bericht über die Komintern.«

»Wie bitte?«

»Ich dachte mir, dass du dir so etwas wünschst, nach deinem Interesse für die Exekutionsmethoden der Tscheka – speziell den Genickschuss.«

Ein Lächeln breitete sich auf Isaac Bells Miene aus. Es freute ihn, erleben zu dürfen, dass die von Joseph Van Dorn unter großen Mühen aufgebaute Organisation, die Verbrechen bekämpfte, nunmehr in den höchsten Gang geschaltet hatte, um seine Angreifer zur Rechenschaft zu ziehen.

Liebevoll tätschelte Grady den Ordner. »Im Wesentlichen ist die Komintern ein Zusammenschluss aller kommunistischen Parteien weltweit, um, Zitat, ›die Herrschaft der internationalen Bourgeoisie mit allen zur Verfügung stehenden Mitteln, als da sind Spionage, Sabotage und Waffengewalt, zu stürzen‹.«

»Und wie kommen sie damit voran?«

»Sie sind in Ungarn auf die Nase gefallen und nun, zumindest bislang, fallen sie auch in Deutschland auf die Nase. Ich denke, dass es für sie in Indien besser und in China sogar ganz hervorragend laufen wird.«

»Und wie sieht es hier aus? Wie weit sind sie mit ihren Anstrengungen in Amerika?«

Grady rückte seine stahlgeränderte Brille zurecht. Bell war diese bedächtige Geste vertraut. Er hatte sie schon oft gesehen. Gradys grundlegende Überzeugung – ein Dogma, das er seinen Lehrlingen vom ersten Tag an einzubläuen pflegte – bestand darin, dass Verallgemeinerungen den klaren Blick auf Fakten trübten.

»Interessante Frage, Isaac. Und schwierig zu beantworten. In Amerika liegen die Dinge anders. Wir wurden im Weltkrieg nicht zerstört. Trotz unserer augenblicklichen wirtschaftlichen Rezession leiden wir auch keinen Hunger. Und ich sehe keinerlei Hinweise darauf, dass die Komintern die miteinander konkurrierenden amerikanischen kommunistischen Gruppierungen so weit hat vereinigen können, dass sie spürbar stärker wurden.«

»Was ist mit den Anarchisten?«

Grady Forrer schüttelte den Kopf. »Das Bureau of Investigation will uns weismachen, dass sich die Bolschewisten mit den Radikalen und den Anarchisten verbündet haben. Das stimmt einfach nicht.«

»Warum nicht?«

»Die Komintern ist kalt, skrupellos und extrem pragmatisch. Sie verabscheuen die Anarchisten als absolut nutzlos.«

»Hast du irgendwelche Hinweise darauf gefunden, dass die Komintern mit den IWW gemeinsame Sache macht?«

Abermals schüttelte Grady den Kopf. »Die Wobblies mögen zwar radikale Ansichten vertreten, aber im Grunde sind sie doch Romantiker. Und die Komintern hat für Romantiker noch weniger übrig als für Anarchisten. Vergiss nicht, dass sie den Genickschuss erfunden hat, um nutzlose radikale Kräfte und Romantiker zu exekutieren.«

»Soll das heißen«, sagte Bell, »dass die Komintern Amerika auf eigene Initiative angreift – unabhängig von unseren einheimischen Verschwörern und Sympathisanten?«

»Die kalten, rücksichtslosen Pragmatiker unter ihren Mitgliedern vielleicht«, räumte Grady vorsichtig ein.

»Ist dieser Angriff nicht schon längst im Gange?«

Grady lächelte. »Isaac, ich werde dafür bezahlt, darauf zu achten, dass die Leute in der Rechercheabteilung stets einen klaren Kopf bewahren. Irgendwie hast du es geschafft, dass ausgerechnet ich ernsthaft darüber nachdenke, ob die eiskalten, offenbar mit allen Wassern gewaschenen Bootlegger, die sich mit dem Küstenwachschiff eine Schießerei geliefert und dabei beinahe Mr. Van Dorn getötet haben und zurzeit Straßengangs aufmischen und Rumrunner und Whiskylieferanten ausrauben, nicht vielleicht einen politischen Umsturz im Auge haben.«

»Ich hätte es nicht besser formulieren können.«

»Aber die Summen, die man mit Bootlegging verdienen kann«, sagte Grady Forrer, »sind unglaublich. Schnell reich zu werden ist sicherlich eine ebenso starke Motivation wie eine bestimmte Ideologie.«

Isaac Bell hatte genug gehört.

Er erhob die Stimme so, dass jeder der im Bereitschaftsraum anwesenden Detektive seine Worte verstehen konnte.

»Pauline Grandzau konnte zwischen den Bootleggern, die auf Mr. Van Dorn geschossen haben, und der russischen kommunistischen Internationale eine Verbindung herstellen. Von jetzt an laufen die Ermittlungen der Van Dorn Agency unter dem Aspekt weiter, dass bestimmte Bootlegger – unter Führung eines gewissen Marat Zolner alias Dmitri Smirnoff alias Dima Smirnov – andere Ziele verfolgen als das, sich zu bereichern.«

18

Bill Lynch, ein beleibter junger Bootsbauer, der sich mit den rasantesten Schnellbooten auf der Great South Bay einen Namen gemacht hatte, und Harold Harding, sein ergrauter, Zigarre rauchender Partner, verfolgten interessiert, wie ein mitternachtsblauer Stutz Bearcat auf die mit Muschelkalk gepflasterte Zufahrtstraße von Lynch & Harding Marine abbog.

Ein blonder Mann in einem taillierten Nadelstreifenanzug schwang sich gerade aus dem Roadster. Er zog seinen Borsalino tief ins Gesicht und betrachtete mit prüfendem Blick die geordnete Ansammlung von Kais und Schuppen, die den kleinen mit Ufermauern befestigten Long-Island-Fluss säumten.

Lynch taxierte ihn durch die dicken Gläser seiner Brille. Gut einen Meter achtzig groß und gertenschlank, goldblondes Haar und ein buschiger Schnurrbart, beides aufs Sorgfältigste frisiert und gestutzt. Unter seinem Sakko war eine Wölbung zu erkennen, wo sich eine dicke Brieftasche oder ein Schulterhalfter befand.

Lynch wollte mit Harding um einen Vierteldollar wetten, dass die Wölbung von einer Waffe verursacht wurde.

Harold schüttelte den Kopf. »Darum wette ich nicht. Aber ich wette, dass der Buchhaltertyp, der gestern hier herumschnüffelte, von ihm geschickt wurde.«

»Diese Wette dürftest du gewonnen haben. Suchen Sie etwas, Mister?«

»Ein Boot.«

Bill Lynch fügte hinzu: »Irgendetwas sagt mir, dass es sehr schnell sein sollte.«

»Mal sehen, was Sie anzubieten haben.«

In dem Schuppen hantierten Mechaniker mit der Kette eines Flaschenzugs, um einen wassergekühlten Curtiss-OX-5-Achtzylindermotor in den Rumpf eines Fischerboots hinunterzulassen, in dem sich bereits zwei gleiche Exemplare befanden. Der Fahrer des Stutz fragte nicht, weshalb der Fischer drei Flugzeugmotoren brauchte. Aber er wollte wissen, wie schnell das Boot mit den Curtiss sei.

Lynch, überzeugt, dass ihr Besucher ein Bootlegger war, meinte, dass vierzig Knoten durchaus im Bereich des Möglichen lägen.

»Haben Sie schon mal ein Boot mit drei Libertys gebaut, etwa siebzig Fuß lang?«

Lynch und Harding wechselten einen vielsagenden Blick.

»Yup.«

»Wo ist es?«

»Es wurde auf einem Güterwagen abtransportiert.«

»Mit der Eisenbahn?« Der Bootlegger betrachtete das von Unkraut überwucherte Nebengleis, das in einem weiten Bogen das Werftgelände durchschnitt und mit den Gleisen der Long Island Railroad knapp einen Kilometer landeinwärts verbunden war. »Ich hätte angenommen, dass Ihre Kunden die Boote auf dem Wasserweg abholen.«

»Gewöhnlich tun sie das auch.«

»Wohin wurde das Boot gebracht?«

»Wir haben es seitdem nicht mehr gesehen.«

Der Bootlegger fragte: »Können Sie ein noch schnelleres bauen?«

Lynch sagte: »Ich habe Pläne für einen Siebzig-Fuß-Expresskreuzer mit vier Libertys als Antrieb für Vierfachschrauben. Er wartet auf einen Kunden.«

»Kann ich ihn in einem Monat haben?«

»Ich wüsste nicht, was dagegensprechen sollte.«

Harding biss vor Schreck seine Zigarre durch. »So schnell schaffen wir das niemals.«

»Doch, das tun wir«, widersprach Lynch. »In dreißig Tagen schwimmt der Kreuzer auf dem Wasser.«

Der Kunde mit einer Pistole in seinem Jackett fragte: »Was dagegen, wenn ich bar bezahle?«

»Ich wüsste nicht, was dagegenspricht«, sagte Lynch, und Harding zündete eine frische Zigarre an.

Lynch entrollte seine Pläne. Der Kunde betrachtete sie sachkundig. Er bestellte zusätzliche Luken an Bug und Heck – Lynch tippte auf Lewis-Gun-Positionen, weil er auch verstärkte Kanthölzer unter den Luken wünschte – und Befestigungen mit Stromanschluss für Sperry-Hochleistungssuchscheinwerfer.

»Und doppelte Panzerung im Bug.«

»Wollen Sie Ihre Gegner rammen?«

»Mir wäre ganz lieb zu wissen, dass ich es könnte, wenn ich wollte.«

Sie einigten sich auf einen Preis und auf eine Ratenzahlung, deren jeweilige Begleichung sich an der Fertigstellung des Rumpfs, der Installation der Motoren und dem erfolgreichen Abschluss der Probefahrten orientierte.

Der Kunde begann, den Vorschuss abzuzählen, und stapelte frische Hundertdollarscheine auf eine Werkbank. Mittendrin hielt er inne. »Dieses andere Siebzig-Fuß-

Boot, das Sie kürzlich gebaut haben? Mit drei Motoren. War das für einen Kunden, der regelmäßig …?«

»Nein.«

»Für jemanden, den Sie kannten?«

»Nein.«

»Wie lautete sein Name?«

»Seltsam, dass Sie fragen. Er zahlte bar wie Sie. Hundertdollarscheine. Nachdem er die dritte Rate abgeliefert hatte, sagte ich zu Harold: ›Weißt du, Harold, wir kennen den Namen des Typen gar nicht.‹ Und Harold sagte: ›Sein Name ist Franklin. Ben Franklin.‹ Harold meinte, weil sein Gesicht auf dem Hundertdollarschein ist.«

Harold sagte: »Aber was erst recht seltsam war – der Mann ohne eigenen Namen hatte einen Namen für das Boot. Er nannte es *Black Bird.*«

»*Black Bird?*«

»Wahrscheinlich weil das Boot schwarz war. Ich fragte ihn, ob wir *Black Bird* auf den Heckspiegel pinseln sollten. Er sagte nein, er würde sich den Namen im Kopf merken.«

»Wie wollen Sie Ihr Boot nennen?«, fragte Lynch.

»*Marion.*«

»Sollen wir *Marion* auf den Heckspiegel malen?«

»In goldenen Lettern.«

Er hielt noch immer das Dollarbündel in der Hand, ohne weitere Scheine abzuzählen. »Wie sah der Mann aus?«

»Groß, noch schlanker als Sie. Er bewegte sich auf den Füßen, als schwebe er. Dunkles Haar. Dunkle Augen. Ausgeprägte Wangenknochen, wie aus Stein gemeißelt.«

»Hatte er einen ausländischen Akzent?«

»Ein wenig«, sagte Lynch.

»Er kam aus der Stadt«, sagte Harding. »Dort reden alle mit seltsamen Akzenten.«

»Möglicherweise russisch?«

»Die klingen doch alle gleich«, sagte Harding.

Lynch sagte: »Hier hören wir Schweden und Holländer. Ich glaube, ein Russe war noch nie dabei.«

»Wir haben weniger Russen als Chinesen«, sagte Harding.

»Soweit Sie es beurteilen können«, erwiderte der Bootlegger, »könnte er auch Franzose gewesen sein?«

»Nein«, sagte Lynch. »Im Krieg habe ich viele Franzosen gekannt.«

»Und Französinnen«, meinte Harold mit einem lüsternen Grinsen. »Wissen Sie, Billy hat eine Medaille gekriegt.«

»Übrigens«, sagte Lynch mit einem erwartungsvollen Blick auf die halbe Anzahlung, »wir legen gratis noch einen Kompass und Seekarten dazu.«

»Und Feuerlöscher«, sagte Harding.

»Welche Farbe wollen Sie für Ihr Boot?«, fragte Lynch.

Der athletische Bootlegger zeigte dorthin, wo der Fluss in die Bucht mündete. Der Himmel war bedeckt, und so war es unmöglich zu erkennen, wo das graue Wasser aufhörte und die bleiernen Wolken begannen. »Genau diese.«

Bell fand ein weiteres Telegramm von Pauline vor, als er von der Bootswerft zurückkehrte. Sie hatte es in Bremerhaven an der Nordsee abgeschickt.

POLIZEI HAT MARAT ZOLNER IN BREMERHAVEN VERLOREN:
UNTER ALIAS SMIRNOFF NACH NEW YORK.
NORDDEUTSCHER LLOYD RHEIN UMBENANNT IN SUSQUEHANNA.

Bell schaute unter »Einlaufende Schiffe« in der Rubrik »Shipping & Mail« in der *Times* nach und fand keinen Eintrag für die *Susquehanna*. Aber unter »Auslaufende Schiffe mit Postfracht« war zu lesen, dass sie am nächsten Tag nach Bremerhaven abfahren würde, mit Post für Deutschland und Dänemark. Was bedeutete, dass sie in diesem Moment noch am Pier lag.

Ungeachtet dessen, wer der jeweilige Eigner war, stachen alle Schiffe des Norddeutschen Lloyd wie auch schon im Krieg von Hoboken aus in See. Bell begab sich eilig mit der Fähre dorthin, ging an Bord und suchte sofort das Büro des Chef-Zahlmeisters auf.

Der Zahlmeister, ein Amerikaner, war ein missmutiger Angestellter der U.S. Mail Shipping Company, die mehrere Dampfer des Norddeutschen Lloyd gemietet hatte, nachdem sie während des Krieges gekapert worden waren. Mitfühlend hörte sich Bell eine ganze Litanei von Beschwerden über die »windigen« Eigentümer an, die dem Shipping Board »nicht einen Cent der Miete gezahlt haben, die sie schuldig sind – von meinem rückständigen Gehalt ganz zu schweigen«.

»Ja«, sagte Bell. »Ich habe die Geschichte in der Zeitung gelesen. Klagt Ihre Firma denn nicht darüber, dass sich ausländische Schifffahrtslinien verschworen haben, die amerikanische Schifffahrt zu sabotieren?«

»An den Patriotismus zu appellieren ist keine Hilfe, um

fällige Rechnungen zu bezahlen. Im Grunde existiert die Firma nur auf dem Papier. Merken Sie sich meine Worte, irgendwann wird das Shipping Board das Schiff zwangsversteigern, und wo bleibe dann ich?«

Isaac Bell holte seine Brieftasche hervor und legte einen Hundertdollarschein auf den Schreibtisch des Zahlmeisters. »Vielleicht hilft Ihnen das ein wenig über die Runden. Ich muss unbedingt etwas wissen.«

»Was denn?«, fragte der Zahlmeister und beäugte hoffnungsvoll, was mehr als die Hälfte eines Zweiwochenverdienstes betrug.

»Anfang des vergangenen Frühlings buchte in Bremerhaven ein Russe namens Dmitri Smirnoff eine Passage nach New York auf Ihrem Schiff. An was können Sie sich im Zusammenhang mit seiner Person erinnern?«

»An nichts.«

»Nichts?« Bells Hand schwebte durch die Luft und deckte den Hundertdollarschein zu. »Möglich, dass er sich Dima Smirnov nannte, geschrieben mit *v*.«

»Smirnoff ist gar nicht an Bord gekommen. Er hat in der letzten Minute mit einem anderen Passagier die Plätze getauscht.«

»Ist das zulässig?«

»Es ist erlaubt, wenn der Chef-Zahlmeister sagt, dass es erlaubt ist. Der neue Passagier hat sich auch erkenntlich gezeigt. Es war also egal. Niemand wurde geschädigt. Und die Firma bekam ihr Geld. Ich habe lediglich das Verzeichnis geändert.«

»Wer war der neue Passagier?«

»Ein Schwergewicht aus New York. Charlie O'Neal.«

»Was meinen Sie mit ›Schwergewicht‹? Einen Gangster?«

»Etwas in dieser Richtung. Er hatte einen Spitznamen. Nannte sich Trucks. Gangster tun das gern, nicht wahr? Trucks O'Neal. Klingt nach einem Gangster.«

»Können Sie Trucks beschreiben?«

»Ein massiger Schlägertyp, wie sein Spitzname schon andeutet. Schnell auf den Füßen. Schwarzes Haar, hohe Stirn. Seine Nase war mehrmals gebrochen.«

»Wie groß?«

»Eins achtzig.«

»Augen?«

»Winzig. Wie bei einem Schwein.«

»Welche Farbe?«

»Schweinsfarbe.«

»Schweine haben rosa Augen«, sagte Bell.

»Nein, ich meine irgendwie braun wie das restliche Schwein.« Der Zahlmeister überlegte einige Sekunden lang und fügte dann hinzu: »Übrigens, ich kann nichts Böses über ihn sagen. Trucks hat keinen Ärger gemacht. Er wollte einfach nur nach Hause zurück.«

Bell zog die Hand von dem Hunderter weg und holte einen zweiten Schein aus seiner Brieftasche. »Können Sie sich erinnern, wo ›nach Hause‹ war?«

»Ich glaube, es steht irgendwo in einer meiner Listen.« Er öffnete eine Schublade und blätterte Ordner durch. »Ich erinnere mich deshalb daran, weil es ein Problem mit dem Zoll gab. Als es sich aufgeklärt hatte, war O'Neal bereits von Bord gegangen. Daher haben wir seinen Koffer an seine Adresse geliefert. Da ist sie! Four-sixteen West 20th Street, über den Fluss in New York.«

»Chelsea«, sagte Bell und richtete sich auf. »Viel Glück mit dem Shipping Board.«

»Das werde ich brauchen«, sagte der Zahlmeister. Aber

in diesem Moment eilte der Detektiv bereits, so schnell ihn seine Beine trugen, durch die Rezeption, in der sich die ersten Passagiere eingefunden hatten, um die Einschiffungsformalitäten zu erledigen, und dann die Gangway hinunter.

West 20th Street war ein einstmals eleganter Block von Bürgerhäusern mit Blick auf den Park eines Priesterseminars der Episcopal Church. Viele der Häuser waren zu Pensionen für die Schauerleute umgebaut worden, die auf den Kais in Chelsea arbeiteten. Nummer 416 war einer dieser hastig zusammengeschusterten Kaninchenställe aus durchhängenden Treppen und winzigen Kammern, die nach Tabak und Schweiß stanken. Bell traf den elfenhaften weißhaarigen Hausverwalter Gin trinkend in einem Hinterhausapartment an, in das die Küche des Hauses umgewandelt worden war. Auf seinem Schoß schlief eine Katze.

»Trucks?«, wiederholte der Verwalter.

»Charlie ›Trucks‹ O'Neal. In welchem Stockwerk wohnt er?«

»Er ist im Mai ausgezogen.«

»Hat er keine neue Adresse hinterlassen?«

Der Verwalter nahm einen tiefen Schluck von dem trüben Gin in seinem Marmeladenglas und sah ihn zweifelnd an. »Ich weiß nicht, was bei Park-Avenue-Stenzen so üblich ist, Mister, aber hier unten an den Docks hinterlassen Männer mit Spitznamen wie Trucks keine neuen Adressen.«

»Trucks O'Neal«, sagte Harry Warren von der Gang Squad und demonstrierte wieder einmal, weshalb die Jungs in der

Van-Dorn-Recherche neidvoll beschworen, dass Chirurgen Harrys Gehirn gegen einen Dewey-Katalog der einheimischen Unterwelt ausgetauscht hatten.

»Schwergewicht, eins fünfundachtzig, gebrochene Nase, schwarzes Haar. Wurde 1917 Soldat und entwischte den Cops vor der Nase an die Front. Nach dem Krieg entließ ihn die Army wegen irgendwelcher krummen Geschäfte unehrenhaft. Dann kam er nach Hause und stieß wieder zu seiner alten Truppe.«

»Ist er ein Gopher?«, fragte Isaac Bell.

»Nein«, antwortete Harry. »Er hasst die Gophers, und sie hassen ihn. Deshalb ist auch seine Nase gebrochen. Weißt du, ich habe in letzter Zeit nicht viel von ihm gehört. Ist er einer von denen, die du suchst?«

Einer von Harrys jüngeren Leuten sagte: »Ich habe ihn vor zwei Monaten auf dem Broadway gesehen. Am Arm hatte er ein Revuegirl. Schien ihm gut zu gehen. Ich dachte mir, dass er im Bootlegging mitmischt.«

Ein anderer Angehöriger der Gang Squad erzählte: »Wie gut es ihm ging, weiß ich nicht. Bin mir nur ziemlich sicher, dass er in der Warren Street hinterm Lenkrad eines Trucks gesessen hat. Verschwand dann in einem Stall, ehe ich genauer hinsehen konnte.«

»Mit einer Ladung Fusel«, sagte Harry, »würde es ihm sogar verdammt gut gehen.«

»Sucht ihn«, sagte Bell. »Setzt alle Hebel in Bewegung.«

»Dies ist ein großartiges Geschäft«, sagte Marat Zolner und stolzierte aufgekratzt durch seine improvisierte Abfüllanlage in der Murray Street in Lower Manhattan. Trucks O'Neal lag leise schnarchend auf einem Feldbett im hinteren Teil der Halle. Eine überdachte Gasse verband das ehemalige Lagerhaus mit dem Stall, den Zolner in der Warren Street für Antipovs Pferdefuhrwerk angemietet hatte.

»Riech mal!« Er hielt eine offene Flasche Single Malt Whisky unter Yuris Nase.

Antipov wich zurück. »Stinkt wie eine Bauernkate im Winter.«

»Das ist Torfrauch, auf den Feinschmecker ganz wild sind. Und jetzt riech dies.« Er öffnete eine Flasche mit einer kristallklaren Flüssigkeit.

»Ich rieche nichts.«

»Zweihundert Proof industrieller Kornbranntwein aus einer von der Regierung lizenzierten Destillerie in Pennsylvania. So rein, dass er sogar brennt wie Benzin.« Er verschüttete ein wenig auf dem Zementboden, pflückte Antipov die Zigarette aus dem Mund und warf sie hinterher. Eine blaue Flamme züngelte bis in Hüfthöhe hoch.

»Und dies.«

Er hielt eine andere Flasche über die Flamme. Antipov machte einen hastigen Schritt zurück.

Zolner entleerte sie über dem Feuer und löschte es. »Wasser.«

»Hör zu, Marat. Ich will nicht mehr warten.«

Aber Zolner war in seinem Überschwang nicht mehr zu bremsen.

»So läuft's! Ein Teil Malz Whisky, der uns nichts kostet außer das Benzin für die *Black Bird.* Zehn Teile Zweihundert-Proof-Kornbranntwein zu fünfzig Cents Schmiergeld pro Flasche plus zehn Cents pro Flasche, die Trucks O'Neal den Burschen zahlt, die die Lieferung nach Verlassen der Destille bewachen. Sowie zehn Teile Wasser kostenlos aus der Leitung.«

Er hielt eine Flasche mit einem gelben Etikett hoch. »Falsche Etikette Glen Urquhart Genuine Single Malt Whisky, vom Original nicht zu unterscheiden, ein Penny das Stück. Leere Flasche und Korken, zwei Pennys. Dazu Tee für die Farbe.

Und voilà! Aus einhundert gestohlenen Kisten werden zweitausend Kisten. Gangster, die keine Ahnung haben, dass sie für uns arbeiten, verhökern sie für einen kleinen Anteil von fünfundsiebzig Dollar pro Kiste an Speakeasys und Rasthäuser. Unterm Strich ergibt sich ein Profit von einhundertzwanzigtausend Dollar zur freien Verwendung für die Komintern.«

»Es wird Zeit für direkte Aktionen gegen die Kapitalisten«, sagte Antipov. »Bist du auf meiner Seite, oder nicht?«

»Auf deiner Seite, natürlich.«

Er legte warnend einen Finger auf die Lippen und geleitete Antipov leise an dem schlafenden O'Neal vorbei und durch die überdachte Gasse zwischen der Abfüllanlage und dem Hintereingang zum Stall.

Nachdem es lange allein im Stall gestanden hatte, wurde das kräftige Pferd, das Yuri Antipovs Wagenladung Dynamit von New Jersey nach Lower Manhattan gezogen hatte, allmählich unruhig. Es schnaubte erfreut, während Zolner und Antipov Hunderte drei Zoll langer gusseiserner Fenstergewichte auf der Sprengstoffladung verteilten und unter mehreren Schaufeln Kohle verbargen. Aber es stampfte ungeduldig, als Zolner unter den Wagen kroch, um die Zündkapsel mit einer batteriegespeisten Stablampe und einer Waterbury-Weckeruhr zu verbinden. Ein Draht blieb frei, den er erst in dem Moment anschließen würde, wenn der Wagen seine schwankende Fahrt über das Kopfsteinpflaster beendet hätte.

Das Pferd trat mit den Hufen gegen die Stallwand.

»Ganz ruhig«, rief Zolner besänftigend. »Wir sind gleich so weit.«

Das Tier wurde sofort still.

»Wie schaffst du das?«, staunte Antipov, der noch nie auf einem Pferd gesessen hatte.

»Das Tier weiß, dass ich es gernhabe«, sagte Zolner. »Es würde niemals mit dem rechnen, was ich mit ihm vorhabe. Nicht wahr?«, fragte er und reichte dem Tier einen Apfel, den es aus seiner Hand fraß.

Yuri, dem Sentimentalitäten vollkommen fremd waren, fragte: »Können wir es nicht ausspannen?«

»Im Bankenviertel wimmelt es von Polizei. Die Straßen und die Gehsteige sind um die Mittagszeit dicht bevölkert. Wir haben Glück, wenn wir zu Fuß flüchten können. Mit einem Pferd haben wir keine Chance. Okay, bist du bereit?«

»Das bin ich schon seit Tagen!«

»Ich rede mit dem Pferd.«

Zolner öffnete die Stalltür. »Komm schon«, sagte er und spannte das Pferd vor den Wagen.

Sie schlüpften in Arbeitshemden, -hosen und -schuhe und setzten flache Mützen auf, alles mit Kohlenstaub bedeckt. Dann verteilten sie den schwarzen Staub auf ihren Händen und in ihren Gesichtern. Zolner kletterte auf den Kutschbock und ergriff die Zügel. Antipov schob die Stalltür auf.

Ein Mann, der wie ein Polizist in Zivil aussah, trat vom Bürgersteig herein. Er sah sich schnell mit harten Augen um, registrierte das Pferd, Zolner auf dem Kutschbock und Yuri Antipov, der schreckensstarr neben dem Wagen stand. Er schlug seine Jacke auf, enthüllte ein glänzendes Abzeichen unter dem Revers und den matten Schimmer einer schweren automatischen Pistole.

»Hat einer von euch Charlie ›Trucks‹ O'Neal gesehen?«

Zolner sagte erst auf Russisch zu Yuri: »Ich lenke ihn für dich ab«, und dann mit starkem Akzent auf Englisch: »Wir kennen niemanden mit diesem Namen.«

»Breite Schultern, eins fünfundachtzig groß, Boxernase, schwarzes Haar.«

»Den kennen wir nicht.«

»Das ist seltsam. Denn ich hörte, dass er diesen Stall gemietet hat. Und da seid ihr mit einem Pferd und einem Wagen, und diese Dinge findet man gewöhnlich in einem Stall, wenn ihr wisst, was ich meine.«

»Sind Sie ein Polizist?«

Der Mann schwieg einige Sekunden lang, als dächte er nach, und klang plötzlich viel freundlicher. »Keine Sorge, Freunde, ich bin kein Cop, sondern Privatdetektiv von Van Dorn. Harry Warren mein Name. Ich wollte euch nicht von eurer Arbeit abhalten. Obgleich ich nicht so richtig weiß, wer euch mitten im Sommer eure Kohle abkaufen sollte.«

Er schlug wieder die Jacke auf, holte eine Brieftasche heraus und wedelte mit einem Zehndollarschein. »Seid ihr ganz sicher, dass ihr ihn nicht gesehen habt?«

Marat Zolner griff nach dem Geld und stopfte es in seine Hosentasche. »Der Mann, der den Stall gemietet hat … da, das ist sein Tisch.« Er deutete auf eine Tür, die offenbar zu einem Büro gehörte.

»Danke. Macht ruhig weiter. Ich warte dort auf ihn.«

Harry Warren war auf halbem Weg zur Bürotür, als Antipov ihm mit gezücktem Dolch folgte.

»Habt ihr gerade Russisch geredet?«, fragte der Detektiv, wandte sich abrupt um und zog blitzartig seine Pistole. Er feuerte einmal dicht vor Antipovs Schuhspitze in den Stallboden. Der Komintern-Offizier blieb so abrupt stehen, dass er beinahe ausrutschte.

Harry Warren blickte zur Straßentür. Niemand war daran vorbeigegangen, niemand schaute nach dem Pistolenschuss herein, was gut war. Er brauchte Zeit mit den beiden, ohne von den Cops gestört zu werden.

Nun wandte er sich an Zolner: »Übersetz deinem Kumpel, er soll das Messer fallen lassen, ehe ich ihn erschieße. Und du behältst die Hände dort, wo ich sie ständig sehen kann.«

Zolner sagte etwas. Antipov ließ den Dolch los, der klirrend auf dem Zementboden landete.

Warren hatte keine Ahnung, in was er während der Suche nach Trucks O'Neal hineingestolpert war, aber es sah vielversprechend aus. Vor allem angesichts der russischen Verbindungen, die Isaac Bell aufgedeckt hatte. Er wandte sich in bewusst lockerem Plauderton wieder an Zolner, während er genau auf die Reaktionen des Mannes achtete. »Ich habe nach Russisch gefragt, weil wir auf eine russische Verbindung zu dem Fall gestoßen sind, den wir zurzeit bearbeiten. Da stellt sich nämlich die Frage, wer versucht hat, unseren Boss zu erschießen. Könnte natürlich reiner Zufall sein, aber wenn es einer ist, dann bedarf der Versuch deines Kumpels, mir ein Messer in den Rücken zu stoßen, einer ausführlichen Erklärung.«

Marat Zolner und Yuri Antipov standen starr wie Bronzestatuen. Nicht einmal ihre Augen rührten sich, auch nicht bei der plötzlichen Bewegung Trucks O'Neals, der lautlos aus der Gasse hereinkam und den Hals einer vollen Flasche gepanschten Glen Urquhardt Genuine umklammerte.

Harry Warren spürte den Luftzug und wirbelte herum. Die Flasche, die auf seinen Hinterkopf gerichtet war, krachte gegen seine Schläfe, zertrümmerte den dünnen Knochen und zerfetzte die darunter verlaufende Arterie.

Marat Zolner schloss die Stalltür. Antipov und Trucks O'Neal warfen die Leiche des Detektivs auf den Wagen neben das Dynamit und bedeckten sie mit einigen Schaufeln Kohle.

»Warum«, fragte Zolner, »interessieren sich die Van Dorns für dich?«

»Für mich?«

»Sie haben gefragt, ob wir dich gesehen haben. Weshalb?«

»Moment mal. Ich habe nichts getan, weshalb sie hinter mir her sein sollten.«

»Komm nicht mehr hierher zurück. Wir brauchen den Stall nicht mehr. Mit dem Abfüllen der Flaschen sind wir jetzt fertig.«

»Aber nebenan liegt Scotch im Wert von achtzigtausend Bucks.«

»Es dürften eher hundertfünfzigtausend sein«, sagte Zolner leise.

»Gebt ihr mir die Schuld?«

»Ich schicke dich nach Detroit, bevor sie dich finden.«

»Ich fange nicht in Detroit von vorn an.«

Zolner trat dicht an ihn heran und blickte Trucks zwingend in die Augen. »Trucks, ich habe deine Loyalität niemals in Frage gestellt. Lass alles verschwinden, das uns belasten könnte. Ich sorge dafür, dass meine Leute dich am Zug erwarten. Geh! Jetzt!«

O'Neal gab klein bei, machte kehrt und entfernte sich eilig durch die überdachte Gasse.

»Töte ihn«, sagte Antipov.

»Zuerst sind die Kapitalisten an der Reihe. Öffne die Tür.«

Antipov schob die Tür wieder auf.

Sie kletterten auf den Kutschbock. Das Pferd trottete langsam durch den dichten Verkehr von Lower Manhattan, den Broadway hinunter zur Trinity Church und bog dann in die Wall Street ein. Zolner zügelte das Pferd vor dem Haus Nr. 23 an der Ecke Broad Street und zog die Feststellbremse an. Wenn es nach ihm gegangen wäre, hätte er das Dynamit um die Ecke vor der New York Stock Exchange, dem Herzen des Bankenviertels, geparkt. Aber Yuri hatte sich für das Marmorgebäude von J.P. Morgan entschieden.

Er stieg vom Kutschbock herab und hängte dem Pferd den Futtersack um den Hals, dann ging er neben dem Wagen auf die Knie hinunter und tat so, als würde er sich am Ortscheit zu schaffen machen, während er den letzten Draht an die Zündkapsel anschloss.

»Polizei!«

Yuri hatte den Polizisten, der auf sie zukam, bereits entdeckt. Marat Zolner kletterte wieder auf den Kutschbock und ergriff die Zügel. Der Polizist drängte sich durch den Passantenstrom.

Antipov schob eine Hand unter sein Hemd und griff nach dem Dolch.

»Das wird uns diesmal nicht helfen«, sagte Zolner. »Warte auf dem Wagen, bis ich ihn abgefertigt habe. Ich bin gleich zurück.« Er sprang wieder auf die Straße hinunter.

Yuri Antipov beobachtete, wie Marat Zolner auf den Cop zuging. Würde er ihn bestechen? Oder mit dem Totschläger ausschalten? Nicht vor all den Menschen, die die Kreuzung bevölkerten. Plötzlich machten der Cop und Zolner auf dem Absatz kehrt, rannten los und tauchten in der Menschenmenge unter. Was hatte Marat zu ihm gesagt? Antipov versuchte gerade, sich darüber klar zu werden, was hier eigentlich geschah und was er tun sollte, als er hörte, wie ein Wecker klingelte.

19

Isaac Bell hörte die Explosion vier Meilen entfernt in den Van-Dorn-Büros im St. Regis Hotel. Einander widersprechende Meldungen kamen über die Telegrafen- und Telefonleitungen herein und berichteten von einem Dynamitunfall im Hafen von Jersey City, vom Bruch einer Hauptgasleitung in Lower Manhattan, vom Platzen einer unterirdischen Rohrleitung der New York Steam Company und dann auch noch von einer Explosion auf einer der zahlreichen Baustellen im Financial District.

Bell erhielt einen dringenden Anruf aus dem Polizeipräsidium.

»Inspektor Condon würde es begrüßen, wenn Sie sofort zur Nr. 23 Wall Street kämen.«

Die schnellste Möglichkeit, in die Innenstadt zu gelangen, war die Fahrt mit der U-Bahn. Bell benutzte sie so weit, wie es möglich war, und legte das letzte Stück von der City Hall Station, wo sämtliche Züge angehalten wurden, im Laufschritt zurück. Er war noch einige Blocks von der Wall Street entfernt, als er bereits leere Fensterhöhlen sah, aus denen die Fensterscheiben herausgesprengt waren. Je weiter er sich dem Explosionsherd näherte, desto entsetzlicher war das Ausmaß der Zerstörung. Er schätzte, dass Scharen von Menschen den Tod gefunden hatten und Hunderte verletzt sein mussten. Lastwagen und Taxis waren umgekippt, verstreut wie Kinderspielzeuge. Die Toten lagen auf den Bürgersteigen, teilweise zugedeckt mit ihren eigenen Jacken und Mänteln. Glasscherben füllten die Straßen. Zwischen ihnen zog Bell vorsichtig ein gekrümmtes Stück Gusseisen mit einem Loch über seine gesamte Länge hervor.

Er entdeckte Inspektor Condon, der einer Armee von Polizisten in Zivil und Uniform, die sich auf den Eingangsstufen des Morgan Building drängten, Anweisungen gab. Die Fenster waren vom Erdgeschoss bis zur obersten Etage zertrümmert, die Platten der Marmorfassade übersät mit Schrapnelltreffern und geschwärzt mit Kohlenstaub. Der verstümmelte Kadaver eines Brauereipferds lag auf dem Bordstein. Nur der Schädel des Tiers war noch einigermaßen unversehrt, Scheuklappen verhüllten die Augen.

»Danke, dass Sie hergekommen sind, Isaac«, sagte Condon ernst. Er war ein jugendlich aussehender Sohn und Enkel einer Polizistenfamilie und galt als der am schnellsten aufsteigende Star der Polizeibehörde. »Es tut mir unendlich leid, aber ich muss Ihnen etwas zeigen.«

Er reichte Bell ein zerbeultes Stück vergoldeten Metalls.

»Ein Van-Dorn-Abzeichen!«

»Ich fürchte ja, mein Freund.«

Die älteren Detektive der Agency hatten goldene Dienstmarken. Bell hielt sie ins Licht. Er konnte mit Mühe die eingravierte Nr. 17 erkennen, und es erschütterte ihn bis ins Mark.

»Harry Warren.«

»Um Gottes willen!« Condon atmete zischend ein, blinzelte und starrte zu Boden. »Es trifft immer die Falschen … Eine Idee, was Harry hier unten suchen hatte?«

»Das Letzte, was er verlauten ließ, war, dass er sich in der Warren Street ein wenig umsehen wollte.«

»Dass es ausgerechnet auf diese Weise passieren musste«, sagte der Polizist. »Harry hat mehr Bandentreffs ausgeräuchert, als Sie und ich in unserem ganzen Leben zu sehen kriegen, und dann erwischt es ihn als unbeteiligter Zuschauer.«

»Wo ist seine Leiche?«

»Ich weiß nicht, ob wir sie jemals finden werden. Er muss sich direkt neben dem verdammten Ding befunden haben. Sein Abzeichen flog bis in die Lobby des Morgan Building.«

Bell steckte die Marke in die Tasche. »Hat die Bomb Squad irgendeine Ahnung, wer dafür verantwortlich ist?«

»Noch nicht. Sie haben eine Wagendeichsel und dieses Pferd gefunden, dem das Gedärm heraushängt. Es könnte irgendein Idiot gewesen sein, der Sprengstoff transportiert hat. Einige Leute haben ein Gespann an der Stelle stehen sehen, wo die Brandspuren sind. Und in der Nähe befinden sich drei oder vier Fundamentgrabungen, in denen die Bauunternehmer Dynamit lagern. Die Feuerwehr lässt zurzeit von der Sprengstoffabteilung der Stadtverwaltung die erteilten Genehmigungen überprüfen. Aber wenn man bedenkt, dass J. P. Morgan der Buhmann jedes Bolschewisten ist, würde es mich nicht wundern, wenn es eine Bombe war.«

»Es war eine Bombe«, sagte Bell. »Das war kein Unfall.« Er reichte Condon das Stück Gusseisen, das er aufgehoben hatte.

»Erkennen Sie das?«

»Das stammt von einer Gewichtsschnur für Schiebefenster«, sagte der Inspektor. »Es könnte von einem der Fenster herrühren, die in den Häusern ringsum aus den Rahmen gesprengt wurden.«

»In modernen Wolkenkratzern werden diese Schnüre schon lange nicht mehr verwendet. Außerdem, sehen Sie die Brandspuren? Das Gewicht könnte im Explosionszentrum oder zumindest in unmittelbarer Nähe gewesen sein.«

Condons Gesicht rötete sich. »Sollte dies tatsächlich der Fall sein, dann wollte irgendein kaltblütiger Radikaler mit voller Absicht so viele Menschen wie möglich töten.«

»Wenn es sich wirklich so verhält«, sagte Bell mit einem Klirren kalter Wut in der Stimme, »dann haben die Leute, die gegen die rote Gefahr kämpfen, die falschen Radikalen deportiert.«

Tragischerweise waren Ausländer wie Johann Koslow – ganz zu schweigen von Marions Freunden –, die man aus Angst vor den Roten verhaftet und des Landes verwiesen hatte, um vieles weniger gefährlich als diejenigen, die diese Bombe gezündet hatten.

»Unschuldige«, sagte er zu Inspektor Condon, »haben den Preis bezahlt.«

Sein zornglühender Blick blieb an dem toten Pferd hängen.

»Dick? Haben Sie was dagegen, wenn ich ein Hufeisen mitnehme?«

Isaac Bell brachte Harry Warrens Van-Dorn-Abzeichen ins Büro und diktierte eine Dienstanweisung: »Die Van Dorn Agency wird ein eigenes Bomb Investigations Department einrichten mit dem Ziel, der Regierung bessere Informationen zu liefern, als das Justizministerium sie von seinem eigenen Bureau of Investigation erhält.«

Er betraute Grady Forrer damit, die besten Spezialisten zu engagieren, machte sich eine Notiz, Joe Van Dorn bei nächster Gelegenheit um die Namen seiner vertrautesten Kontaktleute im Justizministerium zu bitten, und instruierte Darren McKinney, den besten Lobbyisten in Washington aufzutreiben, den man für Geld kaufen konnte.

Als Nächstes berief er eine Versammlung der Gang Squad ein. Detektive, die keinen Hehl aus ihrer tiefen Trauer um den beliebten Kollegen machten, drängten sich um seinen Schreibtisch.

»Weiß jemand, was Harry in der Wall Street wollte?«

»Er sprach davon, der Warren Street einen Besuch abzustatten, Mr. Bell.«

»Das hat er mir auch gesagt.«

»Wie ist er dann in die Wall Street gekommen?«

Sie sahen Ed Tobin an, der sein Handwerk bei Harry gelernt hatte. Ed sagte: »Er könnte Trucks O'Neal in der Warren Street gesehen haben und ihm zur Wall Street gefolgt sein.«

»Und dann«, fragte Bell, »soll er das größte Pech der Welt gehabt haben und im selben Moment an diesem Wagen vorbeigegangen sein, als der in die Luft flog?«

»Vielleicht.«

»Ich mag keine Zufälle«, sagte Bell. »Und ich denke, dass auch in diesem Raum hier niemand ist, der Zufälle mag.«

»Kein Einspruch, Mr. Bell.«

Bell nickte. »Okay. Zuerst müssen wir in Erfahrung bringen, ob Harry Warren Trucks O'Neal in die Wall Street gefolgt ist. Sucht Trucks O'Neal. Fragt in Leichenhallen und Krankenhäusern nach. Wenn O'Neal unter den Opfern ist, dann wär's das. Aber wenn er lebt und unverletzt ist, haben wir den Beweis, dass sich Trucks nicht in der Nähe des Wagens aufgehalten hat, als das

Dynamit explodierte. *Findet Trucks O'Neal!* Fangt in der Warren Street an. Findet den Stall, den Harry gesucht hat. Es dürfte dort nicht mehr allzu viele Mietställe geben, die noch im Geschäft sind.«

Ein Detektiv meldete sich zu Wort. »Ich komme soeben von dort, Mr. Bell. Der einzige Mietstall, den ich gefunden habe, war geschlossen.«

»Gehen Sie wieder hin. Beobachten Sie den Laden. Unterdessen seht euch das an.«

Bell legte das verbogene goldene Anzeichen auf seinen Schreibtisch. »Harrys Dienstmarke. Nummer 17. Cops haben es hinter der Eingangstür im Morgan Building gefunden.«

Er legte ein Hufeisen mit verbogenem Hufnagel und einem Stück Gummi, das daran klebte, so auf den Tisch, dass Harrys Abzeichen davon eingerahmt wurde.

»Von dem Pferd, das den Wagen zog, der explodiert ist… Sucht den Hufschmied, der das Pferd beschlagen hat, das den Wagen mit dem Dynamit zog, das Harry Warren zum Verhängnis wurde. Dieser Schmied wird uns verraten, wem der Wagen gehörte.«

»Yuri ist als Held der Revolution gestorben«, erklärte Marat Zolner seiner Gönnerin und Freundin Fern Hawley.

Sie hatte gerötete Augen und weinte haltlos. »Tu nicht so, als ob du nicht froh seist, deinen Bewacher los zu sein.«

»Nur bis Moskau den nächsten schickt.«

»Sie werden niemals jemanden finden… wie ihn.«

Das, dachte Zolner, kann ich nur hoffen.

Und es war keine leere Hoffnung. Ironischerweise verschaffte ihm Yuris Wall-Street-Bombenattentat zusätzliche Zeit. Bei fast vierzig Toten, vierhundert Verwundeten und Fotografien von der Verwüstung in fast allen Zeitungen der Welt gab es für die Komintern eine Menge zu feiern. Nun war auch er selbst ein Held, und es würde eine Weile dauern, bis die *apparatchiks* genug Mut aufbrächten, ihn abermals ins Visier zu nehmen.

Trucks O'Neal stellte eine unmittelbare Bedrohung dar. Sollten die Van Dorns seiner habhaft werden, wüsste der Gangster zu viel. Und sie würden ihn ohne Zweifel erwischen. Trucks hatte es abgelehnt, sich in Detroit zu verstecken, daher war es nur eine Frage der Zeit, wann er ihnen ins Netz ging. Schlimmer noch, mittlerweile hatte Trucks genug Zeit gehabt, sich klarzumachen, dass er eine Bedrohung war, was bedeutete, dass er Zolner niemals nahe genug an sich heranließe, um ihn zu töten. Aber Trucks war geldgierig. Und geldgierige Menschen waren berechenbar.

Grady Forrer holte eine jüngere Ausgabe des *International Horseshoers' Monthly Magazine* aus der Bibliothek des Van-Dorn-Recherche-Department und legte sie aufgeschlagen auf einen Schreibtisch, an dem der Lehrling Somers saß.

»Was wir als Hinweise für unsere Suche nach einem ganz bestimmten Hufschmied haben, sind ein Hufeisen, ein Hufnagel und ein Stück Gummi, das höchstwahrscheinlich Teil eines Hufschuhs war. Nun enthält dieses Monatsmagazin eine ganze Menge interessanter Artikel über die Aktivitäten der International Union of Journeymen Horseshoers of the U.S. and Canada. Aber wofür wir uns vor allem interessieren, das sind diese Werbeanzeigen für Hufeisen, Hufnägel und Hufschuhe. Hast du mich so weit verstanden?«

»Ja, Sir, Mr. Forrer.«

»Warum fangen wir nicht mit dem Hufeisen an? Beschreibe es.«

»Es ist abgenutzt und ziemlich dünn.«

»Siehst du den Namen des Herstellers darauf oder irgendein Markenzeichen?«

Somers nahm es in die Hände und drehte es hin und her. »Nein, Sir. Kein Name. Keine Gravur. Auch kein Stempel.«

»Wie können wir es dann mit den Anzeigen vergleichen? Denk darüber nach. Ich bin gleich wieder hier.«

Als Forrer zurückkehrte, deutete Somers aufgeregt auf die Anzeige für Red-Tip-Hufeisen, hergestellt von der Neverslip Manufacturing Company in New Brunswick, New Jersey. »Sehen Sie sich diese Anzeige an, Mr. Forrer. Dort ist beschrieben, wie Hufeisen hergestellt werden. Wenn man das gelesen hat, kann man selbst eins anfertigen.«

»Ja«, sagte Grady, »aber wenn man nach speziellen Informationen sucht wie zum Beispiel, wo dieses Hufeisen hergestellt wurde, dann muss man darauf achten, sich nicht ablenken zu lassen. Du und ich, wir könnten jedes Wort jeder Anzeige in dem Magazin lesen. Aber sollten wir das? Denn während wir erfahren, wie man Hufeisen herstellt, sind die Verbrecher, die auf Mr. Van Dorn geschossen haben, auf einem Schießstand und trainieren, um den nächsten Detektiv umso sicherer zu treffen. Es sei denn, wir bringen sie vorher zur Strecke. Also, warum beschäftigst du dich nicht mit diesem Nagel? Ich bin gleich zurück.«

Als Grady wieder hereinkam, war der junge Somers

verschwunden. Nach etwa einer Stunde stürzte er aufgeregt ins Zeitungsarchiv, wo Forrer an einem Bericht über Bandenkriege in Detroit arbeitete.

»Lehrlinge dürfen nur dann in die Mittagspause gehen, wenn es ihnen ausdrücklich gestattet wird, Master Somers.«

»Ich habe nicht gegessen. Der Nagel ist genauso abgenutzt wie das Hufeisen, aus diesem Grund sind auch daran keine besonderen Merkmale zu finden. Aber mir ist an dem Eisen etwas aufgefallen, darum bin ich zur Third Avenue gerannt, um es einem Fuhrunternehmer zu zeigen. Sehen Sie diesen winzigen Keil da? Der Fuhrunternehmer erklärte mir, dass der Hufschmied es auf das Eisen hämmert, um die hintere Seite des Hufs ein wenig anzuheben, wenn das Pferd nicht richtig darauf steht.«

Grady drehte das Hufeisen mit seinen großen Fingern hin und her. »Pferde-Podologie?«

»Betrachten Sie diese Markierung.« Somers schälte den Gummi von dem Keil und berührte mit einem Fingernagel eine winzige Scharte, die ins Eisen eingraviert worden war.

Forrer griff nach einem Vergrößerungsglas. »Was ist das? ... RDNJ?«

»*NJ* könnte für New Jersey stehen. Demnach müssten *RD* die Initialen des Hufschmieds sein.«

»Das klingt, als solltest du dich auf den Weg nach New Jersey machen, um RD zu suchen.«

»Wie?«

»Erinnerst du dich an diese Anzeigen im Horseshoers' Magazine für Hufeisen, Hufnägel und Hufschuhe? Was war dort zu lesen, wo der Hufschmied die Produkte der jeweiligen Hersteller kaufen kann?«

»Beim Großhändler.«

»Stell eine Liste von Großhändlern für Hufschmiedbedarf in New Jersey zusammen.«

Der übernächtigte Detektiv der Gang Squad, der in den vierundzwanzig Stunden seit dem Bombenattentat kein Auge zugemacht hatte, bot den glaubwürdigen Anblick eines Penners, während er in einem Hauseingang in der Warren Street gegenüber dem Stall kauerte, den er beobachtete, während er so tat, als ob er schliefe.

»Es dauerte eine Weile, bis wir Bescheid wussten«, berichtete er Isaac Bell, der ebenfalls nicht geschlafen hatte, während er sich neben ihm niederließ, als wollte er ihm eine Zigarette anbieten. Es war spät in der Nacht, die Straßen waren menschenleer.

»Dieser Typ, der genauso aussieht wie Trucks – Ed Tobin schwört, dass er es ist –, betritt von hier aus den Stall, dann fährt er auf der anderen Seite auf die Murray Street hinaus. Die Rückfronten der Gebäude stoßen in der Mitte des Blocks zusammen. Er ist gerade eben hineingegangen. Ed ist in der Murray auf dem Posten und hält die Augen offen.«

»Bleiben Sie hier«, sagte Bell. »Halten Sie ihn auf, wenn er rauskommt. Ich passe auf der anderen Seite auf.«

Er sprintete zur Straßenecke, durch die Greenwich und bog dann in die Murray ein.

Ed Tobin wartete im Lieferwagen eines Metzgers und linste durch ein Guckloch in der Seitenwand. Trotz seiner Müdigkeit empfing er Bell mit einem raubtierhaften Grinsen. »Ich habe mich mal kurz näher herangeschlichen. Er hat noch einen Wagen zur Verfügung. Zurzeit belädt er ihn mit Stoff.«

»Wie viele Helfer?«

»Keiner. Er räumt das Lager ganz allein aus.«

Bell nickte und meinte: »Sieht so aus, als habe er gewusst, dass Harry in der Nähe war.«

»Falls Harry wirklich in der Nähe war, was hatte er in der Warren Street zu suchen?«

»Vielleicht hatte sich Harry zu nahe herangewagt«, sagte Bell.

»Und Trucks hat ihn getötet? Und in den Wagen verfrachtet?«

»In der Warren Street befindet sich ein Mietstall. Wo würden Sie ein Gespann abstellen, während Sie Dynamit zusammentragen?«

»Es waren dieselben Typen.«

Der Chefermittler und der ehemalige Lehrling des Chefs der Gang Squad wechselten einen grimmigen Blick.

»Eine ähnliche Frage habe ich mir auch schon gestellt«, sagte Tobin. »Wenn Harry Verdächtige beschattete, dann ist er ihnen immer dicht auf den Pelz gerückt und hat sich nicht abschütteln lassen. Trucks hat nicht das Mindeste abgekriegt. Daher konnte Harry unmöglich ihn verfolgt haben, als die Bombe explodierte und ihn in den Tod riss. Aber Harry hatte keinen Grund, sich vor dem Morgan Building aufzuhalten. Er hätte eigentlich elf Blocks näher am Stadtzentrum hier beim Stall sein müssen.«

»Vermuten Sie etwa«, sagte Bell, »dass Harry in dem Wagen war?«

»Ich wollte es nicht aussprechen. Das klingt doch zu verrückt.«

»Es ist nicht verrückt«, sagte Bell. »Es ist einfach eine Spekulation. Und es wäre eine absolut wilde Spekulation, wenn wir nicht tatsächlich möglichen Komintern-Agenten auf der Spur wären, die nichts anderes im Sinn haben, als Terror zu säen.«

»Was wäre denn, wenn Harry sie während seiner Suche nach Trucks im Stall überrascht hat? Wenn sie dann den Spieß umgedreht und ihn getötet haben?«

Isaac Bell nickte. »Das könnte der Grund sein, weshalb sich Trucks aus dem Staub macht, falls er wusste, dass Harry ein Van Dorn war. Van Dorns kommen niemals allein. Er rafft von dem Schnaps so viel wie möglich zusammen, ehe wir ihn schnappen.«

»Wollen Sie die Tür aufbrechen?«

»Würde ich sehr gern«, sagte Bell. »Aber noch lieber möchte ich herauskriegen, wohin er will. Wenn jemand weiß, wer Marat Zolner ist, dann mit Sicherheit der Gangster, der mit Zolners Dampferticket in seine Heimat zurückgekehrt ist.«

»Die Tür geht auf!«

»Kann man sich darauf verlassen, dass diese Karre funktioniert?«

»Sie ist okay.«

Ein Mann mit massiger Gestalt zog die Tür nach innen auf. Das Licht der nächsten Straßenlaterne fiel auf sein Gesicht. Seine Haut glänzte von Schweiß. Er hatte den Hut abgenommen. Die hohe Stirn war deutlich zu erkennen.

»Das ist Trucks«, sagte Tobin. »Keine Frage. Sehen Sie es? Was ich gesagt habe – er hat keinen Kratzer abgekriegt.«

Trucks O'Neal verschwand im Lagerhaus und kam Sekunden später in einem Dodge Lieferwagen heraus, der auf Grund der schweren Ladung tief in der Federung hing.

»Diesmal hat er die Tür nicht geschlossen«, stellte Bell

fest. »Er ist offensichtlich fertig und hat nicht vor, noch einmal zurückzukommen.«

Tobin schwang sich hinter das Lenkrad und betätigte den elektrischen Anlasser.

»Bleiben Sie dicht hinter ihm«, sagte Bell. »Notfalls ist es mir lieber, dass er uns bemerkt, als dass wir ihn verlieren.«

Sie folgten dem Dodge acht Blocks weit in Richtung Stadtzentrum und ins syrische Viertel, dann über die Rector Street zur West Street und dort einen Block weit. Einen halben Block vor Isaac Bell und Ed Tobin bog Trucks O'Neals um die Ecke. Sie folgten ihm und gelangten in eine dunkle Straße, in der plötzlich ein Feuerwerk von Mündungsblitzen explodierte.

Wie eine endlose Salve von Kettenblitzen hallte ein ohrenbetäubendes Stakkato von den Häuserwänden wider. Eine Kette kreischender Projektile stanzte Löcher in eine Reihe geparkter Automobile. Tobin rammte den Fuß aufs Bremspedal.

Isaac Bell stieß die Beifahrertür auf, schlang seinen freien Arm um den Hals des Kollegen und zog ihn hinter sich her aus dem Führerhaus. Während sie sich über das Kopfsteinpflaster rollten, dröhnte der Metzgereilieferwagen wie eine riesige Blechtrommel, als seine Seitenwände und die Windschutzscheibe wiederholt durchlöchert wurden.

»Thompson .45er Maschinenpistole.« Bell robbte hinter einen von Kugeln durchsiebten Ford Modell T, richtete sich halb auf und angelte die Browning aus seinem Jackett.

»Warum schießen sie auf uns?«, brüllte Tobin über den Schusslärm, der in voller Lautstärke anhielt.

»Das tun sie gar nicht.«

»Gott sei Dank. Wäre mir beinahe so vorgekommen.«

»Sie schießen auf die Leute, die zurückschießen.«

Vereinzeltes Pistolenfeuer bestätigte, dass die Van Dorns mitten in eine fremde Schießerei geraten waren. Tobin zückte eine kurzläufige Taschenpistole, die gegen die Thompson noch nutzloser war als Bells Automatik.

Eine weitere Salve beharkte die Straße. Diesmal schoss niemand zurück. Als der Kugelregen versiegte, hob Bell den Kopf, um nach O'Neal Ausschau zu halten. Er sah den Dodge gestrandet auf der Straße stehen, die Reifen platt und die Fahrertür offen, aber keine Spur von dem Gangster. Ein Lokomobil durchbrach das Tor eines Lagerhauses, raste an dem Dodge vorbei und verschwand mit quietschenden Reifen um die nächste Straßenecke.

Und plötzlich herrschte Stille.

Bell wusste, dass ihm nur ein winziger Moment blieb, um festzustellen, ob Trucks O'Neal überlebt hatte, ehe die Cops anrückten und das Kommando übernahmen. Dicht gefolgt von Tobin, der als Nachhut das Gelände hinter ihnen sicherte, näherte sich der große Detektiv dem Dodge. Er war genauso durchlöchert wie der Metzgereilieferwagen und die meisten anderen Fahrzeuge in der Nähe. Er stank nach verschüttetem Alkohol aus Hunderten geborstener Flaschen. Niemand befand sich im Führerhaus.

Bell hörte ein Stöhnen. Sie folgten dem Laut ins Lagerhaus hinein, aus dem soeben das Lokomobil herausgekommen war. Whiskykisten waren ringsum vor den Wänden aufgestapelt.

»Glen Urquhart Genuine«, sagte Tobin. »Der gleiche Stoff, den Trucks in der Murray Street gebunkert hatte. Sieht so aus, als sei er überfallen worden.«

»Aber wo ist Trucks?«

Tiefer im Innern des Lagerhauses stießen sie auf einen stutzerhaft gekleideten Mann in einem grellfarbenen Anzug, der von einem Streifschuss an der Schulter erwischt worden war. Er mühte sich ab, in eine sitzende Position hochzukommen und die Pistole an sich zu bringen, die neben ihm auf dem Zementboden lag.

Bell entfernte die Waffe mit einem lässigen Fußtritt und kniete sich neben den Verletzten.

»Wer hat auf Sie geschossen?«

»Wer auf mich geschossen hat? Was sind Sie, ein Cop?«

»Ein Van Dorn.«

»Das ist das Gleiche.«

»Also, wer hat auf Sie geschossen?«, wiederholte Bell eisig.

»Niemand.«

»Was war hier los?«

»Woher soll ich das wissen?«

»Wo ist Trucks O'Neal?«

Der Gangster überraschte Bell. Er lachte. »Trucks? Trucks hat eine Spazierfahrt gemacht.«

»Wohin?«

»Ich rede nicht mit Cops.«

»Sie werden sich noch wünschen, wir wären Cops«, knurrte Tobin über Bells Schulter. Zu Bell sagte er: »Ich kenne diesen Typen. Das ist Johnny Quinn, der für Lonergan Fusel verscheuert. Stimmt's, Johnny?«

Quinn nickte. »Ich brauche einen Arzt.«

»Du brauchst einen Totengräber, wenn du uns nicht O'Neal gibst«, sagte Tobin, und er redete mit Bell, als läge der Gangster gar nicht zwischen ihnen auf dem Zementboden. »So wie ich es verstehe, verkauft Trucks den

Stoff diesem Typen hier. Der Pirat mit der Thompson versucht, das Zeug an sich zu bringen. Mr. Quinn und seine Freunde wehren ihn ab. Quinn wird angeschossen, seine Freunde suchen das Weite. Die Piraten bekommen zwar einiges, aber nicht alles von O'Neals Ware.«

»Nein«, widersprach Bell. »Ich sehe keinen Lastwagen, um es einzuladen. Außerdem haben sie den Dodge lahmgelegt. Sie haben nicht den Fusel geklaut. Wenn überhaupt etwas, dann haben sie sich O'Neal geschnappt.«

Bell wandte sich wieder an den Gangster. »Wohin haben sie ihn gebracht?«

»Nirgendwohin.«

Eine elektrische Polizeisirene heulte in der Nähe auf. Bells Hand zuckte zu seinem Stiefel hinunter. Er hielt dem Gangster sein Wurfmesser dicht vor die Nase, dann schlang er einen Arm um seinen Hals, nahm ihn in den Schwitzkasten und schob ihm die Messerspitze ins Ohr. »Ich habe gefragt, wohin haben sie ihn gebracht?«

»Sind Sie wirklich kein Cop?«

»Das haben wir bereits geklärt. Also wohin?«

Der Gangster leckte sich über die Lippen. »Hören Sie, das ist eine Sache zwischen Trucks und denen.«

»Sie wissen, wer ihn geschnappt hat, nicht wahr?«

»Ja, und ich werde es Ihnen nicht verraten, denn egal, was Sie mit mir machen – was die mit mir tun würden, ist schlimmer.«

»Willst du darauf wetten?«, fragte Bell.

Der Gangster drehte mühsam den Kopf und sah Ed Tobin flehend an. »Hören Sie, Buddy. Haben Sie überhaupt eine Ahnung, von wem ich rede? Die Typen übernehmen die Kontrolle im Hafen. Sie drängen Lonergan und die anderen raus.«

»Die Black Hand«, sagte Tobin.

»Die Black Hand hat Trucks eine Falle gestellt. Sie hatten ihn bereits erwartet.«

Isaac Bell und Ed Tobin wechselten einen irritierten Blick. Dass die Italiener, die im Begriff waren, die lukrative Kontrolle über die Hafenarbeit an sich zu reißen, es auf Trucks O'Neal abgesehen hatten, war eine Variante, die überhaupt nichts mit der Komintern und Marat Zolner zu tun hatte.

Aber – hatte es wirklich nichts damit zu tun?, fragte sich Bell. Wenn sich Zolner nun irgendwelche Partner gesucht hatte? Was wäre, wenn er mit den neuen führenden Figuren in New York gemeinsame Sache machte? Wenn er ein Arbeitsbündnis geschlossen hatte, war es durchaus möglich, dass diese neuen Partner Zolner einen Gefallen taten, indem sie einen Zeugen beseitigten, der genug wusste, um ihre gemeinsamen Pläne zu durchkreuzen.

»Wohin hat die Black Hand Trucks gebracht?«

Tobin beugte sich tiefer hinab, um zu flüstern: »Du solltest es uns lieber erzählen. Ich habe keine Kontrolle darüber, was dieser Bursche sonst mit dir anstellt.«

Bell unterstrich Tobins Warnung und schob die Messerklinge ein wenig tiefer in das Ohr des Gangsters. Die Spitze berührte sein Trommelfell. Quinn wurde schlaff. Bell sagte: »Du hast uns bereits verraten, dass sie mit Trucks eine Spazierfahrt gemacht haben. *Wohin?*«

»Weiß ich nicht genau. Gewöhnlich schaffen sie Typen wie ihn nach Brooklyn.«

»Brooklyn ist groß.«

»In die Fulton Street.«

»Die Fulton Street ist lang.«

»Kommen Sie, Mister, Sie bringen mich in die größten Schwierigkeiten.«

»Du steckst schon jetzt bis zum Hals im Schlamassel.«

Ed Tobin mischte sich abermals ein, diesmal jedoch weniger freundlich denn fatalistisch. »Betrachte diesen Knaben einfach als deinen Priester. Gott ist der Einzige, dem er deine Sünden erzählt, und Gott interessiert es wahrscheinlich einen feuchten Kehricht. Wohin in der Fulton?«

»Runter zur Fähre. Unter die Brücke.«

Es war weniger als eine Meile quer durch Manhattan bis zur Brooklyn Bridge, selbst wenn sie den Straßensperren im Bereich der Wall Street auswichen, wo die Polizei noch immer wegen des Bombenattentats ermittelte. Auf der Brücke, während sich der Himmel violett färbte und der Wind durch die Einschusslöcher in der Frontscheibe des Metzgereiwagens pfiff, fragte Ed Tobin: »Komintern und Black Hand? Eine seltsame Kombination.«

»Es ist so gut wie sicher, dass die Black Hand keine Ahnung hat, dass Zolner zur Komintern gehört. Sie sehen lediglich einen erfolgreichen Bootlegger in ihm, der so clever ist, sich Freunde zu machen. Wir können Trucks fragen, aber Sie müssen Gas geben, damit sie ihn nicht vorher beseitigen. Tempo! Schnell, schnell!«

Sie kurvten mit quietschenden Reifen durch das Schlangennest aus Ab- und Ausfahrten und hinunter in das heruntergekommene Viertel an der Anlegestelle der Fähre, wo die Fulton Street unter der Brücke in einem Slum aus Freudenhäusern, Blind Pigs und vor Schmutz starrenden Imbissschuppen endete. Landstreicher schliefen in Hauseingängen. Polizisten hingegen konnte Bell nirgendwo entdecken.

Die Sonne hatte die Spitzen der gotischen Brückentürme noch nicht erreicht, rötete jedoch die obersten Stahlträger der im Bau befindlichen Wolkenkratzer in der Wall Street auf der anderen Seite des Flusses. Die Fähre nach Manhattan, die nur noch von wenigen benutzt wurde, seit die Brücke ihr Geschäft nahezu vollständig zum Erliegen gebracht hatte, verkehrte nicht mehr während der Nacht. Die Schuppen und Kais und Piere direkt am Wasser erschienen mit ihrer abblätternden Farbe und den stellenweise verrotteten Planken vollkommen verlassen.

»Dort ist ihr Lokomobil.«

Sie hielten hinter dem Automobil an, das aus dem Lagerhaus in der Murray Street gekommen war. Es parkte neben einem Lastwagen am Fuß eines Piers unter einer geborstenen Straßenlaterne.

»Draußen auf dem Pier«, sagte Bell und rannte los.

Weit entfernt, am Ende des langen Holzstegs, der in den Fluss hinausragte, umringte eine Gruppe von sechs Männern einen einzelnen Mann, den sie halb zum Wasser trugen, halb schleiften. Bell zog seine Pistole, blieb stehen und zielte. Vorsichtig, um Trucks nicht zu treffen, feuerte er zweimal dicht über ihre Köpfe. Ein Hut flog durch die Luft. Ein Gangster duckte sich und ließ sich fallen. Die anderen eilten weiter, erreichten das Ende des Piers und warfen Trucks O'Neal ins Wasser.

Isaac Bell sprintete, was das Zeug hielt. Die Gangster wichen auseinander, zerstreuten sich und rannten zu ihrem Automobil zurück. Dabei behielten sie Bell wachsam im Auge und machten ihm Platz, sodass er sie ungehindert passieren konnte. Der Fluss hatte Mittelwasser, und seine glatte Oberfläche wurde nur von einem einzigen runden Wellenkreis gekräuselt. Trucks war wie ein Amboss ins Wasser eingetaucht und sank senkrecht auf den Grund.

Bell streifte sein Jackett ab, schlüpfte aus den Stiefeln und hechtete hinter ihm her.

In der Mitte des Wellenkreises, der O'Neals Eintauchen markierte, glitt er ins Wasser und strebte mit kräftigen Arm- und Beinzügen in die Tiefe. Nach fünf oder sechs Metern berührte er den Grund, ertastete Schlick und stieß gegen etwas Hartes – es war der Sockel eines Stützpfeilers. Er tastete hektisch um sich, und etwas Weiches schloss sich um seine ausgestreckte Hand und hielt sie fest.

Bell konnte es kaum glauben. Es war nahezu ein Wunder. Aber indem er direkt abtauchte, war er auf dem Grund dicht neben O'Neal gelandet, der sich mit aller Kraft an seine Hand klammerte. Bell stemmte beide Füße in den Schlick und stieß sich ab, um den Mann an die Wasseroberfläche zu ziehen.

Bell konnte ihn nicht anheben.

Er zerrte heftiger an der Hand des Mannes, als forderte er ihn auf *Stoß dich ab! Hilf mir, dich raufzuholen!* Wo war sein natürlicher Auftrieb? Selbst ein Nichtschwimmer würde wenigstens ein kleines Stück zur Oberfläche aufsteigen, aber Bell konnte ihn nicht aus dem Schlick hieven.

Ihm wurde die Luft knapp.

Er zog sich an der Hand des Gangsters nach unten, stemmte sich abermals in den weichen Schlamm und versuchte, sich abzustoßen. Aber auch diesmal bekam er den Mann nicht hoch. Jetzt hatte er seine Luft endgültig verbraucht. Er hörte den Puls in seinen Ohren rauschen.

Sein ganzer Kopf dröhnte. Er hatte keine andere Wahl, als zur Wasseroberfläche zu schwimmen, seine Lunge mit frischer Luft zu füllen und abermals zu tauchen, um dem Mann erneut zu helfen. O'Neals Hand krampfte sich mit der übermenschlichen Kraft der Verzweiflung um seine.

Isaac Bell löste seine Finger aus der Umklammerung, einen nach dem anderen.

Er hörte plötzlich ein hohles Blubbern. Luftblasen wirbelten an seinem Gesicht vorbei. O'Neal ertrank. Sein Griff wurde schlaff. Bell riss sich los und strebte mit letzter Kraft zu dem Licht über seinem Kopf. Er hielt den Atem an, bis er nicht mehr länger warten konnte, und als er den Mund öffnete und einatmete, stellte er zu seinem Erstaunen fest, dass er es bis zur Oberfläche geschafft hatte.

»Ein Seil!«, brüllte er. »Ed! Besorgen Sie ein Seil!«

Umsichtig, wie er war, sprintete Tobin bereits zum Anfang des Piers. Er warf ein langes Seil ins Wasser. Bell atmete tief ein und zog das Seilende in die Tiefe. Dank der geringen Strömung erreichte er den ertrinkenden Gangster auf Anhieb, zog das Seil unter seinen Armen hindurch, verknotete es auf der Brust und schoss wieder nach oben.

»Ziehen Sie!«

Fünf Meter über ihm auf dem Pier hatte Tobin Unterstützung durch zwei Landstreicher erhalten, die weitere Helfer herbeiriefen. Sie zogen an dem Seil wie Hafenarbeiter beim Vertäuen eines Schiffes und hievten Trucks O'Neal langsam aus dem Wasser. Sein Kopf brach durch die Oberfläche. Zwar war er, wie Bell befürchtete, bereits tot, aber dann rief er trotzdem den Männern zu, ihn auf den Pier zu ziehen. Sie gehorchten, danach warfen sie Bell das Seil zu. Er kletterte aus dem Wasser und stellte fest, dass die Gangster, die Trucks in den Fluss geworfen hatten, Zementblöcke an seinen Füßen festgezurrt hatten.

Ed hockte über Trucks ausgestrecktem Körper, drückte auf seinen Rücken und bewegte seine Arme, versuchte sein Glück mit Mund-zu-Mund-Beatmung, presste Wasser aus seiner Lunge, um Platz für frische Luft zu schaffen. Aber es war hoffnungslos. O'Neal war tot.

Polizisten kamen auf den Pier.

»Nun, das ist mal was Neues. Zementschuhe.«

»Wer war das?«

»Er war«, sagte Isaac Bell, »die heißeste Spur der Van Dorn Detective Agency.«

»Bekomme ich nun eine Pistole aus der Waffenkammer, Mr. Forrer?«

»Van-Dorn-Lehrlinge dürfen keine Waffen tragen.«

»Ich habe bei der Küstenwache Schießen gelernt.«

»Nichts da. Ich schicke dich nach Newark, um einen Großhändler für Hufschmiedbedarf zu befragen. Es ist höchst unwahrscheinlich, dass jemand, der seinen Lebensunterhalt mit dem Verkauf von Hufnägeln und Ambossen verdient, eine Schießerei mit dir anfängt.«

Somers machte ein derart enttäuschtes Gesicht, dass Forrer es für geraten hielt, das Waffenverbot genauer zu erläutern.

»Mr. Van Dorn ist der Auffassung, dass ein junger Mann mit Waffe nicht so aufmerksam auf seine Umgebung achtet, wie er es eigentlich tun sollte, da er glaubt, dass er sich mit Hilfe seiner Pistole leichter aus schwierigen Situationen befreien kann. Aber jemand, der sich allein auf seinen Geist, seine Cleverness verlassen muss, um zu überleben, lernt notwendigerweise, die Augen offen zu halten und seine Umgebung gründlicher zu analysieren… Und das ist eine wichtige detektivische Eigenschaft, oder meinst du nicht, junger Mann?«

Somers setzte sich widerspruchslos in den Zug nach Newark.

Im Ironbound District, nicht weit vom Frachtbahnhof entfernt, fand er den Laden, der dem Großhändler für Hufschmiedbedarf gehörte, den Mr. Forrer und er als den wahrscheinlichsten Lieferanten des Hufeisens ausgesucht hatten, das Bell in der Wall Street an sich genommen hatte.

Der Großhändler erklärte ihm, dass der Gummifetzen, der an dem Hufeisen klebte, wahrscheinlich zu einem Air Cushion Pad der Revere Rubber Company oder zu einem Dryden Hoof Pad gehörte.

»Wie wäre es mit einem Model von Neverslip Manufacturing in Brunswick?«, fragte Somers.

»Wäre auch möglich.«

»Haben Sie irgendeine Idee, welcher Hufschmied die Hufeisen bei Ihnen gekauft haben könnte?«

»Nein. Es hätte jeder sein können.«

»Und wenn derselbe Hufschmied einen Neverslip-Hufschuh gekauft hätte?«

Der Großhändler betrachtete das abgenutzte Hufeisen. »Könnte sein.«

Somers zeigte ihm die Gravur im Keil. »Wie kommt dies in den Keil?«

»Der Hufschmied hat eine Punze mit seinen Initialen. Er benutzt sie, um sein Eisen zu markieren. Damit signiert er es sozusagen. Es ist so etwas wie ein Markenzeichen.«

»Erkennen Sie die Initialen *RD*?«

»Sonny, weshalb stellst du all diese Fragen?«

Asa Somers straffte seine mageren Schultern und richtete sich zu seiner vollen Größe auf. »Ich absolviere eine Ausbildung als Privatdetektiv bei der Van Dorn Agency. Wir untersuchen das Bombenattentat in der Wall Street.«

»Ich dachte, das macht die Regierung. Und die Polizei.«

»Könnte er einer Ihrer Kunden sein?«

»Könnte schon.«

»Erinnern Sie sich an den Namen des Hufschmieds?«

Der Großhändler zuckte die Achseln, als habe er für sich entschieden, dass Somers ein ernsthafter anständiger Kerl war, der für seinen Kunden keine Gefahr darstellte. »Sein Name lautet Ross. Ross Danis.«

»Wo kann ich ihn finden?«

»Ich weiß nicht, wo er zurzeit schläft. Er war mal Hufschmied und Grobschmied auf Mrs. Dodge's Landgut, bis man ihn aufforderte, seine Siebensachen zu packen.«

»Weshalb?«, fragte Somers, dessen Entlassung bei der Küstenwache ihn trotz des wunderbaren neuen Jobs bei den Van Dorns immer noch schmerzte.

»Es heißt, dass Mr. Dodge«, meinte der Großhändler kichernd, »keine Lust mehr hatte, bei Mrs. Dodge die zweite Geige zu spielen, wenn du alt genug bist, um zu wissen, was ich damit sagen will.«

»Meinen Sie, dass Mr. Dodge eifersüchtig war, weil Mr. Danis Mrs. Dodge so viel Aufmerksamkeit schenkte?«

»Die Lady war fröhlich und aufgekratzt, wie seit Jahren nicht mehr.«

»Wo kann ich Mr. Danis finden, wenn er arbeitet?«

»Da er sich vor kurzem eine nagelneue Boss-Lederschürze und einen neuen Satz Disston-Raspeln gekauft hat, wird er wahrscheinlich auf der Monmouth County Fair Pferde beschlagen – es sei denn, Mr. Dodge nimmt ebenfalls daran teil und seine liebende Gattin hütet das Haus.«

»Was wird aus der Revolution?«, fragte Fern Hawley.

Trübsinnig blickte sie auf ein unberührtes Glas echten Champagners, das ihr von dem ehemaligen Schwergewichtsmeister Jack Johnson, Eigentümer des Club Deluxe in Harlem, eingeschenkt worden war.

Marat Zolner hatte gehofft, dass ein unterhaltsamer nächtlicher Ausflug sie von Yuri ablenken werde.

»Bootlegging«, erinnerte er sie abermals, »ist unser Weg zur Revolution.«

»Yuri war anderer Meinung.«

Das in der Lenox Avenue residierende Speakeasy des berühmten Preisboxers war Ferns bevorzugtes Varieté. Eine heiße Jazzband lockte die Creme der Park-Avenue-Clique an. Sie kamen, aufs Eleganteste herausgeputzt, nach Dinnerpartys, Theater- und Opernaufführungen mit Limousinen und Taxis aus der Stadt. Zolner genoss es ebenfalls, vor allem wenn er die Rolle eines adligen russischen Emigranten spielte, der sich an der Seite seiner amerikanischen Wohltäterin die Zeit vertrieb. Es machte Spaß, reich zu sein, Spaß, mit Filmstars und Gangstern und jungen Revuegirls mit kurzem Haar und noch kürzeren Röcken ausgelassen zu feiern.

»Yuri hat es nicht verstanden«, sagte er sanft. »Aber er begann allmählich zu erkennen, was in Amerika wirklich im Gange ist und wohin es sich entwickelt.«

»Aber was ist mit uns? Wie geht es mit uns weiter?«,

fragte Fern. Ehe Yuri den Tod fand, hatte sie ungeduldig Ergebnisse gefordert. Jetzt war sie geradezu besessen davon.

»Wir gehen in eine Stadt, in der ein schmaler Fluss, den ein Schnellboot in weniger als einer Minute überqueren kann, alles ist, was eine legal Alkohol konsumierende Nation von einer per Gesetz trockenen Nation trennt.«

»Detroit«, sagte Fern, die sich über jeden Bereich und jeden Aspekt der Prohibition auf dem Laufenden hielt, seit Zolner ihr zum ersten Mal den Plan, den er ausbrütete, erläutert hatte.

»Detroit. Drei von vier Drinks, die in Amerika ausgeschenkt werden, kommen aus Detroit. Detroit beliefert Saint Louis, New Orleans, Kansas City und Denver, den Westen, den Mittleren Westen und den Süden.«

»Aber die Purple Gang und die River Gang kämpfen darum, das Geschäft zu kontrollieren. Sie haben die Polizei gekauft. Und die Politiker.«

Unter dem Tisch legte Marat Zolner eine Hand auf ihr Knie. »Deshalb gehen wir nach Detroit.«

»Aber was wird mit der Revolution?«, wiederholte Fern trotzig. Sie senkte den Kopf, um Zolner nicht in die Augen zu schauen. Dabei fiel ihr Blick auf den lächelnden Jack Johnson, der am Eingang gerade ein auffällig attraktives Paar begrüßte.

»Sieh mal! Dort ist Isaac Bell.«

20

»Willkommen, Isaac. Und Mrs. Bell, was für eine Freude, Sie wiederzusehen.«

Der ehemalige Schwergewichtsweltmeister Jack Johnson – ein bemerkenswert fit aussehender, dreiundvierzig Jahre alter Schwarzer – machte in einem dunkelgrauen Anzug mit kreideweißen Streifen eine hervorragende Figur. Er beugte sich tief über Marions Hand.

»Wäre die Hoffnung zu vermessen, dass Sie in New York einen neuen Film drehen?«

»Von jetzt an drehe ich all meine Filme in New York. Nichts in Hollywood kann dem Club Deluxe das Wasser reichen.«

Johnson quittierte das Kompliment mit einem herzlichen Lachen.

»Übrigens, Isaac, vielen Dank für die Zigarren.«

Johnson hatte eine Strafe im Gefängnis von Leavenworth abgesessen – Ursache war ein vorschnelles Urteil in einem Prozess auf Grund einer falschen Anschuldigung, gegen den Mann Act verstoßen zu haben. Und Isaac Bell, wie auch zahlreiche andere Bewunderer des berühmten Berufsboxers, hatte Kisten der feinsten La Aroma de Cubas ins Gefängnis geschickt, um ihm das Jahr hinter Gittern ein wenig zu versüßen. »Wie ich hörte, haben Sie die Absicht, gegen Jack Dempsey anzutreten. Oder ist das nur eine Zeitungsente?«

»Was glauben Sie?«

»Ich glaube, dass Sie für dreiundvierzig Jahre verdammt fit sind, und dass Jack Dempsey siebenundzwanzig Jahre alt ist.«

»Ich glaube, dass ich ihn auf die Bretter schicken kann. Ich fühle mich tipptopp, in besserer Verfassung als je zuvor.«

»Sie sehen auch so aus«, sagte Bell.

»Ich möchte nicht gegen zweitklassige Gegner kämpfen, und Dempsey will das auch nicht. Das wird ein verdammt guter Kampf. Aber eins muss ich Ihnen sagen.« Jack Johnson senkte die Stimme. »Ich sollte lieber gewinnen. Die Gauner rücken mir allmählich unangenehm auf die Pelle. Dieser Laden wird mir nicht mehr lange gehören.«

»Wer ist es?«, fragte Bell.

»Irgendein Gangster aus dem Bootlegging-Business, den sie demnächst in Sing-Sing entlassen werden. Er plant angeblich, mich billig auszukaufen und alles im Dschungelstil mit Palmen und so weiter umzudekorieren. Ich kann nicht viel dagegen tun, es sei denn, ich ziehe mit Pistolen und Messern in den Krieg, und dafür bin ich zu alt.«

»Um welchen Gangster geht es?«

Jack Johnson schaute sich in seinem gut besuchten Varieté um. Er lächelte beim Anblick der dicht besetzten Tische, der hin und her eilenden Kellner und des Gedränges auf der Tanzfläche. »Das weiß ich noch nicht, allerdings würde es mich nicht wundern, wenn er ein paar Spitzel hergeschickt hat, die mich in diesem Moment beobachten. Wie ich schon sagte, es wird Zeit für mich, in den Ring zurückzukehren.«

Marat Zolner erkannte in dem Mann, der sich mit Jack Johnson unterhielt, den Van-Dorn-Detektiv, der ihn in der Nacht verfolgt hatte, in der er auch Johann Koslow exekutiert hatte.

»Bist du sicher, dass er dein Gesicht nie gesehen hat?«, fragte Fern.

»Absolut.«

»Aber du warst nahe genug bei ihm, um Zeuge zu sein, wie er Johann erschoss.«

»Ich sagte, dass ich den Schuss gehört habe. Gesehen habe ich ihn nicht.«

»Hätte es demnach auch jemand anders sein können, der Johann getötet hat?«

»Ich habe niemanden außer Bell gesehen.« Und dann, um Fern von dem Thema abzulenken, fragte er: »Wer ist diese aufregende Erscheinung an seiner Seite?«

»Seine Ehefrau – Marion Morgan Bell. Die Filmregisseurin.«

»Regisseurin? Eine solche Schönheit sollte eigentlich der Star sein.«

»Möchtest du, dass ich Mr. Bell bitte, dich ihr vorstellen zu dürfen?«, fragte Fern eisig.

»Du hast keinen Grund, beleidigt zu reagieren. Ich meinte nur, dass sie, zumindest auf diese Entfernung, außergewöhnlich hübsch erscheint.«

»Ein derart attraktiver Mann«, konterte Fern, »verdient wenigstens eine Schönheit.«

Sie beobachtete, wie Isaac Bell einen prüfenden Blick, dem nichts entging, durch das Speakeasy schweifen ließ. Seine blauvioletten Augen richteten sich auf sie und verdunkelten sich für einen kurzen Moment des Wiedererkennens, während er sie anlächelte.

Fern winkte.

»Was tust du?«, fragte Zolner.

»Jetzt kommt deine Chance, ihn aus der Nähe kennenzulernen.«

Bell und Marion durchquerten langsam das dicht bevölkerte Speakeasy, wobei sie wiederholt von Fans aufgehalten wurden, die von ihren Plätzen aufsprangen, um Marion zu sagen, wie gut ihnen ihre Filme gefielen. Nur wenige Regisseure wurden in der Öffentlichkeit erkannt, aber wenn Marions Foto in einem Filmmagazin erschien, prägte man sich ihr Gesicht ein.

»Ich würde gern einen kurzen Abstecher zu Fern Hawleys Tisch machen«, sagte Bell zu ihr.

»Wer ist der Mann neben ihr?«

»Finden wir's heraus.«

Der Begleiter der Salonlöwin erhob sich höflich, als sie an dem Tisch stehen blieben. Er bewegte sich selbstsicher und geschmeidig, ein eleganter Mann, etwa so groß wie Bell, doch ein wenig schlanker. Seine Haltung war von einer gewissen Lässigkeit, aber sein Blick war scharf und prüfend. Fern stellte ihn vor. »Mein alter Freund Prinz André, den es seit einiger Zeit aus Sankt Petersburg hierherverschlagen hat.«

Bell und Prinz André wechselten einen festen Händedruck. Bell stellte Marion vor. Höflichkeiten wurden ausgetauscht. Sie ließen sich dazu überreden, für einen Moment am Tisch Platz zu nehmen.

Prinz André verwickelte Marion in ein Gespräch über verschiedene technische Aspekte der Filmherstellung und die Unterschiede zwischen Amerika und Russland. Marion erwähnte dabei, dass sie soeben eine Komödie über eine russische Balletttruppe drehe, die in New York gestrandet war.

»Welchen Titel wollen Sie ihr geben?«

»*Sprung nach New York.*«

»Was könnte besser sein? Wir sollten alle nach ›New York springen‹, nicht wahr, meine Liebe?«

Fern Hawley meinte zu Bell: »Für Ihre Frau rafft mein Freund seinen sämtlichen Charme zusammen.«

»Daran bin ich gewöhnt«, erwiderte Bell.

»Wie oft endet es mit Handgreiflichkeiten?«

»Weitaus seltener, als man annehmen würde.«

Ferns Lächeln verschleierte ihre Augen noch stärker. Sie schürzte die geschwungenen Lippen. »Und wie geht es gewöhnlich aus, wenn es dazu kommt?«

»Sie versuchen es nie wieder. Ist Prinz André erst vor kurzem hier angekommen?«

»Ich kenne ihn aus Paris.«

»War er ein Flüchtling?«

»Ganz und gar nicht. Seine Familie hat Landbesitz in Frankreich.«

»Auch in Amerika?«

»Nicht dass ich wüsste«, antwortete Fern. »Darf ich Ihnen eine Frage stellen?«

»Natürlich«, sagte Bell mit einem Seitenblick zu Prinz André und einem Lächeln für Marion.

»Eine ganz offene, wenn nicht gar unverschämte Frage«, sagte Fern.

»Nur zu«, sagte Bell. »Was wollen Sie wissen?«

»Als wir uns kennenlernten und Sie hinter irgendjemandem herrannten … Wer immer es gewesen war, den Sie verfolgt haben.«

»Ja?«

»Ich hatte den Eindruck, dass Sie mich unter den richtigen Umständen mögen könnten.«

»Ich habe schon immer etwas für besondere Typen übriggehabt.«

»Gute oder schlechte?«

»Ich meine eher andersartige, aus dem Rahmen fallende – Nonkonformisten, Bohemiens.«

»Ich bin mir nicht so sicher, ob ich das als Kompliment auffassen soll.«

Bell lächelte. »Sie wissen ganz genau, dass es ein Kompliment ist. Sie lieben es aufzufallen, aus der Masse herauszuragen.«

»Könnten Sie mich also mögen?« Fern lächelte. Der Blick ihrer mandelförmigen Augen wanderte zu Marion. »Unter den richtigen Umständen, versteht sich.«

»Die existieren nicht«, sagte Bell und wandte sich an Prinz André. »Wir belästigen Sie schon viel zu lange. Entschuldigen Sie die Störung.«

Marion hakte sich bei ihm unter, und sie schlenderten weiter. »Bisher habe ich noch keinen russischen Emigranten kennengelernt, der nicht ein Prinz oder wenigstens ein Graf war.«

»Er ist ein ziemlich robust aussehender Prinz«, sagte Bell.

»Das dachte ich auch. Hast du seine Hände gesehen?«

»Kräftig. Sein Händedruck fühlte sich eher amerikanisch als europäisch an.«

»Er erzählte mir, er habe bei der Kavallerie gekämpft.«

»Ich hoffe, Miss Hawley weiß, was sie tut.«

»Miss Hawley«, sagte Marion, »kommt mir vor wie eine Frau, die seit dem Tag, als sie sämtliche Jungenherzen im Kindergarten brach, schon immer wusste, was sie tat. Findest du sie attraktiv?«

»Das würde ich ganz gewiss«, sagte Bell, »wenn ich nicht mit der bezauberndsten, aufregendsten Frau der Welt verheiratet wäre.«

»Wie fändest du es, wenn ich mein Haar genauso frisieren würde wie sie?«

»Ich mag dein Haar so, wie es ist. Aber ich würde dich auch völlig kahl nehmen, wenn es dich glücklich macht. Was meinst du, wo Fern Hawley ihren russischen Prinzen gefunden hat?«

»Wenn verarmte russische Adlige reiche amerikanische Erbinnen in New York genauso finden, wie Hollywood es immer wieder zeigt, dann hat er sich vielleicht eine Einladung erschlichen, damit er sich dort zeigen konnte, wo sie sich besonders wohlfühlte – in einem Country Club oder einem teuren Restaurant.«

»Sie erzählte mir, sie hätten sich in Paris kennengelernt.«

»Ich bin sicher, dass sich Miss Hawley in Paris wohlgefühlt hat.«

»Darf ich um diesen Tanz bitten?«

Sie schwebten zu einer jazzigen Version von »Melancholy Baby« über die Tanzfläche, wo Marion so von Bell um andere Paare herumgesteuert wurde, dass sie mehrmals dicht an Ferns und Prinz Andrés Tisch vorbeikamen. Die Erbin und der russische Emigrant unterhielten sich angeregt.

Als Bell und Marion an ihren Tisch zurückkehrten, sagte Marion: »Trotz ihres herausfordernden Lächelns ist Miss Hawley nicht glücklich.«

»Weshalb?«

»Ich glaube, sie ist irgendwie unzufrieden oder enttäuscht.«

»Könnte es sein, dass der Zauber bereits verflogen ist?«

»Nein, nein, der Zauber ist noch vorhanden. Es ist etwas anderes.«

Bell bemerkte einen breitschultrigen Mann in Abendkleidung, der an der Bar saß, sein Glas stand unberührt auf der Theke. Dabei beobachtete er Ferns Tisch. Als Prinz André in seine Richtung blickte, straffte er sich, wie ein Angestellter es tun würde, und bestätigte Bells Eindruck, dass er ein Leibwächter war. Der wachsame Blick des Russen bewegte sich in seine Richtung. Ehe er registrieren konnte, dass Bell ihn beobachtete, wandte Bell sich zu Marion um.

»Ich habe übrigens vergessen, dir mitzuteilen, dass Pauline dir ihre herzlichsten Grüße schickt.«

Auf der anderen Seite des Gastraums erhob sich Prinz André und reichte Fern Hawley die Hand. Er geleitete sie auf die Tanzfläche und legte einen Arm um sie.

Marion sagte: »Dort siehst du, was ich mit Zauber meine. Die beiden haben viel Freude aneinander. Ist er nicht ein wunderbarer Tänzer?«

Bell pflichtete ihr bei. »Es sieht aus, als habe er früher Ballett getanzt.«

»Fürs Ballett ist er zu groß.«

»Vielleicht war es in seiner Jugend, als er noch ein kleiner Junge war. Jedenfalls halte ich Ausschau nach dem richtigen Partner für Pauline.«

»Wer könnte das sein?«

»Dashwood ist hin und weg von ihr.«

Marion runzelte skeptisch die Stirn. »Ich dachte immer, dass Dashwood seiner Mutter ungewöhnlich nahesteht.«

»Sie war ein Star in Buffalo Bills Wild West Show und hat Dashwood das Schießen beigebracht.«

»Mr. Freud hätte daran seine Freude. Andererseits, wenn es jemand schaffen könnte, Dashwood zu entwöhnen, dann wäre das Fräulein Grandzau.«

Bell ließ den Blick wieder über die Gäste des Speakeasy schweifen. »Meinst du, du könntest Fern Hawley dazu bringen, sich dir anzuvertrauen?«

»Ich werd's versuchen. Wie sollen wir den Prinzen ablenken, damit er uns nicht stört?«

»Ich bitte den Kellner, ihm zu bestellen, dass er am Telefon gewünscht wird.«

»Was willst du wissen?«

»Ich möchte wissen, wie es kam, dass Miss Hawley ausgerechnet in der Nacht, in der mir der Killer, der Johann Koslow erschossen hatte, durch die Lappen ging, in einer heruntergekommen Straße vor dem Hinterausgang des Roosevelt Hospitals in ihrer Limousine saß. Das habe ich mich damals schon gefragt und frage es mich erst recht in diesem Moment. Es muss ein Zufall gewesen sein. Aber …«

»Aber du hasst Zufälle. Ich versuche mein Glück und taste mich behutsam an dieses Thema heran … zu spät, da gehen sie!«

Bell beobachtete aufmerksam, wie Fern und Prinz André die Tanzfläche verließen und direkt zum Ausgang strebten. Ein Kellner eilte hinter ihnen her, eine Federboa in der Hand, die Fern auf ihrem Stuhl zurückgelassen hatte.

»Du hast recht«, sagte Bell. »Sie ist von ihm enttäuscht. Man erkennt es an der Haltung ihres Kopfs.«

»Du solltest Detektiv werden … Wohin gehen sie?«

Bells Antwort fiel knapp aus. »Folge mir nicht.«

Der Mann, den er an der Bar gesehen hatte, beeilte sich, Fern und Prinz André aus dem Speakeasy zu geleiten. Bell ging hinter ihnen her. Ein Schlägertyp in einem langen Mantel, der, wie es Bell schon vorher aufgefallen war, unter der mit einer Lichterkette verzierten Markise herumgelungert hatte, versperrte einem Zeitungsreporter, der versuchte, ein Foto von Fern und dem Prinzen zu schießen, den Weg. Dann legte er Bell eine Hand auf den Arm, um auch ihn aufzuhalten.

»Ersparen Sie sich eine Menge Verdruss, Mister. Gehen Sie lieber wieder hinein, solange Sie noch Zähne im Mund haben.«

Der Detektiv streckte ihn mit einem Schwinger aufs Pflaster.

Aber mittlerweile hatte der Leibwächter – Bell zweifelte jetzt nicht mehr daran, dass er diese Funktion hatte – die Wagentüren hinter Fern und dem Prinzen geschlossen. Der Chauffeur gab Gas und fädelte sich in den dichten Verkehr auf der Lenox Avenue ein. Der Leibwächter sah Bell an, warf einen kurzen Blick auf seinen Partner auf dem Bürgersteig und öffnete sein Jackett, um seine Pistole zu zeigen. »Ist was, Mister?«

Bell öffnete sein eigenes Jackett, legte eine Hand um den Griff seiner Browning und machte einen Schritt auf ihn zu. Aber Nachtschwärmer strömten in diesem Augenblick über den Bürgersteig, und Taxis hielten am Bordstein, um ihre Fahrgäste aussteigen zu lassen.

Der Packard, in dem Fern Hawley und Prinz André saßen, überholte einen Autobus und verschwand. Der Leibwächter half seinem Partner aufzustehen, und dann verließen sie gemeinsam den Ort des Geschehens in einem Taxi. Zurück blieb Isaac Bell, der sich fragte, ob sie die reiche junge Frau beschützten oder ihren verwöhnten Gigolo, der, seinem Aussehen nach zu urteilen, sehr gut auf sich selbst aufpassen konnte.

In der Limousine legte Marat einen Arm um Ferns Schultern.

Sie drehte ihr Gesicht zur Seite. »Die Bank ist geschlossen.«

»Bank? Welche Bank?«

»Das ist ein Ausdruck. Auf diese Weise macht eine Frau klar, dass sie nicht in Stimmung ist.«

»Seit wann?«

»Seit … ich wegen Yuri Angstzustände habe.«

»Die Bank war für Isaac Bell aber offenbar nicht geschlossen.«

»Oh, um Gottes willen, Marat. Er ist Detektiv. Das ist etwas, das wir im Augenblick gar nicht brauchen können.«

»Du hast dich ihm fast an den Hals geworfen.«

»Er ist verheiratet.«

»Willst du mir weismachen, dass dich das abhalten würde?«

»Es hat ihn abgehalten – weißt du denn gar nichts?«

Sie schwiegen, bis der Wagen vor ihrem Stadthaus anhielt. Der Chauffeur sprang heraus. Marat Zolner gab ihm durch das Fenster ein Zeichen, die Tür noch nicht zu öffnen.

»Was ist jetzt?«, sagte Fern.

»Wie lange wird die Bank geschlossen sein?«, fragte er.

»Nicht für immer. Ich brauche nur ein wenig Zeit.« Sie

tätschelte seine Hand. »Mach dir keine Sorgen, es wird schon wieder.«

»Wir haben viel zu tun. Du fragst immer wieder nach der Revolution. Darauf müssen wir uns konzentrieren. Nichts sollte uns davon ablenken. Daher werden wir Folgendes tun: Du bleibst hier, während ich unterwegs bin. Nutz die Zeit, um nachzudenken. Sobald ich mich eingerichtet habe, lasse ich von mir hören. Wenn du kommen willst, dann komm.«

»Wohin willst du?«

»Ich hab's dir erklärt. Ich weite unsere Operation aus. Ich bin bereit, Detroit zu übernehmen.«

»Wer ist ›ich‹? Wen meinst du? Ich, den Bootlegger? Ich, den Komintern-Agenten?«

»Wir sind eins«, sagte Marat Zolner. »Ich. Der Bootlegger. Und die Komintern. Das ist der Plan. Das war immer der Plan.«

»Was ist mit der Revolution?«

»Wir sind die Revolution.«

»Yuri war die Revolution. Johann war die Revolution. Sieh dir an, was mit ihnen geschehen ist.«

»Yuri ist vom Weg abgekommen. Er hat das Ziel aus den Augen verloren. Dynamit verzeiht keine Fehler. Johann hatte das Pech, mit dem falschen Detektiv aneinanderzugeraten.«

»Du wirst den Van Dorns in Detroit nicht entkommen.«

»Was macht dich so sicher?«

»Sie unterhalten überall Außenbüros. Auch in Detroit.« Zolner legte eine Hand auf ihren Oberschenkel und drückte ihn.

»Stopp!«

Zolner ließ die Hand liegen und drückte kräftiger. »Verlass dich darauf, das Van-Dorn-Außenbüro in Detroit wird in Kürze schließen.«

21

Dreißig Meilen weiter östlich, in derselben Nacht, lenkte Onkel Donny Darbee ein mit Scotch beladenes Austernboot von der Rum Row zum Far Rockaway Inlet. Fortschritt, dachte er, ist eine wunderbare Sache. Die moderne Welt funktionierte viel besser als die Welt, in die er hineingeboren worden war. Eine dicke Nebelschicht lag auf dem Wasser, aber ein Funksignal hielt ihn wie durch Zauberei präzise auf Kurs. Der große Peerless-V-8-Motor, den seine Neffen aus dem fabrikneuen Automobil seines stolzen Besitzers ausgebaut hatten, machte das Boot viel schneller als ein altmodischer Zwanzig-PS-Ford-Motor und war um Längen besser als Segel und Dampfmaschinen. Und die Prohibition, Gott segne die Politiker, die sie verhängt hatten, machte den Schnapsschmuggel weitaus profitabler als Kohlenklauen und war außerdem schonender für die Knochen eines alten Mannes.

Es sah so aus, als habe der Nebel die Wasserpolizei und die Küstenwache abgeschreckt.

Vom Getöse der Brecher geleitet, schlüpfte er nahezu lautlos durch die Gasse aus Wellenbrechern des Inlets. Nachdem er die aufwendig schallgedämpfte Maschine so weit wie möglich gedrosselt hatte, gelangte er in den Reynolds Channel, einen geschützten Wasserarm, der zwischen Long Beach Island und Long Island parallel zur Küste verlief. Auf andere Boote lauschend, um eine Kollision in der Dunkelheit zu vermeiden, und aufmerksam auf die wechselnden Strömungen achtend, die seine Position innerhalb des Kanals bestimmte, folgte er dem Kurs, den Robins Funkgerät vorgab. Sie hatten bis zu einem Hotel in Long Beach, das ihm seinen Schnaps abkaufte, noch zwei Meilen Wasser vor sich, die er so gut kannte wie seine Westentasche.

»Grandpa!«

»Was ist?«

»Das Funkgerät spielt verrückt.«

Im nächsten Moment hörte er das Dröhnen im Verbund betriebener Liberty-Motoren. Er blickte über die Schulter und gewahrte den blutroten Schein ihrer Feuer spuckenden Auspuffrohre. Zu spät, erkannte er, das Funksignal war eine Falle, und das schwarze Boot, von dem alle redeten, wollte ihn offensichtlich kapern. Der Lichtstrahl eines starken Suchscheinwerfers brannte sich durch den Nebel, strich über den niedrigen grauen Rumpf des Bootes und kehrte wie ein hungriger Seefalke zurück.

»Geh hinter dem Motor in Deckung, bevor sie anfangen zu schießen.«

Robin gehorchte augenblicklich. »Was wirst du tun, Grandpa?«

»Hoffen, dass sie uns verdammt noch mal nicht entdecken.«

Er schob den Gashebel behutsam nach vorn und nahm Fahrt auf. Er sagte sich, dass sie ihn beim Lärm ihrer eigenen Motoren nicht hören würden. Aber plötzlich verstummten ihre Maschinen. Entweder waren sie in Schleichfahrt gewechselt, um zu lauschen, oder sie leiteten die Motorabgase durch leistungsstarke Schalldämpfer, wie er selbst es getan hatte, als er in den Meeresarm eingefahren war.

Der Suchscheinwerfer schwenkte wieder in seine Richtung. Sie machten kein Geheimnis aus ihrer Anwesenheit, und Darbee hatte den Verdacht, dass es nicht der Nebel war, der die Cops fernhielt, sondern Schmiergelder. Was bedeutete, dass er und das Mädchen auf sich allein gestellt waren. Er holte aus dem Peerless so viel Leistung heraus, wie er bei der starken Schalldämpfung überhaupt entwickeln konnte. Der Scheinwerferstrahl kam näher. Darbee sah, wie der Lichtschein Robins Gesicht berührte. Sie hatte zwar Angst, blieb aber vollkommen ruhig – das war einer der Gründe, weshalb er sie bei diesen Unternehmungen gern mitnahm.

Jetzt hatten sie ihn entdeckt.

Er öffnete seine Dämmklappen, um mehr Tempo herauszuholen. Der Peerless röhrte.

Hinter ihnen steigerte sich der Lärm der Liberty wieder zu einem dumpfen Dröhnen, und das große Boot nahm die Verfolgung erneut auf.

Robin wiederholte ihre Frage: »Was sollen wir jetzt tun, Grandpa?«

»Wir lassen sie auf Hog Island auflaufen.«

»Was ist Hog Island?«

»Eine Sommerfrische. Tanzhalle, Restaurants, Schwimmbäder, Kirmes auf der Strandpromenade.«

Sie starrte in die leere Dunkelheit, drehte sich zu dem Zyklopenauge des Scheinwerfers um, der zu ihnen aufholte, und betrachtete besorgt ihren Großvater. Seine langen Haare flatterten im Fahrtwind. Eine knorrige Hand lag lässig auf der Ruderpinne. Der Ausdruck seines Gesichts war gespenstisch friedlich, wenn man bedachte, dass sie von jemandem verfolgt wurden, der bedrohlicher war als die Polizei. Und während sie einen schmerzhaften

Stich in der Herzgegend verspürte, fragte sie sich voller Angst, ob das Auftauchen des schwarzen Bootes dem alten Mann einen solchen Schrecken eingejagt hatte, dass er nicht mehr wusste, was er tat.

»Ich sehe keine Insel, Grandpa.«

»Ich auch nicht.«

»Aber wo ist sie?«

»Sie wurde vom Hurrikan weggeweht.«

»Von welchem Hurrikan, Grandpa?«

»Ich erinnere mich nicht genau – vor dreißig, vierzig Jahren. Ehe deine Mutter geboren wurde, wenn ich mich recht entsinne.«

»Wo ist Hog Island jetzt?«

»Etwa einen Meter unter uns.«

»Oh!«, platzte sie erleichtert heraus. Also war er doch okay. »Eine Sandbank! Aber, Grandpa, wir haben fast einen Meter Tiefgang!«

»Sie haben fast zwei Meter.«

In diesem Moment hörten sie, wie hinter ihnen die Maschinen stoppten.

»Sie haben sie gefunden!«, sagte Darbee. Er drosselte das Tempo und schaltete auf die Schalldämpfer um. In der nahezu vollkommenen Stille lauschten sie den Männern, die erschrockene und wütende Rufe ausstießen.

»Welche Sprache ist das, Grandpa?«

»Weiß der Himmel, aber ich kann dir verraten, was sie rufen: Wir hängen auf einer Sandbank fest, die Ebbe hat eingesetzt, und falls wir nicht sofort wieder flottmachen, dann sitzen wir hier wie lahme Enten herum, wenn die Sonne aufgeht.«

Darbee legte die Ruderpinne herum. Sie kehrten ein Stück weit zurück und lauschten aus einiger Entfernung.

Die Motoren des schwarzen Bootes dröhnten und verstummten, dröhnten und verstummten, während der Lenker bei dem Versuch, rückwärtsfahrend freizukommen, wiederholt die Propeller aufs Spiel setzte. Das Heulen einer Maschine steigerte sich plötzlich zu einem schrillen Kreischen.

»Ein Propeller ist hinüber«, stellte Darbee fröhlich fest. »Oder eine Welle. Autsch, das ist der nächste. Jetzt haben sie nur noch einen. Hoffen wir, dass sie den nicht auch noch ruinieren.«

»Weshalb? Wenn alle drei Schrauben zerstört sind, kommen wir unbehelligt von hier weg.«

Ein einzelner Motor lief behutsam hoch, kam für einen Moment auf Touren und wurde dann leiser.

»Hast du das gehört?«, fragte Darbee aufgeregt. »Sie sind freigekommen. Das ist gut.«

»Weshalb gut, Grandpa?«

»Du wirst schon sehen.«

Mit zehn Knoten schleppte sich das schwarze Boot weiter nach Osten.

Darbee folgte ihm. Sie passierten den Jones Inlet, hielten sich jedoch in der inneren Fahrrinne, wie Darbee es von Anfang an erwartet hatte. Mit nur einem Propeller, der zudem gegen den Bootsrumpf schlug, weil seine Welle verbogen war, wagten sie sich nicht auf den Ozean hinaus.

»Grandpa, was tun wir?«

»Herauskriegen, wo das Boot zu Hause ist.«

»Weshalb?«

»Weshalb? Was meinst du mit *weshalb*? Ich will dieses Boot.«

»Wie sollen wir beide all diesen Gangstern ein Boot stehlen?«

»Das weiß ich noch nicht.«

Sie folgten dem Schiff für einige Stunden, während derer es sich vorsichtig seinen Weg durch die gewundenen Kanäle in die South Oyster Bay und weiter zur Great South Bay suchte. Die ersten mattgrauen Vorboten des Tages hellten den Osten auf. Schon bald konnten der alte Mann und seine Enkelin vor diesem Hintergrund die vagen Umrisse des schwarzen Schiffes ausmachen.

»Wo sind wir, Grandpa?«, flüsterte Robin.

»Vor Great River, schätze ich.«

»Hast du dir schon überlegt, wie wir das Boot stehlen können?«

»Noch nicht.«

»Vielleicht kann Mr. Bell uns helfen.«

»Dieser Musterknabe würde niemals ein Boot stehlen.«

»Aber wenn wir ihm einen Gefallen tun …«

Kindermund tut Wahrheit kund, dachte der alte Darbee. Was für ein cleveres Kind. Der Apfel fällt nicht weit vom Stamm.

»… vielleicht revanchiert sich Mr. Bell nachher.«

»Das Eisen muss glühen!«, rief Ross Danis mit dröhnender Stimme.

Der Hufschmied war eine Respekt einflößende Erscheinung mit wallender Haarmähne, einem ansteckenden Lachen und strahlenden Augen. Schweiß glänzte auf seinem mächtigen Brustkorb und tropfte von seinen massigen Armen. Für Asa Somers war es nahezu unfassbar, dass ein Mensch so viele Muskeln haben konnte. Damit übertraf er fast die Reklametafeln, auf denen Jack Dempsey für Nuxated Iron warb, ein Spezialgetränk, das versprach, aus jedem noch so mickrigen Konsumenten einen Kraftprotz zu machen.

Es war der beliebte »Tierbaby-Tag« der Monmouth County Fair.

Auf die Vorführung des Tiernachwuchses folgten eine Pferdedressur und anschließend ein Pferderennen, woraus sich ergab, dass Danis einige Stunden lang an seiner transportablen Feueresse stehen und vor den Augen der Besucher sein Handwerk ausüben würde. Asa Somers bot an, die Blasebälge zu bedienen, die das Feuer in der Esse in Gang hielten. Damit hätte der Schmied beide Hände frei, um, wie er es ausdrückte, »die Fetzen fliegen« zu lassen, wenn er Hufeisen anpasste, Nägel in Hufe schlug und beides anschließend mit einer Raspel glättete. Außerdem böte sich ihm gleichzeitig die günstige Gelegenheit, den Schmied gründlich auszufragen.

Als Danis schließlich eine kurze Pause einlegte, um seinen Durst mit einem Krug Wasser und einem heimlichen Schluck aus einer Taschenflasche zu stillen, zeigte ihm Somers den abgenutzten Neverslip-Hufschuh. »Könnte es sein, dass Sie diesen Schuh einem Pferd angepasst haben?«

»Ich hoffe nicht. Sieht so aus, als habe das Pferd ihn verloren, und das wäre keine Empfehlung für mich.«

»Es hat ihn aber nicht verloren.«

»Wo hast du ihn gefunden?«

»In der Wall Street.«

»Ich habe nie in der Wall Street gearbeitet.«

»Ich meinte auch nicht, dass Sie das Pferd in der Wall Street beschlagen haben.«

»Es ist nicht nur so, dass ich noch nie in der Wall Street gearbeitet habe, sondern ich kann mir auch nur schwer vorstellen, dass es ein Pferd, das ich beschlagen habe, jemals bis in die Wall Street geschafft hat. Sie liegt schließlich weit entfernt auf der anderen Seite des Flusses in New York. Ist es das Kutschpferd irgendeines hohen Tiers?«

»Diese Markierung auf dem Keil – ist das Ihr Zeichen?«

Danis beugte sich vor, um das Gummifragment genauer zu inspizieren. Dabei fielen einige Tropfen Schweiß auf Asa Somers' Arm. »Ich glaub es nicht. Wo hast du das gefunden?«

»Das Pferd hat einen Kohlewagen gezogen.«

»Einen Kohlewagen? Das versteh ich nicht. Kein Fuhrmann würde mit seinem Kohlewagen bis nach New Jersey fahren, um sein Pferd beschlagen zu lassen.«

»Und wenn das Pferd einem New Yorker Fuhrmann verkauft wurde, nachdem Sie es beschlagen haben?«

»Also, verdammt, das glaub ich nicht …«, sagte Danis, während sich sein gerötetes Gesicht aufhellte.

»Was meinen Sie?«

»Sein Name war Redman.«

»Wessen Name?«

»Ein großes, kräftiges Kutschpferd. Siebzehn Handbreit hoch. Stark wie ein Muli. Außerdem gehorsam. Immer ruhig, das friedlichste Tier, das es gibt.«

»Wer war der Besitzer?«

»Der Typ hatte es eilig. Hatte das Pferd gerade erst gekauft und nicht bemerkt, dass ein Huf locker war. Hatte nicht die geringste Ahnung von Pferden. Hab mich schon gefragt, wie er es schaffen wollte, das Tier anzuspannen. Ich dachte, ich helfe ihm dabei, aber Redman war so brav, dass die beiden es irgendwie ohne mich geschafft haben.«

»Haben Sie seinen Namen erfahren?«

»Redman.«

»Den von dem Mann, meine ich.«

»Nein. Ein Ausländer. Hatte einen starken Akzent, und er hatte es verdammt eilig. Gab mir zwei Bucks und haute sofort ab.«

»War das hier?«

»Nein, nein, nein. Nicht auf diesem Fest. Oben in Jersey City … Wall Street? Na, das könnte hinkommen.«

»Was meinen Sie?«

»Als ich sie das letzte Mal gesehen habe – das Pferd und den Kutscher, meine ich –, da waren sie unterwegs zur Fähre.«

Asa Somers erstattete Grady Forrer Bericht und hörte wenig später, wie Mr. Bell telefonierte und sagte: »Wir konnten das Hufeisen zu einem Hufschmied in New Jersey zurückverfolgen. Tut mir leid, Dick, aber es sieht so aus, als sei es eine Sackgasse.«

Isaac Bell verabschiedete sich von Inspektor Condon, hängte den Telefonhörer ein und fragte sich, wie es weitergehen sollte. Ihm war schmerzlich bewusst, dass er jetzt einen oder zwei Glückstreffer brauchte. Aber bis zu diesem Moment war nichts dergleichen in Sicht.

Er bemerkte, wie missmutig Somers an seinem Schreibtisch saß. »Warum das lange Gesicht, Asa?«

»War das Hufeisen keine Hilfe?«

»Was? Nein, ärgere dich nicht. Wir müssen alles versuchen, bis wir etwas finden, das uns weiterbringt.«

»Ich wünschte, mein Tipp wäre eine Hilfe gewesen.«

»Das Gleiche könnte ich von Trucks O'Neal und den Motoren der *Black Bird* sagen. So ist das Spiel nun mal. Bleib am Ball und mach weiter.«

»Kann ich eine Pistole haben?«

»Noch nicht.«

»Ich habe von einem der Leute eine Geschichte gehört, dass Sie sich, als Sie Lehrling waren, einen eigenen Derringer gekauft haben.«

»Wie die meisten dieser Geschichten, die man irgendwo aufschnappt, ist auch diese nicht ganz richtig.«

Somers sah Bell fragend an.

»Nur zu, mein Sohn. Wenn du Detektiv sein willst, dann musst du Fragen stellen. Also *frag*.«

»Was stimmte denn nicht?«

»Ich habe mir den Derringer nicht gekauft, sondern ihn jemandem abgenommen. Und behalten.«

Darren McKinney platzte in den Bereitschaftsraum. »Mr. Bell!«

»McKinney.«

»Mein Kontakt in Washington hat sich gemeldet.«

Unter den Lieferungen von der Verkaufsabteilung des Kriegsministeriums befanden sich ein Dutzend überzählige Liberty-Motoren und kistenweise Ersatzteile, die zum Frachtlager der Long Island Railroad in Bay Shore, sechzig Meilen von der Stadt entfernt, gegangen waren. Isaac Bell zeichnete auf der Karte einen Kreis um Bay Shore herum, dessen Radius der Entfernung entsprach, bis zu der ein Fuhrwerk üblicherweise Bahnfracht auslieferte, und schickte zu allen South-Shore-Ortschaften innerhalb dieses Kreises Detektive.

»Blue Point, Sayville, Patchogue, Great River, Bay Shore, Islip, West Islip.«

»Wir suchen eine Nadel im Heuhaufen«, sagte McKinney.

Aber Isaac Bell war zuversichtlich. »Zuerst war es ein Hundert-Meilen-Heuhaufen. Jetzt sind wir auf zehn Meilen herunter.«

Der Van-Dorn-Telefonist rief an. »Ein Ferngespräch von Texas Walt Hatfield.«

»Aus Detroit?«

»Ja, aber nicht auf der privaten Leitung.«

Es war eine ziemlich gute Verbindung. Bell konnte Walts typisch gedehnte Sprechweise deutlich hören. »Habe einigen Typen kräftig eins über den Schädel gegeben und das Büro ausgemistet. Zwei gute Leute sind übrig geblieben.«

»Kannst du dich auf sie verlassen?«

»Denke schon. Nur hatten wir mächtig Ärger. Sie liegen beide im Krankenhaus, weil irgendein Mistkerl 'ne Handgranate in unsere Hütte geworfen hat.«

Bell wollte wissen, wie schlimm es sie erwischt hatte.

»Sie kommen wieder auf die Beine, aber zurzeit sehen sie nicht besonders gut aus.«

»Von wem kam die Granate?«

»Ich schätze, von der Purple Gang.«

»Das ist doch eine reine Straßenbande.«

»Die Bengel sind rasant gewachsen. Teils weil sie hart zur Sache gehen. Teils aber auch, weil die Italiener sich gegenseitig abknipsen und den Purples das Feld überlassen, um sich groß aufzuspielen. Die meisten schweren Jungs von Detroit liegen im Fluss. Hier haben jetzt völlig neue Bosse das Sagen.«

»Schließ das Büro.«

»Das hat die Handgranate schon besorgt. Ich hab einen Immobilienhai drauf angesetzt, neue Räume zu suchen.«

»Nein, mach den Laden ganz dicht. Für immer.«

»Moment mal, Isaac«, sagte Texas Walt. »Diese Schnapsheinis kriegen den völlig falschen Eindruck, wenn wir uns mit eingezogenem Schwanz aus der Stadt schleichen.«

»Wir kommen zurück – aber getarnt.«

»Ich habe dir doch schon erklärt, dass es wenig Sinn ergibt, wenn ich immer wieder von Leuten angehalten werde, die ein Autogramm haben wollen, während ich in der Maske eines Kriminellen auftrete.«

Isaac Bell nickte. »Und ich habe dir erklärt, dass ich dich vor aller Augen verstecken werde, sodass dich jeder sehen kann…«

Bell schaute hoch, als eine Bewegung an der Tür entstand. Ed Tobin kam herein und grinste wie eine Bulldogge, die soeben ein saftiges Steak ergattert hatte.

»…Warte einen Moment, Walt.« Bell ließ den Hörer sinken. »Was ist?«

»Onkel Donny hat das schwarze Boot gefunden.«

»*Wo?*«

»In Great River.«

Bell erhob sich. »Great River?«

»Draußen auf Long Island.«

»Ich weiß, wo das ist«, sagte Bell. »Acht Meilen vom Frachtlager in Bay Shore entfernt, wohin das Kriegsministerium ein Dutzend ausgemusterte Liberty-Motoren geliefert hat. Wo haben sie es versteckt?«

»In einem Bootshaus auf einem Privatgrundstück.«

Bell griff zum Telefon. »Walt, ich rufe in Kürze zurück. Sag deinem Makler, er soll außerhalb der Stadt ein großes Gebäude mieten, das sich für ein Rasthaus eignet.«

»Ein Rasthaus?«

»Du hast richtig verstanden. Miete ein Rasthaus!«

Bell hängte den Telefonhörer ein.

»Wie hat er es gefunden?«

»Sie wollten ihn kapern. Onkel Danny ist ihnen gefolgt – in der Hoffnung, das Boot zu stehlen.«

»Warum hat er es nicht versucht?«

»Sie waren in der Überzahl. Außerdem war die kleine Robin bei ihm. Jetzt hofft er, dass wir es ihm überlassen, wenn wir es finden.«

»Keine schlechte Idee. Aber es ist eine Menge Boot für einen alten Mann. Sitzen seine Neffen nicht im Knast?«

»Jimmy und Marvyn sind wegen guter Führung entlassen worden – der wahre Grund war ein Fehler in ihren Papieren. Wes, Charlie, Dave, Eddie und Blaze kommen in Kürze auf Bewährung raus.«

»Einen Moment mal. Wie hat dieser Austernkahn es geschafft, an einem fünfzig Knoten schnellen Expresskreuzer dranzubleiben?«

»Das schwarze Boot lief auf Grund. Die Propeller und Antriebswellen sind dabei zu Bruch gegangen.«

Isaac Bell war schon auf dem Weg zur Tür. »Wir müssen sie schnappen, ehe sie das Boot reparieren. Wo ist Dashwood? James, trommle die Jungs zusammen! Und nimm ein paar Prohibitionsagenten mit, denen du trauen kannst.«

»Trauen? Wie weit?«

»Mehr als den anderen. Aber verrate ihnen nicht, wohin wir wollen.«

Vor dem St. Regis Hotel luden Detektive prall gefüllte Golfsäcke aus dem Van-Dorn-Waffenlager in mehrere Limousinen. Der Wagen, der den Konvoi anführte, war ein eleganter Pierce-Arrow, beladen mit Klappleitern und

Enterhaken, um Mauern zu überwinden, und mit Äxten und Vorschlaghämmern, um sie notfalls niederzureißen.

Bell gab den Befehl zum Abrücken. Dann fuhr er mit Ed Tobin, Onkel Donny und zwei Detektiven, die gute Schwimmer waren, zum Air Service Terminal in der 31st Street. Die Mechaniker der nebenan gelegenen Loening Fabrik hatten sein Flugboot warmlaufen lassen und startklar gemacht. Außerdem lagen im Passagierabteil mehrere hundert Meter Hanf- und Drahtseil bereit.

22

Gesäumt von einem im Bau befindlichen Golfplatz am westlichen Ufer und ausgedehnten Sumpfniederungen am gegenüberliegenden Ufer, öffnete sich der Great River in die Great South Bay. Das Flussbett verlief nach Norden zwischen flachen Uferabschnitten, die mit den Lichtern vereinzelter Landhäuser gesprenkelt waren. Etwa eine Meile landeinwärts verengte sich der Fluss bis auf eine Breite von gut einhundertfünfzig Metern. Hohe Bäume drängten sich bis dicht an die Uferböschung. Ein kleiner Nebenarm schlängelte sich von Westen heran. Über diesen ausgebaggerten Kanal gelangte man vom Hauptarm des Flusses zu einem imposanten Bootshaus, das im sinkenden Licht der hereinbrechenden Nacht vollkommen dunkel war.

Isaac Bell hatte diesen Wasserweg im letzten Rest des Tageslichts aus der Luft betrachten können. Nachdem Onkel Donny das Bootshaus als das Versteck des Bootes identifiziert hatte, verschaffte sich Bell einen genauen Überblick über das schlossähnliche Herrenhaus dahinter, die Straße, die dorthin führte und vor einem massiven Torhaus endete, sowie ein Eisenbahngleis, das eine Meile weiter landeinwärts auf die Hauptstrecke der Long Island Railroad stieß.

Sobald es vollkommen dunkel war, machten sich seine Detektive mit absoluter Lautlosigkeit an die Arbeit. Die Schwimmer überquerten den Wasserarm mit einem Hanfseil. Sie verwendeten es als Hilfsleine, um das schwerere Drahtseil zum gegenüberliegenden Ufer hinter sich herzuziehen. Dieses befestigten sie an dicken Bäumen. Falls das schwarze Boot bereits repariert worden war und zu flüchten versuchte, wäre der Wasserweg versperrt.

Bell ließ zwei der schwersten Limousinen Motorhaube an Motorhaube quer auf der Straße ein kurzes Stück vom Pförtnerhaus entfernt aufstellen. Er hatte Prohibitionsbeamten zu der Razzia eingeladen – teils um Verhaftungen vorzunehmen, teils um mit Regierungsbehörden auf freundschaftlichem Fuß zu bleiben, die möglicherweise die Van Dorn Agency für Hilfsdienste unter Vertrag nehmen könnten. Die Beamten blieben unter James Dashwoods wachsamem Blick vorerst in den beiden Limousinen sitzen. Sie waren ungeduldig, hantierten mit ihren Pistolen herum und erzählten einander im Flüsterton schlüpfrige Witze. Noch hatte Bell ihnen nicht verraten, auf wen er es mit der Razzia abgesehen hatte, und würde es auch nicht tun, bis jeder Bootlegger, der auf dem Anwesen anzutreffen war, Handschellen trug.

»Wir sind bereit, Mr. Bell«, meldete Ed Tobin.

»Dann los«, befahl Bell. Eile war geboten, ehe ein schlafloser Nachbar auf die Idee käme, die Polizei wegen der Straßensperre zu benachrichtigen.

Das Torhaus war dunkel, von Wachtposten keine Spur. Aber das massive eisenbeschlagene Tor hätte außer Dynamit so gut wie allen Öffnungsmethoden standgehalten, daher ließen sie den Rammbock im Pierce-Arrow und überwanden die Mauern mit Knotenseilen und Enterhaken. Die ersten Männer, die die Mauer in Angriff nahmen – Bell als Anführer, gefolgt von Tobin –, schleppten Ballen zusammengefalteten Segeltuchs die Sprossen hinauf. Die Mauer war mit Stacheldraht gekrönt und erinnerte die Kriegsveteranen an die Schützengräben, sofern sie Artillerie und Maschinengewehre abrechneten. Unter den Drahtspiralen waren Glasscherben ins Mauerwerk einzementiert. Die Männer zerschnitten den Stacheldraht, bedeckten das Glas mit dem Segeltuch und ließen Seile und Plane für die nachfolgenden Männer an Ort und Stelle zurück.

Acht Detektive kletterten über die Mauer. Bell schickte zwei von ihnen zum Pförtnerhaus, um für Dashwood und die Prohibitionsagenten das Tor von innen zu öffnen. Die restlichen Männer folgten ihm auf einer Route, die er sich aus der Luft zurechtgelegt hatte, bis zum Bootshaus. Sie gingen an den Tennisplätzen vorbei durch einen kunstvoll angelegten Garten, in dem sie eine steinerne Säule unter einer Vogeltränke entfernten und mitnahmen. Während sie in der Dunkelheit gelegentlich über teilweise von Unkraut überwucherte Schwellen stolperten, folgten sie dem Eisenbahngleis zum Bootshaus.

Im Flüsterton und indem er den Männern auf die Schultern klopfte, wies er sie an, vor der Tür, die sie im matten Sternenlicht vage erkennen konnten, in Position zu gehen. In der Villa, die in einiger Entfernung als ein dunkler Schatten in den Nachthimmel hinaufragte, waren einige Fenster erleuchtet. Aber im Bootshaus brannte kein Licht. Es erschien wie ein Wunder, aber bis zu diesem Moment hatte niemand sie bemerkt.

Das würde sich schnell ändern.

»Aufbrechen.«

Die Säule der Vogeltränke eignete sich hervorragend als Rammbock, und die Tür gab bereits beim dritten Versuch nach und wurde mit einem donnernden Krachen aus dem Rahmen gesprengt. Mit Bell an der Spitze drängten sich die Männer hindurch. Drinnen war es dunkler als draußen und bis auf das leise Plätschern von Wasser gespenstisch still.

»Wo sind die Bewohner?«

»Gibt es hier keinen Lichtschalter?«

Die Lichtstrahlen von Stablampen tasteten sich durch das Dunkel, bis sie einen großen elektrischen Schaltkasten fanden. Die Männer legten die Messerschalter um, und im Dachgebälk leuchteten Lampen über zwei Bootsliegeplätzen auf. In einem befand sich ein Schnapstaxi mit Zwillingsmotor. Der andere Liegeplatz war frei.

Das schwarze Boot war verschwunden.

»Holt Onkel Donny hierher.«

Die Detektive, die auf Bells Anweisung am Pförtnerhaus zurückgeblieben waren, hatten das Tor mittlerweile geöffnet, und die Limousinen rollten hindurch und die Auffahrt hinauf, wobei ihre Scheinwerfer das Gutshaus und das leere Bahngleis anstrahlten. Die Prohibitionsagenten betraten das Bootshaus. Dabei wirkten sie wie siegreiche Feldherren bei der Besichtigung einer von ihnen eroberten Festung und schauten sich mit großen Augen um.

»Beachtlich, was die hier aufgezogen haben.«

»Seht euch nur all den Fusel an.

»Bester Stoff.«

Fässer, gefüllt mit Zweihundert-Proof-Kornbranntwein, waren an der landeinwärts gelegenen Wand aufgestapelt und teilten sich den Platz mit einigen in Kisten verpackten Liberty-Flugzeugmotoren und einer Geldkassette, deren Deckel offen stand.

»Mr. Bell«, rief ein Detektiv. »Im Haus ist niemand.«

»Das Pförtnerhaus ist leer«, meldete ein anderer.

»Sehen Sie sich das an, Onkel Donny.« Bell zog ihn beiseite. »Kein schwarzes Boot.«

»Verdammt.«

»Sind Sie sicher, dass Sie gesehen haben, wie sie reinfuhren?«

»So sicher, wie ich meinen Namen weiß.«

»In dieses Bootshaus?«

»Ich habe es von weitem beobachtet. Robin genauso. Fragen Sie die Kleine, wenn Sie mir nicht glauben.«

»Ich glaube Ihnen, Sir.«

»Nennen Sie mich nicht Sir.«

»Könnte dies das Boot sein, das Sie verfolgt hat?«

Der alte Mann winkte verächtlich ab. »Dieses Boot hat nur zwei Motoren. Und es ist nicht schwarz. Das Boot, das mich verfolgte, war schwarz, viel länger, und es hatte drei Motoren.«

»Haben Sie alle drei gehört?«

»Ich habe auch gehört, wie sie zwei Propeller ruiniert haben. Bin ihnen gefolgt, als sie mit dem dritten nach Hause schlichen.«

»Aber das Boot liegt hier nicht. Wohin sind sie verschwunden?«

»An dem Drahtseil sind sie jedenfalls nicht vorbeigekommen.«

Bell wollte wissen, ob das schwarze Boot im Kanal gesunken sein könnte, ehe es das Bootshaus erreichte.

Darbee schüttelte den struppigen Schädel. »Zuerst einmal ist der Kanal nicht besonders tief. Wenn es gesunken wäre, könnten wir es sehen, dann würde es nämlich aus dem Wasser ragen. Zweitens habe ich beobachtet, wie es im Bootshaus verschwand. Und ich hab genau gesehen, wie sie das Tor geschlossen haben.«

Bell winkte Ed Tobin zu. »Nehmen Sie eine Lampe mit.« Tobin und Darbee folgten ihm nach draußen. »Richten Sie den Lichtstrahl auf die Schienen.«

Ed beleuchtete das Bahngleis. Sie gingen gemeinsam auf die Knie hinunter und inspizierten es. »Ich fass es nicht«, sagte Tobin. »So gut wie kein Rost obendrauf.«

Bell fuhr mit den Fingerspitzen seitlich an den Schienen entlang. Die Basis und der Steg waren stark mit Eisenoxid verkrustet, aber die Scheitelfläche des Schienenkopfs machte einen nahezu glatten Eindruck, nachdem die Räder eines Eisenbahnzugs den Rost kurz zuvor abgeschliffen hatten.

»Die Werftinhaber haben mir erklärt«, sagte Bell, »dass der Käufer des Bootes seine Neuerwerbung mit einem Eisenbahnwaggon abtransportiert habe. Offenbar hat er es auch in diesem Fall getan.«

»Wohin?«

»Sie hatten fast einen ganzen Tag Zeit, es wer weiß wohin zu bringen. Im Bootshaus steht ein Telefon. Rufen Sie die Eisenbahn an und lassen Sie nach einem Wagen suchen. Wo ist Dashwood?«

»Hier bin ich, Isaac. Ich habe nur kurz im Gutshaus nachgeschaut.«

»Mal sehen, was sie zurückgelassen haben.«

Sie begaben sich wieder ins beleuchtete Bootshaus.

Bell sah, wie sämtliches Blut aus Dashwoods Gesicht wich. Seine Haut wurde leichenblass, und dann hielt er offenbar abrupt den Atem an. »Geht es Ihnen gut, James?«

Dashwood verengte die Augen, und sein Blick war anscheinend überall gleichzeitig.

»James?«

»Tut mir leid, Isaac.« Die Farbe kehrte so schnell in sein Gesicht zurück, wie sie sich verflüchtigt hatte. Aber er wirkte noch immer angespannt. »Für einen Moment fühlte ich mich in den Krieg zurückversetzt. Immer wenn wir aus dem Graben geklettert waren und ein Dorf einnahmen, stieg ich auf den Glockenturm oder ins oberste Stockwerk des Rathauses, um mir eine Schussposition zu suchen. Wenn sich die Deutschen zurückzogen, verminten sie alles. Mein Schussbeobachter trat auf eine Treppenstufe, und eine Dynamitladung sprengte ihn in die Luft.«

»Was haben Sie hier gesehen?«, fragte Bell drängend. »Was ist Ihnen eben aufgefallen?«

»Diese Leere, glaube ich. Diese Verlassenheit. Genauso wie wir es in Frankreich vorfanden.«

Bell sah, wie sich die Prohibitionsagenten um die offene Geldkassette drängten. »Was haben Sie da gefunden, Männer?«

»Ist schon okay, Mr. Bell. Wir beschlagnahmen alles. Das ist jetzt Regierungseigentum.«

»Ist noch etwas in der Kassette?«

Die Agenten gingen näher heran und schirmten die Kassette mit ihren Körpern ab.

»Was ist in der Kassette?«, wollte Bell wissen.

»Nur ein paar Bucks. Sieht so aus, als ob sie das gesamte Geld zusammengerafft hätten und getürmt wären. Dabei haben sie wohl ein paar Scheine vergessen.«

»Fassen Sie das Geld nicht an.«

»Keine Sorge, wir zählen es und bewahren es ordnungsgemäß auf. Kümmern Sie sich nur um Ihre eigenen Angelegenheiten.«

»Nicht berühren!«, brüllte Bell. »Es ist eine Falle!«

Doch die Prohibitionsagenten ignorierten seine Warnung und griffen nach dem Geld.

Isaac Bell erhaschte einen kurzen Blick auf, wie ihm schien, einige tausend Dollar, nicht nur »ein paar Bucks«, während er Dashwood und Ed Tobin rückwärts durch die Tür nach draußen zerrte. Mit einem grellen Feuerblitz und einem hohlen Knall explodierte eine Sprengladung, die sich unter den Fässern Kornbranntwein befunden hatte. Brennender Alkohol spritzte bis ins Dachgebälk hinauf, und das gesamte Gebäude stand innerhalb weniger Sekunden vollständig in Flammen.

BUCH DREI

GANGLAND

23

Marat Zolner lenkte die *Black Bird* in einer einzigen dunklen Nacht über den Lake Erie.

Mit neuen Propellern und Antriebswellen und perfekt abgestimmten Liberty-Motoren legte das Boot die zweihundertvierzig Meilen vom Buffalo Main Light bis zur Mündung des Detroit River mit dreißig Knoten pro Stunde zurück, was die Ventile schonte und Treibstoff sparte. Zolner hielt dabei einen derart großen Abstand zum Festland und folgte dem Verlauf der unsichtbaren Grenze zwischen Kanada und Amerika, dass alles, was er von den Lichtern von Erie und Cleveland erkennen konnte, nicht mehr als ein matter Schimmer am südlichen Horizont war. Nur zweimal verlangsamte die *Black Bird* ihre Fahrt: zunächst wegen heftigen Seegangs, als eine Sturmböe, begleitet von einer Regenfront, über das Flachland im Westen fegte; und kurz vorher, um mit der Lewis Gun ein Holzboot der Zollbehörden zu versenken, das sie zwar niemals hätte einholen können – doch verfügte es über ein Funkgerät, um ihre Anwesenheit zu melden.

Als er sich dem Detroit River näherte, stoppte Zolner kurz vor dem Pelee Passage Light die Maschinen und betätigte eine Aldiss-Signallampe. Ein Motorboot näherte sich mit hoher Geschwindigkeit vom Point Pelee. Gelenkt wurde es von einem Agenten der Seefahrtabteilung der Komintern, der sich nach zahlreichen Schmuggelfahrten in dem lang gestreckten Labyrinth von Buchten, Inseln und Meeresarmen bestens auskannte. Er lotste das schwarze Boot durch die Pelee Passage, am Bar Point Shoal Lighthouse vorbei und in den Amherstburg Channel. Ausschließlich für ankommende Schiffe reserviert, verlief der Kanal zwischen Bois Blanc Island und dem kanadischen Festland. Dabei überholten sie bis zu zweihundert Meter lange Eisenerzfrachter, die sich im Ballast hoch im Wasser liegend als monströse düstere Schatten durch die Dunkelheit schoben.

»Eine wunderschöne Gegend«, stellte Marat Zolner erfreut fest.

Unzählige Lichtquellen und Schornsteine, aus denen Flammen schlugen, markierten die Bürogebäude, Automobilfabriken und Eisengießereien von Detroit auf der amerikanischen Seite des Stroms. Auf der kanadischen Seite – mit der *Black Bird* bei Höchsttempo innerhalb von anderthalb Minuten zu erreichen – lagen die »Grenzstädte« Windsor, Riverside, Ford City, Walkerville, Sandwich, Ojibway und La Salle. Ihre Gesamtbevölkerung betrug nicht mehr als ein Zehntel der Einwohnerzahl Detroits, aber sie waren mindestens ebenso hell erleuchtet, und an den Küstenstraßen drängten sich Destillerien, Brauereien und die staatlichen Frachthäfen, in denen die Zollbehörden Alkohol für den Export abfertigten. Der amtlich registrierte Schnaps war so lange legal, bis er die internationale Grenze in der Flussmitte überquerte.

Das Boot, das sie geleitete, schwenkte in Richtung Windsor und wies den Weg zu einem versteckten Meeresarm, der zu einem aus Klinkersteinen gemauerten Bootshaus führte, das vor dem Krieg für die Luxusyacht eines Industriellen erbaut worden war.

Die *Black Bird* glitt mit dumpf blubbernden Maschinen hinein. Männer klappten das Tor herunter, und sie befand sich in Sicherheit.

Isaac Bell gab einem Dutzend Detektive die Anweisung, den Plattformwagen aufzuspüren, der die *Black Bird* von Marat Zolners Anwesen am Great River abgeholt hatte. Er hatte keinen Beweis dafür, dass Marat Zolner das Anwesen gemietet hatte. Wer immer es gewesen sein mochte, er hatte die Miete über Makler in bar gezahlt, und diese waren mittlerweile abgetaucht. Verschwunden waren ebenso die Agenten, die veranlasst hatten, dass der Waggon die Reise zu seinem Bestimmungsort antrat. Aber wenn nicht Zolner es gewesen war, wer sonst hätte es sein sollen? Außerdem, ganz gleich, ob Zolner seine Hände im Spiel gehabt hatte oder nicht, auf jeden Fall operierte das schwarze Boot im Auftrag der Komintern.

Die Van-Dorn-Agenten starteten mit Zolners Nebengleis, dem Überbleibsel einer längeren Nebenstrecke, welche den South Side Sportsmen's Club bedient hatte. Das Gleis stellte die Verbindung mit dem Montauk Branch der Long Island Railroad her. Detektive wandten sich nach New York City im Westen und Montauk Point im Osten. In beiden Richtungen gab es zahlreiche Städte mit Frachtgleisen in nächster Nähe von Flüssen, Meeresarmen und Häfen.

Bell selbst begab sich drei Stationen weit nach Westen bis zum Bezirksgüterbahnhof in Babylon. Auf der Wandtafel des Fahrdienstsleiters war ein »Special« vermerkt, ein nicht planmäßiger Sonderzug, der aus einer Lokomotive mit Tender, einem Begleitwagen und einem Niederbordwagen, Seriennummer 55461, bestand.

Er fragte, ob er den Lokführer sprechen könne, aber der Mann war mit einem anderen Zug unterwegs. Der Heizer der Lokomotive sollte »hier irgendwo« herumhängen, war jedoch weder in der Frachthalle anzutreffen, wo die großen, sperrigen Güter auf ihren Weitertransport warteten, noch im Expresslager, wo Pakete registriert und verteilt wurden. »Versuchen Sie es im Maschinenhaus.« Nachdem er sich einen Weg vorbei an hohen Sand- und Geröllhaufen und einem Zweischalengreifbagger, der Schüttgutwagen belud, gesucht hatte, fand Bell den Heizer im Lokschuppen, wo er soeben damit beschäftigt war, eine 4-6-0 zu ölen. Ihn fragte er, ob er einen Blick auf das Boot habe werfen können.

»Welches Boot?«

»Auf dem Plattformwagen.«

»Das war es also. Es war ziemlich lang und wurde von einer Plane verhüllt. Sicher, durchaus möglich, dass es ein Boot war, denke ich.«

»Wollten Sie es nicht genau wissen?«

»Hatte wenig Lust zu fragen. Die Typen, die es begleiteten, das war eine ziemlich ungemütliche Truppe.«

»Wie viele Männer?«

»Sechs oder sieben, glaube ich. Sie haben sich im Begleitwagen so breitgemacht, dass der Bremser mit mir und dem Lokführer vorn auf dem Führerstand mitfahren musste.«

»Wohin haben Sie das Boot gebracht?«

»Wir sind bis nach Jamaika gefahren.«

Von der Frachtverteilungszentrale der Long Island Railroad in Jamaika, im Queens-Borough von New York City, war Wagen Nummer 55461 zum Güterbahnhof East New York weitergeleitet worden. Von East New York wurde er zum Bay Ridge Terminal im Hafen rangiert und auf einen Eisenbahnprahm geschoben. Ein Schlepper der Pennsylvania Railroad bugsierte den Prahm dann über die Upper Bay zum Greenville Terminal in Jersey City, wo 55461 verschwand.

Bell machte eine großzügige Spende für den »Wohltätigkeitsfonds« der Eisenbahnpolizei und inspizierte den Bahnhof mit seinen eigenen Detektiven auf der Suche nach dem Waggon. Doch er war nirgendwo auf dem Gelände zu finden. Auch gab es bei der Pennsylvania Railroad keinerlei Frachtpapiere oder Schriftverkehr über einen Niederbordwagen, der in diesem Augenblick auf einem »Pennsy«-Gleis nach Süden oder Westen rollte.

Isaac Bell schimpfte wutschäumend, dass ein Plattform-Waggon mit einem siebzig Fuß langen Schnellboot, ganz gleich, ob es unter einer Plane versteckt war oder nicht, unmöglich verschwinden konnte. Ein eingeschüchterter Sachbearbeiter gab schließlich kleinlaut zu, dass kurz nach Ankunft des Waggons in Greenville einige Papiere aus dem Ablagekorb des Fahrdienstleiters entwendet worden seien. Bell erinnerte sich, in Grady Forrers Bericht gelesen zu haben, dass die Komintern, sobald sie sich in einem fremden Land festsetzte, gewöhnlich die Eisenbahnen und die Häfen mit Agenten der untersten Organisationsebene infiltrierte.

»Was würde geschehen«, fragte er den Frachtagenten in Greenville, »wenn Wagen 55461 ohne Papiere, die seine Existenz belegen, die Fahrt fortgesetzt hätte?«

»Das hätte einiges an Verwirrung gestiftet.«

Bell ließ seine Männer eruieren, an welche konkurrierende Eisenbahnlinie der Plattformwagen möglicherweise übergeben worden war. Sie nahmen die Spur ganz in der

Nähe auf dem Weehawken-Knotenpunkt in Jersey City wieder auf. Nummer 55461 war an einen Güterzug der New York Central angehängt worden. Der Güterzug der New York Central war auf der West Shore Division der Central, die sich über vierhundertzwanzig Meilen von Weehawken, New York, nach Buffalo, New York, schlängelte, nach Norden gerollt.

Isaac Bell schickte Detektive hinter der Fracht her. Aber mit einer ziemlich sicheren Vorstellung vom Bestimmungsort der *Black Bird* im Kopf machte sich Bell selbst schnellstens auf den Weg zum Endbahnhof der Delaware, Lackawanna and Western Railroad in Hoboken. Der Phoebe Snow, ein Hochgeschwindigkeits-Personenexpress brachte ihn schnurstracks nach Buffalo.

Der Rangiermeister des West Shore Divison Terminal der New York Central setzte Bell davon in Kenntnis, dass der Güterzug bereits aufgetrennt worden war. Einige Waggons waren in Buffalo entladen worden, andere hatte man auf andere Eisenbahnlinien verteilt. »Ein Boot, sagten Sie?«

»Unter einer Abdeckplane.«

»Nun, wenn es ein Boot war, dann erkundigen Sie sich am besten bei der Buffalo Creek Railroad. Diese Linie bringt üblicherweise Waggons ans Wasser.«

Bell fuhr mit einer Buffalo-Creek-Rangierlok mit. Es war eine kleine 0-6-0, die eine Kette leerer Stückgutwagen zum Hafen schob, wo riesige Massengutfrachter aus dem Mittelwesten an Getreideladestationen vor Anker lagen. Der Lokführer entledigte sich des letzten leeren Waggons und dampfte ein paar hundert Meter weiter. Das Gleis endete am Ufer des Lake Erie.

»Hier habe ich ihn abgekuppelt.«

Der Lokführer zündete sich eine Zigarette an. Bell stieg von der Lok herunter und blickte über das trübe Wasser nach Westen.

»Ein Boot«, sagte der Lokführer, »kann von hier aus überallhin fahren.«

»Detroit.«

»Überallhin. Die Großen Seen sind alle miteinander verbunden. Es könnte Detroit sein. Möglich wäre auch Chicago, Milwaukee oder sogar Duluth – obgleich ich nicht wüsste, wer ernsthaft nach Duluth möchte. Infrage kämen außerdem Cleveland, Toledo, oder man könnte sogar über den Lake Ontario hinauf nach Toronto fahren.«

»Detroit«, wiederholte Bell.

Die Ingredienzien für drei von vier aller in Amerika konsumierten Drinks wurden über den Detroit River geschmuggelt. Wo sonst als in Detroit konnten Marat Zolner und sein Boot sein? Bell war sich zwar sicher, dass es Detroit war. Aber er war sich gar nicht so sicher, weshalb eigentlich.

Die Van Dorn Detective Agency hatte ihm in New York die Nase blutig geschlagen, sein Anwesen auf Long Island kassiert und seine Abfüllanlage in Lower Manhattan stillgelegt. War Zolner nun tatsächlich nach Detroit geflohen? Oder hatte er trotz seiner blutigen Nase New York bereits im Sack und war nach Detroit weitergezogen, um seinen Geschäftsbereich auszudehnen?

»Viel Glück«, murmelte ein kanadischer Schauermann am Alkoholexport-Dock, während der lange schwarze Whiskytransporter mit dumpfem Dröhnen in der Dunkelheit verschwand. »Du wirst es brauchen, wenn dich die Purple Gang bereits auf eine Meile Entfernung kommen hört.«

Er und seine Kumpel schlossen Wetten ab. Das neue Boot, das eintausend Kisten Canadian Club geladen hatte, machte einen Höllenlärm. Patrouillenboote des Zolls? Oder die Piraten? Die Piraten waren die Favoriten. In Nebenwetten wurde auf die berüchtigte, äußerst brutale River Gang gesetzt. Die meisten Wetten vereinigte die rivalisierende Purple Gang auf sich, die von einem Zeitungsmann seinerzeit als »monströs« bezeichnet worden war. Sein Kopf wurde wenig später aus dem Lake Erie gefischt.

Jeder einigermaßen vernünftige Whiskyschmuggler benutzte Schalldämpfer. Und wenn der Motorenlärm des schwarzen Bootes seine Chancen nicht bereits auf nahezu null reduzierte, war es auch nicht annähernd so schnell, wie es aussah. Die Neulinge hatten es überladen. Während der Fahrt über den Fluss, auf dem die einzigen Freunde eines Whiskyschmugglers Tempo und Lautlosigkeit waren, lag es so tief im Wasser, dass die Maschinen Mühe hatten, es auf die Geschwindigkeit eines Dampfers zu beschleunigen, der für Sonntagsschulausflüge benötigt wurde.

Der Boss der River Gang, »St. Louis Pete« Berelli, Sohn eines sizilianischen Immigranten, war in einem jüdischen Slum aufgewachsen. Als Junge in die außerordentlich gewalttätige Straßenbande seines Wohnviertels aufgenommen, hatte Berelli nichts gegen Juden. Bis er begann, in Detroit Whisky zu schmuggeln, und mit der Purple Gang aneinandergeriet. Neben den Jewish Navy genannten Whiskypiraten erschienen die Gangster in St. Louis wie

Chorknaben. Es gab absolut keinen Grund, jeden Mann auf seinem Boot niederzuschlagen und in den Fluss zu werfen. Und noch weniger Grund gab es, ihn an einem Seil, das um seine Füße geschlungen war, hinter dem Boot herzuziehen, um ihn langsam ertrinken zu lassen.

Er war halb tot, als das Seil schlaff wurde. Das Boot hatte angehalten. Hektisch mit den Armen rudernd, um den Kopf über Wasser zu halten, hörte er in der Dunkelheit ein lautes Motorboot vorbeirauschen. Sein Blut wurde schlagartig kälter als das Wasser. Als Veteran des Whiskyschmuggels – er war selbst ebenfalls ein skrupelloser Pirat – wusste St. Louis Pete, was die Purples als Nächstes tun würden. In etwa zwei Sekunden würde er ertrinken, aber diesmal nicht so langsam.

»Admiral Abe« Weintraub von der Jewish Navy, der im Cockpit des Schnellboots der Purple Gang saß, hatte jegliches Interesse an St. Louis Pete Berelli verloren.

»Still … haltet die Ohren offen!«

Weintraub glaubte, den Motor eines großen Bootes während einer Nachtfahrt nach Detroit hören zu können. Abermals heulte es auf, während seine Motoren die schwere Last bewegten.

»Hol ihn ein!«, rief er seinem Skipper zu, und sie nahmen die Verfolgung auf.

Sein Boot war ein starkes Gar Wood mit mächtigen aufgeladenen Allison-Motoren und einem Halbgleiterrumpf. Sowohl das Boot der River Gang, das sie soeben gekapert hatten, als auch der Sizilianer, den sie dahinter im Schlepp hatten, hatten sein Tempo nur wenig gedrosselt. Aber während sie nahe genug herankamen, um das rötliche Glühen der Auspuffrohre des Nachtfahrers erkennen zu können, schafften sie es seltsamerweise nicht, das Boot zu überholen.

»Schneller!«, rief Admiral Abe.

Der Bootslenker, tagsüber als Schuldeneintreiber für diverse Kredithaie tätig, hatte wie jeder vernünftige Gangster eine gesunde Angst vor Admiral Abe. Also holte er aus seinen Maschinen heraus, was er konnte.

Plötzlich verschwand das rote Glühen, das sie verfolgten. Das Gar Wood wurde von einer dunklen Wolke dichten erstickenden Qualms eingehüllt. Sie husteten heftig von dem Qualm, und dann verstummte das Boot, auf das sie Jagd machten, plötzlich.

»Wo ist er hin?«

»Stopp!«

Der Pilot riss die Gashebel zurück. Der Bug sackte ins Wasser, und das Gar Wood bremste so abrupt und schnell, dass das Boot, das sie im Schlepptau hatten, mit einer solchen Wucht gegen ihr Heck krachte, dass Mahagoni splitterte und alle Mannschaftsmitglieder außer Admiral Abe von den Füßen geholt wurden.

»Tötet sie!«, brüllte er, zog eine schwere Colt Navy Automatik und schoss in die Dunkelheit – genau dorthin, wo ein langer schwarzer Bootsrumpf heranglitt. Ein Suchscheinwerfer flammte auf, und in der halben Sekunde, ehe er ihn blendete, erkannte Admiral Abe ein Lewis-Maschinengewehr auf einem massiven Dreibein. Es spuckte kurze Feuerstöße, die Admiral Abes Männer niedermähten, ehe sie ihre Pistolen gezückt hatten. Der Lärm war ohrenbetäubend, und dann herrschte plötzlich eine vollkommene Stille.

Das schwarze Boot ging längsseits. Kampfbereite Männer strömten an Bord, zogen die gefallenen Gangster von den Decksplanken hoch und warfen sie in den Fluss. Ein Gewehrkolben prellte Weintraub die Pistole aus der Hand. Männer packten ihn. Er wehrte sich. Sie stießen ihn aufs Deck und fesselten ihn. Dann banden sie ihm die Hände auf dem Rücken und schnürten sie mit den Füßen zusammen.

»Wer seid ihr Mistkerle?«

Eine groß gewachsene schlanke Gestalt mit maskiertem Gesicht schmetterte einen Totschläger gegen Weintraubs Mund.

Der Suchscheinwerfer erlosch.

Abe Weintraub spuckte Blut und Zähne aus. »Ich habe gefragt, wer ihr seid, ihr Mistkerle?«

»Neue Partner.«

Weintraub spuckte einen weiteren Zahn aus. »Ich brauche keine Partner.«

»Sie sicher nicht«, wurde höhnisch erwidert, »aber Ihr Boss. Wer ist das?«

»Wir sind die Purple Gang«, schoss Weintraub zurück. »Überlasst uns den Fusel und verschwindet, solange ihr dazu noch fähig seid.«

Sie schlangen eine Leine um das Seil, mit dem seine Hände an seine Füße gefesselt waren, und warfen ihn ins Wasser. Weintraub hielt den Atem an und wartete darauf, dass sie ihn wieder herauszogen und sich das Seil um seine Handgelenke straffte und ihn an die frische Luft hievte. Er wartete, bis er nicht länger ausharren konnte und einatmen musste. Dann schnappte er nach Luft, aber nur Wasser drang in seine Lunge ein.

Sie rissen seinen Kopf aus dem Wasser. Er keuchte, hustete, würgte und erbrach sich. Sie stießen ihn wieder ins Wasser zurück. Als sie seinen Kopf zum zweiten Mal an die Luft zogen, beugte sich der Mann, der ihm die Zähne ausgeschlagen hatte, über den Bootsrand und fragte im Plauderton: »An dem Boot, das ihr abgeschleppt habt, hängt ein Ertrunkener. Irgendeine Ahnung, wer das ist?«

Weintraub entschied sich zu antworten – der Itaker war nicht mehr wichtig, und er würde immerhin ein wenig Zeit gewinnen, ehe sie ihn wieder untergehen ließen. »St. Louis Pete.«

»Zu welcher Gang gehörte Mr. Pete?«

»Was?«

»Mit wem hing er herum?«

»Mit der River Gang.«

»Der arme Mr. Pete. Eine schlimme Art zu sterben. Taucht ihn wieder unter.«

Diesmal holten sie ihn schneller als vorher nach oben, aber er würgte verzweifelt. Ihm kam es vor wie eine Ewigkeit, ehe seine Lunge sich wieder mit Luft füllte. Als Abe Weintraub sprechen konnte, sagte er: »Wir sind die Purple Gang. Uns gehört der Fluss. Und die Stadt. Was haben Sie vor?«

»Was ich vorhabe? Ich mache Ihnen Druck. Was glauben Sie denn?«

»Weshalb?«

»Um Sie kirre zu machen. Wollen Sie langsam sterben? Oder ist es Ihnen lieber, wenn wir Sie verprügeln, bis Sie klein beigeben?«

»Niemand verprügelt Abe Weintraub.«

»Bei allem gibt es ein erstes Mal, Mr. Weintraub. Sie erleben gerade, wie das ist. Und jetzt schalten Sie am besten Ihren Phonographen ein und erzählen mir, wer Ihr Boss ist.«

»Was hätte ich davon? Sie töten mich doch so oder so.«

»Es gibt noch eine dritte Möglichkeit. Arbeiten Sie für mich. Alle Schulden werden Ihnen erlassen, wenn Sie mein Mann sind. Würde Ihnen das gefallen?«

»Fahr zur Hölle.«

»Taucht ihn unter.«

24

Eine Reklametafel aus vielfarbigen Glühbirnen, so kitschig und grell wie die Tafeln in Asbury Park, erstrahlte über einem frisch gestrichenen Hotel mit umlaufender Veranda an einem Allwetterhighway, zehn Meilen außerhalb von Detroit:

TEXAS WALT'S HIGH SOCIETY ROADHOUSE

Dicht an dicht auf dem Parkplatz standen Pierce-Arrows, Packards, Cadillacs, Rolls-Royce, Marmons und Minervas, und es sah so aus, als könnte man darauf wetten, dass sich Filmstars unter den Gästen befanden. Wenn dem so war, ließ eine neuartige aus Paris importierte Leuchtreklame – glühendes Neongas in durchsichtigen Glasröhren, die in der Form eines Martinikelchs zusammengefügt waren – keinen Zweifel daran, dass sie hochprozentige Cocktails konsumierten. Schmissige Musik – momentan ein Titel aus einer erfolgreichen Broadway-Show – drang aus den offenen Fenstern. Intoniert wurde der Song von Leroy Smith's Orchestra, der aus zwölf Musikern bestehenden beliebtesten Tanzkapelle Detroits, und die Creme der Schönen und Reichen von Motor City drängte sich auf den Veranden und tanzte und stimmte begeistert mit ein, während Amber Edwards, die »Kansas Nachtigall«, sang:

»Till it wilted she wore it,
she'll always adore it
Her sweet little Alice blue gown.«

Ein lindgrüner V-8 Cadillac Sport Phaeton rollte die Auffahrt herauf und hielt an.

Texas Walt Hatfield persönlich kam die Eingangstreppe herunter, um den Neuankömmling zu begrüßen. Der hochgewachsene Westernstar trug seinen allgegenwärtigen J. B.-Stetson-Hut – sein Markenzeichen – und dazu ein türkisfarbenes Seidenhemd mit Bolotie, eine Brokatweste und Straußenlederstiefel. Zwei Colts steckten in tiefgeschnallten Holstern an seinen Hüften. Flankiert wurde er von zwei kräftigen Türstehern.

»Gute Arbeit, Walt«, sagte Isaac Bell und stieg in seinem Bootlegger-Kostüm aus dem Phaeton. »Der Laden brummt ja richtig.«

»Genauso, wie du es bestellt hast. Musik, Glücksspiel, hübsche Mädchen und der beste Sprit südlich von Kanada. Willst du mir jetzt nicht endlich erklären, weshalb ich eine illegale Schnapsbude aus dem Boden stampfen sollte?«

»Was meinst du mit illegal? Der Verkehr wird sogar von echten Cops geregelt.«

»Und der Stadtrat sitzt an der Theke und stößt mit dem Bürgermeister an. Verdammte Hölle, Isaac, warum betreibt die Van Dorn Detective Agency ein Rasthaus?«

»Um Informationen zu sammeln«, sagte Bell. »Profitable Rasthäuser locken Gangster an, die für einen Anteil an den Einnahmen ›Schutz‹ anbieten. Wir stellen jedem Schutzgelderpresser, der sich bei uns reindrängen will, die gleiche Frage.«

»Welche Frage?«

»Die gleiche Frage, die Marat Zolner stellt: Wer ist Detroits große Nummer? Er sucht für sein Schnapsgeschäft einen Partner wie die Black Hand in New York.«

»In Detroit sieht es vollkommen anders aus. Die großen Nummern werden regelmäßig erschossen, in die Luft gesprengt, oder ihnen wird die Kehle aufgeschlitzt. Jedes Mal, wenn die Cops dahinterkommen, wer das Sagen hat, wird der Obergauner abserviert. Bootlegging ist Krieg.«

»Ich wette, dass die Komintern die Hilfstruppen und das Geld hat, um den Krieg für sich zu entscheiden. Der Boss, den Zolner unterstützt, wird am Ende gewinnen. Wenn wir erfahren, für wen sich Zolner entscheidet, sind wir es, die ihn abservieren.«

»Darauf freue ich mich schon«, sagte Texas Walt. »Bis dahin scheffeln wir eine Menge Schotter. Mehr als genug, um die Schmiergelder zu bezahlen … Guten Abend, Bürgermeister. Guten Abend, Richter«, begrüßte er zwei rundliche Männer in maßgeschneiderten Anzügen. »Ihre reizenden Ladys baten mich, Ihnen zu bestellen, dass sie bereits in der Bar auf Sie warten.«

»Wäre es nicht amüsant«, sagte Bell, »wenn die Komintern die gleiche Nummer durchzieht wie wir?«

»Den Bolschewisten ist alles zuzutrauen«, sagte Walt. »Aber wie meinst du das?«

»Ich denke an Bootlegging, um die Revolution zu finanzieren.«

Walt Hatfield lachte schallend. »Ich für meinen Teil würde sagen, zur Hölle mit der Revolution, ich sehe lieber zu, dass ich mit der Prohibition reich werde.«

»Natürlich, schließlich bist du auch kein Bolschewist.«

»Jedenfalls war ich es nicht, als ich das letzte Mal in

den Spiegel sah. Einen Moment! Es gibt Ärger. Bin gleich zurück, Isaac, ich muss jemandem eins über den Schädel geben.«

»Brauchst du Hilfe?«

»Nicht nötig. Sie sind nur zu dritt.«

Der Texaner stürmte die Stufen hinauf und in den Gastraum hinein, wo ein Bootlegger in einem Stutzeranzug auf einen Kellner einprügelte, der von zwei stämmigen Leibwächtern festgehalten wurde. Walt ließ seine Hammerfäuste fliegen. Sekunden später schleifte Walt Hatfield den Bootlegger, der nun aus der Nase blutete, sowie einen humpelnden Leibwächter zum Parkplatz. Ed Tobin, mit einem Smoking als Chefkellner verkleidet, folgte mit einem bewusstlosen Leibwächter auf der Schulter.

Bell ging hinein und fragte sich, wie seltsam diese Idee eigentlich war: Whisky zu schmuggeln, um die Revolution zu bezahlen. Invasionsarmeen ernährten sich von dem, was das Land, in das sie eindrangen, hergab, und requirierten auf dem Vormarsch, was sie kriegen konnten. Grady Forrer hatte von kommunistischen Banden berichtet, die zaristische Banken überfielen. »Hände hoch im Namen der Revolution!« Die Sinn Féin hatte dafür bezahlt, Thompson-Maschinenpistolen ins Land zu schmuggeln, indem sie Banken ausraubte. Bells Vater war während des Bürgerkriegs Geheimdienstoffizier gewesen und hatte konföderierte Wegelagerer gejagt, die Expresskutschen ausraubten. Warum sollte ein russischer Komintern-Agent, der die Absicht verfolgte, die amerikanische Regierung zu stürzen, seine bolschewistischen Attentäter und Saboteure nicht als Schnapsschmuggelsyndikat tarnen?

Die Bar war fünfundzwanzig Meter lang und wurde von drei Reihen Gäste dicht belagert.

Bell bestellte eine Serviette und ein Glas Eiswürfel.

Scudder Smith schob sich von der Seite heran. In seinem Hutband klemmte der Presseausweis des *Brooklyn Eagle*, und in der Hand hielt er ein mit schwarzem Tee gefülltes Glas. Die meisten Gäste an der Theke waren viel zu beschäftigt, um zu bemerken, dass Bell und der Reporter sich kannten. Aber für alle Fälle wäre es sicherlich besser, den Eindruck zu erwecken, als seien sie einander soeben um ersten Mal begegnet.

»Der *Brooklyn Eagle*?«, fragte Bell. »Haben Sie sich nicht auf ziemlich fremdes Territorium verirrt?«

»Die Zeitung hat mich losgeschickt, um eine Story über die Prohibition zu schreiben.«

»Und sind Sie fündig geworden?«

»Ich habe zwar keine Beweise für Verstöße gegen die Prohibition gefunden, aber ich habe Gerüchte von einem Tunnel unter dem Fluss aufgeschnappt, durch den der Fusel transportiert wird. Wissen Sie was über diesen Tunnel?«

»Ich höre das erste Mal davon.«

»Es klingt verrückt, aber überall heißt es, dass die Polen ihn gegraben haben, was durchaus einen Sinn ergeben würde. Die Polen sind schließlich aus Schlesien herübergekommen, wo sie im Kohlebergbau gearbeitet haben. Deshalb müssen sie im Graben ziemlich gut sein.«

Bell senkte die Stimme. »Scudder, such das schwarze Boot. Tu so, als würdest du über Schnellboote schreiben. Detroit ist doch für den Bau von Gleitbooten berühmt. Es gibt hier einen Knaben namens Gar Wood, der die schnellsten Modelle baut.«

Walt gesellte sich zu ihnen. »So viel Spaß hatte ich nicht mehr, seit ich mit Pancho Villa geritten bin. Das ist schon die vierte Rangelei heute Abend, und dabei ist es noch nicht mal richtig dunkel. Gestern Abend war es das Gleiche.«

Der Barkeeper reichte ihm ein feuchtes Taschentuch, damit er sich das Blut von den Knöcheln wischen konnte.

Scudder staunte. »Seit wann sind Sie mit Pancho Villa geritten?«

»Damals, als Isaac noch kurze Hosen trug und in Yale war. Wo willst du hin, Isaac?«

»Mit deinen Sparringspartnern ein kleines Schwätzchen halten.«

Er fand die drei auf dem Parkplatz, wo sie unter den wachsamen Blicken eines Van-Dorn-Detektivs auf dem Boden saßen und an einem Marmon lehnten. Der bewusstlose Leibwächter war noch immer weggetreten. Bell hievte den Bootlegger auf die Füße, entfernte sich mit ihm ein paar Schritte außer Hörweite und reichte ihm das Glas mit den Eiswürfeln und die Serviette. Der Bootlegger wischte sich das Blut aus dem Gesicht und drückte einen Eiswürfel gegen seine Nase.

»Danke, Buddy.«

»Würden Sie mir ein paar Fragen beantworten?«

»Sind Sie ein Cop?«

Die TEXAS-WALT'S-Reklametafel erleuchtete den Parkplatz taghell. Isaac Bell deutete auf seinen teuren Anzug, seine handgefertigten Stiefel und seinen Borsalino aus Kaninchenhaarfilz. Dann zog er die Ärmel seines Jacketts hoch und ermöglichte seinem Gegenüber einen Blick auf diamantene Manschettenknöpfe und auf seine goldene Tank-Uhr.

»Sehe ich aus wie ein Cop?«

»Sind Sie mit diesem verdammten Cowboy, der meine Nase verschandelt hat, befreundet?«

»Ich bin eben erst in der Stadt angekommen. Zurzeit sondiere ich noch die Lage. Aber ich höre ständig seltsame Gerüchte.«

»Welche, zum Beispiel?«

»Es heißt«, sagte Isaac Bell, »dass mitten auf dem Lake Erie ein Schiff liegt, auf dem ein Spielkasino betrieben wird.«

»Ach ja?«

»Schon mal davon gehört?«

Der Bootlegger zuckte mit den Achseln. »Man erzählt sich auch von einem Speakeasy in einem Luftschiff.«

»Wie dem, mit dem die Deutschen London bombardiert haben?«, fragte Bell. Er hatte es auch schon gehört. Es war eine der verrückteren Prohibitionsgeschichten, die in Motor City in Umlauf waren. Niemandem war so richtig klar, wie ein derart riesiges Luftschiff bei Tag unsichtbar bleiben konnte, oder wie die Gäste vom Erdboden in das schwebende Kasino gelangen konnten.

»Wie kommen die Leute dort hinauf?«

»Offenbar haben sie eine Möglichkeit gefunden, mit einem Flugzeug darauf zu landen.«

Bell zuckte die Achseln. »Ich denke, ich besuche auch weiterhin lieber Rasthäuser. Übrigens, wie heißen Sie? Ich bin Joe.«

Der Bootlegger musterte ihn sekundenlang und entschied, auf Nummer sicher zu gehen. »Ich bin ebenfalls Joe. Nett, Sie kennenzulernen, Joe.«

Sie schüttelten sich die Hand. Bell sagte: »Ich habe auch von Piraten mit einem schwarzen Boot gehört.«

»Auf dem Fluss gibt es jede Menge schwarze Boote.«

»Das Boot, von dem die Rede ist, hat eine Lewis Gun an Bord und ist schwer gepanzert.«

Joe nickte ernst. »Mit einer Lewis Gun kann man nichts falsch machen.«

»Schon mal von einem Tunnel unter dem Fluss gehört?«

»Klar. Es gibt einen Eisenbahntunnel.«

»Um Whisky zu schmuggeln?«

»Sicher, man schmiert einen Bremser und packt ein paar Kisten in einen Güterwagen.«

»Aber von einem Tunnel nur für den Schnapstransport haben Sie noch nie was gehört, oder?«

Joe blickte Isaac Bell in die Augen. »Ein Tunnel wäre eine todsichere Möglichkeit, um Schnaps zu schmuggeln. Wenn ich davon gehört hätte, dann wäre es mein Tunnel, und ich würde ganz sicher niemandem auch nur ein Sterbenswörtchen davon erzählen.«

Isaac Bell kehrte an die Bar zurück. Schon wieder brach ein Streit aus. Für Bell sah es wie eine inszenierte Auseinandersetzung aus, um die zahlende Kundschaft einzuschüchtern und den Eigentümern klarzumachen, dass es klug wäre, für ausreichenden Schutz ein paar Dollar springen zu lassen.

»Verdammt noch mal!«, schimpfte Texas Walt. »Es geht schon wieder los.«

Hatfield schritt ein. Ed Tobin begleitete ihn, tauschte sein silbernes Cocktailtablett gegen einen Totschläger und streckte zwei Männer zu Boden. Der Gauner, der bei dieser Nummer Regie führte, zog eine Pistole.

Bell und Scudder eilten zu Hilfe. Sie hätten sich diese

Mühe sparen können. Hatfields Skalpiermesser funkelte im Licht der Barbeleuchtung, und die Pistole rutschte aus einer Hand, die bis auf den Knochen aufgeschlitzt war. Als Kellner getarnte Van-Dorn-Agenten umwickelten sie mit Servietten und eskortierten den verhinderten Schützen durch die Küchentür hinaus. Eine Frau kam auf Walt zu, um ihn um ein Autogramm zu bitten, und der Filmstar tat ihr den Gefallen.

»Volltreffer!«, meinte er grinsend, als er zur Bar zurückkam. »Wir haben endlich das Interesse einer anspruchsvolleren Klasse von Erpressern geweckt. Er wollte mir eine ›Schutzversicherung‹ verkaufen. Das ist mindestens eine Klasse besser als der altmodische Schutzservice.«

Bell grinste zufrieden. »Mal sehen, ob du seine Redebereitschaft geweckt hast.«

Er fand den verhinderten Schützen draußen vor der Küche, wo er auf einem Fass saß, seine Hand umklammerte und von einem muskelbepackten Angehörigen der Protective Services bewacht wurde. Die Servietten, die als Notverband dienten, rochen durchdringend nach dem Whisky, mit dem die Van Dorns sie getränkt hatten, um einer Wundinfektion vorzubeugen. Sein Gesicht war vom Schock kalkweiß geworden. Aber er bemühte sich, die befehlsgewohnte Haltung eines Bandenbosses zu bewahren, der daran gewöhnt war, die Dinge unter Kontrolle zu haben.

Bell zog sich ein zweites Fass heran. »Tut es sehr weh?«

»Was denken Sie?«

»Ich denke, dass Sie den Falschen mit der Waffe bedroht haben.«

»Wie witzig. Wo hat ein Filmstar bloß gelernt, so mit

einem Messer umzugehen? Ich dachte, diese Kinotypen seien allesamt Muttersöhnchen. Ich hab's nicht kommen sehen.«

»In Hollywood«, sagte Bell und behielt eine ernste Miene bei, »bringen sie den Schauspielern die Art zu kämpfen bei, die in den Filmen, in denen sie auftreten, üblich ist.«

Er holte seine Taschenflasche hervor. Der verletzte Revolvermann trank einen tiefen Schluck.

»Für wen arbeiten Sie?«

»Sind Sie ein Cop?«

Isaac Bell nahm seine Flasche wieder an sich. »Sehe ich aus wie ein Cop?«

»Wer sind Sie dann?«

»Ich bin Gus«, antwortete Bell und benutzte den anderen Standardnamen für neugierige Speakeasy-Türsteher. »Wie soll ich Sie nennen?«

»Ich bin ebenfalls Gus«, erwiderte der Gangster. »Aber zufälligerweise ist das auch mein richtiger Name. Wer sind Sie wirklich?«

»Ich bin jemand, der sich nicht erpressen lässt, sondern für Informationen zahlt.«

»Woher kommen Sie?«

»Aus Chicago«, sagte Bell, der die Stadt in- und auswendig kannte, da er dort unter Joseph Van Dorn sein Handwerk erlernt hatte.

»Von wo in Chicago?«

»Ich bin auf der West Side aufgewachsen.«

»Kennen Sie die Spillane-Brüder?«

»Ich habe sie arbeitslos gemacht.«

Das traf tatsächlich zu, obgleich sie ins Joliet Penitentiary zu schicken sicherlich nicht die Art war, wie Gus die Antwort interpretierte. Das war seinem respektvollen Gesichtsausdruck und dem anerkennenden Kopfnicken zu entnehmen, das die Leistung Bells würdigte, derart hochrangige Konkurrenten aus dem Weg geräumt zu haben.

»Was wollen Sie in Detroit?«

Bell übersprang seine Eröffnungsfrage zu den Gerüchten über das schwarze Boot und kam sofort zu seinem eigentlichen Anliegen. »Ich suche Kontakte.«

»Mit wem?«

»Möglichen Partnern.«

Der Gangster hob ruckartig den Kopf. »Ich dachte, Texas Walt gehöre der Laden.«

»Ich bin daran beteiligt. Wir suchen Leute, die sich in ihrem Geschäft auskennen. Bisher sind Sie nicht gerade das strahlende Beispiel für jemanden dieses Kalibers, aber vielleicht haben Sie auch nur einen schlechten Abend.«

»Sie denken an Partnerschaft? Genau das habe ich diesem Hurensohn von einem Filmstar angeboten.«

»Angeboten haben Sie ihm eine Schutzversicherung.«

»Jeder Idiot weiß doch, dass damit eine Partnerschaft gemeint ist. Ohne Schutz können Sie in Detroit keine Geschäfte machen.«

»Anscheinend braucht er keinen Schutz.«

»An welche Art von Partner denken Sie?«

»Lieferanten. Partner, auf deren regelmäßige Schnapslieferungen wir uns verlassen können. Sind Ihre Bosse zufälligerweise im Transport- und Speditionsgeschäft tätig?«

»Wie kommen Sie darauf, dass ich einen Boss habe?«

»Bosse stürmen nicht in eine Kneipe und fuchteln mit einer Pistole herum.«

»In Detroit schon.«

Bell musterte ihn nachdenklich. »Ist das so?«

Der Revolvermann erhob sich. »Und hier ist noch etwas anderes: Fahren Sie zur Hölle.«

Isaac Bell zog seine Browning und richtete sie auf die bislang noch unversehrte Hand des Gangsters. »Soll ich Ihre zweite Pfote lahmlegen? Setzen Sie sich!«

Perplex legte der Gangster die heile Hand um die bluigetränkten Servietten, ließ sich wieder auf das Fass sinken und barg die verletzte Hand in seinem Schoß. »Was ist hier los?«, protestierte er. »Wo kommt ihr Typen her?«

»Was meinen Sie mit der Frage, was hier los ist? Welche Typen kommen hierher?«

»In Detroit herrscht ständig Kampf, alle gegen alle. Jetzt haben wir es auf einmal auch noch mit Auswärtigen zu tun, die sich hereindrängen und abkassieren. Piraten.«

»Welche Piraten? In Booten auf dem Fluss?«

»Auf dem Fluss riskiert man mittlerweile sein Leben.«

»Sind Sie mit einem großen schwarzen Boot aneinandergeraten? Bewaffnet mit einem Maschinengewehr? Gepanzert?«

»Nein.«

»Sind Sie jemals der Jewish Navy begegnet?«

»Einmal.«

»Was ist geschehen?«

»Nichts, was ich ein zweites Mal erleben möchte.«

Bell runzelte die Stirn. »Das hört sich an, als hätte man Sie aus dem Geschäft gedrängt.«

»Ich warte auf den Winter. Dann transportiere ich den Stoff übers Eis.«

»Es ist aber Sommer. Wovon wollen Sie in der Zwischenzeit leben?«

»Von Lösegeldern.«

»Wen entführen Sie?«

»Typen, die nicht zu den Cops rennen können.«

Isaac Bell ließ durch einen sachbezogenen Einwand erkennen, wie vertraut er mit dem Entführungsgeschäft war. »Typen, die sich nicht an die Polizei wenden können, dürften dünn gesät sein.«

»Schon richtig. Man muss aufpassen, wen man sich schnappt. Ganz sicher keinen Angehörigen der Jewish Navy. Man sucht sich Typen, die ihr Geld als Buchmacher, mit Whiskyschmuggel und mit Mädchen verdienen. Willkommen sind auch Lohngeldräuber, Kredithaie, Autodiebe – außer sie gehören zur Purple Gang. Die Purples hetzen einen bis nach Mexiko, wenn man ihnen auf die Zehen getreten hat.«

Falls Marat Zolner beabsichtigte, in Detroit ein kriminelles Bündnis zu schließen, wie er es mit der Black Hand in New York getan hatte, würde der Anführer der Purple Gang ganz oben auf seiner Wunschliste stehen. Die Schwierigkeit bestand darin, ihn eindeutig zu identifizieren. Wie Walt festgestellt hatte, wurden Gangsterbosse in Detroit von den jeweils rivalisierenden Banden kurzerhand getötet, und selbst die Polizei konnte sich niemals vollkommen sicher sein, wer gerade der offizielle Anführer war.

»Wer ist der Boss der Purples?«

»Sie haben eine Menge Fragen, Mister.«

»Ich bin auch ungemein neugierig«, erwiderte Bell. »Wie lautet sein Name?«

»Vergessen Sie's.«

»Hätten Sie Lust auf eine Spazierfahrt?«

»Wohin?«

Gus folgte Bells Blick an der Küche vorbei und über

den Parkplatz zu einer schwarzen Stutz Limousine, die dort im Schatten stand, und nun wurde ihm die eigentliche Bedeutung der Frage klar. An dem Wagen lehnten die härtesten Detektive aus Harry Warrens Gang Squad. Immer noch um ihren ermordeten Chef trauernd, fiel es ihnen nicht schwer, aufzutreten wie Gangster, die, ohne zu zögern, töten – und dabei würden sie es noch genießen. Gus schüttelte den Kopf. »Hören Sie, Mister …«

»Wie lautet sein Name?«

»Ihn zu nennen könnte mein Tod sein.«

»Ihn nicht zu nennen wird ganz sicher Ihr Tod sein. Wie lautet der Name?«

Gus sah sich um, zog den Kopf ein wie eine Schildkröte und flüsterte: »Stern.«

»Vorname?«

»Max.«

»Wo finde ich Max Stern?«

»So weit oben stehe ich nicht, um das zu wissen, Mister. Das müssen Sie mir glauben.«

»Was denken Sie, wo er rumhängt?«

»Die schweren Kaliber hängen nicht rum. Zu gefährlich.«

Bell glaubte ihm. Wenigstens kannte er jetzt den Namen des Bosses, den Zolner möglicherweise aufsuchte. Er änderte seine Taktik. »Ich höre immer wieder Geschichten von diesem schwarzen Boot.«

»Boote sind ein alter Hut.«

»Wie meinen Sie das?«

»Sechserpacks Whisky übers Eis zu fahren wird in Kürze auch ein alter Hut sein.«

Bell runzelte die Stirn. »Wovon reden Sie?«

»Von dem Tunnel, den sie bald haben.«

»Welchen Tunnel?«

Der Gangster ruderte zurück. Entweder dachte er über den Wahrheitsgehalt der Gerüchte nach oder darüber, ob es klug war, darüber zu reden. Also sagte er: »Wenn Sie mich fragen, ist es nur Gerede. Wie die Geschichte von dem Luftschiff. Oder von dem schwimmenden Kasino.«

»Was wird denn geredet?«

»Dass er fast fertig ist. Sinnloses Geschwätz.«

»Wo?«

Gus wiederholte beinahe Wort für Wort, was Bell auf dem Parkplatz von »Joe« gehört hatte. »Wenn ich wüsste, wo er ist, würde er mir gehören – was aber nicht der Fall ist. Wenn er mir gehörte, bräuchte ich nicht das Geld, das ich für meine Drohnummer in Ihrem Rasthaus kriege. Oder wenn ich wüsste, wo er ist, er mir aber nicht gehört, wäre ich tot.«

»Warum tot?«

»Einen Tunnel kann man nicht vom Fleck bewegen. Es gibt nur zwei Möglichkeiten, ihn zu verstecken: jeden, der seine Lage kennt, bezahlen oder töten.«

Bell sagte: »Wenn das zuträfe, würde man dann nicht ständig von Arbeitern und Handwerkern – Maurern, Pflasterern, vielleicht sogar Tunnelbauern – hören, die mit dem Gesicht nach unten im Fluss treiben?«

»Der Fluss ist voller Leichen. Alle glauben, dass es ausgeraubte Whiskyschmuggler sind. Es könnte aber auch ganz anders sein. Die Leute könnten vom Tunnelbau kommen.« Der Gangster beugte sich über seine verletzte Hand und verstummte.

Überzeugt, dass er alles aus Gus herausgeholt hatte, was sich herausholen ließ, schlenderte Bell über den gepflasterten Weg, der zur Vorderfront des Rasthauses führte. Er fühlte sich irgendwie hilflos und entmutigt. Das Gespräch über den Tunnel war zwar interessant gewesen, aber er hatte nicht den Eindruck, dass er Marat Zolner und der Komintern auch nur einen Zentimeter näher gekommen war.

Es war schon spät. Automobile verließen den Parkplatz und fuhren weg, und er sah eine lange Kette roter Rücklichter, die sich in Richtung Detroit bewegte. Die Polizisten, die den Verkehr geregelt hatten, waren längst abgerückt. Während er sich der Eingangstreppe näherte, wechselte er einen kurzen Blick mit Dashwood, der vom anderen Ende der Veranda aus alles wachsam im Blick hatte. Nachzügler standen herum, Stutzer und ihre schrill herausgeputzten Begleiterinnen dehnten ihre Abschiedszeremonien großzügig aus, indem sie Taschenflaschen herumgehen ließen.

Plötzlich sah Bell ein grelles Scheinwerferpaar dem nach Detroit rollenden Verkehr entgegen- und die Straße heraufkommen. Das Automobil, ein siebensitziger Packard, passierte den Parkplatz. Aber anstatt in die Auffahrt abzubiegen, hielt er auf der Straße direkt vor dem Rasthaus an. Ein Mann sprang heraus, der eine lange Stielhandgranate bereithielt. Er zog an der Sicherungsschnur und holte damit aus wie ein Pitcher zu einem Fastballwurf.

Isaac Bell wurde sofort aktiv und startete durch, so schnell er konnte.

Die Granate beschrieb eine flache Flugbahn unter dem Vordach und durch den Eingang hindurch bis auf die Veranda, wo sich Männer und Frauen drängten und zum Abschied einander die Hände schüttelten und sich umarmten. Eine beschwipste junge Frau geriet ins Straucheln. James Dashwood glitt wie ein Schatten heran, um ihr zu Hilfe zu kommen. Sie landete in seinen Armen, anstatt die Eingangstreppe hinunterzustürzen.

25

Die junge Frau lachte, das Gesicht grell angestrahlt von der TEXAS-WALT'S-Reklametafel. Der Schatten der Handgranate wischte wie eine Fledermaus darüber hinweg. Dashwood fuhr zu ihr herum – doch zu spät. Bell kam näher, schlängelte sich im Laufschritt zwischen den Vergnügungssüchtigen hindurch und hatte den Arm ausgestreckt und die Hand geöffnet. Er war jetzt so nahe herangetreten, dass er die Granate als Stielhandgranate des deutschen Heeres identifizieren konnte. Wenn es das neue Modell 24 war, dann war sie mit fast zwei Pfund TNT geladen – die reichten aus, um im Fall einer Explosion jeden Menschen in einem Umkreis von fünfzehn Metern zu töten.

Wie ein präzise geworfener Linienball landete sie mit einem Klatschen in seiner Hand.

Die 24er hatten eine Zündverzögerung von fünf Sekunden. Bell hatte also zwei Sekunden Zeit, sie so weit wie möglich zu werfen. Sein Finger blieb in dem Haken hängen, mit dem die Handgranate an der Koppel befestigt wurde. Er umfasste den hölzernen Handgriff, befreite den Finger aus dem Haken und schleuderte die Granate mit aller Kraft.

Der Packard raste davon. Der Mann, der die Granate geworfen hatte, starrte sie gebannt an, während sie wie ein Bumerang zu ihm zurückkehrte.

Bell und Dashwood breiteten die Arme weit aus und

zogen so viele Leute, wie sie erreichen konnten, auf die Eingangsstufen und auf den Boden der Veranda herunter. Die Granate explodierte. Ein Lichtblitz erzeugte scharf konturierte Schatten auf der Rasthausfassade. Eine Druckwelle warf Bell und Dashwood zwischen die Leute. Die Explosion war ohrenbetäubend, sprengte die Fassadenfenster aus den Rahmen und zertrümmerte die Hälfte der Glühbirnen in der TEXAS-WALT'S-Tafel.

Im restlichen Licht hing eine dichte Staubwolke über der Straße. Von dem Gangster, der die Stielhandgranate geschleudert hatte, war keine Spur mehr zu sehen. Durch das Klingeln in den Ohren hörte Isaac Bell Angstschreie. Das Dröhnen eines starken Motors überdeckte diese Schreie für einen Moment.

Der Packard hatte gewendet. Jetzt kam er in rasender Fahrt zurück. Aus den Seitenfenstern ragten Gewehr- und Pistolenläufe. Dashwood und Bell rafften sich auf und stolperten auf die Fahrbahn.

Der Fahrer des Packard sah zwei Männer aus der Staubwolke auftauchen, die die Granate aufgewirbelt hatte. Er trat das Gaspedal bis aufs Bodenblech durch. Tony, der Boss neben ihm auf dem Beifahrersitz, und die Männer auf dem Rücksitz fingen an zu feuern und drückten in rasender Folge ab, so schnell sie konnten.

Zwei Männer gingen bis in die Straßenmitte, drehten sich zur Seite, hoben Pistolen und begannen zurückzuschießen. Eine Kugel zerschmetterte die Windschutzscheibe und ließ den Hut des Fahrers verrutschen. Eine andere Kugel traf einen Scheinwerfer.

»Haltet auf den Großen!«, rief Tony. Sie wechselten die Schussrichtung, und ein Glückstreffer aus dem schwankenden Wagen fegte den größeren Mann von der Fahrbahn. Der kleinere, mager wie eine Vogelscheuche, trat in den Scheinwerferkegel. Er hatte die Pistole wie ein Scheibenschütze erhoben.

»Fahr ihn über den Haufen!«

Eine Flammenzunge leckte aus der Pistolenmündung. Der linke Vorderreifen platzte, und in den Händen des Fahrers bockte das Lenkrad. Die Vogelscheuche feuerte abermals. Der rechte Vorderreifen wurde schlaff, und dann geriet der schwere Wagen ins Schlittern und kam auf qualmenden Felgen kreischend auf ihn zu.

Wie ein Matador wich James Dashwood zur Seite aus. Der Packard rauschte vorbei. Er feuerte in jeden Hinterreifen einen Schuss, und der Wagen schlitterte mit einem lauten Knall gegen einen Baum. Drei Männer wurden aufs Pflaster geschleudert, während den Fahrer seine eigene Steuersäule aufspießte. Van-Dorn-Agenten strömten aus dem Rasthaus und umringten sie. Dashwood kam im Laufschritt auf Isaac Bell zugerannt, der auf der Fahrbahn lag.

»Isaac!«

»Ich bin okay.«

Dashwood wischte Bells Stirn mit einem Taschentuch ab. »Sie sehen aber nicht gerade okay aus. Sie sind mit Blut überströmt.«

»Wahrscheinlich von einem Streifschuss am Kopf.«

»Ihm geht es gut«, sagte Walt Hatfield, der mit einer Schrotflinte in der Hand angerannt kam. »Er ist nur undicht und leckt ein wenig.«

Hatfield reichte Bell ein Halstuch. »Du bist doch okay, oder?«

Der besorgte Gesichtsausdruck des Texaners jagte Dashwood mehr Angst ein als das Blut.

»Wo sind sie?«, fragte Bell. In seinen Ohren war ein Klingeln zu hören, und in seinem Kopf drehte sich ein Karussell. Er sah den gestrandeten Packard, der sich halb um einen Baum gewickelt hatte. Blutende Revolvermänner lagen daneben. »Ist jemand verletzt?«

»Die meisten Leute stehen unter Schock.«

In der Ferne erklang eine Sirene.

Bell kam zwar auf die Füße, allerdings in einen schwankenden Stand. Er umfasste Dashwoods mageren Arm und deutete auf die Gangster. »Übergebt den Cops diese Kerle – bis auf den Boss. Bringt ihn in den Keller, aber schnell! Sie werden jeden Moment hier sein.«

»Mordversuch«, stellte Bell fest. »Sogar in Detroit werden Sie dafür eingesperrt.«

»Nicht für lange«, sagte der Gangster, der mit einer Handschelle an einen Stützpfeiler gefesselt war. Er hatte eine Platzwunde am Kopf, die seine Kleider ebenso mit Blut besudelt hatte wie Bells Wunde dessen Kleidung. Bell hoffte, dass der Mann schlimmere Kopfschmerzen hatte als die, die in diesem Augenblick in seinem eigenen Schädel hämmerten. Er ließ den Arzt, den Texas Walt gerufen hatte, um seinen Schädel zu flicken, oben im Haus warten, bis er alles aus dem Gangster herausgeholt hatte, was dieser wusste. Der Whisky, den er daraufgeträufelt hatte, um die Blutung zu stoppen, hatte schlimmere Schmerzen verursacht als die Kugel, die ihm einen Scheitel gezogen hatte, und er konnte nicht richtig geradeaus blicken. Es waren keine ungewöhnlichen schauspielerischen Fähigkeiten nötig, um wütend und rachsüchtig zu klingen.

»Lange«, korrigierte er. »Sehr lange. Ich übergebe Sie dem US-Marshal. Er kriegt Sie wegen eines Bundesvergehens dran.«

»Das ist kein Bundesvergehen.«

»Schon mal was vom Espionage Act gehört? Der Kongress hat das Gesetz für Sie maßgeschneidert. Radikale legen Bomben. Ausländer legen Bomben. Kommunisten. Bolschewisten. Der Bundesanwalt schickt Sie für den Rest Ihres Lebens in den Knast.«

»Das können Sie mir nicht anhängen.«

»Dreißig Zeugen haben gesehen, wie Ihre Bande eine Granate geworfen hat. Dreißig Leute haben gesehen, wie Sie mit Gewehren auf eine unbewaffnete Menschenschar geschossen haben.«

»Sie haben nicht den Mut, um gegen mich auszusagen. Schon nach einem Tag bin ich wieder draußen.«

»Ich sage mit Freuden aus«, versprach Texas Walt.

»Ich auch«, schloss Ed Tobin sich an.

»Und ich«, sagte Dashwood.

»Sogar ich bringe so viel Mut auf«, sagte Isaac Bell. »Damit sind wir schon zu viert.«

»Mister«, sagte Texas Walt, beugte sich vor und brachte sein Habichtgesicht bis auf wenige Zentimeter an das Gesicht des Gangsters heran. »Sie stehen mit einem schmierigen Fuß im Staatsgefängnis und mit dem anderen auf ganz dünnem Eis. Es ist höchste Zeit, dass Sie den Mund aufmachen.«

Der Gangster legte seine freie Hand auf die blutende Wunde auf seinem Kopf. »Was wollen Sie wissen?«

Nachdenklich studierte Bell ihren Gefangenen. Der Gauner erwartete sicherlich, dass Bell ihn fragte, wer ihm befohlen hatte, das Rasthaus mit einer Handgranate anzugreifen. Angst und Gaunerehre würden dafür sorgen, dass er niemanden, den er kannte, ans Messer lieferte.

»Ihr Name.«

»Tony.«

»Tony wie?«

»Big Tony Sana.«

»Woher hatten Sie die Granate, Tony?«

»Überschüssiges Kriegsmaterial. Das ist überall zu bekommen.«

»Es war eine deutsche Stielhandgranate. Wie kommt eine Granate aus der Armee des Kaisers ausgerechnet in Ihre fetten Finger?«

Bell vermutete, dass die Komintern die wahrscheinlichste Quelle war. Eine derart wirkungsvolle Granate würde auch den enormen Schaden erklären, den Bell in den Van-Dorn-Büros hatte verzeichnen müssen. Die Detroiter Banden hatten noch nicht erkannt, dass Texas Walts Rasthaus eine Van-Dorn-Tarnung war. Aber der Komintern war es möglicherweise bekannt.

Der Gangster zuckte mit den Achseln. »Ich weiß es nicht. Einer von den Jungs hat irgendwo eine ganze Kiste davon gekriegt.«

Bell hatte den Eindruck, Tony Sana sei aufrichtig verwirrt darüber, dass die Rasthaus-Schutztruppe ausgerechnet danach fragte, woher eine bestimmte Granate kam. Hatte Marat Zolner Tonys Bande dafür bezahlt, Texas Walt's anzugreifen? Hatte er Verbündete wie die Black Hand in New York? Nein. Tony war zu unbedeutend. Wenn überhaupt etwas, dann verkaufte Zolner Tonys Bande für dumm, wie er es vorher bereits mit den Gophers getan hatte.

»Ich möchte wissen, woher Sie die Granate haben.«

»Vielleicht hat irgendein Landser ein Andenken aus dem Krieg mit nach Hause gebracht.«

»Wem wurde die Granate übergeben?«

»Ich glaube, es war Little Angelo.«

»Angelo nehmen wir uns später vor. Nun etwas anderes: Was ist mit diesem Schnapstunnel unter dem Fluss? Von dem ich kürzlich gehört habe.«

»Ich habe noch nichts von einem Tunnel gehört.«

Bell sagte: »Alle möglichen Leute meinen, dass Boote ein alter Hut sind. Und im nächsten Winter wird der Transport von Sechserpacks Whisky über den zugefrorenen Fluss ebenfalls ein alter Hut sein.«

»Ja, nun, es wird für jeden noch genug übrig bleiben, um lukrative Geschäfte zu machen.«

»Wer ist Ihr Boss?«

»Ich bin mein eigener Boss.«

»Was ist mit diesem Kabel-U-Boot?«

Seiner Miene nach zu urteilen war Tony froh, über ein anderes Thema sprechen zu können, das nichts mit seinen Aktivitäten zu tun hatte. »Diese dämlichen Polacken haben ein langes Seil und eine Winde. Sie füllen den Fusel in Stahlfässer und versenken die im Fluss. Mit dem Seil ziehen sie dann die Fässer über den Grund des Flusses.«

»Von wo aus?«

»Irgendeiner Insel.«

»Wo geht der Stoff hin?«

»Nach Poletown.«

»Wer betreibt dieses Geschäft?«

»Das sagte ich doch, Polacken aus Poletown.«

»Polacken aus Poletown?«

»Ja, außer dass die Jaworski Gang behauptet, dass sie

nichts damit zu tun haben. Verlogene Bastarde. Dabei reden sie Polnisch.«

»Polnisch? Wer hat Polnisch gesprochen? Die Leute mit dem Kabel-U-Boot?«

»Das habe ich jedenfalls gehört.«

»Dass Polnisch gesprochen wurde? Oder Russisch?«

»Das ist doch das Gleiche, oder nicht?«

Bell wechselte Blicke mit Dashwood und Tobin. Plötzlich waren da zwei Dashwoods und zwei Tobins. Es dauerte einen Moment, bis er erkannte, dass die Kugel, die seinen Kopf gestreift hatte, offenbar bewirkte, dass er alles doppelt sah. Er blinzelte. Die Detektive waren weiterhin zweifach vorhanden. Er wandte sich an die beiden Tonys.

»Tony, Sie sagen, Sie hätten keinen Boss. Hätten Sie aber doch einen, wer würde das sein?«

Anscheinend fand Big Tony Sana an dem Gedanken Gefallen. Er sagte: »Bosse kommen und gehen.«

»Sagen wir mal, einer kommt.«

»Da kämen eine ganze Reihe Leute infrage.«

»Max Stern?«

Tony sah ihn überrascht an. »Wo haben Sie das gehört?«

»Hier und da. Könnte es Max Stern sein?«

»Schon möglich.«

»Wo finde ich ihn?«

»Wer weiß? Aber eines kann ich Ihnen versichern, Max Stern ist nicht mein Boss.«

»Admiral Abe«, sagte Marat Zolner. »Sind Sie nicht froh, dass Sie Vernunft angenommen haben?«

Sie hatten zum Dinner Kalbsbries bestellt, nicht nur das teuerste Gericht auf der Speisekarte des Hotel Wolverine, dem neuen Stern am Hotelleriehimmel von Detroit, sondern auch das einzige Gericht, das Weintraub mit seinem drastisch reduzierten Zahnbestand verzehren konnte.

Abe Weintraub schickte mörderische Blicke über den Tisch. Er hatte ein Mondgesicht mit kleiner Nase, kleinen Ohren und einem winzigen Mund. Zolner fand, dass er ausgesprochen harmlos, fast sanftmütig aussah, wären da nicht seine toten, dunklen Augen gewesen.

»Täuschen Sie sich nicht. Ich bin nicht so leicht kleinzukriegen.«

»Das haben Sie überzeugend unter Beweis gestellt«, erwiderte Zolner, der in den Folterkammern der Tscheka genug gesehen hatte, um einen Gangster zu bewundern, der so entschlossen war wie Abe Weintraub, sich nicht brechen zu lassen. Seine »Bekehrung« hatte so lange gedauert, dass man es durchaus als Wunder betrachten konnte, dass sie ihn nicht unabsichtlich ertränkt hatten. Aber Weintraub war die Mühe wert gewesen. Er leitete die Jewish Navy der Purple Gang, und zwar sowohl mit seinem Hirn als auch mit unvergleichlicher Brutalität und gnadenloser Entschlossenheit. Er kannte sämtliche einigermaßen bedeutenden Kriminellen, betrachtete sie mit nüchternem Blick und wusste über ihre Schwächen und Stärken ganz genau Bescheid. Er wäre in jeder Revolution die Idealbesetzung für den Posten eines kämpferischen Soldatenführers.

»Was nun?«, fragte Weintraub und wischte mit einem Stück Brot seinen Teller sauber.

»Jetzt verraten Sie mir, wer getötet werden soll.«

»Was meinen Sie?«

»Sagen Sie mir, welcher Gangster uns im Weg steht und beseitigt werden muss. Ganz oben angefangen.«

»Ich soll es Ihnen sagen? Oder soll ich sie für Sie umbringen?«

Es war, als würde man mit einem Wolf oder einem Hai über ihre jeweiligen Jagdmethoden verhandeln. Oder mit einem Vielfraß, dem Namensvetter des Hotels. Weintraub kannte sich geradezu perfekt mit dem Phänomen der Zerstörung aus, und zwar in all ihren Formen, und sonst mit nichts anderem. Zolner hatte in New York einige Gangster wie ihn etabliert – um Angebot und Nachfrage zu kontrollieren –, aber keiner war so bösartig und grausam.

Er sagte: »Sie werden mir helfen, sie ausfindig zu machen. Wir spüren ihre Schwachpunkte auf, und dann töten wir sie.«

»Warum soll ich das tun?«

»Weil ich Ihnen gestatte, anschließend das zu übernehmen, was sie hinterlassen.«

Weintraub starrte ihn ungläubig an. »Ich dachte, ich hätte in meinem Leben schon alles gehört. Dies hier setzt jedoch allem die Krone auf.«

»Ich biete Ihnen die Stadt Detroit an«, sagte Marat Zolner.

»Wenn ich fertig bin, wird es sowieso meine Stadt sein. Ich brauche Sie nicht.«

»Ist es Ihnen lieber, fünf Jahre zu warten – in der Hoffnung, dass Ihre Feinde sich gegenseitig abknallen? Wobei man auch nicht vergessen sollte, dass derjenige, der überlebt, am Ende umso stärker dasteht. Oder wollen Sie das alles jetzt sofort, auf der Stelle?«

»Sofort.«

»Oben angefangen, Abe, wen räumen wir als Ersten aus dem Weg?«

»Max Stern.«

»Sind Sie sich ganz sicher?«, fragte der Bolschewik eisig.

»Max Stern«, wiederholte Weintraub.

Die Agenten, die Zolner vorausgeschickt hatte, um die Lage in Detroit und in Windsor zu sondieren, hatten vorhergesagt, dass der oberste Boss ein Jude sein würde. Die italienischen Banden hatten sich während der mörderischen Giannola-Vitale-Mafiakriege gegenseitig dezimiert. Ein Killer der Purple Gang namens Max Stern galt allgemein als aussichtsreichster Kandidat für den Posten an der Spitze.

»Das habe ich auch gehört«, sagte Zolner.

»Und jetzt hören Sie es von mir.«

»Außer dass ich auch gehört habe, Max Stern sei verschwunden.« Der Gangster war seit der Nacht, als die *Black Bird* in ihr Bootshaus gelenkt wurde, wie vom Erdboden verschluckt.

»Na klar, diese Typen an der Spitze halten sich bedeckt. Das ist auch besser für ihre Gesundheit.«

Marat Zolners Miene verhärtete sich. »Max Stern wurde drüben in Windsor in einem Brauofen verbrannt.«

»Ach ja?«

»Sie haben nur noch einen Versuch, Sie verlogener Hurensohn.«

Abe Weintraub schluckte die Beschimpfung widerspruchslos. »Okay. Ich wollte nur mal testen, wer Sie so sind. Ich habe keine Ahnung, woher Sie Ihr Wissen haben, aber Sie sind kein Schwätzer.«

»Dies ist Ihre letzte Chance, Abe: *Wen beseitigen wir als Ersten?*«

»Sam Rosenthal.«

Zolner ließ sich auf seinem Stuhl nach hinten sinken.

Endlich. »Ich habe mich schon die ganze Zeit gefragt, ob er es sein wird.«

»Fragen Sie sich, bis Sie schwarz werden«, sagte Weintraub. »Rosenthal ist kugelsicher.«

»Gräbt Sam Rosenthal nicht gerade einen Tunnel unter dem Fluss?«

Abe Weintraub ignorierte diese Frage – was, wie Zolner mittlerweile wusste, ein Hinweis darauf war, dass der mundfaule Gangster die Antwort kannte – und sagte: »Niemand kommt nahe genug an ihn heran, um ihn zu erschießen. Niemand hat ihn im vergangenen Jahr auch nur einmal in der Öffentlichkeit gesehen.«

Zolner hatte gehört, dass aus Kanada mehr Alkohol unter dem Fluss als auf ihm über die Grenze kam. Einiges wurde in Güterwagen der Eisenbahn geschmuggelt. Eine polnische Bande zog angeblich mit Schnaps gefüllte Behälter mit Hilfe eine Kabels und einer Winde quer durch das Flussbett, was ziemlich mühsam sein musste. Aber ein anderes Gerücht war vielversprechender: ein Tunnel, welcher der Komintern ein Vermögen bescheren würde. Der Tunnel würde ihm die vollständige Kontrolle über Detroit verschaffen und seiner Organisation, die er in New York aufgebaut hatte, den bedeutendsten Transportweg hinzufügen.

»Gräbt Sam Rosenthal diesen Tunnel unter dem Fluss?«

»Wann haben Sie das gehört?«

Zolner legte beide Hände flach auf die Tischdecke und beugte sich vor. »Abe, es ist zu spät, den Phonographen auszuschalten.«

»Fahren Sie zur Hölle.«

»Wollen Sie wirklich wieder so ein ausgiebiges Bad nehmen?«

Weintraub erhob sich halb von seinem Stuhl.

»Abe, schauen Sie sich im Foyer um.«

Weintraubs Augen funkelten drohend. »Ich habe ebenfalls Geleitschutz mitgebracht.«

»Schauen Sie genau hin, Abe. Sehen Sie den Handelsvertreter mit dem großen Musterkoffer? Oder den langhaarigen Geigenspieler? ... Meine Leute sind härter und cleverer, und sie haben Ihre Jungs mit .45er Thompsons im Visier ... Wünschen Sie sich wirklich eine Schießerei? Oder nehmen Sie mein Angebot an – Detroit auf einem Silbertablett? Wissen Sie, wo Rosenthal den Tunnel gräbt?«

»Nein.«

»Soweit ich hörte, gräbt er von einer der kanadischen Inseln aus«, sagte Zolner. »Das leuchtet doch ein. Der Tunnel braucht nur eine halbe Meile lang zu sein – statt einer. Und er startet auf freundlicherem Territorium.«

»Ach ja?«

»Bringen Sie in Erfahrung, auf welcher Insel.«

»Eins kann ich Ihnen jetzt schon sagen. Wenn der Tunnel fertig ist, sind Sie mit Ihrem schwarzen Boot aus dem Geschäft.«

Die *Black Bird* würde schon bald »für den Winter nach Süden fliegen«, und zwar auf einem Güterwagen nach Miami, was Zolner aber für sich behielt. Er sagte: »Rosenthals Tunnel wird Ihre gesamte Jewish Navy arbeitslos machen.«

Weintraub quittierte die Feststellung mit Schweigen.

Er weiß über den Tunnel Bescheid, dachte Zolner. Seine Agenten wussten, dass die Gerüchte genau ins Schwarze trafen. Der Tunnel stand unmittelbar vor seiner Fertigstellung. Aber es war unerträglich, nicht zu wissen, wo genau er verlief.

»Ihnen ist sicherlich klar, dass kanadischer Alkohol nur dann eine Zukunft hat, wenn er in großen Mengen durch Rosenthals Tunnel transportiert werden kann, anstatt die Ware in Booten oder über Eis auf die andere Seite des Flusses zu schaffen.«

»Dann ist es also der Tunnel, weshalb Sie Rosenthal tot sehen wollen.«

»Und der Grund, weshalb ich Ihnen Detroit schenken möchte – damit Sie mir helfen, die Kontrolle über den Tunnel zu behalten.«

»Aber Rosenthal könnte gut fürs Geschäft sein, würde er endlich den Krieg beenden. Man könnte Territorien aufteilen. Sich auf gewisse Regeln verständigen.«

Marat Zolner sah seinen Gast skeptisch an. »Glauben Sie ernsthaft, dass Rosenthal den Krieg beenden kann, ohne Ihre Jewish Navy vorher zu versenken? Es dürfte um einiges besser sein, wenn wir es sind, die die Regeln festlegen.«

Und zum ersten Mal, seit Marat Zolner Abe Weintraubs Boot gekapert hatte, sah er den jüdischen Gangster lächeln.

26

»Weshalb wird ein Jude von den Katholiken beerdigt?«, fragte Scudder Smith einen Captain des Detroit Police Department, dessen blau uniformierte Truppen Mühe hatten, zehntausend Gaffer auf den Bürgersteigen zu halten.

Der Van-Dorn-Detektiv hatte Notizbuch und Bleistift in der Hand und seinen *Brooklyn-Eagle*-Presseausweis im Hutband. Es war ein warmer, sonniger Morgen auf der Westseite Detroits. Auf der anderen Seite der Dexter Avenue erhob sich die Kirche St. Gregory the Great, ein wuchtiges Bauwerk aus rotem Klinker mit einer Kalksteinfassade. Die Türen standen offen, und Sargträger tasteten sich gerade die vordere Freitreppe hinunter, schwankend unter der Last eines fünfzehntausend Dollar teuren silbernen Totenschreins.

»Seine Mutter stammte aus Irland«, sagte der Polizist. »Sie hat ihn bis zum vierten Schuljahr in die St. Gregory's geschickt.«

Eine Menge auf Hochglanz polierter Automobile folgte in einer langen Schlange dem Leichenwagen und den mit Blumen und Kränzen beladenen Wagen. Bronzene Sterne an Stoßstangen markierten die Wagen, die den Vertretern der Stadtverwaltung gehörten, und Scudder Smith murmelte aus dem Mundwinkel, während Isaac Bell an ihm vorbeiging: »Sie verleihen der Prozession einen offiziellen Charakter. Sieh dir nur all die Fünftausenddollar-Motoren an. Man könnte meinen, hier wird der König von England zu Grabe getragen.«

Mit einem Maureroverall und einer flachen Mütze, die den Verband um seinen schmerzenden Schädel verdeckte, drängte sich Bell – als Arbeiter verkleidet – ruhelos durch die Menschenmenge. Gelegentliche Anfälle von Doppeltsehen verwandelten das Treiben auf dem Bürgersteig in das reinste Gruselkabinett.

Wie Dashwood war auch Tobin zugegen und versuchte die Ganoven und Bier- und Whiskyspediteure, die an dem aufwendigen Begräbnis teilnahmen, zu identifizieren. Die Zeitungen nannten es die grandioseste »Verabschiedung« der Purple Gang.

Die Blumenwagen hinter dem Leichenwagen waren mit Kränzen und Gebinden beladen, auf deren Zierschleifen der Name des Toten in goldenen Lettern zu lesen war.

UNSEREM FREUND MAX
UNSEREM BRUDER MAX
FÜR MAX IN LIEBE VON ONKEL HANK UND TANTE HELENE
FÜR MAX STERN VON DEN JUNGS

Wegen dieses letzten Rückschlags war Bell zutiefst enttäuscht und angeekelt. In dem Sarg befand sich ein Haufen mit Knochen und Asche, der von Arbeitern einer Brauerei in Windsor beim Reinigen der Feuerkammer eines Brauofens entdeckt worden war. Die Knochen waren anhand des Totschlägers identifiziert worden, der von seinem Eigentümer so sehr geliebt wurde. Der Griff aus vernickeltem Stahl mit den eingravierten Initialen *MS* hatte das Feuer überstanden.

Da der Gangster, von dem Bell sich erhofft hatte, dass er ihn zu Marat Zolner führen werde, nun tot war, konnte Bell kaum mehr tun, als sich auf sein fotografisches Gedächtnis zu verlassen und Steckbriefe und Polizeifotos mit den Gesichtern von Max Sterns kriminellen Komplizen und Familienmitgliedern zu vergleichen, die in ihren Automobilen vorfuhren. In einem dieser Luxusfahrzeuge saß vielleicht der neue Boss der Purple Gang aus Detroit – der Gangster, mit dem sich Marat Zolner verbünden würde.

Polizisten auf Motorrädern und zu Pferde schufen in der Mitte der Dexter Avenue freie Bahn, und der bei Weitem größte Kranz wurde auf einem Anhänger, der mit schwarzem Krepp umhüllt war, die Avenue heraufgezogen. Tausende rote Rosen waren zu der 1:1-Kopie eines Rolls-Royce Silver Shadow zusammengesteckt worden. Ein goldenes Banner spannte sich über seine gesamte Länge.

MAXIS HIMMELFAHRT
VON SAM

»Was gibt es Neues von Sam?«, wollte Bell von Scudder wissen, der den Detroiter Zeitungsleuten Drinks, Dinners und Frühstücke spendiert hatte, um die neuesten Nachrichten über die Banden zu erfahren.

»Die Jungs im Presseraum haben gewettet, ob sich wohl Sam Rosenthal blicken lassen würde, nachdem Max tot ist und er sich in Sicherheit wiegen kann.«

»Ist er der neue Boss?«

»Es heißt, er sei cleverer als Einstein. Und dass man von dem anderen Bewerber in der letzten Zeit nichts mehr gehört habe.«

»Admiral Abe?«

»Abe Weintraub. Da Abe nicht mehr im Rennen ist, dürfte Sam wohl Marats neuer Partner werden.«

Bell konzentrierte sich auf den echten Rolls-Royce hinter dem Anhänger, einen himmelblauen Silver Ghost, funkelnd von Glas und Nickel, mit verstärkten Türen, wie ihre kantigen Umrisse vermuten ließen. Ein Fenster wurde heruntergedreht, und er sah eine offensichtlich jeden Sonnenstrahl meidende bleiche Gestalt mit charakteristischem Raubvogelgesicht, die die Menschenmenge mit kaltem Lächeln musterte. Trotz seiner eher ungesunden Gesichtsfarbe wirkte Rosenthal jung, stark und siegesbewusst.

»Mr. Rosenthals Blumenspende nach zu urteilen«, sagte Bell, »könntest du recht haben. Du, Ed und Dash, ihr bleibt am besten hier. Ich folge diesem Rolls.«

Der Trauerzug setzte sich in Bewegung und entfernte sich langsam von der Kirche. Bell folgte ihm auf dem Bürgersteig und kämpfte sich durch die Menge der Schaulustigen, um mit Sam Rosenthals Rolls-Royce auf gleicher Höhe zu bleiben. Plötzlich wurden seine Sinne in einen höheren Alarmzustand versetzt.

Eine Pierce-Arrow Limousine Landau kam aus einer Seitenstraße, und die Polizei hielt die Fahrzeuge vor der Einmündung an, sodass er sich drei Wagen vor Rosenthals Rolls-Royce in den Trauerzug einreihen konnte. Was Bells Aufmerksamkeit erregt hatte, war ein kurzer Blick auf den Passagier, eine trauernde Frau mit einem schwarzen Glockenhut mit einem Schleier. Max' Ehefrau?

Nein, eine Ehefrau würde niemals allein im Wagen sitzen, sondern würde von Familienangehörigen begleitet werden. Wahrscheinlich war es seine Geliebte. Bell konnte ihr Gesicht hinter dem Schleier nicht erkennen, aber irgendetwas an der Art, wie sie den Kopf hielt, war ihm vertraut.

Fern Hawley? Aber welchen Grund könnte eine partysüchtige reiche Erbin haben, um an einer Gangsterparade teilzunehmen? Dennoch hätte er schwören können, dass sie es war. Er hatte die Erbin aufmerksam studiert, als er und Marion ihr und Prinz André im Club Deluxe begegnet waren. Wenn tatsächlich Fern die Trauernde war, wo war dann Prinz André? Er konnte ihn nirgendwo entdecken. Es sei denn, er saß hinterm Lenkrad. Eher unwahrscheinlich. Bell versuchte, den Fahrer hinter der Windschutzscheibe zu identifizieren, aber die Reflexionen auf dem Glas ließen lediglich die Silhouette einer Chauffeursmütze erkennen.

Ein noch seltsamerer Gedanke schoss ihm durch den Kopf. Prinz André, wie ihm Ferns Freund in Erinnerung geblieben war, ähnelte der Beschreibung, die der Schnellbootbauer Bill Lnynch von dem Mann gegeben hatte, der die *Black Bird* gekauft haben musste. Wie bei den meisten ungewöhnlichen Ideen, die ihm unerwartet in den Kopf kamen, fragte er sich, weshalb ihm dieser Gedanke nicht schon viel eher gekommen war. Die Antwort auf diese Frage war in den Begleitumständen zu suchen. Wahrscheinlich war es bedeutungslos, aber es gab eine einfache Möglichkeit, sich Klarheit zu verschaffen. Bell machte sich in Gedanken eine Notiz, die Rechercheabteilung anzuweisen, Lynch ein Foto von Prinz André aus den Klatschspalten zu zeigen. Dann konzentrierte er sich wieder darauf, sich durch die Gruppe der Gaffer, die

die Gehsteige verstopften, hindurchzuschlängeln, um den Rolls-Royce nicht aus den Augen zu verlieren.

Er hörte Musik – Violinen –, die durch den Lärm von Motorrädern und Automotoren drang, dazu laute Stimmen, die bei der Vorbeifahrt der Luxuslimousinen und der Blumenpracht Ah! und Oh! riefen. An einer Straßenecke weit voraus erblickte er eine Gruppe von Geigern in schwarzen Mänteln und Schlapphüten. Sie begleiteten den Weg des Trauerzugs mit einer langsamen und getragenen Version von »O sole mio«.

Ein neapolitanisches Liebeslied als Begleitmusik zur Beerdigung eines amerikanischen Gangsters jüdischer und irischer Herkunft, das war schon eine seltsame Wahl. Aber vielleicht, dachte Bell, war dies eben das einzige Stück, das sie beherrschten. Selbst auf diese Entfernung klangen sie unangenehm schrill. Vielleicht lag es an seinen Kopfschmerzen, aber zwei von den Musikern hantierten mit ihren Bogen, als seien es Holzsägen, und fixierten mit dem verzweifelten Gesichtsausdruck Ertrinkender den großen spindeldürren Geiger in der Mitte, der die Straßenkapelle offenbar leitete.

Bell hatte das Gefühl, als werde sein Blick magisch von ihm angezogen. Das Gesicht des Musikers wurde von der breiten heruntergezogenen Krempe seines Hutes, von seinem Instrument und von seinem Bogenarm verdeckt. Aber Bell hatte seine Silhouette schon früher gesehen, diese reptilienhafte Eleganz, die ihm auf dem Dach des Roosevelt Hospitals aufgefallen war, und danach noch einmal – es traf ihn wie ein Blitzschlag – auf der Tanzfläche des Club Deluxe.

Der Pierce-Arrow scherte so unvermittelt aus dem Trauerzug aus, wie er sich eingefädelt hatte, und verschwand dann um die Straßenecke, an der die Kapelle stand und musizierte. Er bekam keine Chance auf einen zweiten Blick, um sich zu vergewissern, ob die Frau auf dem Rücksitz tatsächlich Fern Hawley war. Aber was sich Bell in diesem Moment noch mehr wünschte, war ein ungehinderter Blick auf den hochgewachsenen Geigenspieler.

Er schaute über ein wogendes Meer aus Damenhüten und Herrenstoffmützen und -filzhüten hinweg. Einige hundert Menschen befanden sich zwischen ihnen. Sie füllten den Gehsteig von den Häusern bis hin zu dem Polizeikordon am Bordstein, gespenstisch vervielfältigt durch einen Anfall von Doppeltsehen. Er kniff mehrmals die Augen zu, um das doppelte Bild zu verscheuchen und wieder klare Sicht zu bekommen.

Der Leichenwagen und die Limousinen steigerten das Tempo.

Sam Rosenthals Silver Ghost passierte Bell. Er hatte einen Vorsprung von fast einem ganzen Häuserblock, als er die Musiker erreichte. Rosenthal streckte seine bleiche Hand aus, um ihnen eine Belohnung zuzuwerfen. Goldmünzen wirbelten durch die Luft und funkelten in der Sonne. Ein Raunen der Bewunderung wurde unter den Schaulustigen laut. Der neue König war großzügig. Abrupt verstummte die Musik.

Isaac Bell sah, wie sich die Musiker bückten, um die Münzen aufzusammeln. Und schon im nächsten Augenblick richteten sie sich wieder auf. Alle fünf hielten .45er-Thompson-Maschinenpistolen mit ihren typischen doppelten Pistolengriffen in Hüfthöhe im Anschlag.

Der große hagere Geiger feuerte als Erster.

Seine Komplizen folgten seinem Beispiel und entfesselten ein ohrenbetäubendes Getöse.

Glassplitter spritzten in alle Richtungen, als einige hundert Projektile Rosenthals Rolls-Royce durchlöcherten. Der Anblick feuerspuckender Gewehre versetzte die Menschen in nächster Nähe des Automobils in Panik. Sie machten kehrt und rannten davon, wobei die Großen die Kleinen niederrissen und über sie hinwegtrampelten. Diejenigen, die weiter entfernt waren und das Rattern der Maschinenpistolen hörten, warfen sich, wo sie gerade standen, zu Boden.

Isaac Bell setzte über die Liegenden hinweg und rannte an Menschen vorbei, die der Schock lähmte. Er sprintete auf die Schützen zu, die den Rolls-Royce auch noch unter Dauerfeuer behielten, nachdem die leblosen Körper Sam Rosenthals, seiner Leibwächter und des Chauffeurs auf das Pflaster der Avenue gestürzt waren. Ehe er die Hälfte des Wegs dorthin zurückgelegt hatte, fing der Wagen Feuer. Die Maschinenpistolen verstummten. Die Schützen packten ihre Waffen in Geigenkästen und flüchteten in die Nebenstraße hinein.

Bell erreichte gerade noch rechtzeitig den Haufen von Violinen und Bratschen, um beobachten zu können, wie sich die Limousine, die er für Fern Hawleys Automobil gehalten hatte, mit Höchstgeschwindigkeit vom Schauplatz des Massakers entfernte. Seine Pistole schwingend, rannte ein Cop hinter dem Wagen her. Eine Salve .45er-Kugeln streckte ihn nieder.

27

Männer mit eiskalten Augen, die mit wenig Gepäck zu reisen pflegten, trafen aus Cleveland, Toledo, Chicago, Milwaukee und Pittsburgh ein und sprangen bereits auf die Bahnsteige der Michigan Central, ehe ihre Züge vollständig zum Stehen kamen. Sie machten sich sofort auf den Weg durch die Stadt zu einer ehemaligen Wells-Fargo-Express-Filiale, die Isaac Bell in der Woodbridge Street gemietet hatte.

Das Gebäude stand im Frachtdistrikt neben den Güterbahnhöfen der Michigan Central und der New York Central, einen Block vom Detroit River entfernt. Dicke Mauern, kleine Fenster und Stahltüren eigneten sich perfekt als befestigtes Hauptquartier. Die auswärtigen Detektive – absolute Spitzenkräfte, die ihr Gewerbe beherrschten und die Isaac Bell aus den Außenbüros im Mittelwesten abgezogen hatte – wurden von dem ernüchternden Anblick konzentriert arbeitender Handwerker empfangen, die Maschendraht vor den vergitterten Fenstern spannten, um das Hereinwerfen von Handgranaten zu verhindern. Was aber sogar die schärfsten Augen nicht sahen, waren die Scharfschützen, die James Dashwood auf einem Wasserturm in der Nähe postiert hatte, der einen überwachenden Blick auf die Zufahrtswege gestattete.

Da seine Räumlichkeiten einst eine Spedition beherbergt hatten, verfügte das neue Detroiter Hauptquartier, das die Detektive Fort Van Dorn getauft hatten, über die Anschlüsse und Kabel für eine Vielzahl von Telefon- und Telegrafenleitungen. Wenige Stunden nach dem Einzug in die Büros hatte Bell Nahbereichs- und Ferntelefonverbindungen sowie ein privates Telefon- und Telegrafennetz zu den restlichen Außenbüros aufgeschaltet, einen Morkrum-Telegrafendrucker installiert und Zugriff auf einen Überseekabelkanal erhalten.

»Ich habe Marat Zolner unterschätzt«, berichtete er Joseph Van Dorn während eines Ferngesprächs mit dem Bellevue Hospital. »Und ich habe die Wirkung eines, wie ich annahm, schweren Treffers, den wir ihm in New York verpasst haben, erheblich überschätzt. Die Komintern ist gar nicht aus New York geflüchtet. Zolner hat sein Imperium vielmehr bis nach Detroit ausgedehnt.«

»Eine interessante Theorie«, sagte Van Dorn.

»Es ist mehr als eine Theorie.«

»Aber man könnte ebenso gut zu dem Schluss kommen, dass Zolner den Boss der Purple Gang aus reiner Verzweiflung mit Maschinenpistolen niedergemäht hat.« Van Dorns Stimme klang inzwischen wieder kräftiger, und Dorothy hatte Bell berichtet, als sie das Gespräch annahm, dass er bereits aufstehen durfte und in einem Sessel saß. »Sie haben ihn aus New York vertrieben, und jetzt kann er es kaum erwarten, in Detroit neu anzufangen.«

»Falsch«, widersprach Bell. »Zolner kämpft aus einer starken Position heraus, nicht aus einer schwachen. Wir haben ihm in New York zwar eins auf die Nase gegeben, aber nicht seine Bündnisse zerschlagen. Die Profite seiner

Bootlegging-Partner finanzieren seine Expansionsbestrebungen.«

»Wenn ihn das Schnapsgeschäft derart reich gemacht hat, warum hat er sich dann nicht einfach in die Detroiter Szene eingekauft? Warum ist er dort nicht gelandet wie eine Naturgewalt und hat alles mit Dollars zugeschüttet?«

»Niemand kann sich Detroit kaufen. Die Szene dort ist unberechenbar. Man muss die Banden gründlich zerschlagen, um die Kontrolle über das Bootlegging an sich zu reißen.«

»Das klingt für mich um vieles wahrscheinlicher als Ihre Theorie, dass er sein Imperium über die Grenzen von New York ausdehnen will, für die Sie keinen Beweis haben.«

Ja, dachte Bell. Der Boss klang schon wieder, als sei er fast ganz der Alte. Er ließ sich seine Argumente durch den Kopf gehen, als der Morkrum-Drucker losratterte. James Dashwood riss eine Nachricht von der Papierrolle ab und reichte ihm die knisternde Papierfahne.

»Bleiben Sie dran, Joe, und warten Sie einen Moment.«

Das New Yorker Büro hatte ein langes Überseetelegramm aus Deutschland weitergeleitet. Bell dechiffrierte den vertrauten Van-Dorn-Code im Kopf.

Pauline Grandzau hatte ermittelt, dass Komintern-Agenten den Zwölftausendtonnen-Tanker *Sandra T. Congdon* gechartert und mit zweihundert Proof starkem reinem Kornbranntwein beladen hatten. Der Tanker war in Bremerhaven abgefahren, mit Kurs auf Nassau auf den Bahamas.

Bell stieß einen erstaunten Pfiff aus.

»Was haben Sie?«, knurrte Van Dorn in sein Telefon.

»Den Beweis«, sagte Bell. »Eine Schiffsladung reinen Alkohols.«

»Wovon reden Sie?«

»Von dem Beweis, dass Marat Zolner nicht nur weiterhin in New York aktiv ist, sondern sich sogar vergrößert. Die Komintern trifft Vorbereitungen, die Rum Row in einem weitaus größeren Maßstab als bisher zu beliefern.«

Er las Paulines Telegramm laut vor.

Dann diskutierten sie die möglichen Auswirkungen der darin beschriebenen Vorgänge. Der Besitz von Kornbranntwein bot die ideale Möglichkeit, echte Spirituosen zu verdünnen. Ein solches Schiff konnte mehr als einhunderttausend Barrel – also fünfhundert Eisenbahntankwagen – transportieren, die sich leicht auf bis zu fünfzig Millionen Flaschen strecken ließen.

»Genug Alkohol«, sagte Van Dorn, »um die gesamte erwachsene Bevölkerung der Ostküste von Weihnachten bis Neujahr zuzuschütten.«

»Und einhundert Millionen Dollar in die Kasse der Komintern zu spülen.«

»Das ist das Fünfzigfache des vom Bund bewilligen Budgets für die Durchsetzung der Prohibition«, sagte Van Dorn. »Gut für Pauline. Werden Sie sie nach Nassau schicken, so wie sie es sich gewünscht hat?«

»Absolut.«

»Sogar noch in der Fernleitung kann ich das Strahlen in Ihren Augen deutlich hören, Isaac. Nur vergessen Sie nicht, dass sich Zolner als überaus raffiniert und skrupellos erwiesen hat. Außerdem steht die gesamte Komintern hinter ihm.«

»In diesem Punkt bin ich mir gar nicht so sicher«, sagte

Bell. »Ich habe eine Ahnung, dass er eher ein Ein-Mann-Unternehmen ist.«

»Die Komintern ist ungewöhnlich erfolgreich darin, mit jedem bekannten Verbrechen davonzukommen«, meinte Van Dorn trocken.

»Aber nichts von dem, was er bisher aufgebaut hat, kann ohne ihn existieren. Wenn wir Zolner aufhalten, halten wir die Komintern auf.«

»Bisher hat ihn nichts gestoppt.«

»Um ihn zu stoppen, muss man das Einzige gegen ihn einsetzen, das ich an ihm bewundere«, sagte Bell.

»Das Sie bewundern?« Van Dorns explosionsartige Entrüstung erzeugte einen heftigen Hustenanfall bei ihm.

Bell lauschte dem qualvollen Husten und betete, dass es nachlassen möge, aber es raubte Joe vollkommen den Atem. Bell umklammerte den Telefonhörer und wartete. Die Ärzte hatten ihn gewarnt, dass mit Rückschlägen zu rechnen sei. Und ausgerechnet er war in diesem Moment für einen solchen verantwortlich.

Eine Frauenstimme erklang in seiner Hörmuschel. »Mr. Van Dorn wird Sie in Kürze zurückrufen, wenn er sich wieder erholt hat.«

»*Marion?*«

»*Isaac!*«

»Ist er okay?«

»Ich weiß es nicht, ich bin gerade erst hereingekommen. Da ist eine Krankenschwester … und ein Arzt … Sie haben ihn …« Sie senkte die Stimme. »Oh, der arme Mann. Es bricht einem das Herz. In einem Moment fühlt er sich besser, und kurz darauf geht es ihm richtig schlecht. Sie haben ihn jetzt beruhigt, Isaac. Mach dir keine Sorgen. Wie geht es dir?«

»Ganz ausgezeichnet«, log Bell und betastete behutsam die juckende Wundnaht. Er stellte sich vor, wie seine Frau in Kostüm und elegantem Hut Joes Zimmer aufhellte. »Und wie geht es dir?«

»Sie haben mir den Auftrag für einen weiteren Film gegeben. Ich drehe den ganzen Tag und vermisse dich beim Dinner.«

»Und wie ist es nach dem Dinner?«

»Schlimmer. In den New Yorker Zeitungen war zu lesen, dass in Detroit geschossen wurde.«

»Das ist hier die beliebteste Freizeitbeschäftigung. Noch beliebter als Baseball.«

»Was in den Zeitungen stand, klang eher nach einem … Krieg.«

»Ich werde dir alles erzählen, wenn wir uns wiedersehen.«

»Ich kann es kaum erwarten. Hier ist Joe … Er beteuert, es gehe ihm ›ausgezeichnet‹. Ich wüsste gern, wo er diesen Ausdruck aufgeschnappt hat. Mach's gut, Liebling. Es war schön, deine Stimme zu hören.«

Van Dorn klang überhaupt nicht, als habe er sich erholt. Er atmete ganz flach und flüsterte heiser: »Wie können Sie einen mordenden, stehlenden, betrügenden, Bomben legenden, gottlosen Bolschewisten, der unschuldige Menschen umbringt, bewundern?«

»Er marschiert stets vorneweg. Wagt sich in das dichteste Kampfgetümmel. Er ist kein Feigling.«

»Das ist der Satan auch nicht.«

»Genau dies ist seine Achillesferse. Ich werde ihn dort finden, wo die Luft mit Blei gefüllt ist. Und dort werde ich ihn erwischen und zur Strecke bringen.«

Van Dorn blieb stumm.

War die Fernverbindung unterbrochen worden? Oder war etwas Schlimmeres geschehen? »Sind Sie okay, Joe?«

»Ich habe nur gerade gedacht, wenn ein Böser kein Böser wäre, wäre er dann der beste Freund eines Helden?«

Isaac Bell war nicht in der Stimmung für philosophische Diskussionen. »Es würde mich nicht im Mindesten überraschen, wenn Marat Zolner die Lewis Gun bediente, deren Kugeln Sie getroffen haben. Und ich habe nicht den geringsten Zweifel, dass er anwesend war, als Harry Warren getötet wurde, und persönlich seinen Körper – tot oder im Sterben – in diesen Frachtwagen lud.«

»Okay«, flüsterte Van Dorn. »Ich weiß, was Sie sagen wollen. Was ist Ihr nächster Schritt?«

»Zolner aus Detroit vertreiben.«

»Wie?«

»Indem ich herausfinde, wen Zolner auf Rosenthals Stuhl gesetzt hat. Indem ich nämlich seine Freundin, Fern Hawley, befrage. Ich werde Pauline nach Nassau schicken, damit sie ihm gründlich verdirbt, was er mit seinem Tanker geplant hat. Und indem ich diesen Whiskytunnel finde, denn falls die Komintern ihn nicht schon längst in Besitz genommen hat, wird sie es sicher bald tun. Und wenn sie das schafft, dann dürfte sie so reich sein, dass es nicht mehr möglich ist, sie aufzuhalten.«

Paulines Telegramm hatte geendet:

ERBITTE AUFTRAG NASSAU.
ALKOHOL IMPORT-EXPORT TARNUNG.
AGENTIN FÜR GLASGOW BRENNEREI.
OHR AM GESCHEHEN.

Bell erinnerte sich, dass sie während des Krieges einen abgeschossenen schottischen Kampfpiloten aus Deutschland herausgeschmuggelt hatte. Der Großvater des Piloten hatte seinerzeit eine Whiskybrennerei gegründet. Bell telegrafierte zurück.

NASSAU BALDMÖGLICHST.

Die Antwort darauf kam nicht aus Deutschland, sondern aus Frankreich, wo Archie Abbott vorübergehend das Kommando im dortigen Van-Dorn-Außenbüro innehatte.

DEIN KABEL NACH PARIS WEITERGELEITET.
ICH SPRINGE FÜR BERLIN EIN.
PAULINE GESTERN ABGEREIST.
SS AQUITANIA,
MIT ANSCHLUSS NASSAU.

Isaac Bell lachte. So viel zu »erbitte«.

»Fräulein Tatkraft« war im Rennen – mit dem Schnelldampfer *Aquitania* der Cunard Line von Le Havre nach New York, mit dem Nachtzug Havana Special nach Miami, Florida, und von dort mit dem neuen Flugboot-Service nach Nassau. Pauline hätte in sieben oder acht Tagen den Atlantik überquert und würde auf den Bahamas eintreffen. Während sich ein kriegsmüder, zehn Knoten schneller Tanker noch immer auf hoher See befände, hätte sie vor seinem Eintreffen Zeit genug, sich auf der Market Street in Nassau eine Tarnung einzurichten. Sie dachte an ein Import-Export-Unternehmen mit dazugehörigem Firmenschild, das verkündete:

PAULINE GRANDZAU
LIZENZIERTER GROSSHANDEL
ALKOHOL & SPIRITUOSEN

Der Wolverine, wie der Expresszug hieß, der in Buffalo Anschluss an den 20th Century hatte, brachte Fotografien von Fern Hawley, die die Van-Dorn-Rechercheabteilung aus den New Yorker Gesellschaftsnachrichten ausgeschnitten hatte. Dass auf einem der Fotos, die die Erbin bei irgendeinem gesellschaftlichen Ereignis zeigten, auch Prinz André zu sehen war, bestärkte Bells Verdacht, bei dem Russen und Marat Zolner müsse es sich um ein und dieselbe Person handeln. Sein Bild war allerdings unscharf, weil die Kamera oder das Objekt sich zu schnell bewegt hatten. Bell kam es so vor, als versuche er, beim Aussteigen aus einer Limousine überrascht, sein Gesicht vor der Kamera zu verbergen.

Bell kabelte an Grady Forrer:

PRINZ ANDRÉ KAMERASCHEU.
FOTO LYNCH & HARDING MARINE ZEIGEN.

Bell verteilte Ferns Fotografien an seine Detektive und schickte sie los, um Empfangspersonal und Manager der besten Hotels von Detroit zu befragen. In keinem der eleganteren Häuser, in denen seiner Einschätzung nach mit ihrer Anwesenheit hätte gerechnet werden können, war die reiche Erbin aus Connecticut bis zu diesem Zeitpunkt gesehen worden. Das Gleiche galt für Prinz André. Eine weitere Nachfrage bei zweitklassigen Hotels und Agenturen, die Limousinen vermieteten, blieb ebenfalls ergebnislos.

Die Gesellschaftsreporter erwähnten wiederholt in ihren Artikeln, dass sie sich während des Krieges freiwillig zum Dienst als Lazarettschwester in Frankreich gemeldet hatte. Bell schickte Archie Abbott ein Telegramm mit der Bitte, über sie und Prinz André Erkundigungen einzuziehen.

In der Michigan Central Station fanden die Detektive keinen Hinweis, dass sie dort kürzlich mit einem der zuschlagpflichtigen Eilzüge wie dem »Detroiter« oder dem »Wolverine«, den reiche Frauen gerne zu benutzen pflegten, angekommen war. Anderseits, dachte Bell, war sie eben auch *ungewöhnlich* reich. Er begab sich persönlich zu den privaten Abstellgleisen. Die Detektive der New York Central Railroad – stets bereit, einem Van-Dorn-Vertreter behilflich zu sein, in der Hoffnung, irgendwann einen Job in der Agentur ergattern zu können – konnten sich nicht entsinnen, dass Fern Hawley mit einem privaten Salonwagen von New York kommend in Detroit eingetroffen war.

»Was ist mit New Haven?«

Ein Eisenbahndetektiv erinnerte sich, dass ein Waggon aus Connecticut für mehrere Tage auf einem privaten Abstellgleis geparkt habe. »Er hat den Standplatz gestern Mittag verlassen.«

Nur wenige Stunden nach dem Maschinenpistolenattentat auf Rosenthal.

»Mit welchem Ziel?«

Sie hörten sich unter den Fahrdienstleitern um. Der Salonwagen war an einen Personenzug der New York Central Railroad nach Cincinnati angehängt worden, mit Anschluss an den »Royal Palm« der Southern Railroad nach Jacksonville, Florida.

Mit einer vagen Idee im Kopf, wohin sie unterwegs gewesen war, fragte Bell: »Welchen Anschluss hat die Southern in Jacksonville?«

»Die Florida East Coast Railway.«

Isaac Bell steckte ihm zwei Zehner und seine Visitenkarte zu. »Wenn Sie etwas von den Van Dorns brauchen, lassen Sie es mich wissen.«

Der Detektiv kehrte in die Bahnhofshalle zurück und suchte dort ein Münztelefon, um James Dashwood im Fort Van Dorn anzurufen.

»Sie ist nach Miami gefahren! Ich löse ein Durchgangsticket für Sie – mit dem Royal Palm. Fahren Sie nach Florida und finden Sie heraus, was sie vorhat.«

»Ist Zolner bei ihr?«

»Er kann Detroit nicht verlassen, ehe er den Ersatz für Rosenthal eingesetzt hat und der Tunnel fertiggestellt wurde.«

»Meinen Sie, dass Zolner sie weggeschickt hat, um sie keiner Gefahr auszusetzen?«

»Das ist möglich. Oder sie hatte genug von ihm und hat sich schon frühzeitig für den Winter nach Süden abgesetzt. Allerdings bin ich mir fast hundertprozentig sicher, dass Fern Hawley vorausgefahren ist, um die Vorarbeiten für seinen nächsten Schritt zu leisten.«

Dashwood spielte den notorischen Zweifler, wie Bell es ihn während seiner Ausbildung gelehrt hatte. »Woraus gewinnen Sie diese Sicherheit?«

»Aus Paulines Bericht, dass die Komintern eine Schiffsladung Kornbranntwein zu den Bahamas in Marsch gesetzt hat. Nassau ist nur einhundertachtzig Meilen von Miami entfernt, Bimini sogar noch weniger, und Florida ist wie ein Trichter, durch den der gesamte Süden mit

Schnaps versorgt wird. Zolner gebietet dann über New York im Osten, Detroit im Mittleren Westen und Florida im Süden.

In diesem Fall kann er Millionen von Flaschen mit einem neuen Etikett bekleben – ›Genuine Old Comintern, America's Favorite‹.«

Isaac Bell ging ungeduldig auf und ab.

»Whiskyspediteure haben von einem Schnapstunnel unter dem Detroit River gehört. Schwerkriminelle haben von dem Tunnel gehört. Cops kennen die Gerüchte. Kleingauner ebenfalls. Gangsterbanden haben von dem Tunnel gehört. Meinen Sie nicht, dass Detroiter Zeitungsleute nicht nur von diesem Tunnel gehört haben, sondern auch eine Vorstellung davon haben werden, wo genau er verlaufen könnte?«

»Das wäre eine Sensationsgeschichte«, gab Scudder Smith ihm recht. Er hantierte mit seinem Hut und sah aus wie jemand, der darüber nachdachte, ob seine Entscheidung, nicht mehr zu trinken, richtig gewesen war.

»Du lässt jeden Reporter in der Stadt auf deine Kosten Drinks bestellen«, erinnerte ihn Bell. »Einer von ihnen muss doch an dieser Sensationsstory sitzen.«

»Kein Redakteur würde sie veröffentlichen. Der Reporter würde erschossen – was die meisten Redakteure sicher keine Minute ihres Schlafs kosten würde. Aber auch der Redakteur könnte erschossen werden, und diese Möglichkeit würde auch ihm Sorgen bereiten.«

Isaac Bell lachte nicht.

»Eines ist witzig«, sagte Scudder. »Weißt du, wer tatsächlich den Tunnel sucht?«

»Volstead-Officer«, sagte Bell. »Die Schmiergelder würden sie zu reichen Männern machen.«

»Oder zu toten Männern.«

Bell sagte: »Geh zurück in die Presseräume, schau in den Blind Pigs nach, wo die Zeitungsleute rumhängen. Da draußen muss doch irgendein Jungreporter zu finden sein, der auf der Jagd nach einem Knüller ist, mit dem er sich einen Namen machen kann.«

Scudder Smith kam wesentlich eher zurück, als Bell erwartet hatte.

»Was ist?«

Scudders Grinsen reichte von einem Ohr bis zum anderen. »Ich denke, damit dürfte ich mich rehabilitiert haben.«

»Hast du den Reporter aufgetrieben, der die Lage des Tunnels kennt?«

»Nein. Aber ich habe mehrere Reporter gefunden, die wissen, wer Sam Rosenthal erschossen haben könnte.«

»*Könnte*?«

»Ich weiß nicht, wer tatsächlich abgedrückt hat, aber ich weiß ziemlich genau, wer seinen Platz einnimmt. Abe Weintraub, wie wir vermutet haben. Admiral Abe.«

»Ich dachte, er sei verschwunden. Oder tot.«

»Das dachte ich auch. Und meine Reporterfreunde ebenfalls. Aber dann schnappte ich das Gerücht auf, dass der Admiral dabei beobachtet wurde, wie er im Hotel Wolverine sein Abendessen mampfte.«

»Mampfte?«

»Offensichtlich hatte jemand – ein ausgesprochen schlimmer Jemand – Abe die Zähne ausgeschlagen. Ich habe das überprüft und einen Kellner des Wolverine aufgetrieben, der mir berichtet hat, dass er Kalbsbries gegessen habe. Kalbsbries und Champagner. Kalbsbries ist teuer. So was bestellt man, wenn man feiert. Zum Beispiel dass man zum neuen Boss der Purples aufgestiegen ist.«

»Und leicht kauen lässt es sich auch noch«, sagte Bell. »Irgendeine Idee, wer ihn seiner Kauleisten beraubt hat?«

»Alle sind sich einig, dass der Betreffende längst tot sein dürfte.«

»Saß er allein am Tisch?«

»Das ist das Beste an der Geschichte. Ich habe dem Kellner Prinz Andrés Foto gezeigt. Er meinte, Prinz André könnte der Typ gewesen sein, mit dem Abe diniert hat.«

Bell dachte, dass dies einfach zu schön sei, um wahr zu sein. Das Äußerste, das Bill Lynch und Harold Harding eingeräumt hatten, als ihnen das unscharfe Foto gezeigt wurde, war ein zweifelndes »vielleicht«, dass er der Bootlegger war, der die *Black Bird* bestellt hatte.

Er fragte: »Warum war der Kellner so redselig?«

»Er brauchte Geld, um Detroit zu verlassen.«

»Weshalb?«

»Nachdem ich angedeutet habe, dass Abe der neue Boss der Purples sein könnte, überzeugte ich ihn davon, dass jede Art von Kontakt mit Admiral Abe seine Gesundheit gefährden könnte. Inklusive – oder ganz speziell – beobachtet zu haben, mit wem er sich den Bauch mit Kalbsbries vollgeschlagen hat. Ob zu Recht oder nicht, der Kellner entschloss sich dazu, mehr als tausend Meilen weiter entfernt noch einmal von vorn anzufangen. Ich – oder, genau gesagt, Mr. Van Dorn – hat ihm dazu die nötigen Mittel verschafft.«

»Aber es ist nicht unmöglich, dass der Kellner dir nur

das erzählt hat, von dem er annehmen konnte, dass du es hören wolltest«, sagte Bell.

»Darf ich daran erinnern«, sagte Scudder, »dass wir ein Außenbüro voller fähiger Männer haben, um die Richtigkeit seiner Aussage zu überprüfen?«

James Dashwood telegrafierte über die private Leitung, dass er Fern Hawleys Salonwagen bis zu einem Abstellgleis in Palm Beach, Florida, verfolgt habe, das zu einem am Strand gelegenen Anwesen siebzig Meilen nördlich von Miami gehöre. Weder der Wagen noch das Anwesen seien ihr Eigentum.

SCHLAFWAGEN GEMIETET.
ANWESEN GEMIETET.
FERN AUSGEFLOGEN.

Wagen und Anwesen zu mieten war selbstverständlich noch nicht verdächtig. Sie konnte durchaus schon frühzeitig für die Wintermonate eine Bleibe in Florida gesucht haben, wohin mehr und mehr Reiche sich zurückzogen, wenn die Temperaturen sanken. Allerdings war es eher üblich, dass die Leute der feinen Gesellschaft, die über die gleichen Mittel wie Fern Hayley verfügten, luxuriöse Ferienhäuser in Palm Beach und Miami bauten. Möglich, dass sie einstweilen die Lage sondieren wollte. Aber für was? Für das Überwintern in einem angenehmeren Klima, oder um Marat Zolner bei der Vergrößerung seines Alkoholimperiums behilflich zu sein?

Die Antwort war in einem zerknirschten Telegramm von Dashwood enthalten.

HABE BLACK BIRD PLATTFORMWAGEN GESTERN IN MIAMI VERFEHLT.

»Da sind zwei Prohibitionstypen, die dich sprechen wollen, Isaac«, sagte Texas Walt.

Bell schaute von den Sandwichs hoch, die er sich am Küchenhauklotz stehend mit Leon Randolph teilte, dem Koch des Texas Walt's Roadhouse. Er kannte ihn noch aus der Zeit, als Leon die Küche im Speisewagen des Overland Limited der Atchison, Topeka and Santa Fé Railroad geleitet hatte.

»Woher wussten sie, dass ich hier anzutreffen bin?«

»Das Gleiche habe ich mich auch gefragt. Ich hab ihnen klargemacht, dass sie ihre Artillerie an der Garderobe abgeben sollten.«

Die Bar war um diese Uhrzeit verwaist – bis auf den Barkeeper, der eine Schrotflinte mit abgesägtem Lauf auf Hochglanz polierte.

Als er die Volstead-Agenten erkannte, verfinsterte sich Bells ernste Miene dermaßen vor Zorn, dass Texas Walts Hände zu seinen Colts hinuntergerutscht wären, wenn der Barkeeper die Besucher nicht bereits in Schach gehalten hätte.

»Wir müssen mit Ihnen reden, Mr. Bell.«

Tom Clayton und Tom Ellis, die ehemaligen bei den Protective Services beschäftigten Hoteldetektive, die Bell im Hotel Gotham gefeuert hatte, wirkten ganz so, als ginge es ihnen gut. Ihre Wangen leuchteten von einer frischen Rasur im Friseurladen rosa, das Haar glänzte von Pomade. An den Fingern trugen sie Siegelringe und sahen insgesamt ansprechend aus – trotz der schlecht verheilten gebrochenen Nasen.

»Wir haben eure Vorgesetzten bereits ausreichend geschmiert«, erwiderte Bell eisig.

»Das wissen wir«, sagte Ed Ellis. »Der Chef des hiesigen Büros meinte, Finger weg von Texas Walt's.«

»So sollte es auch sein – bei dem, was es uns kostet. Habt ihr euren Chief darüber informiert, dass wir Van Dorns sind?«

»Nein!«, beeilte sich Clayton zu versichern.

»Wir würden Sie niemals verraten!«, beteuerte Ellis.

»Warum nicht?«

»Wir wollen Ihren Fall nicht vermasseln.«

»Wie edelmütig von euch«, sagte Bell, mehr als nur ein wenig verwundert.

»Bell, ein Wort unter vier Augen?«, fragte Clayton.

»Wie kommt es, dass ihr in Detroit gelandet seid?«

Clayton zog den Kopf ein.

Ellis rieb sich die Nase. »Wir wussten, dass wir in New York nicht so gern gesehen waren.«

Clayton fügte sofort hinzu: »Hey, wir haben keinen Groll gegen Sie, Mr. Bell. Wir haben nur bekommen, was wir verdient hatten.«

»Wir danken lediglich dem lieben Gott, dass diese Kerle neulich den Pagen nicht getötet haben.«

»Detroit«, wiederholte Bell. »Ich würde gerne wissen, was euch beide nach Detroit verschlagen hat.«

»Wir dachten, dass das Prohibitionsbüro in Detroit bei all dem Schnaps, der aus Kanada kommt, eine Goldgrube sein muss.«

»Wir sind hierhergekommen, um Jobs zu suchen«, sagte Clayton, und Ellis fügte beiläufig hinzu: »Die Regierung zahlt nicht so gut, aber das Gehalt ist nur ein Anfang, wenn Sie wissen, was ich meine.«

»Ihr meint Bestechung«, sagte Bell. »Schweigegeld, Schmiergeld, Schutzgeld.«

»Wir wollen Ihnen nichts vormachen.«

Aber ihre Geschichte passte irgendwie nicht so richtig. Der Kongress hatte das Prohibitionsbüro dergestalt organisiert, dass es nicht den Regeln und Vorschriften des öffentlichen Dienstes unterworfen war. Infolgedessen war sein System, Agenten einzustellen, durch und durch korrupt, und das Büro wurde durch Günstlingswirtschaft, Nepotismus und Patronage gelähmt.

»Wie seid ihr an Volstead-Jobs rangekommen? Niemand schafft es ins Büro, ohne dass irgendein hohes Tier die Fäden zieht.«

»Wir kennen aber ein hohes Tier«, sagte Ellis.

Clayton erklärte die Details. »Ein Politiker aus Michigan, der im Gotham abgestiegen war, hatte wegen einer Maniküre Krach mit seiner Missis.«

»Wir haben die Affäre für ihn geregelt – mithilfe eines einmaligen dicken Geschenks –, und er war uns riesig dankbar. ›Wenn ihr jemals irgendwas in Detroit braucht, meldet euch bei mir.‹«

»Na gut, wir haben uns also bei ihm gemeldet.«

»Und zwar presto!«, sagte Ellis und klopfte auf sein Dienstabzeichen.

Isaac Bell wandte sich an Walt Hatfield. »Ich komme schon mit ihnen zurecht.«

Der Barkeeper legte seine Schrotflinte beiseite.

Bell begab sich mit Clayton und Ellis zu dem Keller, in dem er Tony befragt hatte. »Was ihr anzubieten habt, sollte richtig gut sein, Jungs. Auf irgendwelche Spielchen habe ich nicht die geringste Lust.« Was sehr milde ausgedrückt war. Schließlich war Harry Warren tot, und Marat

Zolner wurde von Tag zu Tag stärker, was ein Grund für die rasende Wut war.

Clayton und Ellis wechselten bedeutsame Blicke. Sie stießen einander an. Dann sagten sie im Chor: »Wir hörten, dass Sie einen Tunnel suchen.«

28

»Wir können Ihnen helfen.«

»Wo habt ihr aufgeschnappt, dass wir danach suchen?«, wollte Bell wissen.

»Jeder weiß, dass die van Dorns unten am Bahnhof neue Büros haben«, sagte Clayton.

»Ganoven und Polizisten fragen sich, was Sie vorhaben«, sagte Ellis.

»Sie haben gehört, dass Sie Fragen nach dem Tunnel stellen.«

»So was spricht sich von selbst herum«, sagte Ellis.

»Fragen ziehen gewöhnlich weitere Fragen nach sich«, schnappte Bell. »*Redet weiter!*«

»Unsere Bosse im Büro haben natürlich auch Wind von dem Tunnel bekommen. Sie suchen Tag und Nacht danach. Sie rechnen sich aus, dass sich mit dem Schutz ein Vermögen verdienen lässt.«

»Und nun machen sie sich Sorgen, dass Sie ihn zuerst finden könnten«, sagte Ellis.

Clayton erklärte daraufhin: »Ich und Eddy, wir wussten, dass sie nicht mit uns teilen würden – sie sacken die dicken Brocken immer selbst ein –, daher haben wir eigenhändig ein wenig rumgeschnüffelt. In der Hoffnung, vielleicht als Erste darauf zu stoßen. Wir haben gehört, dass diese Tunnel-Typen ein paar Italiener ertränkt haben sollen, die in dem Tunnel gearbeitet hatten. Keine Gangster, nur ein paar Maurer und Steinmetze.«

»Sie haben sie ermordet, weil sie wussten, wo der Tunnel sich befindet«, sagte Ellis.

»Das fanden wir nicht so gut.«

»Weshalb wir uns überlegt haben, dass es vielleicht auch nicht so gut ist, sich an der Prohibition zu bereichern«, sagte Ellis.

Bell musterte sie prüfend und wünschte sich, ihnen glauben zu können, war sich jedoch über ihre Motive nicht im Klaren. Sie erwiderten seinen Blick mit großen Augen und vollkommen arglos, und Bell erinnerte sich mit zunehmender Erregung daran, dass ein Gefängnisgeistlicher ihm einmal erzählt hatte, dass er selbst häufig über bestimmte Ereignisse überrascht war, die einen Sünder plötzlich den Weg der Rechtschaffenheit einschlagen ließen.

»Wisst ihr, wo der Tunnel ist?«, fragte er.

»Wir haben eine ziemlich genaue Vorstellung«, sagte Clayton.

»Flussabwärts«, präzisierte Ellis. »Er beginnt auf Fighting Island.«

»Und kommt unter einem Bootshaus in Ecorse heraus.«

Das klang ziemlich gut, dachte Bell. Fighting Island war logisch – eine große unbewohnte Flussinsel auf der kanadischen Seite der Landesgrenze. Ecorse auf der amerikanischen Seite war eine gesetzlose, von allen Seiten zugängliche Stadt in nächster Nähe Detroits, mit gewählten Beamten und Cops, die allerdings von den Bootleggern gekauft waren.

»Wisst ihr, wo dieses Bootshaus steht?«

»Es gibt ein paar interessante Hinweise«, sagte Ellis.

Skeptisch runzelte Bell die Stirn. »Auf dem Küstenabschnitt vor Ecorse gibt es an die zweihundert Bootsschuppen und einige Dutzend Liegeplätze.«

»Das Bootshaus muss in der Nähe eines Flusses stehen«, sagte Clayton und engte die Möglichkeiten erheblich ein.

»Woher stammen diese Hinweise?«

»Ich habe unseren Boss darüber reden hören.«

»Irgendwelche Ideen, wer ihn angelegt haben könnte?«

»Der Boss meinte, Polacken hätten mit dem Graben angefangen. Polacken aus Poletown. In Ecorse. Die Itaker haben sie vertrieben. Dann wurde auch noch von Russen gesprochen.«

»Russen?«, fragte Bell und behielt seine eigenen Informationen für sich. »Woher kamen denn die Russen?«

»Vielleicht ist es nur Gerede, aber in Detroit sollen Tausende Ausländer sein.«

»Wie steht euer Boss dazu?«

Claytons Antwort offenbarte ein zweites Motiv für ihre Bekehrung: ein verständliches Bedürfnis, in Fort Van Dorn Schutz zu suchen. »Er ist gestern bei einem Verkehrsunfall auf der Michigan Avenue gestorben.«

»Fahrerflucht. Könnte ein Ford gewesen sein. Oder ein Dodge.«

Isaac Bell wurde nun förmlich und streckte die Hand aus. »Willkommen zurück, Leute. Betrachten Sie sich als wieder eingestellt. Auf Bewährung, vorausgesetzt, Sie bleiben sauber.«

»Das werden wir, Mr. Bell.«

»Danke, Mr. Bell.«

»Sollen wir unsere Regierungsjobs kündigen?«

»Bleiben Sie dabei. Mir ist nichts lieber als zwei gute Männer innerhalb des Prohibitionsbüros.«

Weder Abe Weintraub, der nur einen Meter fünfundsechzig groß war, noch Marat Zolner konnten am Ecorse-Ende des Komintern-Tunnels unter dem Detroit River aufrecht stehen. Der kurze, frisch gegrabene Verbindungsabschnitt war nass, dürftig beleuchtet und hatte eine sehr niedrige Decke. Wasser sickerte durch Spalten zwischen den Mauersteinen und Sandsäcken und sammelte sich in einer Rinne zwischen den Schienen, auf denen knapp drei Meter lange, mit Whiskykisten beladene Plattformwagen rollten.

Pumpen auf Fighting Island, sechshundertfünfzig Meter entfernt, leerten die Rinne, sobald sie sich gefüllt hatte. Die Pumpen, ein Dynamo für die Beleuchtung und die Plattformwagen befanden sich in einem Fährhafengebäude auf der Insel, das noch im Bau befindlich war. Es gab keine Fähre, nicht einmal Pläne dafür, aber es existierten mehrere von der Stadt La Salle erteilte Baugenehmigungen für den Hafen, und diese lieferten die willkommene Tarnung für die Maschinen.

Der Haupttunnel, entdeckt von polnischen Gangstern, die daraufhin die Verbindung mit Ecorse anlegten, war eine teilweise fertig gestellte Eisenbahnröhre. Sie war viel größer, besser beleuchtet und vergleichsweise trocken, ein hohes Rohr mit eiförmigem Durchmesser, das Jahrzehnte zuvor geschlossen und sich selbst überlassen worden war. Damals war Ecorse nur ein winziges Dorf gewesen, und Fighting Island hatte – bereits lange zuvor und auch zu diesem Zeitpunkt – aus fünfzehnhundert Morgen verlassenen Sumpflands bestanden. Die Decke war so hoch, dass man sich eher wie in einem Raum vorkam, nicht in einem Durchgang.

Anfangs hatte Zolner befürchtet, dass sich das niedrige,

enge und dreißig Meter lange Verbindungsstück zwischen dem aufgegebenen Tunnel und dem Zugang zum Bootshaus in Ecorse als Engpass erweisen könnte. Aber dann hatte er eine ungewöhnliche Möglichkeit erkannt, die sich durch den Eisenbahnabschnitt anbot – ein geheimes, sicheres, unter dem Fluss gelegenes Warenlager, wo er waggonweise Schnapskisten deponieren konnte. In dem Tunnel lagerten bereits Spirituosen im Wert von einigen Millionen, und täglich kamen noch mehr hinzu. Die Menge, die er durch den Engpass leiten wollte, würde den amerikanischen Spirituosenmarkt kontrollieren und für steigende und fallende Preise sorgen, indem die Liefermenge entsprechend erhöht oder verringert wurde.

Erst am Vortag, als er davon Wind bekommen hatte, dass die River Gang zehntausend Kisten Whisky mit dem Etikett »Canadian Club« erfolgreich an Land gebracht hatte, ließ Zolner seinerseits zehntausend Kisten aus dem Tunnel holen. Ehe die River Gang ihre Ladung unter die Leute bringen könnte, würden Abe Weintraubs Lieferanten die Straßen mit dem gleichen Whisky überfluten – zum halben Preis. Dadurch drohte einem legitimen Geschäft der Bankrott. Im Schnapshandel bedeutete dies den offenen Krieg. Die Purples blieben bei den Schießereien dank einer Thompson .45, die ihnen von der Komintern geliehen wurde, siegreich.

In der darauf folgenden Woche verknappten sorgfältig geplante Überfälle das Angebot. Deren Termine wurden mit Volstead-Razzien abgestimmt, durchgeführt von bestochenen Agenten. Zolner verkaufte mehr Whisky aus seinem Tunnel – zum doppelten Preis. Der reinste Kapitalismus, meinte er spöttisch zu Weintraub. Schlimmer als Karl Marx es sich jemals vorgestellt hätte.

Nun, da er fertiggestellt war und die letzten Arbeiter exekutiert worden waren, gestattete er niemandem außer seinen vertrauenswürdigsten Agenten den Zugang zum Detroiter Ende des Tunnels. Die einzige Ausnahme bildete Admiral Abe. Nicht einmal Weintraubs Leibwächter wurden in der Nähe des Tunnels geduldet. Mittlerweile vertraute ihm Weintraub vollständig, ja, er liebte ihn geradezu, weil er in seinem grausamen, einspurigen Gehirn erkannt hatte, dass Marat Zolner ihm nicht nur zu Reichtum und Macht verhalf, sondern ihn auch brauchte, um die anderen Banden abzuwehren und den Tunnel zu beschützen.

»Die vollendete Stadt, um dort einen Schnapstunnel anzulegen.«

Ecorse erschien Isaac Bell auch als der geeignete Ort, um den Tunnel vor der Polizei zu verstecken.

Er lenkte seinen langen grünen Phaeton durch die dicht bevölkerten Straßen des Varietéviertels, auch bekannt als Half Mile of Hell. Angesichts der Scharen von Besuchern, die sich allabendlich dort einfanden, um zu trinken und sich zu vergnügen, würden Fremde und Neuankömmlinge niemandem auffallen. Tausende Amüsierwillige aus Detroit und seinen Vororten betranken sich in den baufälligen Varietés, spielten Roulette, Blackjack und Craps in den Spielhöllen und feierten in den Tanzhallen und Bordellen, die im Zuge der Prohibition ins Leben gerufen worden waren.

Alkohol gab es reichlich und billig. Stahlwerke und Chemiefabriken waren entstanden, um die aufblühende Automobilindustrie zu beliefern, und die Kunden hatten Geld, das nur darauf wartete, ausgegeben zu werden.

Diejenigen, die nüchtern eintrafen, machten diesem Zustand schnell ein Ende und bevölkerten während der ganzen Nacht die Straßen. Es war eine gute Stadt, um seinen Lebensunterhalt als Gangster zu bestreiten, und kein übler Ort für Privatdetektive, um dort nach einem geheimen Tunnel zu suchen.

Falls der auffällige Cadillac, die Pistolenwölbung unter seinem Anzugjackett und der tief über seine Augen gezogene Borsalino auch nur den geringsten Zweifel daran zuließen, dass Isaac Bell ein Bootlegger war, so wurde dieser durch seine Leibwächter erst recht vertrieben. Der narbengesichtige Ed Tobin saß auf dem Beifahrersitz, während Clayton und Ellis mit ihren gebrochenen Nasen als stumme Drohung auf der Rückbank thronten. Für den unwahrscheinlichen Fall, dass sie als Prohibitionsagenten erkannt wurden, wären sie nicht die ersten offiziellen Vertreter der Behörde, die von einem Bootlegger engagiert wurden, der Schutz brauchte, während er Ausschau nach neuen Gelegenheiten hielt oder Konkurrenten ausspionierte.

Bell bog in eine Straße ein, die parallel zum Fluss verlief. In der Luft lag ein Geruch von Schlick, Bier und Whisky. In jedem Gebäude zu seiner Rechten befand sich im Erdgeschoss eine Bar. Die Bars zu seiner Linken besetzten die Reihe von Bootshäusern, die vom Ecorser Flussufer ins tiefe Wasser hinausragten. Der Detektiv und seine Männer statteten mehreren Etablissements einen kurzen Besuch ab. In jeder Bar wurde jede bekannte Whisky- und Ginmarke angeboten. Außerdem gab es dort überall einen Gratislunch, wie in den alten Saloons vor der Prohibition, und wo man auch hinkam, sorgten sparsam bekleidete Frauen für eine aufgekratzte Atmosphäre.

Bell entdeckte eine Bar auf der Wasserseite, die ein wenig dunkler war als die anderen. Als er sich ihr näherte, bemerkte er, dass die Leute, die über den Gehsteig schlenderten, einen weiten Bogen machten, um den breitschultrigen Türstehern auszuweichen, die den Eingang blockierten.

Bell sagte: »Mal sehen, weshalb sie so unfreundlich sind«, und ging voraus.

Die Türsteher taxierten die vier Männer, die auf sie zukamen, und griffen in ihre Jacken. Bell und Tobin packten ihre Arme, ehe sie ihre Pistolen ziehen konnten, und reichten sie an Clayton und Ellis weiter, die sie schnell überwältigten. Bell trat durch die Schwingtür.

Im Innern war es still, die Bar war leer. Der Barkeeper griff unter die Theke, dann hob er die Hände über den Kopf und starrte mit großen Augen in die Mündung einer Browning, die plötzlich in Bells Hand erschienen war. Der Mann machte einen ängstlichen und resignierten Eindruck, als hätte er damit gerechnet, dass etwas Derartiges schon bald geschehen würde.

»Was wollen Sie?«

»Zeigen Sie uns Ihren Keller«, verlangte Bell.

»Keller? Welchen Keller? Dies ist ein Bootshaus.«

»Wir möchten ihn trotzdem sehen.«

»Buddy, ich sage Ihnen die Wahrheit.«

»Ich möchte sehen, weshalb dies die einzige Bar in der Straße ist, die keine Gäste hat. Öffnen Sie die Falltür.«

Der Barkeeper zog die Bodenklappe auf. Dort befand sich gar kein Keller, sondern nur eine kurze Leiter, die in den Schlick hinunterführte, und kein Schacht oder Tunnel.

Sie gingen durch den Gastraum in Richtung Fluss und traten auf einen Steg hinaus. In den Schatten konnte

Bell zur Rechten und zur Linken ähnliche Stege erkennen. Plötzlich kam ein Mann aus der Tür nebenan, ging zum Ende des Stegs und schwenkte eine Laterne – wie ein Bremser, der einem Lokführer ein Zeichen gibt. Dann blinkte in einem Fenster im ersten Stock kurz eine Glühbirne. Sie signalisierten, dass keine Cops oder Prohibitionsbeamten in der Nähe waren, erkannte Bell schlagartig, als ein Motorboot einen Schleppkahn vom dunklen Fluss hereinzog und am Steg festmachte. Zwei Matrosen luden ihn schnell aus. Zwei andere Männer kamen vom Haus und brachten die Kisten hinein, und dann entfernte sich das Boot mit dem leeren Schleppkahn. Eine größere Ladung wurde auf der anderen Seite angeliefert, wo sich die Tür eines Bootshauses öffnete, ein Schnellboot hineinglitt und die Tür wieder geschlossen wurde.

»Reguläre Whiskyspediteure, kein Tunnel«, meinte Tobin leise zu Bell.

Bell ging zurück ins Haus und nahm den Barkeeper beiseite. »Immer mit der Ruhe. Wir sind hier fertig.«

»Das höre ich gern.«

Bell griff in die Tasche und holte eine dicke Rolle Hundertdollarscheine hervor. »Aber ich habe eine Frage. Eine Sache macht mich neugierig. Wenn Sie mich aufklären könnten, würde ich mich erkenntlich zeigen.«

»Vielleicht kann ich Ihnen helfen«, sagte der Barkeeper vorsichtig. »Das kommt ganz darauf an. Was wollen Sie denn wissen?«

»Straßauf, straßab laufen die Geschäfte bestens. Weshalb stehen diese hartgesottenen Burschen vor dem Laden und halten die Kundschaft fern?«

»Der Boss wurde erschossen. Wir wissen nicht, was das zu bedeuten hat.«

»Weswegen wurde er erschossen?«

»Die Purple Gang hat den Preis für Canadian Club halbiert und meinen Boss aus dem Markt gedrängt. Er und seine Leute holten sie auf dem Michigan Grand ein. Ehe sie begriffen, was los war, gab es eine Schießerei. Schon mal von einer Maschinenpistole gehört?«

»Da klingelt was, ja.«

»Die Purples hatten so ein Ding.«

29

Die Van Dorns stiegen wieder in den Phaeton ein und setzten die Suche fort. Sie platzten in zwei weitere ungewöhnlich ruhige Bars. Eine war verlassen, in der anderen wartete eine Frau voller Sorge auf die Rückkehr ihres Mannes von einer Whiskyfahrt. In keiner der beiden Bars fanden sie einen Schacht oder einen Tunnel.

Der erste rote Schimmer der Morgendämmerung erhellte schon den Himmel über dem Fluss, als Bell die Aktion für einstweilen beendet erklärte.

»Allmählich komme ich zu der Überzeugung, dass es diesen Tunnel gar nicht gibt«, sagte Tobin.

Clayton und Ellis waren tief zerknirscht. »Hoffentlich haben wir Sie nicht vollkommen in die Irre gelenkt, Mr. Bell.«

»Gönnen Sie sich eine Mütze Schlaf. Wir versuchen es morgen noch einmal.«

Clayton und Ellis machten sich auf den Weg zu ihrem Hotel.

Bell und Tobin kehrten zum Fort Van Dorn zurück. Tobin stieg zum Schlafsaal im ersten Stock hinauf, wo die Detektive auf Bells Anweisung während ihres Einsatzes in Detroit übernachteten, damit er sich keine Sorgen machen musste, dass ihnen in Hotels aufgelauert wurde. Bell sah, dass der Fernschreiber gerade den Empfang einer Sendung anzeigte – ein Telegramm von Grady Forrer.

STOCHERE HERUM.
TELEFON BALDMÖGLICHST.

Bell setzte Wasser auf und mahlte Kaffeebohnen, während die Telefonvermittlungen die Fernverbindung herstellten und er Gelegenheit hatte, sich einiges durch den Kopf gehen zu lassen. Maschinenpistolen deuteten zwar auf die Komintern hin, aber weshalb sollte die Komintern den Preis für Alkohol halbieren?

Sein Gedankenfluss wurde unterbrochen, als sich die Telefonvermittlung meldete. »Der Teilnehmer wird gerufen, Sir.«

Grady beantwortete den Ruf mit einem hellwachen »Isaac, das wird dir gefallen«.

»Was gibt's?«

»Zuerst ein wenig Hintergrundmaterial, um richtig werten zu können, was ich habe. Ich hoffe allerdings, ich langweile dich nicht mit alter Eisenbahnhistorie.«

Isaac Bell unterdrückte ein Gähnen und ein gequältes Stöhnen. Diese Nachteule Grady Forrer war mal wieder in einer seiner redseligen Stimmungen. Aber die Van-Dorn-Rechercheabteilung war zweifellos die beste Errungenschaft der Detective Agency.

»Nur zu. Lass dir Zeit.«

»Vor dreißig Jahren hatten die amerikanischen Eisenbahnlinien die unüberwindbaren technischen Herausforderungen, die den Bau behinderten, gemeistert. Weiterentwicklungen in der Trassenführung, im Brücken- und im Tunnelbau und auch in der Lokomotiventechnik hatten zur Folge, dass Strecken angelegt werden konnten, wo immer die Unternehmen es wünschten. Das einzige bedeutende Hindernis beim Bau neuer Eisenbahnstrecken waren andere Eisenbahnunternehmen, die ebenfalls um Marktanteile konkurrierten. So weit verstanden?«

»Kein Kristall könnte klarer sein, Grady.«

»Erinnerst du dich an deinen alten Freund Osgood Hennessy?«

»Das ist dieser Eisenbahnmagnat«, sagte Bell, »der zufälligerweise der Schwiegervater unseres gemeinsamen Freundes Archie Abbott ist, natürlich. Bitte, mach weiter.«

»Vor dreißig Jahren, genauer gesagt im Jahr 1891, versuchte Osgood Hennessy, eine weitere transkontinentale Eisenbahnlinie einzurichten, indem er Strecken, die er östlich von Chicago betrieb, mit seiner Great Northern Railway westlich von Minneapolis verbinden wollte. Aber rivalisierende Eisenbahnunternehmen, die noch mehr Abgeordnete, Gouverneure und Richter in Illinois, Wisconsin und Minnesota als Hennessy in der Tasche hatten, bremsten ihn. Weder konnte er eine neue Strecke zwischen Chicago und Minneapolis bauen noch eine Mehrheit an einer der existierenden Linien erwerben. Aber wie du dich sicher entsinnen kannst, ließ sich der alte Hennessy durch nichts und niemanden aufhalten.«

»Er war wie eine Kombination aus Brahman-Bulle und Consolidated Lokomotive.«

»Also entwickelte Hennessy einen Plan. Um Chicago und Minnesota durch eine Route über Detroit miteinander zu verbinden.«

»Als ich das letzte Mal einen Blick auf die Landkarte geworfen habe«, sagte Bell, »lag Detroit noch *östlich* von Chicago.«

»Seltsamere Eisenbahnenstrecken wurden in den 90ern gebaut. Alle möglichen faulen Tricks, um Aktien zu verkaufen, kamen zur Anwendung. Aber dies war ein echtes Projekt, wenn auch ziemlich umständlich. Hennessy dachte an eine Strecke von Minnesota nach Duluth, dann am Ufer des Lake Superior entlang nach Port Arthur, und in Port Arthur wechselte man auf die Strecke der Canadian Pacific Railroad und um das obere Ende des Lake Superior und des Lake Huron herum und hinunter durch Ontario nach Windsor, wo sie an die New York Central angeschlossen werden sollte.«

»Was hätte die New York Central bei diesem Arrangement gewonnen? Die Vanderbilts haben doch Hennessy gehasst.«

»Sie hätten Zugang zum Tunnel nach Duluth erhalten.«

»Zu welchem Tunnel?«

»Zu dem Tunnel, den Hennessy unter dem Detroit River gegraben hat.«

»Es gibt nur einen Eisenbahntunnel unter dem Detroit River, und der wurde nicht vor 1910 angelegt.«

»Hennessy begann den Bau seines Tunnels aber zwanzig Jahre vorher.«

»Wirklich?«

»Er verlegte eine sechshundertfünfzig Meter lange gusseiserne Röhre und bediente sich dabei der gleichen von Alfred Ely Beach entwickelten Methode des pneumatischen Tunnelvortriebsschildes, wie sie auch beim Bau des Saint Clair Tunnels zwischen Sarnia, Ontario, und Port Huron, Michigan, angewendet wurde.«

»Zuerst? Also noch vor dem Bau der restlichen Strecke?«

»Zunächst ließ er eine geologische Untersuchung für den Tunnel durchführen. Dann begann er sofort mit den Arbeiten. Wahrscheinlich wollte er sichergehen, dass er den schwierigsten Abschnitt der Strecke fertigstellen konnte, ehe er den Rest in Angriff nahm.«

Bell sagte: »Ich erinnere mich, als er den Cascades Cutoff plante. Er baute zuerst die Brücke über den Cascade Canyon, lange bevor die Strecke dorthin angelegt war. ›Geschwindigkeit‹, sagte er immer. ›Es geht nur um Geschwindigkeit.‹ Weshalb weiß denn bloß niemand von diesem Tunnel?«

»Hennessy musste ihn vor seinen Feinden verbergen, sonst hätten sie ihn im Parlament von Michigan blockiert. Er trieb den Tunnelbau verdeckt voran – unter dem Tisch, sozusagen. Deshalb begann er auch auf der kanadischen Seite zu graben … auf Fighting Island.«

»Auf Fighting Island?« Bell stellte seine Kaffeetasse ab.

»Die Kanadier waren sofort bereit, alles geheim zu halten. Dieses Projekt stellte für ihre Eisenbahnen einen Gewinn dar. Außerdem kaufte Hennessy den Vortriebsschild und alle Maschinen und Eisenteile bei denselben kanadischen Fabriken, die auch am Saint Clair beteiligt waren.«

»Von Fighting Island wohin?«

»Nach Ecorse.«

»Grady, bist du dir sicher?«

»Sämtliche Hauptstrecken führen nahe an Ecorse vorbei. Damit war Ecorse der ideale Ort für einen Anschluss.«

»Und wo ist der Tunnel?«

»Er wurde aufgegeben. Der Plan scheiterte, und Hennessy buchte sein Vorhaben als Verlust ab und brach die Arbeiten dicht vor Ecorse ab.«

»Ist der Tunnel noch vorhanden?«

»Das müsste er sein. Er dürfte ihn versiegelt haben, nachdem er ihn auch bezahlt hat, gewiss in der Hoffnung, ihn irgendwann in der Zukunft fertigstellen zu können. Aber ich könnte mir denken, dass, wenn ein cleverer Bootlegger davon erfahren hat, er vielleicht die letzten fünfunddreißig Meter in Angriff genommen und sich so einen privaten Schnapstunnel von Fighting Island nach Detroit angelegt haben wird.«

»Dies wäre dann ein wesentlich größerer Tunnel als etwas, das mit Hacke und Schaufel geschaffen wurde.«

»Größer? Das will ich wohl meinen. Hennessys Teilstrecke bietet Platz für eine Lokomotive mit Tender, einen Begleitwagen und fünfundzwanzig Waggons.«

»Grady, du bist ein Genie.«

Bell hörte ein scharfes Klirren in der Telefonleitung. Grady sagte: »Ich hebe ein Glas auf diesen Gedanken. Ich hoffe, es hilft.«

»Warte! Beschaff mir eine Karte. Irgendwo muss es Baupläne und Messtischblätter geben.«

»Ach, hatte ich das nicht erwähnt? Ich habe alles zum Nachtzug gebracht, also müsste es morgen früh bei dir eintreffen.«

Bell engagierte einen Landvermesser. Dieser bestätigte mit Hilfe seines Theodolits, was bereits für das bloße Auge erkennbar war. Der Startpunkt, der auf Osgood Hennessys ursprünglichen Tunnelzeichnungen vermerkt war, befand sich unter einer großen Holzkonstruktion, die auf Fighting Island – genau gegenüber von Ecorse – zurzeit im Bau war. Erkundigungen in Kanada ergaben, dass es sich um einen geplanten Fährhafen handelte, was für eine Insel, die nur von einer Handvoll weltabgeschiedener Einheimischer bewohnt wurde, zunächst ein wenig seltsam anmutete. Das Geheimnis klärte sich jedoch auf, als die Van Dorns in Erfahrung brachten, dass die Firma, die den Hafen anlegte, ebenfalls Baugenehmigungen für die Errichtung eines Riesenrads sowie eines Tanzpavillons für eine Sommerfrische beantragt hatte.

»Schon möglich«, sagte Bell.

Herauszubekommen, wo der Tunnel in Ecorse ans Tageslicht käme, wäre einfach gewesen. Dazu hätte sich der Landvermesser nur in die Mitte des halb fertigen Hafens stellen und mit seinem Theodolit in dem auf Hennessys Karte eingezeichneten Kompasswinkel übers Wasser zielen müssen. Ein Blick durchs Fernglas zeigte, dass das Gebäude umzäunt war. Mit Gewehren bewaffnete Posten bewachten die hohe Bretterwand, woraus man schließen konnte, dass der Tunnel unter dem Hafengebäude begann.

Bell präsentierte seinen Mitgliedsausweis des New York Yacht Club, um den Detroit Yacht Club betreten zu dürfen. Er kaufte eine Karte vom Fluss und mietete zwei Gar-Wood-Schnellboote. Dann machte er eines zum Wachboot, besetzt mit Tobin, Clayton und Ellis, jeder schwer bewaffnet, und fuhr mit dem Landvermesser im anderen Boot stromabwärts.

»Sie müssen sich beeilen«, riet er dem Landvermesser. »Wir wollen auf keinen Fall dem Zoll oder potenziellen Piraten auffallen.«

Als Ecorse näher kam, nahm Bell Gas zurück und kuppelte die Propeller aus, um das Boot mit der Strömung treiben zu lassen, während der Landvermesser das Fährhafengebäude anpeilte. Er brauchte nicht lange.

»X markiert den Punkt, Mr. Bell. Der ursprüngliche Tunnel befindet sich in diesem Moment genau unter uns.«

Bell schaltete die Maschinen auf Rückwärtsfahrt, um das Boot gegen die Strömung in Position zu halten. Der Landvermesser drehte seinen Theodolit um einhundertachtzig Grad, um zu ermitteln, an welcher Stelle des Uferabschnitts von Ecorse der Tunnel auftauchte, vorausgesetzt der letzte Abschnitt folgte der Richtung des Haupttunnels.

»Dieses rote Bootshaus müsste es sein, Mr. Bell, wenn die Verlängerung in einer Linie mit dem Original verläuft.«

Bell registrierte, dass auf der Karte eine Wassertiefe von zehn Metern vermerkt war. Er fragte sich, wie tief der Scheitel des Tunnels unter dem Flussbett liegen mochte. In seinen Gedanken nahm eine Idee, wie Marat Zolner wirkungsvoll anzugreifen wäre, allmählich Gestalt an. Initiiert wurde sie durch die Geschichte des Barkeepers von seinem Boss, der erschossen worden war. Maschinenpistolen wiesen fast immer darauf hin, dass die Komintern ihre Hand im Spiel hatte. Und wenn es tatsächlich so war, begann er auch zu begreifen, weshalb sie den Schnaps zum halben Preis verkaufte.

Bell fuhr flussabwärts, wartete auf den Einbruch der Dämmerung und kehrte zu dem Punkt zwischen dem Fährhafen und dem roten Bootshaus zurück. Mit langsam laufenden Motoren, damit das Boot nicht abtrieb, legte er ihre Position in Relation zu den beiden Bauwerken fest. Dann notierte er sich die Kompasspeilungen einer hellen Lampe genau über dem roten Bootshaus und anderer auffälliger Lichter jeweils ein Stück flussauf- und flussabwärts. Um genau diesen Punkt wieder aufzusuchen, brauchte er die Lichter nur in eine Linie zu bringen.

30

James Dashwood kam mit weiteren schlechten Nachrichten nach Detroit zurück. Er hatte Fern Hawley um nur sechzig Sekunden verfehlt – er war tatsächlich eine Minute zu spät gekommen, um ihr gechartertes Flugboot in Miami am Start zu hindern.

»Florida ist der geeignetste Ort, um sich zu verstecken, wenn man so reich ist wie sie. Sie könnte jetzt in Palm Beach sein oder auf den Florida Keys oder in Havanna oder auf Bimini oder in Nassau oder auf irgendeiner anderen Insel der Bahamas. Oder sie hat sich auf hoher See mit einer Yacht getroffen. Ich habe mehrere unserer Leute informiert und auf sie angesetzt – und entschieden, dass ich mich in Detroit nützlicher machen kann.«

Bell sagte: »Vielleicht Nassau – wohin der Schnapstanker unterwegs ist. In diesem Fall wird sich Pauline um sie kümmern.«

»Vielleicht sollte ich hinfliegen und auf Pauline aufpassen.«

»Pauline passt auf sich selbst auf. Können Sie sich noch an den Spion erinnern, der die Schlachtschiffe der Navy sabotiert hat?«

Dashwood grinste. »Ich erinnere mich daran, wie ich versucht habe, seinen riesigen Leibwächter zu überzeugen, dass ich ein reisender Temperenzprediger bin, aber kein Detektiv.«

Bell sagte: »Admiral Falconer führte mir Experimente

in einem Test-Caisson vor, mit denen Waffenspezialisten Torpedoangriffe simulierten, um die Sprengkraft von Unterwasserexplosionen zu messen. Torpedos gewannen an Bedeutung, als die Jungs von der wissenschaftlichen Abteilung allmählich begriffen, was sie zu einer derart tödlichen Waffe werden ließ.«

Der Explosionsdruck von Minen und Torpedos wurde unter Wasser um ein Mehrfaches gesteigert und konzentriert. In der zweiten Kriegshälfte wurden mit Wasserbomben Unterseeboote versenkt, was Bell auf eine Idee brachte, wie er dem Tunnel und allem, was sich darin befand, zu Leibe rücken könnte.

»Beschaffen Sie vier Kisten Dynamit.«

Bell schickte Grady Forrer ein Telegramm, in dem er um weitere Einzelheiten der geologischen Untersuchung bat, die Osgood Hennessy seinerzeit für den Bau seines Tunnels veranlasst hatte.

TUNNEL WIE TIEF?
UNTERGRUND WELCHE BESCHAFFENHEIT?

Bell hatte entschieden, dass es sogar in Detroit auf Grund seines Bandenunwesens für ein wehrhaftes Van-Dorn-Außenbüro zu gefährlich war, Lehrlinge einzusetzen. Daher war er gezwungen, solche Hilfsaufgaben besonders robusten Mitgliedern der Protective Services anzuvertrauen. »Begeben Sie sich in die Bibliothek. Durchforsten Sie die *Harper's-Weekly*-Ausgaben von 1891 nach einem Artikel über den Saint Clair River Tunnel.«

»In die Bibliothek?«

»Man kann sich darauf verlassen, dass *Harper's* regelmäßig über die neuesten technischen Errungenschaften berichtet hat. 1891. Das Personal in der Bibliothek wird Ihnen bei der Suche behilflich sein.«

»Wann?«

»Jetzt! Schnell, schnell!«

Der breitschultrige Hoteldetektiv machte sich auf den Weg, wobei er sich ein wenig ratlos am Kopf kratzte.

Grady kabelte zurück:

UNTERGRUND BESTEHT AUS SAND, LEHM, GESCHIEBE UND SOLIDEM FELS.
SCHEITEL DES TUNNELS EIN METER UNTER FLUSSBETT.

»Gut!«

Doch als der Angehörige der Protective Services mit dem *Harper's*-Artikel über den Saint Clair Tunnel zurückkam, stieß Bell auf ein Problem, das er nicht bedacht hatte. Die gusseiserne Wand des St. Clair Tunnels war fünf Zentimeter dick, was ihr eine enorme Festigkeit und Widerstandsfähigkeit verlieh. Hennessys stillgelegter Tunnel bestand aus ähnlichen Gusseisenelementen.

In seinem Elan empfindlich gebremst und in der Hoffnung, sein Vorhaben aus einer anderen Perspektive in Angriff nehmen zu können, schilderte er Dashwood das Problem mit all seinen möglichen Auswirkungen. »Wir können uns nicht darauf verlassen, dass der Sprengstoff den Haupttunnel zum Bersten bringt. Die Verbindung wird sicher zerstört. Aber wenn es zu weit vom Haupttunnel entfernt geschieht, werden die Trümmer und das Erdreich ihn verschließen, bevor Wasser in den Haupttunnel eindringt. Um sicherzugehen, dass der Haupttunnel aufgesprengt und der Schnapsvorrat der Komintern vernichtet wird, müssen wir das Dynamit so nahe wie möglich an der Verbindungsnaht der beiden Tunnel zur Explosion bringen.«

Dashwood fragte: »Warum stürmen wir den Tunnel nicht einfach? Damit wäre er doch geschlossen.«

»Aber nicht für lange«, sagte Bell. »Die Cops und die Gerichte sind auf beiden Seiten der Grenze käuflich. Sie bringen in der Zeitung ein paar Bilder von einem Ankläger, der mit einer Axt eine Kiste Whisky zertrümmert. Aber genug Schweigegeld wird dafür sorgen, dass der Alkohol dort, wo er lagert, unversehrt bleibt. Marat Zolner und seine Partner werden sich bedeckt halten, bis die Politiker ihre Forderung nach einem wirkungsvolleren Kampf gegen den Alkohol stillschweigend in der Schublade verschwinden lassen und zur Tagesordnung zurückkehren – es sei denn, wir fluten den Tunnel und vernichten das Schnapslager der Komintern. Ich habe es Mr. Van Dorn versprochen und wiederhole es gern noch einmal: Diesmal werde ich mich nicht damit zufriedengeben, ihm eine blutende Nase zu verpassen. Diesmal werde ich Marat Zolner ein für allemal aus Detroit vertreiben.«

»Was meinen Sie, wohin er sich verziehen wird?«

»Wohin?«, fragte Bell. »Dann hören Sie gut zu, was ich vermute.«

Er ließ sich vor der Morsetaste der Privatleitung nieder und schickte eine Nachricht nach New York.

LETZTE ZAHLUNG AN LYNCH & HARDING ANWEISEN.
MARION PER EXPRESSDAMPFER NACH MIAMI LIEFERN.

»Wir müssen ihn daran hindern, sein Unternehmen auf die gleiche Art und Weise zu etablieren, wie er es hier in Detroit und in New York getan hat.«

»Und wenn er auf die Bahamas ausweicht?«, fragte Dashwood.

»Das wird er ganz bestimmt nicht tun. Er hat keinen Grund, nach Nassau zu gehen. Nassau ist wie Kanada, eine relativ sichere Basis für den Handel mit legalem Alkohol. Florida ist gesetzlos, ein Einfuhr- und Verteilungszentrum wie Detroit und New York, wo er den Kampf gegen Konkurrenten aufnehmen, sich ausbreiten und am Ende alles unter seine Kontrolle bringen kann.«

Bell lächelte eisig, während er hinzufügte: »Falls er es dennoch tun sollte, sind es von Miami bis dorthin nur drei Stunden Fahrt mit einem schnellen Boot. Und die *Marion* ist genau dieses schnelle Boot.«

Er schickte Grady ein weiteres Telegramm.

WIE WEIT VOM UFER ENDETE HENNESSYS TUNNEL?

Grady meldete sich per Telefon.

»Zu kompliziert für ein Telegramm. Ich habe in dem Prüfbericht handschriftliche Notizen der Techniker gefunden, aus denen hervorgeht, dass sie mit den Grabungen genau an der Stelle aufgehört haben, wo das Flussbett zum Ufer hin ansteigt.«

Bell faltete seine Karte vom Detroit River auseinander. »Dort gibt es in der Mitte, näher bei Fighting Island, eine tiefe Rinne, und parallel zum Ecorse-Ufer verläuft eine zweite, schmalere Rinne, der Wynadotte Channel.«

»Sie müssen sie seit der Untersuchung tiefer ausgebaggert haben. Jedenfalls wird nirgendwo ein Kanal erwähnt.«

»Er verläuft dicht am Ufer«, sagte Bell. »Der Graben hätte wahrscheinlich den Scheitel des Tunnels berührt, daher müssen sie den Bau dicht hinter dem Wyandotte Channel abgebrochen haben.«

Mit zwei Fingern griff er den Abstand ab und verglich ihn mit dem Maßstab der Karte.

Grady sagte: »Der andere Grund, weshalb ich angerufen habe …«

»Was ist?« Bell war jetzt abgelenkt. Es waren nicht die Kopfschmerzen – die ließen allmählich nach, und auch das Doppeltsehen hatte sich weitgehend normalisiert. Dafür grübelte er jetzt darüber nach, wie er es bewerkstelligen sollte, seine improvisierte Wasserbombe genau fünfunddreißig Meter vom Flussufer entfernt zur Zündung zu bringen. »Was hast du gesagt, Grady?«

»Die Rechercheabteilung stellt zurzeit eine komplette Prohibitionsakte zusammen – mit einem aktuellen Verzeichnis aller bekannten Bootlegger, Gangster, Rumrunner und so weiter, mitsamt kurzen Lebensläufen, Fotografien und Fingerabdrücken.«

»Gute Idee. Das dürfte dem Justizministerium zeigen, was wir leisten können.«

»Ich dachte, ich mache mal einen kurzen Abstecher auf die Bahamas. Um mich über den aktuellen Stand des Import-Export-Geschäfts in Nassau zu informieren. Was meinst du?«

»Ich meine, damit würdest du Paulines Kreise stören.«

»Ach ja, richtig, sie ist ja schon dort«, sagte Grady und spielte den Überraschten. »Meinst du, sie kommt allein zurecht?«

»Ich denke, sogar sehr gut… Aber deine Idee ist gar nicht schlecht. Sie könnte einen vertrauenswürdigen Helfer brauchen. Weißt du was, ich setze den jungen Somers nach Nassau in Marsch. Ich schicke Pauline ein Telegramm.«

LEHRLING SOMERS ZU IHNEN UNTERWEGS.
DRAUFGÄNGER HAT JVD HINTERN
GERETTET.

Dann rief Bell den Angestellten der Protective Services, den er in die Bibliothek geschickt hatte, zu sich.

»Kaufen Sie ein Seil.«

»Wie lang?«

»Sechsunddreißigeinhalb Meter.«

»Sechsunddreißigeinhalb?«

»Die anderthalb Meter sind für eine Schlinge. Aber achten Sie darauf, dass genau gemessen wird.«

Jack Payne, ein Van-Dorn-Detektiv, der vom Außenbüro in Cleveland abkommandiert worden war, hatte im Krieg als Pionier an vorderster Front im Schützengraben gedient. Auf einem leeren Liegeplatz, den Bell im hintersten Winkel des Detroit Yacht Club gefunden hatte, versah Payne das Dynamit mit wasserdichten Zündkapseln und Zündern und befestigte an jeder Fünfzig-Pfund-Kiste zwanzig Pfund Hufeisen, damit sie schneller sanken.

Nach Einbruch der Dunkelheit schnürten sie die Kisten zu einem einzigen Paket zusammen und verstauten sie im Heck eines der Gar-Wood-Schnellboote.

»Bei der Ausführung Ihres Plans dürfen Sie eines nicht vergessen«, sagte Detektiv Payne, »nämlich dass die

Druckwelle sowohl nach unten als auch nach *oben* wirksam ist. Sobald Sie die Kisten abgeworfen haben, sollten Sie Vollgas geben und so schnell wie möglich das Weite suchen.«

»Der Bürochef hat den Tunnel gefunden«, meldeten Ellis und Clayton, als sie außer Atem in Fort Van Dorn erschienen.

»Tut uns leid, Mr. Bell. Sie verhandeln gerade über neue Schutzgelder.«

Isaac Bells Reaktion war ein unergründliches Lächeln.

»Erzählen Sie mal.«

»Sie haben irgendwie mit dem Bürgermeister von La Salle Verbindung aufgenommen und …«

Bell schnitt ihm das Wort ab. »Das ist mir gleichgültig. Was können Sie mir über den Tunnel erzählen, das Sie vorher noch nicht wussten?«

»Dort lagert mehr Schnaps, als wir angenommen hatten. Sehr viel mehr.«

»Wachen?«

»Ganze Heerscharen. Massenweise am Fährhafen, massenweise in Ecorse. Jedes Gebäude rund um dieses Bootshaus ist von ihnen besetzt. Inklusive des zweiten, bei dem wir eine Razzia durchgeführt haben.«

»Wie viele Wachen befinden sich im Tunnel?«

»Sie lassen niemanden in den Tunnel hinein.«

Isaac Bell nickte zufrieden. »Das ist gut. Ich habe mir schon Sorgen wegen nicht ganz unbeteiligter Zuschauer gemacht.« Er erhob die Stimme, sodass ihn die anderen Detektive verstehen konnten. »Okay, Leute, es ist so weit. Packen wir es an.«

Isaac Bell ließ Ed Tobin das Dynamit-Boot lenken. In der Dunkelheit wäre ein Sohn von Kohlepiraten, die auf Staten Island ansässig waren, sicherlich der bessere und geschicktere Steuermann als der Nachkomme einer Bostoner Bankiersfamilie gewesen. Das schwarze Wasser schien die Entfernung zu schlucken. Lichter auf dem Kanal, am Ufer und Positionslichter von Booten konnten verwirrend sein. Um seine Position annähernd bestimmen zu können, brauchte man das erfahrene Auge eines Schmugglers. Bell stand mit ihrer improvisierten Wasserbombe und dem sechsunddreißigeinhalb Meter langen Seil bereit.

Von ihrem Wachboot begleitet, jagten sie den Detroit River hinunter. Als Ecorse in Sicht kam, orientierte sich Tobin an den Lichtern von Bootshaus, Ufer und Fährhafengebäude. Er drosselte das Gas abrupt und schwenkte zu einer Reihe von Bootshäusern herum, die vom Ufer ins Wasser ragten. Wachen hörten sie kommen und eilten auf die Stege hinaus.

Sieben bis acht Meter vom Steg des roten Bootshauses entfernt schaltete Tobin die Propeller auf Rückwärtsfahrt, legte das Ruder herum und gab Vollgas. Das Gar Wood stoppte abrupt, drehte sich um neunzig Grad und rauschte rückwärts auf die Stützpfeiler des Stegs zu.

Isaac Bell sprang am Heck auf und stellte einen Fuß auf das Dynamit. Ed schaltete die Propeller wieder auf Vorwärtsfahrt und gab Gas. Fünfzehn Zentimeter von einem Pfeiler entfernt verharrte das Boot. Bell schlang das Seil um den Pfeiler und knüpfte den schnellsten Palstek, den er je gebunden hatte.

»Los!«

Ed Tobin lenkte das Boot behutsam vorwärts. Bell ließ das Seil locker durch die Hand gleiten und wartete bis zuletzt. Dann hörte er, wie die Männer mit lauten Rufen nach Lampen verlangten.

»Stopp!«, rief Isaac Bell Tobin zu.

Bell schnippte mit einem österreichischen Feuerzeug, das aus einer Gewehrpatrone anfertigt und ihm von Pauline Grandzau geschenkt worden war, eine Flamme an. Thompson-Maschinenpistolen spuckten ihre nur einmal gesichteten, aber unvergesslichen roten Feuerzungen aus. Kugeln pfiffen vorbei, fächelten heiße Luft in sein Gesicht und schlugen in die Holzkisten ein, sodass ihm Splitter um die Ohren flogen. Eine Kugel löschte die Flamme mit ihrem Luftzug aus.

Bell hörte die Maschinen des Wachboots und den trockenen Knall eines Gewehrs, als Dashwood kühl und sorgfältig gezielt das Maschinenpistolenfeuer erwiderte. Bell schnippte mehrmals das Feuerzeug an, bis die Flamme abermals aufflackerte, und brachte ihre heiße blaue Spitze mit der wasserdichten Zündschnur in Berührung. Funkensprühend fing die Schnur Feuer. Bell suchte sich mit beiden Füßen einen festen Stand und stemmte sich mit einer Schulter gegen die Kisten.

Einhundertsechzig Pfund Dynamit rutschten vom Bootsheck in den Detroit River und versanken.

»Los!«, rief er Ed Tobin zu.

Ed Tobin rammte die Gashebel bis zum Anschlag nach vorn. Das Gar Wood machte einen Satz. Es hatte kaum zwanzig Meter zurückgelegt, als das Dynamit mit einem dumpfen violetten Knall explodierte. Eine Wassersäule schoss neben dem Boot hoch in die Luft. Eine Druckwelle folgte, die den Rumpf zertrümmerte und die Van-Dorn-Detektive in den Fluss schleuderte.

Im Tunnel waren etwa sechshundert Meter Bahngleis in ein riesiges langes Lagerhaus umgewandelt worden. Zwei endlose Reihen von Zwölfer-Kisten Whiskyflaschen waren vom Gleis bis zur Scheitelkrümmung des Tunnels aufgetürmt worden. Zwischen den Stapeln, die sich von Fighting Island fast bis nach Ecorse erstreckten, verlief ein schmaler Korridor. Er war sieben Meter hoch und nur knapp einen Meter breit, sodass jeweils nur eine Person darin Platz hatte.

Flusswasser rauschte wie ein solider rechteckiger Zylinder durch diesen Korridor. Das Wasser füllte den Raum zwischen den Kisten auf beiden Seiten, der Decke darüber und den Holzschwellen auf dem Boden aus. Marat Zolner und Abe Weintraub rannten um ihr Leben.

Weintraub lag in Führung.

Zolner holte schnell zu ihm auf, da seine Schritte doppelt so lang waren wie die des kleineren Mannes. Die Lichter – nackte Glühbirnen, die über ihren Köpfen hingen und von dem Dynamo auf Fighting Island gespeist wurden – flackerten, und die tierhafte Angst, die sie zur Flucht trieb, steigerte sich zu nacktem Grauen. So grässlich die Gefahr auch war, die hinter ihnen herdonnerte, sie wäre bei totaler Finsternis noch eine Million Mal grässlicher.

Doch ein Geräusch verfolgte sie, das noch lauter war als das Wasser. Es war das schrille Klirren von berstendem Glas. Der Fluss zerriss die Kisten und zerschmetterte zehntausende Flaschen. Das Wasser stank nach Whisky.

Voraus, im flackernden Lichtschein, sah Zolner, wie die Kistenwände ins Schwanken gerieten. Der Fluss hatte sie überholt und flankierte sie. Mit hohem Druck zwischen die Tunnelwände und die Kistenstapel gepresst, schob das Wasser die obersten Kisten zur Tunnelmitte. Sie stürzten von beiden Seiten in den schmalen Korridor wie Felsen und Geröll bei einem Erdrutsch und versperrten den Durchgang. Wie ein Affe kletterte Weintraub den schwankenden Haufen aus Holz und Glas hinauf und streckte sich verzweifelt nach der Spitze des Haufens, wo ein schmaler Lichtstreifen die letzte Öffnung erhellte. Sie war einen Meter breit und einen halben Meter hoch.

Zolner kletterte hinter ihm her. Der Fluss erreichte sie. Wasser wogte gegen seinen Rücken und trug ihn bis zur Tunneldecke hinauf. Weintraub erreichte die Öffnung und begann, sich hindurchzuzwängen. Zolner reichte das Wasser plötzlich bis zum Hals. Weintraubs rundlicher Oberkörper blockierte den freien Raum. Zolner packte seinen Fuß. Er stemmte seine eigenen Füße gegen den Trümmerhaufen, der nachzugeben drohte, zog mit aller Kraft und zerrte den anderen Gangster aus der Öffnung heraus und schlängelte sich selbst hindurch.

Weintraub versuchte, ihm zu folgen. Er blieb jedoch stecken und stieß einen entsetzten Schrei aus. »Helfen Sie mir!«

Wie ein Korken in einer Flasche hielt er das Wasser zurück, und so war klar: Wenn Zolner es schaffte, ihn aus der Öffnung herauszuziehen, würden sie beide ertrinken. Er rannte zur Schachtleiter, die an der gusseisernen Schildwand am Ende des Tunnels befestigt war. Während er die eisernen Sprossen hinaufturnte, schaute er sich um.

Der Fluss schäumte durch die Barriere. Abe Weintraub flog bis zum Tunnelende, getragen von einer Woge aus Wasser und zersplitterten Kisten, die ihn gegen die eiserne Wand warf. Das Wasser stieg bis zu Zolners Brust. Er zog sich an der Leiter hoch und kletterte durch den

Schacht in die Nacht hinauf. Auf der anderen Flussseite sah er den Suchscheinwerfer eines Motorboots, dessen Lichtstrahl sich wie ein verzweifelter Finger durch die Dunkelheit tastete.

»Isaac!«

»Mr. Bell!«

»Ed! Ed Tobin! Wo sind Sie?«

Im grellen Licht des Scheinwerfers entdeckten die Van Dorns auf dem Wachboot das zertrümmerte Schnellboot, das halb eingetaucht auf der Seite trieb. Es drehte sich langsam, wurde schneller und geriet in eine Kreiselbewegung, während es in einen riesigen Strudel gesogen wurde. Eine Kiste trieb im Fluss, in dem nun ein riesiges Loch klaffte, durch das Millionen Tonnen Wasser in den Tunnel stürzten.

»Isaac!«

»Hier!«, rief Bell. »Hinter Ihnen!« Die Flussströmung hatte ihm und Tobin geholfen, sich von dem Explosionsherd zu entfernen. Nun zerrte sie der Sog zurück.

Das Wachboot tauchte mit röhrenden Maschinen neben ihnen auf. Starke Arme hievten sie aus dem Wasser, zwar triefnass, aber unversehrt, während die Überreste des Schnellboots in die Tiefe gezogen wurden.

Isaac Bells Anspannung löste sich in einem breiten Grinsen.

»Ich glaube, mit einer weiteren Einladung in den Jachtclub brauche ich wohl nicht mehr zu rechnen.«

BUCH VIER

HURRIKAN

31

Palmen raschelten im Wind, das Meer war smaragdgrün und der Himmel zartblau. Das Kondenswasser geeister Daiquiris perlte funkelnd an ihren Gläsern herab und vervollkommnete wie edler Firnis dieses Porträt eines verträumten Nachmittags im tropischen Nassau.

Unverhofft zerfiel diese Idylle zum Alptraum einer Detektivin.

Pauline Grandzau hatte sorgfältig auf jedes Detail ihrer Tarnung als tapfere Geschäftsfrau geachtet, die auf subtile Art und Weise gegen das männliche »Keine Frauen«-Vorurteil im Spirituosenhandel ankämpfte: Sie erwarte eine Lieferung Roggenwhisky von der Firma in Glasgow, die sie vertrat; der Markt für Scotch sei übersättigt, und Amerikaner liebten ihren »Rye«; sie müsse baldigst mit einem Käufer einen Abschluss tätigen.

»In der Zwischenzeit rede ich mir den Mund fusselig, um die Käufer davon zu überzeugen, dass die Lieferung bald eintrifft und dass es der echte Stoff ist, damit sie mit dem Preis heraufgehen.«

»Sind die Käufer die Rumrunner?«

»Genau! Sie bringen den Alkohol zur Rum Row.«

Fern Hawley, die auf der anderen Seite ihres kleinen runden Cocktailtisches saß, schien ihre Geschichte wie einen fetten Köder voll und ganz zu schlucken. Die Van-Dorn-Detektivin, die vorgab, eine Spirituosenhändlerin zu sein, und Marat Zolners Freundin, die die Rolle einer sorgenfreien amerikanischen Touristin ausfüllte, würden sicherlich, wie Fern es mit ihren eigenen Worten ausdrückte, schon bald die »besten Freunde« sein.

Sie waren auf den Aussichtsturm auf dem Dach des Hotels gestiegen, wo Schnapsagenten den tiefblauen Ozean nach ihren Schiffen absuchten, und hatten Ferns Dampfjacht, die größte, die im türkisfarbenen Hafen ankerte, bewundert. In diesem Augenblick wieselten auf dem Patio unter Königspalmen Falschspieler und Schwindler, Bankiers und Gangster unermüdlich herum, während die Daiquiris in Strömen flossen.

Aber, plötzlich und unvermittelt, gerade als Pauline mit Fern behutsam ein Gespräch über den Schnapshandel anfangen wollte – legal in der englischen Kolonie, legal auf hoher See, legal in der Rum Row, *illegal* auf der falschen Seite der Grenze der Vereinigten Staaten –, wer platzte da in diese Tag und Nacht andauernde Party, die das Lucerne Hotel dank der Prohibition keine Minute zur Ruhe kommen ließ? Der einzige Mensch auf den gesamten British Bahamas, der wusste, dass sie eine Van-Dorn-Detektivin war.

Joseph Van Dorns ältester Freund, mit dem Isaac Bell sie im Bellevue Hospital bekannt gemacht hatte, entdeckte sie auf Anhieb und winkte ihr.

»Kapitän Novicki«, platzte sie heraus, sprang auf und versuchte, ihm mit Blicken ein Signal zu senden.

Dave Novicki pflügte auf ihren Tisch zu, wuchtig wie ein Bierfass und arglos wie eine Seekuh.

Sie begrüßte ihn mit einem Wortschwall in der Hoffnung, ihn an verräterischen Äußerungen hindern zu können. »Das ist aber eine Riesenüberraschung, Sie hier anzutreffen, ich dachte, Sie seien längst in See gestochen, darf ich Ihnen meine Freundin, Miss Fern Hawley aus New York, vorstellen? Sie ist gerade eben mit ihrer Jacht hier eingetroffen, Sie müssen sie von Ihrem Schiff aus im Hafen gesehen haben.« Sie holte Luft und wandte sich an Fern. »Kapitän Novicki hat das Kommando auf einem Schoner, der meine Import-Export-Firma mit Rum aus, hm, Hispaniola – nicht wahr, Kapitän? – beliefert. Oder kommt die nächste Ladung aus Jamaika?«

Novicki war sichtlich verwirrt und wollte etwas sagen, was sicherlich keine Hilfe gewesen wäre.

Pauline streckte ihm die Hand entgegen. Novicki ergriff sie, und sie drückte seine schwielige Hand, so fest sie konnte, und sagte mit einem Lachen, von dem sie nur hoffen konnte, dass es nicht hysterisch klang: »Oder segeln Sie den weiten Weg nach England, um mir zur Abwechslung Gin mitzubringen?«

Novicki blickte auf ihre Hand. Dann in ihre Augen.

Schiffskapitäne müssen wachsam sein, dachte sie. Und ungewöhnlich scharfsichtig. Sicherlich …

Schließlich sagte er etwas.

»Ich weiß nicht, ob das alte Mädchen die weite Reise bis nach England schaffen würde, aber für Sie würde ich es riskieren, meine Liebe, wenn es Sie so sehr nach gutem Gin verlangt. Tatsächlich«, fügte er hinzu, als er sich anscheinend für diese Fantasie erwärmte, »würde ich ums Kap Horn herumsegeln und Ihnen die köstlichsten Weine Chiles holen oder sogar über den Pazifik, um japanischen Sake zu laden.«

Damit drückte Novicki ihr leicht die Hand, ließ sie los und ergriff Ferns Rechte. Seine scharfen Augen richteten sich mit Wohlgefallen auf ihr schönes Gesicht, und als ein überraschtes Einatmen ihrerseits anzeigte, dass er ihre ungeteilte Aufmerksamkeit hatte, sagte er: »Es freut mich, Ihre Bekanntschaft zu machen, Miss Hawley. Mit welcher Jacht sind Sie hierhergekommen?«

»Mit der *Maya*.«

»Ja, ich habe sie einlaufen sehen. Ein schmucker Dampfer. Schlägt diese neuartigen Dieselkähne um Längen. Aber ich darf Sie warnen, wenn Sie mit dieser jungen Lady Geschäftliches besprechen« – er klopfte Pauline auf den Rücken –, »*achten Sie auf Ihre Goldplomben und zählen Sie anschließend die silbernen Löffel*!«

»Wir trinken nur Daiquiris«, sagte Pauline. »Es hat nichts mit Geschäften zu tun. Wir sind uns unten am Hafen nur zufällig über den Weg gelaufen.«

»Ich bin bloß eine Touristin«, sagte Fern. »Wollen Sie uns nicht Gesellschaft leisten?«

Novicki machte keinen Hehl daraus, den Nachmittag am liebsten bei Daiquiris und in der Gesellschaft zweier schöner Frauen zu verbringen. Pauline schickte ihm einen beschwörenden Blick, der die Bitte *Nein, nein, auf keinen Fall!* enthielt.

»Danke, Miss Hawley … Pauline. Nichts wäre mir lieber. Aber mir gefällt der Himmel nicht. Ich möchte wieder tiefes Wasser unter meinem Schiff haben, und zwar … je eher desto besser.«

Er verabschiedete sich und passte einen Moment ab, als Fern sich abwandte und den Kellner mit einem Winken um eine frische Karaffe zum Nachfüllen ihrer Gläser bat, um Pauline hingebungsvoll anzulächeln.

Fern sah ihm nach, während er sich entfernte. »Ist dir aufgefallen, was mit ihm los war?«

»Was meinst du?«

»Er hat mit mir geflirtet.«

»Soll ich ihn zurückrufen?«

Fern brach in schallendes Gelächter aus. »Nein, er ist doch viel zu alt.«

»Bist du sicher?«

»Okay, ich würde ihn nicht von der Bettkante stoßen. Jetzt ist es zu spät. Er geht zu seinem Schiff.«

Pauline zuckte die Achseln. »Ich weiß nur, dass er der netteste Rumrunner ist, den ich jemals kennengelernt habe. Die meisten sind ziemlich ungehobelt.« Sie trank einen Schluck aus ihrem Glas.

Fern schaute nach oben durch die Palmwedel. »Ich wüsste nicht, was mit dem Himmel nicht in Ordnung sein soll, du etwa?«

»Eigentlich sieht er wunderschön aus«, sagte Pauline, »aber das könnte auch an den Daiquiris liegen. Oh, mein Glas ist schon wieder leer.«

»Ich hatte dem Kellner gewunken. Da kommt er… Auf was sollen wir trinken? Ich kann nicht glauben, dass wir uns gerade erst begegnet sind, und schon erzählen wir uns die persönlichsten Dinge, als seien wir die allerbesten Freundinnen.«

»Auf alle neuen und alten Freunde«, sagte Pauline und stieß mit Fern an. »Und auf alle freundlichen Rumrunner.«

»Die Rumrunner überlasse ich dir. Bootlegger sind eher meine Kragenweite.«

»Die sind auch oft ungehobelt, oder etwa nicht?«

»Manchmal… manchmal sind sie richtige Lumpen. Und manchmal sind sie etwas ganz Besonderes.«

»Wie hält man sie auseinander?«

Fern stellte ihr Glas auf den Tisch und blickte zum Himmel hinauf. »Das kann man nicht. Und wenn man es endlich kann, dann ist es zu spät.«

32

Isaac Bell atmete die berauschende Mischung aus frischer Farbe, sauberem Schmieröl und Benzin eines soeben vom Stapel gelaufenen brandneuen Expresskreuzers ein. Neu und bildschön war das Boot, ein schlanker, geisterhaft grauer Schatten, der eher über der Biscayne Bay zu schweben schien, als dass er darin schwamm. Isaac spielte mit den Gashebeln, und das Boot lebte auf. Er schaltete die Schalldämpfer in den Abgaskreislauf, und der Kreuzer war plötzlich flüsterleise.

Ein schnelles Prohibitionsboot kam längsseits und gab ihm ein Zeichen anzuhalten. Bell winkte zum Abschied. Er schaltete die Schalldämpfer aus und ließ die Steuereintreiber in seiner mächtigen Heckwelle auf und ab tanzen.

Dann flitzte er durch die Biscayne Bay und kurbelte am Ruder, um Achterkurse zu fahren, vorbei an den Landungsstegen der Gleitboote, dem hoch aufragenden Hotel McAllister mit seinen gestreiften Markisen, dem Boat Club und den schlanken Pieren des Biscayne Boulevard, wo die Holzschoner, die den Bauboom in Gang hielten, ihre Ladung aus Zypressen und Gelbtannen löschten. In der Mitte der Bucht, vor der Mündung des Miami River, schwammen die Pylone, die den Motor Boat Race Course markierten. Isaac Bell stellte mit sechzig Stundenmeilen einen inoffiziellen Rekord auf dem Drei-Meilen-Rundkurs auf.

Lynch & Harding hatten sich selbst übertroffen. Das Boot ließ sich lenken wie ein Traum.

Er umkreiste einen langen Passagierdampfer aus Baltimore, der Fahrgäste zu einer Hafenbarkasse brachte. Ein Flugboot näherte sich von Osten. Bell begleitete es bis zu seiner Landung. Dann gab er Vollgas und nahm Kurs auf den Ozean, schoss unter dem Fahrdamm hindurch, der das Stadtzentrum von Miami mit Miami Beach verband, und richtete den rasiermesserscharfen Bug auf den Government Cut am südlichen Ende der Bucht aus. Er raste mit Höchstgeschwindigkeit durch den Schiffskanal und jagte die Atlantikküste hinunter.

In der Meeresdünung fühlte sich sein Boot groß, schnell und stark an. Am Ende des besiedelten Uferabschnitts, nach langen Streifen dichten Urwalds, stellenweise unterbrochen von Rodungen und Baustellen, die wie frische Narben zwischen den Bäumen aufleuchteten, tauchte aus einem Mangrovenwald ein dunkles Boot auf und verfolgte ihn. Bell verlangsamte die Fahrt, und das Boot kam längsseits. Drei Männer mit Revolvern in Gürtelholstern an den Hüften musterten ihn herausfordernd. Sämtliche Zweifel, dass sie Piraten waren, verflüchtigten sich, als sie nach ihren Waffen griffen.

Bell zog an einem Hebel, der griffgünstig im Cockpit platziert war. Auf dem Vorderdeck sprang eine Luke auf, und eine Lewis Gun auf einem Drehkranz fuhr einsatzbereit hoch. Die Piraten drehten ab und kehrten schnellstens in ihren Sumpf zurück.

Bell machte kehrt und rauschte zum Government Cut zurück und am schneeweißen Strand von Miami Beach entlang. Er zeichnete wieder Achterschleifen, um Schwimmern auszuweichen. Dann donnerte er in die Biscayne Bay und – nachdem er die Aufmerksamkeit von halb Florida auf die *Marion* gelenkt hatte – suchte sich einen freien Platz am Kai.

Bootskapitäne, Touristen und Hotelgäste hatten sich dort versammelt. Bell legte, begleitet von röhrenden Maschinen, aufschäumender Propellergischt und Feuer spuckenden Auspuffrohren, an der Kaimauer an.

»Würde mich wirklich interessieren, wozu Sie und Ihre Freunde ein solches Boot brauchen«, sagte ein Gaffer mit einem glucksenden Lachen, von dem jeder wusste, dass damit nur der Schnapsschmuggel gemeint sein konnte.

Isaac Bell sagte: »Ich gewinne Bootsrennen und werde genauso reich.«

»Das ist doch nur eine Geschichte für die Prohibitionsagenten, oder?«

»Wollen wir wetten? Ich warte auf Gegner.«

»Verdammt, wer soll es denn mit Ihnen aufnehmen? Das ist doch eher ein Flugzeug als ein Boot.«

Bell sagte: »Ich habe von einem schwarzen Boot gehört, dessen Eigentümer sich damit für eine ganz heiße Nummer hält. Mal sehen, ob der Kerl genug Mumm hat, um seinen Worten Taten folgen zu lassen.«

»Wo soll der Typ denn sein? Bisher hat er sich in dieser Gegend nicht blicken lassen.«

»Er hat sich anscheinend verkrochen«, meinte Bell grinsend, »er wird gehört haben, dass ich hier bin. Tatsache ist, ich zahle jedem tausend Dollar, der mir verrät, wo ich ihn finde.«

»*Eintausend Dollar?*«

»Nennen Sie es Finderlohn. Oder Provision. Ich habe die Absicht, ihn herauszufordern.«

»Zeigen Sie uns das Geld.«

Isaac Bell zog eine dicke Geldrolle aus der Tasche seiner weißen Segeltuchhose und pellte einen Tausenddollarschein herunter. In Florida war das die übliche Gemeinschaftswährung unter Spitzenbootleggern. »Erzählen Sie es Ihren Freunden«, sagte er. »Teilen Sie sich die Prämie.«

Er grüßte die Ladies, indem er mit einem Finger gegen den Schirm seiner mit einem Visier ausgestatteten Schiffermütze tippte, und stolzierte zum Bürgersteig hinauf, um sich auf der Veranda ein üppiges Frühstück zu gönnen, während sich die Neuigkeit von den eintausend Dollar in Windeseile verbreitete. Er hatte keine zehn Schritte zurückgelegt, als er von einer schönen Blondine mit großem Hut, dunkler Brille und einem weißen Etuikleid gekapert wurde, das der Seewind wie eine zweite Haut gegen ihre gertenschlanke Figur presste.

Marat Zolner richtete das Fernglas auf den Kai vor dem Hotel McAllister und stellte die optimale Schärfe ein.

Ein langes graues Rumboot war daran festgemacht, schlank und muskulös wie ein gefangener Haifisch. Aus einer Suite in der obersten Etage, zehn Stockwerke über der Biscayne Bay, hatte er beobachtet, wie das Boot mit sechzig Stundenmeilen durch den Government Cut geschossen war, die Bucht durchquert und direkt unter ihm angelegt hatte. Er war nicht überrascht gewesen, als er sah, wie sich Van-Dorn-Chefermittler Isaac Bell aus dem Cockpit schwang.

Von dem messerscharfen Bug bis zum massiven Heckspiegel war das Boot eine Verwandte ersten Grades der *Black Bird*, von denselben Lynch & Harding ersonnen, die auch sein Boot gebaut hatten. Und mittlerweile wusste er sehr gut, dass Isaac Bell sich nicht abschütteln ließ.

Der Komintern-Agent hielt nichts davon, verpassten Gelegenheiten nachzutrauern. Aber für einen Moment hing er doch dem Gedanken nach, was wohl geschehen wäre, wenn er nicht auf Joseph Van Dorn geschossen hätte. Wäre das nämlich nicht passiert – eine reine Laune des Schicksals, dass der Maschinengewehrschütze auf dem Küstenwachboot, auf den er geschossen hatte, kein gewöhnlicher Matrose gewesen war –, dann hätte auch niemand etwas von seinem Komintern-Plan mitbekommen, ehe es zu spät war, um ihn aufzuhalten. Dank dieser schicksalhaften Wendung hatte ihm Isaac Bell ständig neue Hindernisse in den Weg gestellt und keinerlei Anstalten gemacht, sich zurückzuziehen.

Der groß gewachsene Detektiv gab den Bootsjungen, die seine Leinen festgemacht hatten, ein Trinkgeld, und zwar ein ziemlich üppiges, wie er aus den tiefen Dienern und ungläubigen Blicken der Jungen schließen konnte. Und dann verwickelte er die Leute, die am Kai herumstanden, in ein Schwätzchen. Plötzlich ergriff eine junge Frau seinen Arm. Sie war schlank und blond und eindeutig nicht seine Ehefrau.

Zolner erinnerte sich, dass Marion Morgan Bell größer war. Diese junge Frau dort unten war aber zierlich. Er konnte von dem Gesicht unter ihrem Hut und hinter der Sonnenbrille, die sie trug, nicht viel erkennen, aber ihre Haltung drückte aus, dass sie offenbar daran gewöhnt war, von ihrer Umwelt bewundert zu werden.

»Was interessiert dich denn so brennend?«, fragte die Frau, die Zolner in ihre Suite bestellt hatte.

Sie war eine Kurierin des Komintern, eine stramme italienische Bolschewistin, die mit einem Mann in Lenins innerstem Zirkel schlief und daher das Vertrauen Moskaus genoss, sodass sie in teuren Hotels absteigen und offen ihre Meinung äußern durfte.

»Nur eine hübsche junge Frau.«

»Das bezweifle ich«, sagte die Kurierin. »Zorn ist in deinem Gesicht zu sehen. Genug Zorn, um jemanden zu töten.«

Zolner schien es, als wären Bell und die junge Frau befreundet. Kollegen, vermutete er angesichts des vertrauten Umgangs miteinander. Vielleicht ein Liebespaar, obgleich er das nicht ernsthaft annahm. Sie war gewiss eine Kollegin. Eine Van-Dorn-Detektivin.

»Du hast meinen Gesichtsausdruck falsch gedeutet«, klärte er die Kurierin auf. »Ich bin glücklich genug, um zu töten.«

»Eins nach dem anderen, Genosse. Dein Bericht.«

Kuriere verlangten keine Berichte. Moskau hatte schneller reagiert, Yuri Antipov zu ersetzen, als Zolner vorausgesagt hatte. Die italienische Frau mit dem langen schwarzen Haar und den Augen eines Henkers war seine neue Aufseherin.

»Einen Moment«, sagte er, ergriff den Hörer ihres Zimmertelefons, ohne um ihre Erlaubnis gebeten zu haben. Er nannte der Telefonzentrale des Hotels die Nummer eines Speakeasys in einem Hotel in der East Flagler Street und gab dem Gangster, der sich dann meldete, einige rätselhafte Befehle. Danach hängte er den Telefonhörer wieder ein und fragte die Frau aus Moskau: »Bist du jetzt bereit für meinen Bericht, Genossin?«

Isaac Bell war äußerst überrascht, Pauline in Miami anzutreffen. Sie musste mit dem Flugboot gelandet sein, das er bis zu seiner Landung begleitet hatte.

»Sie haben sich regelrecht zum Affen gemacht«, begrüßte sie ihn.

Er zuckte die Achseln. »Ich erwarte nicht, dass Marat Zolner die Herausforderung annimmt, mit der *Black Bird* ein Rennen zu veranstalten. Aber eintausend Dollar Finderlohn sollten jemanden zutage fördern, der gesehen hat, wo er das Boot versteckt.«

»Ich hoffe, Sie machen eine Spazierfahrt mit mir.«

»Wir sollten nicht zusammen gesehen werden, Pauline. Zolners Genossen könnten uns beobachten.«

»Tut mir leid. Ich hätte meinen Bericht telegrafieren sollen. Es war dumm von mir …« Ihr normalerweise kaum vorhandener deutscher Akzent war plötzlich deutlich zu hören. »Aber ich wollte herkommen. Ein Entschluss in letzter Minute. Eine spontane Entscheidung …«

Bell hatte sie noch nie zuvor derart verwirrt und in Verlegenheit gesehen, nicht einmal als junges Mädchen. Und so schön hatte er sie auch nie gesehen. Er erkannte, reichlich verspätet, dass sie ihre Kleidung mit einer sogar für sie ungewöhnlichen Sorgfalt ausgesucht und Lippenstift mit künstlerischem Geschick verwendet hatte. Und sie hatte ihre Frisur von dem burschikosen Bubikopf, den er bei ihr in New York gesehen hatte, in eine moderne ondulierte Lockenpracht verwandelt.

»Wie haben Sie sich mit Fern verstanden?«

»Fern ist todunglücklich«, sagte Pauline. »Es scheint, als habe Zolner sie irgendwie enttäuscht.«

»Das hat Marion auch gesagt. Ein Mann muss ihr wehgetan haben.«

»Nun, gut für Marion.«

»Irgendeinen Hinweis, wie das passiert ist?«

»Nein. Immer wenn ich auf diesen Punkt zu sprechen komme, schlägt sie die Tür zu.«

»Wie stehen unsere Chancen, sie gegen ihn aufzubringen?«

»Meine so gut wie null. Sie haben vielleicht bessere.«

»Wie kommen Sie darauf?«

»Sie mag Männer. Gutaussehende Männer. Und sie mag Männer, die aus der Masse herausragen. Tatsächlich glaubt sie, dass solche Männer für sie bestimmt sind.«

»Ich schließe daraus, dass Sie die Frau nicht mögen.«

Pauline gewann ihre kontrollierte Haltung sofort zurück. »Das habe ich nicht gesagt. Und ich wollte auch nicht diesen Eindruck erwecken. Sie ist eine Frau, die in ihrem bisherigen Leben niemals irgendetwas hat tun müssen. Wenn die Umstände sie jemals dazu zwingen, könnte sie vielleicht glänzen. Ganz gewiss wünscht sie es sich.«

»Kehren Sie nach Nassau zurück«, sagte Bell. »Ich komme ebenfalls dorthin, sobald ich kann.«

»Sie ist auf ihrer Yacht, und sie kann jede Minute aufbrechen.«

»Ich beeile mich.«

Nachdem er Zolners Unternehmen in Detroit zerschlagen oder zumindest stark behindert hatte, wusste Isaac Bell, dass jetzt die Uhr lief. Es war von entscheidender Bedeutung, dem Komintern-Agenten keine Zeit zu lassen, sich in Florida auf ähnliche Art und Weise zu etablieren, wie er es in New York getan hatte.

»Okay«, sagte Pauline aufgeräumt. »Ich mache mich auf den Weg.«

»Wie läuft es mit dem jungen Somers?«

»Er ist ein heller Kopf. Ich hatte keine Probleme, ihn zurückzulassen, damit er in meiner Abwesenheit die Stellung hält.«

»Das freut mich zu hören«, sagte Bell. »Ich hatte mir gedacht, dass Sie ihn mögen.«

Marat Zolner wusste, dass Moskau den Tod ihrer neuen Aufseherin so kurz nach Yuris Tod niemals akzeptieren würde. Er durfte sie noch nicht töten. Ihm blieb also keine andere Wahl, als so zu tun, als ob er sich ihrer Autorität beugte. Er sagte: »Ich kann berichten, dass alles bestens im Fluss ist. Alles ist unter Kontrolle.«

»In meinen Augen sieht es nicht so aus. Für Moskau auch nicht.«

»Ich werde dir erklären, was ich auch Yuri Antipov erklärt habe, bevor er starb. Mein Plan ist die beste Strategie – die einzige Strategie –, um die Vereinigten Staaten zu unterwandern und die Regierung zu stürzen.«

»Das versteht Moskau. Moskau räumt außerdem ein, dass in Amerika eine ganz besondere Situation herrscht, die eine besondere Strategie erfordert.«

»Tatsächlich?« Zolner war verblüfft. »Für mich klingt das so, als seien einige Genossen ausgetauscht worden.«

»Das ist nicht so wichtig. Wichtig ist dein Versagen, deine Strategie in Detroit wirkungsvoll anzuwenden.«

»Ein unbedeutender Rückschlag.«

»Unbedeutend? Der Verlust eines Alkoholvorrats im Wert von mehreren Millionen Dollar?«

Seine kanadischen Genossen hatten ihn offenbar verraten.

»Das ist ein bedauerlicher Verlust«, gab Zolner zu. »Aber ersetzbar.«

»Und dass dein zuverlässigster Verbündeter ertrunken ist?«

Es gab tatsächlich keine Geheimnisse.

Er sagte: »Dort, wo Weintraub herkam, gibt es noch genug andere. In Detroit herrscht kein Mangel an ehrgeizigen Gangstern. Auch er ist ersetzbar.«

Ihre nächste Frage war wie ein lautloser Stoß mit Yuris Dolch. »Und wirst du auch deinen Börsenmakler in New York ersetzen?«

Zolner hatte Mühe, seinen Schock zu verbergen. Er hatte die Reichweite der Komintern unterschätzt. Es schien, als ob es, während er und Yuri das Bombenattentat in der Wall Street geplant und durchgeführt hatten, irgendeiner obskuren Abteilung der Komintern gelungen sei, die Börse zu infiltrieren. Wahrscheinlich durch einen schlecht bezahlten, neidischen Bürohengst, so war sein erster Gedanke. Oder durch jemanden weiter oben in der Rangordnung innerhalb einer Bank oder einer Maklerfirma, durch irgendeinen privilegierten Romantiker, der allein »der Sache dienen« will, so wie Fern Hawley. Nicht Newton Storms; im Körper dieses Maklers gab es nicht einen einzigen romantischen Knochen. Aber irgendjemand mit Zugriff auf Insiderwissen, der die besten Wall-Street-Traditionen verkörperte.

Er mimte den Verwirrten.

»Wovon redest du?«

»Du hast enorme Verluste auf dem amerikanischen Aktienmarkt zu verzeichnen.«

»Mein Kompliment, Genossin. Ich habe nicht die geringste Ahnung, wie du es herausgefunden hast, aber deine Informationen treffen tatsächlich zu, wenn sie auch ein wenig veraltet sind. Es handelt sich um eine vorübergehende Situation. Gewinn folgt auf Verlust. Das liegt in der Natur des Kapitalismus…«

Sie schnitt ihm das Wort ab.

»Da ist der Verlust von mehreren Millionen in Form von Alkohol. Der Tod deines besten Partners. Deine Aktienbeteiligungen sind nichts mehr wert. Ich bitte dich, Genosse. Hältst du uns für hoffnungslose Narren? Nichts von dem, was du versucht hast, hat funktioniert. Wie lange wird es dauern, bis du vor unserer Tür stehst und um weitere Finanzen bittest?«

Nun war es Erleichterung, tiefe Erleichterung, die Zolner überspielte. Offensichtlich kannten sie die Wahrheit hinter den Börsenverlusten nicht. Er sagte: »Ich brauche kein Geld. Nicht eine Kopeke.«

»Das zu glauben, fällt mir schwer. Wie willst du aus dieser Klemme herauskommen?«

»Indem ich klar Schiff mache und von vorn anfange.«

»Schiff? Welches Schiff?«

»Das ist so ein Ausdruck. Es heißt, dass ich weiterhin unser Netzwerk aufbaue, sobald ich freie Bahn habe.«

»Wortgeklingel verfängt bei mir nicht, Genosse. Wen willst du töten?«

»Den einen Mann, der die Hindernisse schafft.«

»Isaac Bell?«

Zolner war voll des Lobes. »Deine Intelligenz ist phänomenal, Genossin.«

Sie war eine Idiotin. Natürlich Isaac Bell. Wen sollte er sonst meinen?

Sie sagte: »Du hast vierundzwanzig Stunden.«

Zolner schüttelte den Kopf. »Ganz bestimmt nicht. Ich werde unsere Mission nicht aufs Spiel setzen, indem ich eine willkürlich festgelegte Frist akzeptiere.«

»Es ist nicht deine Frist, Genosse. Es ist die Frist, die Moskau mir gesetzt hat.«

»Für was?«

»Um dich nach Hause zu bringen.«

»Nach Hause?«

»Du wurdest abberufen.«

33

Als sich Marat Zolner zu seiner vollen Größe aufrichtete, dachte die italienische Kurierin, dass die Gerüchte, er sei Balletttänzer gewesen, zutreffen mussten. Bei der Eleganz seiner Körperhaltung war es offensichtlich, dass Marat Zolner während seiner Kindheit in irgendeiner gesegneten Provinz des zaristischen Russlands tatsächlich eine Ausbildung zum Balletttänzer absolviert hatte. Hochmütig wie die Adligen, die sie beide verachteten und bekämpften, blickte er auf sie herab und sagte: »Genossin, ich weiß, dass die Komintern absoluten Gehorsam fordert.«

»Gut, dass du dich daran erinnerst.«

»Erst der unbedingte und sofortige Gehorsam macht uns stark. Ganz gleich, ob wir aus Glaube an die Revolution oder aus Loyalität zu Russland gehorchen – wohl wissend, dass, wenn wir den Kampf nach Übersee tragen, wir die Invasion durch die internationale Bourgeoisie verhindern, solange sich die Sowjetunion noch von den Wirren des Krieges erholt – oder aus Furcht.«

Sie sagte: »Du kannst deine Motive ruhig für dich behalten.«

Seine Schultern sackten ein wenig herab, und sie sah mit Genugtuung, wie der Kampfgeist aus ihm heraussickerte. Er wandte sich zum Fenster um und blickte hinaus auf die Bucht und den blauen Ozean dahinter. Er öffnete das Fenster, drückte den Schieberahmen mit der

Grazie hoch, die jede seiner Bewegungen auszeichnete, und jetzt hatte sie das seltsame Gefühl, dass er eher bereit war, ins Leere hinauszutreten und zehn Stockwerke tief auf den Strand zu stürzen, als nach Moskau zurückzukehren.

Sie sagte: »Aber du denkst doch sicher nicht an Selbstmord.«

Marat Zolner drehte sich zu ihr um und dachte, *Selbstmord? Weshalb sollte ich Selbstmord begehen? Ich bin reich, ich habe Macht, außerdem habe ich Großes vor. Diese Rückschläge sind unbedeutend und nur von kurzer Dauer. Die Zukunft gehört mir.*

Er sagte: »Ich werde nicht mitkommen.«

Sie erhob die Stimme. »Gregor!«

Ein massiger Russe, fast genauso groß wie Zolner, kam durch die Tür aus der angrenzenden Suite herein. In der Hand hielt er einen Nagant Revolver, als wüsste er genau, wie man damit umging. Er zielte auf Zolners Schulter und sagte auf Russisch: »Leg die Pistole auf den Tisch, Genosse.«

Zolner öffnete langsam sein Jackett, zog die Automatik am Kolben aus dem Holster und legte sie auf den Tisch. Er mimte Erschrecken, aber die Pistole abzugeben bereitete ihm keine Sorgen. Er trug sie sowieso meist nur aus optischen Gründen mit sich herum und zog den Nahkampf vor.

Die Kurierin sagte: »Er trägt seinen Totschläger in der linken Gesäßtasche.«

»Auf den Tisch damit.«

Er hatte keine andere Wahl, als seinen Totschläger hervorzuholen und neben die Pistole zu legen.

»Komm näher«, befahl Gregor.

Marat Zolner kannte die Prozedur. Er selbst hatte auf diese Weise viele Gefangene eingeschüchtert. Gregor würde seinen Arm mit brutaler Kraft ergreifen und gleichzeitig seine Nase mit dem Lauf der Nagant zerschmettern. Er trat langsam auf den Mann zu, starrte wie gebannt auf die Pistole, setzte den rechten Fuß nach vorn, dann den linken. Gregor zog die Nagant ein wenig zurück, um zum Schlag auszuholen. Rechter Fuß nach vorn, linker Fuß blitzartig hoch zur Decke – eine Sinfonie aus Gewicht, Bewegung, Balance – und mit zerstörerischer Wucht gegen Gregors Kinn.

Zolner fing die Waffe auf, als sie aus der Hand des Komintern-Schergen rutschte und herunterfiel, presste die Mündung gegen die Brust des taumelnden Mannes und betätigte den schwergängigen Abzug. Die geschlossene Trommel der Nagant ließ den Schuss viel leiser erfolgen als eine gewöhnliche Waffe, und Gregors massiger Körper dämpfte den Knall noch zusätzlich.

Die Kurierin war genauso furchtlos wie er. »Was wirst du jetzt tun?«, fragte sie verächtlich.

»Wenn ich nach Hause zurückkehre«, antwortete er, »dann tue ich das als Held.«

»Als Held? Du wirst den Rest deines kurzen Lebens damit verbringen, vor uns und vor der amerikanischen Polizei davonzurennen.«

»Sie werden dir den Mord anhängen.«

»Wer soll das glauben?«

»Du hast deinen heimlichen Geliebten erschossen und dann Selbstmord begangen«, sagte er.

Sie versuchte zu fliehen.

Zolner verfolgte sie ein paar Schritte weit, holte sie ein

und warf sie aus dem Fenster, das er vorher schon zu diesem Zweck geöffnet hatte.

Isaac Bell hörte den Schrei einer Frau.

Sie befand sich unter den Schaulustigen auf dem Kai, die sein Boot angafften, und sie deutete mit ausgestrecktem Arm an der Hotelfassade empor. Bell entdeckte neben dem Gebäude in der Luft eine Gestalt – eine Frau mit langem schwarzem Haar, das um ihren Kopf flatterte, während sie an den Fenstern vorbeistürzte. Andere Leute schrien ebenfalls, ehe sie auf einem Balkon im dritten Stock mit einem dumpfen Laut aufschlug, den Bell bis zum Ende des Kais hören konnte. Sie prallte auf ein Geländer, fiel auf das Verandadach, taumelte die letzten beiden Stockwerke mit umherwirbelndem Armen und Beinen durch die Luft und blieb schließlich im Sand liegen.

Der hölzerne Kai erbebte, als etwa dreißig Leute losrannten, um den Körper der Frau anzustarren.

Bell verfolgte das Geschehen von seinem Boot aus. Das Fenster im obersten Stockwerk stand offen, zehn Stockwerke über dem Erdboden und sieben über dem Balkon, auf dem der Körper zuerst aufgeschlagen war. Kein Mensch konnte einen solchen Sturz überleben.

»Sie kam rückwärts heraus«, sagte eine männliche Stimme vom Wasser.

Bell schaute auf ein Ruderboot mit großem Motor, das hinter seinem Heckspiegel am Kai festgemacht hatte. Ein Mann mittleren Alters blinzelte zu ihm hoch, offenbar war es ein Einheimischer, wie Bell an seiner von der Floridasonne gebräunten und stellenweise runzligen Haut erkannte.

»Haben Sie alles gesehen?«

»Yup. Ich blickte genau in dem Moment hin, als sie aus dem Fenster fiel. Rückwärts.«

»Sie sollten es der Polizei erzählen«, sagte Bell.

»Na ja, die Polizei und ich, wir reden zurzeit nicht miteinander.«

»Wenn Sie Beweise für ein Verbrechen haben, sollten Sie es melden.«

»Es gibt kein Gesetz, das verbietet, rückwärts aus einem Fenster zu fallen. Außerdem habe ich gar keine Zeit, um mit den Cops zu reden. Ich wollte eigentlich zu Ihnen.«

»Worum geht's?«

»Um meine tausend Dollar, die Sie zahlen wollen, wenn dieses schwarze Boot gefunden wird.«

34

Drei Tage in Florida hatten Isaac Bell davon überzeugt, dass Miami ein Tummelplatz für Angeber, Schaumschläger und Lügner war.

Wenigstens gehörte der Mann, der die Hand aufhielt, um die Belohnung zu kassieren, nicht zu der Mehrheit jener Bürger, die Neuankömmlingen Geschichten von einer imaginären Vergangenheit auftischten. Sein wettergegerbtes Gesicht, der Leinenhut, das verschlissene Hemd und sein übermotorisiertes Boot kennzeichneten ihn als jemanden, der sein ganzes Leben lang Angler und Krabbenfischer gewesen war und nun seinen Lebensunterhalt damit verdiente, Whisky von Bimini über die Flüsse Floridas, die er genauso gut kannte, wie die Darbees und Tobins den New Yorker Hafen, ins dürstende Land zu bringen.

»Haben Sie es gesehen?«, fragte Bell

»Yup.«

»Beschreiben Sie es.«

»Es ist schwarz.«

»Und weiter?«

»Es ist groß.«

»Bis jetzt war nichts dabei, was ich nicht auch schon den Leuten auf dem Kai erzählt habe.«

»Es ist schneller als ein Blitz.«

»Davon sollte man eigentlich ausgehen können, da ich außerdem überall erzählt habe, dass ich ein Wettrennen mit ihm veranstalten möchte.«

»Es hat vorn einen alten Suchscheinwerfer. Fast genauso groß wie Ihrer.«

»Suchscheinwerfer sind bei solchen Booten an der Tagesordnung. Hat es hinten auch noch einen zweiten, so wie meins?

»Nein«, sagte er, und jetzt war Bells Interesse geweckt.

»Was sonst noch?«

»Es hat mehrere Motoren.«

»Wie viele?«

»Konnte ich nicht genau erkennen. Ich wusste, dass es drei sind, aber es konnte auch noch ein vierter auf dem Boot sein. Als Reserve, vielleicht. Hinten war irgendwas. Könnte ein Motor gewesen sein.«

»Wie heißen Sie?«, fragte Bell.

»Warum wollen Sie das wissen?«

»Ich wüsste gerne den Namen des Mannes, dem ich tausend Dollar gebe. Falls es überhaupt dazu kommt.«

»Mein Name?« Er blickte misstrauisch zum Hotel, wo sich Cops durch die Menge drängten, die sich um den Körper der Frau versammelt hatte. »Sie können mich Captain nennen.«

»Erzählen Sie mehr, Captain.«

»Nachts schießt das Boot Feuer in den Himmel.«

»Das tut dies hier auch. Es ist typisch für die Libertys mit ihren Auspuffrohren. Wo haben Sie es gesehen?«

»Ich habe schon eine Menge Fragen beantwortet, Mister. Aber ich sehe kein Geld.«

Bell lehnte sich über den Heckspiegel und blickte dem Mann in die Augen. »Das Geld gibt es, sobald ich das Boot sehe. »

Captain nickte. »Es kam gestern Nacht vorbei, und in der Nacht davor auch. Wollen Sie es heute sehen?«

In drei Nächten war die *Black Bird* nach Bimini gestartet, um Roggenwhisky zu kaufen; in drei Nächten hatte sie jedoch andere Rumrunner gekapert, ehe sie den halben Weg zurückgelegt hatte. In dieser Nacht würde sie gewiss noch nicht einmal die Bucht verlassen. In dieser Nacht würde sie in den Krieg ziehen.

Mit Zolner am Ruder und Motoren, deren Schalldämpfer aktiviert waren, schob sie sich rückwärts aus ihrem Versteck zwischen den Dutzenden von fünfmastigen Holzschonern, deren Bugspriete über den Biscayne Boulevard ragten. Die Komintern hatte diese Schiffe, die den Dutzenden anderer Schiffe glichen, die dort vertäut waren, erworben, um sie als schwimmende Schnapslager zu benutzen.

Dem Verlauf des Strandes am Boulevard entlang folgend, glitt die *Black Bird* leise zwei Meilen weit durch die Dunkelheit nach Süden. Sie passierte das Hotel McAllister, markiert durch ein beleuchtetes Reklameschild auf seinem Dach, und bog in die schmale Mündung des Miami River ein.

Isaac Bell war überzeugt, dass »Captain« ihn an der Nase herumführte und auf eine sinnlose Jagd geschickt hatte.

Er, Dashwood und Tobin hatten stundenlang auf einem Liegeplatz im schwülen, von Moskitos umschwirrten Frachthafen auf der Lauer gelegen, ungefähr eine Viertelmeile von der Flussmündung entfernt. Captain hatte sie mit seinem Boot dorthin geführt. Bell hatte die *Marion* rückwärts auf den Liegeplatz bugsiert und den Rumrunner für den sehr wahrscheinlichen Fall einer Schießerei in die Sicherheit des Hotelkais zurückgeschickt – mit einer Anzahlung von fünfzig Dollar auf seinen Finderlohn in der Tasche.

Sogar um diese Zeit herrschte auf dem Fluss noch gelegentlicher Verkehr, der vorwiegend aus Fischerbooten, kleinen Frachtschiffen und Kabinenkreuzern mit sangesfreudigen Zechern bestand. Einige Frachtschiffe wurden mit Dampf betrieben, andere, Segelschoner, bewältigten den Kanal mit Hilfsmotoren. Diese Hilfsmotoren waren es, die den Ohren, die angestrengt auf das dumpfe Dröhnen der *Black-Bird*-Maschinen lauschten, des Öfteren einen Streich spielten.

Dann, urplötzlich, hörte Bell sie kommen. Kein Hilfsmotor konnte einen solchen Lärm entwickeln. Er war weder laut noch durchdringend, sondern wie eine Bedrohung durch eine mühsam gezügelte Gewalt. Es war der Klang komprimierter Kraft, die jeden Moment explodieren konnte.

»Das ist das Boot«, flüsterte Tobin. Er befand sich einige Schritte vor Isaac Bell auf dem Vorderdeck, wo er eine der Lewis Guns bediente. Dashwood kauerte am Heck, fünfzehn Meter hinter ihm, im Schatten der Lewis Gun. Bell saß im Cockpit, die Füße in den Stiefeln leicht auf den elektrischen Startknöpfen, eine Hand auf den Schaltern der Suchscheinwerfer, die andere auf dem Querbalken, mit dem sich alle vier Gashebel gleichzeitig vor- und zurückschieben ließen.

»Sagen Sie mir Bescheid, wenn Sie das Boot sehen können«, sagte Bell zu Tobin, der von seinem Platz auf dem Vorderdeck einen besseren Überblick über den Fluss hatte. Zum Glück herrschte zu diesem Zeitpunkt kein Verkehr auf dem Fluss.

Die *Black Bird* machte nur langsame Fahrt.

Captain hatte behauptet, dass sie an seinem Liegeplatz vorbeigekommen sei. Er hatte vermutet, dass sie in einem der Bootshäuser am neuen Seybold Canal versteckt sein könnte, der zu einer Ansammlung von Häusern führte, vor denen ihre Eigentümer ihre Dampfyachten vertäut hatten. Er hatte nicht behauptet, gesehen zu haben, wie sie vom Fluss in den Kanal abbog, und sie konnte tatsächlich zu einer der Fabriken oder Lagerhallen oder Verladestationen unterwegs sein, die sich das Ufer des kleinen Flusses mit Wohnhäusern, Hotels, Bootswerften und Hausbooten teilten.

Bis Bell die schallgedämpften Liberty-Motoren hörte, hatte er Captain aus dem simplen Grund nicht geglaubt, dass ein Fluss, der nur vier Meilen lang war und in einem Sumpf endete, als riskantes Versteck betrachtet werden musste. Sobald man sich hineinbegeben hatte, gab es keinen anderen Weg mehr hinaus als mithilfe eines Eisenbahnwagens, und ein Boot auf einen solchen zu laden nähme ganz einfach zu viel Zeit in Anspruch, um sich einer Verfolgung entziehen zu können.

»Da ist unser Freund«, flüsterte Tobin.

Ein langer Schatten glitt stromaufwärts, keine zwanzig Meter vom Bug ihres Bootes entfernt und als Silhouette vor den Lichtern der Fabrik auf der anderen Flussseite nur vage erkennbar. Bell wartete, bis es den Liegeplatz vollständig passiert und sich etwa einhundert Meter weit flussaufwärts entfernt hatte. Es war nicht sehr wahrscheinlich, dass es das Van-Dorn-Boot würde abhängen können, und selbst wenn, dann käme es nicht sehr weit.

Bell betätigte die Starter. Da er die Libertys jede halbe Stunde für einen Moment hatte warmlaufen lassen, sprangen alle vier Maschinen sofort an. Er schob die vier Gashebel nach vorn, und das Boot schoss aus seinem Versteck heraus in den Fluss. Er drehte das Ruder scharf zur Seite, lenkte die *Marion* stromaufwärts und schaltete den vorderen Suchscheinwerfer ein.

Wenn Isaac Bell irgendwelche Zweifel gehabt hatte, dass Marat Zolner Prinz André war, dann verflogen sie in dem Augenblick, als der Steuermann der *Black Bird* über die Schulter in das grelle Licht blickte. Bell erkannte das schmale attraktive Gesicht, die stolze, elegante Haltung, mit der er seinerzeit über die Tanzfläche des Club Deluxe geschwebt war, und die schlangenhafte Geschmeidigkeit, die er zum ersten Mal in jener Nacht auf dem Dach des Roosevelt Hospitals beobachtet hatte, in der Marat Zolner seinen Helfer Johann Koslow erschoss.

Bells Boot fraß den Abstand zwischen ihnen wie ein Blitz.

Er kam längsseits, ehe die *Black Bird* die Schalldämpfer wegschaltete. Plötzlich erklang das charakteristische dumpfe Brummen von den Maschinen, und das Boot wurde von einer mächtigen Heckwelle vorwärtskatapultiert.

Ed Tobin hatte Mühe, den Lärm ihrer eigenen Motoren mit seiner Stimme zu übertönen. »Ich kann nicht schießen!«

Bell erkannte sofort, weshalb. In kurzer Distanz vor ihnen waren auf beiden Seiten des Flusses die roten, grünen und weißen Positionslichter von kleinen Booten zu sehen. Fischer arbeiteten in ihnen und zogen Netze ein. Hinter ihnen auf einem Ufer stand ein Hotel mit Dach und Fassade aus weißen Schindeln, während auf der anderen Flussseite eine Reihe Bootshäuser in die Fahrrinne ragte. Die mörderische Lewis Gun würde sie zu Kleinholz zertrümmern und jeden töten, der das Pech hätte, von einem Querschläger getroffen zu werden.

»Nicht schießen.«

Das schwarze Boot zog vorbei.

Bell gab Vollgas.

Das schwarze Boot ließ die Fischerboote hinter sich.

Der Kanal vor ihnen war frei.

»Feuer!«

Ed Tobin löste einen kurzen Feuerstoß aus – und hörte augenblicklich auf zu schießen.

»Pass auf, Isaac!«

Bell riss bereits die Gashebel zurück.

»Achtung, Dash!«, rief er über die Schulter. »Es ist eine Falle!«

35

Die Fischerboote hielten auf das Ufer zu und schleppten Leinen hinter sich her. Irgendetwas zogen sie über den Kanal.

Die *Marion* lief auf, ehe Isaac Bell die Propeller stoppen konnte.

Bell wappnete sich für eine die Planken brechende Kollision und hoffte, dass wenigstens der verstärkte Bug sie einigermaßen intakt überstünde. Überraschenderweise stoppte das Schnellboot ohne einen heftigen Ruck, vielmehr schien es mitten im Kanal hängen zu bleiben. Anstelle eines lauten Krachens am Bug hörte er mehrere dumpfe Laute innerhalb des Bootes. Seine Maschinen heulten auf, erhöhten schlagartig die Drehzahl, und dann begriff er, dass Zolners Männer ein stabiles Frachtnetz über den Kanal gespannt hatten. Seine dicken Stränge hatten die Propeller gebremst, Flügel abgerissen und Antriebswellen gekappt.

Das Van-Dorn-Boot saß mitten auf dem Fluss in der Falle.

»Thompsons!«, rief Dashwood ohne einen Anflug von Panik. »Volle Deckung!«

Die Nacht explodierte in einem Inferno langer Feuerlanzen, die in die Dunkelheit leckten, und einem Bleihagel.

Der Scheinwerfer der *Marion* erlosch in einem Regen heißer Glassplitter.

Dem Himmel sei Dank für die Panzerplatten, dachte Isaac Bell. Und Gott segne Lynch & Harding. Die *Marion* führte siebentausend Liter hochexplosiven Reservetreibstoffs mit sich, aber die Erbauer des Schnellboots hatten die Benzintanks tief im Rumpf eingebaut und damit vor den Kugeln abgesichert, die um das Boot herumschwirrten.

Ihre Lewis Guns waren noch immer nutzlos. Hinter den Thompson-Maschinenpistolen, die sie von beiden Flussufern aus beharkten, standen Wohnhäuser mit dünnen Holzwänden. Bell zog ein Kaliber .30-06-Springfield Repetiergewehr aus seinem Futteral, mit dem er sein Boot für Situationen wie diese ausgestattet hatte.

Die gleiche Waffe fand Tobin in seinem Maschinengewehrnest.

Und auch Dashwood stand ein Exemplar zur Verfügung.

Die Mündungsfeuer der Thompsons gaben hervorragende Ziele ab, zumal die mit zwei Griffen ausgestatteten Maschinenpistolen dicht am Oberkörper in Anschlag gebracht werden mussten. Bell drückte ab. Ein gegnerischer Schütze bäumte sich auf und kippte in den Fluss.

Tobin feuerte und verfehlte sein Ziel.

Dashwood machte seinen Fehler gut, feuerte zweimal und schaltete beide Gegner aus.

Die drei Van-Dorn-Agenten wirbelten gleichzeitig herum wie eine Revuegirlformation, um die Maschinenpistolenschützen auf dem gegenüberliegenden Flussufer ins Visier zu nehmen. Ehe sie abdrücken konnten, stellten Zolners Hilfstruppen das Feuer ein.

Isaac Bell erkannte sofort weshalb.

Das schwarze Boot kam zurück.

Es machte hohe Fahrt flussabwärts und spuckte mit dumpfem Stakkato einen endlosen Strom Projektile. Das Dauerfeuer verwandelte Bells Windschutzscheibe in ein dichtes Spinnennetz feiner Risse und Sprünge und prallte als stählerner Trommelwirbel von der Rumpfpanzerung ab. Aber er wusste mittlerweile, was von Marat Zolner zu erwarten war. Also stand er auf und brachte das Gewehr in Anschlag. Ein Mann im Bug des heranrasenden Bootes war im Begriff, eine Handgranate zu werfen. James Dashwood schoss sie ihm aus der Hand, und sie explodierte hinter dem feindlichen Boot.

Eine zweite Handgranate segelte durch die Luft. Isaac Bell und Ed Tobin feuerten gleichzeitig, und die Granate tauchte in den Fluss. In Richtung Biscayne Bay raste die *Black Bird* mit fünfzig Knoten donnernd an dem Van-Dorn-Boot vorbei.

»Das war knapp«, sagte Tobin.

»Nicht knapp genug«, meinte Bell und schaute dem roten Lichtschein ihrer Auspuffrohre nach, die in diesem Moment hinter einer Flussbiegung verschwanden. Er winkte einem Fischer, der in seinem Ruderboot zur Flussmitte kam, und rief: »Die Schießerei ist vorbei, Kumpel. Reichen fünfzig Bucks, um uns ans Ufer zu bringen?«

»Lassen Sie es hundert sein.«

»Sie gehören Ihnen.«

Am Ufer machte sich Tobin auf die Suche nach einem Boot, das sie zur nächsten Bootswerft schleppen könnte. Bell und Dashwood suchten das Flussufer ab. Die Angreifer hatten ihre Verwundeten eingesammelt und mitgenommen. Bell fand eine Thompson-Maschinenpistole, die ein Schütze hatte fallen lassen, und Dashwood stieß auf eine volle Kiste deutscher Stielhandgranaten.

»Ich gehe nicht davon aus, dass unser neuer Freund Captain am Kai auf den Rest seiner Belohnung warten wird.«

Bell sagte: »Zolner schlägt offenbar zurück. Fragt sich nur, wo er uns das nächste Mal auflauert.«

Asa Somers war schon mehrmals verliebt gewesen. Er hatte sich Hals über Kopf in Mae Marsh in *Intoleranz* verknallt und war immer wieder ins Kino gegangen, um ihr nahe zu sein. Mary Pickford, in *Der kleine Lord*, war die Nächste, gefolgt von Mabel Normand. Und natürlich verliebte er sich regelmäßig in Mädchen, die er in den Straßenbahnen sah, ehe sie an ihren jeweiligen Fahrtzielen ausstiegen. Aber bis zu diesem Moment hatte er sein Herz noch nie an ein Mädchen aus Fleisch und Blut verloren.

Und Fräulein Grandzau war ein Mädchen aus Fleisch und Blut. Sie war unbeschreiblich schön, nahm ein wundervoll duftendes Parfüm und hatte eine ganz besondere Art, ihn anzusehen, wenn sie mit ihm sprach. Ihre Augen waren blau, ein wenig schieferfarben, wie der Ozean an einem sonnigen Nachmittag. Und sie war besonders liebenswürdig. Sie zeigte ihm, wie man auf europäische Art mit Messer und Gabel umging, und sie tippte stets sanft mit einem Finger auf ihre wundervollen Lippen, um ihn daran zu erinnern, beim Kauen den Mund zu schließen, damit er der Rolle eines wichtigen Mannes im Spirituosengeschäft gerecht wurde. Sie ging sogar mit ihm einkaufen – Mr. Van Dorn zahlte –, weil auch ein Detektivlehrling, der als Buchhalter auftrat, mit Panamahut und weißem Anzug, ähnlich dem, wie Isaac Bell ihn trug, so aussehen musste, als gehöre er nach Nassau.

Sie speisten in wunderbaren Hotels, weil dort die Bootlegger verkehrten.

Spirituosenhändler mussten sich vorwiegend dort zeigen, wo sie Leuten begegneten, denen sie ihre Warenladungen verkaufen konnten, so wie Detektive sich nach Möglichkeit stets dort aufhalten mussten, wo sie am ehesten die neuesten Meldungen über große Tankschiffe, voll mit Kornbranntwein beladen, aufschnappten, deren Ankunft aus irgendeinem Grund überfällig war. Und Detektive, die Nachforschungen über die Freundin eines Komintern-Agenten anstellten, mussten sich genauso kleiden wie die Leute, mit denen sie Kontakt pflegte.

Diniert hatten sie zu Beginn des Abends auf Miss Fern Hawleys Yacht, die größer war als die alte CG-9 und bessere Speisen bereithielt. An Miss Hawleys Tisch wurde viel gelacht und gescherzt, und auch sie sah atemberaubend aus.

Somers hörte aufmerksam zu, wie Fräulein Grandzau launiges Geplauder dazu benutzte, bei ihrer Gastgeberin Misstrauen zu säen.

»Weißt du, Fern, als ich mich in New York aufhielt, hörte ich des Öfteren einen sonderbaren Ausdruck. Weshalb wird die Damentoilette Powder Room genannt?«

Fern lachte. »Vor der Prohibition war es nicht üblich, dass Damen einen Saloon besuchten. Mittlerweile sind wir regelmäßig in Speakeasys anzutreffen, daher mussten entsprechende Räumlichkeiten für Ladys eingerichtet werden. Man nannte sie Powder Rooms, weil dieses Wort viel netter klingt als Damentoilette und man sich dort tatsächlich die Nase pudern kann. Apropos Nase pudern, entschuldige mich für einen Moment, ich bin gleich wieder zurück.«

Fern blieb längere Zeit weg, und als sie zurückkehrte, beendete sie die Party ziemlich abrupt und entschuldigte dies mit Kopfschmerzen. Das Beiboot der Jacht brachte sie zum Kai. Aber anstatt den Abend zu beenden, hatte Fräulein Grandzau entschieden, dass sie sich noch einen Drink in einer der nicht gerade eleganten Bars in der Bay Street genehmigen sollten, wo sie einen Käufer zu treffen hoffte.

Bisher war allerdings kein Käufer aufgetaucht. Dies machte Somers überhaupt nichts aus. Er hätte für den Rest seines Lebens auf der anderen Seite des Tisches sitzen können, ohne sich auch nur im Mindesten zu beklagen. Sie trank – wie er bemerkte, sehr viel weniger, als sie vorgab – und forderte ihn mit leiser Stimme auf zu erraten, welcher Tätigkeit die anderen Gäste nachgingen. Was tut dieser? Was tut jener? Was ist mit dem Mann, der dort drüben schlafend in der Ecke sitzt? Nein, nicht mit diesem. Sondern mit dem dort, der zwei Revolver besitzt, einen in seinem Hosenbund und einen zweiten, der sich unter seinem Jackett abzeichnet.

»Ein Leibwächter?«

»Wen beschützt er?«

»Vielleicht hat er heute seinen freien Abend«, vermutete Somers.

»Vielleicht.«

»Er schläft tief und fest.«

»Bist du ganz sicher?«

»Er hat sich nicht gerührt, seit wir hereingekommen sind. Und die Flasche auf seinem Tisch ist fast leer.«

»Du hast recht«, sagte sie. »Er schläft. Was meinst du, was er in seinem Schulterhalfter hat? Automatik oder Revolver?«

Somers' Augen wurden groß. »Revolver.«

»Automatik«, sagte sie und sah sich nach einem anderen Testobjekt um.

Zwei große Männer kamen herein, kauften an der Bar eine Flasche Whisky und setzten sich an einen Tisch, den beiden Van Dorns genau gegenüber. Fräulein Grandzaus deutscher Akzent, den Somers gewöhnlich kaum wahrnehmen konnte, wurde ein wenig stärker.

»Asa«, raunte sie sehr leise, »ich möchte, dass du genau das tust, was ich dir jetzt sage. Verstehst du mich?«

»Ja, Ma'am.«

»Siehst du den Punkt auf dem Fußboden, den ich im Auge habe?«

»Ja, Ma'am, direkt neben Ihrem Stuhl.«

»Steh auf, wenn ich es dir sage, stell dich auf diesen Punkt und beuge dich herab, ganz nah zu mir, als wolltest du mich küssen.«

»Ja, Ma'am.«

»Jetzt!«

Er erhob sich und lehnte sich zu ihr. Ihr Parfüm war berauschend. Sie legte eine Hand in seinen Nacken, vergrub die Finger in seinen Haaren und zog seinen Kopf so weit herab, dass sein Mund fast ihre Lippen berührte. »Asa?«, flüsterte sie.

»Ja, Ma'am?« Sein Mund war staubtrocken, das Herz hämmerte gegen seine Rippen.

»Hast du bei der Küstenwache gelernt, wie man eine automatische Pistole spannt?«

36

Benommen von Pauline Grandzaus Parfüm und verblüfft über ihre Frage, fragte Asa Somers: »Wie bitte, Ma'am?«

»Weißt du, wie man diese Pistole spannt?« Im Flüsterton. Drängend.

»Ja.«

»Du gehst jetzt zu dem Betrunkenen da hinüber. Zieh die Automatik aus seinem Schulterhalfter, spann sie und bring sie mir.«

»W...?«

»Meine Hand ist nicht stark genug, um den Schlitten zurückzuziehen, und das Kaliber meiner eigenen Pistole ist zu klein, um diese beiden aufzuhalten... Schau nicht zu ihnen hin!«

Somers sah den schlafenden Trinker an. »Wann?«

»Sobald geschossen wird.«

»W...?«

»Jetzt!« Sie kippte den Tisch um, sodass die dicke Tischplatte wie ein Schutzschild vor den beiden Männern aufragte. Sie streckte ihr Bein hoch. Das Kleid klaffte auf. Während Somers zu dem Betrunkenen hinüberhechtete, erhaschte er einen kurzen Blick auf einen der schneeweißen Oberschenkel, umhüllt von schwarzer Spitze. Er sah eine winzige Pistole in einem Halbholster, die sie jetzt in einer blitzartigen Bewegung zog und spannte. Die Schießerei begann, ehe er den Trinker erreichte – zwei schnelle Schüsse klangen wie das Knacken zweier brechender

Baumäste, und dann folgte der dumpfe Knall einer großkalibrigen Pistole.

Die Schüsse ließen sämtliche Gäste auf Tauchstation gehen und weckten den betrunkenen Schläfer, der benommen nach Somers' Hand schlug. Sie hatte also recht mit ihrer Einschätzung, dass es eine schwere Automatik war – es war ein Colt Navy M1911. Somers riss den Schlitten zurück, und die Patrone glitt in die Kammer. Dann drückte er den Revolver an seine Brust, ehe der Betrunkene danach greifen konnte, und kehrte zu Fräulein Grandzau zurück, die mittlerweile zwei weitere Schüsse abgefeuert hatte. Einer der Männer lag auf dem Fußboden, eine Pistole halb in der Hand. Der andere griff die beiden Van Dorns mit der Pistole in der einen und einem Messer in der anderen Hand an. Sein Hemd war mit Blut besudelt, und in seinen Augen funkelte die nackte Mordlust.

Fräulein Grandzau ergriff die Automatik mit ihren beiden zierlichen Händen und feuerte ein einziges Mal.

Die .45er Kugel holte den Mann von den Füßen, und er stürzte krachend zu Boden.

Dann wandte sie sich zu Asa um, der Ausdruck ihrer Augen war kalt und seltsam abwesend, als ob sie gar nicht mehr im Raum sei.

»Gut gemacht, Asa. Und jetzt nichts wie weg, ehe die Polizei kommt.«

Alle anderen Gäste hatten sich zerstreut oder lagen auf dem Boden und machten sich so klein wie möglich. Sie führte ihren jungen Assistenten auf eine Veranda hinaus und eine wacklige Treppe hinunter in eine Gasse und von dort zurück in die Bay Street, vorbei an der Reihe von Schuppen und Pferdeställen, die in Lagerräume umgewandelt worden waren, in denen sogar bei Nacht Kisten und Fässer angeliefert wurden, und danach in die Frederick Street.

»Wer waren die beiden Männer?«

»Russen, die uns töten wollten.«

»Woher wussten Sie, dass es Russen waren?«

»Ich kenne Russen.«

Endlich erschien das Hotel Lucerne vor ihnen.

»Ist es okay, wenn ich den behalte?«, fragte Somers. Er öffnete sein Jackett, unter dem er den Revolver des Betrunkenen in seinen Hosenbund geschoben hatte.

»Ja«, sagte sie. »Du hast ihn dir verdient. Geh jetzt schlafen. Ich muss Isaac ein Telegramm schicken.«

»Nein, das müssen Sie nicht.«

Asa Somers deutete zum Patio. Isaac Bell stand in der Tür, eine grimmige Erscheinung in Weiß. Detektiv Dashwood befand sich auf der anderen Seite der Lobby, eine Hand in der Jackentasche, und Detektiv Ed Tobin, der Chef der Gang Squad mit dem schiefen Gesicht, hatte sich eine Position auf halber Höhe der Treppe gesucht und ebenfalls eine Hand in der Jackentasche.

Fräulein Grandzau sagte: »Geh schlafen, Asa. Wir sehen uns morgen früh.«

»Wir haben ein Flugboot gemietet«, sagte Isaac Bell, »in der Annahme, dass Zolner hier zuschlagen könnte.«

»Sie haben es gerade versucht.«

Bell musterte sie prüfend. »Sind Sie okay?«

Pauline zuckte mit den Achseln. »Ich lebe. Dank unseres jungen Freundes Asa.«

Bell wollte wissen, was geschehen war. Pauline erzählte es ihm. Als sie geendet hatte, zitterte sie und blinzelte heftig, um die Tränen zurückzuhalten. Bell legte einen Arm um ihre Schultern und geleitete sie zur Bar.

»Ich glaube, ich sollte Ihnen erst einmal einen Drink spendieren.«

Der Himmel über Nassau, der, wie die Erfahrung eines ganzen Lebens auf See Kapitän Novicki gelehrt hatte, nichts Gutes verhieß, hatte ihn nicht getäuscht, obgleich der Sturm, den er ankündigte, länger als erwartet gebraucht hatte, sich zusammenzubrauen. Der Kapitän hatte seinen Schoner bei gleichbleibend gutem Wetter durch die Windward Passage und in die Karibische See gelenkt. Dann – östlich von Port-au-Prince und westlich von Guantánamo Bay – fiel das Barometer schneller als ein Mann, der über Bord gegangen war. Seidige Zirruswolken zogen auf, wurden schnell dichter und formten eine solide Wolkendecke. Er musste sich entscheiden, ob er den Kurs ändern, Kuba anlaufen und in der Guantánamo Bay Schutz suchen wollte oder ob er es wagen sollte, die Fahrt nach Jamaika fortzusetzen.

Der Wind frischte auf.

Er ließ das Toppsegel einholen und Fock- und Hauptsegel teilweise reffen. Bald ließ er es stärker reffen, und ein paar Stunden später fuhr der Schoner unter leeren Masten, Fock- und Hauptsegel waren eingerollt, und nur eine Sturmfock und ein winziges Stagsegel waren gehisst, um das Schiff lenken zu können. Was auch immer sich da zusammenbraute, es würde seinen Weg durch die Windward Passage nehmen. So viel zu Guantánamo. Blieb nur noch Kingston als einzige Möglichkeit.

Das fallende Barometer, der aufkommende nach Norden drehende Wind und die aufbuckelnden Seen waren eine klare Warnung, dass South Florida und die Bahamas mit einer kräftigen Tracht Prügel rechnen mussten. Aber ein bohrender Schmerz in einem schlecht verheilten Bruch in seinem linken Fuß, den er einem Knochenklempner zu verdanken hatte, der nicht auf seine tägliche Ration Bushmills Irish Whisky verzichten wollte, während er den Fuß richtete, erinnerte ihn daran, dass es noch schlimmer kommen könnte.

»Wenn sich das da nicht zu einem Hurrikan auswächst«, sagte er zu seinem Maat, »dann will ich nicht mehr Novicki heißen.«

Der Maat, ein ergrauter Jamaikaner, sogar noch älter als der Kapitän, meinte daraufhin, der Sturm werde eher nach Nordwesten an der Küste Kubas entlang und in den Golf von Mexiko ziehen.

»Schon möglich«, sagte Novicki. »Aber wenn er nach Nordosten zurückschwenkt, dann Gnade Gott New York, Long Island und Rum Row.«

Isaac Bell durchquerte den Hafen von Nassau. Im australischen Kraulstil durch die Fluten pflügend, hob er das Gesicht regelmäßig aus dem Wasser, um zu atmen und sich an dem cremefarbenen Schornstein zu orientieren, der das mahagonigetäfelte Ruderhaus der Dampfjacht *Maya* überragte. An der Seite des scheinbar endlos langen weißen Rumpfs zog er sich auf ein Beiboot hoch und kletterte die Gangway zum Hauptdeck der Jacht hinauf. An der Teakholzreling blieb er stehen und rief: »Ist es gestattet, an Bord zu kommen?«

Stewards eilten herbei.

Fern Hawley erschien höchstpersönlich.

Sie bedachte seine Badehose mit einem bohrenden

Blick und seine breiten Schultern mit einem warmen Lächeln.

»Mr. Bell, Sie haben mehr Narben als die meisten Männer, die ich kenne.«

»Ich neige dazu, gegen Türen zu laufen und im Bad auszurutschen. Darf ich an Bord kommen?«

Sie schnippte mit den Fingern. Ein Steward reichte ihr ein dickes Frottiertuch. Sie warf es Bell zu und ging voraus zu einer Gruppe Leinensessel, die unter einer bunt gestreiften Markise standen. »Welchem Umstand verdanke ich die Gunst Ihres Besuchs? Oder sind Sie nur zufällig hier vorbeigeschwommen, um sich ein wenig auszuruhen?«

Bell packte den Stier bei den Hörnern. »Ich interessiere mich für Ihren Freund Prinz André.«

»Als Detektiv?«, fragte sie. »Oder als Bankier?«

»Wie meinen Sie das?«

»Ich habe mich ein wenig über Sie informiert. Sie sind einer von den Bostoner Bells. Louisburg Square. American States Bank.«

»Mein Vater ist Bankier. Ich bin Detektiv. Haben Sie Prinz André in letzter Zeit gesehen?«

»Nicht seit New York. Ich glaube, es war an dem Abend, als wir uns im Club Deluxe begegneten.«

Er entschied, sich von Paulines und Marions Vermutung leiten zu lassen, dass Fern Hawley aus irgendeinem Grund von Zolner enttäuscht war. Wenn sie sich irrten, bliebe ihm nichts anderes übrig, als sich für die Störung zu entschuldigen und sich stilvoll zu empfehlen.

»Ich könnte schwören, ich hätte Sie mit ihm in Detroit gesehen.«

Sie zögerte. Ihr amüsiertes Grinsen verflog, und dann

huschte ein nachdenkliches Lächeln über ihr Gesicht. »Ich hoffe«, sagte sie leise, »dass ich meine Anwälte nicht in Marsch setzen muss.«

Bell formulierte seine Erwiderung sehr sorgfältig.

»Ich habe mich nicht ganz richtig ausgedrückt. Ich meinte nicht, dass ich Sie *mit ihm zusammen* gesehen hätte, sondern eher *in seiner Nähe.*«

Er frisierte die Wahrheit nur ganz behutsam. Denn wenngleich er sich ziemlich sicher war, dass sie während Sam Rosenthals Begräbnis im Pierce-Arrow gesessen hatte, hatte er sie doch nicht mehr gesehen, als der Wagen davongerast und aus ihm auf die Polizei geschossen worden war. Auch hatte er nicht beobachten können, dass Zolners schießwütige Komplizen eingestiegen waren. Aber dass sie Anwälte erwähnt hatte, war ein indirektes Eingeständnis, dass sie ebenfalls dort gewesen war.

Fern räumte es ein, indem sie erwiderte: »Jetzt sind Sie es, der ein Risiko eingeht.«

»Inwiefern?«

»Indem Sie eine Kriminelle decken.«

»Ich habe nicht gesehen, dass Sie sich irgendeines Vergehens schuldig gemacht haben. Vor dem Verbrechen sah ich eine junge Frau, deren Abenteuerlust und Unternehmungsgeist sie offenbar verleitet haben, sich mit den falschen Leuten einzulassen …«

»Sie sind sehr freundlich, Mr. Bell. So jung bin ich gar nicht.«

»Haben Sie ›Prinz André‹ in Paris kennengelernt?«

»Bei einer Siegesparade«, sagte Fern. »Ein Lancashire Regiment marschierte über die Champs-Élysées. Ich traute meinen Augen nicht. Es waren Zwerge. Nicht größer als einen Meter fünfzig. Prinz André erklärte mir weshalb. Sie waren schlecht bezahlte Bergarbeiter und gehörten zu einer Volksgruppe, die seit hundert Jahren keine anständige Mahlzeit mehr zu sich genommen hatte. Ich erkannte – übrigens zum ersten Mal – den Unterschied zwischen Reich und Arm. Zwischen Kapitalisten und Proletariat. Zwischen Eigentümern und Werktätigen.« Sie legte eine Hand auf Bells Arm. »Ich habe sie niemals zuvor Werktätige genannt. Immer nur Arbeiter. Oder, wie mein Vater immer zu sagen pflegte, ›Handlanger‹. Niemals Leute … Menschen.«

»Für einen russischen Adligen klingt Prinz André ungewöhnlich weitherzig. Wenn es mehr von seiner Sorte gäbe, wäre es niemals zu einer Revolution gekommen.«

»Er kann sehr einfühlsam sein.«

»Wissen Sie, was er zurzeit vorhat?«

»Er wird sich um seine Geschäfte kümmern, nehme ich an.«

»Hat er Sie jemals gefragt, ob Sie in seine Geschäfte investieren wollen?«

»Nein. Weshalb fragen Sie?«

»Es ist doch ein aktuelles Klischee. Verarmter europäischer Aristokrat macht reicher amerikanischer Erbin den Hof.«

»Nicht dieser Erbin. Alles, um was er mich bat, war, ihn mit Storms bekannt zu machen.«

»Storms?«

»Storms & Storms. Ein Börsenmakler meines Vaters.« Sie lachte. »Es war so lustig. Der alte Storms hatte große Sorge, dass André Geld leihen wollte. Er kannte das Klischee. Dabei war genau das Gegenteil der Fall.«

»Welches Gegenteil?«

»André gab ihm jede Menge Geld zum Investieren.«

Bell schaute zum Himmel. Von Süden her zog sich der Himmel allmählich zu. Die Wolkenbank hatte dem Horizont bei Tagesanbruch einen rötlichen Schimmer verliehen. Sie erschien mittlerweile deutlich dicker, bedrohlicher … Verschleiere deine Absichten, lehrte Joseph Van Dorn die Lehrlinge. Lenke sie mit weiteren Fragen ab, nachdem du fündig geworden bist.

»Kann ich Sie zum Lunch in meinem Hotel verführen?«

»Ich würde lieber auf dem Boot bleiben«, sagte Fern. »Der Koch kann uns Hummer zubereiten. Allerdings nicht unsere klassischen New-England-Exemplare – diese hier haben keine Zangen –, aber wenn wir uns einen dritten teilen, werden wir die Zangen nicht vermissen.«

»Ich wünschte, ich könnte Ihr Angebot annehmen«, sagte Bell, »aber ich muss ein Telegramm aufgeben.«

»Wegen Prinz André?«

»Nein. Aber was ihn betrifft, da gibt es noch etwas anderes, das ich gerne wissen würde. Ich frage mich, wie ein Flüchtling damit zurechtkommt, all diesen … nun ja … Luxus, würde ich sagen, zu verlieren, den privilegierte Menschen wie Sie und ich als selbstverständlich betrachten.« Er deutete auf die Jacht, die Verzierungen, das polierte Messing, die diensteifrigen Stewards. »Dies hier war für Prinz André eine Selbstverständlichkeit. Was ist Ihrer Meinung nach seine größte Stärke?«

»Er ist ein Optimist.«

Drei Van-Dorn-Detektive, Adler, Kliegman und Marcum, die wie Buchprüfer mit dreiteiligen Anzügen, Melonen und Brillen mit Drahtgestellen bekleidet waren, trugen in den Händen prall gefüllte Aktentaschen, in denen sich auch die obligatorischen grünen Augenschirme befanden. Sie blieben vor dem Gebäude der Maklerfirma Storms & Storms in der Wall Street stehen, um das Morgan Building, wo die Cops Detektiv Warrens goldenes Dienstabzeichen gefunden hatten, einen Moment lang zu betrachten. Bis auf ein paar Schrapnelllöcher in der Marmorfassade gab es keine weiteren Hinweise auf das bislang noch nicht aufgeklärte Bombenattentat.

Sie redeten mit ihrem Freund, als ob er noch am Leben sei. »Gedulde dich noch ein wenig, Harry, wir revanchieren uns für dich.«

Der blau uniformierte Wächter am Eingang geleitete sie mit einer respektvollen Verbeugung hinein.

Der Sekretär des Seniorpartners Newtown Storms war weniger beeindruckt.

»Darf ich fragen, wen die Gentlemen vertreten?«

»Adler, Kliegman & Marcum«, antwortete Adler.

»Ihre Firma ist mir nicht bekannt.«

»Wir sind Wirtschaftsprüfer. Zu unseren Auftraggebern gehört die Fahndungsabteilung der Bundessteuerbehörde.«

»In welcher Angelegenheit wollen Sie Mr. Storms konsultieren?«

»Es geht um hinterzogene Einkommensteuer.«

»Mr. Storms hat seine Steuern ordnungsgemäß bezahlt.«

»Einer seiner Kunden offensichtlich nicht.«

Damit gelangten sie in Storms' Büro. Der patrizierhafte Börsenmakler ließ sie vor seinem Schreibtisch aus Rosenholz stehen, ohne ihnen einen Sitzplatz anzubieten, während er ihre Visitenkarten, die so frisch gedruckt waren, dass Adler die Druckfarbe noch riechen konnte, zwischen den Fingern hin und her drehte.

»Lassen Sie mich eines klarstellen, Gentlemen. Ich arbeite nicht im Regierungsauftrag. Es ist nicht meine Aufgabe, Ertragssteuern einzutreiben.«

Daraufhin fragte Adler: »Sehen Sie Ihre Aufgabe darin, Ihren Klienten dabei behilflich zu sein, Steuern zu hinterziehen?«

»Natürlich nicht. Es ist mein Job, die Steuerlast meiner Klienten möglichst zu verringern.«

Kliegman ergriff das Wort. »Zu verringern. Von dort führt der Weg nicht selten direkt zur Hinterziehung.«

»Vor allem dann«, sagte Adler, »wenn umfangreichere Transaktionen mit Bargeld vorgenommen werden.«

»Bargeld ist ehrliches Geld«, konterte Storms. »Bargeld hält von Verschwendung ab. Die Leute überlegen es sich zweimal, wenn sie das Geld in bar auf den Tisch legen müssen, anstatt unbekümmert einen Scheck auszustellen in der Hoffnung, dass ihre Bankiers bei Kontoüberziehung ein Auge zudrücken und den Scheck einlösen. *Bargeld, goldgedeckt* – das ist mein Motto.«

Die drei Detektive blieben stumm wie bronzene Standbilder.

Storms fragte: »Interessieren Sie sich für einen bestimmten meiner Kunden? Oder ist Ihre Untersuchung eher allgemeiner Natur?«

»Wir interessieren uns für Prinz André.«

Daraufhin wurden sie dazu aufgefordert, Platz zu nehmen. Storms' Selbstsicherheit hatte einen entschiedenen Dämpfer erhalten. Als sein Sprachrohr pfiff, riss er den Deckel herunter und knurrte: »Ich möchte nicht gestört werden.«

»Wie reich ist er?«, fragte Adler rundheraus.

»Prinz André ist ein wohlhabender Mann. Er war schon reich, bevor der Markt wie eine Römische Kerze explodierte, und er ist heute bedeutend reicher. Und ich versichere Ihnen, dass er am nächsten 15. April fristgerecht die Steuern für seine Börsengewinne entrichten wird.«

»Daran haben wir keinen Zweifel«, sagte Adler.

»Weshalb sind Sie dann hier?«

»Wegen Bargeld, Mr. Storms. Wegen unseres guten alten zuverlässigen Freundes Bargeld. Gedeckt durch Gold.«

Adler, bis zu diesem Augenblick durchaus freundlich, hatte plötzlich einen stählernen Glanz in den Augen und Eis in der Stimme. »Gewöhnlich fällt bei unversteuerten Gewinnen Bargeld an. Sogar bei illegalen Gewinnen. Besitzt er private Konten, oder vertritt er eine Firma oder Kapitalgesellschaft?«

Storms wurde von der Frage überrascht, und Adler befürchtete, einen Fehler gemacht zu haben. Das hatte er jedoch keineswegs, wie sich herausstellte. Storms antwortete: »Beides. Er handelt im Auftrag einiger Wirtschaftsunternehmen, die Konten bei uns unterhalten. Überdies hat er uns die Verwaltung seines persönlichen Vermögens anvertraut.«

»Mehrere Bargeldkonten?«

Storms sprang auf. »Ich habe mich schon viel zu ausführlich zu privaten Angelegenheiten geäußert, finden Sie nicht?«

»Wir finden, dass sich ein Staatsanwalt dafür interessieren könnte, ob dieses Bargeld bei Ihnen investiert wurde, um illegale Gewinne zu verschleiern.«

»Ihre Schlussfolgerungen gefallen mir ganz und gar nicht, Sir.«

Adler zitierte aus seiner Dienstvorschrift: »Die Herkunft von illegal erwirtschafteten Gewinnen mittels einer komplexen Folge von Bankkontobewegungen zu verschleiern wird als kriminelles Vergehen gewertet.«

Kliegman fuhr mit einem weiteren Zitat fort: »Geldbeträge aus zweifelhaften oder illegalen Quellen ins Ausland zu verlagern und sie anschließend aus scheinbar sauberen Quellen zurückzuholen ist ein Verbrechen.«

Adler fügte hinzu: »Einem Kriminellen dabei behilflich zu sein, Geldbeträge zu verstecken, wird als aktive Beihilfe zur Steuerhinterziehung strafrechtlich verfolgt.«

Detektiv Marcum brach erst jetzt sein Schweigen. Er hatte eine tiefe Stimme, die wie der Motor eines kettengetriebenen »Bulldog«-Trucks rumpelte. »Gewinne zu erzielen, ohne sie zu versteuern, ist Steuerhinterziehung, ganz gleich, ob die Gewinne legal oder illegal erwirtschaftet wurden.«

»Niemand ist je dafür bestraft worden«, protestierte Storms.

»Bisher nicht«, sagte Marcum.

»Möchten Sie der Erste sein?«

So leicht ließ sich Newtown Storms nicht einschüchtern. »Ein amerikanischer Staatsbürger würde gegen sein im fünften Zusatzartikel der Verfassung garantiertes Recht, niemals gegen sich selbst aussagen zu müssen, verstoßen, räumte er in seiner Steuererklärung illegale Gewinne ein.«

»Wollen Sie jahrelang in Berufung gehen und darauf warten, dass der Oberste Gerichtshof zu dieser sehr zweifelhaften Interpretation unserer Verfassung eine bindende Entscheidung trifft?«

»Mr. Storms, wir wollen nicht Ihr Geld. Wir möchten nur, dass Sie einen Gauner ans Messer liefern.«

»›Gauner‹ ist wohl kaum die Bezeichnung, die auf Angehörige der gesellschaftlichen Klassen zutrifft, die die Dienste meiner Firma in Anspruch nehmen.«

»Was wäre denn, wenn wir Sie davon in Kenntnis setzten, dass er ein Bolschewist ist?«

Storms lachte schallend. »Als Nächstes wollen Sie mir sicherlich weismachen, dass Präsident Harding wünscht, dass Amerika der League of Nations beitritt. Und dass Marcus Garvey sich als Mitglied beim Ku-Klux-Klan eingetragen hat.«

»Aber wenn Prinz André nun tatsächlich ein Bolschewist wäre?«

»Wie kann er ein Bolschewist sein? Die Revolutionäre haben ihn aus seinem Vaterland vertrieben und seine Besitztümer beschlagnahmt.«

»Ich wiederhole: Was wäre, wenn Prinz André ein Bolschewist ist?«

»Wenn dies zuträfe, wäre Prinz André ein Verräter seiner Klasse. Dann würde ich Ihnen alles mitteilen, was Sie wissen wollen.«

Wind kam in Nassau auf, ließ Fahnen flattern und Fallen singen, als Isaac Bell auf die Dampfjacht *Maya* zurückkehrte. Fern Hawley erwartete ihn im Hauptsalon, der von der Tiffany Company im alten Art-décor-Stil eingerichtet worden war. Es war ein atemberaubender Anblick, dachte Bell, der jeden zum Umdenken zwänge, der die Annehmlichkeiten des Reichtums infrage stellte.

»Nanu, Mr. Bell, wo ist Ihre Badehose?«

»Ich habe eine Barkasse gemietet. Im Hafen herrscht ein hässlicher Seegang. Außerdem wird es dunkel, und ich habe gehört, dass bei Nacht die Haie auf die Jagd gehen.«

»Ich hätte Ihnen ein Beiboot geschickt«, sagte Fern. »Möchten Sie einen Drink?«

Bell fand, dass ein Drink eine gute Idee sei.

»Daiquiri oder Scotch?«

»Scotch.«

»Wir haben Glück. Ich kann Ihnen etwas Echtes anbieten. Haig & Haig.«

Sie stießen miteinander an. Fern Hawley sagte: »Ich freue mich, Sie wiederzusehen. Unser Lunch war viel zu kurz.«

»Ich bin nicht ganz ehrlich zu Ihnen gewesen«, erwiderte Bell.

Fern lachte ihn strahlend an. »Ist die Hoffnung vermessen, dass es eine Lüge war, als Sie mir erklärten, Sie seien Ihrer Frau immer treu?«

»Ich habe gelogen, als ich meinte, ich würde wegen Prinz André kein Telegramm senden.«

»Das habe ich mir schon selbst zusammengereimt. Was ist los, Mr. Bell… ich sollte Sie endlich Isaac nennen, Herrgott noch mal! Ich nenne Sie jetzt Isaac. Also, was ist los, Isaac?«

»Prinz André ist ein Verräter.«

Fern Hawley sah ihn verständnislos an. »Ein Verräter? Was soll er denn verraten haben? Russland? Russland gibt es nicht mehr. Nicht sein Russland.«

»Er hat Ihre Sache verraten.«

»Ich verstehe nicht.«

»Fern, wir sollten damit aufhören, uns gegenseitig etwas vorzumachen. Prinz Andrés richtiger Name lautet Marat Zolner.«

»Ich kenne ihn als Prinz André.«

»Marat Zolner ist ein Bootlegger.«

»Das sind die Hälfte aller selbstständigen Geschäftsleute in Amerika.«

»Aber Bootlegging ist lediglich eine Tarnung. Marat Zolner ist ein Agent der Komintern und Teil einer gegen Amerika gerichteten Verschwörung.«

»Er kann Amerika gar nicht verraten. Er ist nämlich kein Amerikaner – oder wollen Sie behaupten, dass ich mein Vaterland verrate? Dass ich eine Verräterin bin?«

Isaac Bell erwiderte ihr Lächeln nicht.

»Hat Marat Zolner die Bombe in der Wall Street gelegt?«

»Nein.«

»Demnach kennen Sie Prinz André als Marat Zolner.«

Fern erwiderte verärgert: »Ersparen Sie mir einen geistigen Wettstreit. Es ist wohl offensichtlich, dass ich sehr viel weiß.«

Bell meinte eisig: »Woher wissen Sie, dass er die Bombe nicht gezündet hat?«

»Weil Yuri es getan hat.«

»Wer ist Yuri?«

»Yuri Antipov. Ein von Moskau abkommandierter Komintern-Agent, der Marat überwachen sollte. Marat wollte keine Bombe in der Wall Street legen. Also hat Yuri es getan.«

»Wussten Sie, dass die Bombe in einer belebten Straße explodieren sollte?«

»*Nein!* Das haben sie mir nicht erzählt. Ich habe erst nachher davon erfahren.«

»Wo ist Yuri?«

»Er kam bei der Explosion ums Leben.«

»Zusammen mit vierzig anderen unschuldigen Menschen.«

Sie ließ den Kopf hängen. »Sie denken nicht so wie wir. Sie haben schreckliche Dinge erlebt, von denen wir keine Ahnung haben.«

»Diese vierzig schon.«

»Moskau hat Yuri zum ›Helden der Revolution‹ erklärt. Nicht Marat. Er hat es nicht getan.«

»Wie kommen Sie darauf, dass Zolner nicht der Täter war? Nur weil er bei der Explosion nicht getötet wurde?«

»Marat würde niemals einen solchen Fehler machen. Er ist viel zu pedantisch. Yuri war impulsiv. Er konnte nicht anders.«

Bell sah sie an, doch sie wandte sich ab. Er fragte: »Ist es möglich, dass Zolner ganz bewusst einen ›Fehler‹ gemacht hat?«

»Weshalb?«

»Um seinen Wachhund loszuwerden.«

»Nein.« Sie schüttelte den Kopf. »Nein. Ganz bestimmt nicht.«

»Sie verneinen es und denken dennoch, dass es durchaus möglich wäre, dass er Yuri getötet hat, nicht wahr?«

Sie schwieg lange, dann sagte sie mit düsterer, kraftloser Stimme: »Yuri war mein Freund.«

»Er war ein Mörder«, widersprach Isaac Bell. »Und zwar ein vierzigfacher.«

»Ich hatte keine Ahnung, dass er es tun würde.«

Bell versuchte gar nicht erst, seinen Abscheu zu verbergen. »Ob Sie eine Verräterin sind oder nur eine naive junge Frau, die sich – wie ich es vorhin so wohlwollend ausgedrückt habe – lediglich mit den ›falschen Leuten‹ eingelassen hat, das hängt von Ihrem nächsten Schritt ab.«

»Ich soll ihn verraten?«

»Ich werde es Ihnen leicht machen.«

»Wie?«

»Das habe ich Ihnen vorhin schon erklärt. Er hat Sie bereits verraten. Und Ihren Einsatz für die Arbeiter.«

»Wie?«

»Sie haben ihn mit Newtown Storms bekannt gemacht. Storms investiert die enormen Geldsummen, die Marat Zolner mit Bootlegging verdient. Wollen Sie etwa leugnen, dass er das Geld, das Storms für ihn an der Börse verdient, einsetzt, um den Angriff der Komintern auf unser Vaterland zu finanzieren?«

Stumm erwiderte Fern Hawley Bells eisigen Blick.

»Ich frage Sie das ausdrücklich unter vier Augen«, sagte Bell. Er hatte den ganzen Nachmittag darüber nachgedacht. Schließlich hatte er es auf einen wesentlich dickeren Fisch abgesehen als auf ein verwirrtes, verdorbenes Gör. »Vertraulich. Allein auf Ihrer Yacht mitten im Hafen einer abgelegenen britischen Kolonie. Das bleibt aber zwischen uns beiden.«

»Weshalb beschützen Sie mich?«, fragte sie mit zaghafter Stimme.

»Aus zwei Gründen. Erstens, weil ich tatsächlich davon überzeugt bin, dass Sie sich mit den falschen Leuten eingelassen haben.«

»Wie kommen Sie zu der Annahme? Sie kennen mich gar nicht.«

»Aufgrund einer charakterlichen Einschätzung durch eine Kollegin, deren Urteilsfähigkeit ich vertraue.«

»Wer soll das sein?«

»Pauline.«

»Sie gehört zu Ihnen?«

»Sie gehört zur Van Dorn Agency.«

Farn schlug die Hände vors Gesicht. »Oh, ich komme mir so dumm vor!«

»Da sind Sie nicht die Erste. Pauline ist die scharfsinnigste Detektivin, die man sich vorstellen kann. Sie sieht in Ihnen einen guten Kern, und was Pauline sieht, gilt auch für mich.«

»Und welches ist der zweite Grund?«

»Dieser Grund ist viel wichtiger. Sie können mir Marat Zolner liefern. Deshalb habe ich nach den Investitionen Storms' gefragt, mit denen der Komintern-Angriff bezahlt werden soll.«

Ferns Miene verriet Bell, dass sie mehr wusste als er. »Tatsächlich stammt das meiste Geld aus dem Bootlegging. Storms hat nicht so viel verdient, wie er es sich erhofft hat.«

»Oh doch, das hat er«, sagte Bell. »Storms ist in seinem Gewerbe außerordentlich gut. Und der Markt war ihm freundlich gesinnt.«

»Das ist aber nicht das, was Marat gesagt hat.«

»Weil er selbst den größten Teil der Börsengewinne abgeschöpft hat. Er unterhält geheime, persönliche Konten bei Storms & Storms. Außerdem hat er Geld in London, Paris, Berlin und in der Schweiz gebunkert. Er ist ein sehr reicher Bolschewist.«

Fern Hawley errötete. Sie machte einen tiefen Atemzug. Es klang wie ein resignierender Seufzer. »Sicher erinnern Sie sich daran, dass ich meinte, er sei ein Optimist. Aber das ist nur eine Seite von ihm. Er ist der geborene Lügner. Dieser verdammte Mistkerl …«

»Ich hatte gehofft, dass Sie das endlich begreifen«, sagte Isaac Bell.

37

Mit nahezu lautlos arbeitenden Motoren, die für eine gerade noch ausreichende Drehzahl der Propeller sorgten, um den zunehmenden Seegang zu überwinden, achtete Marat Zolner darauf, dass sich die *Maya* ständig zwischen ihm und der Stadt befand und ihm Deckung bot, während er gegen Mitternacht die *Black Bird* längsseits an die große Jacht heranmanövrierte. Er warf einen mit einem Leinentuch umwickelten Enterhaken über die Teakholzreling, hangelte sich daran hoch und schlich zu Ferns Kabine.

Sie massierte sich soeben eine Nachtcreme in das schöne Gesicht und erblickte ihn im Spiegel.

»Sieh mal an, was für eine Überraschung.«

»Leider habe ich nur wenig Zeit. Was hast du Isaac Bell erzählt?«

»Nicht mehr, als nötig war, um ihn abzuwimmeln.«

»Was wollte er wissen?«

»Er hat nach dem Tanker gefragt. Er wusste bereits, dass die Komintern ihn gekauft hat. Das habe ich bestätigt, um zu vermeiden, dass er weitere Fragen stellte.«

»Hast du ihm gesagt, wo er sich befindet?«

»Nein. Das war ja der Sinn meiner Bestätigung.«

»Du bist sehr gut in so etwas.«

»Ich habe ja auch bei einem Meister gelernt… Warum bist du hergekommen, Marat?«

Zolner reagierte mit einem seltsamen Lächeln. Solange

sie ihn kannte, hatte sie niemals genau erkennen können, was er dachte. Er sah traurig aus, aber sie konnte sich dessen nicht sicher sein, auch dann nicht, als er fragte: »Ist die Bank heute offen?«

Fern Hawley hoffte, dass es nicht allzu dumm von ihr gewesen war, sich zu wünschen, dass alles, was Isaac Bell ihr erzählt hatte, nicht zutraf. Sie breitete die Arme aus und erwiderte: »Die ganze Nacht.«

Es wurde nur eine kurze Nacht, und nachher sah er noch trauriger aus, dachte sie.

»Was ist los?«

»Isaac Bell hat mich geschlagen.«

»Wie?«

»Detroit ist explodiert. Sie bringen sich um wie die Kanalratten. Und New York kann ich nicht unter Kontrolle halten, ohne ständig anwesend zu sein. Und jetzt, dank Isaac Bell, ist es sogar unmöglich geworden, mir bei Storms Geld zu holen. Aber eines versichere ich dir: Isaac Bell wird wünschen, er wäre gestorben, wenn ich als Held in die Heimat zurückkehre.«

»Nach Russland?«

»Du kommst mit mir.«

»Willst du das wirklich, Marat?«

»Natürlich will ich das. Jetzt brauche ich deine Hilfe. Bell hat mich zur Fahndung ausgeschrieben.«

»Wie kann er so etwas tun?«

»Die Van Dorns haben die Unterstützung des Justizministeriums und jedes Polizeichefs an der Ostküste. Ich darf also keinen Zug benutzen. Ich kann nirgendwo mit einem Flugboot landen. Und auch keinen Dampfer betreten.«

»Was wirst du tun?«

»Ich gehe nach New York.«

»Du hast doch gerade gesagt, dass es für dich in New York nichts zu tun gibt!«

»Genossen werden mir helfen, an Bord eines Schiffes zu gelangen.«

»Wie wirst du dorthin kommen?«

»Mit der *Black Bird*.«

»Das sind über tausend Meilen.«

»Zwölfhundert.«

»Aber du könntest doch ein Schiff in Havanna finden. Oder in San Juan. Oder in Port-au-Prince.«

»Ich muss in New York noch eine Angelegenheit abschließen.«

»Was für eine Angelegenheit?«

»Das brauchst du nicht zu wissen.«

»Marat, wie kann ich dir vertrauen, wenn du mir nicht vertraust?«

»Es ist etwas, woran Yuri und ich seinerzeit gearbeitet haben.«

»Soll ich dorthin kommen?«

»Nein.«

»Weshalb?«

»Du würdest es nicht verstehen. Wir treffen uns in Rotterdam. Und kehren von dort aus als Helden nach Hause zurück.«

38

Während des Frühstücks im Hotel Lucerne hatten die nervösen Gäste kein anderes Gesprächsthema als das heraufziehende Unwetter. Sturmwarnsignale flatterten auf den Mauern der Steinfestung über dem Hafen, und in den Zeitungen wurde aus Radiomeldungen aus Havanna zitiert: Hurrikanartige Winde zogen über Kuba hinweg, Badeorte am Meer wurden reihenweise überflutet.

»Achtung, Isaac«, flüsterte Pauline Grandzau. »Sie ist zurück.«

Fern Hawley rauschte herein, die Augen hektisch geweitet und die Haare vom Wind zerzaust. Sie sah aus, als habe sie nicht geschlafen.

Ein knappes Kopfnicken Bells sorgte dafür, dass Ed Tobin und Asa Somers aufstanden und den Tisch verließen. Fern nahm ihm und Pauline gegenüber Platz. »Marat ist vergangene Nacht bei mir gewesen.«

»Wo ist er jetzt?«

»Auf dem Weg nach Russland. Er will, dass ich mit ihm komme.«

»Wo genau befindet er sich im Augenblick?«

»Er ist heute Nacht aufgebrochen. Nach New York. Um sich dort auf ein Schiff zu schleichen, das ihn nach Europa bringt.«

»Das schafft er niemals. Ich lasse alle Bahnhöfe und Häfen überwachen.«

»Er macht die Fahrt mit der *Black Bird*.«

»Mit dem Motorboot? Das sind doch zwölfhundert Meilen.«

»Das habe ich auch gesagt. Es ergibt einfach keinen Sinn. Er könnte schneller und einfacher flüchten, indem er sich nach Havanna oder Port-au-Prince oder San Juan begibt. Selbst die Bermudas sind näher als New York. Aber er hat mir erklärt, er müsse noch etwas beenden oder abschließen, das er mit Yuri begonnen hat. Ich denke mir allerdings, es wird um etwas ganz anderes gehen. Er könnte irgendwo eine Menge Geld versteckt haben.«

»Und dann nach Russland gehen?«, fragte Pauline.

»Das hat er gesagt. Über Rotterdam. Außerdem sagte er, es würde Ihnen leidtun, wenn er als Held nach Hause zurückkehrt.«

»Als Held der Revolution?«, fragte Bell.

»Er sagte, Sie würden sich wünschen, tot zu sein.«

Pauline musterte sie prüfend. »Weshalb erzählst du uns das alles?«

»Weil ich annehme, dass er irgendetwas Schreckliches vorhat.«

Bell sagte: »Sie haben mir bei unserem letzten Gespräch erklärt, dass Sie nicht wüssten, wo sich der Schnapstanker befindet. Ist das so?«

»Ja. Er ankert vor Eleuthera. Wir haben dort einen Zwischenstopp eingelegt. Mein Kapitän hat sicherlich die genaue Position in sein Logbuch eingetragen.«

»Warum haben Sie mir dies nicht gesagt.«

»Ich habe Ihnen verraten, was ich wusste, Isaac. Etwas wollte ich noch für mich behalten.«

Ehe Bell sich dazu äußern konnte, spürte er Paulines Knie an seinem, mit dem sie ihn warnte *Nichts sagen, lassen Sie Fern reden.* Und, tatsächlich, Fern redete. »Ich dachte, er habe den Tanker in Eleuthera anlegen lassen, um die Ladung mit billigem Alkohol zu verlängern. Aber das könnte er auch in Nassau durchführen. Oder oben in der Rum Row. Daher fragte ich mich, ob er das Schiff aus irgendeinem Grund verstecken wollte.« Sie zuckte mit den Achseln. »Vielleicht wartete er darauf, dass der Preis stieg.«

Bell wechselte einen Blick mit Pauline. Weshalb schickte man eine Schiffsladung Alkohol erst mühsam von Bremerhaven auf die Reise und ließ sie dann auf einer abgelegenen Insel zurück? Pauline hatte eine Idee. »Marat könnte die Ladung nach Russland bringen wollen. Oder gegen ein anderes Schiff eintauschen.«

»Er meinte ja, er habe noch etwas in New York zu erledigen.«

»Oder er bringt erst das Schiff zur Rum Row und lässt sich dann per ›Taxi‹ zu dem Schiff bringen, mit dem er Amerika verlässt.«

»Ihre Vermutungen sind genauso gut wie meine«, sagte Fern. »Nur dass er ganz eindeutig von New York sprach und davon, dort etwas abschließen zu müssen.«

James Dashwood kam herein. Er war bleich, und seine Hände zitterten. Bell hatte ihn schon die ganze Nacht über husten hören.

»Dash«, sagte Bell. »Suchen Sie sich einen Doktor und ruhen Sie sich hier aus.«

»Wohin gehen Sie?«

»Dieser Tanker macht mich nervös. Pauline, Sie und ich und Ed und Asa, wir machen uns auf den Weg nach Eleuthera.« Er winkte Tobin, wieder zum Tisch zurückzukommen. »Wie sieht es spritmäßig aus, Ed?«

»Die Tanks sind randvoll.«

»Kommen wir mit dem Wetter zurecht?«

»Fünfundzwanzig Meter lang, vier Propeller und achtzehnhundert PS? Ich denke schon.«

»Wir sollten lieber das Cockpitdach und die Motorhauben aufspannen.«

»Bereits geschehen.«

»Wir brauchen Proviant und Wasser für den Fall, dass wir uns eine Zeitlang verstecken müssen.«

Fern sagte: »Zurzeit werden die Läden gestürmt und leer gekauft. Kommen Sie doch raus zu meiner Jacht. Ich gebe Ihnen Verpflegung und Wasser.«

»Frauen«, grollte Ed Tobin, während er Paulines schwere Reisetasche schleppte. »Warum können sie niemals mit weniger Gepäck unterwegs sein?«

»Weil wir immer all die Dinge mitnehmen, die Männer gerne vergessen.«

»Hoffentlich werden Sie nicht seekrank. Das wird da draußen ziemlich heftig werden.«

»Ich bin auf der *Aquitania* kein einziges Mal seekrank gewesen.«

Mit einem Motor durchquerten sie den windgepeitschten Hafen.

Ferns Kapitän hatte die Dampfkessel aufgeheizt. Die Decks der *Maya* waren freigeräumt worden, die Markisen eingezogen und verstaut. Stewards und Matrosen bildeten eine Menschenkette, um Proviant und Wasser durch die Lotsentür und über das Beiboot in den Van-Dorn-Kreuzer zu transportieren, der neben dem Beiboot lag.

Bell stieg zu dem mahegonigetäfelten Ruderhaus hinauf, während Tobin und Asa Planen über zwei der still liegenden Motoren deckten, um zu verhindern, dass Gischt in die geraden Auspuffrohre drang. Ferns Kapitän war ein leutseliger Yankee aus Connecticut. Er zeigte Bell auf seiner Seekarte, wo er vier Tage zuvor die *Sandra T. Congdon* gesichtet hatte. Harbour Island, eine winzige Insel, lag auf der dem Wind zugewandten Seite von Eleuthera, der großen Insel auf der Ostseite der Grand Bahama Bank.

»Der Tanker ist schwer beladen und liegt zu tief, um in die Lagune einfahren zu können. Er ankert auf der dem Wind zugewandten Seite innerhalb des Harbour-Island-Riffs.«

»Wird die *Sandra* ihren Liegeplatz beim Ausbruch des Sturms verlassen?«

»Wenn der Sturm nach Osten schwenkt, wird sie wohl in See stechen.« Der Kapitän blickte zum Fort Fincastle hinauf, wo dreieckige rote Sturmfahnen flatterten. »Aber bisher haben wir nur eine einzige Sturmwarnung. Ich habe am Radiotelegrafen gerade eben von einem Kapitän erfahren, dass der Sturm nach Westen über Kuba hinwegzieht, während Sie nach Osten unterwegs sein werden.« Er deutete mit einem anerkennenden Kopfnicken auf den langen schlanken Rumpf der *Marion.* »Es wird ziemlich rau werden, aber es sind nur sechzig Meilen, und Ihr Boot ist absolut seetüchtig und hat ausreichend Energiereserven. Wenn der Sturm den Kurs ändert, müssen Sie sich in Dunmore Town oder in Governor's Harbour verkriechen. Natürlich wäre es das Klügste, ihn hier in Nassau abzuwarten.«

»Und wohin geht Ihre Fahrt, Kapitän?«

»Nach Bermuda.«

Fern fing Bell ab, als er im Begriff war, die Gangway hinunterzugehen.

»Darf ich mit Ihnen kommen?«

»Tut mir leid. Es gibt eine eiserne Van-Dorn-Regel: Wir nehmen niemals Freunde mit, wenn mit einer Schießerei gerechnet werden muss.«

Fern lächelte. »Heißt das, dass ich ein Freund bin?«

»Nur solange Sie sich anständig benehmen.«

»Isaac, was soll ich tun? Sie haben alles zerstört, woran ich geglaubt habe. Nein, nicht Sie. Er. Ich hatte schon immer den Verdacht, aber Sie haben mir den Beweis geliefert, und jetzt ist es schrecklich.«

Bell hatte es eilig, den Hafen zu verlassen. Mit ein wenig Glück würde er Zolner auf seinem Tanker in zwei oder drei Stunden einholen und festsetzen. »Wenn Sie etwas brauchen, woran Sie glauben können, versuchen Sie es mit Folgendem: Die Prohibition ist der Tod der Nation. Schließen Sie sich den Frauen der feinen Gesellschaft an, die versuchen, diese Entwicklung aufzuhalten. Joe Van Dorns Frau führt diese Bewegung an.«

»Ich habe eine Tante, die hat auch einmal ein Hilfskomitee gegründet. Aber ich bin noch nicht bereit, meine Freizeit mit einer Schar verschrobener alter Ladys zu verbringen.«

Tobin startete einen zweiten Motor. Bell musste die Stimme erheben, damit Fern Hawley ihn verstehen konnte.

»Wenn Sie Ihre Zeit mit Dorothy Van Dorn verbringen würden, müssten Sie sich daran gewöhnen, dass Ihnen ständig Männer über die Schulter schauen, um einen Blick von ihr zu erhaschen. Sie ist nur ein paar Jahre älter als Sie, stets nach der neuesten Pariser Mode gekleidet und eine betörende Schönheit.«

»Das klingt, als seien Sie in sie verliebt, Isaac.«

»Dorothy und ich sind gut befreundet. Ich kann Sie gerne mit ihr bekannt machen.«

»Dafür revanchiere ich mich mit einer Information.« Sie trat dicht an ihn heran und stellte sich auf die Zehenspitzen, um in sein Ohr zu flüstern. »Ihre ›Kollegin‹ ist in Sie verliebt. Pauline hat natürlich niemals Ihren Namen erwähnt, wenn wir uns unterhielten, aber jetzt ist es mir vollkommen klar.«

»Ich werde es mir merken«, sagte Bell.

»Bereit, Mr. Bell?«, rief Ed Tobin.

»Eine Sekunde noch… Fern, Sie haben mir erzählt, Zolner habe in der Wall Street keine Bombe legen wollen. Aber Sie sagten auch, dass Sie keine Ahnung von dem Plan hatten, um ihn gegebenenfalls an seiner Durchführung zu hindern.«

»Ich hatte wirklich keine Ahnung. Marat erzählte mir später davon, nachdem Yuri den Tod gefunden hatte.«

»Weshalb wollte er die Wall Street nicht bombardieren?«

»Er hatte größere Pläne. Bomben hätten ihn nur von seinem Bootlegging-Plan abgelenkt.«

»Viel Glück, Fern. Gute Fahrt nach Bermuda.« Bell schüttelte ihr die Hand, wich geschickt aus, als sie ihm einen Kuss geben wollte, und rannte die Gangway hinunter.

»Ablegen!«

Der Van-Dorn-Expresskreuzer *Marion* hatte zehn Meilen des North Providence Channels bewältigt, und Nassau und New Providence Island lagen bereits zwanzig Minuten hinter ihm, als James Dashwood beobachtete, wie die Sturmwarnungsfahne auf dem Turm des Fort Fincastle eingezogen wurde. Ihr Platz wurde von einer roten Fahne mit einem schwarzen Quadrat im Zentrum eingenommen.

Dashwood eilte ins Telegrafenbüro, um Isaac Bell zu warnen, dass ein Hurrikan in Richtung Bahamas im Anmarsch sei. Doch es gab, wie er befürchtet hatte, auf Harbour Island weder einen Kabel- noch einen Funktelegrafen. Seine Freunde waren so unerreichbar, als befänden sie sich auf der Rückseite des Mondes.

39

»Boss-Mann, er wollte zur Rum Row.«

Die Bewohner von Harbour Island, die Benzinfässer von einem Segelboot auf den Hafenkai von Dunmore Town rollten, hatten ihre Arbeit unterbrochen, um die Leinen der *Marion* aufzufangen, als das große Schnellboot mit heiserem Grollen in den Hafen einlief.

Die winzige Stadt lag auf dem niedrigen, schmalen Landstreifen zwischen Lagune und Ozean. Weiter draußen warfen sich die hohen Wogen des Atlantiks gegen das Riff. Aber in dem geschützten Gewässer innerhalb des Riffs, wo Bell gehofft hatte, über den Schindeldächern der niedrigen Wohnhütten den Tanker zu erblicken, lag kein einziges Schiff vor Anker.

Marat Zolner hatte sein Versteck gut ausgewählt. Der winzige Werfthafen war gleichermaßen abgelegen wie auch von der Welt abgeschnitten. Auf der Werft war zurzeit ein Viermastschoner im Bau, und der englische Union Jack flatterte über einem bescheidenen, aus Holz erbauten Verwaltungsgebäude, neben dem soeben das Erdreich ausgehoben wurde, um mit dem Bau eines neuen Rathauses zu beginnen. Aber nirgendwo stand ein Funkturm, womit Dunmore Town nicht nur abgelegen, sondern von der übrigen Welt genauso abgeschnitten war wie zu Zeiten der Piraten.

Die *Sandra T. Congdon* habe zwei Tage zuvor den Anker gelichtet, erzählten die Inselbewohner.

Sorgenvoll sah Bell Tobin an und schüttelte den Kopf. »Bei zwölf Knoten ist sie bereits auf halbem Weg nach New York.«

Der Himmel war dicht bewölkt. Sie hatten den Regen hinter sich gelassen, und die Vorhersage, dass der Hurrikan seinen Weg nach Westen über Kuba nahm, schien sich zu bewahrheiten. Aber, meinte Ed Tobin skeptisch, Windböen schwenkten nach Südosten, und die Bewohner von Dunmore Town hätten vorsichtshalber kleine Boote aus dem Wasser aufs Trockene gezogen.

»Haben Sie ein schwarzes Schnellboot gesehen, etwa genauso groß wie dieses?«

»Nee, Mann.«

»Möglich, dass es auf dem Deck des Tankers vertäut war«, sagte Tobin.

»Nein, er muss auf See mit dem Tanker zusammengetroffen sein«, entschied Bell, »wenn der Tanker vor zwei Tagen abgelegt hat.«

»Schwarzes Boot letzte Woche«, meldete einer der Inselbewohner.

Das ergab Sinn, dachte Bell. Selbst bei Wind und schwerer See hatte die *Marion* die sechzig Meilen von Nassau in weniger als drei Stunden geschafft. Für Zolner wäre dies auch ein idealer Platz gewesen, um die *Black Bird* zu verstecken. Unbemerkt hinein und wieder hinaus.

Er schüttelte abermals den Kopf. »Das letzte Mal, als wir das schwarze Boot beinahe geschnappt hätten, hat Zolner das Bootshaus in die Luft gejagt.«

»Vielleicht können wir uns glücklich schätzen, dass er das Schiff vom Fleck bewegt hat. Ließe er es zurück, würde er es genauso zerstören wie sein Bootshaus.«

»Und als ein Revolutionsheld nach Hause zurückkehren«, sagte Pauline.

»Aber zuerst Yuris Job abschließen? Nur – welchen Job?«

Bell roch Tabakduft. Die Hafenarbeiter hatten sich ein stilles Plätzchen hinter den Benzinfässern gesucht, um eine Rauchpause einzulegen.

»Löscht die Zigaretten! Oder wollt ihr mein Boot in einen Haufen Asche verwandeln?«

Der Raucher machte einen letzten Zug, gab die Zigarette an seinen Freund weiter, der ebenfalls inhalierte. Ein dritter Mann schnappte sich den Zigarettenrest, zog hastig daran und schnippte ihn dann ins Wasser.

Der Mann, den Bell angesprochen hatte, lachte glucksend. »Genau wie der Boss. Jeden Tag sagt er, ›nicht rauchen beim Schiff. Große Explosion.‹«

Isaac Bell griff nach seiner Geldscheinrolle. Zwölf Tonnen Alkohol ergäben eine Riesenexplosion. »Ich möchte das Benzin bekommen.«

Tobin hielt dagegen: »Wir haben noch jede Menge in den Tanks, Mr. Bell. Es wäre nur unnötiger Ballast.«

»Wir werden es schon bald brauchen. Bis New York sind es immerhin zwölfhundert Kilometer.«

Sie hatten das letzte Fass, das noch Platz fand, sicher verstaut, und Bell hatte die Hafenarbeiter mit einem üppigen Trinkgeld belohnt, als die Kirchenglocke zu läuten begann. Das Lächeln der Inselbewohner verflüchtigte sich bei dem Unheil verkündenden Klang. Sie schauten zum Verwaltungsgebäude hinüber. Der Union Jack wurde am Fahnenmast heruntergezogen. Dafür erschien eine rote Fahne mit gelben Streifen über dem Holzbau.

»Was ist das?«, fragte Bell.

»Rote Fahne mit schwarzem Viereck heißt Hurrikan.«

»Das weiß ich. Aber was bedeuten die gelben Streifen?«

»Hurrikan kommt direkt hierher.«

Die *Marion* donnerte durch die South Bar Passage. Die Gezeitenströmung war stark, die Dünung in dem schmalen Wasserarm steil und zerstörerisch. Schäumend brach sie sich auf der Sandbank. Bell suchte sich die tiefste Stelle und lenkte die *Marion* durch eine mächtige Gischtrolle hinaus aufs offene Meer.

Jenseits des Riffs war der Seegang zwar hoch, aber gleichmäßig. Bell nahm Kurs nach Norden und stellte zu seiner Zufriedenheit fest, dass die *Marion* ohne Mühe ein Tempo von vierzig Knoten hielt. Seine Mannschaft war aufmerksam, wie er ebenfalls sehen konnte, und er unternahm den Versuch, sie ein wenig aufzuheitern.

»Mit einem erfahrenen Küstenwächter, einem Staten-Island-Piraten und einem Yacht-Skipper sollten wir eigentlich keine Schwierigkeiten haben, den Leuchtturm von Cape Hatteras zu orten. Von dort aus brauchen wir nur noch dem Verlauf der Küste zu folgen.«

»Wie weit ist es bis zum Cape Hatteras?«, wollte Pauline wissen.

Bell zuckte die Achseln. »Weniger als einhundert Meilen.« Er zeigte ihr die Karte. »Wir nehmen einen nordwestlichen Kurs.«

Pauline runzelte die Stirn, während sie die Karte in dem trüben Licht studierte, das durch die Windschutzscheibe und die Seitenvorhänge aus Glimmer hereindrang. »Scheint, als müssten wir Abaco umrunden.«

»Wir sollten den Leuchtturm von Hope Town in zwei Stunden sehen«, sagte Bell.

»Wenn wir bei diesem Seegang vierzig Knoten halten können, brauchen wir einen ganzen Tag und eine Nacht bis Cape Hatteras.«

»Bei vierzig Knoten verbrennen wir eine Menge Benzin«, sagte Tobin.

»Uns sitzt ein Hurrikan im Nacken«, gab Bell zu bedenken. »Da wünsche ich mir ein wenig Sicherheitsabstand.«

Gischt wehte auf das Cockpitdach. Der Seegang steigerte sich, und der Wind nahm weiter zu. Alle paar Minuten pflügte das Boot durch eine Welle, die bedeutend größer war als die vorangegangene und seine Fahrt dramatisch bremste.

Bell ordnete einen Wachzyklus an, innerhalb dessen jeder das Boot etwa zwei Stunden lang lenkte. Dies war die Zeitspanne, nach der Aufmerksamkeit und Konzentration gewöhnlich nachließen. Asa brühte in der winzigen Pantry unter dem Vorderdeck Kaffee auf, dann half er Pauline zu steuern, wenn sie an der Reihe war. Tobin verteilte Sandwichs mit Gänseleberpastete, die Ferns Schiffskoch beigesteuert hatte. In der Dunkelheit warf der Kompass einen rötlichen Schein auf die Gesichter, denen man mehr und mehr die Erschöpfung ansah, die nach Stunden ständiger – durch heftigen Seegang bedingter – Bewegung und ohrenbetäubenden Lärms der Liberty-Motoren nur allzu verständlich war.

Bell gönnte sich ein paar kurze Nickerchen auf der Bank im Bootsheck, aber nur wenn Tobin steuerte.

Er erwachte von eisigem Wasser, das ihm ins Gesicht tropfte. Die Plane war triefnass und leckte. Er rettete die Karte, ehe sie nass wurde und merkte, dass das Boot Mühe hatte, die Geschwindigkeit zu halten. Bell drosselte widerstrebend ihr Tempo auf fünfunddreißig Knoten – immer noch eine phänomenale Geschwindigkeit für ein Boot bei diesem Seegang – und reduzierte sie ein paar Stunden später, als sich die Wellen immer höher und wilder aufbuckelten, auf dreißig Knoten.

Er entschied, dass sie bei diesem Tempo den vorderen Liberty stoppen konnten, um ihn zu schonen. Asa zog die Schutzplane darüber, sobald sich die Auspuffrohre ausreichend abgekühlt hatten. Kurz darauf schalteten sie den hintersten Motor aus, da das Boot auch mit zwei Motoren sein Tempo halten konnte, nachdem das zusätzlich geladene Benzin verbraucht war und sein Gewicht wegfiel.

Der Wind, der von Süden geweht hatte und dann nach und nach von Osten, kam jetzt plötzlich von Norden. Bell stellte sich den Wirbelsturm vor, dessen Winde, die im Gegenuhrzeigersinn kreisten, scharf nach Osten wehten, als hätte er ihre Kiellinie überquert und bewegte sich in Richtung Bermuda.

Dies war eine gute Neuigkeit, wenn er sich von ihnen entfernte, anstatt sie zu überholen, jedoch eine schlechte Neuigkeit, falls der starke Nordwind Gegen- und Querströmungen erzeugte. Schlimmer noch, es ließ auf einen Sturm schließen, dessen Durchmesser zunahm und für starke Winde sorgte, die hunderte von Meilen vom Auge entfernt sein mochten.

»Allmählich wird es schlimm«, sagte Tobin leise, als sie am Ruder die Plätze wechselten.

»Die *Marion* ist ein großes Boot«, sagte Bell.

Eds schiefes und vernarbtes Gesicht verzog sich zu

einem müden Grinsen. »Ich habe noch nie einen Kapitän getroffen, der sein Schiff nicht liebte.«

Sie hatten die Bahamas bereits seit dreiundzwanzig Stunden hinter sich gelassen, als am westlichen Horizont, der dunkler aussah als ein Kohlenschacht, ein auf- und abschwellendes Leuchten erschien. Bell steuerte genau darauf zu, und schon wenige Meilen später war der pulsierende Lichtstrahl eines Leuchtturms in der Ferne zu erkennen.

»Cape Hatteras?«

Pauline beugte sich über die Karte, wobei sie darauf achtete, das feuchte Papier nicht zu zerreißen.

»Wie blinkt er?«, fragte sie.

Bell maß die Abstände der Signale. »Alle fünfzehn Sekunden.«

»Cape Hatteras blinkt alle siebeneinhalb Sekunden.«

»Welcher Leuchtturm blinkt im Fünfzehn-Sekunden-Rhythmus?«

»Cape May, New Jersey?«

»Wir können unmöglich bereits so weit nach Norden gelangt sein.«

»Südlich von Cape Hatteras ist Cape Lookout. Mit fünfzehn Sekunden.«

»Ed, überprüfen Sie unseren Kurs. Wie hell ist das Licht?«

»Bei diesen Wolken? Weniger als zwölf.«

»Zu nah.«

Bell lenkte von der Küste weg nach Nordosten. Drei Stunden später sichteten sie das Siebeneinhalb-Sekunden-Signal von Cape Hatteras.

»Ich habe mal gelesen, dass Hatteras auch der Friedhof des Atlantiks genannt wird«, sagte Asa Somers. »Dort sollen Schiffe zu Tausenden auf Grund laufen.«

»Danke für diese Information«, sagte Pauline mit einem Anflug von Sarkasmus.

Einer der Liberty-Motoren gab erst ein trockenes Husten von sich und dann – den Geist auf.

Sekunden später verstummte auch der zweite.

40

Das Boot wurde schlagartig langsamer, kam vom Kurs ab und legte sich quer zu den Wellen, die es erbarmungslos hin und her rollten.

Tobin und Somers rissen die Schutzhauben von den Reservemotoren herunter, und jetzt zog Isaac Bell die Chokes und betätigte die Starter. Ein Motor reagierte mit dem heiseren Ächzen einer zu schwachen Batterie. Der andere ließ den Motor mehrmals mahlen, aber er wollte nicht anspringen.

Das Heck drehte sich in den Wind. Eine Windböe blähte das Cockpitdach auf, hob es wie einen Windvogel an und blies es weg. Regen und Gischt überschütteten das Cockpit. Bell versuchte sein Glück abermals mit dem Starter in der Hoffnung, dass die Batteriespannung noch ausreichte. Der Motor zündete, hustete, starb dann und zündete schließlich erneut, Zylinder für Zylinder, bis alle zwölf in Betrieb waren. Als der Propeller zu rotieren begann und das Boot wieder Fahrt aufnahm, lenkte Bell es sofort zurück auf den ursprünglichen nördlichen Kurs.

Pauline und Somers zogen die Plane erneut über das Cockpit und banden sie fest. Tobin leitete mit Alligatorklemmen Strom auf die tote Batterie. Bell redete dem zweiten Motor gut zu und erweckte ihn schließlich zum Leben.

Er machte sich Sorgen, dass Regen und Gischt sie absaufen ließen, daher schaltete er die Schalldämpfer ein, lenkte die Abgase in die Unterwasserrohre und schloss die Krümmer der vertikalen Abgasrohre. Aber der Schutz ging auf Kosten der Leistung, und ihr Tempo nahm ab. Infolge der Dämpfung des Motorenlärms konnten sie das Heulen des Windes und das Getöse der See hören, das ihnen im Laufe des Tages immer lauter erschien.

Pauline übernahm das Ruder, während Asa ihr Gesellschaft leistete und sich bereithielt, um ihr wenn nötig zu helfen. Bell und Tobin kümmerten sich um die Motoren, die gestreikt hatten. Die Ursache war anscheinend Wasser, das ins Benzin gelangt war. Möglicherweise Gischtflocken, die in die Leitungen eingedrungen waren, als sie Benzin aus den Fässern, die sie auf Harbour Island übernommen hatten, in die Tanks pumpten. Oder eines der Fässer war bereits teilweise mit Wasser gefüllt gewesen. Sie ließen den Inhalt des Tanks ab, der diese Motoren versorgte, und pumpten frisches Benzin aus den Haupttanks hinein.

Beide Motoren starteten sofort. Sie wurden umgehend wieder ausgeschaltet, und ihre Auspuffrohre wurden bedeckt, um sie für den Notfall in Reserve zu halten. Bell befürchtete, dass sie schon bald gebraucht werden würden. Die beiden Motoren, die das Boot antrieben, stießen jetzt blauen Qualm aus, und ihre Ventile klapperten wie eine Bowlingbahn bei Hochbetrieb. Sie ratterten durch die Nacht, und als ein Motor seinen Klang veränderte, als stünde sein Ende unmittelbar bevor, schaltete Bell beide Motoren aus, nachdem er die Reservemaschinen gestartet hatte.

Am nächsten Morgen hatte er einige Stunden nach Tagesanbruch Ruderwache, während Pauline an ihn gelehnt schlief und Tobin und Asa sich zum Schlafen unter das Vorderdeck verzogen hatten. Da hörte er auf einmal ein dumpfes Rumpeln, das wie Donner klang. Ein Leuchten zu seiner Linken konnte der Blitz sein, der es erzeugt hatte. Fünfzehn Sekunden später blitzte es abermals auf, und nach weiteren fünfzehn Sekunden ein drittes Mal, und dann sah er auch den weißen nadeldünnen Lichtstrahl.

Der Leuchtturm von Cape May war gewöhnlich in bis zu vierundzwanzig Seemeilen Entfernung zu erkennen, aber nicht unter diesen Bedingungen. Um sein Lichtsignal aus dem niedrigen Boot durch den windgepeitschten Regen wahrzunehmen, mussten sie sich dem Leuchtturm fast bis auf Rufweite nähern. Was Bell für Donner gehalten hatte, war vermutlich die Brandung, die sich auf das Festland ergoss. Dann erblickte er mächtige Wellen, die sich auf einer Sandbank brachen. Er spürte, wie sie sich hinter ihm sammelten, das Boot hochhoben, um es an den Strand zu tragen. Er riss das Ruder scharf herum, gab Gas und ließ das Ufer hinter sich.

Bemüht, wenigstens zwanzig Knoten zu halten, blieb er für eine Stunde auf östlichem Kurs, dann schwenkte er wieder nach Norden. Zwei Stunden verstrichen. Tobin saß am Ruder. Bell nahm ein stetiges weißes Licht wahr, das nicht blinkte.

»Der Leuchtturm von Absecon«, las Pauline von der Karte ab.

»Atlantic City«, sagte Tobin. »Wir kommen näher, Mr. Bell. Barnegat ist der nächste Punkt.«

Asa Somers entdeckte den rot-weiß gestrichenen Leuchtturm von Barengat als Erster, und abermals ging der Kreuzer auf Distanz zum Festland. Zwei Stunden später, sich mit einem Motor durch die See schleppend und mit dem anderen als Hilfsmotor, beobachteten sie, wie sich die Wogen glätteten, und plötzlich befanden sie sich in strahlendem Sonnenschein auf einem Flecken blauen Ozeans, umgeben von dunklen, drohenden Wolkenbänken.

»Was hat das zu bedeuten?«, fragte Tobin und schaute sich verblüfft um. »Das ist ja wie das Miniauge eines winzigen Hurrikans.«

»Irgendeine Idee, wo wir sind?«, fragte Bell in die Runde.

»Nicht die geringste.«

Pauline zog ihren schweren Leinenpacksack aus einem Gepäckfach im Vorderdeck und reichte ihn an Tobin weiter.

»Was ist das?«

»Das, was Sie vergessen hatten einzupacken. Ein Sextant und ein nautisches Handbuch. Es ist Mittag, und ich kann mich erinnern, dass Isaac weiß, wie man damit umgeht. Er kann die Sonne schließen und uns dann verraten, wo wir sind.«

Bell sagte: »Sie lenken, Ed. Halten Sie sie so ruhig und genau auf Kurs wie irgend möglich. Aber schnell. Wir haben nicht viel Zeit.«

Und tatsächlich kamen die Wolkenbänke schon bald näher, um die seltsame freie Lücke am Himmel wieder zu schließen. Bell richtete den Sextanten zum Himmel und senkte das Spiegelbild der Sonne auf den Horizont hinab. Auf der Skala fand er die Angabe für den Winkel, den er an Pauline weitergab. Sie notierte die Uhrzeit und fuhr mit einem Finger an der Zahlenkolonne mit den Winkelmaßen der Greenwich-Zeit entlang. Asa hielt die Karte fest.

»Ungefähr zwanzig Meilen vor New York«, sagte Pauline. »Kurs dreihundertzehn Grad in Richtung Ambrose Light.«

»Wer hat Ihnen das beigebracht?«, wollte Tobin von ihr wissen.

»Der Kapitän der *Aquitania*.«

Plötzlich zogen Wolken und Nebel auf. Die Sicht sank bis auf eine Viertelmeile herab. Dann besserte sie sich, und danach nahm sie wieder ab: Heftige Windböen kamen auf. Mit weiteren zwölf Meilen bis zum Ziel vor sich entdeckten sie einen Schoner ohne Mast. Das vom Sturm schwer gezeichnete Schiff zerrte an seiner Ankerkette, während die Mannschaft beschädigte Takelung entfernte. Ein Bettlaken flatterte am Bugspriet. Darauf stand in roter Farbe eine Reklameinschrift:

CC
$ 55 PRO KISTE

»Rum Row«, sagte Isaac Bell.

Sie jagten an Inselschonern und verrosteten Dampfern vorbei, die für die Dauer des Sturms Anker geworfen hatten.

»Sehen Sie sich das mal an«, sagte Asa. »Da lenkt ein Verrückter ein Taxi.«

»Der Preis für Schnaps schießt bei schlechtem Wetter in die Höhe«, erklärte Tobin. »Sie können einen ansehnlichen Profit machen, wenn sie nicht vorher absaufen.«

Eine eisige Windbö kam auf, und dann waren sie auf einem anscheinend vollkommen leeren Ozean plötzlich ganz allein. Die Windböen schliefen ein, und sie konnten zwei bis drei Meilen weit sehen und feststellen, dass sie noch immer allein waren bis auf ein einzelnes großes Schiff, das fast den gleichen Kurs hatte wie sie und nach New York stampfte. Zügig überholten sie es.

»Das ist sie«, sagte Pauline.

»Sind Sie sicher?«

»Natürlich bin ich sicher. Ich habe sie in Bremerhaven gesehen.«

41

Der Tanker *Sandra T. Congdon* hatte einen hohen Schornstein auf dem Achterschiff, ein gedrungenes weißes Ruderhaus auf dem Vorderschiff und einen nahezu senkrechten Bug.

»Was ist das da oben vor dem Vorschiff?«

»Eine Drei-Zoll-Kanone«, sagte Pauline. »Ein Überbleibsel aus dem Krieg.«

Bell studierte die Kanone durch sein Fernglas. »Nicht nur ein Überbleibsel. Dahinter haben sie eine Menge Munition aufgestapelt, um sofort schießen zu können. Schlimm für die Harbor Squad, die das Pech hat, ihnen in die Quere zu kommen. Ed, halten Sie uns hinter dem Ruderhaus.«

Tobin änderte den Kurs, während sie zu dem Tanker aufholten, sodass sein Ruderhaus das Schussfeld der Deckkanone blockierte.

»Was machen diese Leute dort oben?«, fragte Asa.

Bell richtete das Fernglas auf eine aus Holz und Schutzplanen konstruierte Brückennock auf dem Dach des Ruderhauses.

»Sie machen eine Lewis Gun schussbereit«, sagte er. »Bleibt bloß in Deckung.«

Maschinengewehrkugeln pfiffen über ihre Köpfe hinweg und schlugen schäumend ins Wasser ein. Tobin schaltete den Reservemotor ein und gab Gas. Eine Minute später befanden sie sich eine halbe Meile hinter dem

Tanker und außerhalb der Reichweite seines Maschinengewehrs.

Isaac Bells Miene verzog sich zu einem eisigen Lächeln. »Seht mal, wer da ist… ich übernehme das Ruder, Ed.«

Die *Black Bird* schob sich hinter dem Tanker hervor und schoss, eine weiße Gischtfahne hinter sich herziehend, auf sie zu.

Bell rasselte eine Folge von Befehlen herunter. »Pauline, runter! Tobin, ans Gewehr auf dem Vorderdeck! Asa, ans Heck!«

Die beiden Boote rasten mit einer addierten Geschwindigkeit von einhundert Meilen in der Stunde aufeinander zu. Ed Tobin gab einen langen Feuerstoß mit der vorderen Lewis Gun ab. Die *Black Bird* schoss zurück. Aber ein schwarzes Boot erwies sich als ein deutlich besseres Ziel als eines, das nur als regengrauer Schemen zu erkennen war.

Gischtsäulen wurden rings um die *Marion* aus dem Wasser in die Höhe geschleudert.

Ein Bleiregen prasselte gegen die Panzerung der *Black Bird* und erzeugte in ihrer Windschutzscheibe ein dichtes Netz feiner Risse. Der Schütze wurde von seiner Waffe weggeschleudert und taumelte mit rudernden Armen rückwärts ins Meer.

Ein zweiter nahm mit einem Sprung seinen Platz ein.

Weniger als fünfzig Meter trennten die beiden rasenden Boote voneinander, und der neue Schütze konnte einfach nicht danebenschießen, selbst wenn das Van-Dorn-Boot unsichtbar gewesen wäre. Bell spürte, wie die Projektile gegen die Panzerplatten trommelten. Der Mann feuerte abermals. Kugeln sirrten dicht über seinem Kopf durch die Luft. Die Boote flogen aneinander vorbei und verfehlten sich nur um Zentimeter.

Asa Somers feuerte mit der Heck-Lewis und beharkte das Cockpit der *Black Bird*. Alle drei Männer, die es besetzten, sackten in sich zusammen. Nur einer kam wieder auf die Füße: Marat Zolner.

Bell sah, wie er am Ruder kurbelte und die Gashebel mit einer schnellen Bewegung nach vorn schob. Doch nichts geschah. Das schwarze Boot reagierte nicht mehr auf das Ruder. Ebenso wenig suchte es mit hoher Geschwindigkeit das Weite, sondern fiel in der bewegten See zurück und machte kaum noch Vorwärtsfahrt.

»Gut geschossen, Asa.«

Der junge Lehrling hatte Zolners Kontrollen zertrümmert.

Zolner sprang aus dem Cockpit zur Lewis Gun, entfernte mit einem Griff die leere Magazintrommel und ersetzte sie durch eine volle. Er verfolgte das Van-Dorn-Boot, das einen weiten Bogen beschrieb, um den nächsten tödlichen Angriff einzuleiten, und gab einen Feuerstoß ab.

Isaac Bell sah plötzlich etwas, das wie Leuchtspurmunition aussah, die einen bläulichen Rauch hinter sich herzog. Aber als Zolner auf Schussweite herankam, was bei seinem dritten Feuerstoß der Fall war, und die *Marion* dicht vor den Motoren traf, kräuselte Rauch von den Einschusslöchern hoch. Marat Zolner verfeuerte eine Brandmunition aus dem Weltkrieg, die gegen Gasballons eingesetzt worden war. Jedes Phosphorgeschoss erzeugte beim Aufprall auf den Bootsrumpf ein kleines Feuer, und plötzlich stand das gesamte Boot in Flammen.

Pauline Grandzau bemächtigte sich des nächsten Feuerlöschers, riss ihn aus seiner Halteklammer, pumpte Druck in seinem Innern auf und sprühte Pyren auf die Flammen. Sie hielt das Sprühventil so lange geöffnet, bis der Messingzylinder leer war, und rannte über das Deck, um einen zweiten zu holen.

»Hilf ihr, Asa!«, rief Bell. »Ed, löschen Sie das Feuer! Ich hole mir Zolner!«

Bell stand auf, sodass er über die von Kugeln gezeichnete Windschutzscheibe hinwegschauen konnte. Dann beschrieb er eine enge Kurve, bei der sich das Boot weit auf die Seite legte. Als er die *Black Bird* direkt vor sich sah, gab er Vollgas. Blauer Qualm wallte auf. Zolner hatte Brandmunition nachgeladen.

Bell beschrieb einen Zickzackkurs, schwenkte scharf nach rechts, dann scharf nach links. Er reduzierte den Abstand von zweihundert Metern auf einhundert, danach weiter auf fünfzig. Marat Zolner stellte das Feuer ein, sein Gesicht wirkte bei dem Anblick des brennenden Kreuzers, von dem aus auf ihn gefeuert wurde, wie eine verzerrte Maske des Unglaubens.

»Ich ramme ihn!«, warnte Bell seine Leute. »Festhalten!«

Er zielte auf die weichste Stelle dicht vor den Motoren. Das Van-Dorn-Boot traf die *Black Bird* genau in der Mitte und zerschnitt das Komintern-Boot in zwei Hälften. Bell verfolgte, wie Zolner von seinem Platz hinter der Lewis Gun ins Wasser geschleudert wurde. Dann war er an ihm vorbei und drosselte das Gas.

Jetzt sah er, wie Marat Zolner in Richtung des Tankers schwamm.

»*Ed! Asa!* Fischt ihn heraus, und zwar auf der rechten Seite.«

Die *Marion* glitt neben Zolner.

Tobin lehnte sich aus dem Boot, um zuzupacken.

»Pass auf, Ed!«

Bell konnte beobachten, wie Zolner sich auf den Rücken wälzte, um mit aller Kraft mit einem kurzen Dolch zuzustoßen. Die Klinge drang in Tobins Unterarm. Blut spritzte in einer hohen Fontäne hoch. Der Detektiv holte mit der Faust aus, kippte nach vorn und drohte über den Bootsrand ins Wasser zu rutschen. Asa Somers ergriff ihn an der Jacke, hievte ihn ins Boot zurück und wickelte seinen Gürtel um Tobins Arm.

Eine Lewis Gun eröffnete das Feuer mit einem hektischen Stakkato. Querschläger sirrten kreischend durch die Luft, Holzsplitter wirbelten von den Einschlägen hoch. Die *Sandra T. Congdon* deckte sie mit Maschinengewehrfeuer von der Brückennock aus ein.

Bell gab Vollgas und drehte ab. Zolner schwamm weiter in Richtung Tanker. Bell tastete sich näher heran, aber der Schütze auf dem Tanker feuerte von seinem erhöhten Beobachtungspunkt aus einen tödlichen Kugelhagel ab. Ein weiterer Regenvorhang schob sich zwischen sie. Bell lenkte die *Marion* hinein, um ihn als Deckung zu nutzen. Als sich der Regen aber wieder verzog, spuckte die Lewis Gun erneut ihren mörderischen Bleiregen, während gleichzeitig ein Rettungsboot auf Marat Zolner zuhielt. Jede Hoffnung, dass er verwundet war, zerstob, als Bell mit ansehen musste, wie sich der Komintern-Agent aus eigener Kraft an Bord schwang.

Der Regen wurde heftiger. Der Tanker verschwand. Dichter Nebel sammelte sich.

»Bei dieser Milchsuppe bekommen wir ihn nicht mehr zu Gesicht«, keuchte Tobin, während Somers sich bemühte, die Blutung zu stoppen. »Wohin will er?«

»Wo er schon immer hinwollte«, sagte Isaac Bell. »Zur Wall Street.«

Yuri Antipov war mit einer Bombe einem Symbol des Kapitalismus zu Leibe gerückt. Marat Zolner würde ihm das Herz mit einem Feuerball herausbrennen, der mit Alkohol gefüllt war. Und die Komintern würde den Helden, der den New Yorker Finanzdistrikt – die Wall Street vom East River bis zur Trinity Church – in ein Flammenmeer verwandelt hatte, willkommen heißen und feiern.

Bell betätigte den Starter. Der dritte Motor sprang an.

Die ramponierte *Marion* rauschte mit fünfzig Knoten quer durch den New York Harbor.

Sie brachte ihre Insassen innerhalb von zehn Minuten zwischen den Landzungen Sandy Hook und Rockaway Beach in die Lower Bay hinauf und durch die Narrows und über die Upper Bay innerhalb von weiteren sieben Minuten. Der dritte Motor starb in Höhe der Battery. Der zweite im East River unter der Brooklyn Bridge.

Durch die wogenden Regenvorhänge konnte Bell die hohen Hangars der Loening-Fabrik und dicht dahinter den Air Service Terminal in der 31st Street erkennen. Sein letzter Motor hustete und hatte kein Benzin mehr. Fünfzig Meter vom Kai entfernt machte er seinen letzten Rülpser. In der plötzlich einsetzenden Stille kuppelte Bell den Propeller aus, um den Gleitwiderstand zu verringern, und nun trieb das Boot so lange weiter, bis Asa es schaffte, eine Leine um einen der Poller zu schlingen.

Bell holte die Thompson-Maschinenpistole aus einer Kiste. »Pauline, bringen Sie Ed ins Bellevue. Asa, schnapp dir die Kiste.«

»Wo haben Sie Handgranaten gefunden?«

»Am Miami River. Komm schon.«

Sie rannten zur Loening-Fabrik am Flussufer. Die Mechaniker hatten die Flying Yachts in die Hangars geschafft, wo sie vor dem Sturm sicher waren. Bell kletterte in seine Maschine und löste die Leinen. »Jetzt schnell, Leute. Öffnet die Tore und werft den Motor an.«

»Sie können bei diesem Wetter nicht starten!«, rief der Hangarchef.

»Meine Mutter ist gestorben, als ich noch ein Kind war. Seitdem bin ich ganz gut ohne sie zurechtgekommen. *Werfen Sie den Motor an!*«

42

Bell kämpfte gegen hohe Wellen, als er vom East River aus startete, und gegen heftige Windböen in der Luft, während sein Flugboot zur Williamsburg Bridge aufstieg. Er steuerte zwischen ihren Türmen hindurch, deren Spitzen von Wolken verhüllt wurden, und zielte auf die tiefste Stelle ihrer durchhängenden Tragkabel. Im Zentimeterabstand huschte er über sie hinweg. Vom Horizont war in dem dichten Regen nichts zu sehen.

Er konnte sich jedoch dank eines neuen Sperry-Instruments, das einen Wendezeiger und einen Neigungsmesser in sich vereinigte, nach ihm orientieren. Doch dies war keine Hilfe, um eine Kollision mit Manhattan und Brooklyn Bridge zu vermeiden, und noch viel weniger mit den Wolkenkratzern der Wall Street. Also flog er blind, während er sich auf seinen Kompass, seine Tank Watch und sein Gedächtnis verließ.

Asa Somers konnte nicht aufhören zu grinsen. Er hatte noch nie zuvor in einem Flugzeug gesessen.

Als die Flying Yacht endlich die Milchsuppe hinter sich gelassen hatte, die den gesamten Hafen zudeckte, sah Bell, dass die Narrows auch schon hinter ihnen lagen. Die Lower Bay breitete sich unter ihm aus, und er konnte die zahlreichen Schiffe sehen, die sich durch ihre Fluten wühlten. Er ignorierte die Schiffe, die Anker geworfen hatten. Sie drängten sich an den Ufern von Brooklyn, Staten Island und Jersey, um das Abflauen des Sturms abzuwarten. Marat Zolners Tanker machte gewiss zügige Fahrt und würde jetzt auf seinem unbeirrten Kurs nach Manhattan Island den Ambrose Channel hinaufdampfen.

Bell folgte dem Kanal. Kein Schiff war auf ihm unterwegs. Hatte er etwas Falsches vermutet? Hatte Zolner vielleicht einfach kehrtgemacht und sich für die Flucht nach Europa entschieden? Als er das Ambrose Lightship heftig auf dem sturmgepeitschten Ozean schaukeln sah, flog er in einem weiten Bogen zurück. Doch im gesamten äußeren Hafen sichtete er nur ein einziges Schiff, das dem Sturm trotzte und Fahrt machte. Sich den Narrows nähernd, war es – unglaublicherweise – ein kleiner Rumrunner, beladen mit Whiskykisten und von Regenmassen überschüttet, während es sich rollend und schaukelnd durch die Dünung arbeitete.

Asa tippte auf Bells Arm. Er suchte mit einem Fernglas die Wasserfläche vor ihnen ab. Oberhalb der Narrows, bereits in der Upper Bay, weniger als sechs Meilen von der Battery an der Spitze Manhattans entfernt, pflügte ein Tanker auf die City zu. Die Flying Yacht folgte ihm, und Bell erkannte schon bald die *Sandra T. Congdon,* nämlich an dem hohen Schornstein am hinteren Ende, an dem geduckten Ruderhaus dicht vor der Schiffsmitte und an ihrem geraden Bug und dem elegant geschwungenen Heck. Die Kanone auf dem Vorderdeck beseitigte jeden Zweifel. Als er sich dem Schiff näherte, entdeckte er auch seine Mannschaft, die in einem Rettungsboot saß und mit aller Kraft rudernd das Weite suchte. Der Tanker war in der Tat eine schwimmende Brandbombe.

»Asa, binde diese Handgranaten jeweils zu Bündeln von vier Stück zusammen.«

»Bombardieren wir den Tanker?«

»Du wirst diese Gewehrmunition dort auf dem Vorderdeck bombardieren. Ich lenke das Flugzeug. Siehst du den Knopf am Ende des Stiels? Das ist der Zünder. Zieh diesen Knopf heraus, wenn ich es dir sage, und wirf das Bündel, so schnell du kannst, aus dem Flugzeug.«

Er legte die Maschine in eine enge Kurve, richtete sie hinter dem Schiff aus und ging dann in den Sinkflug. Das Flugboot holte zügig auf. Asa stand im Cockpit auf, damit er über die Seitenfenster reichen konnte. Bell dröhnte mit zwanzig Metern Abstand über den Schornstein und das Ruderhaus hinweg, wobei er ständig an seinem Bleriot-Steuerrad kurbelte, um die heftigen Windstöße auszugleichen.

»Jetzt!«

Zehn Meter über dem Vorderdeck konnten sie das Ziel unmöglich verfehlen. Das Bündel Stielhandgranaten landete auf der Lewis Gun. Es hüpfte weiter auf den Stapel Munitionskisten. Aber ehe sie explodierten, rutschte es zur Seite weg und detonierte auf dem Stahldeck, ohne Schaden anzurichten.

Bell wendete sofort, um einen zweiten Versuch zu starten.

Zolner hielt sich mit seiner Lewis Gun bereit. Als Bell den Tanker wieder einholte, flog er mitten in eine Wolke blauen Rauchs hinein. Brandgeschosse durchbohrten eine Tragfläche. Jedes Projektil zog einen Feuerschweif hinter sich her. Flammen umloderten die Tragfläche.

»Schnall dich an, Asa, wir müssen landen.«

»Wie können wir ihn aufhalten, wenn wir landen?«

»Pass auf.«

Der Wind, dachte Bell, schob das Schiff auf seinem Kurs den Kanal hinauf, was das von ihm geplante Manöver keinen Deut einfacher machte. Aber das Flugzeug abzubremsen, indem er gegen den Wind landete, kam auch nicht infrage. Angefacht von dem Luftschraubenstrahl, hüllte das Feuer mittlerweile die gesamte Tragfläche ein und schlug in die Passagierkabine direkt hinter dem Cockpit. Er hatte keine andere Wahl, als schnell und hart herunterzukommen.

Der alte Donald Darbee stoppte seinen Austernkahn während seiner Whiskysturmfahrt, um zu beobachten, was als Nächstes passieren würde. Er und die kleine Robin hatten den Tanker schon den Kanal hinaufdampfen sehen, als niemand, der halbwegs bei Verstand war, hinausfuhr, um seinen Geschäften nachzugehen – außer einem Rumrunner. Dann ließ die Tankermannschaft ein Boot zu Wasser und ruderte weg. Aber das Schiff setzte seine Fahrt fort. Danach tauchte Isaac Bells Flugzeug – das er erkannte, weil es den Flugzeugen des Newport Flying Service glich, nur dass auf den Tragflächen nicht der Name der Firma zu lesen war – aus dem Unwetter auf und ließ eine Bombe auf den Tanker fallen.

Sie konnte dem Tanker nichts anhaben. Daraufhin beschoss der Tanker Bells Maschine mit blauer Leuchtspurmunition. Und nun fiel Bells Maschine mit brennenden Tragflächen vom Himmel.

»Wenn er ins Wasser eintaucht«, sagte er zu Robin, »sammeln wir die Trümmer auf.«

»Er wird nicht ins Wasser fallen«, sagte das kleine Mädchen. »Er landet auf dem Schiff.«

Mit ihren scharfen Augen hatte Robin recht. Bells Maschine flog hinter dem Tanker her, holte mit vierzig Knoten gegenüber den zwölf Knoten des Tankers zügig auf.

Im letzten Moment wich sie dem Schornstein aus und krachte in der Schiffsmitte aufs Deck, rutschte funkensprühend über die freie Fläche zwischen Schornstein und Ruderhaus und wurde krachend von einem Ventilatorgehäuse gestoppt.

»Das kann Mr. Bell nicht sehr gutgetan haben«, sagte Darbee zu Robin. »Jetzt können wir genauso gut unsere Heimfahrt fortsetzen.«

»Lass uns noch warten«, sagte Robin.

»Auf was?«

»Es ist noch nicht vorbei.«

»Raus!«

Bell ergriff die Thompson .45er mit einer Hand und Asa mit der anderen. Halb hob, halb warf er den Jungen aus dem Cockpit, hängte sich ein Bündel Handgranaten an den Gürtel und sprang neben ihm auf das Deck. »Renn, bevor die Maschine explodiert!«

»Sie wird das gesamte Schiff hochgehen lassen.«

»Genau das ist es, was ich hoffe.«

Sie rannten zum Ruderhaus und gingen auf seiner Vorderseite in Deckung.

Bells Flugboot explodierte. Tragflächen, Schwanzleitwerk, Schwimmer, der größte Teil der Passagierkabine flogen mit dem brennenden Treibstofftank hoch und wurden vom Wind ins Hafenbecken geweht. Ein paar Trümmerteile, die schwelend auf dem Stahldeck liegen geblieben waren, wurden vom Regen gelöscht. Doch das Schiff, das mit zwölf Knoten vorwärtsstampfte, war mit seiner brennbaren Fracht anscheinend gegen jeden Angriff immun. Bell hatte nur noch eine Hoffnung.

Er zog seine Browning und drückte sie in Asas Hand.

»Bleib hier. Nimm die Waffe. Schieß auf jeden, der versucht, mich zu verfolgen.«

Die Drei-Zoll-Projektile, die um die Kanone herum aufgestapelt waren, zur Explosion zu bringen würde den Bug des Schiffes wegsprengen und es sofort aufhalten. Er hatte es aus sicherer Entfernung aus der Luft nicht geschafft. Hier auf dem Schiff kam es darauf an, es zu versuchen, ohne dabei ebenfalls in die Luft zu fliegen. Bell rannte zur Kanone auf dem Vorderdeck. Könnte er mit einer Granate genau genug zielen, um die Patronen aus hinreichender Entfernung zu zünden, ohne um sein Leben fürchten zu müssen? Er griff nach einer Granate an seinem Gürtel, als er hinter sich einen Schuss hörte.

Bell wirbelte herum. Asa lag ausgestreckt auf dem Deck.

Ein Schatten stürzte im Regen wie ein riesiger Vogel vom Himmel herab. Aus dem Augenwinkel nahm Bell das Glänzen eines nassen Seils wahr. Er sah Marat Zolners Gesicht – die Lippen schmal vor Anstrengung, die Augen gespenstisch ruhig und gelassen. Dann sah Bell einen Schuh. Der Schuh flog seinem Gesicht entgegen. Bell wich zur Seite aus. Der Schuh krachte gegen seine Brust, prellte ihm die Thompson aus der Hand und schleuderte ihn über das Schiff.

Bell zog die Schulter ein, rollte sich ab, sprang auf und nahm Kampfhaltung an.

Er war verblüfft, den großen schlanken Russen so nahe vor sich zu sehen, dass er ihn fast berühren konnte.

Zolner hielt das Seil in der Hand. Es war an der vorderen Reling auf dem Dach des Ruderhauses befestigt, und Bell konnte sich zusammenreimen, dass er von dort abgesprungen und drei Stockwerke tief auf das Deck herabgeschwungen war.

»Reine Physik, Bell. Was haben Sie auf meinem Schiff zu suchen?«

»Ich will einen Helden verhaften.«

»Sie haben also mit Fern gesprochen.« Zolner ließ das Seil los.

Da griff Isaac Bell mit einer blitzschnellen Geraden und einem harten linken Haken an. Dreimal fand er sein Ziel. Zolner schüttelte die Treffer jedoch ab. Bell landete zwei weitere mit der gleichen Wirkung. Der Mann war so schnell, dass es ihm vorkam, als kämpfte er gegen Quecksilber.

Bell war mindestens zwanzig Pfund schwerer, was einen großen Vorteil bedeutete. Er nutzte ihn, drang auf seinen Gegner ein und bearbeitete ihn mit harten Schlägen. Während er sich mit unglaublichem Tempo duckte und auswich, zauberte Zolner einen Totschläger mit langem Griff aus der Tasche und holte damit aus. Der Schlag war bemerkenswert, was seine Wucht und die Präzision betraf, und Isaac Bell erkannte, während ein glühender Schmerz durch seinen Ellbogen raste, dass Zolner ihn genau dort getroffen haben musste, wo er es beabsichtigt hatte. Sein Arm hing schlaff herab, brennend wie Feuer und vollkommen nutzlos.

Zolner lächelte. »Das müsste die Chancen ausgleichen.« Er wechselte den Totschläger von einer Hand in die andere, von links nach rechts, rechts nach links, so schnell wie ein Jongleur. Die Waffe war nicht mehr als ein verschwommener Schemen, und plötzlich, in einer einzigen fließenden und perfekt synchronisierten Bewegung, flog sie auf sein Gesicht zu.

43

Der Totschläger pfiff durch die Luft. Er kam von links auf Bell zu, doch Bell konnte seinen linken Arm nicht hoch genug heben, um den Knochen brechenden Schlag abzuwehren. Er versuchte es trotzdem. Ansonsten bewegte er sich aber kaum.

Der Totschläger streifte seine Nase.

Bell war weit genug zurückgewichen, um den Totschläger passieren zu lassen und Zolners Arm quer über seinen Oberkörper zu ziehen. Er bündelte einhundertfünfundsiebzig Pfund Knochen und Muskeln, um einen tief angesetzten rechten Cross auf Zolners Brustkorb abzufeuern. Seine Belohnung war ein weiches Knacken von Knochen, begleitet von einem schmerzhaften Keuchen.

Der Komintern-Agent schwankte.

Bell machte Anstalten, ihn endgültig auszuschalten.

Zolner war jedoch zu schnell und zu stark. Der Körpertreffer hätte ihn einknicken lassen müssen. Aber ehe Bell seine rechte Faust zurückziehen und zu einem weiteren Cross ausholen konnte, griff Zolner mit rasender Wut tretend und schlagend und seinen Totschläger schwingend an. Ein weiterer Schlag gegen seinen Ellbogen raubte Bell den Atem. Sie umklammerten einander. Zolner riss sich los.

Bell wischte sich Blut aus den Augen, wobei ihm vage bewusst wurde, dass der Totschläger seine Stirn aufgerissen hatte. Er spürte, wie das Deck des Tankers unter seinen Füßen erzitterte.

Zolner umkreiste ihn. Geduckt, seine getroffene Brustkorbseite schützend, sagte er: »Nichts von alldem wäre geschehen, wenn sich Ihr heiß geliebter Boss nicht eine Kugel eingefangen hätte.«

»Drei Kugeln.« Bell griff sofort an.

Zolner machte einen geschmeidigen Sidestep und deutete mit dem Daumen dorthin, wo Asa auf dem Deck lag. »Hat sich Ihr Rachefeldzug gelohnt? Der Junge ist tot. Ihr Boss ist ein Krüppel. Und ich kehre als Held nach Hause zurück.«

Bell hielt abrupt inne.

Er trickst mich bei fast jeder Gelegenheit aus, dachte er. Er trickst mich auch jetzt aus, aber ich weiß nicht wie. Bell wusste, dass er nicht klar dachte. Nach zwei Tagen im Sturm war er erschöpft. Sein Arm brannte. Etwas geschah hier gerade, das er nicht verstand.

Plötzlich ging Bell ein Licht auf, weshalb das Deck zitterte.

Der Detektiv lächelte. »Der Tanker bewegt sich. Sie haben einen Mann im Maschinenraum und einen Steuermann am Ruder. Und ich bin ebenfalls auf dem Schiff, weil Sie Fern erzählt haben, Sie würden dafür sorgen, dass ich bereue, noch am Leben zu sein.«

»Der Junge ist tot«, wiederholte Zolner.

Bell blickte zu Asa hinüber, der dort lag, wo er ihn auf der Vorderseite des Ruderhauses zurückgelassen hatte. Er schaute über die Schulter zu der Deckkanone. Dann suchte er das Vorderdeck ab.

»Sie sind ein exzellenter Lügner. Aber ich habe nur einen Schuss aus meiner Pistole gehört. Asa hat auf Sie geschossen und Sie verfehlt. Sie haben ihn niedergeschlagen, als Sie an ihm vorbeigeschwungen sind. Und nun halten Sie mich hin, während Ihr Feuerschiff weiterdampft.«

Bell machte kehrt, als wollte er sich um Asa kümmern. Zolner beeilte sich, ihn daran zu hindern. Bell wich zur anderen Seite aus, rannte quer über das Schiff und hob die Thompson hoch, die Zolner ihm aus der Hand getreten hatte. Mit reiner Willenskraft legte er die linke Hand um den vorderen Griff, presste die Waffe gegen seinen Körper und drückte ab. Der Rückschlag stieß sie ihm aus der geschwächten Hand. Alle Kugeln bis auf die erste spritzten in den Himmel. Die erste Kugel aber traf ihr Ziel.

Bell tauchte in Deckung.

Ein Drei-Zoll-Kanonenprojektil explodierte donnernd. Ein zweites folgte, und dann gingen alle mit einer Wucht hoch, die das Schiff vom Bug bis zum Heck durchschüttelte und Bell fast zwei Meter vom Deck aus in die Höhe warf und wie einen Sack Kohlen wieder fallen ließ. Er kämpfte sich auf die Füße und rannte zu Asa hinüber. Zolner überholte ihn und erreichte den Jungen zuerst. Bell feuerte einen ungezielten Schuss ab, der dicht an Zolners Kopf vorbeipfiff. Zolner duckte sich. Bell stieß ihn aus dem Weg, warf sich Asa über die rechte Schulter, rannte zur Schiffsreling und sprang.

Der Sturz schien eine Ewigkeit zu dauern, ehe sie ins Wasser eintauchten.

Die Wasseroberfläche schloss sich über seinem Kopf. So kräftig er es vermochte, schlug er mit den Beinen, um den Jungen nach oben zu bringen. Asa strampelte heftig. Das kalte Wasser hatte seine Lebensgeister geweckt.

»Schwimm!«, brüllte Bell ihn an. »Schwimm!« Und der Lehrling gehorchte.

Der Schiffsrumpf rauschte an ihnen vorbei, Explosion nach Explosion erschütterte das Schiff.

Kantige Holztrümmer, Teile der Reling und brennende Leinwandfetzen regneten ringsum ins Wasser. Asche rieselte wie Schnee herab, Öl schwappte. Bell stieß sich mit den Füßen vorwärts und paddelte mit einem gesunden Arm. Das Schiff hatte sie passiert und entfernte sich nun in Richtung City. Es verschwand in einer dichten Wolke aus Regen und Nebel. Bell glaubte, alles sei verloren. Aber als es schien, dass nichts das Feuerschiff daran hindern konnte, bis zur Wall Street zu dampfen, löste eine Feuersäule den Regen und den Nebel auf. Aus dem geborstenen Tank hervorbrechend und wie eine lodernde Blume zum Himmel aufsteigend, tauchte der brennende Alkohol den Komintern-Tanker in ein grelles Licht. Dann versank er mitten in der Bucht.

Isaac Bell sah Marat Zolner auf der Flucht vor dem Feuer eine Leiter auf der Rückseite des Ruderhauses hinaufklettern. Er gelangte zur Brückennock und blieb dort für eine ganze Weile stehen, ein eleganter Schatten vor den lodernden Flammen.

Der Wind verbog die Feuersäule. Eine Explosion riss den Bug des Schiffes auseinander. Wasser drang ein, und dann setzte der Tanker schnell auf dem Grund des Kanals auf und verschwand bis auf die Krone des hohen Schornsteins und eine Dampfwolke.

»Donnerwetter!«, sagte Asa. Er hatte einen dicken Bluterguss über einem Auge.

»Meinst du, du schaffst es, an Land zu schwimmen?«

Brooklyn schien am nächsten zu sein. Bell versuchte es

halb auf dem Rücken liegend und mit einem Arm. Ehe sie hundert Meter zurückgelegt hatten, tauchte ein kleines Boot mit großem Motor neben ihnen auf, und Isaac Bell blickte in das verwitterte Gesicht von Ed Tobins Onkel Donny Darbee.

»Ich kam gerade mit einer Ladung Austern vorbei«, sagte er. »Ich dachte mir, dass es Ihnen sicher ganz recht wäre, aus dem Teich gefischt zu werden.«

»Als Gegenleistung«, sagte Bell, »wünschen Sie sich wahrscheinlich, dass ich Ihnen helfe, die Austernladung an den Cops vorbeizuschmuggeln.«

»Das war Robins Idee. Sie meint, wir würden in Manhattan Spitzenpreise erzielen.«

Ein Taxi fuhr vor dem Hotel St. Regis vor.

Isaac Bell stieg aus, triefnass, der Schnurrbart angesengt, das Gesicht und die Haare mit Asche, Salz, Schmiere und Blut glasiert. Asa Somers stolperte in triefenden Kleiderfetzen hinter ihm her.

Der Portier wollte sie mit einer ärgerlichen Handbewegung verscheuchen. Stämmige Hausdetektive versperrten die Eingangstreppe.

»Rufen Sie meine Frau an«, verlangte Bell. »Und bestellen Sie ihr, dass ich nach oben komme.«

»Frau? Wer ist Ihre Frau?«

»Mrs. Isaac Bell.«

»Er ist es persönlich!«

Die Hausdetektive eskortierten sie eilfertig zum Fahrstuhl. Bell blieb auf dem Weg dorthin abrupt stehen, als sein Blick auf eine Zeitung fiel.

SCHWERER HURRIKAN SUCHT DIE KÜSTE HEIM
NEW YORK WURDE VERSCHONT, ALS STURM NACH OSTEN ZIEHT
DAMPFJACHT KENTERT VOR BERMUDA
REICHE ERBIN VERMUTLICH ERTRUNKEN

Pech? Oder eine Strafe Gottes? Aber es schien, dachte Bell, eine ziemlich harte Strafe dafür zu sein, sich mit den falschen Leuten eingelassen zu haben.

»Die arme Fern«, sagte Asa. »Sie war so nett.«

»Ich bin nicht so sicher, ob es Fern gefallen würde, als ›nett‹ in Erinnerung zu bleiben.«

»Fräulein Grandzau hat sie gemocht.«

»Ich auch«, sagte Bell. »Für eigenwillige Menschen hatte ich schon immer etwas übrig.«

Bell führte Asa durch den mit Teppichboden ausgelegten Korridor zu Marions Tür.

Plötzlich spürte er, dass jeder Knochen und jeder Muskel in seinem Körper schmerzte. Sein linker Arm pulsierte wie eine Fackel. Er glaubte, den heftigen Seegang zu spüren, als säße er noch immer im Boot, und seine Ohren klingelten vom Lärm der röhrenden Liberty-Motoren.

»Wir sind fast zu Hause, Asa.«

Er straffte die Schultern und klopfte an.

Ein Spion wurde geöffnet. Ein wunderschönes seekorallengrünes Auge blickte hindurch und weitete sich.

Bell grinste. »Joe schickt mich.«

Marion riss die Tür auf. »Du bist vollkommen okay!«

»Tipptopp.«

Sie schlang die Arme um seinen Hals.

»Nimm dich in Acht. Du wirst dich schmutzig machen.«

»Das ist mir egal … Wer ist das? … Oh, du musst der mutige Asa sein, der Joe gerettet hat. Herein mit euch. Kommt beide herein.«

Pauline erschien hinter ihr, strahlend und nach einem erlesenen Parfüm duftend, in einen flauschigen Frotteemantel gehüllt.

»Asa, geht es dir gut?«

Asa schwankte und musste sich am Türknauf abstützen. »Ja, Ma'am. Tipptopp.«

»Nimm erst ein Bad.« Sie deutete auf eine Tür am Ende des Flurs. »Dort findest du auch einen Bademantel.«

Joseph Van Dorn wartete in einem Rollstuhl aus Korbgeflecht. Dorothy stand neben ihm, einen friedlichen, sorgenfreien Ausdruck in den Augen.

»Sie sehen aber schlimm aus«, begrüßte er Bell mit kräftiger Stimme.

»Sie dafür umso besser«, erwiderte Bell. »Viel besser sogar.«

»Das Krankenhaus hat mich rausgelassen. Das ist doch schon etwas.« Van Dorn stemmte sich auf die Füße, stützte sich auf die Armlehne des Rollstuhls und griff nach Bells Hand. »Gut gemacht, Isaac. Wirklich gut gemacht. Ich weiß nicht, wie ich Ihnen danken soll.«

»Warten Sie ab, bis Sie die Rechnung für mein Flugzeug erhalten.«

»Flugzeug?«

»Und dann brauchen Sie auch einen neuen Bug und neue Motoren für den Expresskreuzer der Agency. Keine Sorge, Sie können es sich leisten. Texas Walt nimmt die Angelegenheit von Detroit aus in die Hand.«

»Ist er noch immer im Geschäft?«

»Zumindest so lange, bis wir den Vertrag mit der Küstenwache wieder in der Tasche haben.«

Bell wandte sich an Pauline. »Ist Ed okay?«

»Bestens. Sie haben ihn zusammengeflickt. Es war eine Vene, keine Arterie … Isaac, ich muss Sie sprechen.«

»Was ist denn los?«

»Marion hat mich auf eine wunderbare Idee gebracht.«

Bell warf ihr einen kurzen Blick zu. »Das kann sie ganz besonders gut.«

»Ich möchte den jungen Asa Somers als Lehrling mitnehmen.«

»Nach Deutschland?«

»Natürlich nur mit Erlaubnis seiner Eltern.«

»Ich glaube, er ist Waise.«

»Umso besser. Das bin ich auch. Isaac, bitte machen Sie es möglich.«

Der Chefermittler der Van Dorn Detective Agency wandte sich zu ihrem Gründer um.

Van Dorn meinte: »Das ist Ihre Entscheidung.«

Bell blickte Pauline in die Augen und teilte ein ganz persönliches Lächeln mit ihr. »Wenn ich daran denke, wie Ihr Lehrling heute Nachmittag mit einer Maschinenpistole umgegangen ist, sollten Sie sich vielleicht auch überlegen, ob Sie ihm gestatten, eine kleine Waffe zu tragen.«

»Alles zu seiner Zeit«, sagte Pauline. »Vielen Dank, Isaac. Und danke auch Ihnen, Marion.«

Van Dorn ließ sich wieder in seinen Krankenstuhl sinken und rollte zur Tür. »Wir machen uns aus dem Staub. Dorothy wünscht, dass ich mich zu Hause wieder ins Bett lege.«

Sie kamen darin überein, sich am nächsten Morgen

ausführlich über die jüngsten Ereignisse zu unterhalten.

»Am Nachmittag«, korrigierte Marion sie. »Am Spätnachmittag.«

Ein frisch geschrubbter Asa Somers erschien in einem Bademantel und mit einem Heftpflaster auf der Stirn. Pauline unterhielt sich leise mit ihm, und dann verließen sie das Hotelzimmer.

»Endlich allein«, sagte Marion. »Ist dein Arm in Ordnung? Du schonst ihn noch.«

»Er schmerzt ein wenig. Wo gehen die beiden im Bademantel hin?«

»Ich habe für sie oben ein Zimmer reservieren lassen.«

»*Ein* Zimmer?«

»Das Hotel ist wegen des Sturms ausgebucht. Es hat Einzelbetten, glaube ich«, fügte sie schnell hinzu. »Sie werden sich schon einig werden.«

»Gute Idee.«

»Und was ist jetzt mit dir?«, fragte Marion. »Was wäre dir am liebsten?«

»Ich könnte einen Drink brauchen.«

Marion sagte: »Dabei leiste ich dir Gesellschaft.«

»Und ein heißes Bad.«

»Das gefällt mir auch.«